For Whom the Bell Tolls

Ernest
Hemingway

[美] 厄尼尼斯特·海明威——著

杨蔚——译

丧钟为谁而鸣

天津出版传媒集团

天津人民出版社

果麦文化 出品

本书献给

玛莎·盖尔霍恩[1]

---

1. 玛莎·盖尔霍恩（Martha Ellis Gellhorn，1908—1998），美国记者、旅行作家，20世纪最伟大的战地记者之一，海明威的第三任妻子，两人于1936年相识，1940年结婚，5年后离异。

没有人是孤岛，能孑然独立；

人人都是土地的一片、大陆的一角；

哪怕大海卷去一粒尘土，欧洲也会变小，

就像失去一隅海岬、一方领地，无论你朋友的、你的；

每当有人消逝，都令我孱弱衰老，因我是人类的一个，

所以，别问丧钟为谁而鸣，丧钟为你而鸣。

——约翰·多恩

第一章

　　森林里，棕褐色的松针铺了满地，他趴在地上，下巴抵着交叠的双臂，风高高掠过松树梢头。山坡在他身下缓缓倾斜，但再往下就陡起来了，他能看到，柏油公路的黑色影子蜿蜒穿过山口。沿着公路，有一条小河，一直向下，流到远处的山口，他看见河边有一个锯木场，流水从水坝跌落，在夏日的阳光下泛起一片白。

　　"就是那个锯木场？"他问。

　　"是的。"

　　"我都不记得了。"

　　"你走以后才修起来的。老锯木场还在下面，比山口低得多。"

　　他在林地上展开军事地图的影印件，仔细研究。老人越过他的肩膀一起看。他是个矮小健壮的老人，身穿黑色农夫罩衫和硬邦邦的灰色长裤，脚上套着一双绳底帆布鞋。爬了这一路，现在他扶在一个沉甸甸的背包上，重重地喘着粗气。这样的背包一共有两个。

　　"看来，这里是看不到那座桥了。"

　　"看不到，"老人说，"山口这一段好走些，水势也缓。下面，就是公路转弯以后被树林遮住的那段，河道会突然下降，那里有个很陡的峡谷……"

　　"我记得。"

　　"桥就架在峡谷上。"

　　"他们的岗哨在哪里？"

　　"你刚才看到的锯木场里就有一个。"

年轻人继续研究地形，伸手从他褪色的卡其色法兰绒衬衫口袋里掏出一个望远镜，拿出手帕擦了擦镜头，转动目镜，直到锯木场的招牌突然清晰，他看见了门边的木头长椅。一个巨大的木屑堆耸起在棚子背后，棚子敞着门，里面放着把圆锯，河对岸的坡上，露出了一段运送木材下山的水槽。透过望远镜看来，河面清晰平静，再往下，流水打着转儿跌坠，水花从坝上溅起，飘散在风中。

　　"没有哨兵。"

　　"锯木场有烟冒出来。"老人说，"绳子上还晾着衣服。"

　　"我看到了，但没看到哨兵。"

　　"可能在阴凉地里。"老人解释，"现在太热了。他可能待在那边顶头上的阴凉地里，我们看不到。"

　　"可能。下一个岗哨在哪里？"

　　"过了桥往下，是个修路工的小屋，从山口顶上往下走五公里。"

　　"这里有多少人？"他指指锯木场。

　　"大概四个，还有个下士。"

　　"下面呢？"

　　"更多些。我会弄清楚的。"

　　"桥上？"

　　"总是两个，一头一个。"

　　"我们需要人手。"他说，"你能找到多少人？"

　　"你要多少我就能找来多少。"老人说，"现在山里有很多人。"

　　"多少？"

　　"一百多。不过他们都是一小队一小队的。你需要多少人？"

　　"先看看那座桥的情况，然后再告诉你。"

　　"你想现在就去吗？"

　　"不。我想先去咱们藏身的地方，咱们要在那里一直待到实施爆炸的时候。可能的话，我希望那地方绝对安全，但离桥不要超过半小时路程。"

　　"那很容易。"老人说，"那个地方到桥边都是下山路。不过我们现在过去得爬一段山路，有点儿难走。你饿吗？"

"有点儿。"年轻人说，"不过我们可以过会儿再吃。你叫什么来着？我忘了。"他忘了，对他来说，这可不是个好兆头。

"安塞尔莫。"老人说，"我叫安塞尔莫，从阿维拉的瓦尔科来。我来帮你把包背上肩。"

年轻人又瘦又高，金发映着阳光，深一道浅一道，面孔饱经风吹日晒，他穿着晒褪了色的法兰绒衬衣、农夫裤和绳底帆布鞋，正蹲下身子，一只胳膊穿过皮背包的一侧肩带，把沉重的背包甩上肩头。再将另一只胳膊穿过另一条肩带，让背包的分量稳稳压在背上。此前被背包压住的那块衬衫还湿着。

"背好了。"他说，"我们怎么走？"

"爬上去。"安塞尔莫说。

他们被沉重的背包压弯了腰，汗流浃背，穿行在满山松林间，不停往上爬。年轻人看不到哪里有路，可他们一直在向上，绕着山的外侧走。现在，他们正溯溪而上，老人踩着岩石河床的边缘，稳稳走在前面。路更陡，更难走了。顶上，溪流似乎是直接翻过一道光滑的花岗岩架流下来的。岩架兀然突起，老人在岩架脚下等着年轻人赶上他。

"你怎么样？"

"还行。"年轻人说。他大汗淋漓，刚应付过陡峭山路的大腿肌肉抽搐着。

"在这里等我一下，我先上去打个招呼。你不会想背着这玩意儿挨一枪的。"

"死也不想。"年轻人说，"远吗？"

"很近。他们怎么叫你来着？"

"罗伯托。"年轻人说。他就势让背包滑下来，轻轻架在溪边两块大圆石头间。

"那好，就在这里等着，罗伯托，我会回来接你的。"

"好。"年轻人说，"不过你是打算走这条路下到桥那儿去？"

"不。到桥边有另一条路。近一些，也好走一些。"

"我希望这些东西不要离桥太远。"

"等着瞧吧。要是你不满意，咱们就再换个地方。"

"先看看。"

他挨着背包坐下，看着老人爬上岩架。那不难爬，老人看也不看就能找到抓手的地方。年轻人看得出，他爬过很多次了。而无论藏在上面的是什么人，都很小心地没有留下任何痕迹。

年轻人名叫罗伯特·乔丹，他饿坏了，忧心忡忡。他常常饿，但不常忧心，因为他并不在意自己的处境。他有经验，知道要在敌人后方的乡间活动有多简单。在阵线后走动很简单，穿越阵线也简单，只要你有个好向导。对于你遇到的事，唯一要紧的是，万一你被抓了，事情就麻烦了——要紧的是这个，还有，你得确定能相信谁。要么完全相信你的同伴，要么完全不信，没有别的选择。你必须在信任问题上做出决定。他一点儿也不担心这个，但有别的麻烦要操心。

这个安塞尔莫是个好向导，走山路厉害极了。罗伯特·乔丹自己走山路也还不错，可跟着安塞尔莫从黎明前走到现在，他知道，这老人能让他走得累死。到目前为止，罗伯特·乔丹完全相信这位安塞尔莫，除了判断力。他还没机会考察老人的判断力，而且不管怎么说，做判断是他自己的职责。不，他不担心安塞尔莫，桥不比其他东西更难。无论什么桥，只要你叫得上名字，他就知道怎么炸掉它，他炸过各种规格、各种结构的桥。两个背包里的炸药和装备足够炸掉那座桥，哪怕它比安塞尔莫说的再大上一倍，就像他记忆中的那样，一九三三年他曾经走过这座桥，步行前往拉格兰哈；就像前天夜里，在埃斯科里亚尔[1]外那栋房子的楼上房间里，戈尔茨读给他听的描述那样。

"炸掉那桥没有意义。"戈尔茨说，他的铅笔点在大地图上，灯光照在他带疤的光头上，"你懂吗？"

"是，我懂。"

---

1. 埃斯科里亚尔（Escorial），一个古建筑群，位于马德里西北约45公里处，现存西班牙国王的宫殿、教堂、修道院及陵墓等。

"毫无意义。只是简单把桥炸掉，就等于失败。"

"是，将军同志。"

"应该做的是，刚好在设定的进攻时间前把桥炸掉。你当然明白这一点儿。那是你的权利，事情就该这么做。"

戈尔茨盯着铅笔看了会儿，又用它轻敲着牙齿。

罗伯特·乔丹没有说话。

"你知道那是你的权利，你也知道该怎么做。"戈尔茨接着说，看着他，点点头，用铅笔敲一敲地图，"那是我该做的。那是我们无法达成的。"

"为什么，将军同志？"

"为什么？"戈尔茨恼怒了，说，"你见过多少次进攻了，还问我为什么？有什么能担保我的命令不走样？有什么能担保进攻不被取消？有什么能担保进攻时间不会推迟？有什么能担保它会在应该开始的六个小时内发动？有哪一次进攻是照计划来的吗？"

"只要是您的进攻，就会准时。"罗伯特·乔丹说。

"它们从来都不是我的进攻。"戈尔茨说，"我计划了它们。可它们不是我的。枪炮不是我的。我必须去申请。我的申请从来就没有原样批下来过，哪怕他们什么都有。那还只是最基本的，还有别的。你知道那些人是什么样子，用不着我多说。总会有问题。总会有人捣乱。所以现在，你得清楚这些。"

"那么，要什么时候炸桥？"罗伯特·乔丹问。

"进攻开始以后。进攻一开始就炸，不要早。这样就不会有增援部队从那条路过来了。"他用铅笔指点着，"我必须确信，没有任何人能从那条路过来。"

"进攻什么时候开始？"

"我会告诉你的。但日期和时间都只是参考，你必须随时做好准备。你要在进攻刚一开始就把桥炸掉，明白吗？"他用铅笔比画着，"那是他们增援的唯一通道。到我进攻的山口，那是唯一的路，他们的坦克、大炮，甚至卡车都只能从那儿走。我必须确定桥没了。不能提前，否则万一进攻推迟，他们就有时间修好。不。一定要在进攻开始以后炸掉，我必须知道它炸掉了。只有两个哨兵。跟你一起去的人就是当地的，他们说他很可靠，你看到就知道了。他手头有人，在山里。你要多少人就跟他说。尽量少一点儿，但得够。这些其实用不着我来说。"

"我怎么确定进攻开始了？"

"到时候会出动整个师。照计划会有空袭。你又不聋，对吧？"

"那我就等飞机开始投弹以后动手，那时候进攻就开始了？"

"你不能次次都这么判断。"戈尔茨摇着头说，"不过这一次，是的，这是我的进攻。"

"我明白。"罗伯特·乔丹说，"我说，我不太喜欢这个。"

"我也不太喜欢。你要是不想干，现在就直说。你要是觉得你干不了，现在就直说。"

"我干。"罗伯特·乔丹说，"我会干好的。"

"要的就是这句话。"戈尔茨说，"没有东西能过桥。这得绝对保证。"

"我明白。"

"我不喜欢派人去做这种事，还是用这种方式。"戈尔茨说，"我不能命令你去。我很清楚，照我的要求，你必须做些什么。我这么仔细地解释，就是要让你了解这一点儿，同时了解所有可能的困难和任务的重要性。"

"桥炸掉了的话，你要怎么挺进拉格兰哈呢？"

"强攻拿下山口以后，我们就着手修复它。这是个非常复杂的漂亮行动。像往常一样复杂，一样漂亮。计划已经做好了，在马德里。这是文森特·罗霍[1]的又一大杰作，就是那个倒霉的教授。我策划了这场进攻，而且跟往常一样，是在兵力不足的情况下策划的。但整个

---

1. 文森特·罗霍（Vicente RojoLluch，1894—1966），西班牙内战时期的西班牙共和政府军参谋部长，内战前曾在军事院校任教职及管理职位。本书时间背景为内战爆发后一年，即1937年5月底。

行动非常合理。我很满意，比以往满意得多。只要桥一断，它就能成功。我们就能拿下塞哥维亚。瞧，我来告诉你事情会怎样发展。你明白了？我们要进攻的不是山顶上。我们要占领它。进攻目标要远得多。瞧——这里——就像这样……"

"我还是不知道的好。"罗伯特·乔丹说。

"很好。"戈尔茨说，"也就是说，你能少些负担，对吧？"

"任何时候我都宁愿别知道太多。那样，不管发生什么，事情总不会是我说出去的。"

"不知道更好。"戈尔茨用铅笔敲一敲额头，"有好多次，我也希望自己不知道。不过有件事是你必须知道的，炸桥的事，你确实清楚了吧？"

"是的。那个我知道。"

"我相信你。"戈尔茨说，"你一个字都不用多说。现在，我们喝一杯吧。说了这么多，我渴了，沃尔丹同志。你的名字用西班牙语念起来很有趣，沃尔当[1] 同志。"

"'戈尔茨'用西班牙语怎么说，将军同志？"

"沃德塞。"戈尔茨咧着嘴说，让声音从喉咙深处发出来，像是重感冒那样。"沃德塞，"他瓮声瓮气地说，"沃德塞将军同志。如果早知道他们西班牙语是怎么念戈尔茨的，我来这里之前就会另外给自己挑个好点儿的名字。想到要来指挥一个师，我原本可以随便挑个自己想要的名字，结果挑了沃德塞。沃德塞将军。现在太晚了，来不及改了。你喜欢partizan工作吗？"那是个俄语单词，意思是敌后游击队。

"非常喜欢。"罗伯特·乔丹咧嘴笑着说，"在野外活动很健康。"

"像你这么大的时候，我也喜欢野外。"戈尔茨说，"他们跟我说，你很擅长炸桥。非常科学。都是听说的。我没亲眼见你做过。也许其实什么都没发生过。你真的炸过桥？"这是在考察了。"把这个喝了。"

---

1. 主人公英文名为Robert Jordan，戈尔茨将军在这里用西班牙语称呼他，连续两次都不同，分别为Hordan和Hordown。

他递给罗伯特·乔丹一杯西班牙白兰地，说，"你真的都炸成了？"

"有时候。"

"这座桥可最好不要'有时候'。不，咱们还是别再说这座桥了。你现在对那桥已经很清楚了。我们很认真，所以我们才能放心开玩笑。喏，你在战线那头是不是有很多姑娘？"

"不，没时间花在姑娘身上。"

"我可不同意。工作越无常，生命越无常。你的工作很无常。另外，你该理个发了。"

"我的头发理得很好。"罗伯特·乔丹说。要是把头剃成戈尔茨那样，他会骂娘的。"就算没姑娘，我要操心的事也够多了。"他突然说。

"我该穿什么制服？"罗伯特·乔丹问。

"不用。"戈尔茨说，"你的头发没问题，我开玩笑的，你跟我很不一样。"戈尔茨说着，再次倒满酒杯。

"你从不只想着姑娘。我是根本就不想。为什么要想？我是苏维埃将军。我从来不想。别想骗我想。"

椅子上，他的一个参谋正在绘图板上处理地图，用一种罗伯特·乔丹听不懂的语言冲他大声抱怨。

"闭嘴。"戈尔茨用英语说，"我想开玩笑就开。我很严肃，所以我能开玩笑。现在，喝掉这个，然后就走吧。你明白，嗯？"

"是的。"罗伯特·乔丹说，"我明白。"

他们握手，他敬礼，走出去登上师部的车，车里老人正等着，已经睡着了。坐着这辆车，他们一路开过瓜达拉马镇，老人还在睡，又沿着到纳瓦塞拉达的公路来到高山俱乐部的小屋。罗伯特·乔丹在那里睡了三个小时，然后才动身。

那是他最后一次看到戈尔茨，见到他那从没见过阳光的古怪白脸，他的鹰眼、大鼻子、薄嘴唇、交织着皱纹和伤疤的光脑袋。明晚，他们就会连夜集结在埃斯科里亚尔外的公路旁。黑暗中，将排起长长的卡车队，载着步兵团；士兵们全副武装，爬上卡车；机枪部队把他们的枪抬上卡车；坦克沿着垫木开上长长的坦克运输车。趁着夜色，整个师都被拉出去，为进攻山口做准备。他不愿想这个，那不是他的活儿，那是戈尔茨的活儿。

他只有一件事要做，那才是他该想的，他必须想清楚，确保一切顺利。不要担忧，担忧和害怕一样糟糕，只会让事情变得更困难。

现在，他坐在小溪边，看着清澈的溪水在岩石间流淌，他发现，对岸有一片浓密的西洋菜地。他穿过小溪，摘下两把西洋菜，在水里洗净带泥的根，回到背包旁坐下，吃掉干净清凉的绿叶和带点儿胡椒味的脆茎。然后起身到溪边，跪下，把皮带上的自动手枪拨到背后，免得打湿了。他两手各撑在一块圆石上，伏下身去喝溪水。水冷得刺骨。

喝完，双手一推，撑起身体，他回过头，看到老人正从岩架上下来。旁边还有个男人，也是一身堪称本省制服的装扮，黑色农民罩衫、深灰色长裤、绳底帆布鞋，背后斜挎一支卡宾枪。男人没戴帽子。两人山羊般迅速地爬下山岩。

他们向他走来，罗伯特·乔丹站起身来。

"你好，同志。"他对背卡宾枪的男人说，面带微笑。

"你好。"对方说，很勉强。罗伯特·乔丹看着男人满布胡茬的阴沉面孔。那是张近乎滚圆的脸，头也圆，贴近肩膀。他的眼睛很小，双眼分得很开，耳朵也小，紧贴着脑袋。这是个粗壮汉子，大约五英尺十英寸高，手大脚大。他的鼻子断过，一边嘴角曾豁开过，疤穿过脸上丛生的胡茬，从上唇斜拉到下巴。

老人笑着冲这男人点点头。

"他是这里的老大。"他咧开嘴，弯曲胳膊让肌肉隆起，带着半开玩笑的钦佩，看向背卡宾枪的男人。"非常厉害的人。"

"看出来了。"罗伯特·乔丹说，再次微笑。他不喜欢这人的模样，一点儿也不想对他笑。

"你怎么证明你的身份？"卡宾枪男人问。

罗伯特·乔丹摘下他衣袋盖上别着的安全别针，从法兰绒衬衣的左前胸口袋里掏出一张折起来的纸，递给男人。后者打开纸，怀疑地看着，拿在手里翻来翻去。

看来他不识字，罗伯特·乔丹明白了。

"看印章。"他说。

老人指指印章，卡宾枪男人研究着，手指拨过来拨过去。

"那是什么章？"

"你没见过？"

"没有。"

"有两个章。"罗伯特·乔丹说，"一个是S.I.M，军事情报服务部的。另一个是总参谋部的。"

"没错，我见过那个章。不过在这里，我才是头儿。"对方不高兴地说，"你背包里是什么？"

"炸药。"老人骄傲地说，"昨晚我们摸黑穿过火线，然后背着这些炸药走了一整天，从山头翻过来。"

"炸药我用得上。"卡宾枪男人说。他把纸还给罗伯特·乔丹，看着他。"没错。炸药我用得上。你给我带来了多少炸药？"

"炸药不是带给你的。"罗伯特·乔丹平静地对他说，"炸药另外有用。你叫什么名字？"

"你要知道这个干什么？"

"他是巴勃罗。"老人说。卡宾枪男人不高兴地看着他们俩。

"很好。我多次听过你的英名。"罗伯特·乔丹说。

"你听说我什么了？"巴勃罗问。

"我听说你是个杰出的游击队长，你忠诚于共和国，而且以实际行动证明了你的忠诚，你是个稳重与英勇并重的人。我带来了总参谋部对你的问候。"

"你从哪儿听来这些的？"巴勃罗问。罗伯特·乔丹给他打上了不吃恭维的标签。

"从布依特拉格到埃斯科里亚尔一带都听过。"他说，把战线对面的整个乡下地方都报了出来。

"不管布依特拉格还是埃斯科里亚尔，我都不认识人。"巴勃罗对他说。

"山那边有许多人原来都不是当地的。你从哪里来的？"

"阿维拉。你要用炸药干什么？"

"炸一座桥。"

"什么桥？"

"那是我的事。"

"如果在这个地界，那就是我的事。你不能在你的住处附近炸桥。你得住在一个地方，然后到另一个地方行动。我了解我的工作。能在这一年里活下来的人，都了解自己的工作。"

"这是我的工作。"罗伯特·乔丹说，"我们可以一起讨论。你能帮我们拿这些包吗？"

"不。"巴勃罗说，摇着头。

老人猛地转向他，怒冲冲地用方言飞快说着什么，罗伯特·乔丹只能勉强分辨。像是在念克维多[1]的诗。安塞尔莫操着古老的卡斯蒂利亚语，听起来像是这样："你是畜生吗？是。你是野兽吗？是，很多次。你有脑子吗？没有，完全没有。此刻我们为了至高无上的重任而来，可你，为了你蜗居的地方不被打扰，就把你的狐狸洞看得比人类利益还重要，比你的同胞还重要。我去你父亲的，我去你的。把背包拿起来。"

巴勃罗垂下眼。

"每个人都必须清楚他的实际能力，做力所能及的事。"他说，"我住在这里，就到塞哥维亚以外的地方行动。如果你在这里惹出乱子，我们就会被赶出这些山区。只有这里平安无事，我们才能住在这些山里。这是狐狸的原则。"

"是的。"安塞尔莫挖苦道，"这是狐狸的原则，可我们需要狼。"

---

1. 克维多（Francisco de Quevedo，1580—1645），巴洛克时代的西班牙贵族、政治家和诗人，也是同期最杰出的西班牙诗人之一。

"我比你更像狼。"巴勃罗说。

罗伯特·乔丹知道,他会背起背包了。

"嘿,嚯……"安塞尔莫看着他。"你比我更像狼,我已经六十八岁了。"

他一口唾在地上,摇摇头。

"你有这么大岁数啦?"罗伯特·乔丹问,眼看没问题了,他想让气氛再轻松点儿。

"七月份就六十八了。"

"活得到那个时候再说吧。"巴勃罗说,"我帮你拿这个背包。"他对罗伯特·乔丹说:"那一个留给老头。"这会儿,他的口气倒是没有不高兴,却近乎悲哀了。"这老头有的是力气。"

"我来拿背包。"罗伯特·乔丹说。

"不。"老人说,"留给那个壮汉拿。"

"我来拿。"巴勃罗对他说,他的不悦里藏着一种悲伤,叫罗伯特·乔丹不安。他明白那种悲伤,在这里看到它,让他忧心。

"那把卡宾枪给我吧。"他说。巴勃罗把枪递给他,他斜挎在背后,两个男人先往上爬去,他们吃力地爬着,手脚并用,爬上花岗岩架,翻过岩脊,那边的林间有一片开阔绿地。

他们从小草甸边上绕过去。没了背包,罗伯特·乔丹现在可以轻松地大步前行,卡宾枪老老实实挂在肩头,取代了足以让人汗透衣服的背包。他留意到,好几个地方的草都被啃过,地上有钉过拴马桩的痕迹。他看到草间的小道,是马去溪边饮水时踩出来的,地上还有好几堆新鲜马粪。他们把马拴在这里吃草过夜,白天再藏进林子里,他琢磨着。我想知道,这个巴勃罗有多少匹马?

他这才记起来,此前无意中看到过,巴勃罗裤子的膝盖和大腿处都磨得发亮。他心想,不知道他有没有马靴,还是就穿着那些绳底帆布鞋骑马。他肯定有全套装备。

"可我不喜欢那种悲伤。"他想。那种悲伤不好。那是逃跑或背叛前才会出现的悲伤,那是打算出卖时才会有的悲伤。

前方的林子里，一匹马嘶叫起来。他们穿行在松树棕色的树干间，只有些微阳光能穿透几乎触手可及的浓密树冠。他看见畜栏了，是用绳子系在树干上围出来的，他们走近时，马全都转过头来看。马具堆在畜栏外的树根下，上面盖着一块柏油帆布。

两个背背包的男人在畜栏前停下，罗伯特·乔丹知道，这是为了让他夸赞马匹。

"哦，"他说，"它们真漂亮。"他转向巴勃罗。"你拥有一支骑兵队，万事俱备了。"

绳栏里有五匹马，三匹枣红色，一匹栗色，一匹灰褐色。一眼扫过，罗伯特·乔丹的眼睛已将它们仔细分了类，然后才一匹一匹细细打量。巴勃罗和安塞尔莫知道它们有多好。这会儿，巴勃罗骄傲地站定，珍爱地看着它们，看起来不那么悲伤了。老人的模样，就像捧出早就准备好的惊喜，某种巨大的惊喜，他亲手创造的、突然的惊喜。

"你看它们怎么样？"他问。

"全都是好马。"巴勃罗说。罗伯特·乔丹很高兴听到他这样骄傲地说话。

"那一匹。"罗伯特·乔丹说，指着三匹枣红马中的一匹，那是一匹健壮的成年公马，一抹耀眼的洁白在额头上闪亮，靠近他的一只前蹄雪白。"最好。"

它是匹漂亮的马，看上去像是从委拉斯开兹[1]的画里跑出来的。

"都是好马。"巴勃罗说，"你懂马？"

"是的。"

"不坏。"巴勃罗说，"你能看出哪匹有点儿问题吗？"

罗伯特·乔丹知道，这个不识字的男人对他的考察这才开始。

马儿全都昂着头，看着这个男人。罗伯特·乔丹从畜栏的两条绳索之间钻进去，拍拍褐色马的臀。他往后靠在绳圈上，观察在畜栏里打转的马匹，待它们站定，又挺直身子看了一分钟，随后便躬身钻了

---

1. 委拉斯开兹（Diego Velázquez, 1599—1660），西班牙黄金时代最重要的画家之一。

出来。

"那匹栗色的,靠那边的后腿有点儿瘸。"他对巴勃罗说,并没有看他。"马蹄开裂了,虽说掌铁钉得好的话暂时不会恶化,但要是路面太糟的话,那条腿就会彻底废掉。"

"我们得到它时蹄子就那样了。"巴勃罗说。

"你最好的马,白面枣红色的那匹公马,胫骨上部有点儿肿,这个,我觉得不大妙。"

"那没什么。"巴勃罗说,"它三天前撞了一下。要有问题的话,早就出了。"

他拽下防雨布,露出马鞍。有两套普通牛仔或牧马人用的马鞍,就像美国西部那种骑鞍;一套华丽的牧马鞍,手工皮具,配着带盖的结实马镫;还有两套黑色皮革的军用马鞍。

"我们干掉了两个国民警卫军。"他说,解释了军用马鞍的来历。

"那可是大手笔。"

"在塞哥维亚到圣玛利亚德里尔的半路上。他们下了马,要检查一辆马车的证件。所以我们才能把他们干掉,还没伤着马。"

"你杀过很多国民警卫军吗?"罗伯特·乔丹问。

"有几个。"巴勃罗说,"但只有这两个没伤着马。"

"在阿雷瓦洛炸火车的就是巴勃罗。"安塞尔莫说,"是巴勃罗干的。"

"有个外国佬和我们一起,是他炸的。"巴勃罗说,"你认识他吗?"

"他叫什么?"

"我不记得了。是个很怪的名字。"

"那他长什么样?"

"挺白的,和你一样,但没你高,手很大,鼻子断了。"

"哈什金。"罗伯特·乔丹说,"应该是哈什金了。"

"对。"巴勃罗说,"是个很稀罕的名字。差不多就是这样。他怎么样了?"

"四月份的时候死了。"

"谁都有可能遇上这样的事。"巴勃罗闷闷地说，"我们都逃不掉。"

"那是所有人的结局。"安塞尔莫说，"所有人的结局，向来如此。你是怎么回事，伙计？你肚子里都转着些什么？"

"他们非常强。"巴勃罗说，像是在自言自语，郁郁地看着马。"你不知道他们有多强大。我眼看着他们越来越强，装备越来越好。物资越来越多。我这里呢，就只有这些马。我还能指望什么？被追击，要么就死掉。再没别的了。"

"你被追击，可一样也追击别人。"安塞尔莫说。

"不。"巴勃罗说，"没别的出路了。要是离开这些山，我们还能去哪儿？告诉我？还能去哪儿？"

"西班牙有的是山。没了这里，还有格雷多斯山。"

"那不适合我。"巴勃罗说，"我厌倦了被追击。我们在这里很好。可你要是炸掉这里的桥，我们就要被追击了。要是他们知道我们在这里，就会用飞机搜索，把我们找出来。要是他们派摩尔人[1]来搜捕，就会发现我们，我们就不得不离开。我厌倦了这一切。你听到了吗？"他转向罗伯特·乔丹说，"你，一个外国人，有什么权利跑到这里来，跟我说我必须做什么？"

"我没说过任何关于你应该做什么的话。"罗伯特·乔丹对他说。

"可你会说的。"巴勃罗说，"那个，那就是厄运。"

他指着两个沉重的背包，欣赏马时，它们被放在了地上。看到马，似乎勾起了他所有的烦心事，看到罗伯特·乔丹懂马，似乎打开了他的话匣子。此刻，三个人都站在绳圈畜栏边，斑驳的阳光洒在枣红公马

---

1. 摩尔人，并非特定种族，而是欧洲人对于一些深肤色人种的泛称，可能指代北非的柏柏尔人，或是居住在马格里布、伊比利亚半岛、西西里岛、科西嘉岛、撒丁岛和马耳他等地的穆斯林及阿拉伯人等。西班牙地处欧洲大陆南端，与北非仅隔一道直布罗陀海峡，公元8世纪至15世纪，摩尔人曾占据今西班牙长达数世纪之久。

的皮毛上。巴勃罗盯着它，抬脚推了推沉重的背包。"那就是厄运。"

"我来只是为了完成任务。"罗伯特·乔丹对他说，"我奉命而来，发布命令的是那些指挥战争的人。如果我向你请求帮助，你可以拒绝，我会去找其他愿意帮助我的人。可我甚至都还没有请求你的帮助。我必须完成我接到的命令，对于它的重要性，我可以担保。我是个外国人，这并不是我的错。我宁愿自己出生在这里。"

"对我来说，眼下最重要的是不被打扰。"巴勃罗说，"对我来说，眼下，我得对我的人，还有我自己，负责。"

"你自己。没错。"安塞尔莫说，"从很久以前，你就只管你自己了。你自己和你的马。有马之前，你还跟我们是一路的。现在你倒更像个资本家了。"

"这不公平。"巴勃罗说，"为了事业，我一向都不吝惜马匹。"

"很少。"安塞尔莫轻蔑地说，"在我看来，很少。用来偷东西，是的。为了吃好一点儿，是的。用来杀人，是的。用来战斗，没有。"

"你就是那种会招来口舌麻烦的老东西。"

"我是个什么都不怕的老东西。"安塞尔莫告诉他，"我还是个没有马的老东西。"

"你是个没多久好活的老东西。"

"我是老，但在死之前都活着。"安塞尔莫说，"我可不怕狐狸。"

巴勃罗一言不发，拿起了背包。

"也不怕狼。"安塞尔莫拿起另一个背包说，"就算你是一匹狼。"

"闭上你的嘴。"巴勃罗对他说，"你这老东西就是话太多。"

"而且不管什么，说得出就做得到。"安塞尔莫说，背包压弯了他的腰。"而且现在饿了，还渴了。走吧，哭丧着脸的游击队长，带我们去吃点儿东西。"

"没有比这更糟的开头了，"罗伯特·乔丹心想，"但安塞尔莫是条汉子。好起来他们是真好，他想着。好起来，没人能像他们那样好；坏起来，也没人能比他们更糟。安塞尔莫既然带我们来这里，一定知道他在做什么。但我不喜欢这样，一点儿也不喜欢。"

唯一的好迹象是，巴勃罗背着背包，把他的卡宾枪交了出来。也许他就是这样，罗伯特·乔丹心想。也许他就是那种阴沉的人。

不，他告诫自己，不要骗自己了。"你不知道他从前是什么样子，但你知道，他正在迅速变坏，而且毫不掩饰。当他开始掩饰，他就是做出决定了。"记住这一点儿，他告诫自己。"一旦他开始做出友善的表示，他就做出了决定。不过，那些都是非常好的马，"他心想，"漂亮的马。不知道什么能给我那样的感觉，像那些马给巴勃罗的感觉。那老人是对的。马让他富起来了，一富了，他就想要享受生活。很快，我猜他就会因为没法加入马会而不满，"他琢磨着。"可怜的巴勃罗，他错过了他的骑师生涯。"

这么想让他感觉好些了。他咧开嘴，看着前面两副弓起的背脊，背着大包穿行在树林间。他一整天都没给自己找点儿乐子了，现在他找到了个笑话，感觉好多了。"你正变得像他们那些人一样，"他暗想，"你也开始阴郁了。"他跟戈尔茨在一起时多半就很庄重，很阴郁了。这任务对他来说有点儿过头。"一点点儿过头，"他想，"够过头的了。"戈尔茨挺乐和，罗伯特·乔丹离开前还在逗乐，可他不行。

回头想想，所有最出色的人，都是尽情乐和的。乐和点儿会好得多，那也是某种迹象。只要你还活着，那就像是某种永恒的东西。那很复杂。可这样的人不多了。不，没多少乐和的人了，该死的根本就没剩几个了。"如果你一直这么想，我的孩子，你也会活不下去的。现在，别想了，老前辈，老同志。你现在就是个炸桥人。不是思想者。伙计，我饿了。"他想着，"希望巴勃罗那里的伙食还不错。"

第二章

　　他们已经穿过浓密的树林，来到小山谷上端，呈现杯子模样的尽头。他看见一道悬崖在林外耸起，营地必定就在下面了。

　　的确是营地，还是个不错的营地。除非走到跟前，你根本看不见它，罗伯特·乔丹知道，从空中一样看不见。从上面看，完全没有痕迹。它像熊穴一样隐蔽，也看不到什么严密的防卫。他一边走近，一边细细观察。

　　悬崖岩体下有个大山洞，旁边的空地上坐着一个男人，背靠岩石，两腿向前伸出，卡宾枪倚在石头上。他正拿着把小刀削木棍，一直盯着他们，直到看见他们走近，才接着削起来。

　　"你好，"坐着的男人说，"来的是谁？"

　　"老家伙和一个爆破手。"巴勃罗告诉他，放下背包，搁在洞口里面。安塞尔莫也卸下背包，罗伯特·乔丹取下卡宾枪，靠在岩石上。

　　"那东西别放得太靠近洞口。"削木棍的男人说，他黝黑的脸上生着一双蓝眼睛，那是一张好看的、懒洋洋的吉普赛人的脸，肤色跟烟熏过的皮子差不多。"洞里有火。"

　　"你起来，自己拿开。"巴勃罗说，"放到树下去。"

　　吉普赛人没动，嘟哝了几句脏话。"随它去吧。把你炸飞才好呢，"他懒洋洋地说，"正好治治你的病。"

　　"你在做什么？"罗伯特·乔丹挨着吉普赛人坐下。吉普赛人给他看了看。那是个"4"字形小机关，他正在削上面的横木。

　　"逮狐狸用的。"他说，"加上一根大木头，做陷阱。它们的脊背都会被砸断。"他冲乔丹咧嘴笑着。"就像这样，明白了？"他比画了一下架子坍塌、大木头砸下来的样子，又摇摇头，把手伸进去，伸长胳膊，表示被砸断了背脊的狐狸。"很有用。"他解释道。

"他抓的是兔子。"安塞尔莫说，"他是个吉普赛人。抓到个兔子，他就说是狐狸。要是给他逮到只狐狸，他会说成大象。"

"那我要是抓到大象呢？"吉普赛人问，重新露出他的一口白牙，冲着罗伯特·乔丹挤挤眼。

"你会说那是坦克。"安塞尔莫回答他。

"我会有坦克的。"吉普赛人对他说，"我会得到坦克。到时候你说是什么都行，随你高兴。"

"吉普赛人说得多，干的却很少。"安塞尔莫告诉他。

吉普赛人对罗伯特·乔丹挤了挤眼，继续削着。

巴勃罗走进洞里，没了踪影。罗伯特·乔丹希望他是去拿食物了。他坐在地上，挨着吉普赛人，午后的阳光透过树冠落下，晒热了他伸长的双腿。现在，他闻到洞里飘来食物的味道，油、洋葱和煎肉的味道，他饿了，胃蠕动起来。

"我们能弄到坦克。"他对吉普赛人说，"那不算太难。"

"用这个？"吉普赛人指指那两个背包。

"是的。"罗伯特·乔丹告诉他，"我可以教你。你来做个陷阱。那不太难。"

"你和我？"

"没错。"罗伯特·乔丹说，"为什么不呢？"

"嘿，"吉普赛人对安塞尔莫说，"把那两个包放到安全的地方去，行吗？它们可值钱了。"

安塞尔莫哼了一声。"我去拿酒。"他对罗伯特·乔丹说。罗伯特·乔丹站起来，把背包拎开，远离洞口，靠在一棵树上，一边一个。他知道包里是什么，从来就不愿意看到它们相互靠得太近。

"拿个杯子给我。"吉普赛人冲他说。

"有葡萄酒吗？"罗伯特·乔丹问，重新在吉普赛人身边坐下。

"葡萄酒？怎么可能没有？有整整一袋子。好吧，是半袋子。"

"有什么吃的？"

"什么都有，伙计。"吉普赛人说，"我们吃得跟将军们一样。"

"吉普赛人在战争中都做什么呢？"罗伯特·乔丹问他。

"就继续当吉普赛人。"

"那真是个好工作。"

"最好的。"吉普赛人说，"他们管你叫什么？"

"罗伯托。你呢？"

"拉斐尔。关于坦克的事，你是认真的？"

"当然。为什么不呢？"

安塞尔莫从洞口走出来，端着一个石头深盆，里面装满了葡萄酒，手指上还挂着三个杯子。"瞧，"他说，"他们有杯子，什么都有。"巴勃罗跟在后面走出来。

"吃的很快就好。"他说，"你抽烟吗？"

罗伯特·乔丹走到背包旁，打开其中一个，伸手到内袋里摸出一包扁扁的俄国香烟，那是他在戈尔茨的指挥部拿的。他用拇指指甲绕着烟盒边缘划了一圈，翻开盒盖，递给巴勃罗。巴勃罗拿了六支。六支烟并排摊在一只大手里，巴勃罗挑出一支，对着光看了看。这些香烟又细又长，有纸卷的烟嘴。

"空的多，烟草少。"他说，"我知道这些东西。名字古怪的那个家伙也有。"

"哈什金。"罗伯特·乔丹说着，把香烟递给吉普赛人和安塞尔莫，他们一人拿了一支。

"多拿点儿。"他说，于是他们又各拿了一支。他又给了他们一人四支，他们点一点儿夹烟的手，向他致谢，香烟也跟着点了点，像是有人举起剑问好。

"没错。"巴勃罗说，"是个稀罕名字。"

"酒。"安塞尔莫从碗里舀出一杯葡萄酒，递给罗伯特·乔丹，又给自己和吉普赛人各舀了一杯。

"我没有吗？"巴勃罗问。他们都坐在洞口边。

安塞尔莫把自己的杯子递给他，进洞又拿一个。出来后，他斜起酒盆，舀了满满一杯，所有人一起碰了碰杯。

酒不错，带点儿酒囊的橡胶味，但就它的口味来说，非常棒，清爽甘洌。罗伯特·乔丹慢慢喝着，体会它温暖地蔓延，驱走他的疲劳。

"吃的马上就好。"巴勃罗说，"那个怪名字的外国人，他是怎么死的？"

"他快被抓住了，就自杀了。"

"怎么回事？"

"他受伤了，可他不想被抓。"

"具体怎么回事？"

"我不知道。"他撒谎道。他很清楚细节，但同样很清楚，这个时候，最好别谈这些。

"炸火车那次，他让我们发誓，一旦他受伤，没办法离开，我们就得开枪打死他。"巴勃罗说，"他说话的模样很不一般。"

"他一定是那会儿就神经质了，"罗伯特·乔丹想，"可怜的老哈什金。"

"他对自杀有些偏见。"巴勃罗说，"他跟我说过。而且他非常害怕被折磨。"

"这也是他告诉你的？"罗伯特·乔丹问他。

"是。"吉普赛人说，"他跟我们每个人都说过。"

"炸火车那次你也在？"

"是啊，我们都在。"

"他说话的模样很不一般。"巴勃罗说，"但他非常勇敢。"

"可怜的老哈什金，"罗伯特·乔丹想，"他在这一带造成的危害一定比好处多。我真希望自己那时候就知道他是这么神经质。他们应该把他抽出来的。你不能这样，一边让人做这种工作，一边说这样的话。绝不能说。就算能完成任务，可说这样的话，危害也比好处多。"

"他有点儿古怪。"罗伯特·乔丹说,"我想他脑子有点儿乱。"

"但爆炸时非常灵巧。"吉普赛人说,"而且非常勇敢。"

"只是有点儿乱。"罗伯特·乔丹说,"做这种事,你的头脑得非常清楚,非常冷静。不该那样说话。"

"那么你呢,"巴勃罗说,"如果你这次炸桥时受了伤,你会愿意被丢下吗?"

"听着,"罗伯特·乔丹说,探过身去,自己动手舀了一杯酒。"仔细听我说。如果我有那么一天,有幸要请求任何人帮忙,我会等到那个时候再说的。"

"很好。"吉普赛人赞许地说,"是男子汉就该这样说话。啊!来了。"

"你吃过了。"巴勃罗说。

"我还能再吃两顿。"吉普赛人对他说,"瞧瞧,是谁送吃的来了。"

一个姑娘弯腰钻出洞口,手上端着个大铁烤盘。罗伯特·乔丹看到她偏开脸去,看起来有些奇怪。她微笑着说:"你好,同志。"罗伯特·乔丹说:"你好。"他小心地控制自己,不盯着她看,也不刻意避开目光。她把铁盘子放在他面前,他留意到她有一双漂亮的手,棕色皮肤。她直视着他的脸,微笑着。她棕色的脸庞上牙齿雪白,皮肤和眼睛都闪着同样金棕色的光芒。她有高耸的颧骨和快乐的双眼,双唇饱满端正。她头发金黄,犹如日光灼烧下的金色麦田,只是剪得很短,不比海狸毛长多少。她冲着罗伯特·乔丹微笑,棕色的手抬起来,捋过头发,头发倒下又弹起。她有一张漂亮的脸,罗伯特·乔丹想。要是头发没剪,一定是个大美人。

"我就这么梳头。"她笑出了声,对罗伯特·乔丹说,"来吃吃看,别只看着我。他们在巴利亚多利德把我的头发剪掉了,现在已经差不多长出来了。"

她在他对面坐下,看着他。他也看着她,她微笑着,双手交叠在膝头。她坐在那里,双手环膝,修长的双腿斜倚着,从裤腿口伸出一截。灰色衬衣下，他分辨得出那对乳房的形状，小巧，挺翘。每次看她，罗伯特·乔丹都能感觉到喉头紧缩。

"没有盘子。"安塞尔莫说，"就用你自己的刀好了。"姑娘准备了四把叉子，齿朝下，倚在铁盘边上。

每个人都忙着扫光盘子里的东西，没人说话，西班牙风俗就这样。菜是洋葱青椒烧兔子肉，配上葡萄酒鹰嘴豆酱。做得很好，兔子肉都脱了骨，酱汁鲜美。吃饭时，罗伯特·乔丹又喝了一杯葡萄酒。姑娘一直看着他吃东西。其他人看着自己的食物，埋头大吃。罗伯特·乔丹拿起一片面包，擦干净盘子里的酱汁，把兔子骨头堆到干净的一边，再擦掉之前骨头下的酱汁，最后用那片面包抹干净叉子和刀，把刀放在一边，吃掉面包。他探身又舀了一满杯葡萄酒，姑娘还看着他。

罗伯特·乔丹喝了半杯红酒，可对姑娘开口时，喉头还是抽紧了。

"怎么称呼你？"他问。听到他这声调，巴勃罗飞快瞟了他一眼，起身走开了。

"玛利亚。你呢？"

"罗伯托。你在山里很久了吗？"

"三个月。"

"三个月？"他看看她的头发，头发又短又密，随着她的手起伏，好像山坡上的麦田，这情形有些尴尬。"被剃掉了。"她说，"在巴利亚多利德的监狱里时，他们会定期来剃头。这头发花了三个月才长成这样。我当时在火车上，他们要把我送到南部去。火车爆炸后很多囚犯都被抓了，可我没有。我和他们一起。"

"我发现她躲在岩石缝里，"吉普赛人说，"那会儿我们正要撤离。伙计，她那会儿真是难看啊。我们带她一起离开，不过好几次我都觉得应该扔下她。"

"炸火车时跟他们一起的那个人呢？"玛利亚问，"金发那个，那个外国人，他到哪儿去了？"

"死了。"罗伯特·乔丹说，"四月份的事。"

"四月？炸火车就是四月。"

"是的。"罗伯特·乔丹说，"炸完之后十天他就死了。"

"可怜的家伙。"她说，"他非常勇敢。你也是做这些事的吗？"

"是的。"

"你也炸过火车吗？"

"是，炸过三列。"

"在这里？"

"在埃什特雷马杜拉。"他说，"来这里之前我在埃什特雷马杜拉。我们在埃什特雷马杜拉干了很多事。我们有很多人在埃什特雷马杜拉。"

"那你怎么到这个山区来了呢？"

"我来接替那个金发小子。而且运动开始之前我就来过这一带。"

"那你对这里很熟咯？"

"不，不算太熟。不过我很快就能弄明白，我有好地图和好向导。"

"那老家伙。"她点点头，"老家伙很厉害。"

"谢谢。"安塞尔莫对她说。罗伯特·乔丹突然意识到，他和这姑娘并不是单独在一起，同时意识到，他很难直视她，是因为那会让他的嗓子变成现在这样。他坏规矩了，要想和说西班牙语的人处得好，有两条规矩：给男人香烟，别搭理女人。他违背了第二条。可他非常意外地发现，他不在乎。那么多事他都不在乎，为什么偏偏就得在乎这个？

"你长得很美，"他对玛利亚说，"真希望我能有幸见过头发还没被剪掉之前的你。"

"会长出来的。"她说，"再有六个月就够长了。"

"你该看看我们刚从火车那儿把她带来时的模样，那时候她丑得能让你恶心。"

"你是谁的女人？"罗伯特·乔丹努力把话题转开，问道，"巴勃罗？"

她看着他，大笑，拍了拍他的膝盖。

"巴勃罗？你见过巴勃罗了？"

"哦，好吧，那就是拉斐尔。我见过拉斐尔了。"

"也不是拉斐尔。"

"谁的都不是。"吉普赛人说，"这女人很厉害。谁的都不是。但她饭做得不错。"

"真的没人？"罗伯特·乔丹问她。

"没有。谁的都不是。没有闹着玩的，也没有当真的。也不是你的。"

"是吗？"罗伯特·乔丹说，能感觉到喉头又缩紧了。"很好。我也没时间留给女人，不管是谁。这是实话。"

"十五分钟也没有？"吉普赛人故意问，"一刻钟也没有？"罗伯特·乔丹没说话。他看着姑娘，玛利亚。他喉头缩得太紧，不觉得自己还能开口说话。

玛利亚看着他，大笑着，突然脸红了一下，但一直看着他。

"你脸红了。"罗伯特·乔丹对她说，"你经常脸红？"

"从来不。"

"你现在就脸红了。"

"那我就要回洞里去了。"

"留下来，玛利亚。"

"不。"她说，不再对他微笑。"我现在就要进洞去了。"她拿起刚才装东西给大家吃的铁盘，还有四把叉子。她动作笨拙，像初生的小马，却又带着幼兽的优雅。

"杯子还要吗？"她问。

罗伯特·乔丹仍旧看着她。她又脸红了。

"别这样，"她说，"我不喜欢这样。"

"留着吧。"吉普赛人对她说。"给。"他从石盆里舀了满满一杯酒，递给罗伯特·乔丹。后者眼看姑娘低下头，拿起沉甸甸的铁盘走进洞里。

"谢谢。"罗伯特·乔丹说。他的声音正常了，她走了。"最后一杯。我们喝了不少了。"

"我们要把这一盆都喝完。"吉普赛人说，"我们还有差不多大半袋。马驮回来的。"

"那是巴勃罗最后一次发动袭击。"安塞尔莫说，"那之后他就什么都没干过了。"

"你们有多少人？"罗伯特·乔丹问。

"七个，还有两个女人。"

"两个？"

"是的。还有巴勃罗的女人。"

"她呢？"

"在洞里。那姑娘不太会做饭。我是说，她做自己喜欢的东西很棒。但大多数时候都在给巴勃罗的女人打下手。"

"她怎么样，巴勃罗的女人？"

"有点儿粗鲁。"吉普赛人咧嘴笑道，"很粗鲁。你要是觉得巴勃罗讨厌的话，就该去看看他的女人。不过她很有胆子，比巴勃罗有胆一百倍，只是有点儿粗鲁。"

"巴勃罗刚开始还是有胆的。"安塞尔莫说，"巴勃罗刚开始算得上个人物。"

"霍乱干掉的人都没他多。"吉普赛人说，"运动刚开始时，他比伤寒病杀的人都多。"

"但他老早就泄了劲了。"安塞尔莫说，"现在软弱得很，怕死得很。"

"可能就因为他一开始杀的人太多了。"吉普赛人像个哲人般地说，"他比黑死病杀的人都多。"

"那是一条，另外就是有钱了。"安塞尔莫说，"而且他酒喝得太多。现在他一心就想退休，就像个斗牛士。像个斗牛士。可他没法退休。"

"要是到了火线那边，他们就会收走他的马，让他加入军队。"吉普赛人说，"我对军队也完全不感兴趣。"

"没有吉普赛人感兴趣。"安塞尔莫说。

"为什么要感兴趣？"吉普赛人问，"谁会想进军队？难道我们干革命就是为了进军队？我愿意战斗，但不是在军队里。"

"其他人在哪里？"罗伯特·乔丹问。他觉得很舒服，酒意上涌，仰面躺在林间土地上，透过树梢，看午后的轻云在西班牙高远的天空中缓缓移动。

"两个在洞里睡觉。"吉普赛人说，"两个守着上面存枪的地方。一个守在下面。大概都睡着了。"

罗伯特·乔丹翻了个身。

"是什么枪？"

"一个很少听说的名字。"吉普赛人说，"我听过就忘了。是机关枪。"

一定是自动步枪，罗伯特·乔丹心想。

"有多重？"他问。

"一个人拿得动，但很重。有三条可以折叠的腿。我们在最近一次大突袭中弄来的。葡萄酒之前的那次。"

"你们有多少子弹？"

"多的是。"吉普赛人说，"整整一箱子，重得你都想不到。"

听起来像是五百匣，罗伯特·乔丹想着。

"弹匣是圆盘还是长条带子？"

"一个装在枪杆顶上的圆铁罐子。"

"见鬼，是刘易斯式机枪。"罗伯特·乔丹想。

"你对机关枪有了解吗？"他问老人。

"没有。"安塞尔莫说，"完全没有。"

"你呢？"问吉普赛人。

"我知道它们打起来很快，枪管会变得非常热，一碰就烫手。"吉普赛人骄傲地说。

"这个谁都知道。"安塞尔莫轻蔑地说。

"也许吧。"吉普赛人说，"但他让我说说我对机关枪知道些什么，我就说了。"随后，他补充了一句："还有，和其他普通来复枪不一样，只要你按着扳机，它就能一直开火。"

"除非堵住了，没子弹了，或者温度太高融化了。"罗伯特·乔丹用英语说。

"你说什么？"安塞尔莫问。

"没什么。"罗伯特·乔丹说，"我只是用英语展望一下未来。"

"这可稀罕了。"吉普赛人说，"用英语展望未来。你会看手相吗？"

"不会。"罗伯特·乔丹说着，又啜了一杯酒，"不过，如果你会的话，我倒是乐意请你为我看看手相，告诉我接下来三天会发生什么。"

"巴勃罗的女人会看手相。"吉普赛人说，"不过她性子太急，又太粗鲁，我不知道她干不干。"

罗伯特·乔丹坐起来，吞下一口酒。

"咱们这就去见见巴勃罗的女人吧。"他说，"要是真那么糟，我们就快点儿结束。"

"我是不会去打扰她的。"拉斐尔说，"她很讨厌我。"

"为什么？"

"她觉得我是个浪费生命的家伙。"

"多不公平啊。"安塞尔莫嘲弄道。

"她反吉普赛人。"

"多大的错误啊。"安塞尔莫说。

"她有吉普赛血统。"拉斐尔说。"她也不是胡言乱语。"他咧嘴笑道，"只是腔调太伤人，像用牛皮鞭子抽人一样。她就是用这种腔调，把每个人都剥得赤裸裸的，一条一条剥下来。她粗鲁得不可思议。"

"她和那姑娘，玛利亚，关系好吗？"罗伯特·乔丹问。

"不错。她喜欢那姑娘。不过要是有任何人真想接近她……"他摇着头，啧啧出声。

"她和那姑娘处得很好。"安塞尔莫说，"她很关照她。"

"火车那次，我们刚把那姑娘带回来时，她非常古怪。"拉斐尔说，"她不说话，就一直哭，要是有谁碰她一下，她就抖得像淋湿的小狗。最近才刚刚好一点儿。最近好多了。今天她状态不错。就刚才，跟你说话那会儿，她好得不得了。我们炸掉火车以后就该扔下她不管的。为这么个明显没什么用的苦兮兮的丑东西耽误时间，当然不值得。可那老女人用绳子拖着她走，要是走不动，那老女人就拿绳子的另一头抽着她走。到她实在走不动了，老女人就把她扛在肩膀上走。老女人扛不动了，就我来扛。那时候我们可是在齐胸高的金雀花和石楠里爬山。等我也扛不动了，就巴勃罗扛。可那老女人为了逼我们干这事说的那都是什么话！"回忆起当时的情形，他摇摇头。"没错，那姑娘虽然有双大长腿，倒是不重。骨架子轻巧，没多少分量。可我们得扛着她，还要停下来开火，然后再扛上她，那就重了。更别说老女人从头到尾骂骂咧咧，拿绳子抽巴勃罗，背着他的来复枪，一看他放下那姑娘就把枪塞进他手里，然后再让他扛起她，自己帮他填弹匣，从他的口袋里搜罗子弹，摁进弹匣，一边还在骂他。后来天快黑了，天黑了就没事了。多亏他们没有骑兵队。"

　　"炸火车那次一定很艰难。"安塞尔莫说。"当时我不在，"他向罗伯特·乔丹解释，"是巴勃罗的人和'聋子'那队，还有这片山里的另外两队人马——我们晚上就去见'聋子'。那会儿我在火线那边。"

　　"还有那个名字很稀罕的金发小子……"吉普赛人说。

　　"哈什金。"

　　"没错。这名字我永远记不住。我们还有两个人，带着一挺机关枪，是从部队来的。他们没法带着枪撤走，就扔掉了。当然，那总不会比个姑娘还重，要是他们见过老女人的真面目，早就把枪拿走了。"他陷入回忆，摇摇头，又继续道，"我这辈子就没见过这样的事，爆炸时的事。火车跟平常一样开过来。我们远远看着。我兴奋极了，一句话也说不出来。我们看到它喷出的烟，然后听到鸣笛。它'突、突、突、突、突'地开过来，越来越大，接着，就在爆炸的一瞬间，车头都掀起来了，整个地面好像都在发抖，土块和碎木头飞上半空，起了好大一片黑云，跟着就是一声巨响，火车引擎飞进了黑云里，飞得很高，像梦一样。然后，它摔下来，侧面着地，活像受了重伤的巨兽。等到又一声带白烟的爆炸响起时，前一次爆炸掀起的土块还在往我们身上落，'嗒嗒嗒嗒'的机关枪声也响起来了！"吉普赛人两手握拳，在胸前上下晃动，大拇指竖起，假装端着机枪。"嗒！嗒！嗒！嗒！嗒！嗒！"他兴高采烈。

"我这辈子从来没见过这样的事，军队从车厢里逃出来，机关枪冲着他们'嗒嗒'作响，人噼里啪啦倒下去。就是那个时候，我太兴奋了，把手往枪管上一搭，才发现枪膛滚烫。

"就耽搁了这么一下，老女人就一巴掌扇在我脸上，说：'开枪，蠢猪！开枪，要不我就把你脑浆子踢出来！'于是我开始射击，但很难稳得住枪，军队朝远处的山上跑去。

"后来，我们下去，到火车边看看有什么能拿的。一个军官拿手枪逼几支小队回来对付我们。他一直挥着手枪，冲他们大喊大叫，我们全都瞄上了他，可没人打中。后来，有队伍趴下开火了。那军官就在他们背后上上下下地晃荡，可我们还是打不到他，火车横在那里，机关枪也发挥不了作用。队伍趴下时，军官开枪打了两个人，可他们照样不肯起身，他又开始骂他们，他们最后还是爬起来了。一下子爬起来三队，朝我们和火车冲过来。跑一段，又趴下来开火。然后我们就撤了，机关枪还在冲着我们'嗒嗒嗒'地叫。我就是那会儿发现那姑娘的，她从车上跑下来以后就躲在大石头中间。她跟着我们一起跑。那些军队就一直追着我们打，一直追到晚上。"

"那一定很难。"安塞尔莫说，"太紧张了。"

"那是我们干过的唯一一桩漂亮事。"一个低沉的声音响起，"现在你在干什么呢？你这懒鬼、醉汉、没名没姓的吉普赛恶棍的肮脏下流的私生子，你在做什么？"

罗伯特·乔丹看到一个女人，五十岁上下，个头和巴勃罗差不多，体宽和身高差不多，穿着黑色农民衫，系着黑腰带，粗腿上套着厚厚的羊毛袜子，脚踩黑色绳底帆布鞋，棕色脸庞仿佛花岗岩雕塑的样板。她有一双漂亮的大手，浓黑的鬈发在脖根盘了一个髻。

"回答我。"她对吉普赛人说，没搭理其他人。

"我在和这些同志说话。这一位是爆破手。"

"这我都知道。"巴勃罗的女人说，"滚出去，把在上面守着的安德雷斯换下来。"

"我这就去，"吉普赛人说，"我这就去。"他转向罗伯特·乔丹说："吃饭时再见。"

"少开玩笑了。"女人对他说，"光我记得的，今天你就吃了三顿了。现在就去，把安德雷斯给我叫回来。"

"你好。"她对罗伯特·乔丹说，伸出手，面带笑容。"你还好吗，共和国那边都还好吗？"

"好。"他说，握了握她有力的手。"我和共和国那边都好。"

"真叫人高兴。"她对他说。她注视着他的脸，笑着，他留意到，她有一双漂亮的灰眼睛。"你是来帮我们再炸一列火车的吗？"

"不。"罗伯特·乔丹说，立刻就信任了她。"来炸一座桥。"

"那不算什么。"她说，"一座桥不算什么。我们什么时候再去炸火车？我们现在有马了。"

"晚一点儿。这座桥非常重要。"

"姑娘告诉我，你那个和我们一起炸火车的同志死了。"

"是的。"

"太遗憾了。我从没见过那样的爆炸。他是个天才，他很讨我喜欢。不能这就再去炸一列火车吗？山里现在有很多人手，太多了，吃的都不够了。出去会好些，而且我们有马。"

"我们必须炸掉那座桥。"

"在哪里？"

"很近。"

"那更好。"巴勃罗的女人说，"我们把所有桥都炸掉，然后出去。我腻味这个地方了，这里人太多了，没什么好处。这就是一潭子死水，烦人。"

她一眼看到林子里的巴勃罗。

"酒鬼！"她冲他大叫，"酒鬼，烂酒鬼！"她高兴地回身转向罗伯特·乔丹。"他拿了一袋子葡萄酒躲在林子里一个人喝。"她说，"他什么时候都在喝。这种日子把他毁了。年轻人，你能来我非常高兴。"她拍拍他的背。"啊，"她说，"你比看起来壮一些嘛。"说着，她伸手摸了摸他的肩膀，感受法兰绒衬衫下的肌肉。"很好。你能来我很高兴。"

"我也一样。"

"我们会相互了解的。"她说，"喝杯酒。"

"我们喝了不少了。"罗伯特·乔丹说，"你要喝吗？"

"晚餐前不喝。"她说，"我会胃痛。"她又看见了巴勃罗。"酒鬼！"她大喊，"酒鬼！"她转向罗伯特·乔丹，摇着头。"他以前是个非常好的人。"她对他说，"可现在完了。还有一件事，听我说。好好对那姑娘，照顾她。玛利亚。她受过苦。你明白吗？"

"明白。可为什么会说这个？"

"我看到她见过你以后回到洞里的模样，也看到她出去之前就一直在盯着你。"

"我跟她说笑了几句。"

"她情况很不好。"巴勃罗的女人说，"现在好些了，她应该离开这里。"

"明白，她可以跟安塞尔莫一起到战线对面去。"

"等这里的事完了，你和安塞尔莫可以带她走。"

罗伯特·乔丹感到喉头抽痛了一下，声音低沉下来。"也许吧。"他说。

巴勃罗的女人盯着他，摇摇头。"啊呀，啊呀，"她说，"是不是所有男人都这样？"

"我没别的意思。她很漂亮，你清楚这一点儿。"

"不，她不漂亮。可她正在变漂亮，这才是你的意思。"巴勃罗的女人说，"男人。是我们女人生下了男人，这真是耻辱。不。是真的。共和国那边就不能为像她这样的姑娘提供个家吗，照顾她们？"

"有的。"罗伯特·乔丹说，"很好的地方。在海边，靠近巴伦西亚。其他地方也有。在那里他们会好好待她，她也可以照顾孩子。那里有些从村子里撤出来的孩子。他们会教她工作。"

"那就是我要的。"巴勃罗的女人说，"巴勃罗已经对她动念头了。这也是毁了他的一件事。就像生病一样，只要看到她就会发作。她现在离开是最好的。"

"这里结束后我们就能带她走。"

"眼下你就会好好照顾她，我能相信你，对吗？这么说话，好像我认识你很久了一样。"

"是有点儿像。"罗伯特·乔丹说，"像彼此非常了解的人。"

"坐下来。"巴勃罗的女人说，"我不是要你保证什么，该来的总会来。除非你不肯带她走，那我就会要保证了。"

"为什么不带她走倒要了？"

"因为我不想等你走了以后看着她疯掉。我见过她疯的样子，就算不加上这一次，也已够我受的了。"

"炸完桥以后我们就带她走。"罗伯特·乔丹说，"如果炸完桥我们还活着的话，我们就带她走。"

"我不喜欢听你这么说话，这么说话从来不会带来好运。"

"只有许诺时我才这么说话。"罗伯特·乔丹说，"我不是那种会说丧气话的人。"

"让我看看你的手。"女人说。罗伯特·乔丹伸出手，女人用自己的大手抓住，扳开它，拇指摩挲过他的掌心，仔细看着，然后放开。她站起来。他跟着起身。她看着他，没有笑。

"你看到了什么？"罗伯特·乔丹问她，"我不信这个。你不会吓到我的。"

"没什么。"她告诉他，"我什么都没看到。"

"不，你看到了。我只是好奇。我不信这些事。"

"那你信什么？"

"很多，但不是这种。"

"那信哪种？"

"我的事业。"

"是啊，看出来了。"

"告诉我，你还看到了什么。"

"没什么了。"她厉声说，"你说那桥很难炸？"

"不，我说它很重要。"

"但也可能很难炸？"

"是的，现在我就要下去查看一下了。你们这里有多少人？"

"能派上用场的有五个。那个吉普赛人没用，虽说他心是好的。他心地不错。至于巴勃罗，我已经不相信他了。"

"'聋子'那边呢，有多少顶用的？"

"大概有八个。今天晚上就知道了。他正往这里来。那是个很能干的人。他也有一些炸药，不过不太多。你可以跟他聊聊。"

"是你们叫他来的？"

"他每晚都来。他就在附近。是同志，也是朋友。"

"你觉得他怎么样？"

"是个很好的人，也很能干。炸火车那次他顶了大用。"

"其他队伍呢？"

"提前通知他们的话，凑五十来把来复枪大概是没问题的。"

"有多少把握？"

"看情况有多严重。"

"每把枪能有多少子弹？"

"大概二十发。得看他们肯为这事拿出多少。如果他们参加的话。要知道，你这座桥的事里又没钱，又没东西抢，照你说来，还挺危险，而且之后肯定要离开这片山区。会有很多人反对炸桥的。"

"明白。"

"所以说，不必要的话，最好就不要说。"

"我同意。"

"那等你先看过桥的情况，晚上我们再跟'聋子'谈。"

"我现在就和安塞尔莫下去。"

"那去叫醒他吧。"她说，"你要带支卡宾枪吗？"

"多谢你。"他对她说，"有当然好，不过我不会用的。我只是去看看，不是去试探。谢谢你跟我说了这么多，我非常喜欢你说话的方式。"

"我尽量有话直说。"

"那就告诉我，你从我的手相里看到了什么。"

"不。"她摇头说，"我什么也没看到。现在去看你的桥吧。我会照看好你的装备。"

"找个东西遮一下，别让任何人碰它。放在那里比在洞里好。"

"它会被遮得好好的，没人能碰。"巴勃罗的女人说，"现在去看你的桥吧。"

"安塞尔莫。"罗伯特·乔丹说着，伸手推推老人的肩膀，他躺在地上睡着了，胳膊垫在脑袋下。

老人抬眼看看。"哦。"他说，"当然。我们走。"

第三章

　　他们下到最后两百码，借着阴影，小心地从一棵树背后闪到另一棵树背后，穿过最后一片陡坡上的松林，桥就在五十码外。近晚的午后阳光爬过褐色山梁，投在空荡荡的深谷峭壁上，将桥映得幽黑。那是座单跨铁桥，两头各有一个岗亭。桥面足以容纳两车并行，以金属坚实优雅的舒展姿态，横跨深谷，远远的谷底里有一道河流，水挺急，白色水花隐现于岩礁卵石之间，奔向山口的主河。

　　太阳映在罗伯特·乔丹眼里，桥变成了剪影。阳光渐渐减弱，太阳沉到浑圆的褐色山头背后，消失了。

　　抬眼望去，隔着树梢，不再有刺眼的光，他这才看到，山坡上泛着可人的新绿，山顶上还有片片斑驳的残雪。

　　他回头再次看桥，微弱的余晖中，桥体突然间真切起来，时间很紧，他细看它的结构。毁掉它不难。他一边看，一边从胸前口袋里掏出一个本子，快速勾勒出好几幅草图。画图时他没考虑炸药量，那个可以晚些再说。现在他关注的是爆破点，把炸药安放在哪里，才能切断桥拱的支撑，让一段桥面掉进峡谷里去。可以从容不迫地来，科学、得体，分六个点，同时引爆，毁掉它的结构；也可以粗暴地来，只放两个大炸药包。得非常大，一边一个，同时爆炸。他飞快画着，很高兴——高兴终于心中有数了，高兴终于开始着手做事了。最后，他合上笔记本，铅笔插进侧面的皮圈里，把笔记本放进口袋，扣上扣子。

　　罗伯特·乔丹画草图时，安塞尔莫一直盯着公路、桥和岗亭。他觉得这里离桥太近了，不安全，直到看他画完，才松了口气。

罗伯特·乔丹扣上衣服口袋的盖帽，在松树后趴下，开始向外瞭望，安塞尔莫一手搭在他的胳膊肘上，另一只手伸出手指为他指点。

公路上，面对他们的岗亭里，哨兵正坐着，来复枪夹在膝间，上了刺刀。他在抽烟，戴一顶毛线帽，披着毯子似的斗篷。隔着五十码，没法看清他的脸。罗伯特·乔丹举起他的野战望远镜，谨慎地抬起双手遮挡镜片反光，虽说现在根本没有阳光。那是桥栏，清晰得好像伸手就能摸到一样；那是哨兵的脸，那么清楚，连下凹的面颊、烟灰和上了油的刺刀的光亮都看得到。那是张农民的面孔，双颊凹陷，颧骨高耸，有胡茬，眉毛浓重，眼睛藏在眉毛的阴影里，大手握着来复枪，大靴子从毛毡斗篷的褶皱下露出来。岗亭墙上挂着一只皮酒囊，磨得发黑了，还有一些报纸，没有电话。当然，电话可能在看不到的那边，但也没看到有电线接出来。公路边架了一条电话线，越过桥梁上空。岗亭外有个炭盆，用旧汽油桶做的，顶上截掉了，打了几个洞，搁在两块石头上，但没点火。下面的灰烬上有几个烧黑的空马口铁罐子。

安塞尔莫就趴在他旁边，罗伯特·乔丹把望远镜递过去。老人咧嘴一笑，摇摇头，手指轻轻敲一敲眼睛侧面。

"我看得到。"他用西班牙语说，"我看到了。"声音从嘴前部发出来，嘴唇几乎不动，这样说话，比任何耳语更轻。罗伯特·乔丹冲他一笑，他却看着哨兵，伸出一根手指指点着，别的手指掐在自己喉头。罗伯特·乔丹点点头，没有笑。

桥那头的岗亭在公路下段，背对他们，看不到里面。公路修得很好、很宽，铺了柏油路面，在桥那头向左转去，又往右拐了一下，便消失了。眼下这条公路是在老路的基础上加宽的，切进了峡谷对岸坚固的岩石峭壁里。从山口和桥上看下去，公路左侧，或者说西侧，就是陡峭的谷壁，方方正正的石块竖在路边，一字排开，算是防护。这段深谷几乎算得上大峡谷了，小河——桥横跨过的那条——就是在这里汇入山口的主河道。

"另一个岗哨在哪儿？"罗伯特·乔丹问安塞尔莫。

"那个拐弯下去五百米。修路工的小屋里，那屋子是从岩石里掏出来的。"

"有多少人？"罗伯特·乔丹问。

他举起望远镜，再次观察岗哨。那哨兵在岗亭外的木板墙上碾灭香烟，从口袋里掏出一个皮烟草袋，撕开烟头的卷纸，把余下的烟草倒进袋子里。他站起身，把来复枪往岗亭墙上一靠，伸了个懒腰，然后拿起枪，甩到肩上，朝桥走去。安塞尔莫平趴在地上，罗伯特·乔丹把望远镜滑进衬衫口袋，脑袋缩在松树后，藏得严严实实。

"那里有七个人，还有一个下士。"安塞尔莫贴在他耳边说，"我从吉普赛人那儿听来的。"

"等他停下来，我们立刻就走。"罗伯特·乔丹说，"我们离得太近了。"

"你要看的都看到了？"

"是，都看到了。"

太阳落山了，气温很快降下来，他们身后的山头上，最后一抹阳光映出的晚霞渐渐褪色，光线也暗淡下来。

"你怎么看？"安塞尔莫轻声说，他们看着哨兵走过桥，走向另一个岗亭，他的刺刀在最后的晚霞下闪亮，毛毡斗篷下的身影模糊不清。

"非常好。"罗伯特·乔丹说，"非常，非常好。"

"真叫人高兴。"安塞尔莫说，"我们走吗？现在他看不到我们了。"

那哨兵背对他们，站在桥那头。谷底传来溪水拍打石头的声响。接着，另一种声响穿透水声传来，一种连续不断的、嘈杂的嗡嗡声。他们看见哨兵抬起头来，他的毛线帽往后滑去。他们也抬起头，看到傍晚的高空中，三架单翼机突然出现，排成"V"字形，闪着银光——那个高度上还有阳光。它们划过天空，快得不可思议，引擎正发出规律的轰鸣。

"我们的?"安塞尔莫问。

"看起来是。"罗伯特·乔丹说,心里却清楚,在那样的高度上,你不可能确定。它们可能是任何一边的晚间巡逻机。但看到驱逐机,你总会说,那是我们的,因为这能让人感觉好一些。

轰炸机就是另一回事了。

安塞尔莫显然也有同感。"是我们的。"他说,"我认得。是'苍蝇[1]'。"

"没错。"罗伯特·乔丹说,"我看着也像'苍蝇'。"

"就是'苍蝇'。"安塞尔莫说。

罗伯特·乔丹有望远镜,大可以当场确认一下,但他宁愿不这么做。对他来说,今晚这几架飞机究竟是什么,无所谓。既然说"我们的"能让老人高兴,他也不想打破它。现在,它们朝着塞哥维亚方向飞去,看不见了。看起来,它们并没有红绿相间的翼尖,不是西班牙人称为"苍蝇"的那种,那是俄国人改造的波音P32下单翼飞机。颜色看不清,但式样不对。不。那是返航的法西斯巡逻机。

哨兵还站在远处的岗亭旁,背对他们。

"我们走。"罗伯特·乔丹说。他起身往山上走,小心翼翼,尽可能掩藏身影,直到离开哨兵的视线。安塞尔莫跟在他身后,相距一百码。走出桥上的视线范围后,他停下脚步,老人追上来,越过他,到前面带路,沿着小路一直往上走,摸黑爬上陡峭的山坡。

"我们的空军很棒。"老人高兴地说。

"是的。"

"我们会赢的。"

"我们必须赢。"

---

1. 苍蝇,即苏联在20世纪30年代初研发的伊-16[玻利卡尔波夫I-16(Polikarpov I-16)]战斗机,二战早期应用广泛。西班牙内战中,共和军为代表的左翼阵营习惯称之为"苍蝇"(Mosca),而国民军等组成的右翼阵营则称之为"老鼠"(Rata)。当时多有人误解其基于波音战斗机设计,因此也会称之为波音飞机。

"是的。等我们赢了以后，你一定要来打猎。"

"打什么？"

"野猪、熊、狼、野山羊……"

"你喜欢打猎？"

"是啊，伙计。比什么都喜欢。我们村里的人都会打猎。你不喜欢打猎？"

"不。"罗伯特·乔丹说，"我不喜欢杀死动物。"

"我就刚好相反，"老人说，"我不喜欢杀人。"

"谁都不喜欢，除了脑子有问题的人。"罗伯特·乔丹说，"但只要有必要，我也完全不反对。只要事出有因。"

"那是另外一回事。"安塞尔莫说，"我家里——我还有家的时候，现在没了——有几根野猪獠牙，是我在下面的林子里打到的。还有我自己打的狼皮。冬天在雪地里打的。有一头非常大，那是十一月的一天晚上，傍晚，回家路上打的，就在村子外面。我家地上铺了四张狼皮，都被踩破了，但到底是狼皮。还有野山羊的角，在高山[1]顶上打的。还有一只鹰的标本，请阿维拉的一个鸟类标本制作师做的，翅膀展开，眼睛是黄的，那眼睛像活的一样。那真是漂亮，看到这些东西我就高兴。"

"是啊。"罗伯特·乔丹说。

"我们村子的教堂大门上钉着一只熊掌，是我打的，春天在山脚的雪地里发现的，它那会儿正用那只熊掌推木头。"

"那是什么时候的事？"

"六年前。那熊掌像人的手掌一样，只不过长满了长毛，风干了，用钉子从掌心钉在教堂大门上，每次看到我都很高兴。"

"因为骄傲？"

"因为骄傲，会想起在早春的山脚边遇到那只熊的情形。可是杀

---

1. 此处原文大写，应是特指西班牙中部的瓜达拉马山脉，山脉呈西南—东北走向，穿越阿维拉省、马德里大区至塞哥维亚，为中央山脉东部。

人，一个和我们一样的人，就没什么纪念品好保留了。"

"你可不能把他的手掌钉在教堂大门上。"罗伯特·乔丹说。

"不能。这么野蛮的事想都不能想。就算人手跟熊掌看起来差不多。"

"人的胸膛和熊的也差不多。"罗伯特·乔丹说，"剥开皮以后，熊的肌肉和人的也很像。"

"没错。"安塞尔莫说，"吉普赛人相信熊是人类的兄弟。"

"美洲的印第安人也这么想。"罗伯特·乔丹说，"要是杀掉一头熊，他们就要向它道歉，乞求它的原谅。他们会把它的头骨挂在树上，在离开前祈求它原谅他们。"

"吉普赛人相信熊是人的兄弟，是因为它们皮毛下的身体和人一样，因为它们也喝啤酒，因为它们喜欢音乐，还喜欢跳舞。"

"印第安人也这么认为。"

"印第安人也算吉普赛人吗？"

"不。但在对于熊的看法上，他们很像。"

"显然。吉普赛人相信它们是兄弟，还因为它们也会只图高兴就去偷东西。"

"你有吉普赛血统吗？"

"没有。可我见过很多吉普赛人，当然，运动开始以后就更多了。山里就有很多。对他们来说，在部落外面杀人不算犯罪。他们不承认，但那是真的。"

"就像摩尔人。"

"没错。不过吉普赛人有许多他们自己不承认的规则。开战以后，很多吉普赛人又变坏了，就像很久以前那样。"

"他们不理解打仗是为了什么。他们不知道我们为什么战斗。"

"是啊。"安塞尔莫说，"他们只知道，现在在打仗，又可以杀人了，还不用受惩罚，就像很久以前那样。"

"你杀过人吗？"罗伯特·乔丹问。黑暗让人亲近，何况他们白天也在一起。

"杀过，好几次，但不舒服。要我说，杀人是一种罪过。就算是非杀不可的法西斯，也一样。在我看来，熊和人大不一样，我也不相信吉普赛人那种动物兄弟的巫术。不，我绝对反对杀人。"

"可你还是杀了。"

"是啊。而且以后还会杀。可要是能活得久一点儿，我会努力过一种不伤害任何人的生活，那就能得到原谅了。"

"谁来原谅？"

"谁知道呢！我们这里没有了天主，也没有圣子圣灵，今后是谁来原谅？我不知道。"

"你们不再有天主了？"

"没有了，伙计，肯定没了。要是主还在，绝不会允许我双眼看过的那些事情发生。但愿天主保佑他们。"

"他们需要祂。"

"我想念祂，毫无疑问，我们从小就有信仰。可如今，人必须对自己负责。"

"那么，就是要你自己原谅你杀人的行为了。"

"我想是的。"安塞尔莫说，"既然你说得这么坦白，我相信就得这样。但不管有没有天主，我都认为杀人是罪过。要我说，夺取别人的性命是非常严重的事。有必要时我会动手，但我可不是巴勃罗那种人。"

"要想赢得战争，就必须杀死我们的敌人。从来就是这样。"

"当然，打仗时我们必须杀人。但我有些很古怪的念头。"安塞尔莫说。

此时一片黑暗，他们走得很近，他声音很轻，爬坡时，头不时转来转去。"哪怕是主教，我也不杀，什么有钱人都不杀。我就让他们每天干活，就像我们在地里干活，在山上砍树一样，一辈子都得干。那样，他们就会知道人活着是为了什么。他们要在我们睡觉的地方睡觉。他们要吃我们吃的东西。但首先，他们得干活。这样他们就能学会了。"

"然后他们就会活下来，再来奴役你。"

"杀掉他们就什么都教不了了。"安塞尔莫说，"你没法消灭他们，因为他们骨子里会埋下更多仇恨。监狱也没用，监狱只会制造仇恨。我们所有的敌人都应该学习。"

"可你还是杀了。"

"是啊。"安塞尔莫说，"很多次，而且还会再杀。但并不高兴，而且我认为那是罪过。"

"那个哨兵。你开过玩笑，说要杀掉那个哨兵。"

"那是开玩笑。我会杀掉那个哨兵。是的，当然我很清楚我们的任务，但不感到高兴。"

"咱们把这事留给享受它的人来干。"罗伯特·乔丹说，"八个，外加五个。有十三个人会享受这事。"

"享受这种事的人很多。"黑暗中，安塞尔莫说，"我们里面，这种人很多，比真正为战斗奉献的人多。"

"他们真的打过仗吗？"

"没有。"老人说，"运动刚开始，我们在塞哥维亚战斗，可我们吃了败仗，跑了。我们并不真正知道在做什么，也不知道该怎么做。我还只有一把配大号铅弹的猎枪，国民警卫队那边用的可是毛瑟枪。隔着一百码我就打不到他们了，可隔着三百码他们也能打到我们，只要他们高兴，好像我们是兔子一样。他们练得多，打得准，在他们面前我们就是绵羊。"他沉默了。过了会儿，他又问："你觉得炸桥时会要打一场吗？"

"有可能。"

"我从没见过哪次战斗里没人逃跑。"安塞尔莫说，"我不知道自己该怎么做才对。我是个老家伙了，可我想知道。"

"我会告诉你的。"罗伯特·乔丹对他说。

"你参加过很多战斗吗？"

"好几场。"

"那你觉得桥上这次会怎么样？"

"首先，我会考虑桥的问题。那是我的任务。炸掉那桥并不难。接下来，我们再处理其他问题。做好准备工作，把一切都写下来。"

"这里很少有人识字。"安塞尔莫说。

"得根据大家的理解程度来写，这样人人都能懂，不过还是得解释清楚。"

"交待给我的，我会做好。"安塞尔莫说，"但想想塞哥维亚的枪战，如果有战斗，甚至大规模的交火，我希望能非常清楚，在不同情况下，我该怎么做，免得我忍不住逃跑。我还记得，在塞哥维亚时我非常想逃跑。"

"我俩会在一起。"罗伯特·乔丹告诉他，"我会随时告诉你要做什么。"

"那就没问题了。"安塞尔莫说，"只要有命令，我什么都能做。"

"我们的任务就是炸桥和战斗，如果有战斗的话。"罗伯特·乔丹说。在黑暗中说这话，他觉得有点儿戏剧化，但在西班牙，听起来还不错。

"那该是最要紧的。"安塞尔莫说，听起来，他说得坦白真诚，完全没有装腔作势，没有英国人那种含蓄的装腔作势，也没有拉丁人的虚张声势。罗伯特·乔丹觉得自己真是非常幸运，有这位老人做伴，桥也看过了，方案有了，问题简化了，只要突袭岗哨，正常引爆，就行了。他讨厌戈尔茨的命令，讨厌这些命令的必然性。讨厌它们，是因为它们可能对他造成的后果，可能对这位老人造成的后果。对于执行命令的人来说，它们当然很糟糕。

"不该这么想，"他告诉自己，"你没法保证一定不出事，谁都不行。你和这老头都算不上什么。你们是工具，就得履行你们的职责。命令一定要执行，这不是你的错。那里有一座桥，那桥可能成为人类未来命运的关键转折点。这场战争里的一切都可能成为转折点。你只有一件事要做，必须做。"只有一件事，见鬼，他想。如果只是一件事，倒简单了。"别担心了，你这个只会吹牛的王八蛋。"他对自己说。想想其他事。

于是，他开始想那姑娘，玛利亚，想她的皮肤、头发和眼睛，都是同样泛金的茶褐色，头发深一点儿，但只要皮肤再晒黑一点儿，就比头发深了，光滑的皮肤，表面泛着淡金，底下是深色。一定很光滑，全身都很光滑。她行走笨拙，像是在她身上，或关于她，有什么让她困窘的东西，人人都看得见似的，虽然没人看得见，那只在她的脑子里。被他看着时，她会脸红，坐在那里，双手紧扣，环抱膝盖，衬衫领口开着，乳房耸起，顶着衬衫。想到她，他的喉头就像是被堵住了，走路都困难。他和安塞尔莫都没再开口，直到老人说："现在我们穿过这些石头，下去就到营地了。"

他们摸黑穿行在山石间，突然，有人冲他们喊话："站住。来的是谁？"他们听到来复枪枪栓的撞击声，像是被向后拉开了，接着又是一声撞在木头上的动静，像是往前一推，上了膛。

"自己人。"安塞尔莫说。

"什么自己人？"

"巴勃罗的自己人。"老人告诉他，"你们不知道我们来了吗？"

"知道。"那声音说，"但这是规矩。你们有口令吗？"

"没有。我们从下面来。"

"我知道。"那男人在黑暗中说，"你们从桥那儿来。我都知道。规矩不是我定的。你们必须有后半段口令才行。"

"那前半段是什么？"罗伯特·乔丹说。

"我忘掉了。"男人在黑暗中大笑着说，"带上你们见不得人的炸药去他妈的营火那边吧。"

"那就是所谓游击队的纪律，"安塞尔莫说，"松开你的扳机。"

"松着呢。"男人在黑暗中说，"我大拇指和食指顶着呢。"

"要是毛瑟枪的话，你可不能这么干，它的枪栓上没棱节，会走火的。"

"这就是毛瑟枪。"男人说，"不过我的大拇指和食指捏得紧得很。我一直这么干。"

"你枪口对着哪？"黑暗中，安塞尔莫说。

"对着你。"男人说，"松开枪栓以后就一直对着你。你们到营地时，记得叫个人来替我，我他妈饿得不行了，口令也忘掉了。"

"你叫什么？"罗伯特·乔丹问。

"奥古斯丁。"男人说道，"我叫奥古斯丁，我守在这里都快无聊死了。"

"我们会把信带到的。"罗伯特·乔丹说。他想着，"无聊"这个西班牙词语，换到任何其他语言里，都不是农民会用的。可在西班牙人的口中，这确实是最常用的词之一，无论贵贱，都一样。

"听我说，"奥古斯丁说着，走上前来，伸手搭上罗伯特·乔丹的肩膀。他把打火石往铁块上一蹭，吹亮软木条一头的火星，借着光亮，看向年轻人的面孔。

"你看着像个什么人，"他说，"但不太一样。听着。"他放下火石，端着来复枪，站着。"告诉我，桥的事，是真的吗？"

"什么桥的事？"

"我们要炸掉一座他妈的桥，然后就他妈的不得不他妈的从这些山里滚出去。"

"我不知道。"

"你不知道。"奥古斯丁说，"真不要脸！那，那些炸药是谁的？"

"我的。"

"可你不知道那是用来干什么的？别给我胡扯了。"

"我知道那是用来干什么的，到时候你们也会知道。"罗伯特·乔丹说，"不过现在，我们要去营地了。"

"去你妈的吧，"奥古斯丁说，"你他妈的。你要听听我的忠告吗？"

"好啊。"罗伯特·乔丹说，"只要别是他妈的。"

他在说刚才对话里充斥的那句脏话。奥古斯丁这人，嘴实在不干净，每个名词前面都要加上一句脏话当形容词，同样的脏话也被用来当动词，罗伯特·乔丹很怀疑，他究竟能不能干干净净说出一句话。听到这个字眼，奥古斯丁在黑暗中大笑起来。"我说话就这样。可能不好听。谁知道呢？每个人都有自己说话的样子。听我说，我不在乎那桥。不管是桥还是别的什么，我也早就烦透了这些山。如果非得走，那我们就走。这些山也不会对我说一个字。我们也该走了。不过，我要说一件事。看好你的炸药。"

"多谢你。"罗伯特·乔丹说，"是要提防你？"

"不。"奥古斯丁说，"提防那些不像我这么他妈的有胆的家伙。"

"所以？"罗伯特·乔丹问。

"你了解西班牙人。"奥古斯丁严肃起来，说，"照看好你那些他妈的炸药。"

"谢谢你。"

"不，不用谢我。看好你的东西。"

"它出什么事了吗？"

"没有，要不我才不会浪费时间跟你说这些。"

"还是要谢谢你。我们现在就去营地。"

"很好。"奥古斯丁说，"记得让他们派个知道口令的家伙过来。"

"回头咱们会在营地见吗？"

"会，伙计。很快。"

"走吧。"罗伯特·乔丹对安塞尔莫说。

他们正爬下草甸边缘，周遭弥漫着灰蒙蒙的雾。走过树林里铺满松针的地面之后，脚下的草繁茂起来，草叶上的露水浸湿了他们的帆布鞋。前方，透过树林，罗伯特·乔丹能看见一团亮光，他知道，那一定就是洞口。

"奥古斯丁人非常好。"安塞尔莫说，"他说话很脏，老开玩笑，但其实是个非常认真的人。"

"你很了解他？"

"是的，认识很久了，我非常信任他。"

"他说的究竟是怎么回事？"

"哦，伙计。那个巴勃罗现在变坏了，你也看到了。"

"那最好是？"

"找人看着它，一直看着。"

"找谁？"

"你，我，那个女人和奥古斯丁，反正他也已经看出危险了。"

"你想到过这里的情况会这么糟吗？"

"没有。"安塞尔莫说，"情况恶化得非常快。但来这里还是有必要的。这是巴勃罗和'聋子'的地盘，在他们的地盘上，我们必须应付他们，除非事情是靠咱们自己就可以完成的。"

"'聋子'怎么样？"

"很好。"安塞尔莫说，"那一个有多坏，他就有多好。"

"你确信他是真的变坏了？"

"从我们听到那些话以后，整个下午我都在琢磨这事。现在想来，是的，的确是。"

"如果现在离开，考虑另一座桥，从其他队伍里找人，情况也不会更好吧？"

"不会。"安塞尔莫说，"这是他的地盘，你不可能瞒着他做事。不过，一定要做足准备才能行动。"

第四章

　　他们下到山洞前，洞口挂了一张毯子，灯光从毯子边的缝里透出来。两个背包都在树下，上面盖着一张帆布，罗伯特·乔丹跪下身去，发现帆布是湿的，但背包被护得很严实。他摸黑伸手到帆布下，从其中一个背包外袋里掏出个带皮套的酒壶，贴身滑进衣袋。挨个打开挂在包盖锁扣上的长柄挂锁，解开包顶的绳索，伸手进去，清点包里的物资。在其中一个背包深处，他摸到了麻布包着的炸药包，外面裹着睡袋。他系上绳子，扣上锁，又伸手到另一个包里。他摸到老式起爆器木盒硬邦邦的表面；装着雷管的雪茄盒，每个小圆柱外都用它自己的两根电线一圈一圈缠绕着（尽可能小心地包好，像小时候打包野外找到的鸟蛋一样）；冲锋枪的枪托，从枪管上拆下来了，裹在皮夹克里；两个弹盘和五个弹夹，在大背包的一个内袋里，另一个内袋里是一小卷铜线和一大卷轻巧的绝缘线。在装线卷的口袋里，他摸到了他的老虎钳和两把木头锥子，在炸药包顶上钻洞用的。从最后一个内袋里，他抽出整整一大盒俄国香烟，都是在戈尔茨的指挥部拿到的。然后，他抽紧背包口的绳子，锁上挂锁，翻下包盖，重新盖好帆布。安塞尔莫已经进洞去了。

　　罗伯特·乔丹站起来，打算跟上他，想了想，又掀开帆布，拎起背包向洞口走去。刚好一手拎一个，勉强拿得动。他放下一个背包，把毯子撩到一旁，脑袋先伸进去，再一手抓着一个包的皮肩带，走进洞里。

洞里烟雾腾腾，很暖和。靠墙有一张桌子，桌上一个瓶子里插着蜡烛。巴勃罗、三个他不认识的人和吉普赛人拉斐尔都坐在桌边。烛火在男人身后的墙上投下阴影，安塞尔莫刚进来，站在桌子右边。角落里，巴勃罗的妻子站在敞开的炉灶前，灶膛里烧着炭。那姑娘跪在她身边，正在搅动铁锅里的东西。罗伯特·乔丹进门刚站定，姑娘就提起木勺，看向了他。借着火光，他看到女人正用皮风箱往炉膛里鼓风，看到姑娘的面庞、胳膊，看到汤汁从勺子上滴落，跌回铁锅里。

"你拿的什么？"巴勃罗问。

"我的东西。"罗伯特·乔丹说着，把两个背包放在靠近洞口的地方，远离桌子。

"就放外头不行吗？"巴勃罗问。

"太黑了，说不定会绊倒人。"罗伯特·乔丹说着，走到桌边，把烟盒放在桌上。

"我不喜欢洞里放炸药。"巴勃罗说。

"离火远着呢。"罗伯特·乔丹说，"抽烟。"烟盒盖子上印着一艘彩色军舰，拇指甲绕烟盒划一圈，他往巴勃罗跟前推了推。

安塞尔莫给他搬来一张凳子，上面蒙着生牛皮，他靠着桌边坐下。巴勃罗看着他，像是还想说什么，却只伸手拿烟。

罗伯特·乔丹把烟盒推给其他人，眼睛没看，但知道有一个拿了烟，两个没拿。他的注意力都在巴勃罗身上了。

"还好吗，吉普赛？"他对拉斐尔说。

"不错。"吉普赛人说。罗伯特·乔丹敢说，他进来时他们正在谈论他，就连那吉普赛人都不大自在。

"她又给你吃东西了？"罗伯特·乔丹问吉普赛人。

"是啊。为什么不呢？"吉普赛人说。这跟下午他们有说有笑的模样可大不一样。

巴勃罗的女人没说话，继续往炭火里鼓风。

"上面有一个叫奥古斯丁的，说他要无聊死了。"罗伯特·乔丹说道。

"那死不了人。"巴勃罗说,"就让他死一死好了。"

"有酒吗?"罗伯特·乔丹靠向前去,手撑在桌上,随口向众人问道。

"还有一点儿。"巴勃罗闷闷地说。罗伯特·乔丹觉得,还不如好好观察一下那三个人,瞧瞧现在是个什么处境。

"这样的话,我还是来杯水吧。你,"他对那姑娘喊,"给我一杯水。"

姑娘看看女人,后者没说话,也没表现出任何听到了的迹象,于是她来到水罐边,舀了满满一杯水,送到桌边,放在他面前。罗伯特·乔丹对她笑笑。肚子一收,屁股往左蹭了蹭,让挂在皮带上的手枪滑到更顺手的位置。他伸手到后裤袋,巴勃罗盯着他。他知道,他们全都盯着他,可他只看巴勃罗。他从后裤袋里抽出一个套着皮套的酒壶,拧开盖子,然后端起杯子,一口气喝掉半杯水,再慢慢把瓶子里的东西倒进杯子里。

"这个你喝太烈了,要不我就让你尝尝。"他对姑娘说,又笑了一下。"剩得不多了,不然我还能给你一点儿。"他对巴勃罗说。

"我不喜欢茴香酒。"巴勃罗说。

酒的辛辣味已经在桌面上散开,他认出了一种熟悉的成分。

"很好。"罗伯特·乔丹说,"因为实在没剩下多少了。"

"那是什么酒?"吉普赛人问。

"一种药。"罗伯特·乔丹说,"你想尝尝吗?"

"治什么的?"

"什么都治。"罗伯特·乔丹说,"什么都能治好。如果你有什么不对劲,这个就能治好。"

"让我尝尝。"吉普赛人说。

罗伯特·乔丹把杯子推给他。羼了水的酒变成了乳黄色,他希望吉普赛人只喝一小口,别再多了。剩下的很少了。这样一杯,能替代晚报,替代咖啡馆里传统的傍晚,替代这个季节里开花的所有栗子树、郊外林荫道上缓步慢行的漂亮的马、书店、报亭、画廊、蒙苏里公园、布法罗体育场、比尤特－肖蒙公园、担保信托投资公司、西岱岛、福依约的老餐馆[1]，替代傍晚一切的阅读和休闲，替代他享受过又忘记的一切。只要喝到这浑浊的、苦涩的、令舌头麻木、头脑发热、胃里温暖、想法转变的魔力液体，它们就都回来了。

吉普赛人做了个鬼脸，把杯子递回来。"闻着是茴香，但苦得像黄连一样。"他说，"生病都比吃这药好。"

"是苦艾。"罗伯特·乔丹告诉他，"这里面有苦艾，是真正的苦艾酒。有人说它会毁了你的脑子，但我不信。它只会让人的想法改变。你得慢慢往里加水，一次几滴。但我是直接把它倒进水里了。"[2]

"你在说什么？"巴勃罗恼怒地说，感觉被嘲笑了。

"解释这种药。"罗伯特·乔丹咧嘴一笑，对他说，"我在马德里买的。那是最后一瓶，我靠着它过了三个礼拜了。"他喝了一大口，感觉酒液淌过舌面，温柔地麻醉了舌头。他看着巴勃罗，又咧开了嘴。

"情况怎么样？"他问。

巴勃罗没吱声。罗伯特·乔丹细细打量桌边其他三个人。一个有张大饼脸，扁平，棕色的，就像塞诺拉火腿，鼻子也扁，还断过，细长的俄国香烟斜着伸出，显得脸更扁了。这人一头灰色短发，长着灰色胡茬，穿一件普通的黑色罩衫，一直扣到领口。罗伯特·乔丹望向他时，他正低头看着桌面，但目光很沉着，没有闪烁不定。另外两人明显是兄弟，长得非常像，都矮小粗壮，深色头发，前额发际线生得很低，黑眼睛，褐皮肤。一个左眼上方有一道疤，横过前额。他打

---

1. 以上地点均在法国巴黎。

2. 苦艾酒是一种以苦艾、茴芹、茴香等为主要原材料酿制的高度蒸馏酒。前面巴勃罗只认得茴香的味道，误以为这是茴香酒。苦艾酒的传统喝法是将一份苦艾酒倒在杯中，上置专用滴壶，在滤口放一块方糖，加入冰水，让冰水渗过方糖后滴入酒杯，水为苦艾酒的三到五倍，最后绿色或无色的苦艾酒会变成一杯乳白色饮料。糖水能调和部分酒的苦味，药草香味也同时被激发出来。19世纪末，苦艾酒曾风靡欧洲，但因为其中的苦艾成分导致了多起致幻案例，20世纪初即在除西班牙以外的多个国家长期遭禁。直至1981年，新的酿造配方令致幻成分得以控制后，苦艾酒才由欧盟宣布解禁。

量他时，他们也镇定地望着他。一个看起来大约二十六岁或二十八岁，另一个大两岁的样子。

"你看什么？"两兄弟中的一个——有疤的那个——问。

"看你。"罗伯特·乔丹说。

"看到什么稀罕的了？"

"没有。"罗伯特·乔丹说，"来支烟？"

"干吗不呢？"那兄弟说。他之前没拿。"这些烟跟另一个家伙的很像，炸火车的那个。"

"炸火车那次你们也在？"

"我们都在。"那兄弟淡淡地说，"所有人，除了老家伙。"

"那才是我们该做的。"巴勃罗说，"再炸一列火车。"

"可以。"罗伯特·乔丹说，"炸完桥以后。"

他能看到，巴勃罗的妻子从炉火前转过身来听。当他说出"桥"这个字眼，每个人都沉默了。

"炸完桥以后。"他特意重复一遍，啜了一口苦艾酒。还是摊开了说的好，他想，反正都得说。

"我不会去炸桥。"巴勃罗说，垂眼看着桌面。"我不去，我的人也不去。"

罗伯特·乔丹没搭腔。他看向安塞尔莫，举了举杯子。"我们得自己干了，老家伙。"他笑着说。

"不跟这懦夫一起。"安塞尔莫说。

"你说什么？"巴勃罗冲着老人说。

"不关你的事，没跟你说话。"安塞尔莫冲他说。

罗伯特·乔丹隔着桌子，看向站在炉火边的巴勃罗的妻子。她还一句话都没说过，也没有过任何表示。可现在她在和那姑娘说什么，他听不到。姑娘从炉火边站起身来，贴着墙边快步往外走，撩开挂在洞口的毯子，出去了。"我看是时候了，"罗伯特·乔丹想，"肯定是了。我不希望以这种方式来，可看来只能这样了。"

"那我们就要在没你帮忙的情况下炸桥了。"罗伯特·乔丹对巴勃罗说。

"不，"巴勃罗说，罗伯特·乔丹眼看着他脸上渗出了汗水。"这里的桥你们一座也不能炸。"

"不能？"

"一座也不能。"巴勃罗艰难地说。

"你说呢？"罗伯特·乔丹扬声对巴勃罗的妻子说，她站在炉火边，一动不动，身形魁梧。她转身面对他们，说："我赞成炸桥。"火光照亮她的脸，映得发红，这张脸透出温暖的光芒，幽深，端庄，就是它本该有的模样。

"你说什么？"巴勃罗对她说。在他转头的一瞬，罗伯特·乔丹看见了他额上的汗水，和脸上遭到背叛的神色。

"我支持炸桥，反对你。"巴勃罗的妻子说，"就这样。"

"我也支持炸桥。"扁平脸断鼻梁的男人说着，在桌上碾灭了烟屁股。

"照我看，炸桥不算什么。"两兄弟里的一个说，"我支持巴勃罗的女人。"

"同意。"另一个兄弟说。

"同意。"吉普赛人说。

罗伯特·乔丹盯着巴勃罗，眼睛看着，右手慢慢向下探去，以备不时之需，隐约希望事情能够发生（他觉得或许那是最简单、最方便的办法，却又不希望打破现在这么好的情势，他很清楚，在争执中，一个家庭、一个家族、一个团队的所有成员是多么容易团结起来，合力对抗陌生人；可又觉得，既然已经这样了，能用这只手处理的话，那才是最简单也最好的办法，手起刀落，干脆利落），同时，也看到了巴勃罗的妻子，站在那里，看到她脸上泛起红光，骄傲，酣畅，健康，那是忠诚所赋予的红光。

"我支持共和国。"巴勃罗的女人快活地说，"共和国说要炸桥。那之后，我们还来得及再做其他事。"

"就你，"巴勃罗愤恨地说，"就你那个种牛脑子，就你那个婊子心思。你以为炸完桥还有以后？你知不知道会发生什么？"

"注定要发生的，"巴勃罗的女人说，"注定要发生的，总会发生。"

"这事儿我们捞不到任何好处，此后还会像野兽一样被追捕，你就完全无所谓？不怕丢了性命？"

"完全不。"巴勃罗的女人说，"别想吓唬我，懦夫。"

"懦夫，"巴勃罗恨恨地说，"你把一个男人当成懦夫，就因为他还有点儿头脑。就因为他能提前看到一个白痴行动的后果。知道什么是愚蠢，不等于懦弱。"

"知道什么是懦弱也不等于愚蠢。"安塞尔莫说，忍不住套用了这个措辞。

"你想死吗？"巴勃罗严肃地对他说，罗伯特·乔丹明白，这个问题有多赤裸裸。

"不。"

"那就管好你的嘴，不懂就别这么多话。你看不出这有多严重吗？"他说，几乎是可怜巴巴了。"只有我看出了这件事的严重性吗？"

"我也这么想，"罗伯特·乔丹在心里说，"老巴勃罗，老伙计，我也这么想。还有我。你看得出来，我看得出来，那女人从我的掌纹里读出来了，可她不明白。眼下她还不明白。"

"我这个头儿就什么都不是了？"巴勃罗问，"我知道我在说什么。你们这些人不知道，那老家伙净说废话。他是个老家伙了，什么都算不上，不过是个信差，一个外国佬的向导。这个外国佬跑到这里来，要做一件对外国人有好处的事。为了他的好处，我们就一定要牺牲。我是为所有人的利益和安全考虑。"

"安全，"巴勃罗的妻子说，"就没有安全这回事。如今这里太想要安全了，结果就是巨大的危险。为了要安全，你把什么都丢了。"

现在，她手握大勺，站在了桌边。

"有安全的。"巴勃罗说，"懂得在危险中选择机会，就是安全。就像一个明白自己在做什么的斗牛士，不冒进，那就是安全。"

"直到被顶伤。"女人尖刻地说，"我听过多少斗牛士说这种话啊，跟着他们就被顶了。我总听菲尼托不断说起，说那都是学问，说公牛从来不顶人，反倒是人自己往牛角上送。被顶伤之前，他们都这么傲慢，都这么说话。结果呢，我们就得到诊所去看他们了。"她假装在病床边探病，声音浑厚。"嘿，老东西。你好啊。""你好，老兄。怎么样，皮拉尔？"她模仿受伤斗牛士虚弱的声音。"这是怎么回事，菲尼托，奇科，你怎么会遇上这种见鬼的事的？"她用本嗓说出，中气十足，跟着又虚弱地小声说，"没事，老婆。皮拉尔，没事。本来不该发生的。我完全可以杀掉它，你知道的。没人能比我干得更好了。喏，我已经干掉它了，就像我本来就能做到的，它死定了，腿在发抖，就要被自己的体重压垮了，我转身走开，谁知道太大意了，它一头顶在我背后，角插进我的屁股中间，刺穿了我的肝脏。"她大笑起来，停止模仿斗牛士，那简直就是柔弱女人的声音，恢复了响亮。"就你，还你的安全！我跟全世界最穷的三个职业斗牛士过了九年，难道还没学会什么叫害怕，什么叫安全？跟我嚷嚷什么都行，除了安全。就你。我是有多瞎了眼才会看中你，结果呢！只打了一年仗，你就成了懒汉、酒鬼和懦夫。"

"你没有权利这样说话。"巴勃罗说，"更何况当着人，还有个陌生人。"

"我就这么说话。"巴勃罗的妻子继续说，"你听不到吗？你还以为这里是你说了算？"

"没错。"巴勃罗说，"这里是我说了算。"

"少开玩笑了。"女人说，"这里我说了算！你没听到这些人的话吗？在这里，谁说了都不算，除了我。你要乐意，可以留下来，吃你的东西，喝你的酒，但不能灌太多，高兴了也可以干点儿活。可这里我说了算。"

"我真该把你跟这个外国佬一起毙了。"巴勃罗阴沉沉地说。

"试试看啊，"女人说，"看看到底会怎么样。"

"给我一杯水。"罗伯特·乔丹说，眼睛不曾离开那两人——满脸不高兴的男人，骄傲地站在桌旁的女人，女人自信地握着大勺，仿佛拿着指挥棒。

"玛利亚，"巴勃罗的女人扬声叫道，等姑娘进来后，说，"给这位同志倒点儿水。"

罗伯特·乔丹伸手去拿酒壶，借着拿出酒壶的动作，拨开了套住手枪的枪套，把它移到了大腿上。他往自己杯子里倒上第二杯苦艾酒，端起姑娘为他送来的水，开始往酒杯里滴水，一次一点儿。女孩站在他胳膊肘旁，注视着他。

"出去。"巴勃罗的女人对她说，挥动勺子比划了一下。

"外面冷。"姑娘说，她的脸凑近罗伯特·乔丹的，盯着酒杯里的变化，杯子里的酒正渐渐变得乳浊。

"也许吧。"巴勃罗的女人说，"不过这里太热了。"她很和气地说道，"要不了多久了。"

姑娘摇摇头，走了出去。

我可不信他就这么算了，罗伯特·乔丹暗想。他一手端着杯子，一手闲着，按在手枪上，完全不掩饰了。他早就拨开了保险栓，枪柄上的格纹几乎磨平了，摸起来很舒服。他感受着扳机护环那圆润、冰凉的熟悉感。巴勃罗不再看他，只盯着那女人。她继续说："听我说，醉鬼。你知道这里谁说了算了？"

"我说了算。"

"不，听着，把你那毛耳朵里面的耳屎掏干净。听好了，我说了算。"

巴勃罗看着她。从他的脸上，你看不出他在想什么。他看着她，非常郑重，又看看桌子对面的罗伯特·乔丹。他看了很久，若有所思，然后，再转回去看看女人。

"好。你说了算。"他说，"你想让他说了算都行。你们两个见鬼去吧。"他直视女人的脸，既没镇住她，看起来也没怎么被她影响。"也许吧，我又懒，喝得又太多。你可以觉得我是个懦夫。你错了。但我也不傻。"他顿了顿说，"你可以说了算，你也喜欢这样。现在，要是你这位指挥官还是个好女人的话，该给我们弄些吃的了。"

"玛利亚。"巴勃罗的女人喊。

姑娘从洞口的毯子边探进头来。"进来吧，上晚饭。"

姑娘进来，走向灶台旁的矮桌，捡起几个搪瓷碗，送到桌边。

"葡萄酒够大家喝的。"巴勃罗的女人对罗伯特·乔丹说，"别管那醉鬼说什么。这些喝完了我们还能再弄点儿来。喝掉你这古怪东西，来杯葡萄酒。"

罗伯特·乔丹一口吞下最后一点儿苦艾酒，细细体味这样一口吞的感觉，温暖，细微，酒气蒸腾，润湿，身体里化学反应带来的灼热感。他把酒杯推过去。姑娘给他舀了满满一杯葡萄酒，微笑着。

"那个，你去看过桥了？"吉普赛人问。其他人在忠诚宣言之后都没开过口，这会儿却全都倾身向前来听。

"是的。"罗伯特·乔丹说，"这事儿不难。要我解释一下吗？"

"要，伙计。我们很有兴趣。"

罗伯特·乔丹从衬衫口袋里拿出笔记本，给他们看那些草图。

"看那画的啊，"扁平脸男人——他叫普里米蒂沃——说，"完全就是那座桥。"

罗伯特·乔丹手拿铅笔，指点着解说，该怎样炸那座桥，选择炸药安放点的理由是什么。

"真简单。"刀疤脸兄弟说，他叫安德雷斯，"你要怎么引爆呢？"

罗伯特·乔丹给出了解释，正说着，他感觉姑娘凑了过来，也在看，胳膊就搭在他肩头。巴勃罗的女人也在看。只有巴勃罗完全不感兴趣，独个儿坐在一旁，对着一杯葡萄酒，这已经是他从大盆子里舀的又一杯了——玛利亚刚把酒盆装满，从挂在洞口左边的酒囊里倒的。

"这种事，你干过很多次吗？"姑娘轻声问罗伯特·乔丹。

"是的。"

"那到时候，我们能去看吗？"

"可以啊。为什么不？"

"你们会看到的。"巴勃罗坐在桌子另一侧，说，"我肯定，你们会看到的。"

"闭嘴。"巴勃罗的女人冲他说，她猛地想起下午在手相里看到的，没来由地暴怒起来。"闭嘴，懦夫。闭嘴，该死的乌鸦嘴。闭嘴，杀人凶手。"

"好。"巴勃罗说，"我闭嘴。现在你说了算。你可以继续欣赏那些漂亮图片。但记住了，我可不傻。"

巴勃罗的女人感到自己的愤怒变成了哀伤，变成了一种隔绝所有希望与期望的感觉。还是小女孩时，她就了解这种感觉，了解生命中所有带来这种感觉的事。此刻它又突然出现了。她赶开它，不让它干扰自己，无论自己还是共和国，都不受干扰。她说："我们开饭吧。玛利亚，把锅里的菜盛给大家。"

第五章

　　罗伯特·乔丹拨开挂在洞口的马鞍座毡，走出去，深吸一口夜晚沁凉的空气。雾散了，星星出来了。洞外没有风。此刻，他离开了洞里温暖的空气，那空气里满是烟草和炭火味，烹煮米饭和肉、番红花和甜椒的气味，焦油味，高挂在洞口边的大酒袋溢出的葡萄酒味，酒袋拦颈而悬，四脚伸展，龙头装在一条腿上，酒液渗出，滴在地上，和尘土的气息混在一起；此刻，离开了种种他叫不上名字的香料味道，那味道顺着长长的一挂挂蒜头从天花板上飘下来；此刻，离开了铜币、红酒和大蒜，衣服上凝结的马的汗水和人的汗水（人汗黯淡刺鼻，刷下来的干马汗沫儿甜腻恶心），离开了桌边的人。

　　罗伯特·乔丹大口呼吸着夜晚山间的清冽空气，有松树的味道，和溪边草甸里草叶上露珠的味道。风停了，露珠早已重重跌落，但此刻他站在那里，心里想着，清晨还会有雾的。

　　他驻足深呼吸，聆听夜的声音，首先听到了远处火花的噼啪声，跟着，是低处林间一只猫头鹰的啼哭，就在马栏的方向。然后是洞里的声响，他听到吉普赛人开始唱歌，吉他和弦轻轻回荡。

　　"父亲留给我一笔遗产，"刻意压低的嗓音响起，嘶哑地盘旋。接着：

　　"那是月亮和太阳，

　　"就算走遍整个世界，

　　"它也永远不会用光。"

　　吉他"铮"地一响，伴随着大家为歌手喝彩的声音。"很棒。"罗伯特·乔丹听到有人在说，"给我们来一个加泰罗尼亚[1]的，吉普赛。"

"不。"

"来吧，来吧，加泰罗尼亚。"

"好吧。"吉普赛人说，凄婉地唱起来：

"我的鼻子扁，

"我的脸膛黑，

"可我终究是个人。"

"哇噢！"有人说，"继续，吉普赛！"

吉普赛人的声音扬起，哀伤，带着几分嘲弄。

"感谢上帝，我是个黑人，

"不是加泰罗尼亚人。"

"太吵了。"是巴勃罗的声音，"闭嘴，吉普赛。"

"没错。"他听到女人的声音，"太吵了。你快把国民警卫军都招来了，唱得还不怎么样。"

"我还会另外一首。"吉普赛人说，吉他响起。

"留着吧。"女人对他说。

吉他声停了。

"今天晚上我嗓子不好。不唱也无所谓。"吉普赛人说，拨开毯子，出门走进黑暗中。

罗伯特·乔丹看着他走向一棵树，然后向他走来。

"罗伯托。"吉普赛人轻声说。

"是。拉斐尔。"他说。听声音他就知道，吉普赛人有点儿醉了。他自己喝了两杯苦艾酒，外加几杯葡萄酒，可他跟巴勃罗斗了一番，脑子倒还清楚。

"你干吗不杀了巴勃罗？"吉普赛人问，声音非常轻。

"为什么要杀他？"

---

1. 加泰罗尼亚，位于今西班牙北部，临地中海，拥有重要的历史及文化地位，加泰罗尼亚语为其通用语言之一。

"你早晚得杀了他。为什么不抓住机会？"

"你当真的？"

"你以为他们在等什么？你以为那女人为什么把那姑娘打发出去？难道你以为那些话说出来以后还能像以前一样？"

"那你们也都该动手杀他。"

"不可能。"吉普赛人静静地说，"那是你的事。有三四次，我们都在等你动手杀死他。巴勃罗没朋友。"

"我有过这个念头。"罗伯特·乔丹说，"但我放弃了。"

"很明显，所有人都看出来了，人人都注意到了你的准备动作。你为什么不动手？"

"我担心会影响你们或那个女人。"

"不可能。至于那个女人，她就盼着这个，像娼妇盼着张开腿一样。你看上去没那么老成。"

"可能吧。"

"现在去干掉他。"吉普赛人催促道。

"那就是谋杀了。"

"更好。"吉普赛人非常轻柔地说，"没那么危险。去啊，现在就去，干掉他。"

"我不能这么做。我讨厌这样，就算有理由，人也不该这么做。"

"那就去惹他发火。"吉普赛人说，"但你一定要干掉他。没别的法子。"

他们说话时，那只猫头鹰轻轻划破茫茫黑暗，穿过树林，掠过他们身旁，渐渐飞高，翅膀飞快拍动，忙着捕猎，可扇动的羽翼却没有发出一点儿声音。

"瞧瞧它，"黑暗中，吉普赛人说，"人也该这么行动。"

"等到了白天，就被堵在树上，身边全是乌鸦。"罗伯特·乔丹说道。

"这很少见。"吉普赛人说，"下一步，就看运气了。干掉他。"他继续说道："不要拖到更麻烦的时候。"

"时机已经过去了。"

"再创造一个。"吉普赛人说，"要不就趁夜深人静干。"

遮住洞口的毯子被掀开，灯光透出来。

有人向他们站着的地方走来。

"漂亮的晚上。"那人说，声音低沉厚实。"会是好天气。"

是巴勃罗。

他手指夹着一支俄国香烟，抬手吸烟时，火光映亮了他的圆脸盘。借着星光，他们能分辨出他敦实的身体和长胳膊。

"犯不着理那女人。"他对罗伯特·乔丹。黑暗中，烟头亮起来，垂下时便在他指间闪烁。"她有时候很麻烦，但是个好女人，对共和国非常忠诚。"随着他开口说话，烟头的光也抖动起来。他一定是把烟叼在嘴角上说话的，罗伯特·乔丹想。"我们没问题的。我们目标一致。你来我很高兴。"烟头变亮了。"别在意那些争论。"他说，"这里很欢迎你。"

"现在要请你原谅了，"他说，"我得去看看他们把马照看好了没。"

他穿过树林朝草甸边缘走去，下面传来一声马嘶。

"你看到了？"吉普赛人说，"现在你看到了？机会就是这么溜掉的。"

罗伯特·乔丹没说话。

"我下去了。"吉普赛人恼怒地说。

"去干什么？"

"老天啊，干什么。至少防着他溜掉。"

"他有可能直接从下面骑马离开吗？"

"不可能。"

"那就去能拦住他的地方。"

"奥古斯丁在那里。"

"那就去跟奥古斯丁聊聊天。告诉他发生了什么。"

"奥古斯丁会很乐意干掉他的。"

"那也不坏。"罗伯特·乔丹说，"那就上去，把发生的事统统告诉他。"

"然后呢？"

"我下去看看草甸那头。"

"很好。伙计。很好。"黑暗中，他看不到拉斐尔的脸，但能感觉到他在微笑，"你这才算是上紧弦了。"吉普赛人赞同地说。

"去找奥古斯丁。"罗伯特·乔丹对他说。

"是，罗伯托，遵命。"吉普赛人说。

罗伯特·乔丹穿行在松林间，扶着树，一步一步摸索着，走向草甸边缘。在黑暗中望出去——星光下，开阔地里多少亮一点儿——他看见了牧马场里一团团的黑影。马匹分散在他和小溪之间，他数了数，五匹。罗伯特·乔丹靠着一棵松树坐下，远远望着整片草甸。

"我累了，"他想，"也许我的判断不对头。但我的任务是炸桥，要完成任务，我就万万不能冒任何无谓的风险，直到任务结束。当然，有时候，必要的机会不抓住风险更大，但我一直都是这么做的，尽力顺应事态自然发展。如果真是那样，像吉普赛人说的，他们希望我杀死巴勃罗，我应该就已经做了。但我永远都没法确认，他们是不是这么希望的。作为陌生人，在当前的合作伙伴地盘上杀人，这很糟糕。那可以在行动中发生，可以在有充分纪律原则支持的情况下发生，但在这桩事情里，我觉得很不好，尽管看起来很诱人，像个方便的捷径。可在这个地方，我不相信有这么简单、这么方便的事。而且，虽然我绝对相信那个女人，可也说不好，如果发生这么激烈的事，她会是什么反应。要是没了那个女人，这里就完全无组织无纪律了；有她，事情就好办。最理想的是，她杀死他，或者吉普赛人动手（可他才不会），或者那个哨兵，奥古斯丁。我开口的话，安塞尔莫会干的，哪怕他说过他反对杀人。他恨他，我很肯定，而且他已经信任我了，把我当成他信仰的代表来信任。就目前看来，只有他和那个女人相信共和国。不过现在下结论还太早。"

眼睛渐渐适应了星光，他看到巴勃罗站在一匹马旁。马儿正在吃草，抬起头，又不耐烦地低下去。巴勃罗站在马旁边，靠着它，马在缰绳许可的范围内绕圈，他便跟着一起移动，轻轻拍着它的脖子。吃东西时，马对这种温柔很不耐烦。罗伯特·乔丹看不到巴勃罗在干什么，也听不到他跟马说什么，但能看到，他没解开缰绳，也没套上马鞍。他坐在那里，看着他，努力想把问题理清楚。

"你啊，我的大个儿，我的好马儿，"黑暗中，巴勃罗在对马儿说话——是那匹枣红色的公马。"你这招人喜欢的白脸大美人。你这脖子弯得像我们村的铁路桥。"他顿住。"比那更弯，而且漂亮得多。"马儿埋头吃草，咬住草茎，甩动脑袋拽断，被那男人和他的絮絮叨叨弄得烦躁不已。"你不是女人，也不是笨蛋。"巴勃罗对枣红马说，"你，噢，你啊，你啊，你啊，我的大宝贝。你不是发脾气的女人，不会顽固得像块石头。你也不是小母马一样的年轻姑娘，剃光了头，走起路来像毛都没干的小马驹，刚从妈妈肚子里钻出来。你不骂人，不撒谎，也不会不知好歹。你，噢，你啊，噢，我的好马儿，我的大个儿。"

罗伯特·乔丹要是听到巴勃罗对枣红马说的话，一定觉得非常有趣。可他没听到，因为他已经确定，巴勃罗就是下来看看马的，也确定了，这时候杀掉他不现实，于是站起来，回山洞去了。巴勃罗站在草甸里和马儿说了很久。马压根不知道他在说什么，只单单从声调里听得出他们的亲密，可它在畜栏里被关了一整天了，现在饿得很，正忙着在缰绳所及的范围内大嚼，这男人打扰到它了。最后，巴勃罗挪动了一下拴马桩，站在马身旁，不再说话。马继续大嚼，终于解脱了，那男人不再打扰它了。

第六章

　　罗伯特·乔丹坐在山洞角落的一张生皮凳子上，靠着火炉，正在听女人说话。她在洗碗，那姑娘玛利亚负责擦干，收走，跪下身把它们放进墙上挖出来的洞里，那就是碗橱了。

　　"奇怪，"她说，"'聋子'没来。他一个钟头前就该到了。"

　　"你没叫他来？"

　　"没有。他每天晚上都来。"

　　"也许在忙什么事，有活儿在干。"

　　"有可能。"她说，"他要不来，我们就得明天去找他。"

　　"好。远吗？"

　　"不远。这一路走走不错，我正缺运动。"

　　"我能去吗？"玛利亚问，"我也能去吗，皮拉尔？"

　　"能啊，小美人儿。"女人说，转过她的大脸。"她不美吗？"她问罗伯特·乔丹，"你觉得她怎么样？瘦了点儿？"

　　"我觉得她好极了。"罗伯特·乔丹说。玛利亚往他的杯子里斟满酒。"喝这个。"她说，"那会让我显得更好。要让人觉得我漂亮，一定要喝很多酒才行。"

　　"那我最好还是别喝了。"罗伯特·乔丹说，"你已经很漂亮了，不只是漂亮。"

　　"就是这么说。"女人说，"你这就是正派人说的话了。除了漂亮，还有什么？"

　　"有头脑。"罗伯特·乔丹胡扯了一个。玛利亚"咯咯"地笑开了，女人悲哀地摇摇头。"你那开头多棒啊，可结尾呢，罗伯托阁下。"

"别叫我罗伯托阁下。"

"那就是个玩笑，我们也开玩笑叫巴勃罗阁下，还会开玩笑叫玛利亚女士。"

"我不喜欢这种玩笑。"罗伯特·乔丹说，"对我来说，在这场战争中，只有'同志'才是严肃、恰当的称呼。拿这个开玩笑，会败坏风气的。"

"你对你的政治很虔诚。"女人取笑他。"你从不开玩笑吗？"

"也开。我喜欢玩笑，但不拿称呼开玩笑。称呼就像旗帜。"

"旗帜我也照样开玩笑。不管什么旗。"女人大笑着说，"要我说，没人能拿所有事开玩笑。过去黄色加金色的旗，我们管它叫'脓和血'。共和国的旗，多了个紫色，我们叫'血、脓和高锰酸钾'。这是玩笑。"

"他是共产主义者，"玛利亚说，"他们都非常严肃。"

"你是共产主义者？"

"不，我是反法西斯主义者。"

"很久了吗？"

"自从我明白法西斯主义是什么以后。"

"那是多久？"

"将近十年了。"

"也不是太久。"女人说，"我成为共和党人已经二十年了。"

"我父亲一辈子都是共和党人。"玛利亚说，"所以他们才要枪毙他。"

"我父亲也一辈子都是共和党人。祖父也是。"罗伯特·乔丹说。

"在哪个国家？"

"美国。"

"他们被枪毙了吗？"女人问。

"怎么会。"玛利亚说，"美国是个共和国家。他们不会因为你是共和党人就开枪。"

"不管怎么说，有个共和党人的祖父总是好事。"女人说，"家世好。"

"我祖父在共和党全国委员会工作。"罗伯特·乔丹说。这下子，连玛利亚都刮目相看了。

"你父亲也在为共和党工作吗？"皮拉尔问。

"不。他死了。"

"能问问他是怎么死的吗？"

"他开枪自杀了。"

"为了避免被拷打？"女人问。

"是。"罗伯特·乔丹说，"为了避免被拷打。"

玛利亚看着他，眼中盈满泪水。"我的父亲，"她说，"没机会拿到武器。噢，我真高兴你父亲好运拿到了武器。"

"是啊，非常幸运。"罗伯特·乔丹说，"我们聊点儿别的吧？"

"这么说，你和我一样。"玛利亚说。她把手放在他的胳膊上，凝视着他的脸。他看着她棕色的脸庞，看着她的双眼。从初次看到，这双眼睛就透着与整张面孔不符的苍老，可这一刻，它们突然年轻起来，放射出渴望与期待。

"你们看着就像兄妹。"女人说，"不过要我说，还好你们不是。"

"我现在明白我为什么会有那样的感觉了，"玛利亚说，"现在都明白了。"

"什么话。"罗伯特·乔丹说，伸手抚摸她的头顶。这一整天他都想这么做，这下终于做了，他感到喉头哽住了。她的头在他手掌下蠕动，她抬起脸冲他微笑。他体味着那又粗又短却如丝一般的触感，蓬乱的短发在他的指间起伏。他的手滑到她的颈项，挪开了。

"再摸一下。"她说，"这一天我都在期待你这么做。"

"晚一点儿。"罗伯特·乔丹说，声音喑哑。

"我还在呢。"巴勃罗的女人说，依旧是她洪亮的声音，"你们指望我就这么从头到尾看着？指望我没感觉？不可能。没办法了——巴勃罗也该回来了。"

玛利亚这时完全没在意她，也不在意桌边就着烛光打牌的几个人。

"想再喝杯葡萄酒吗，罗伯托？"她问。

"好啊，"他说，"为什么不呢？"

"你也要有个酒鬼啦，跟我一样。"巴勃罗的女人说，"他喝了杯子里的古怪东西，还有之前那么多酒。听我说，英国人。"

"不是英国人，是美国人。"

"那听着，美国人，你打算睡哪儿？"

"外面，我有个睡袋。"

"很好。"她说，"晚上天气还不错吧？"

"而且凉快。"

"那就外面。"她说，"你睡外面。你的东西放我旁边。"

"很好。"罗伯特·乔丹说。

"让我们单独待会儿。"罗伯特·乔丹对姑娘说，抬手按在她的肩膀上。

"为什么？"

"我要跟皮拉尔说点儿事。"

"一定要我离开？"

"是。"

"什么事？"等女孩走到洞口，站在葡萄酒囊边看其他人打牌后，巴勃罗的女人才开口。

"吉普赛人说我本该……"他开口道。

"不。"女人打断他，"他弄错了。"

"如果需要我……"罗伯特·乔丹平静却艰难地说。

"那你早就做了，我肯定。"女人说，"不，没必要。我一直在观察你，你的判断是对的。"

"可如果需要……"

"不。"女人说道，"我告诉你，不需要。那个吉普赛人的心思坏透了。"

"但人要是懦弱起来，会非常危险。"

"不，你不明白，这个家伙已经没办法制造任何危险了。"

"我不明白。"

"你还太年轻。"她说，"你会明白的。"然后她转头招呼那姑娘："过来，玛利亚。我们说完了。"

姑娘走过来，罗伯特·乔丹牵起她的手，拍拍她的头。她像小猫一样在他手掌下蠕动。他觉得，她快要哭了。可她双唇噘起，看着他，微笑着。

"你还是赶紧去睡觉吧。"女人对罗伯特·乔丹说，"走了那么大老远的路。"

"好。"罗伯特·乔丹说，"我去拿东西。"

第七章

他刚才睡着了，感觉睡了很长时间。睡袋铺在洞口上方，岩石背后的林地上。睡着时，他翻身压住了手枪——睡前，他用一根绳子把枪系在手腕上，放进睡袋里，就搁在身边。他翻了个身，只觉得腰酸背痛，腿脚也疲劳得很，肌肉累得发僵。地面很柔软，躺在这衬着法兰绒内衬的睡袋中，只是伸上个懒腰，就是疲累中的享受了。醒来时，他恍惚了一瞬，疑惑自己在哪里，待到回过神来，便把枪从身子下挪开，一手搁在枕头上，一手抱着枕头，舒舒服服地再次睡过去。他用衣服裹着绳底帆布鞋，紧紧扎牢，当作枕头。

这时，他感到一只手放在自己肩头，便飞快翻身坐起，右手藏在睡袋，握住了手枪。

"噢，是你。"他说，放开手枪，伸出双臂，把她拉下来。他的胳膊环着她，感觉到她在发抖。

"进来。"他轻声说，"外面冷。"

"不，我不能。"

"进来。"他说，"然后我们再谈。"

她发着抖。他一只手握着她的手腕，另一只胳膊搂着她。

她偏开了头。

"进来，小兔子。"他说，吻着她的后颈。

"我害怕。"

"不，别害怕，进来。"

"怎么进来？"

"就滑进来，里面还有的是地方，要我帮你吗？"

"不。"她说。下一刻，她就在睡袋里了。他紧紧搂住她，拉向怀里，想亲吻她的双唇，她把脸埋在衣服枕头里，胳膊却紧紧搂着他的脖子。接着，他感到她的胳膊松开了，他搂着她，她又开始颤抖。

"不，"他笑了起来，说，"别怕，那是手枪。"

他拿起枪，放到身后。

"我害臊。"她说，别开脸不看他。

"不，千万不要。在这里，现在。"

"不，我不行。我害臊，还害怕。"

"别这样，我的小兔子，求你。"

"我绝对不行，要是你不爱我呢？"

"我爱你。"

"我爱你。噢，我爱你。摸摸我的头。"她说，没看他，脸还埋在枕头里。他把手放在她头上，轻轻抚摸，突然间，她的脸离开枕头，她钻进他的怀里，紧贴着他，脸对着脸，哭泣着。

他紧紧搂着她，感受她修长的青春身躯，抚摸她的头，吻着她带咸味的湿漉漉的眼睛，他能感觉到，随着她的哭泣，她胸前的圆润结实触碰着他，中间隔着她的衬衫。

"我不会接吻。"她说，"我不知道怎么做。"

"不一定要接吻。"

"要，一定要接吻，每一步都要有。"

"没必要每一步都做，我们没问题，不过你穿得太多了。"

"我该怎么办？"

"我来帮你。"

"好些了吗？"

"嗯，好多了。你不觉得好些了吗？"

"是的，好多了。皮拉尔说，我可以跟你一起走？"

"是。"

"可是别让我去别人家，要和你一起。"

"不，得去一个家庭里。"

"不，不，不，和你一起，我要当你的女人。"

现在，所有躺下来时还在的阻碍，全都消失了。曾是粗糙布面的地方，现在都光滑了。柔软顺滑，结实的、圆润的紧贴感，修长的、温暖的清凉，外面凉，里面热，久久的、轻柔的、亲密的拥抱，紧紧的拥抱，孤独的人，躯干间的空隙，快乐之源，青春与爱。此刻，所有温暖的光滑都伴随着空虚、胸口的疼痛和紧紧缠绕的孤独，罗伯特·乔丹觉得快要受不了了，于是说："你爱上过其他人吗？"

"从来没有。"

人却突然僵在了他的胳膊里。"但有人对我做过那些事。"

"被谁？"

"很多人。"

她一动不动地躺着，仿佛躯体已经死去，她偏开头。

"现在，你不会爱我了。"

"我爱你。"他说。

但他有什么不一样了。她知道。

"不。"她说，声音变得死寂、平板。"你不会爱我了。可你大概还是会把我带去一个家庭。我会去，我永远不会成为你的女人之类的了。"

"我爱你，玛利亚。"

"不。那不是真的。"她说。然后，就像抓住最后的稻草，她可怜巴巴又充满希望地说："可我从没吻过任何人。"

"那现在就吻吻我。"

"我想。"她说，"可我不知道怎么做。那些事情发生时，我一直反抗，直到看不见。我一直反抗，直到——直到——直到有人坐到我头上——我就咬他——然后，他们就堵上我的嘴，把我的胳膊绑到脑袋后面——然后，其他人就对我做那些事。"

"我爱你，玛利亚。"他说，"没有人对你做过任何事。你，他们根本碰不到。没有人能碰到你，小兔子。"

"你相信？"

"我知道。"

"那你可以爱我？"温热再次贴紧他。

"我可以更爱你。"

"我会努力好好吻你。"

"轻轻吻我。"

"我不知道怎么做。"

"吻我就好。"

她吻了吻他的脸颊。

"不。"

"鼻子怎么办？我一直想知道，鼻子怎么办？"

"这样，你把头偏过去。"下一刻，他们的嘴便紧紧贴在一起了，她用力贴着他，渐渐地，她微微张开了嘴，他猛地搂紧她，比从前任何时候更快乐，愉快的、钟爱的、狂喜的、发自内心的快乐，不假思索，毫不厌倦，无忧无虑，只是感受着巨大的喜悦。他说："我的小兔子。我的爱人。我的甜心。我渴望的小可爱。"

"你说什么？"她的声音像是从很远的地方传来。

"我心爱的。"他说。

他们躺在那里，他感到，她的心跳抵着他的心跳，他的脚背无比轻柔地抚过她的脚背。

"你赤着脚就来了。"他说。

"是的。"

"就是说，你知道你会进来。"

"是的。"

"你不害怕。"

"怕，非常怕。但更担心不知道要怎么脱掉鞋子。"

"现在几点了？你知道吗？"

"不知道。你没有手表吗？"

"有，但在你背后。"

“把它拿出来。”

“不。”

“那越过我的肩膀看一下。”

一点儿了。睡袋里一片黑暗，表盘很亮。

“你下巴扎到我肩膀了。”

“抱歉，我没东西剃胡子。”

“我喜欢这样。你的胡子也是金色的吗？”

“是的。”

“会长长吗？”

“炸桥之前不会。玛利亚，听着。你会不会……”

“我会不会什么？”

“你希望继续吗？”

“是的。一切。求你。要是我们一起把一切都做了，其他那些就永远没有了。”

“你想出来的？”

“不。我偷偷想过，不过是皮拉尔告诉我的。”

“她非常有智慧。”

“还有一件事，”玛利亚轻声说，“她说，让我告诉你，我没病。她很懂这些事，她说让我告诉你。”

“她让你告诉我？”

“是的。我跟她聊天，告诉她我爱你。今天刚一见面，我就爱上你了，我一直都爱着你，只不过以前没见到你。我告诉皮拉尔，她说，如果我要始终对你毫无保留，就告诉你，我没病。还有件事她很久以前就告诉我了。炸火车之后不久。”

“她说什么？”

“她说，如果一个人不愿意，那就没有事能够发生在他身上，只要我爱上某个人，它们就会统统消失。你知道，我想过去死。”

“她说得没错。”

“现在，我真高兴我没有死。我实在太高兴了，我没有死。你会爱我吗？"

"是的，我现在就爱着你。"

"那我能当你的女人？"

"干我这行的不能有女人。不过，现在你就是我的女人。"

"只要是了，我就一直都是。现在我是你的女人了？"

"是的，玛利亚。是的，我的小兔子。"

她用力把自己挤向他，双唇寻觅着他的双唇，找到了，贴上了，他感受着她，稚嫩、清新、柔滑、年轻、可爱，伴着温热的、灼人的凉意，不可思议，就在这睡袋里，他如此熟悉这个睡袋，就像熟悉他的衣服、他的鞋，或他的任务。她说话了，带着惊惶："现在，我们快来做我们要做的吧，这样其他的就都没有了。"

"你想做？"

"是的。"她几乎疯狂地说，"是的！是的！是的！"

第八章

　　夜里挺冷，罗伯特·乔丹睡得很沉。他醒过一次，伸展了一下身体，知道姑娘还在，深深地蜷在睡袋里，呼吸轻柔、均匀。黑暗中，星光下的夜空清冽刺眼，冷空气直往他鼻孔里钻，他缩回头，躲开寒冷，埋进睡袋下的温暖中，吻了吻她光滑的肩头。她没有醒。他翻身背对她，重新把头伸出睡袋，寒意依旧。他醒着躺了一会儿，感受着疲惫中悠悠升起几许惬意，随之而来的，是源自两具身体肌肤相亲的光滑触感的愉悦，然后就在尽力伸长睡袋中的双腿时，瞬间沉入酣眠。

　　第一道天光亮起时，他醒了，姑娘已经离开。刚醒他就意识到了，伸伸胳膊，还能触摸到她在睡袋里留下的温暖。

　　他看向洞口，毯子边结了一圈霜，岩石缝里冒出淡淡的灰烟，这就是说，厨房的火已经生起来了。

　　有人走出树林，毯子顶在头上，像雨披一样。罗伯特·乔丹认得出，那是巴勃罗，他正在抽烟。"他去过马栏那边了。"他想。

　　巴勃罗没看罗伯特·乔丹，径直拉开毯子，钻进洞里。

　　罗伯特·乔丹伸手摸了摸睡袋外面的霜，又缩回来。这是个羽绒睡袋，用了五年了，外面是结实的绿色缎面，已经磨损斑驳。"很好。"他心想，伸展开双腿，感受着法兰绒内衬亲密的抚摸。然后并拢双腿，翻个身，免得脸冲着太阳，他知道，那会是太阳升起的方向。"管他呢，我还是再睡会儿的好。"

　　他睡着了，直到被飞机引擎声吵醒。

　　他仰面躺在地上，看着它们。那是一支法西斯的巡逻机小队，三架菲亚特，小巧、闪亮，飞快掠过山区的天空，飞向昨天安塞尔莫和他来的方向。三架过后，又是九架，瞬间拉得更高，呈三三三编组阵形。

巴勃罗和吉普赛人站在洞口的阴影里，望着天空。

罗伯特·乔丹躺着没动。引擎轰鸣声充斥着整片天空，新的轰鸣传来，又是三架飞机，从空地上方至少一千英尺的高空飞过。这三架是亨克尔111，双引擎轰炸机。

罗伯特·乔丹的脑袋藏在岩石阴影下，他知道，他们看不到他，就算看到也不要紧。他很清楚，如果他们是想在这些山里搜寻什么，就很可能发现厩栏里的马。如果不是在找东西，也可能看到马，但会想当然地以为是他们自己骑兵的坐骑。随后，又是一阵轰鸣，声音更大，还是三架亨克尔111，笔直冲来，暂时飞得低一些，排着精准的阵形，低沉的轰鸣声渐渐增大，变成纯粹的噪音，经过开阔地后，才慢慢减轻。罗伯特·乔丹解开他当作枕头的衣服包，套上衬衫。下一批飞机的声音传来时，衬衫还套在头上，正被他往下拉。又是三架亨克尔双引擎轰炸机过来时，他依旧躺着，在睡袋里笼上了长裤。不等它们飞过山脊，他就已经把手枪塞进枪套，卷起了睡袋，紧贴岩石放好，再系好他的绳底帆布鞋。就在这时，渐渐逼近的轰鸣声变成了更大的喧嚣，比之前都大，又是九架亨克尔轻型轰炸机排成梯队飞来，到达他头顶上空时，连天空都在震动。

罗伯特·乔丹顺着岩石滑下洞口，两兄弟中的一个、巴勃罗、吉普赛人、安塞尔莫、奥古斯丁和那女人都站在那里，往外张望。

"以前也有这么多飞机吗？"他问。

"从来没有过。"巴勃罗说，"进来。他们会看到你。"

太阳才刚刚照亮溪边的草甸，还没照到洞口。罗伯特·乔丹很清楚，他们在暗处，不会被看到。这是清晨的树影和岩石的投影组成的黑暗。但为了不让他们紧张，他还是走进了山洞。

"很多。"女人说。

"还会更多。"罗伯特·乔丹说。

“你怎么知道？”巴勃罗怀疑地问。

“那些飞机，刚才飞过去的，一定会搭配驱逐机。”

下一刻，他们就听到了，更高的天空中传来尖利的轰鸣。它们在大概五千英尺的高度飞过，罗伯特·乔丹数了数，有十五架菲亚特，呈梯形组队，三个小的组成一个大的，就像野生大雁排出的“V”字阵形。

站在洞口内，他们看上去都非常冷静。罗伯特·乔丹说：“你们从没见过这么多飞机？”

“从来没有。”巴勃罗说。

“塞哥维亚也没有这么多？”

“以前没有，我们通常只看到三架。有时候会有六架驱逐机，也可能是三架容克式，有三台引擎的那种大家伙，和驱逐机一起。我们从没见过飞机像这样出动。”

“这很糟，”罗伯特·乔丹想，“真的很糟糕。飞机集结意味着某些非常糟糕的事。我一定要留意听他们投弹的声音。可是，不，他们不可能现在就把部队调上来发起进攻。肯定不会早于今晚或明晚，肯定不会是现在。这个时间，他们当然不会有任何行动。”

轰鸣声慢慢减弱，但还听得到。他看看表。现在，它们应该已经越过火线了，起码第一组过去了。他按下秒表计时，看着指针转动。不，也许还没有。还没有。是的。现在过去了。这些111的速度差不多就是每小时二百五十英里。五分钟就能飞到。现在应该飞过卡斯蒂利亚的山口了，早晨这个时间，下面应该是一片黄色，间杂着黄褐色，其中交织着白色的道路，点缀着小村子，亨克尔的影子会掠过田地，就像鲨鱼的影子掠过海底的沙。

没有炸弹投放的“砰、砰、砰”声。他的表还在计时。

他们奔着科尔梅纳尔去了，要不就是埃斯科里亚尔，或者曼萨纳雷斯－埃尔－雷阿尔的飞机场，他想着，那里有座湖边的古堡，鸭子在芦苇丛中游荡，假飞机场就在真的后面，有几架假飞机，没怎么遮掩，螺旋桨在风中打着转。

他们一定是去那里了。他们不可能知道袭击的事，他对自己说，可心里有个声音在说，为什么不可能？其他事他们都能知道。

"你觉得他们看见马了吗？"巴勃罗问。

"他们不是来找马的。"罗伯特·乔丹说。

"可他们看见了吗？"

"没有，除非有人要他们找。"

"他们会看到吗？"

"大概没有。"罗伯特·乔丹说，"除非太阳挂上树梢。"

"太阳很早就能爬到树林顶上。"巴勃罗苦恼地说。

"我看他们考虑的是马以外的事。"罗伯特·乔丹说。

从他按下秒表开始计时到现在，已经八分钟了，还是没有炸弹声。

"你拿个表在干吗？"女人问。

"我听听他们飞到哪里去。"

"哦。"她说。十分钟时，他停止看表，知道它们已经飞得太远，听不到了，这个距离，就算声音能传上一分钟也不行了。他对安塞尔莫说："我有话跟你说。"

安塞尔莫走出洞口，他们往外走了一小段，在一棵松树边站定。

"怎么样？"罗伯特·乔丹问他，"情况怎么样？"

"还好。"

"你们吃过了吗？"

"没有，大家都没吃。"

"那先去吃东西，再带上点儿中午吃的。我想要你去盯着公路。把所有动静都记录下来，不管是来的还是去的。"

"我不会写字。"

"不用写。"罗伯特·乔丹从他的笔记本里撕下两页，切下一段大概一英寸的铅笔头。"拿着这个，看到坦克就做个这样的记号。"他画了个斜着的坦克。"看到一辆就画一个，画到四个以后，第五辆就画一杠，贯穿前四个。"

"我们也是这么计数的。"

"很好。另一种记号，两个轮子一个方框，表示卡车。如果车是空的，就画个圈。如果装满了士兵，就画上竖线。枪炮也要记录。大的，这样。小的，这样。汽车这样。救护车这样。就这么，两个轮子加一个方框，上面再画个十字。一整个连队的步兵，像这样，看到了？一个小方块，然后在旁边做个标记。骑兵的记号，这样，看到了？像匹马。一个方框，画上四条腿。那个代表二十匹马的一队。明白吗？每队一个记号。"

"明白了，这很聪明。"

"这个，"他画了两个大轮子，外面套上大圈，加上一条短线表示炮筒。"这是反坦克炮，它们有橡胶轮胎。这样表示，这些是高射炮，"他又画了两个轮子，一根斜架的炮筒。"也记下来，明白吗？你见过这样的炮吗？"

"明白。"安塞尔莫说，"当然。很清楚。"

"带上吉普赛人，告诉他你在什么地方守着，这样回头能叫人来跟你换班。选个舒服的地方，不要太靠近公路，视野好一点儿，舒服一点儿。待在那里，直到有人来换你。"

"我明白。"

"好。等你回来后，我要知道公路上所有的情况。一张纸记下去的，一张记上来的。"

他们朝山洞走去。

"让拉斐尔来找我。"罗伯特·乔丹说，在树下站定，等着。他看着安塞尔莫走进山洞，毯子在他身后落下。吉普赛人晃了出来，手还在擦嘴。

"怎么样？"吉普赛人说，"昨晚有没有乐一乐？"

"我睡着了。"

"那也不坏。"吉普赛人咧开嘴说，"有烟吗？"

"听着。"罗伯特·乔丹说，伸手到口袋里摸香烟。"我希望你和安塞尔莫一起去个地方，他会在那里监视公路。然后你就离开，记住那个地方，这样稍后可以给我或其他人指路，让我们去替换他。之后你就去一个看得到锯木场的地方，留意那边的岗哨有没有变化。"

"什么变化？"

"那里现在有多少人？"

"八个，这是最近我了解到的情况。"

"看看现在那里有多少人，看看桥上换班的间隔是多少。"

"间隔？"

"一个哨兵守几个小时，什么时候换人。"

"我没有手表。"

"拿我的去。"他摘下表。

"多漂亮的表。"拉斐尔羡慕地说，"看看，多复杂。这样一块表，应该能读会写吧。看看这些数字多复杂。这是一块终结所有手表的表。"

"别玩了。"罗伯特·乔丹说，"你会看时间吧？"

"怎么不会？中午十二点。肚子饿。夜里十二点。睡觉。早上六点，肚子饿。晚上六点，喝酒。运气好的话，晚上十点……"

"闭嘴。"罗伯特·乔丹说，"你犯不着扮成个小丑样。我想要你去看看下面大桥上的守卫和公路上的岗哨，还有锯木场和小桥上的岗哨和守卫，也一样。"

"任务很重啊。"吉普赛人笑着说，"你确定没别人可派了，要我去？"

"不，拉斐尔，这非常重要。你要很小心，注意别被人看到。"

"我担保没人看到。"吉普赛人说，"为什么你要特别叮嘱我别被人看到？难道你觉得我想挨枪子儿？"

"正经点儿。"罗伯特·乔丹说，"这事很严肃。"

"你要我正经点儿？在你昨天晚上那样之后？你本该杀掉一个人，结果干了什么？你本该杀人，不是造人！我们刚刚看过满天的飞机，多得能把从我们的祖奶奶到孙子，到所有猫啊羊啊，就连臭虫都统统杀死。飞机乌压压地飞过去，吵得能把你妈的奶都吓回去，吼得像狮子。结果现在，你要我正经点儿。我够正经的了。"

"好，好。"罗伯特·乔丹大笑起来，一手搭在吉普赛人肩膀上，说，"那就别太正经了。现在去吃你的早餐，然后出发。"

"你呢？"吉普赛人问，"你干什么？"

"我去找'聋子'。"

"这么多飞机飞过去，整片山里可能都找不到人了。"吉普赛人说，"早上它们飞过去时，一定有很多人吓得直冒汗。"

"除了追击游击队，他们还有其他事。"

"是啊。"吉普赛人说着，摇了摇头，"但只在他们有任务时。"

"得了，"罗伯特·乔丹说，"那些是最好的德国轻型轰炸机，才不会被用来追击吉普赛人。"

"他们吓了我一大跳。"拉斐尔说，"这种事，没错，我会被吓到。"

"他们是去炸飞机场的。"走进山洞时，罗伯特·乔丹告诉他，"我大概能肯定，他们就是去那里的。"

"你说什么？"巴勃罗的女人问。她为他倒了一杯咖啡，又递上一罐炼乳。

"你们还有牛奶？真是享受！"

"这里什么都有。"她说，"自从那些飞机过后，还多了害怕。你说它们去哪儿了？"

罐子上开了个裂口，罗伯特·乔丹往他的咖啡里滴了几滴浓稠的牛奶，在杯沿上蹭了下罐子口，搅动咖啡，直到它变成浅棕色。

"我认为它们是去炸一个飞机场的，也可能去埃斯科里亚尔或科尔梅纳尔，也可能三个地方都去。"

"那样它们就要飞很久，离这里就远了。"巴勃罗说。

"可它们为什么会现在出现在这里？"女人问，"是什么让它们跑到这里来的？我们从没见过这种飞机，也没见过这么多，这是在准备攻击吗？"

"昨晚公路上有什么动静吗？"罗伯特·乔丹问。那姑娘，玛利亚，离他很近，可他没看她。

"你，"那女人说，"费尔南多。昨晚你在拉格兰哈，那边有什么动静？"

"什么都没有。"一个模样诚实的矮个子男人回答，他约莫三十五岁，一只眼睛有点儿斜视，罗伯特·乔丹之前没见过他。"和平时一样，有几辆军用卡车、一些汽车，我没见着军队有动静。"

"你每晚都去拉格兰哈？"罗伯特·乔丹问他。

"要么我，要么其他人。"费尔南多说，"总有一个。"

"他们去打探消息，弄点儿烟草，还有些小东西。"女人说。

"我们在那边有人？"

"有，怎么没有？他们在电站工作，另外一批人。"

"有什么消息？"

"还好，没什么事。北方的情况还在恶化，没什么新消息。从一开始，北方情况就一天比一天糟。"

"你听到什么关于塞哥维亚的消息了吗？"

"没有，伙计。我没打听。"

"你们会去塞哥维亚打探吗？"

"有时候。"费尔南多说，"但有风险。那边有检查岗，会查证件。"

"知道机场的情况吗？"

"不，伙计。我知道在哪里，但从没靠近过。那个地方，那个地方更要查证件了。"

"昨晚没人说起那些飞机吗？"

"在拉格兰哈？没有。不过今晚肯定会说了，他们说起过拉诺[1]的广播。别的就没了。哦，对了，好像是说共和国正准备发起一次进攻。"

"说什么？"

---

1. 拉诺，即冈萨洛·拉诺（Gonzalo Queipo de Llano, 1875—1951），西班牙内战中佛朗哥叛军一方的将领，曾下令屠杀塞维利亚战俘，善于利用广播宣传。

"说共和国在准备进攻。"

"在哪里？"

"不清楚，也许就是这里，也许是瓜达拉马的另一个山口。你听说过这事吗？"

"他们在拉格兰哈说的？"

"是的，伙计。我刚才把它忘了，不过总是有很多关于进攻的传言。"

"这消息从哪儿来的？"

"哪儿？怎么啦，很多人在说。塞哥维亚和阿维拉的咖啡馆里有军官在说，服务生听到了，流言就传开了。这阵子他们老在说，共和国要在这一带发起进攻。"

"是共和国进攻还是法西斯进攻？"

"共和国。要是法西斯，早就人人都知道了。不，这是一场很有些规模的进攻。有人说是两场，一场在这里，另一场在埃斯科里亚尔附近，狮子高地那一边。你没听到过这类消息？"

"你还听说什么了？"

"没了，伙计。没了。哦，对了，还有人说，共和国那边有人要来炸桥——如果真有进攻的话。不过桥上都有守卫。"

"你开玩笑吧？"罗伯特·乔丹说，啜着他的咖啡。

"不，伙计。"费尔南多说。

"这家伙不开玩笑。"女人说，"倒霉的是，他不开玩笑。"

"那么，"罗伯特·乔丹说，"谢谢你带来的所有这些消息。没再听到别的了？"

"没了。都和平时差不多，说有部队会被派来扫荡山区。还有人说部队已经从巴利亚多利德出发了，不过他们一直这么说，没什么好在意的。"

"就你，"巴勃罗的女人几乎是恶狠狠地对巴勃罗说，"还大谈什么安全。"

巴勃罗条件反射地看着她，摩挲着下巴。"你呢，"他说，"还有你的桥呢。"

"什么桥？"费尔南多兴致勃勃地问。

"蠢猪。"女人对他说，"笨蛋。傻瓜。再喝杯咖啡，使劲想想还有什么消息。"

"别生气，皮拉尔。"费尔南多冷静地说，颇有兴致。"人不该被流言吓着。我记得起的，都告诉你和这位同志了。"

"再想不起其他的了？"罗伯特·乔丹问。

"没了。"费尔南多一本正经地说，"我能记住这些已经是运气了，毕竟都不过是些流言罢了，我从来不在意这些。"

"也就是说，可能还有更多流言？"

"是的，有可能，不过我没留意。这一年里头我都没听到过什么正经消息，尽是流言。"

罗伯特·乔丹听到那姑娘，玛利亚，忍不住发出"扑哧"一声短促的笑。她就站在他身后。

"再给我们讲一个流言，费尔南蒂诺。"她说着，肩头又抖动了起来。

"就算想得起，我也不说了。"费尔南多说，"听了流言还当真，这可不大体面。"

"靠这个我们能拯救共和国。"女人说。

"不。你们要靠炸桥来拯救。"巴勃罗对他说。

"出发吧。"罗伯特·乔丹对安塞尔莫和拉斐尔说，"如果你们吃完了的话。"

"我们这就走。"老人说。他们俩站起身。罗伯特·乔丹感到，一只手压在了自己肩上。是玛利亚。"你得吃点儿。"她说，手没动。"吃好了，肚子里才能撑得住更多流言。"

"流言已经把我撑饱了。"

"不，不该这样。把这个吃了，趁其他流言还没来。"她在他面前放下一个碗。

"别笑话我，"费尔南多对她说，"我可是你的好朋友啊，玛利亚。”

"我没笑话你，费尔南多。我只是跟他开玩笑，他该吃些东西，不然会饿的。"

"我们都该吃，"费尔南多说，"皮拉尔，有什么我们没吃过的吗？"

"没了，伙计。"巴勃罗的女人说，给他添了一满碗炖肉。"吃吧，没错，这就是你能做的。现在，吃吧。"

"太好了，皮拉尔。"费尔南多说，仍然那样一本正经。

"谢谢你，"那女人说，"谢谢你，真是谢谢你。"

"你生我的气了？"费尔南多问。

"没有，吃吧，接着吃。"

"我会的。"费尔南多说，"谢谢你。"

罗伯特·乔丹看向玛利亚，她的肩膀又开始抖了，眼睛也转开了。费尔南多不急不忙地吃着，脸上露出骄傲的庄严神情，无论他手中的大勺子，还是他嘴角滴下的肉汤，都无损于那份庄严。

"你喜欢这个吗？"巴勃罗的女人问他。

"是的，皮拉尔。"他说，嘴里塞得满满的。"跟以往一样。"

罗伯特·乔丹感到玛利亚的手搭在他的胳膊上，感觉到她的手指高兴地抓紧了他。

"你是因为这个才喜欢？"女人问费尔南多。

"没错。"她说，"我明白了。炖肉，和以往一样，和以往一样。北部情形很糟，和以往一样。这里有场进攻，和以往一样。有军队来赶我们走，和以往一样。你就该变成个和以往一样的纪念碑。"

"可后面两个都只是流言，皮拉尔。"

"这就是西班牙，"巴勃罗的女人苦涩地说，转向罗伯特·乔丹，"别的国家有这种人吗？"

"没有国家和西班牙一样。"罗伯特·乔丹礼貌地说。

"你说得对。"费尔南多说，"这世上没什么国家像西班牙一样。"

"你去过其他国家吗？"女人问他。

"没有。"费尔南多说，"我也不想去。"

"你瞧？"巴勃罗的女人对罗伯特·乔丹说。

"费尔南蒂诺，"玛利亚对他说，"给我们说说你们在巴伦西亚的事吧。"

"我不喜欢巴伦西亚。"

"为什么？"玛利亚问，再次抓紧罗伯特·乔丹的胳膊。"为什么不喜欢？"

"那里的人没礼貌，我听不懂他们的话[1]。他们整天就只会互相大声喊，'喂'。"

"他们听得懂你的话吗？"玛利亚问。

"他们假装听不懂。"费尔南多说。

"那你们在那里都做什么了？"

"我连海都没看就走了。"费尔南多说，"我不喜欢那里的人。"

"噢，从这里滚出去吧，你这老处女。"巴勃罗的女人说，"趁我还没吐，赶快滚出去。在巴伦西亚那会儿是我这辈子最好的时候。得了吧！巴伦西亚。别跟我说巴伦西亚。"

"你在那里都做了什么？"玛利亚问。巴勃罗的女人端着一碗咖啡、一片面包和一碗炖肉，在桌边坐下。

"做什么？是我们一起做了什么。那时候，菲尼托得到了一份合同，要在奔牛节上参加三场斗牛。我从没见过那么多人，从没见过那么挤的咖啡馆。等好几个小时也没可能找到一个座位，也挤不上电车。在巴伦西亚，从早到晚都有活动。"

"那你做了什么呢？"玛利亚问。

"什么都做了。"女人说，"我们去海滩，躺在水里，牛把帆船拖出海面。牛被赶到水里，一直赶到它们不得不游泳的地方；然后，把它们套在船上，等能在水里站住时，它们就会摇摇晃晃地走上沙滩。十头牛拖一条帆船，清早，拖到岸上来，细细的海浪一排接着一排地

1.巴伦西亚地区的语言自成一体，与通行的西班牙语不同，为加泰罗尼亚语的一种变体。

拍在沙滩上。那就是巴伦西亚。"

"除了看牛，还做什么了吗？"

"我们在沙滩上的大帐篷里吃饭，吃酥皮点心，用熟的碎鱼肉、红椒、青椒和一种像谷粒一样的小坚果做的，很好吃，酥皮薄薄的，鱼肉肥得不可思议。大虾刚从海里捞上来，挤上柠檬汁吃。虾肉都是粉红色的，很甜，四口才能吃完一只虾。我们吃了很多。然后又吃海鲜烩饭，海鲜都很新鲜，有带壳的蛤蜊、贻贝、小龙虾，还有鳗鱼仔。后来我们吃了一种更小的鳗鱼，单独过油做的，小得像豆芽一样，七弯八扭，嫩得一进嘴就化了，都不用嚼。我们一直喝一种白葡萄酒，冰凉的，口味很轻，很好喝，三十分一瓶。还有甜瓜，那里是甜瓜的产地。"

"卡斯蒂利亚的甜瓜更好。"费尔南多说。

"得了吧。"巴勃罗的女人说，"卡斯蒂利亚的甜瓜是用来难为自己的。巴伦西亚的甜瓜才是吃的。只要想起那些甜瓜，足有胳膊那么长，绿得像海，切开来又脆又多汁，比夏天的清晨还要甜美。啊呀，只要想到那种最小的鳗鱼，小小的，美味极了，满满地堆在盘子里。还有装在罐子里的啤酒，整个下午一直喝，罐子跟水罐差不多大小，啤酒放在里面降温，外面凝着水珠。"

"除了吃喝，你还做了什么呢？"

"我们在屋里做爱，阳台上挂着百叶窗，风从门上面的小气窗吹进来，窗子上装着铰链，可以开关。我们在那里做爱，只要合上百叶窗，就算大白天，屋子里也是黑的，鲜花市集和鞭炮炸过后的火药味从街上飘进来。节日里，每天中午都会放鞭炮，沿着街放。一长溜的鞭炮，穿过全城，一小挂一小挂地连起来，挂在电线杆和电车线上，炸起来响极了，从一根杆子跳到下一根，又响又脆，你根本想象不到。

"我们做爱，然后再叫一大罐啤酒，冰凉的，玻璃外面都挂着水珠，等女服务生把酒送来，我就到门口去拿，菲尼托躺着，睡着了，啤酒送来都还没醒，我就把罐子放到他背上去冰他，他说：'不，皮拉尔。不，女人，让我睡会儿。'我说：'不，起来，喝点儿，看看，多凉啊.'于是他也不睁眼,张口就喝,喝完又睡。我就半靠在床脚一个枕头上,看他睡,看他褐色的皮肤、乌黑的头发,他睡着的样子又年轻又安静。我一边看,一边把整罐啤酒都喝光,耳朵还听着外面传来的音乐,那会儿正好有支乐队经过。你,"她对巴勃罗说,"你有过这样的经历吗?"

"我们一起做过很多事。"

"是啊。"女人说,"为什么不呢?你像样的时候比菲尼托还要男人。可我们从来没去过巴伦西亚,从来没有一起躺在巴伦西亚的床上,听着乐队经过。"

"那是不可能的。"巴勃罗对她说,"我们没机会去巴伦西亚。你知道的,你得讲讲理。再说了,你可没和菲尼托一起炸过火车。"

"是没有。"女人说,"那就是我们唯一的东西。火车。是的。永远都是火车。谁也不能否认。除了这个,剩下的全都是懒惰、散漫、失败。到今天,就只剩下懦弱了。以前也有别的很多事。我不想不公平。不过,还是没人能说巴伦西亚不好。你听到了?"

"我不喜欢那地方。"费尔南多平静地说,"我不喜欢巴伦西亚。"

"难怪他们说骡子就是犟。"女人说,"收拾干净,玛利亚,我们要走了。"话音刚落,他们就听到第一批飞机回来了。

第九章

　　他们站在洞口里，望着飞机。这一次，轰炸机飞得又快又高，伴着引擎的轰鸣声，邪恶的箭形机头撕裂了天空。"它们看着真像鲨鱼，"罗伯特·乔丹想，"墨西哥湾流[1]里那种宽鳍尖鼻子的鲨鱼。可这些东西，有宽大的银色翅膀，咆哮着，阳光照在螺旋桨上，泛起淡淡的雾，这些东西动起来不像鲨鱼。它们动起来什么都不像，不像这世上的任何生物。它们动起来，就是机械的厄运。"

　　"你该去写书，"他暗想，"也许你什么时候可以重新拿起笔来。"他感到玛利亚抓住了他的胳膊。她仰着头，望着空中。他对她说："你看它们像什么，亲爱的？"

　　"我不知道。"她说，"死神，我想。"

　　"我看着就是飞机。"巴勃罗的女人说，"那些小的呢？"

　　"可能还在别的地方飞着。"罗伯特·乔丹说，"这些轰炸机速度太快，没法等它们，就先自己飞回来了。我们从不越过火线追击。我们飞机不多，不能冒险。"

　　就在这时，三架亨克尔战斗机排成"V"字阵形，低低掠过空地，擦着树梢，直冲着他们飞来，就像捏着鼻子的丑陋玩具，咔嗒作

---

1. 墨西哥湾流，又称墨西哥湾暖流，世界上影响最大的一股海洋暖流，源自墨西哥湾，绕过佛罗里达角，流经美国东海岸和纽芬兰沿岸后，穿越大西洋，途中一分为二，北向为北大西洋洋流，流经北欧；南向为加纳利洋流，流经西非。鲨鱼有迁徙习性，常随湾流行进。

响，翅膀抖动着，突然变大，大得吓人，大到接近真实尺寸，咆哮着扑来。它们飞得这样低，洞口边的人都看得见飞行员了，看得见他们的头盔、护目镜，和头机飞行员脑后飞舞的围巾。

"他们要看到马了。"巴勃罗说。

"他们要看到你的烟头了。"女人说，"放下毯子。"

之后再没有飞机飞过。其他的一定是从远处越过山区了，当轰鸣声变小，他们走出山洞，来到开阔地。

现在，天空湛蓝、高远、明朗，空无一物。

"就像一个梦，它们都在梦里，现在醒了。"玛利亚对罗伯特·乔丹说。现在，就连最后一丝隐约的"嗡嗡"声都听不到了，那是轰鸣过后残留的余响，就像一根手指，轻轻碰一下，闪开，再碰一下。

"它们可不是梦，你该进去了，收拾一下。"皮拉尔对她说。"怎么说？"她转向罗伯特·乔丹。"我们骑马去还是走路去？"

巴勃罗看看她，发出一声嘟哝。

"听你的。"罗伯特·乔丹说。

"那就走路去。"她说，"我想走走，对肝脏好。"

"骑马对肝脏有好处。"

"是啊，但对屁股没好处。我们走着去，至于你——"她转向巴勃罗。"下去，清点清点你那些牲口，瞧瞧有没有跟着什么跑掉的。"

"你想弄匹马骑骑吗？"巴勃罗问罗伯特·乔丹。

"不用了。非常感谢。那姑娘呢？"

"她走走路更好。"皮拉尔说，"不然她浑身都要僵了，派不上用场了。"

罗伯特·乔丹感到自己脸红了。

"你睡得好吗？"皮拉尔问，又说，"她没病，这是真的。以前可能有过，我不知道为什么没了。可能还是有天主的吧，虽说我们已经废了祂。去。"她对巴勃罗说："这跟你没关系，这是比你年轻的人的事，人家是另外的材料。去。"然后她对罗伯特·乔丹说："奥古斯丁会来照看你的东西。等他来了我们就走。"

这是个大晴天，这个时间，太阳地里已经暖和了。罗伯特·乔丹看着那黝黑脸庞的大个子女人，她和善的双眼分得很开，大方脸上有了皱纹，不好看，但很亲切，眼里闪着愉快的光，脸庞却是哀伤的，除非双唇开合起来。他看看她，再看看那男人，粗壮、呆板，正穿过树林朝马栏走去。那女人也注视着他的背影。

　　"你们做爱了？"女人问。

　　"她说什么了？"

　　"她不会告诉我。"

　　"那我也不会。"

　　"那就是做了。"女人说，"尽量对她好一点儿。"

　　"她要是有孩子了怎么办？"

　　"那没坏处。"女人说，"那没什么大坏处。"

　　"这里没地方安置孕妇孩子。"

　　"她不留在这里。她要跟你走的。"

　　"可我要去哪里呢？我不能带个女人一起。"

　　"谁知道呢？你也许会带上两个。"

　　"这不可能。"

　　"听着，"女人说，"我不是胆小鬼，但今天早晨的事我看得很清楚，我认为，我们认识的许多人，现在还活着的，很可能再也见不到下一个礼拜天。"

　　"现在是礼拜几？"

　　"礼拜天。"

　　"得了吧。"罗伯特·乔丹说，"下一个礼拜天远着呢。能见到礼拜三就不错了。不过我不喜欢听到你这么说。"

　　"人人都得有个人说说话。"女人说，"以前我们有宗教信仰，还有其他乱七八糟的。现在，人人都该有个人，可以敞开说说心里话，因为英勇也会让人非常孤单。"

　　"我们不孤单。我们都在一起。"

　　"看到那些机器玩意儿，对人会有影响。"女人说，"我们没有任何东西可以对付那些机器。"

"但我们还是能打败他们。"

"瞧，"女人说，"我向你坦白了我的悲伤，但别以为我就没有决心了。没有什么能影响到我的决心。"

"等太阳升起来，悲伤就会消失。它跟雾一样。"

"当然。"女人说，"如果你愿意这样想的话。大概是因为说起了关于巴伦西亚的那套蠢话，也可能是说起那个去清点马的男人的失败。我讲那些事，很是伤了他的心。干掉他，可以。诅咒他，可以。可伤害他，不行。"

"你是怎么和他在一起的？"

"人们是怎么和另一个人在一起的？运动刚开始和开始之前，他都算个人物，相当是个人物。只是现在废了，塞子被拔掉，皮囊里的酒流光了。"

"我不喜欢他。"

"他也不喜欢你，很合理。昨晚我和他睡在一起。"她微笑起来，摇摇头。"好吧，"她说，"我对他说，'巴勃罗，你干吗不干掉那个外国人'？"

"'他是个好小子，皮拉尔。'他说，'他是个好小子。'

"于是我说，'现在你明白，是我做主了？'

"'是的，皮拉尔，是的。'他说。

"后来，半夜里，我听到他醒着，在哭。他哭得很急促，很伤心，像有只动物在他身体里撕扯那样地哭。

"'怎么了，巴勃罗？'我对他说，伸手搂住他，抱住他。

"'没什么，皮拉尔。没什么。'

"'不。你有事。'

"'那些人，'他说，'他们那样抛弃我。那些人。'

"'是的，可他们支持我，'我说，'我是你的女人。'

"'皮拉尔，'他说，'想想那列火车。'又说：'愿天主保佑你，皮拉尔。'

"'你扯天主干什么？'我对他说，'这么说话是什么意思？'

"'就是，'他说，'天主和圣母。'

"'什么话，天主和圣母。'我对他说，'那是该说的话吗？'

"'我怕死，皮拉尔。'他说，'我怕死，你明白吗？'

"'那就滚下床去。'我对他说，'就这么一张床，挤不下我和你和你的害怕。'

"后来，他羞愧了，安静下来，我就又睡着了。可是，伙计，他废了。"

罗伯特·乔丹没说话。

"我这辈子，经常有这种悲哀的感觉。"女人说，"但和巴勃罗的悲哀不一样。那不会影响我的决心。"

"这个我信。"

"可能就像女人的生理期一样，"她说，"也可能什么都不是。"她顿了顿，接着说："我对共和国有非常大的期待。我坚决相信共和国，我有信仰。我狂热地信仰它，就像那些有神秘信仰的人一样。"

"我相信你。"

"你也有同样的信仰吗？"

"对于共和国？"

"是的。"

"是的。"他说。希望是真的。

"我很高兴。"女人说，"而且你不害怕？"

"死，不怕。"他真诚地说。

"其他呢？"

"只害怕没法完成我应尽的职责。"

"不怕被捕？其他人都怕。"

"不。"他真心说，"怕的话，人就会包袱太重，什么都干不成。"

"你是个非常冷静的小子。"

"不。"他说，"我不这么觉得。"

"不，你的头脑非常冷静。"

“我只是非常专注于我的工作罢了。”

“你不喜欢享受生活？”

“喜欢。非常喜欢。但不能干扰到我的工作。”

“你喜欢喝酒，我知道的。我看到了。”

“是的，非常喜欢。但不能干扰到我的工作。”

“女人呢？”

“我很喜欢她们，但没太把她们放在心上。”

“你不在乎她们？”

“是的。只是还没找到那么打动我的人罢了，就是人们说的那种打动。”

“我认为你在撒谎。”

“也许有点儿吧。”

“可你喜欢玛利亚。”

“是的。很突然，很喜欢。”

“我，也是的。我非常喜欢她。是的，非常喜欢。”

“我也是。”罗伯特·乔丹说，他的声音明显低沉了。“我，也是，是的。”这话让他高兴，他用西班牙语说了一遍，非常郑重。“我非常喜欢她。”

“见过‘聋子’以后，我会给你们时间独处的。”

罗伯特·乔丹没搭腔，过了会儿，才说：“那没必要。”

“有必要，伙计。很有必要，时间不多了。”

“这是你在我手上看到的？”他问。

“不，别记挂什么关于手相的废话了。”

她把这事扔到一边，就像对付其他所有对共和国有害的事一样。

罗伯特·乔丹什么都没说。他在看玛利亚，她在洞里收拾盘子。她擦干手，转身对他微笑。她听不到皮拉尔说什么，可对罗伯特·乔丹微笑时，褐色皮肤下泛起深红，接着又笑起来。

“还有一天呢。”女人说，“你们有了一个晚上，不过还有一个白天呢。当然，不可能像我在巴伦西亚时那么奢侈。不过你可以摘点儿野草莓之类的。"她大笑道。

罗伯特·乔丹伸出胳膊揽住她宽厚的肩膀。"我也喜欢你。"他说，"我非常喜欢你。"

"你真是个标准的唐璜。"女人说，这会儿倒是被他弄得发窘起来。"再往后，你就要见一个爱一个了。奥古斯丁来了。"

罗伯特·乔丹进了山洞，走向玛利亚。她站在那里，注视着他走上前来，眼睛发亮，脸又红了，一直红到脖子。

"嗨，小兔子，"他说着，吻了吻她的嘴。她将他紧紧揽向自己，盯着他的脸，说："嗨，噢，嗨，嗨。"

费尔南多还坐在桌边抽烟，站起身来，拿上靠在墙边的卡宾枪，摇着头，走了出去。

"太不成体统了。"他对皮拉尔说，"我不喜欢。你该照看好那姑娘。"

"我看着呢。"皮拉尔说，"那位同志是她的新郎。"

"哦，"费尔南多说，"既然这样，既然他们订婚了，那我就得说，这很合乎体统了。"

"我很高兴。"女人说。

"我也是。"费尔南多认真地表示赞同，"回见，皮拉尔。"

"你去哪里？"

"去上面换普里米蒂沃的班。"

"你该死的要去哪里？"奥古斯丁走近前来，问那认真的小个子男人。

"去履行我的职责。"费尔南多庄重地说。

"你的职责，"奥古斯丁取笑道，"我去你妈的职责。"说完，转向女人。"我要看守的那些该死的劳什子在哪？"

"洞里。"皮拉尔说，"有两个背包。还有，我已经烦透了你的脏话了。"

"我去你妈的烦透了。"奥古斯丁说。

"那就去，烦你自己去。"皮拉尔对他说，一点儿火气都没有。

"你妈的。"奥古斯丁重复道。

"你就没妈。"皮拉尔对他说。这场对骂已经达到了西班牙语体系里的最高级别，他们从不明说，只可意会。

"他们在那儿搞了些什么？"这时，奥古斯丁悄悄打听起来。

"没什么。"皮拉尔对他说，"没什么。说到底，现在是春天，畜生。"

"畜生，"奥古斯丁说，咂摸着这个字眼，"畜生。你呢，你这下贱的奴隶生下的闺女。我去他妈的春天。"

皮拉尔一巴掌拍在他肩上。

"你啊，"她说着，发出浑厚的大笑声。"你骂人翻不出新花样，但你够劲儿。看到那些飞机了？"

"我去他们的引擎。"奥古斯丁说，点着头，咬住下嘴唇。

"那可不得了。"皮拉尔说，"那可真是不得了。不过很难啊。"

"在那个高度上，没错。"奥古斯丁咧嘴笑道。"当然。但开开玩笑总不错。"

"是啊。"巴勃罗的女人说，"能开玩笑就好得多，你是个好人，你的玩笑够劲儿。"

"听着，皮拉尔，"奥古斯丁严肃地说，"要出事了，不是吗？"

"你怎么看？"

"麻烦，再麻烦不过了。很多飞机啊，女人。很多飞机。"

"你也和其他人一样，被它们吓着了？"

"怎么可能。"奥古斯丁说，"你觉得他们在谋划什么？"

"喏，"皮拉尔说，"从这个小子跑来炸桥看，明显共和国在准备一次进攻。从这些飞机看，明显法西斯已经有准备了。可为什么要把飞机亮出来呢？"

"这场战争里多的是蠢事。"奥古斯丁说，"这场战争里的事都蠢得没边。"

"当然。"皮拉尔说，"要不我们也不会在这里了。"

"是啊。"奥古斯丁说，"我们这一年都泡在蠢事里。不过巴勃罗是很有头脑的。巴勃罗有一肚子的坏水。"

"你干吗这么说？"

"就是要说。"

"但你一定明白，"皮拉尔解释道，"现在太晚了，靠小聪明没用了，可他也没别的了。"

"我明白。"奥古斯丁说，"我明白我们非走不可。而且，只有胜利了，我们才活得下去，所以桥一定得炸。可巴勃罗，就算现在是个懦夫，还是非常聪明。"

"我，也很聪明。"

"不，皮拉尔。"奥古斯丁说，"你不聪明，你勇敢，你忠诚，你有决心，你有直觉，很大的决心，很大的勇气，但你不聪明。"

"你这么觉得？"女人若有所思地问。

"是，皮拉尔。"

"那小子聪明。"女人说，"聪明，而且冷静，脑子非常冷静。"

"是。"奥古斯丁说，"他一定很擅长他的工作，否则他们不会让他来。但我不知道他聪明不聪明，我知道巴勃罗很聪明。"

"可惜，害怕和懒散让一切都白搭了。"

"但还是聪明。"

"你要说什么？"

"没什么，我想理智地考虑这问题。现在这个时候，我们得聪明行事。桥炸掉以后，我们必须立刻离开。一切都要准备好，我们必须先想好去哪里，怎么去。"

"当然。"

"这些事——得巴勃罗来。这些事必须做得很聪明。"

"我不相信巴勃罗。"

"这件事上，得信。"

"不，你不知道他颓废到什么地步了。"

"但他脑子管用，他非常聪明。这事儿要是做得不聪明，我们就完蛋了。"

"我会考虑的。"皮拉尔说，"我有一天时间来考虑这事。"

"至于那些桥，那个小子，"奥古斯丁说，"他一定很精通。想想另外那个家伙炸火车的时候吧，安排得多好。"

"是。"皮拉尔说，"的确是他在负责计划。"

"你负责干劲儿和决心。"奥古斯丁说，"但巴勃罗要负责行动，巴勃罗负责撤退。逼他一下，让他现在就开始考虑。"

"你是个有头脑的人。"

"头脑，是啊。"奥古斯丁说，"但不精明，得巴勃罗来。"

"胆小什么的也无所谓？"

"胆小什么的也无所谓。"

"那你怎么看桥的事？"

"那是一定要做的。我明白，我们必须做两件事。必须离开这里，必须赢。如果要赢，桥就一定要炸掉。"

"如果巴勃罗真那么聪明，为什么会看不出这一点儿？"

"因为他的软弱，他希望事情照老样子就好。他的软弱就像个漩涡，他只想待在里面不动弹。但河水在涨，形势比人强，遇到变化时，他还会是聪明的，他脑子很灵。"

"真亏得那小子没干掉他。"

"一点儿不错。吉普赛人昨晚跑来，想要我干掉他。那吉普赛人就是个畜生。"

"你也是个畜生。"她说，"但有脑子。"

"我们两个都有脑子。"奥古斯丁说，"但巴勃罗是天才！"

"可他实在让人受不了。你不知道他废到什么地步了。"

"是，但还是个天才。瞧，皮拉尔，发动战争只要脑子就行。可要赢，你得有天才和资本。"

"我会好好考虑的。"她说，"现在我们必须出发了，已经晚了。"然后，提高了嗓门："英国人！"她喊道，"英国人！快！我们该走了。"

第十章

"歇一下。"皮拉尔对罗伯特·乔丹说,"坐这里,玛利亚,咱们歇歇脚。"

"还是接着走吧。"罗伯特·乔丹说,"到了再休息。我必须见到这个人。"

"你会见到的。"女人对他说,"不用急。坐这里,玛利亚。"

"来吧,"罗伯特·乔丹说,"到山顶再休息。"

"我现在就要休息。"女人说着,在溪边坐下。姑娘挨着她坐在石楠丛下,阳光照在她的头发上。只有罗伯特·乔丹站着,望向高山草甸的另一头,鳟鱼溪在草甸中穿行。他脚边也是石楠。草甸低处,欧洲蕨取代了石楠,灰色大石头平地突起,更下方是一线黑压压的松林。

"到'聋子'那里还有多远?"他问。

"不远。"女人说,"穿过这片空地,下到下一个山谷,沿着溪向上走,过一片林子就到了。你坐会儿,别那么紧张。"

"我想见到他,赶快把事情定下来。"

"我想泡泡脚。"女人一边说,一边脱下她的绳底帆布鞋,拽下厚厚的羊毛长袜,将右脚伸进溪水里。"老天,真冷。"

"我们应该骑马的。"罗伯特·乔丹对她说。

"这对我有好处。"女人说,"我就缺这个。你怎么了?"

"没什么,就是有点儿着急。"

"那就冷静下来。还有时间。多好的天啊,不用躲在松树林子里真是太好了。你没法想象，一个人能有多讨厌松树林。你不烦松树林吗，亲爱的？"

"我喜欢。"姑娘说。

"有什么好喜欢的？"

"我喜欢那种气味，还有松针踩在脚下的感觉。我喜欢风在高高的树梢间吹过，喜欢树枝互相碰到时'嘎嘎'地响。"

"你什么都喜欢。"皮拉尔说，"要是饭再做得好一点儿的话，你就是老天爷赐下的礼物，不管对谁都是。不过松树长成的林子无聊得很。你还没见过桦树林、栎树林或栗子树林。那些才是森林。在那种林子里，每棵树都不一样，它们有个性，而且漂亮。松树林无聊得很。你觉得呢，英国人？"

"我也喜欢松树。"

"噢，够了，"皮拉尔说，"你们两个。那我也喜欢松树，可我们在这些松树林子里待得太久了。我还烦这些山。在山里只有两个方向，向上，向下，向下就只有公路和法西斯的镇子。"

"你去过塞哥维亚吗？"

"怎么可能。就顶着这张脸？人人都认识这张脸。你愿意有张丑脸吗，漂亮姑娘？"她对玛利亚说。

"你不丑。"

"得了吧，我不丑。我生来就丑。我这辈子都丑。你，英国人，你根本不懂女人。你知道一个丑女人是什么感觉？你知道，一个人一辈子都长得丑，偏偏心里觉得自己是个美人，那是什么感觉？那才叫古怪呢。"她把另一只脚也伸进溪水里，又立刻缩回来。"老天，真冷。看那只鹡鸰。"她说，指着一只鸟，灰色圆球一般，在上游的石头上蹦上跳下。"那种鸟没一点儿好。不会唱，也不好吃。只会上上下下地抽尾巴。给我根烟，英国人。"她说着，伸手接过烟，从衬衫口袋里掏出打火石和火刀，点燃，吸一口烟，看了看玛利亚和罗伯特·乔丹。

"生活非常古怪。"她说，从鼻子里喷出烟来。"我该是条好汉子，偏偏从头到脚都是个女人，还是个丑女人。不过还是有很多男人爱我，我也爱过很多男人。这很古怪。听着，英国人，这很有意思。看看我，丑成我这样。看仔细了，英国人。"

"你不丑。"

"哦，不丑？别哄我。还是说，"她发自肺腑地大笑起来。"那怪事对你也开始起作用了？不。开个玩笑。不。看看这个丑八怪。不过男人爱上你的时候就会被某种感觉蒙了眼。你，有这种感觉，就会蒙蔽他，也蒙蔽你自己。等到有一天，不知怎么的，他突然就看到你的本来面目了，看到你有多丑，他不被蒙蔽了，然后你也看到自己有多丑了，跟他看到的一样，于是你失去了你的男人，也失去了你的感觉。你懂吗，亲爱的？"她拍拍姑娘的肩膀。

"不懂。"玛利亚说，"因为你不丑。"

"动动你的脑子，别只用心。还有，听着，"皮拉尔说，"我在跟你们说的是很有意思的事。你不觉得有意思吗，英国人？"

"有意思。不过我们该走了。"

"别犯傻了，走。我很喜欢这里。喏，"她接着说，转身面对罗伯特·乔丹，就像在教室里讲课，甚至像在发表演说。"过一阵子，等你变得像我一样丑，像最丑的女人一样丑，到时候，就像我说的，过一阵子，那种感觉，觉得你漂亮的那种白痴感觉，又慢慢在某个人心里长出来，像卷心菜一样长出来。然后，当这种感觉长起来，又有一个人会看到你，觉得你漂亮，事情又从头来一遍。我现在觉得，我已经过了这种时候，但也还是可能再来一次。你很幸运，亲爱的，你不丑。"

"可我很丑。"玛利亚坚持道。

"问问他。"皮拉尔说，"别把脚伸到溪里去，会冻着的。"

"要是罗伯特说我们该走了，那我就觉得是该走了。"玛利亚说。

"听听你说的。"皮拉尔说，"我也在紧要关头，跟你的罗伯托一样。我说，我们就在这溪边休息一下，很舒服，还有的是时间。再说了，我喜欢聊天。这是我们唯一文明的东西了。难道我们还有别的消遣吗？我说的东西不吸引你吗，英国人？"

"你说得很好。但比起讨论漂亮还是不够漂亮来，还有别的事更吸引我。"

"那我们来聊聊吸引你的事吧。"

"运动刚开始时你们在哪里？"

"我家镇子上。"

"阿维拉？"

"得了吧，阿维拉。"

"巴勃罗说他从阿维拉来的。"

"他骗人，他老想找个大城市代替他的家乡。是这个镇子。"她报出一个小镇的名字。

"然后发生了什么？"

"很多。"女人说，"很多事，全都很恶心，就连那些看起来光彩的事也一样。"

"给我说说。"罗伯特·乔丹说。

"那太野蛮。"女人说，"我不想当着这姑娘的面说。"

"我能听。"玛利亚说，她把手放进罗伯特·乔丹手心。"我没什么不能听的。"

"不是你能不能听的问题。"皮拉尔说，"是我该不该说给你听，让你做噩梦的问题。"

"我不会因为听故事做噩梦的。"玛利亚对她说，"你想想，经过了那么多事，我还会因为一个故事做噩梦吗？"

"说不定会让这英国人做噩梦呢。"

"说来听听看嘛。"

"不，英国人，我不是开玩笑。你见过运动开始时那些小镇上是什么样子吗？"

"没有。"罗伯特·乔丹说。

"那你就什么都不知道。你只看到巴勃罗现在废了，可你该看看他当初的模样。"

"说说。"

"不，我不想说。"

"说说吧。"

"那好吧。我就照实说。不过你，亲爱的，要是你觉得不舒服了，就跟我说。"

"要是不舒服，我就不听。"玛利亚对她说，"不会比其他许多事还糟糕的。"

"我认为会。"女人说，"再给我一根烟，英国人，开始了。"

姑娘往后靠在溪岸边的石楠上，罗伯特·乔丹舒展身体，躺在地上，头靠着一丛石楠。他伸出手，摸到玛利亚的手，握在手心里，听故事时，就牵着她的手在石楠上摩挲，直到她摊开掌心，平贴着他的手。

"兵营里的国民警卫军投降时，是凌晨。"皮拉尔开口了。

"你们袭击了兵营？"罗伯特·乔丹问。

"巴勃罗趁天黑包围了兵营，剪断电话线，把炸药安在一面墙的墙角，喊话让国民警卫军投降。他们不肯。天一亮他就把墙炸开了。然后就是交火，两个警卫军被杀死，四个受伤，四个投降。

"我们都趴在墙壁和房子的屋檐下，趴在地上，天色刚蒙蒙亮，爆炸腾起的灰云还没落下来，因为灰尘腾得很高，又没有风吹散它们。

我们全都隔着破墙往屋子里开枪，往烟里开火，丢手榴弹，烟里开始还有来复枪开火的闪光，后来，一声大叫过后，就再也没有动静了，四个国民警卫军举着手走出来，一大半屋顶都塌了，墙也没了，他们走出来投降。

"'里面还有人吗？'巴勃罗喊道。

"'有伤员。'

"'看好这几个。'巴勃罗对刚走过来的四个人说，他们之前守在我们进攻开火的地方。'站过去，靠着墙。'他对警卫军说。四个警卫军靠墙站着，脏兮兮的，浑身又是土又是烟灰，四个负责看守的人举起枪对着他们，巴勃罗和其他人进屋去解决伤员。

"他们干完之后，兵营里再没传来任何声音，没有伤员的声音，

105

没有呻吟、哭喊，也没有枪声。巴勃罗和其他人出来了，巴勃罗背上背着他的霰弹枪，手里拿着一把毛瑟手枪。

"'瞧，皮拉尔，这是军官手里的，他自杀了。我还从来没用过手枪呢。你，'他对一个警卫军说，'让我看看这玩意儿怎么用。不，不用演示，告诉我就行。'

"兵营里枪响时，那四个国民警卫军靠墙站着，一直在流汗，什么都没说。他们都是高个子，长着国民警卫军的脸，跟我的脸就像一个模子里出来的。只不过他们脸上还有早晨没来得及刮的胡茬，他们靠墙站着，什么也没说。

"'你，'巴勃罗冲着离他最近的一个说，'告诉我这个怎么用。'

"'把那个小保险栓压下去，'那人说，声音很干。'机匣往后拉，然后松开，让它弹回去卡住。'

"'哪个是机匣？'巴勃罗问，他看着那四个警卫军，'哪个是机匣？'

"'枪机上面那个方块。'

"巴勃罗往后拉，但卡住了。'这是怎么回事？'他说，'卡住了。你骗我。'

"'再往后拉一点儿，让它轻轻弹回去卡住。'那个警卫军说，我从没听过那样的声音，比没有太阳的早上还要灰暗。

"巴勃罗再拉了一下，照那人说的松开，那个方块啪地一下，卡上了，击锤退后，手枪上了膛。那枪真丑，枪把又小又圆，枪管又大又扁，笨重得很。那些警卫军一直看着他，都没说话。

"'你要怎么处置我们？'其中一个问他。

"'毙了你们。'巴勃罗说。

"'什么时候？'那人用同样灰暗的声音问。

"'现在。'巴勃罗说。

"'在哪里？'那人问。

"'这里。'巴勃罗说，'就这里，现在。这里，现在。你们还有什么说的？'

"'没有。'那警卫军说，'没有。但这么做很难看。'

"'你也是难看玩意儿。'巴勃罗说，'你这杀农民的凶手。连你亲妈都会杀。'

"'我从来没有杀过人。'那个警卫军说，'还有，不要扯到我妈。'

"'让我们看看怎么个死法。你们，这些杀人惯犯。'

"'犯不着侮辱我们。'另一个警卫军说，'我们知道该怎么死。'

"'靠墙跪下来，头顶在墙上。'巴勃罗对他们说。那些警卫军互相看了看。

"'我说了，跪下。'巴勃罗说，'下去，跪着。'

"'你怎么看，帕科？'一个警卫军对个子最高的说，就是告诉巴勃罗用枪的那个。他袖管上佩着下士的章，汗出得非常厉害，虽然早上还冷得很。

"'就跪吧。'他回答，'这也没什么要紧的了。'

"'离土地还近一点儿。'头一个开口的人说，想开个玩笑，但他们全都太沉重了，没心思听笑话，谁都没笑。

"'那就跪吧。'头一个警卫军说。四个人跪下来，头抵在墙上，手垂在两边，看上去非常尴尬。巴勃罗走到他们背后，一个一个，用那把手枪抵在他们的后脑勺上开枪，一开枪，就有一个人滑倒下去。我现在还能听到那枪声，尖锐，可是沉闷，还能看到，枪管抽动一下，一个人的头就往前垂下去。枪口顶上去时，有一个的头完全没有动。有一个把头往前伸，前额压在石头上。一个浑身都在发抖，头也在晃。只有一个，把手挡在眼睛前面，他是最后一个。当巴勃罗从他们身边离开，朝我们走来时，四具尸体倒在墙边，枪还握在他手里。

"'帮我拿一下这个，皮拉尔。'他说，'我不知道怎么让击锤复位。'他把手枪递给我，站在那里，看着四个警卫军，他们就倒在兵营的墙跟前。我们的人全都站在那里，看着他们，没人说话。

"我们拿下了镇子，那还是大清早，谁都没吃过东西，谁都没喝过咖啡，我们相互看着，个个都满身土，都是炸兵营弄的，像站在打谷场上的人一样。我站在那里，手里拿着枪，枪很重，看着抵在墙角死去的警卫军，我觉得胃里很难受——他们和我们一样满身尘土，一样灰扑扑的，可现在，就在墙角跟前，他们每个人都用自己的血浸湿了身下的干泥地。就在我们站着时，太阳爬上了远处的山头，照在我们站着的路上，照在兵营的白墙上，空中的灰尘在第一缕阳光中变成了金色，站在我身边的农民看看兵营的墙和躺在那里的人，看看我们，又看看太阳，说：'咳，白天到了。'

"'那走吧，去喝杯咖啡。'我说。

"'好啊，皮拉尔，好。'他说。我们进了镇子，往中心广场走去。那些是整个镇子里最后被枪杀的人。"

"其他人怎么了？"罗伯特·乔丹问，"没有其他法西斯分子了吗？"

"怎么可能？没有其他法西斯分子！还有二十多个。可一个都没挨枪子儿。"

"怎么回事？"

"巴勃罗让人用连枷把他们打死，再从悬崖顶上丢到河里去了。"

"二十个都是？"

"我会说给你们听的。没那么简单。我这辈子都没想过会看到那种事，在河上面的悬崖顶上，在广场上，用连枷把人打死。

"那个镇子建在河岸高处，有一个广场，广场上有喷泉，有长椅，有大树给椅子遮荫。房子的阳台都对着广场。从广场伸出去六条街，房子下面有一条拱廊，绕着广场，太阳太大的时候人可以走廊下的阴凉地。广场三面是拱廊，第四面是步行道，步行道旁都是树，就靠在悬崖边，悬崖很高，下面就是那条河。那里离河面大概有三百英尺。

"跟进攻兵营时一样，巴勃罗负责安排一切。首先，他用马车把街口全部堵住，就像要在广场上办业余斗牛比赛（capea）一样。法西斯分子都被关在镇公所（Ayuntamiento）里，那是广场边最大的房子。钟就挂在那面墙上，法西斯的俱乐部就在拱廊下的那栋房子里。他们在俱乐部门外放了些桌子椅子，就在拱廊下面的人行道上，专给俱乐部的人用。运动还没开始的时候，他们总会去那里喝杯开胃酒。那些桌子椅子都是柳条编的。就像个咖啡馆，但更讲究些。"

"抓他们时没打起来？"

"巴勃罗夜里就把他们抓了，赶在进攻兵营之前。不过也已经把兵营包围起来了。进攻一打响，他们就同时被从自己家里逮出来了。很聪明。巴勃罗是组织者。不这样的话，打警卫军兵营时，可能就有人从两侧或背后夹击他了。"

"巴勃罗非常聪明，也非常残忍。拿下这个镇子的事，他规划得很好，很有秩序。听我说。我们赢下了进攻，那四个守卫投降了，他在墙跟前开枪杀了他们，我们又到咖啡馆喝了咖啡，那家咖啡馆在早班巴士起点的那个街角上，总是很早就开门。之后，他接着安排广场上的事。他们把马车堆在一起，就像准备斗牛表演那样，只留出朝河的那一边。只有那一边放开了。然后，巴勃罗命令神父去给法西斯分子做忏悔，帮他们做一些必要的圣事。"

"在哪里做？"

"我说了，在镇公所里。广场上挤满了人。神父在里面做这些的时候，外面闹哄哄的，有人在嚷嚷脏话，不过大多数人都很严肃，很有规矩。嘻嘻哈哈的都是在拿下兵营后喝醉了的家伙，还有些一年到头都醉醺醺的废物。

"趁神父忙活时，巴勃罗出来，让广场上的人排成两排。

"他安排大家站成两排，像是要准备拔河那样，或者说，像自行车赛时一样，两排人之间留出一道空隙，好让自行车手经过，就跟人们站在一起等游行的圣像经过时差不多。两排中间留出两米宽的空地，从镇公所门口一直穿过整个广场，排到悬崖边。就是说，要是有人出来，站在镇公所门口朝广场看，只能看到密密麻麻的两排人。

"他们都操着打谷子用的连枷，地方够宽，连枷舞得开。也不是所有人都有，没那么多连枷。不过大部分人的连枷都是从吉列尔莫·马丁的店里拿来的，他是个法西斯分子，卖各种农具。没有连枷的人就拿牧人的大棒子，或者赶牛棍，还有些拿的木头草叉；那种叉子，平时是用来给连枷打过的谷子后扬谷糠和稻草的。还有人拿的镰刀，不过巴勃罗让这些人都站在后面，靠近悬崖那头。

"队伍很安静，天气很好，跟今天一样好；天上有些云，飘得很高，跟现在一样。广场上灰不大，因为夜里露水很重，树在队伍里投下阴影，你能听到水在狮子嘴的铜管里流动、落进喷泉池子里的声音，平时女人们就是拿罐子来这里灌水的。

"只有镇公所门口——神父还在里面对着法西斯分子履行他的职责——还有人在胡说八道，就像我说的，都是些喝醉了的废物，围在窗子边，隔着窗户的铁栏杆朝里面骂脏话，说下流笑话。队伍里大部分人都安静地等着，我听到有人对另外一个说：'会有女人吗？'

"另外一个说：'基督啊，我希望没有。'

"那个人又说：'巴勃罗的女人在这里。嗨，皮拉尔。会有女人吗？'

"我看看他，那是个农民，穿着他的礼拜日夹克，满头大汗，我说：'没有，华金。没有女人。我们不杀女人，我们干吗要杀他们的女人？'

"他说：'感谢基督，没有女人。那什么时候开始？'

"我说：'等神父结束。'

"'那神父什么时候结束？'

"'我不知道。'我告诉他，看见他的脸抽了一下，汗从额头上流下来。'我还从没杀过人呢。'他说。

"'那你就要学了。'他旁边的农民说，'不过我不觉得用这家伙敲一下就能杀死人。'他双手抓着连枷，怀疑地打量着。

"'那就是妙的地方了，'又一个农民说，'一定要打很多下才行。'

"'他们拿下了巴利亚多利德，拿下了阿维拉。'有人说，'我们进来之前我刚听说的。'

"'他们永远拿不下这个镇子，这个镇子是咱们的，我们抢先了。'我说，'巴勃罗可不是会干坐着等他们打上门的人。'

"'巴勃罗行的。'另一个人说，'不过打死警卫军的时候他也太霸道了。你不觉得吗，皮拉尔？'

"'是的。'我说，'不过这次人人都有份了。'

"'是。'他说，'这次安排得不错。不过为什么运动没有新消息了？'

"'打兵营前，巴勃罗把电话线切断了，还没来得及修好。'

"'啊，'他说，'所以我们才什么消息都没收到。我的消息是今天早上从修路站那里听来的。'

"'这次干吗要这么干，皮拉尔？'他对我说。

"'为了省子弹。'我说，'而且，这样就人人都能承担起责任来。'

"'那一开始就该这样，一开始就该这样。'我看看他，发现他在哭。

"'你哭什么，华金？'我问他，'没什么好哭的。'

"'我忍不住，皮拉尔。'他说，'我从来没杀过人。'

"要是没见过革命第一天里的小村镇是什么样，那你们就什么都不明白。那种地方，每个人都互相认识，而且是从小到大都认识。那天，横穿广场的队伍里，大部分男人都穿着下地干活的衣服，都是匆匆忙忙赶过来的，可也有一些，不知道运动第一天该穿什么才好，就穿了他们礼拜日或过节的衣服，看到其他人，包括攻打兵营的人，全都穿着最破的衣服，这些人才发现穿错了，很不好意思。但他们也不愿意把外套脱下来，怕弄丢了，或者被那些无赖偷走，只好就那么站在那里，被晒得满头大汗，等着事情开始。

"后来起风了，广场上的土都干了，那么多人走来走去，站着时脚也没停，土都松了，被吹起来，一个穿深蓝色礼拜夹克的男人大声喊：'洒水！洒水！'守广场的人来了，打开水龙头，开始从广场四周慢慢往中间洒水压尘土——他的工作就是每天早上拿根水管在广场上洒水。两排人都退开，让他去压广场中间的尘土，水管甩出大大的弧形，水珠在太阳下闪闪发光，大家都挂着他们的连枷啊、棒子啊、白木头的草叉啊，看着水洒开来。然后，等广场都浇透了，土也不飞了，

队伍又重新排好，一个农民大喊："我们什么时候才能看到法西斯？第一个什么时候从那闷罐子里出来？'

"'马上。'巴勃罗站在镇公所门边喊，'第一个马上就出来了。'进攻的时候喊得太多，兵营那边又尽是烟，他的声音都哑了。

"'磨蹭什么啊？'有人问。

"'他们还在忏悔他们的罪过呢。'巴勃罗喊。

"'当然，有二十个呢。'一个人说。

"'二十个，那罪过可有得数啊。'

"'没错，不过我觉得他们就是在磨蹭时间。这种要命的时候，除了那些最重的罪过，其他那些不可能还记得。'

"'耐心点。有二十个人呢，就算只是大罪过，也得花点时间。'

"'我有耐心。'另一个说，'不过最好快点完事儿。不管是为他们好还是为我们好。现在是七月，活儿多着呢。谷子是收了，可还没打。还不到赶集过节的时候。'

"'可今天就是赶集过节。'另一个说，'自由节，从今天开始，等这些人被干掉，这个村子和这些田地就是我们的了。'

"'我们今天来打法西斯谷子，'一个说，'打掉那些秕糠，这个村子的自由就来了。'

"'我们一定要好好干，要对得起这个。'另一个说。'皮拉尔，'他对我说，'我们什么时候开个组织会？'

"'这里一完就开。'我告诉他，'还是在镇公所里。'

"我图好玩，戴了顶国民警卫军的三角漆皮帽。手枪上的击锤已经归位了，扣住扳机的时候，顺便用大拇指把它往下压就行了，很自然的样子，当时枪就拴在我腰上的一根绳子上，长长的枪管卡在绳子下面。我开玩笑地拿起手枪，自我感觉非常好。不过，后来倒情愿自己拿的是枪套，不是帽子。那时候队伍里有个人对我说：'皮拉尔，好姑娘。看到你戴那种帽子我感觉很不好。我们干掉了国民警卫军，这些东西也该都丢掉。'

"'这样，'我说，'那我就拿掉。'我拿下帽子。

"'给我吧。'他说，'这东西应该毁掉。'

"我们排在队尾，就在河上那条悬崖小路边，他把帽子拿在手里，做了个放牧时丢石头聚牛群的动作，把帽子扔出了悬崖。帽子在空中飞了很远，我们看着它越来越小，漆皮在晴朗的天空下闪亮，朝河面飞下去。我回头望望广场对面，所有窗户边、所有阳台上都挤满了人，两排人墙横穿广场，一直连到镇公所门口，那房子的窗户外面围了一圈人，很多人在说话，闹哄哄的，跟着，我听到一声大喊，有人在说：'头一个出来了。'是贝尼托·加西亚先生，镇长。他没戴帽子，从门里慢慢走出来，走下门廊，什么都没发生。他走在两排拿着连枷的人墙中间，什么都没发生。他走过两个人，四个人，八个人，十个人，什么都没发生。他走在两排人墙中间，抬着头，肥脸灰白，眼睛望着前面，又左右瞄了两眼，走得很稳。什么都没发生。

"一个阳台上，有人喊起来：'怎么搞的，胆小鬼？怎么搞的，胆小鬼们？'贝尼托先生仍然在人墙中间走，什么都没发生。这时，隔着三个人，我看到一个男人的脸在抽动，咬着嘴唇，双手抓着连枷，抓得手指都发白了。我看见他盯着贝尼托先生，看他越走越近。还是什么都没发生。然后，就在贝尼托快走到那个人面前时，那人高高举起连枷，还碰到了旁边的人，他用力朝贝尼托打下去，砸在他脑袋侧面，贝尼托看了他一眼，那人又打了一下，吼着：'这是给你的，王八蛋。'这一下打中了贝尼托的脸，他抬手捂住脸，他们开始打他，直到他倒下，第一个动手的人招呼其他人上来帮忙，他拽住贝尼托先生的衬衣领子，其他人抓着他的胳膊，他的脸埋在广场地面的土里，他们把他拖过小路，拖到悬崖边，扔进了河里。第一个打他的那人跪在悬崖边上，探头盯着他，说：'王八蛋！王八蛋！噢，王八蛋！'他是贝尼托的佃户，一直有矛盾。他们争过河边的一块地，贝尼托从那人手里弄走了，转租给别人，那人早就恨上他了。那人没再回到队伍里，就坐在悬崖边，看着贝尼托掉下去的地方。

"贝尼托先生之后，没人肯出来了。广场上没人出声，所有人都在等着，看下一个出来的会是谁。这时，一个醉鬼大声叫道：'让那

些畜生出来！让那些畜生出来！'

"镇公所窗户边有人喊：'他们不肯动！他们都在祈祷。'

"另一个醉鬼喊：'把他们拖出来。快，把他们拖出来。祷告时间结束啦。'

"可没人出来。过了会儿，我看见一个人出现在门口。

"是费德里克·冈萨雷斯先生，磨坊和饲料商店都是他的，是个关键的法西斯分子。他又高又瘦，头发齐刷刷地从一边往另一边梳，想遮住秃顶，穿着一件长睡衣，睡衣扎在长裤里。他光着脚就从家里被抓了出来。他走在巴勃罗前面，双手举在头上，巴勃罗在他背后，端着枪，枪口顶在费德里克·冈萨雷斯的背后，一直顶到费德里克走进两道人墙之间。可巴勃罗刚一放下枪，转身往镇公所大门走，费德里克就走不动了，他站在那里，眼睛往天上翻着，手往上伸，像是能抓住天空似的。

"'他没脚走路了。'有人说。

"'怎么啦，费德里克先生？你不会走路了？'有人冲他嚷嚷。可费德里克就站在那里，手往上举着，只有嘴唇在颤动。

"'往前走，'巴勃罗站在台阶上朝他吼，'走。'

"费德里克站在那里，根本动不了。有个醉汉用连枷把手戳了下他的屁股，费德里克蹦了一下，就像尥起来的马一样，可还是站在老地方，手举着，眼睛朝天上翻。

"这时候，站在我旁边的农民说：'真丢脸。我对他没意见，但这种场面该结束了。'于是他走下去，挤到费德里克站着的地方，说了句'请允许'，就举起棒子狠狠砸在他脑袋侧面。

"费德里克先生放下手，捂住光秃秃的头顶，抱着头，低着脑袋，用来遮盖秃顶的头发又细又长，从他的手指缝里飘出来，他顺着人墙跑得飞快，连枷接连落在他的背上、肩上，直到他倒下，队尾的人把他拎起来，扔下悬崖。从被巴勃罗用枪逼着走出来起，他就再没开过口。唯一的问题只是走不动，就像是他的腿不听使唤了一样。

"费德里克先生之后，我看最心狠的人都聚到了悬崖边的队伍

114

尾巴上，就离开那里，走到镇公所的回廊下面，推开两个醉汉，从窗户往里看。他们都跪在镇公所的大屋子里，排成半圆形，正在祈祷，神父也跪着，跟他们一起祈祷。巴勃罗和一个叫'四指'（Cuatro Dedos）的鞋匠在一起，他总跟巴勃罗在一起。还有两个人，拿着枪站在一边，巴勃罗正冲着神父说话：'该谁了？'神父只管祈祷，没理他。

"'听着，你，'巴勃罗哑着嗓子对神父说，'到谁了？谁祈祷完了？'

"神父根本不跟巴勃罗搭话，就像没他这个人似的，我看得出，巴勃罗火大了。

"'我们全部一起，'里卡多·蒙塔尔沃先生对巴勃罗说，他是个地主，为了说话，暂时抬起头，停下了祈祷。

"'没门儿。'巴勃罗说，'一次一个，等你们准备好。'

"'那我先去。'里卡多先生说，'我再怎么样也不会准备得更好了。'他说话时，神父就在为他祝福，等他站起来，又祝福了一次，一直没中断祈祷，然后举起十字架让里卡多亲吻。里卡多亲吻了十字架，转身对巴勃罗说：'不可能再好了。你这个肮脏的王八蛋。我们走。'

"里卡多是个矮个子男人，灰头发，粗脖子，穿了一件没领子的汗衫。他是罗圈腿，因为马骑得太多。'再见。'他对还跪着的人说，'别伤心，死没什么，唯一糟糕的是死在这个臭猪猡手里。别碰我。'他对巴勃罗说：'别用你的枪碰我。'

"他走出镇公所大门，顶着灰色的头发，瞪着灰色的小眼睛，粗脖子显得很短，怒冲冲的。他看看农民排成的两道人墙，朝地上啐了一口。他还真能吐得出痰来，在那种情况下，你该知道的，英国人，这很少见。他说：'西班牙在上！打倒该死的共和国，我去你们祖宗的。'

"挨了这通骂，他们很快就把他打死了，刚走到第一个人跟前他就被打了，刚准备昂起头往前走就被打了，他们一直打，打到他倒下，还拿镰刀猛砍他，很多人拥上去，把他推到悬崖边，扔了下去。

115

现在他们手上和衣服上都沾了血了，现在感觉出来了，这些走出来的人都是真正的敌人，都该被杀死。

"在里卡多先生那样恶狠狠地走出来骂娘之前，队伍里很多人本来是宁愿付大价钱也不愿站在那里的，我敢肯定。要是队伍里有人喊一句：'行了，剩下的那些，我们就宽恕他们吧，他们已经吃了教训啦。'我敢说，大多数人会同意的。

"可里卡多先生和他的勇气给其他人帮了个大大的倒忙，他激怒了队伍里的人。在那之前，他们只是敷衍一下，对这事没多大兴趣。可现在，他们愤怒了。这区别很明显。

"'让神父出来，那就快了。'有人大喊。

"'让神父出来。'

"'我们已经有三个强盗啦，现在再来个神父吧。'

"'两个强盗。'一个矮个子农民对大喊大叫的那人说，'跟我主一起的是两个强盗[1]。'

"'谁的主？'那人说，他的脸涨得通红，怒冲冲的。

"'都这么说啊，就是我们的主。'

"'他不是我的主，少开玩笑了。'另一个说，'要是不想也走走这两排中间的话，最好管住你的嘴巴。'

"'我也是个自由主义的共和党好人，和你一样。'矮个子农民说，'我打了里卡多先生的嘴。我打了费德里克先生的背。我只是错过了贝尼托先生而已。可我说我主，那就是提到这个人的正经说法，而且就是只有两个强盗。'

"'我去你的共和主义。就你这样说话，还先生来先生去的。'

"'这里就是这么叫他们的啊。'

"'我就不这么叫，那些王八蛋。还有你的主——嘿！又出来一个！'

"就是那时候，我们见识了不光彩的一幕，因为走出镇公所大门的是福斯蒂诺·里贝罗先生，是他们家大儿子，父亲是塞勒斯蒂

1.传说与耶稣一起被钉上十字架受刑的是两名强盗。详见《圣经·马太福音》。

诺·里贝罗，一个地主。他个头挺高，黄头发从前额齐刷刷往后，梳得光溜溜的，他口袋里总揣着把梳子，那会儿，出来之前，还刚刚梳过。他是个总跟女孩打混的浪荡子，是个懦夫，还一直想当业余斗牛士。他常常跟吉普赛人、斗牛士和养牛人混在一起，喜欢穿安达卢西亚式的衣服，可他没胆子，大家都当他是个笑话。有一次，他说是要参加一场为'老人之家'募款的业余慈善比赛，在阿维拉，要以安达卢西亚的方式，骑在马背上杀死一头牛，他练了很久，还特地选了一头小牛，没想到被换掉了，看到进场的牛那个头，他腿都软了，直接退了赛。他说自己病了，不过有人说，他是把三个指头伸进喉咙里，把自己抠吐的。

　　"两队人看到他，都嚷嚷起来：'你好啊，福斯蒂诺先生，小心别吐了。'

　　"'听我说，福斯蒂诺先生，悬崖下面都是美人儿。'

　　"'福斯蒂诺先生，等等，我们去把最大的牛牵过来。'

　　"又有一个喊：'听我说，福斯蒂诺先生，你听说过死是怎么回事吗？'

　　"福斯蒂诺先生站在那里，假装很勇敢。他还处在向其他人宣布自己要走出门的冲动中。让他宣布参加斗牛赛的，也是那种冲动。那让他相信，而且希望自己能成为一个业余的剑刺手[1]。那会儿，他受了里卡多先生的榜样激励，站在那里，看上去又英俊又勇敢，脸上摆出一副高傲的神气。可他说不出话。

　　"'来啊，福斯蒂诺先生。'队伍里有人喊道，'来啊，福斯蒂诺先生。这里有头大牛，顶顶大的牛。'

　　"福斯蒂诺站在那里，望着前方，我觉得，两排队伍里一个同情他

───────────────

1. 西班牙斗牛表演中的斗牛士分三种角色，分别是剑刺手（matador）、长矛手（picador）和花镖手（banderillero），统称为斗牛士（bullfighter）。其中，剑刺手是主斗牛士，他在场上通常配有五名助手，包括两名长矛骑手和三名花镖手。长矛手首先骑马出场，以长矛激怒公牛；随后花镖手徒步上场，尽力将双镖插入牛颈背部；最后才是被称为剑刺手的主斗牛士上场表演，并最终刺杀公牛。

的人都没有。他看上去还是又英俊又出色，可时间越来越少，他只有一条路可走。

"'福斯蒂诺先生，'有人喊，'你等什么呢，福斯蒂诺先生？'

"'他在准备吐。'有人说，两队人大笑起来。

"'福斯蒂诺先生，'一个农民大叫，'你喜欢的话就吐吧。要我说，都一样。'

"我们都看着他，福斯蒂诺顺着人墙往外望，越过广场，直望到悬崖边。一看到悬崖和悬崖后空荡荡的半空，他立马转过身，朝镇公所门口退去。

"整个队伍都吼起来，有人提高了嗓门大喊：'你要去哪里啊，福斯蒂诺先生？你要去哪里？'

"'他去吐。'另一个叫道，他们又一起大笑起来。

"这时候，我们看到福斯蒂诺先生重新走了出来，巴勃罗在他背后，端着枪。他所有的风度都不见了。人墙的架势吓跑了他的气派和风度，这回出来，巴勃罗跟在他背后，那样子，就像是巴勃罗在扫大街，他是被推着往前挪的垃圾。福斯蒂诺先生出来时，双手交叉在胸前祈祷，然后，伸手遮住眼睛，对着人墙走下了台阶。

"'让他去，'有人喊，'别碰他。'

"大家都明白了，没人伸手碰福斯蒂诺一下，他的手在发抖，挡在自己眼睛前，嘴唇也在抖，就这么夹在两道人墙之间往前走。

"没人说话，没人碰他，走过一半时，他再也走不动了，跪倒在地上。

"没人打他。我跟着往前走，想看看究竟会怎么样，一个农民弯腰架起他，说：'站起来，福斯蒂诺先生，接着走。牛还没出来呢。'

"福斯蒂诺先生自己没法走，穿黑罩衫的农民就在一边扶着他，另一个穿黑罩衫和牧人靴的农民在另一边扶着，架着他的胳膊，顺着两道人墙中间往前走，福斯蒂诺手挡着眼睛，嘴唇一刻不停地抖，一头黄发服服帖帖，在阳光下闪亮，他经过时，农民们都在说：'福斯蒂诺先生，祝你胃口好啊。福斯蒂诺先生，祝你胃口好啊。'有一个，自己也没能完成斗牛表演的，也说：'福斯蒂诺先生，剑刺手先生，听凭您差遣。'另一个说：'福斯蒂诺先生，天堂里有美人儿，福斯蒂诺先生。'他们夹着福斯蒂诺穿过人墙，一边一个，紧紧夹住他，架着他往前走，他的手一直遮在眼睛上。不过他肯定一直从手指缝里在看，因为当他们架着他走近悬崖边时，他又跪下来了，整个人都扑下来，扒着地面，揪住草，说：'不，不，不，求你们，不，求你们，求求你们，不，不。'

　　"他一跪下，架着他过来的农民，还有排在队伍尾巴上最心狠的那些人，也飞快在他背后蹲下来，猛地一推，他就摔下了悬崖，没挨一下打，你能听到他掉下去时的尖叫，声音很大，很高。

　　"这时候，我知道，队伍里的人已经红了眼了，一开始是里卡多骂人，跟着的福斯蒂诺又那么懦弱，他们就成了这副模样。

　　"'再来一个。'一个农民吼道。另一个拍着他的背，说：'福斯蒂诺先生！什么东西！福斯蒂诺先生！'

　　"'这下子他见着大牛啦。'又一个说，'这下子吐也帮不了他啦。'

　　"'我这辈子吧，'另一个农民说，'我这辈子就没见过福斯蒂诺这种玩意儿。'

　　"'还有人呢。'又有农民在说，'沉住气。谁知道我们还会看到什么？'

　　"'说不定有巨人和矮人。'头一个农民说，'说不定有黑人和非洲来的稀奇野兽。不过要我说，不可能再有像福斯蒂诺那样的玩意儿了。好了，再给我们来一个！快啊。再给我们来一个！'

　　"那些醉汉从法西斯俱乐部的酒吧里搜刮出茴香酒和干邑，互相传着喝，像喝葡萄酒那样，队伍里很多人都有点儿醉了，因为贝尼托先生、费德里克先生、里卡多先生，特别是福斯蒂诺先生，他们造成的冲击太大了。没拿到瓶子的人也有皮酒囊的酒可喝，酒囊传来传去，有人递给我一个，我喝了一大口，让冰凉的酒从酒囊里冲出来，滑下我的喉咙，我也实在是渴了。

"'杀人就是会让人口渴。'拿皮酒囊的人跟我说。

"'胡说。'我说,'你杀过人?'

"'我们杀掉四个了。'他很骄傲地说,'还不算警卫军。你真的杀了一个警卫军,皮拉尔?'

"'不算。'我说,'我也就是在墙倒以后冲着烟里开枪,跟其他人一样。就是这样。'

"'你从哪里弄来的这把枪?'

"'巴勃罗那儿,巴勃罗杀掉警卫军以后给我的。'

"'用这把枪杀的?'

"'再没第二把。'我说,'然后,他就把这枪给我了。'

"'我能看看吗,皮拉尔?能摸一下吗?'

"'干吗不呢,伙计?'我说。我把枪从绳子上解下来,递给他。心里却在纳闷,怎么还没人出来。就在这时,有人出来了,是谁都好,偏偏是吉列尔莫·马丁先生,那些连枷、赶牛棒子和木头草叉都是从他的店里拿出来的。吉列尔莫先生是个法西斯分子,可除了这一条,他没什么不好。

"是,他给做连枷的人开的工钱很低,不过卖得也便宜。要是不想直接买吉列尔莫的连枷,也可以自己做,只要花买木头和皮子的钱就行。他说话很粗,当然,他是个法西斯,是他们俱乐部的成员,每天中午和晚上都会坐在他们俱乐部的藤椅里看《辩论报》[1],让人给他擦鞋,喝苦艾酒兑气泡水,吃烤杏仁、干虾和小鳀鱼。但没人该为这个去死,而且我敢说,要是没有里卡多·蒙塔尔沃的辱骂和福斯蒂诺那么可怜兮兮的一段,要是这些刺激之后没有喝酒和其他那些,肯定会有人嚷一句:'放了吉列尔莫吧,我们都用着他的连枷呢,让他走。'

"那个镇子的人是很粗鲁,但也一样可以很和气,他们对于正

---

1. 《辩论报》,当时西班牙最重要的天主教日报,观点保守,主张教权主义,创办于1910年,1936年停刊,创办人为吉列尔莫·德·里瓦斯(Guillermo de Rivas)。

义有种天然的感觉，想做对的事。可惜残忍已经混进了队伍，醉也一样，或者说，开始醉了，现在的队伍跟贝尼托刚出来那会儿已经不一样了。我不知道在别的国家是什么样，没人比我更享受喝酒了，可在西班牙，'醉'这件事如果不只是酒引起的，那就非常恶心了，什么没干过的事情他们都会干。你的国家不这样吧，英国人？"

"也一样。"罗伯特·乔丹说，"我七岁时，有一次跟我妈去俄亥俄州参加一个婚礼，我要去当花童，和一个女孩一起……"

"你还做过那个？"玛利亚问，"真好！"

"那个城里有个黑人，被吊在路灯杆子上，等着被烧死。那是个弧光灯。灯从杆子上放了下来，搁在人行道上。他被往上吊，一开始用平时吊弧光灯的装置，可那个断了……"

"一个黑人，"玛利亚说，"太野蛮了！"

"那些人喝酒了吗？"皮拉尔问，"他们是因为喝了酒才要烧黑人吗？"

"我不知道。"罗伯特·乔丹说，"我在屋子里，只是从窗户的百叶窗缝里看到的，那屋子就在那根灯杆旁边的转角上。街上都是人，后来他们重新开始把黑人吊起来……"

"要是你只有七岁，还待在屋子里，那可没法知道他们是喝了酒还是没喝。"皮拉尔说。

"就像我说的，他们第二次把那个黑人吊起来的时候，我妈妈把我从窗户边拉开了，所以后面的我也没看到了。"罗伯特·乔丹说，"但后来我经历过一些事，能证明，在我的国家里，醉了的都一样，都那么丑陋，那么野蛮。"

"你那时候才七岁，太小了。"玛利亚说，"这么小，不该看到这种事。除了在马戏场里，我从没见过黑人。除非摩尔人也算黑人。"

"有些是黑人，有些不是。"皮拉尔说，"我可以给你说说摩尔人的事。"

"你不会比我还清楚。"玛利亚说，"不，不会比我还清楚。"

"不说这些事了。"皮拉尔说，"没好处。我们说到哪了？"

"说到两排人都醉了。"罗伯特·乔丹说，"接着说吧。"

"要说醉也不是，"皮拉尔说，"因为他们离醉还远着呢。只是那时候心态已经变了，吉列尔莫先生走出来，站得笔直，他是个近视眼，上了年纪，中等个儿，穿着件衬衫，有领圈扣，但没装领子，他站在那里，在胸前画了个十字，然后看着前方，只是没戴眼镜，也看不了多远。他沉着地往前走，走得很稳，样子看着让人可怜。可队伍里还是有人嚷嚷起来：'嘿，吉列尔莫先生。到这里来，吉列尔莫先生。这边。我们在这里，都拿着你家的东西呢。'

"他们拿福斯蒂诺逗乐逗得太高兴，已经看不出，吉列尔莫先生是不一样的，就算吉列尔莫先生要被杀，起码也该死得痛痛快快，死得有尊严。

"'吉列尔莫先生，'另一个喊道，'要我们到府上把你的眼镜拿来吗？'

"吉列尔莫家称不上府上，他没什么钱，会当法西斯也只是跟风，想安安稳稳守着他那个小木头工具店。他会当法西斯，还因为他老婆，他老婆信那个，他也就跟着信了，因为他爱她。他住在一个公寓里，跟广场就隔着三栋房子。当他站在那里，用他的近视眼望着人墙，那两排他知道他不得不走进去的人墙，在他的公寓阳台上，一个女人尖叫起来。那是他的妻子，从阳台上能看到他。

"'吉列尔莫，'她哭道，'吉列尔莫。等我，我跟你一起。'

"吉列尔莫先生朝着声音来的方向转过头去。

"他看不到她。想说什么，也说不出来。就只冲着那女人哭喊的方向挥了挥手，朝人墙中间走去。

"'吉列尔莫！'她哭喊着，'吉列尔莫！噢，吉列尔莫！'她抓着阳台栏杆，一直挥手。'吉列尔莫！'

"吉列尔莫先生又朝着那声音挥挥手，走进了两排人墙中间，他的头昂着，要不看脸色，你根本不会知道，他有什么感觉。

"队伍里一些醉汉捏着嗓子喊：'吉列尔莫！'模仿他妻子撕心裂肺地尖叫，吉列尔莫先生一下子冲过去，他看不见，眼泪也滑下脸颊，那人狠狠地用连枷当头打了他一下，吉列尔莫先生被打得坐到地上，就那么坐着哭，但不是因为害怕，那些醉汉打他时，一个醉汉跳到他身上，骑在他肩膀上，用瓶子打他。

"那之后，很多人都退出了人墙，他们的位置空出来，填进去的，是之前围在镇公所窗外起哄说下流话的醉汉。

"至于我自己，巴勃罗开枪杀国民警卫军那时候就够受刺激的了。"皮拉尔说，"那是很糟糕的事，可我也觉得必须那么做，只能那样，至少，那不残忍，只是拿命，就像我们这些年来都知道的，那是坏事，可也是必须做的事，只要我们还想赢，还想保住共和国。

"刚围好广场、排好人墙时，我很佩服，也能明白巴勃罗的想法，虽然，要我说这多少有点儿异想天开，但只要是该做的事，就该做得堂堂正正，不能让人讨厌，必须这样。当然，如果这些法西斯分子要被大家处死，人人都参与总是好的，我还希望能尽量多分担一点儿罪过，就像希望能在拿下村子以后多分一点儿好处一样。可经过了吉列尔莫先生的事，我生出一种羞耻、厌恶的感觉，醉汉和废物二流子进了人墙，有人离开队伍来抗议吉列尔莫先生的遭遇，我也希望自己跟这两排人完全没有关系。所以我走开了，穿过广场，找了张大树下的长凳坐下。

"两个农民从队伍里走出来，一路说着话，其中一个大声对我说：'你怎么啦，皮拉尔？'

"'没事，伙计。'我对他说。

"'有事。'他说，'说吧，怎么啦。'

"'我有点儿恶心。'我对他说。

"'我们也是。'他说。他们俩都在长凳上坐下，其中一个把手里的酒囊递给我。

"'漱漱口。'他说。另一个接着他们先前的谈话说：'最糟的是，这会带来厄运。没人能跟我说，像这样杀死吉列尔莫先生不会带来厄运。'

"那一个说：'要是非得把他们都杀了——其实我不觉得有必

要——那起码该让他们死得体面点儿，不被戏弄。'

"'对福斯蒂诺，戏弄一下没问题。'另一个说，'反正他一直就是个笑料，从来算不上正经人。可戏弄吉列尔莫先生这样的正派人，就过头了。'

"'我肚子难受。'我对他说，这话是真的，因为我真的觉得浑身难受，冒虚汗，恶心，像吃了坏掉的海鲜一样。

"'好了，没事了。'一个农民说，'我们接下来不参加就行了。不过我想知道其他村子怎么样了。'

"'他们还没修好电话线。'我说，'这是个问题，该赶紧办好才对。'

"'一点儿不错。'他说，'谁知道还会出什么事，我们最好赶紧把镇子防守起来，而不是在这里搞什么杀人活动，这么磨蹭，又残暴。'

"'我去跟巴勃罗谈谈。'我对他们说完，就从长凳上站起来，朝通往镇公所门口的回廊走去，人墙就是从那个门口排起来，一直穿过广场的。那时候，队伍已经不直了，乱哄哄的，里面尽是烂醉的酒鬼。有两个仰面躺在广场中心的地上，酒瓶在他们手中传来传去。一个大概是灌了口酒，大喊：'无政府主义万岁！'就那么仰面躺着，像个疯子一样大喊大叫。他脖子上系了条红黑色的手帕[1]。另一个喊：'自由万岁！'两脚朝空中乱踢，接着又吼了一句：'自由万岁！'他也有一条红黑色的手帕，拿在手里挥个不停，另一只手抓着酒瓶。

"一个从队伍里退出来的农民站在回廊下的阴影里，厌恶地看着他们，说：'他们该喊"喝醉酒万岁"才对。他们只信这个。'

"'他们什么都不信。'另一个农民说，'那些家伙什么都不懂，什么都不信。'

"就在这时，两个醉鬼中的一个站起来，两只胳膊举过头顶，捏

---

1. 共和国一方的伊比利亚无政府主义联合会以红黑两色为标志色，成员通常系红黑色围巾，为激进的无政府主义者，该联合会属于全国劳工联盟，常缩写为CNT-FAI。

着拳头，大吼一声：'无政府和自由万岁，我去你的共和国！'

"另外一个还仰面躺在地上，伸手抓住大吼的那个醉鬼的脚脖子，翻了个身，把吼的那个也拽倒了，两人一起打了个滚，又坐起来，拽人的伸出胳膊，勾着喊口号那个的脖子，把瓶子递给他，亲了他脖子上的红黑手帕一口，两个人一起喝起来。

"就在这时，队伍里传出一声喊，我抬头看了眼回廊，看不到是谁在喊，因为他的脑袋被埋在镇公所门口的人堆里了。我能看到的，就是有人被巴勃罗和'四指'端着枪推出来，但看不到是谁，我朝着堵在门口的队伍走近几步，想看一下。

"当时很多人都在挤，法西斯咖啡馆的椅子和桌子都倒了，只有一张还立着，上面睡了个醉汉，脑袋往下吊着，嘴巴张开，我捡起一张椅子，靠着柱子放好，爬上去，这样就能越过人群的头顶去看。

"巴勃罗和'四指'推出来的是安纳斯塔西奥·里瓦斯。不用说，他肯定是个法西斯分子。他是全村最胖的人，是个粮食商，同时兼着几家保险公司的代理人，还放高利贷。站在椅子上，我能看到他下了台阶，走向人墙，他脖子后面的肥肉隆起来，顶着衬衫领子，他的光头在阳光下发亮，可他没能走进人墙中间，因为队伍里爆出了一声吼，不是几个人的声音，是所有人一起吼。那是种非常讨厌的声音，整个醉汉人墙都在吼，所有人都向他冲过去，队伍也散了，我看到安纳斯塔西奥先生绊倒了，手举过头顶，然后，你就看不到他了，人都堆到了他上面。等人散开，安纳斯塔西奥先生已经死了，头撞在回廊路面的石板上。队伍完全不成形了，只剩一群暴徒。

"'我们进去。'他们开始大叫，'我们进去抓他们。'

"'他太重了，搬都搬不动。'一个人踢着安纳斯塔西奥的尸体，那身体趴在地上，脸朝地。'就让他待着吧。'

"'我们干吗要花力气拖个肥猪去悬崖？就让他趴那儿吧。'

"'我们进去，干掉里面那些家伙。'有人吼道，'我们进去。'

"'干吗要在大太阳地里耗一天？'另一个喊，'来啊，我们进去。'

"那伙暴徒涌进回廊，大喊大叫，又推又挤，弄出的动静像野兽一样，全都大吼着'开门！开门！'——队伍刚一乱，看守就把镇公所的大门关上了。

　　"我站在椅子上，能透过上了栏杆的窗户看到镇公所大厅，里面还跟之前一样。神父站着，剩下的人围着他跪成一个半圆，都在祈祷。巴勃罗坐在镇长座位前的大桌子上，枪斜挎在背后。他的腿从桌面垂下来，手里正在卷一根烟。'四指'坐在村长的椅子里，脚跷在桌子上，抽着烟。其他看守分散坐在大厅靠里的椅子上，手上都抓着枪。大门钥匙在巴勃罗手边，就放在桌子上。

　　"那伙暴徒喊着：'开门！开门！开门！'跟一声一声唱圣歌似的。巴勃罗坐在那里，就像没听见。他对神父说了什么，但那些暴徒太吵了，我听不见。

　　"神父还是和之前一样，根本不理他，只管祷告。挤上来的人太多了，都在推我，我就端起椅子，挡在胸前往前挤，一直挤到墙边，靠墙放下椅子。我站上椅子，脸贴在窗户栏杆上，手抓着栏杆。有个家伙也爬上来站着，从我背后伸出两只胳膊，抓住靠外侧的栏杆，把我整个圈在他怀里。

　　"'椅子要垮了。'我对他说。

　　"'那有什么关系？'他说，'看看他们，看他们祈祷。'

　　"他的呼吸喷在我脖子上，一闻就是暴徒的味道，发酸，像吐在石头街面上的脏东西，是醉酒的味道。然后，他从我肩膀上探过头去，嘴抵着栏杆中间的空当，喊：'开门！开门！'这么一个暴徒，几乎整个趴在我背上，像噩梦里魔鬼压在你背上一样。

　　"当时，那些暴徒全都拼命往大门挤，前面的人都快被压扁了。广场上，一个穿黑罩衫、脖子上围着黑红手帕的大个子醉汉冲过来，团起身子，整个人往暴徒堆里撞上去，砸在前面的人身上，然后站起来，跑回去，再往前冲，整个人撞在那些往前推挤的人背上，嘴里喊着：'万岁，无政府万岁。'

　　"我回头去看，那人转身从人堆边跑开，坐下来，拿着一个瓶子喝起酒来。那醉汉坐在那里，看到了安纳斯塔西奥，他还脸朝下趴在石头上，只是被踩得更不成样子了。那醉汉爬起来，对着安纳斯塔西奥走过去，弯下腰，把酒瓶里的酒往安纳斯塔西奥头上和衣服上倒，然后，从口袋里掏出一盒火柴，一次擦燃了好几根，想在安纳斯塔西奥身上点火。可那会儿风太大，火柴都被吹灭了，过了会儿，那个大个子醉汉在安纳斯塔西奥旁边坐下来，摇晃着脑袋，拿着酒瓶灌酒，时不时还弯下腰，拍拍安纳斯塔西奥那具尸体的肩膀。

"这期间，暴徒们一直在吼着叫开门，和我一起站在椅子上的男人死死抓着窗户栏杆，大喊开门，就在我耳朵边上吼，吼得我都快聋了。他呼出的气就围着我打转，我扔下那个想要点火烧安纳斯塔西奥的醉汉，转回头，来看镇公所的大厅，情形和之前一模一样。他们还在祈祷，跟刚才一样，所有人都跪着，衬衫敞开，有人低头，也有人抬头，看着神父和他手里的十字架。神父努力地飞快念着祈祷词，目光越过他们的头顶，望向远处。巴勃罗在他们身后，烟点起来了，人坐在桌子上，两条腿晃荡着，枪斜挎在背后，手里摆弄着钥匙。

"我看到巴勃罗坐在桌上，探过身子去，又对神父说了什么，我听不到他说的什么，外面叫声太大。神父没回答他，还是继续祈祷。这时，祈祷的半圆圈里站起来一个人，我看出来了，他是想出来。那是何塞·卡斯特罗先生，大家都管他叫佩佩，是个板上钉钉的法西斯贩子，马贩子。他站在那里，个子小小的，没刮胡子，只穿着一件长睡衣，下摆扎在灰条纹长裤里，就算这样，看着还是干净齐整。他吻了十字架，神父为他做了赐福，他站起来，看向巴勃罗，头朝大门口一偏。

"巴勃罗摇摇头，继续抽烟。我能看到佩佩在对巴勃罗说话，但听不到。巴勃罗没答话。他只是又摇了摇头，下巴冲着大门扬了扬。

"然后，我看见佩佩仔细看了看大门，明白过来了，他都不知道门已经锁上了。巴勃罗冲他亮了一下钥匙，他站在那里，盯着钥匙看了会儿，就转身又跪下来了。我看到神父抬头扫了一圈，看向巴勃罗，巴勃罗冲他咧嘴一笑，亮了一下钥匙，神父好像也刚刚才意识到大门锁上了，他好像想摇头，可只是偏了一下，就接着祷告了。

"我不知道他们怎么会没发现门锁上了的，要不就是都太专心祷告，只想着自己的事情。不过现在，他们当然知道了，他们听到了外面的吼叫，肯定也知道情况变了。但他们还是和之前一个样子。

"到了这个时候，叫声大得你什么都听不见，那个醉汉，和我站在一把椅子上的那个，两只手拼命摇晃窗栏，喊：'开门！开门！'喊得嗓子都哑了。

"我看到巴勃罗又在跟神父说话，神父没回答。然后，我看到巴勃罗解下枪，伸出去，敲了一下神父的肩膀。神父根本不理他，我看到巴勃罗摇了摇头。然后，他回过头，对'四指'说了句话，'四指'又对其他看守说话，他们全都站起来，退到房子另一头，端着枪，站在那里。

"我看到巴勃罗又对'四指'说了几句话，他就搬了两张桌子和几条长凳过去，所有看守都站在后面，端着枪。这样，屋角就变成了一个工事。巴勃罗往前探过身子，又用枪敲了敲神父的肩膀，神父没理他，其他人也都没注意到他，还在继续祈祷，不过我看到佩佩看了他一眼。巴勃罗摇摇头，看到佩佩在看他，又冲佩佩摇摇头，抬起手里的钥匙晃了晃。佩佩明白了，低下头，开始飞快地祈祷。

"巴勃罗腿一晃，从桌上跳下来，绕过桌子，走向村长的大椅子，那把椅子在长条会议桌后面的讲台上。他坐下来，给自己卷了一根烟，眼睛一直望着和神父一起祈祷的法西斯。你从他脸上看不到任何表情。钥匙就在他面前的桌子上。那是把大钥匙，铁的，足有一英尺多长。接着，巴勃罗对看守喊了句什么，我听不见。一个看守朝门走去。我能看得出，所有人都加快了祈祷速度，比之前都快，我知道，这下他们全明白了。

"巴勃罗对神父说了句什么，可神父没回答。巴勃罗就往前一探身子，抓起钥匙，扔给门边的看守。那个看守伸手接住，巴勃罗对他笑笑。他就把钥匙插到门上，转了几下，一拉门，闪身躲在门背后，暴徒们一下子涌了进去。

"我看着他们冲进去，和我一起站在椅子上的醉汉开始吼：'啊呀！啊呀！啊呀！'他脑袋直往前够，弄得我也看不成，他一个劲地喊：'干掉他们！干掉他们！揍死他们！干掉他们！'然后他两手把我往旁边一推，我就什么都看不到了。

"我用胳膊肘给了他肚子一下，说：'醉鬼，这椅子是谁的？让我看。'

"可他只管抓着窗户栏杆拼命摇，大吼：'干掉他们！揍死他们！揍死他们！就是这样。揍死他们！干掉他们！王八蛋！王八蛋！王八蛋！'

"我又重重给了他一肘子，说：'王八蛋！醉鬼！让我看。'

"可他为了看得更清楚，干脆两只手都撑在我头上，把我往下摁，整个人的重量都压在我头上，还在叫：'揍死他们！就是这样。揍死他们！'

"'揍死你自己。'我说，狠狠给了他命根子一下：他被打痛了，手从我头上放下来，捂着自己，说：'你不能这样，女人。你，女人，不能这样做。'就在这时，我透过窗户栏杆，看到厅里全是人，全都挥着棍子打，拿着连枷砸，还有舞着干草叉对人又戳又刺，又捅又挑的，白木头都被染红了，草叉尖也断了，整个房间里都是这样。巴勃罗就坐在大椅子上看着，枪横在膝盖上。他们一直在吼，在打人、捅人，有人在尖叫，就像马在火堆里尖叫一样。我还看到神父，他撩起袍子想爬到一条长凳上去，追在他背后的那些人就用镰刀砍他，有个人抓住了他的袍子，跟着就传来一声尖叫，然后又是一声，我看到有两个人的镰刀砍在他背上，第三个人拽住他的袍子边，神父举起胳膊，死死抱住一张椅子靠背。就在这时，我脚下的椅子垮了，那个醉汉和我都摔在地上，满地都是酒气和呕吐物的味道，那醉汉还在冲我晃他的手指头，说：'你不能这样，女人，不能这样。你弄伤我了。'人们从我们身上跨过去，往镇公所的大厅里涌，我能看到的就只有人腿，都在往门口跑。那醉汉坐在那里，面对着我，捂着先前被我打到的地方。

"那就是我们镇上杀法西斯的情形，最后闹成这样，我很高兴我没看下去，要不是那个醉汉，我会看到最后的。这么说，他倒是有点儿好处，毕竟，镇公所里发生的，是那种会让人后悔去看的事。

　　"可还有更少见的，另外的醉汉。我们从破椅子上站起来时，人群还在往镇公所里挤，我看到，广场上那个围着红黑手帕的醉汉，又在把什么东西往安纳斯塔西奥身上倒。他摇晃着脑袋，从一边晃到另一边，应该是坐都坐不起来了，可还在倒东西，擦火柴，倒东西，擦火柴，我向他走去，说：'你在干什么，不要脸的东西？'

　　"'没什么，女人，没什么。'他说，'别管我。'

　　"也许是因为我站在那里，腿挡住了风，火柴一下子擦燃了，一股蓝色火苗从安纳斯塔西奥先生的外套肩膀上蹿起来，烧到了他的后脖颈，那醉汉伸长了脖子，喊叫起来，声音特别大：'他们在烧死人啦！他们在烧死人啦！'

　　"'谁？'有人说。

　　"'哪里？'另一个人喊道。

　　"'这里，'那醉汉大吼，'就在这里！'

　　"有人抡起连枷，用力扫在那个醉汉的脑袋侧面，他倒下去，躺在地上，看了看打他的人，就闭上了眼睛，双手交叉在胸前，躺在安纳斯塔西奥旁边，像睡着了一样。那人没再打他，他就躺在那里，直到那天傍晚，他们打扫完镇公所，过来抬起安纳斯塔西奥扔上马车时，他还躺着。那辆马车上还堆着别的尸体，统统都要拉到悬崖边扔下去。也许，对这个村子来说，扔下去二三十个醉汉还好一些，特别是那些戴红黑色围巾的。要是再来一场革命，我看，最先被干掉的就该是他们。可那个时候，我们还不知道。不过，要不了几天我们就会知道了。

　　"那天夜里我们还不知道接下来会发生什么。镇公所的屠杀过后就没再杀人了，可我们也没能开会，因为醉汉太多了。他们不可能服从命令，所以会议被推迟到第二天。

　　"那天夜里，我和巴勃罗睡在一起。我不该跟你说这些的，亲爱的，不过话说回来，多知道一些对你有好处，至少我告诉你的都是真的。听我说，英国人，事情很古怪。

"就像我说的，那天晚上我们一起吃饭，事情非常古怪。就像经历了一场风暴，或者洪水，或者战斗，每个人都很累，没人多说话。我自己也觉得空落落的，很不舒服，心里充满了羞耻感，还有一种做错事的感觉，我情绪低落极了，总有一种要出事的强烈感觉，今天早上飞机飞过之后也有。果然，不到三天，就出事了。

"吃东西时，巴勃罗没怎么说话。

"'你喜欢吗，皮拉尔？'最后，他问我，嘴里还塞满了烤小山羊肉。我们在餐馆吃饭，就在巴士总站旁边，屋里很挤，人们在唱歌，上个菜都费劲。

"'不。'我说，'除了福斯蒂诺那段，其他的我都不喜欢。'

"'我喜欢。'他说。

"'全都喜欢？'我问他。

"'全都喜欢。'他说，用他自己的小刀切下一大片面包，蘸着酱汁吃。'全部，除了神父。'

"'你不喜欢神父那段？'我知道他恨所有神父，比恨法西斯还厉害。

"'他叫我失望。'巴勃罗闷闷地说。

"太多人在唱歌，我们几乎不得不大声喊才能听到彼此的话。

"'为什么？'

"'他死得太难看了。'巴勃罗说，'毫无尊严。'

"'被那些暴徒追在背后，你指望他怎么有尊严？'我说，'我觉得，在那之前他一直都非常有尊严。没人能更有尊严了。'

"'是。'巴勃罗说，'可惜最后他害怕了。'

"'谁能不怕？'我说，'你看到他们追他时拿着什么吗？'

"'我怎么会没看到？'巴勃罗说，'可我觉得他死得太难看了。'

"'那种情况下，谁都会死得难看。'我对他说，'就这，你还指望怎么样？镇公所里的事全都恶心透了。'

"'是。'巴勃罗说,'是没什么组织。可一个神父,他该是榜样的。'

"'我以为你恨神父。'

"'是啊。'巴勃罗说,又切了些面包。'可一个西班牙神父,一个西班牙神父应该死得很体面。'

"'我觉得他死得够体面了。'我说,'毕竟他什么体面都被剥夺了。'

"'不。'巴勃罗说,'我觉得他实在叫人失望。我一整天都在等着看神父死,我以为他会是最后一个。我满心期待地等着。希望能看到一个高潮。我还从没见过神父死呢。'

"'还有机会。'我挖苦他说,'运动今天才开始。'

"'不,'他说,'我失望了。'

"'这样啊,'我说,'那我猜你也要失去信仰了吧。'

"'你不懂,皮拉尔。'他说,'他是个西班牙神父啊。'

"'西班牙人都是些什么人啊。'我对他说。他们是有多骄傲啊,嗯,英国人,你说说?什么人啊。"

"我们得走了。"罗伯特·乔丹说。他看看日头,"快中午了。"

"没错。"皮拉尔说,"我们这就走。不过让我再跟你说说巴勃罗。那天夜里,他对我说:'皮拉尔,今天晚上我们什么也不干。'"

"'好啊。'我告诉他,'我很乐意。'

"'杀了那么多人以后再干这事,我觉得不好。'

"'行啦。'我对他说,'你还真是个圣人。我跟那些斗牛士过了那么多年,你当我不晓得他们斗牛以后是什么样?'

"'真的吗,皮拉尔?'他问我。

"'我什么时候骗过你?'我对他说。

"'真的,皮拉尔,今晚我就是个废人。你不会怪我吧?'

"'不会,兄弟,'我对他说,'但别天天杀人,巴勃罗。'

"那天夜里,他睡得像个婴儿一样,到天亮我才叫醒他。可我睡不着,后来干脆起来,坐在椅子里,望着窗户外面。有月光,我能看到广场，白天时，人墙就排在那里，还有广场对面的树，在月光下发亮，不过它们的影子黑乎乎的，凳子也在月光下发亮，到处乱丢的瓶子也在发亮，再远一点儿就是悬崖，他们都是在那里被丢下去的。外面没什么声音，只有喷泉'哗哗'响，我坐在那里，心想，我们这个头开得不好。

"窗户敞开着，我听到广场上传来一个女人的哭声，是从小旅馆那边来的。我走到阳台上，赤脚踩在铁栏杆上，月亮把广场边所有房子的墙面都照得亮堂堂的，哭声来自吉列尔莫先生家的阳台。是他的妻子。她跪在阳台上，在哭。

"我回到房间里，坐下来，什么都不愿意想，要不是后来的另外一天，那就是我这辈子最糟糕的一天了。"

"另外一天是哪天？"玛利亚问。

"三天以后，法西斯占领镇子那天。"

"别告诉我。"玛利亚说，"我不想听，够了，这已经够让人受不了的了。"

"我跟你说了，你不该听。"皮拉尔说，"看看，我不想让你听这些的，这下你要做噩梦了。"

"不会的。"玛利亚说，"不过我不想再听了。"

"我倒希望你什么时候能说给我听听。"罗伯特·乔丹说。

"我会的。"皮拉尔说，"但这些对玛利亚不好。"

"我不想听。"玛利亚可怜巴巴地说，"求你，皮拉尔。我在的时候不要说，我会忍不住听的。"

她嘴唇发抖，罗伯特·乔丹觉得她快哭了。

"求你，皮拉尔，不要说。"

"别担心，小毛刺儿头。"皮拉尔说，"别担心。不过我会找时间讲给英国人听。"

"可他在的时候我就会在。"玛利亚说，"噢，皮拉尔，干脆别说了。"

"我等你干活儿的时候说。"

"不，不，求你，咱们干脆别说了。"玛利亚说。

"可我已经说了我们干的事，得说说他们的才公平。"皮拉尔说，"不过你绝对不会听到的。"

"就没什么高兴的事可以说吗？"玛利亚说，"我们非得一直说这些可怕的事吗？"

"今天下午，"皮拉尔说，"就你和英国人。你们俩想说什么就可以说什么。"

"那下午可得快点儿到。"玛利亚说，"要飞快地到。"

"会到的。"皮拉尔对她说，"会飞快地到，又飞快地走，明天也一样飞快。"

"今天下午，"玛利亚说，"今天下午，今天下午快点儿到吧。"

第十一章

　　他们从高山草甸下到长满树的山谷，再沿一条与溪流并行的小路往上爬，最后，离开小路，来到一处陡峭的岩壁顶。刚一上去，还没离开松林浓密的树荫，一个背着卡宾枪的人就从树下走了出来。

　　"站住。"他说，然后又说，"你好，皮拉尔。你旁边是谁？"

　　"一个英国人。"皮拉尔说，"不过有个天主教名字，罗伯托。上来这一路真陡啊。"

　　"你好，同志。"那守卫对罗伯特·乔丹伸出手，说，"还好吗？"

　　"很好。"罗伯特·乔丹说，"你怎么样？"

　　"一样。"守卫说。他非常年轻，身材纤细，脸颊狭长，长着标准的鹰钩鼻，高颧骨，灰眼睛。他没戴帽子，顶一头乱蓬蓬的黑发，握起手来有力又和善，眼睛也很和善。

　　"你好，玛利亚。"他对姑娘说，"没累着吧？"

　　"完全没有，华金。"姑娘说，"我们坐着聊天的时间比走路的还长。"

　　"你就是那个爆破手？"华金问，"我们听说你来了。"

　　"我们昨晚在巴勃罗那里过的夜。"罗伯特·乔丹说，"是的，我是爆破手。"

　　"我们很高兴见到你。"华金说，"是来炸火车？"

　　"上次炸火车你也在？"罗伯特·乔丹笑着问。

　　"怎么不在。"华金说，"我们就是在那里见到这丫头的。"他冲着玛利亚咧嘴笑。"你变漂亮啦。"他对玛利亚说，"他们跟你说过你有多漂亮吗？"

"闭嘴吧，华金。不过非常谢谢你。"玛利亚说，"你剪掉头发好看。"

"我背过你。"华金对姑娘说，"扛在肩膀上。"

"和其他很多人一样。"皮拉尔声音低沉地说，"谁没背过她？老家伙在哪？"

"营地里。"

"他昨天晚上到哪里去了？"

"塞哥维亚。"

"收到什么消息了吗？"

"有。"华金说，"有消息。"

"好的还是坏的？"

"我看是坏的。"

"你看到那些飞机了？"

"啊呀，"华金摇着头，说，"别跟我提那个。爆破手同志，那都是些什么飞机？"

"亨克尔111轰炸机、亨克尔和菲亚特的驱逐机。"罗伯特·乔丹告诉他。

"那种低翼的大家伙是什么？"

"亨克尔111。"

"不管叫什么，都一样坏。"华金说，"不过这是在耽搁你了。我带你去见指挥官。"

"指挥官？"皮拉尔问。

华金一本正经地点点头。"我喜欢这个，比'头儿'好。"他说，"这更军事化。"

"你已经够军事化的了。"皮拉尔取笑他道。

"不。"华金说，"不过我喜欢军事术语，那样命令更清楚，纪律也好一些。"

"这有个对你胃口的家伙，英国人。"皮拉尔说，"一个非常认真的小子。"

"要我背你吗？"华金问姑娘，揽住她的肩膀，对她微笑。

"有一次就够啦。"玛利亚对他说，"不过还是谢谢你。"

"你还记得吗？"华金问她。

"我记得被背。"玛利亚说，"被你背就不记得了。我记得吉普赛人，因为他把我扔下来好多次。不过我要谢谢你，华金。什么时候我也背背你。"

"我记得可清楚了。"华金说，"我记得我抓着你的两条腿，你的肚子抵在我肩膀上，你的头在我背后，胳膊垂在我背上。"

"你记得的真多。"玛利亚对他微笑着说，"我都不记得了。不管是你的胳膊还是肩膀还是背。"

"你知道吗？"华金问她。

"什么？"

"那时候子弹都从我们背后来，我很高兴有你挂在我背上。"

"太卑鄙了。"玛利亚说，"所以吉普赛人背我那么远也是因为这个？"

"因为这个，还有就是能抓你的腿。"

"这就是我的英雄，"玛利亚说，"我的救星。"

"听着，亲爱的，"皮拉尔对她说，"这个男孩背了你很久。那种时候，你的腿什么都算不上，对谁都一样。那种时候，只有子弹算个事。而且他要是扔掉你，很快就能跑出射击范围。"

"我谢过他了。"玛利亚说，"而且我以后也会背他的。就让我们开开玩笑吧。也不是说他背过我，我就非得哭，对吧？"

"我是想扔下你的。"华金继续逗他，"不过我怕皮拉尔会开枪打我。"

"我谁都没打。"皮拉尔说。

"你用不着。"华金对她说，"你用不着，你凭一张嘴就能吓死人了。"

"怎么说话的。"皮拉尔对他说，"你以前是多有礼貌的小孩啊。运动前你是做什么的，小孩？"

"没做什么。"华金说，"那时候我才十六岁。"

"到底是什么？"

"偶尔弄几双鞋。"

"做鞋？"

"不是，擦鞋。"

"得了。"皮拉尔说，"不止这个。"她看看他褐色的脸、纤细的身体、乱蓬蓬的头发，还有走起路来竞走一般轻快的模样。"是为什么没干成？"

"没干成什么？"

"什么？你知道是什么。你都在留斗牛士的辫子了。"

"我猜是因为害怕。"男孩说。

"你身材不错。"皮拉尔对他说，"脸差点儿。所以是因为害怕，是吗？炸火车那会儿你没问题啊。"

"我现在不怕了。"男孩说，"什么都不怕。我们见识过很多事了，比公牛糟糕得多，危险得多。很显然，没什么公牛能比机关枪还危险。不过要是跟公牛一起待在斗牛场上，我也不知道我的腿还能不能听使唤。"

"他想当斗牛士。"皮拉尔向罗伯特·乔丹解释，"可以前他会害怕。"

"你喜欢公牛吗，爆破手同志？"华金咧嘴笑道，露出雪白的牙。

"非常喜欢。"罗伯特·乔丹说，"非常，非常喜欢。"

"你在巴利亚多利德看过比赛吗？"华金问。

"看过。九月份，斗牛节上。"

"那是我的家乡。"华金说，"多好的城市，可那些好人，那个城市里的好人，都在这场战争中吃了多大苦头啊。"他脸色黯淡下来，"他们在那里枪毙了我的父亲、我的母亲、我的姐夫，现在又是我姐姐。"

"真是群畜生。"罗伯特·乔丹。

他多少次听到这样的故事？他多少次看到人们艰难地说起这样的故事？他多少次看着他们眼中溢满泪水，他们喉头哽咽，艰难地说起"我的父亲""我的兄弟"或者"我的姐妹"？他记不清，曾多少次听到他们这样说起他们死去的亲人。他们几乎都是这样说起来，就像现在这男孩，在提到某个城镇时，突然说起。而你总是说："真是群畜生。"

　　你只听到了关于失去的说明。你没见过父亲们倒下的样子，就像皮拉尔在溪边讲的故事里，法西斯分子死去的模样，她让他看到了这一切。你知道父亲们死了，在某个院子里，或者墙边，或者田地里、果园里，也或者是在夜里，在卡车灯下，在某条公路边。你从山上看到过那些车灯，听到过枪声，过后你会下山，在公路边找到尸体。你没见过母亲被开枪打死，或是姐妹，或是兄弟。你听说过，你听过枪声，你见过尸体。

　　皮拉尔让他看到了那个镇子上发生的一切。

　　要是这个女人会写作！他可以试着写下来，要是他够运气，能记得住，也许他可以写下来，就照她说的。"上帝啊，她多会讲故事啊。她比克维多还厉害。"他心想。他从来没能把某个福斯蒂诺先生的死写得那么好，像她讲得那么好。"我希望我能好好把这个故事写下来，"他想，"我们都干了什么啊，不是别人对我们干了什么。"他很清楚这一点儿，他很清楚后方的情况。"但你得之前就认识那些人，你得知道他们在村子里是什么模样。"

　　"我们总是来来去去，不用待在某个地方承受报复，就因为这样，我们从来不知道，事情到头来会变成什么模样。"他想，"你找到一个农民，跟他的家人待在一起。你夜里来，和他们一起吃饭。白天藏起来，第二天夜里就走了。你完成了你的任务，撤退了。下一次，你又来了，你听说他们被打死了。仅此而已。"

　　"可事情发生时，你总是不在。游击队搞完破坏，撤了。农民留在原地，承受报复。我一直知道，"他想。"运动开始时，我们对他们做了什么，我一直都知道，一直都憎恨。我听人们说起过这些事，无耻的、羞愧的、夸耀的、吹嘘的、辩护的、解释的，还有否认的。可这要命的女人让我看到了，就像在现场亲眼看到一样。"

"好吧，"他想，"这也是一种教育。等事情过后，它就真是了不起的教育了。如果会听，你能在这场战争中学到东西。你多半能学到，肯定。"他很幸运，战前断断续续在西班牙生活过十来年。托语言的福，他们相信他，基本相信。他们信他，因为他完全没有语言障碍，能说得很地道，也知道不少地方的事。说到底，西班牙人真正忠于的，只是他的村镇。当然，首先是西班牙，然后是他的宗族，然后是他的省份地区，然后是他的村镇，他的家庭，最后是他的行当。如果你了解西班牙，他们就会先入为主地喜欢你；如果你了解他的省份，那更好；如果你知道他的村镇、他的行当，那就能达成身为外国人的最大成就。他在西班牙从不觉得自己是外国人，大多数时候，他们待他也不像外国人——只除了他们背弃你的时候。

他们当然会背弃你。他们常常背弃你，可他们总在背弃，对谁都一样。他们还相互背弃。如果你们有三个人，两个会联合起来对付另一个，然后，那两个就开始相互背叛。不总是这样，但频繁得足够你遇到足够多的事例，并从中得出结论。

不该这么想的。不过谁管得着他怎么想呢？谁都不行，除了他自己。他不会让自己往坏处想。首先，要赢下这场战争。如果不能赢，就什么都没有了。但他一直留意着、听着每件事，记住它们。他投身一场战争，给予了绝对的忠诚，在战争中拿出他最好的表现。但没人能占有他的头脑，没人能夺走他观察和聆听的能力。如果说，他要判别善恶，那也是之后的事。他有足够的素材来判断，已经够多了。有时候，有点儿太多了。

"看看那女人皮拉尔吧，"他想，"不管接下来发生什么，只要有时间，我一定要让她把余下的故事讲完。"他看着她，和那样两个孩子走在一起。你不可能找到比他们更像样的西班牙造物了。她像座大山，那男孩和姑娘像小树。大树都被砍掉了，小树便这么干干净净地长大。不管在他们俩身上发生过什么，他们看起来还是那么清新、干净、新鲜、无瑕，就像从没听过"不幸"两个字一般。照皮拉尔说的，玛利亚才刚刚恢复健康。她过去的情形一定非常糟糕。

他还记得第十一大队[1]的比利时男孩。那孩子和同村另外五个男孩一起应征入伍。整个村子不过两百来号人，男孩之前从来没离开过村子。他第一次看到那男孩，是在汉斯大队的参谋部外面，另外五个男孩都死了，这个男孩情况非常糟糕，他们让他在参谋部当个勤杂兵，伺候一下吃饭之类的。他有一张发红的佛兰德斯白皮肤大脸，一双笨拙的农民大手，端着盘子走动时笨重得像匹驮马。他一直在哭，整顿饭，他一直在不出声地哭。

你抬起头，看到他在那里，在哭。你要酒，他在哭。你把盘子递过去添炖肉，他在哭，只是会转过脸去。然后他会停下来。可等你再看他时，眼泪又开始滚下来。两道菜的间隙里，他在厨房里哭。人人都对他很温和。但那没好处。他得弄明白自己到底怎么了，究竟能不能恢复，还适不适合再当兵。

玛利亚现在很健康。不管怎么说，看起来是这样。可他不是精神科医生。皮拉尔是。昨晚在一起也许对他们有好处。是的，只要不结束。这对他自然是有好处的。今天他感觉很好，神清气爽、无忧无虑，很快活。飞行秀看起来够糟，不过他也幸运得要命。许多人的自我表现都很糟糕，他也曾是其中一员。自我表现——这是西班牙式的思维方式。玛利亚很迷人。

"看看她吧，"他告诉自己，"看看她。"

他看着她在阳光下，高兴地迈开大步，卡其布衬衫的领口敞开着。"她走起路来像匹小马。"他想。"你怎么会遇到这样的事。这种事不会发生。也许从来就没发生过，"他想，"也许是你在做梦，或者幻

---

1. 第十一大队，即国际纵队的第十一大队。国际纵队（1936—1938）是西班牙内战期间隶属西班牙第二共和国的准军事单位，应共产国际召集，主要由各国志愿者组成，以对抗法西斯阵营，海明威、聂鲁达、毕加索等一批作家、艺术家均为其中成员。第十一大队因1936年的马德里战役而闻名，其指挥官汉斯·拜姆勒（Hans Beimler, 1895—1936）为德国共产党成员，死于这次战役。

想，其实没发生过。也许就像你以前做过的那些梦，电影中的某个人，趁着夜晚来到你的床上，深情款款，非常迷人。"就这样，躺在床上，睡着时，他和她们每一个都睡过。他记得有嘉宝，还有哈露[1]。是的，哈露有好多次。也许就跟这些梦一样。

不过他还记得嘉宝那次，是在进攻波佐布兰科之前，她来到他床前，穿一件丝绸般柔滑的毛衣，他伸手去抱她，她俯下身子，头发垂落，扫过他的脸，她说，为什么他从没告诉过她，他爱她？要知道，她自始至终也爱着他啊。她不羞涩，不冷淡，也没有遥不可及。就是迷人得让人忍不住拥抱，又温柔，又美丽，就像过去与杰克·吉尔伯特[2]一起时那样。真实得像是真的发生过。他爱她，比爱哈露深得多，虽说她就来过一次，而哈露——也许，这次也和那些梦一样。

"也可能不是，"他对自己说。"也许我现在就可以伸手，去碰碰这个玛利亚。"他对自己说。"也许你是在害怕，"他对自己说，"也许你会发现事情从来就没发生过，那不是真的，是你幻想出来的，就像那些梦，那些电影里的人，或者你过去的那些女孩，她们回来找你，半夜钻进你的睡袋，在所有那些光秃秃的地板上、干草棚的稻草堆上、马厩里、牛栏里、庄园里、林子里、仓库里、卡车里和西班牙所有的山头上。当他睡着，她们都来了，来到他的睡袋里，都比过去生活中的更美好。也许这次也像那些一样，也许你是不敢去触碰，去验证那究竟是不是真的。也许你会去，也许那就是你幻想出来或梦到的。"

他一步跨过小路，伸手去拉姑娘的胳膊。姑娘的卡其布衬衫已经旧了，他的手指能感觉到她胳膊的光滑。她看向他，笑着。

"嗨，玛利亚。"他说。

"嗨，英国人。"她回答。他看着她古铜色的脸、黄灰色的眼睛、

---

1. 葛丽泰·嘉宝（Greta Garbo, 1905—1990）和珍·哈露（Jean Harlow, 1911—1937），均为当时美国著名影星，前者出生于瑞典，后者以性感著称。

2. 电影明星约翰·吉尔伯特（John Gilbert, 1899—1936），成名于默片时代，早期使用"杰克·吉尔伯特"之名，曾多次与嘉宝合作。

含笑的丰满嘴唇、烈日灼烧的短发，她冲着他仰起脸，笑着看他的眼。是真的，没错。

"聋子"的营地在望了，就在松林尽头，那是在圆形的峡谷头上，看着像个倒扣的盆。盆底上方的这些石灰岩里一定全都是洞，他琢磨着。面前就有两个，山石间的短叶松把它们遮得严严实实。这地方和巴勃罗的一样好，也许更好。

"你家里人是怎么被杀的？"皮拉尔在和华金聊天。

"没什么好说的，女人。"华金说，"他们是左派，跟巴利亚多利德的许多人一样。法西斯在城里大清算时，先枪毙了我父亲，他给社会党[1]投过票。后来又把我母亲枪毙了，她也投过票，那是她这辈子第一次投票。后来，他们杀掉了我的一个姐夫，他是电车司机联合会的会员。当然，要是不加入他就不可能有车开。可他是个无党派，我很了解他，他甚至有点儿下流，我都不认为他会是个好同志。所以，另一个女孩，我另一个姐姐，她的丈夫就逃进山里了，跟我一样，他也是电车司机联合会的人。他们觉得她知道他在哪里。可她不知道，他们就把她杀了，因为她说不出他在哪里。"

"真是畜生。"皮拉尔说，"'聋子'在哪儿？我没看到他。"

"他就在这里。大概在里面。"华金回答，停下脚步，把卡宾枪柄往地上一杵，说，"皮拉尔，听我说。还有你，玛利亚。如果我刚才说家里人的事烦到你们了，还请原谅。我知道，人人都有差不多的烦心事，不说才对。"

"你应该说。"皮拉尔说，"要是不能互相帮忙，我们还算什么人？光听不说，就是一种足够冷静的帮助了。"

"可这也许会让玛利亚难受，她自己的事就够受的了。"

---

1. 社会党，即西班牙工人社会党，简称工社党，成立之初信奉共产主义及社会主义，现为社会民主主义政党，是西班牙历史最悠久的党派。1931年西班牙第二共和国成立，工社党在投票中取胜，首次组建左派联合政府；1936年再次取胜，与保皇派及军方保守派冲突加剧，同年即爆发西班牙内战。

"什么话。"玛利亚说,"我就是个无底洞,你的再倒进来也没什么。对不起,华金,我希望你姐姐一切都好。"

"暂时还好。"华金说,"他们把她关起来了,好像倒没怎么折磨她。"

"家里还有其他人吗?"罗伯特·乔丹问。

"没了。"男孩说,"就我,没别人了。除了进山的那个姐夫,不过我猜他也死了。"

"也许他没事。"玛利亚说,"也许他在别的山区的某支队伍里。"

"对我来说,他已经死了。"华金说,"他从来就不擅长跟人打交道,以前也只是在电车上卖票,那对进山没什么帮助。我怀疑他熬不熬得过一年,而且他肺不太好。"

"可他还是有可能没事。"玛利亚搂着他的肩膀。

"当然,姑娘。为什么不呢?"华金说。

男孩站在那里,玛利亚伸出手,环住他的脖子,吻了吻他。华金偏过头去,他哭了。

"我拿你当弟弟。"玛利亚对他说,"这是个给弟弟的吻。"

男孩摇着头,无声地哭泣。

"我是你姐姐。"玛利亚说,"我爱你,你有家了。我们都是你的家人。"

"包括这个英国人。"皮拉尔瓮声说,"不是吗,英国人?"

"是。"罗伯特·乔丹对男孩说,"我们都是你的家人,华金。"

"他是你哥哥。"皮拉尔说,"对吧,英国人?"

罗伯特·乔丹伸手搭在他肩上。"我们都是兄弟。"他说。男孩摇着头。

"我觉得很丢脸,不该说这个。"他说,"说这些事只会害得大家都更难受。害大家难受,我觉得很丢脸。"

"去他的丢脸不丢脸。"皮拉尔用她迷人的低沉嗓音说,"要是玛利亚再吻你一下,我自己也要忍不住吻你了。我上一次吻斗牛士还是好多年前了,就算是你这样没当上的也一样。我很乐意吻一个没当上斗牛士却成了共产主义者的人。抱抱他，英国人，让我好好吻吻他。"

"别过来。"男孩说着，猛地转过身去。"别管我，我没事，就是觉得有点儿丢脸。"

他站在那里，捂着脸。玛利亚把手塞进罗伯特·乔丹的手里。皮拉尔站在一边，手压在唇上，好笑地看着那男孩。

"我要是吻你，"她对他说，"那就不是什么姐姐的吻了，我不玩姐姐的吻这种把戏。"

"不用开玩笑。"男孩说，"我说了，我很好，我很抱歉说了那些话。"

"那我们就快走吧，去看看老家伙。"皮拉尔说，"这么动感情我已经烦了。"

男孩看看她。从他眼里，能看出，这句话让他很受伤。

"不是说你。"皮拉尔对他说，"是我自己。要当斗牛士你还太脆弱了。"

"我是个失败者。"华金说，"你犯不着一直揪着这事儿不放。"

"可你又在留辫子了啊。"

"是，干吗不？斗牛最能赚钱。它让许多人有工作，国家也会好好管理。再说了，说不定我现在不怕了。"

"未必。"皮拉尔说，"未必。"

"你干吗把话说得这么难听，皮拉尔？"玛利亚对她说，"我非常爱你，可你这也太残忍了。"

"也许我是很残忍。"皮拉尔说，"听着，英国人。你知道要跟'聋子'谈什么吧？"

"知道。"

"他话很少，不像我和你，也不像这个多愁善感的小畜生。"

"你干吗这么说话？"玛利亚又问了一次，很生气。

"我不知道。"皮拉尔大步走着，说，"你觉得为什么？"

"我不知道。"

"有时候，很多事情都会让我心烦。"皮拉尔愤愤地说，"你明白吗？其中一样就是，我已经四十八岁了。你听到了，四十八岁，一张丑脸。还有一样，就是我说，开玩笑说，要亲吻一个共产主义的失败斗牛士时，在他脸上看到慌乱的表情。"

"那不是真的，皮拉尔。"男孩说，"你没看到。"

"得了，不是真的。我去你们所有人的。啊，他在那里。你好，圣地亚哥！你好吗？"

皮拉尔打招呼的是个矮个儿男人，身材健壮，脸庞棕黑，颧骨很宽，一头灰白头发，棕黄色的双眼分得很开，印第安模样的鹰钩鼻瘦削高挺，上唇伸出，嘴又薄又宽。他的胡子刮得干干净净，身上穿着牧人的马裤和靴子，迈动一双罗圈腿，从洞口迎向他们。白天很暖和，可他还是穿着一件羊毛内衬的短皮夹克，扣子一直扣到脖子根。他向皮拉尔伸出一只棕褐色的大手。"你好啊，女人。"他说。"你好。"他对罗伯特·乔丹说，跟他握了握手，双眼盯着他的脸，目光锐利。

罗伯特·乔丹看着他的眼睛，那眼珠黄得像猫眼，眼窝又浅又扁，活像蛇眼。

"漂亮姑娘。"他对玛利亚说，拍拍她的肩。

"吃过了？"他问皮拉尔。她摇头。

"吃点儿。"他说，看着罗伯特·乔丹。"喝点儿？"他问，抬手比划了个大拇指向下倒酒的动作。

"好，谢谢。"

"很好。""聋子"说，"威士忌？"

"你有威士忌？"

"聋子"点头。"英国人？"他问，"不是俄国人？"

"美国人。"

"这里很少美国人。"他说。

"现在多些了。"

"不坏。北部还是南部？"

"北部的。"

146

"跟英国人一样。什么时候炸桥？"

"你知道桥的事？"

"聋子"点头。

"后天一早。"

"很好。""聋子"说。

"巴勃罗？"他问皮拉尔。

她摇摇头。"聋子"咧开嘴笑了。

"去逛逛。"他对玛利亚说，又咧嘴笑笑。"过会儿再回来。"他从夹克里掏出一块挂在皮绳上的大表，看了看。"半个小时。"

他示意他们在一根削平了当长凳的树干上坐下来，看着华金，拇指朝他们来的方向一指。

"我跟华金一起下去，过会儿回来。"玛利亚说。

"聋子"走进山洞，拿出一瓶凹壁瓶装的苏格兰威士忌和三个杯子。酒瓶夹在胳膊下，手上捏着三个杯子，一个指头卡住一个杯子，另一只手抓着一个水罐的颈口。

他把杯子和酒瓶放在树干上，水罐放在地上。

"没冰。"他对罗伯特·乔丹说，一边把酒瓶递过去。

"我不要。"皮拉尔伸手盖住她面前的杯子口，说。

"昨天夜里，地上有冰。""聋子"说着，咧开嘴笑。"都化了。上面有冰。""聋子"说，指着远处光秃秃山顶上的雪。"太远。"

罗伯特·乔丹打算往"聋子"的杯子里倒酒，不过这个耳背的男人摇摇头，打手势示意他，自己倒就好。

罗伯特·乔丹倒了一大杯威士忌，"聋子"热心地盯着他，一看他倒好了，就把水罐递过去。罗伯特·乔丹提起陶罐，冰冷的水从壶嘴源源流出，注满了玻璃杯。

"聋子"为自己倒了半杯威士忌，再加满水。

"葡萄酒？"他问皮拉尔。

"不，水。"

"拿去。"他说。"没好处。"他对罗伯特·乔丹说，咧嘴笑着。

"认识很多英国人，都喝很多威士忌。"

"在哪儿认识的？"

"农场。""聋子"说，"老板的朋友。"

"你从哪儿弄的威士忌？"

"什么？"他听不清。

"你得大声喊。"皮拉尔说，"冲着另一个耳朵说。"

"聋子"指指他好一些的那只耳朵，咧嘴笑着。

"你从哪里弄的威士忌？"罗伯特·乔丹大声喊。

"酿的。""聋子"说，看到罗伯特·乔丹端着杯子往嘴边送的手顿住了。

"不是。""聋子"说，拍着他的肩膀，"玩笑。从拉格兰哈弄来的。昨晚就听说来了个英国爆破手，很好，很高兴，弄到威士忌，为你，你喜欢吗？"

"非常喜欢。"罗伯特·乔丹说，"这威士忌很好。"

"我安心了。""聋子"咧开嘴笑，"今晚有消息来。"

"什么消息？"

"军队大调动。"

"在哪里？"

"塞哥维亚，你看到飞机了。"

"是。"

"不妙，嗯？"

"不妙。"

"有军队调动？"

"比利亚卡斯廷和塞哥维亚之间，很多。巴利亚多利德的公路上也有。比利亚卡斯廷和圣拉斐尔之间很多，很多，很多。"

"你怎么看？"

"我们有行动？"

"可能。"

"他们知道，也在准备。"

"有可能。"

"干吗不今晚炸桥？"

"是命令。"

"谁的命令？"

"总参谋部。"

"这样。"

"炸桥的时间很重要吗？"皮拉尔问。

"至关重要。"

"可他们在调动军队了，怎么办？"

"我会让安塞尔莫回去报告军队调动和调集情况。他在盯着公路。"

"你有人在公路那边？""聋子"问。

罗伯特·乔丹不知道他听到了多少，你永远弄不清聋子的事。

"是。"他说。

"我也有。为什么不现在炸桥？"

"我有我的命令。"

"我不喜欢。""聋子"说，"这个，我不喜欢。"

"我也不喜欢。"罗伯特·乔丹说。

"聋子"摇着头，啜一口威士忌。"你要我什么？"

"你有多少人？"

"八个。"

"剪断电话线，袭击修路站里的哨所，拿下来，然后退回桥上。"

"这容易。"

"回头都会写给你。"

"不用麻烦。巴勃罗呢？"

"会去剪下面的电话线，袭击锯木场的哨所，拿下来，再到桥上。"

"之后的撤退怎么弄？"皮拉尔问，"我们有七个男人、两个女人和五匹马。你们有……"她对着"聋子"的耳朵大声说。

"八个人，四匹马。马不够。"他说，"马不够。"

"十七个人，九匹马。"皮拉尔说，"还不算驮东西的。"

"聋子"没说话。

"没办法再弄几匹了？"罗伯特·乔丹对着"聋子"好的那边耳朵说。

"战争一年了。""聋子"说。"有四匹。"他伸出四根手指，"明天的事，你要八匹。"

"是。"罗伯特·乔丹说，"要知道，你们要走了，没必要再在这一带那么小心翼翼，不用担心这里了。你不能豁出去偷八匹马回来吗？"

"也许。""聋子"说，"也许没有。也许有多。"

"你有一支自动步枪？"罗伯特·乔丹问。

"聋子"点点头。

"在哪儿？"

"山上。"

"什么型号？"

"不知道名字，带子弹盘的。"

"有几盘子弹？"

"五盘。"

"有人会用吗？"

"我，会一点儿，没太用过。不想在这里闹出太大动静，不想浪费子弹。"

"回头我去看看。"罗伯特·乔丹说，"你们有手榴弹吗？"

"足够。"

"每把来复枪能分到多少子弹？"

"足够。"

"多少？"

"一百五十发，也许还多。"

"其他人呢？"

"干吗？"

"确保我炸桥时有足够人手去拿下岗哨，掩护炸桥。我们应该准备两倍的人手。"

"打哨所的事不用担心。那天什么时候？"

"白天。"

"不用担心。"

"我可能还要二十个人，为确保万无一失。"罗伯特·乔丹说。

"好的没了。你想要靠不住的？"

"不要。有多少好的？"

"大概四个。"

"怎么这么少？"

"靠不住。"

"负责看马的呢？"

"必须很信得过，才能看马。"

"我想再要十个好手，如果可以的话。"

"四个。"

"安塞尔莫跟我说，这片山里有一百多号人。"

"没好手。"

"你说有三十个。"罗伯特·乔丹对皮拉尔说，"三十来个，基本都靠得住。"

"伊莱亚斯的人怎么样？"皮拉尔大声对"聋子"说。他摇摇头。

"没好手。"

"凑不起十个了？"罗伯特·乔丹问。"聋子"用他浅浅的黄眼睛看着他，摇头。

"四个。"他说，竖起四根手指。

"你的都是好手？"罗伯特·乔丹问，话一出口就后悔了。

"聋子"点头。

"形势严峻。"他用西班牙语说。"在危险里。"他咧嘴说，"可能不妙，嗯？"

"有可能。"

"对我，都一样。""聋子"说，坦率，毫不夸耀。"四个好的强过一堆坏的。这场仗里，坏的一直太多，好的太少。好的每天都更少。巴勃罗怎么样？"他看向皮拉尔。

"你知道的，"皮拉尔说，"一天比一天糟。"

"聋子"耸耸肩。

"喝酒。""聋子"对罗伯特·乔丹说，"我带我的人，再加四个，一共十二个。我们今晚一起商量，我有六十支炸药，你要吗？"

"百分之多少的？"

"不知道，普通炸药，我带上。"

"我们可以用这些炸掉上面那座小桥。"罗伯特·乔丹说，"那很好。你今晚过来吗？带上炸药，行吗？我没接到关于小桥的命令，但该炸掉。"

"我今晚来，然后去找马。"

"找到马的机会大吗？"

"可能。现在吃。"

"他是跟谁都这样说话吗？"罗伯特·乔丹暗自嘀咕，"还是说，这是为了让外国人听懂，想出来的主意？"

"还有，干完以后我们往哪里走？"皮拉尔对着"聋子"的耳朵叫。

他耸耸肩。

"这些都得安排好。"女人说。

"当然。""聋子"说，"为什么不？"

"形势已经很糟了。"皮拉尔说，"必须全部计划好。"

"是，女人。""聋子"说，"你担心什么？"

"什么都担心。"皮拉尔大声说。

"聋子"咧开嘴，对她笑笑。

"你快跟巴勃罗一样了。"他说。

"看来他只跟外国人说那种洋泾浜西班牙语，"罗伯特·乔丹想，"很好，我喜欢听他直来直去。"

"你觉得我们该搬去哪里？"皮拉尔问。

"哪里？"

"是的，哪里？"

"地方很多。""聋子"说，"地方很多，你知道格雷多斯¹吧？"

"那里人很多了。只要他们一腾出手来，就会扫荡这些地方。"

"是。不过那可是一大片乡下地方，荒得很。"

"去那里很难。"皮拉尔说。

"什么都难。""聋子"说，"我们可以去其他地方，就可以去格雷多斯。晚上赶路，现在这里已经很危险了。我们能在这里待这么久，真是奇迹。格雷多斯比这里安全。"

"你知道我想去哪里吗？"皮拉尔问他。

"哪里？帕拉梅拉山？不好。"

"不是。"皮拉尔说，"不是帕拉梅拉山，我想去共和国。"

"那倒是可以。"

"你的人去不去？"

"去，只要我开口。"

"倒是我那边的，我不知道。"皮拉尔说，"巴勃罗不会想去。虽然说，其实他应该也会觉得那里更安全。他年纪大了，不能当兵了，除非他们再扩大招募。吉普赛人不会想去，其他人我就不知道了。"

"因为这里安稳得太久了，他们看不到危险。""聋子"说。

"今天那些飞机过后，他们总该能看到一些了。"罗伯特·乔丹说，"不过我觉得你们在格雷多斯应该能干得很好。"

"什么？""聋子"说，看着他，那对眼睛真是很扁。他问话的样子一点儿也不客气。

---

1. 格雷多斯，位于西班牙中部的山脉，横贯阿维拉、萨拉曼卡、卡塞雷斯、马德里和托莱多等地，主人公罗伯特·乔丹在第一章就提到过，与下文的帕拉梅拉山脉同属于欧洲伊比利亚半岛的中央山脉群。

"从那里出击更有效。"罗伯特·乔丹说。

"所以,""聋子"说,"你知道格雷多斯?"

"知道。在那里你可以袭击铁路主干道,你可以不断破坏它。我们在更南边的埃什特雷马杜拉就是这么干的,在那里活动比回共和国好。"罗伯特·乔丹说,"你在那里更能发挥作用。"

他说话时,他们俩都沉下了脸。

"聋子"看看皮拉尔,皮拉尔也看看他。

"你知道格雷多斯?""聋子"问,"真知道?"

"当然。"罗伯特·乔丹说。

"那你会去哪里?"

"到瓦尔科-德阿维拉北面,那些地方比这里好,去袭击贝哈尔到普拉森西亚之间的公路和铁路主干道。"

"很难。""聋子"说。

"我们在埃什特雷马杜拉已经干过了,同一条铁路,那边乡间危险得多。"罗伯特·乔丹说。

"我们是谁?"

"埃斯特雷马杜拉的游击队。"

"你们有很多人?"

"差不多四十个。"

"那个神经兮兮、名字怪怪的家伙也是那里来的?"皮拉尔问。

"是的。"

"他现在在哪里?"

"死了,我告诉过你的。"

"你也是从那里来的?"

"是的。"

"你明白我的意思了?"皮拉尔对他说。

"我犯错了,"罗伯特·乔丹对自己说,"我对西班牙人说,我们能比他们干得更好。可原则是,永远不要谈你自己的功绩或能力。我本该奉承他们的,却对他们说我觉得他们应该怎么做,现在他们被惹怒了。罢了，他们也许会放过这一节，也许不会。他们在格雷多斯山区当然比在这里更有用。证据就是，自从哈什金带着他们炸掉火车以后，他们守在这里什么也没干。那算不上什么了不起的事，也就是毁了法西斯一辆机车，杀了几个军人，可他们说起来，全都好像那就是整场战争的高潮一样。也许他们会觉得羞愧，然后跑去格雷多斯。是，也许我会被扔出这里。唉，不管怎么样，情形不太妙。"

"听着，英国人，"皮拉尔对他说，"你神经怎么样？"

"没问题。"罗伯特·乔丹说，"还好。"

"因为上一次他们派来跟我们合作的那个爆破手，当然是个了不起的技术专家，可是非常神经质。"

"我们有些人的确神经紧张。"罗伯特·乔丹说。

"我不是说他是个胆小鬼，因为他把自己控制得很好。"皮拉尔接着说，"只是说起话来实在太爱吹牛，很古怪。"她提高了嗓门。"是吧，圣地亚哥，上次那个爆破手，炸火车那个，有点儿古怪吧？"

"有点儿古怪。"那耳背的男人点点头，眼睛扫过罗伯特·乔丹的脸，那模样让他想起吸尘器硬管顶上的圆口。"是，有点儿古怪，不过是个好人。"

"死了。"罗伯特·乔丹对着这耳背男人的耳朵说，"他死了。"

"怎么回事？"耳背的男人问，盯着罗伯特·乔丹眼睛的目光下移，落到他的唇上。

"我开枪打的。"罗伯特·乔丹说，"他伤得太重，走不了，我开枪打了他。"

"他一直在说这种可能。"皮拉尔说，"这是他的心魔。"

"是的。"罗伯特·乔丹说，"他总念叨这个，这是他的心魔。"

"那是什么行动？"耳背男人问，"炸火车吗？"

"炸完火车回来。"罗伯特·乔丹说，"火车炸得很顺利。摸黑撤退时遇到一支法西斯巡逻队，我们都在跑，他后背中了一枪，打在肩胛骨上，没伤着别的骨头。他跑出了很远，可带着那伤，实在跑不动了。他不想一个人落在后头，我就开枪把他打死了。"

"那还好。""聋子"说，"不算糟。"

"你肯定你的神经没问题？"皮拉尔对罗伯特·乔丹说。

"是。"他对她说，"我肯定我的神经没问题，而且我还认为，等这次炸桥的任务结束以后，你们可以到格雷多斯山区好好大干一场。"

他话音刚落，那女人就破口大骂起来，仿佛突然喷发的热泉，污言秽语便是滚烫的水花，劈头盖脸朝他罩下来。

那耳背的男人对罗伯特·乔丹摇摇头，咧嘴乐了起来。皮拉尔骂人时，他一直开心地摇着头，罗伯特·乔丹知道，这下没事了。最后，她停止咒骂，伸手拿过水罐，提起来喝了一大口，平静下来，说："闭嘴，少操心我们接下来该干什么，懂吗，英国人？你回你的共和国，带上你的女人，让我们这些留下来的人自己决定要死在哪片山里。"

"活在山里。""聋子"说，"冷静，皮拉尔。"

"活在山里，也死在山里。"皮拉尔说，"我很清楚结局是什么。我喜欢你，英国人，但管好你的嘴，别指手画脚，跑来说你的任务结束后我们该做什么。"

"那是你们的事。"罗伯特·乔丹说，"我不插手。"

"可你插手了。"皮拉尔说，"带上你那个狗啃头发的小婊子回共和国去，但别把其他人关在门外，他们不是外国人，你们还喝奶时他们就爱着共和国了。"

他们说话时，玛利亚正沿着小路走过来，她听到了皮拉尔拔高嗓门冲罗伯特·乔丹吼的最后一句话。玛利亚对着罗伯特·乔丹拼命摇头，警告地晃动手指。皮拉尔注意到罗伯特·乔丹在看那姑娘，看到他在微笑，于是转头说："是。我说的就是婊子，就是这个意思。我看你们会一起去巴伦西亚吧，我们嘛，可以留在格雷多斯啃山羊下水。"

"我可以是个婊子，只要你希望，皮拉尔。"玛利亚说，"我想，只要你说，我什么都会干。不过先冷静一下。你怎么了？"

"没事。"皮拉尔说着，在长凳上坐下，声音平静下来，咄咄逼人的怒气都不见了。"我不是说你。可我实在太想去共和国了。"

"我们都可以去啊。"玛利亚说。

"为什么不呢？"罗伯特·乔丹说，"既然你看起来那么不喜欢格雷多斯。"

"聋子"冲着他咧开嘴笑。

"再看吧。"皮拉尔说，她的怒火全消了。"给我倒一杯那个稀罕物，我气得把喉咙都喊破了。再看吧，看情形再说。"

"你看，同志，""聋子"解释道，"行动时间是早上，这就有困难了。"他现在不说洋泾浜西班牙语了，注视着罗伯特·乔丹的眼睛，目光平静、坦率，没有探究，没有怀疑，也没有之前两人之间那种老手的压迫感。"我明白你的需要，岗哨必须被干掉，你做事的时候桥边要有掩护，这我都懂，完全理解。这些事，不管天亮前做还是白天做，都简单。"

"是。"罗伯特·乔丹说。"走开一分钟，可以吗？"他对玛利亚说，没看她。

姑娘走到听不见他们说话的地方，坐下来，手抱着脚踝。

"你看，""聋子"说，"这部分来说，没问题。可之后要撤退，要在大白天里离开这一带，这就是大问题了。"

"当然。"罗伯特·乔丹说，"我考虑过这个问题。我也一样要白天行动。"

"可你就一个人。""聋子"说，"我们人多，家什也多。"

"也许可以先回营地，等夜里再走。"皮拉尔说，举起杯子放到嘴边，然后放下。

"那也很危险。""聋子"解释，"甚至更危险。"

"可以想象。"罗伯特·乔丹说。

"夜里炸桥更容易。""聋子"说，"不过，既然你限定了必须白天干，后果可能就很严重。"

"我知道。"

"你不能夜里干？"

"那我回去就要被枪毙了。"

"要是白天干，很可能我们全都要吃枪子儿。"

"就我自己而言，只要桥炸掉，其他都没那么重要。"罗伯特·乔丹说，"不过我了解你们的意思了。你们没法白天撤离？"

"当然。""聋子"说，"我们会完成这样一场撤退。不过，我是在跟你解释，人为什么会投入，又为什么会生气。你说起去格雷多斯，就像说一场轻巧的军事调动一样。能到得了格雷多斯的话，那就是奇迹。"

罗伯特·乔丹没说话。

"听我说，"这个耳背男人说，"我现在话有点儿多。但这是为了我们能相互理解。我们还在这里，就是个奇迹。这个奇迹是因为法西斯的懒惰和愚蠢，他们随时可以补救。当然，也因为我们很小心，没在这一带山里闹出事。"

"我知道。"

"可现在，要办这事，我们就必须走。我们必须多想想，要怎么离开。"

"当然。"

"那好。""聋子"说，"我们吃东西吧，我说得够多了。"

"我从来没听你说过这么多话。"皮拉尔说，"是因为这个？"她举了举酒杯。

"不是。""聋子"摇摇头说，"不是因为威士忌。是因为以前从来不用说这么多。"

"我很感激你们的帮助和忠诚。"罗伯特·乔丹说，"我也完全明白炸桥的时间问题所带来的困难。"

"不必说这些。""聋子"说，"我们在这里，就是要尽力干些事。可这很复杂。"

"纸上谈兵简单得很。"罗伯特·乔丹咧咧嘴，"在纸面上，桥要在进攻开始前一刻被炸掉，确保后援跟不上去。简单得要死。"

"那他们就该让我们在纸上行动。""聋子"说,"我们应该在纸上谋划,在纸上实施。"

"纸上杀人不见血。"罗伯特·乔丹引了一句谚语。

"可很有用。"皮拉尔说,"很有用。我想做的,就是用你们的命令实现那个目标。"

"我也是。"罗伯特·乔丹说,"可你没法靠那个赢得战争。"

"是啊。"大块头女人说,"我猜也不行。不过你知道我想做什么吗?"

"去共和国。""聋子"说。她说话时,"聋子"把他好的那边耳朵凑了过来。"你会去的,女人。等我们赢了,就到处都是共和国了。"

"没错。"皮拉尔说,"那现在,看在上帝的份上,我们吃东西吧。"

第十二章

吃过东西后，他们告别"聋子"，沿着小路下山。"聋子"一直把他们送到半山腰的岗哨旁。

"保重。"他说，"晚上见。"

"保重，同志。"罗伯特·乔丹对他说。三人转身往下走。那耳背的男人站着目送他们。玛利亚回头冲他挥挥手，"聋子"不耐烦地回以西班牙式的挥手，前臂猛地一甩，像是扔掉什么东西，像是对所有跟正事无关的问候都不屑一顾。吃饭时，他一直没解开他的羊皮外套，一直小心地保持礼貌，小心地偏过头听人说话，还重新操起他那种支离破碎的西班牙语，礼貌地向罗伯特·乔丹打听共和国的情况——但很显然，他巴不得他们赶紧走。

告别时，皮拉尔问过他："怎样，圣地亚哥？"

"哦，没什么，女人。"这耳背的男人说，"挺好。不过我还在考虑。"

"我也是。"皮拉尔说。此刻，他们穿过松林，沿着小路往下走，路很陡，上山时他们费了不少力气，下山倒却相当轻松愉快。皮拉尔没说话。罗伯特·乔丹和玛利亚也都没说话。三个人一路飞快地走，直到穿过树木丛生的山谷，道路沿着陡峭的山坡向上，进入树林，过了林子就是高处的草甸。

五月底的下午很热，最后一段陡坡爬到一半，女人停下了脚步。罗伯特·乔丹也停下来，回头一看，发现她额头上挂满了汗珠。他觉得她棕褐色的脸有点儿发白，皮肤透着灰黄，眼睛下有些发青。

“休息一下吧。”他说，“我们走得太快了。”

“不。”她说，“继续走。”

“休息一下吧，皮拉尔。”玛利亚说，“你看起来不大好。”

“闭嘴。”女人说，“没人问你的意见。”

她迈步往上走，可到坡顶时，已经呼哧直喘，整张脸都汗湿了，脸色明显发白。

“坐下来，皮拉尔。”玛利亚说，“拜托，拜托坐一会儿。”

“好吧。”皮拉尔说。他们三个坐在一棵松树下，望着高山草甸对面的山峰，看起来，它们突兀地隆起在绵延起伏的高地上，中午刚过，雪在阳光下闪着光。

“雪是多么糟糕的东西啊，可看着又那么漂亮。”皮拉尔说，“雪多会骗人啊。”她转头对玛利亚说：“很抱歉我对你那么粗鲁，亲爱的。我不知道我今天是怎么了，脾气糟透了。”

“我从来不在意你生气时说的话。”玛利亚对她说，“你常常生气。”

“不，这比生气还糟。”皮拉尔说，眼睛望着山峰。

“你不舒服。”玛利亚说。

“也不是。”女人说，“过来，亲爱的，头搁到我腿上。”

玛利亚挪到她身边，伸出胳膊，叠起来，就像人们没枕头时枕着胳膊睡觉一样。她抬起头，对皮拉尔微笑，可那大块头女人还在望着草甸对面的群山。她抚摸着姑娘的头，没有低头看她，伸出一根粗壮的手指，拂过姑娘的前额，描摹出她耳朵的轮廓，继续向下，勾勒出颈后的发际线。

“再过一小会儿，她就归你了，英国人。”她说。罗伯特·乔丹坐在她身后。

“别这么说。”玛利亚说。

“是的，你就要归他了。”皮拉尔说，没看他们俩。“我从来没想过霸占你。可我嫉妒了。”

“皮拉尔，”玛利亚说，“别这么说。”

"你要归他了。"皮拉尔说，手指绕着姑娘的耳垂打转。"可我很嫉妒。"

"可皮拉尔，"玛利亚说，"是你告诉我，说没什么能像我们俩之间的感情一样。"

"总有像的。"女人说，"任何东西，照说不该有，可总归会有像的。可对我来说，没有了。真的，没有。我希望你幸福，再没别的了。"

玛利亚什么也没说，只是躺着，尽量不让自己的头压得太重。

"听着，亲爱的。"皮拉尔说，现在，她心不在焉地用手指摩挲着姑娘的面颊。"听着，亲爱的，我爱你，而他会拥有你，我不是同性恋，只是个为男人而生的女人。真的。可现在，这大白天里，说这话让我高兴，我喜欢你。"

"我也爱你。"

"得了吧，别胡说，你根本不明白我在说什么。"

"我明白。"

"得了，你明白。你喜欢这个英国人。很明显，就该这样。我希望这样，别的我都不要。我没变态，只是跟你说说实话。没什么人会跟你说实话，女人更不会。我嫉妒了，我就说出来，就是这样。我说出来了。"

"别说了。"玛利亚说，"别说了，皮拉尔。"

"为什么，为什么不说？"女人说，还是没看他们两个。"我要说，一直说到这话没法再让我高兴。而且，"她低头看着姑娘说，"是时候了。我不会再说了，你明白吗？"

"皮拉尔，"玛利亚说，"别这么说。"

"你这讨人喜欢的小兔子，"皮拉尔说，"现在，把你的脑袋抬起来，犯蠢时间结束了。"

"这不蠢。"玛利亚说，"我脑袋这么放着很舒服。"

"不。抬起来。"皮拉尔对她说，一边伸出大手，插进姑娘的脑袋下，把它托了起来。"你怎么样，英国人？"她说着，眼睛望着山，手还托着姑娘的头。"是什么猫把你的舌头吃掉了吗？"

"没有猫。"罗伯特·乔丹说。

"那是什么动物？"她把姑娘的头挪到地上。

"没有动物。"罗伯特·乔丹对她说。

"你自己把它吞掉了，嗯？"

"我猜是吧。"罗伯特·乔丹说。

"味道好吗？"皮拉尔这下子转过头来，对他咧嘴笑着说。

"不怎么样。"

"我想也是。"皮拉尔说，"我想也是。不过我把我们的小兔子还给你啦，本来也没打算抢走你的小兔子，这称呼很适合她。今天早上我听到你这么叫她的。"

罗伯特·乔丹感觉脸红了。

"你真是个非常厉害的女人。"他对她说。

"不。"皮拉尔说，"但我非常复杂，就这么简单。你很复杂吗，英国人？"

"不，但也没那么简单。"

"你真叫我喜欢，英国人。"皮拉尔说。她笑了起来，往前探出身子，笑着摇摇头。"现在，我还能不能把这小兔子从你身边抢走，或者把你从这小兔子身边抢走呢？"

"不能。"

"我知道。"皮拉尔说，又笑起来。"我也不想。不过要是年轻那会儿，我会的。"

"我相信。"

"你相信？"

"完全相信。"罗伯特·乔丹说，"不过说这些话没意思。"

"这不像你。"玛利亚说。

"今天一天我都不怎么像我。"皮拉尔说，"很不像。你那桥叫我头疼，英国人。"

"我们可以就管它叫头疼桥。"罗伯特·乔丹说，"不过我会让它掉进峡谷里去的，像个破鸟笼那样掉下去。”

"很好。"皮拉尔说，"就要这么说。"

"我会弄垮它，就像你掰断剥了皮的香蕉一样。"

"我现在就可以吃根香蕉。"皮拉尔说，"继续，英国人。继续吹。"

"没必要了。"罗伯特·乔丹说，"我们去营地吧。"

"你那任务，"皮拉尔说，"很快就要开始了。我说了，我会让你们俩单独待会儿。"

"不了，我还有很多事要做。"

"这也很要紧啊，而且花不了多少时间。"

"闭嘴吧，皮拉尔。"玛利亚说，"你说得太粗鲁了。"

"我本来就粗鲁。"皮拉尔说，"但也非常文雅，我非常文雅。我要留你们俩在一起。刚才说嫉妒什么都是胡说的，我是生华金的气，因为他让我看到自己有多丑。我只是嫉妒你才十九岁，这种嫉妒不会一直持续，你不会一直十九岁。现在，我走了。"

她站起来，一只手按在屁股上，眼睛看着罗伯特·乔丹，他也站了起来。玛利亚坐在树下，垂着头。

"大家一起去营地吧。"罗伯特·乔丹说，"这样比较好，要做的事还多着呢。"

皮拉尔朝玛利亚点点头，她坐在那里，头转向一边，没说话。

皮拉尔笑着，几乎不引人察觉地耸了耸肩，说："你认识路的哟？"

"我认识。"玛利亚说，没抬头。

"那我走了。"皮拉尔说，"那我就走了。我们要给你做顿丰盛的大餐吃，英国人。"

她抬脚踏进草甸的石楠丛，朝小溪走去，那溪流穿过草甸，一路流向营地。

"等等。"罗伯特·乔丹对她喊，"我们还是一起走的好。"

玛利亚坐着，没吭气。

"得了吧，一起走。"她说，"咱们营地见。"

罗伯特·乔丹站在那里。

"她没事吧？"他问玛利亚，"她刚才看着不大好。"

"让她走。"玛利亚说，头还是垂着。

"我觉得我该跟她一起走。"

"让她走。"玛利亚说，"让她走！"

第十三章

他们行走在高山草甸的簇簇石楠间，罗伯特·乔丹感到石楠刷过他的腿，感到枪套里的手枪压在大腿上的分量，感到太阳悬在头顶，感到风从山顶积雪上吹到后背的凉意，还有手，他感到姑娘的手坚定、有力，手指与他的手指紧扣，手腕与他的手腕相交，有什么东西从她与他相交的手掌、手指和手腕传递过来，清新得犹如迎面第一道微风，自海上吹来，几乎无法令平静的水面荡起一丝涟漪，轻柔得犹如拂过唇尖的一片羽毛，无风而落的一片树叶——那般轻柔，只有指尖相触才能察觉，却又那般渐行渐强，愈演愈烈，令他们手指紧扣，手掌与手腕紧贴，那样急切，那样疼痛，那样强烈，仿佛一道电流，顺着手臂蹿起，渴望带来揪心的空虚，遍布他全副身躯。阳光照在她麦穗般褐黄的头发，照在她柔滑美丽的金棕色脸庞，照在她弯曲的颈项，他托着她的头颅，让她抬起面庞，将她揽向自己，亲吻她。亲吻时，他感到她在颤抖。他紧紧搂着她修长的身体，隔着两件卡其衬衫，感受她的乳房抵在他的胸膛上，它们小巧、结实，他伸出手去，解开她衬衫的扣子，俯身亲吻她。她站立着，浑身颤抖，他的手扶着她的后脑，一只胳膊撑在她身后。她低下头，下巴抵上他的头顶，下一刻，他感到，她双手抱住了他的头，揉搓着，压向她。他直起身子，紧紧拥抱她，那样用力，她的双脚都离开了地面，整个人紧靠在他身上，他感觉着她的颤抖，很快，她的双唇落到了他的喉头，他放下她，说："玛利亚，噢，我的玛利亚。"

然后，他说："我们该去哪里？"

她一言不发，手却滑进了他的衬衫，他感到她在解衬衫衣扣。她开口了："你，也解开。我也要吻你。"

"不，小兔子。"

"要，要，跟你一样，都要。"

"不，那不可能。"

"那，那就。噢，那。噢，那。噢。"

紧随而来的，是石楠碾碎的气息，在她脑后弯折的粗糙枝条，阳光在她紧闭的双眼上闪亮。这辈子他都会记得，记得她仰起头甩向石楠丛底时颈项的弧线，她禁不住微微翕动的双唇，她死死闭着阻挡阳光、阻挡一切的颤动的睫毛。对她而言，阳光穿透了她紧闭的眼睑，一切都是红的、橘的、金红的，一切都是色彩，所有一切，充实，占据，拥有，那色彩就是一切，一切都消失在色彩中。对他而言，那是一条漆黑的通道，通向无名的所在，从无名通向无名，依旧无名，仍然无名，一直、永远，通向无名的所在，胳膊肘撑起沉甸甸的重量，支在土地上，土地通向无名的所在，昏黑，永无止境，通向无名的所在，每时每刻，由始至终，通向未知的无名的所在，这一次，下一次，总是通向无名的所在；此刻，不再是无止境的又一次忍耐，去往无名的所在；此刻，超越所有忍耐，上升，上升，上升，进入无名的所在，骤然，灼热，紧握，无名的所在统统消失，时间彻底凝滞，他们都在，时间停止，他感到他们身下的地球渐渐远去、离开。

他侧身躺着，头深深埋在石楠丛中，嗅着石楠，嗅着它的根茎和泥土的气息，阳光透过枝叶洒下来，枝叶搔着他赤裸的肩膀，贴着他的肋腹，姑娘躺在他的面前，眼睛依然闭着，然后，她睁开双眼，对着他微笑，他开了口，声音很倦，遥远又亲密："你好，小兔子。"她微笑着，亲密无间地说："你好，我的英国人。"

"我不是英国人。"他懒洋洋地说。

"噢，是的，你是。"她说，"你是我的英国人。"一边伸出手，捂住他的双耳，吻上他的前额。

"那个，"她说，"怎么样？我吻得好些了吗？"

之后，他们并肩沿着小溪走。他说："玛利亚，我爱你，你是那么可爱、那么美妙、那么美，能和你一起，对我来说是那么不可思议，爱你时，我只觉得死也愿意。"

"噢，"她说，"我每次都死过去了。你没死吗？"

"没有，就快了，那你感觉到地球飞走了吗？"

"是的，就在我死过去的时候。抱我，求你。"

"不，我要牵着你的手，牵手就足够了。"

他看着她，草甸对面，一只鹰正在捕猎，午后的浓云正越过山头飘来。

"你和其他人时没像这样吗？"玛利亚问他，现在，他们手牵手走着。

"没有，真的。"

"你爱过很多人。"

"有几个，但都不像你。"

"都不这样？真的？"

"那很愉快，但不像这样。"

"那，刚才地球飞走了。以前地球没飞走过？"

"没有。真的，从来没有。"

"唉，"她说，"这个，我们能这么着一整天。"

他没说话。

"不过至少我们现在有过了。"玛利亚说，"你也喜欢我吗？我让你快活吗？过阵子我会好看些的。"

"你现在就很漂亮。"

"不。"她说，"不过摸摸我的头吧。"

他照做了，感觉着她的短发，那么柔软，被抚平，又从指缝中钻出来，他两只手都放到了她的头上，抬起她的脸，亲吻她。

"我好喜欢接吻。"她说，"可我做不好。"

"你用不着会。"

"要的，我要会。如果我要当你的女人，就该处处都让你快活。"

"你已经让我够快活的了。不可能更快活。要是更快活的话，我就不知道该怎么办了。"

"可你总会知道的。"她高兴极了，说，"现在你觉得我的头发有趣，是因为它古怪。不过它每天都在长，会长长的，到时候我就不难看了，你也许就会非常非常爱我。"

"你有一副迷人的身体。"他说，"全世界最迷人的。"

"只是年轻，还算瘦罢了。"

"不，美妙的身体是有魔力的。我不知道为什么有的有，有的没有。但你有。"

"是因为你。"她说。

"不。"

"是的，因为你，永远为你，只为你。可那对你没什么用处。我会学着好好照顾你。不过，实话告诉我，你以前从来没有过地球飞走的感觉吗？"

"从来没有。"他诚恳地说。

"我真幸福。"她说，"现在我真的很幸福。"

"你现在还在想其他事吗？"她问他。

"是的，想我的任务。"

"真希望我们能有马骑。"玛利亚说，"我一高兴就想骑马，要好马，和你一起骑，你就在我旁边，我们一起骑着马快跑，越跑越快，跑得飞快，永远不被我的幸福甩下。"

"我们可以坐飞机抓住你的幸福。"他心不在焉地说。

"然后在空中一直飞，一直飞，像那些小驱逐机，在太阳下发光。"她说，"一圈一圈地打转，往下俯冲。多好啊！"她笑着。"我的幸福甚至不会注意到它。"

"祝你的幸福好胃口。"他说，留一只耳朵听她说话。

这时候，他已经不在线了。他人在她身边走着，心里却琢磨起了桥的问题，情况都清楚了，确定无疑，脉络清晰，就像相机对准了焦。他看到了两个岗哨，看到了安塞尔莫和吉普赛人看到的一切。他看到路上空空荡荡，看到了路上的动静。他看到自己该在哪里安置两支自动步枪，才能实现最大的火力覆盖，还有，谁来负责它们，他琢磨着：我负责收尾，那谁负责开头呢？他填装炸药，封口，绑好，塞进雷管，拧紧，绕线，安放到位，回到放起爆器箱子的地方。接下来，他开始考虑所有可能发生的情况和可能出错的地方。"停，"他对自己说，"你刚和这姑娘做过爱，现在你脑子清醒了，很清醒，就开始担忧了。要考虑的只有一件事，那就是你必须做什么，担心是另一回事。不要担忧。你一定不能担忧。你知道你必须做什么，你知道可能会发生什么。当然，那可能发生。"

你知道你为什么而战，你投身其中。你反抗的，恰恰是你正在做的，为了争取一切胜利的可能，你不得不这么做。所以，如果想成功，你现在就不得不利用这些你喜欢的人，就像利用你毫无感情的军队一样。巴勃罗显然是最聪明的，他一眼就看出这有多糟糕。那女人完全赞同行动，仍然赞同，可也开始认识到其中真正的意味，这正在一点点儿压垮她，对她来说，这太多了。"聋子"一听就明白，他会做，但不喜欢，一点儿也不比他——罗伯特·乔丹——更喜欢。

也就是说，这不是关乎你的事，而是关乎那女人、那姑娘和其他你关心的人会怎样的事。好吧。如果你没来，他们会怎样？你来之前，他们是怎样，遭遇过什么？你绝不能这么想。除了行动，你对他们没有责任。命令不是你下的，是戈尔茨下的。戈尔茨是谁？一位优秀的将领，你追随过的最好的将领。可是，如果明知道那些不可能完成的命令会带来什么，还应该执行吗？哪怕它们出自戈尔茨，一个既是军人也是政客的人？是。应该执行，因为只有在执行过程中，才能验证它们是否不可能。不试一下，你怎么知道不可能？如果人人在接受命令时都说不可能，你现在会在哪里？如果命令到来时你只会说"不可能"，我们会在哪里？

他见过太多指挥官，对他们来说，所有命令都是不可能的。比如埃什特雷马杜拉那个卑鄙的戈麦斯。他见过太多次进攻，没有侧翼挺进助战，因为不可能。不，他要执行命令，不幸的是，他必须和这些人合作完成任务，而他喜欢他们。

他们，敌后游击队员，执行的每一项任务，都在为这些掩护他们、协助他们的人带来危险与不幸。为了什么？为了最终能够没有危险，能够让这片土地变成安居的乐土。这是真的，不管听起来有多么老套。

如果共和国败了，那些信仰它的人便再也不可能在西班牙生活。会吗？会的，他知道会这样，看看法西斯占领区就知道了。

巴勃罗是个猪猡，可别的都是好人，让他们去做这事，不会是对他们所有人的背叛吗？也许。可就算不做，只要两队骑兵，就能在一个星期内把他们赶出这些山区。

不，任由他们自生自灭没有好处。只可惜所有人都只能靠自己，你不能干扰任何一个。所以他是相信的，是吗？是的，他相信。有序的社会以及其他，又该怎样呢？那是别人该操心的事。等战争结束，他还有其他事做。现在，他在这里，为这场战争而战，是因为它爆发在一个他爱的国家，他信任共和国，如果共和国被摧毁，相信它的人就无法继续生活。战争期间，他遵从共产主义的纪律。在这里，在西班牙的这场战争中，只有共产主义者给出了最好的纪律和最合理、最健全的方案。整个战争期间，他接受他们的纪律，因为在实战中，只有这个政党的规划和纪律能让他尊重。

那他自己的政治主张是什么？"现在没有。"他告诉自己。"但别告诉任何人，"他心想，"绝对不能承认。以后你要做什么？我要回去，像从前一样，靠教西班牙语为生。我要写一本真正的书。""我敢打赌，"他说，"我敢打赌，那很容易。"

他一定要和巴勃罗聊聊政治，探究他的政见发展历程，肯定很有意思。也许是典型的左派转右派，就像老莱洛克斯。巴勃罗跟莱洛克斯很像，普列托也一样糟[1]。在最后的胜利上，巴勃罗和普列托抱有同样的信念，他们秉持的都是盗马贼的政治主张。作为政府形态，他相

---

1. 亚历桑德罗·莱洛克斯（Alejandro Lerroux，1864—1949），西班牙第二共和国时期政治家、激进共和党领袖，1933至1936年间曾三次出任西班牙总理。因达莱西奥·普列托（Indalecio Prieto，1883—1962），西班牙政治家，第二共和国时期及之前的西班牙工人社会党领袖人物。

信共和国，但共和国必须把这大群的盗马贼统统剔除出去，免得被拉回到革命开始时的老路上。有哪个国家的人民和这里一样吗，他们的领袖恰恰是他们真正的敌人？

人民的敌人，这是他想扔掉的说法，是他想忽略的口号。这是和玛利亚睡过以后发生的。过去的他，盲目、顽固地执拗于他的政见，像个浸礼会信徒，让类似"人民的敌人"这样的口号占据了头脑，从来不曾以任何方式加以质疑。所有关于革命与爱国的陈词滥调都是如此，他的头脑不假思索地为它们所用。当然，它们是对的，但对它们的接受和使用来得太轻易。盲从是奇怪的东西。要盲从，你就不得不绝对相信你是对的，除了节制欲望，没有任何东西能造就这样的确信与正义。节欲是异教的敌人。

如果他细细审视，这个前提要如何成立？也许这就是共产党人为什么总要镇压波希米亚主义的缘由。当你喝醉，当你干出婚前性行为或通奸的事，你会发现，自己的本性并非使徒的信条、政党的原则，而是那蠢蠢欲动的犯错的可能。打倒波希米亚主义，那是马雅可夫斯基的罪。

可是马雅可夫斯基又变成圣徒了。那是因为他死了，安全了。你自己也会死，也会安全，他告诉自己。现在，别再想这些东西了。想想玛利亚。

玛利亚大大挑战了他的盲从。到目前为止，她还没有影响到他的决心，但他的确更不想死了。他乐意放弃英雄或殉道士式的结局。他不想打温泉关战役[1]，不想做任何桥上的贺雷修斯[2]，也不当那个用手

---

1. 温泉关战役，发生于公元前480年，由斯巴达率领的希腊城邦军队扼守海岸关隘要道温泉关（Thermopylae），抵御薛西斯一世百万波斯大军（据考，实际人数可能为10万至15万）的入侵，最终，希腊殿后部队首领列奥尼达斯率300个斯巴达勇士、400个特斯庇亚勇士和300个底比斯勇士死守关隘，直至全部战死。

2. 贺雷修斯（Horatius），公元前6世纪末的古罗马共和国英雄，传说曾独守台伯河上的一座木桥，阻挡克卢西乌姆军队，为罗马军队争取到时间，使之得以拆毁木桥，阻断了敌人进犯的唯一通道。他本人最后跳入河中，一说被乱箭射死，一说平安游回对岸。

指头堵住大坝的荷兰男孩[1]。不，他情愿和玛利亚一起，这是最直白的表达。他想和她一起，长长久久。

他不相信世上有长长久久这种事，但如果有，他想和她分享。"我们可以住酒店，登记为利文斯通医生和夫人，我猜[2]。"他想着。

"为什么不娶她？当然要，"他想，"我要娶她。然后，我们就会是爱达荷州太阳谷的罗伯特·乔丹先生和太太，或者到得克萨斯的科珀斯克里斯蒂去，或者蒙大拿的巴特。"

"西班牙女孩都是好妻子，从没有人能让我如此确信。等我回到大学，重新开始工作，她就是教员的妻子，当那些拿到西班牙语四级的毕业生在黄昏时分抽着烟，珍而重之地闲谈起克维多、洛佩·德·维加、加尔多斯[3]以及其他备受尊崇的亡者时，玛利亚可以跟他们说一说，那些虔诚狂热的蓝衫十字军[4]是怎样坐在她的头上，让其他人扭住她的胳膊，掀起她的裙子，用裙子塞住她的嘴。

"我想知道，在蒙大拿的米苏拉，他们会怎样看待玛利亚？当

----

1. 传说荷兰哈勒姆的一名小男孩发现拦海大堤上出现了一个可能导致溃堤的小洞，于是用手指堵住洞眼，直到被村民找到，及时修补好大堤，从而拯救了整个地区。故事出处不可考，最早可追溯至19世纪50年代前，应为英国或美国作家的小说虚构，后广泛流传。小男孩最初并没有名字，只被称为"哈勒姆的英雄"，后美国女诗人菲比·凯瑞（Phoebe Cary, 1824—1871）在长诗《大堤上的洞》（The Leak in the Dike）中为其取名为彼得。如今，荷兰多处塑有其雕像。

2. 戴维·利文斯通（David Livingstone, 1813—1873），英国著名传教士、医生，多次在非洲南部及中部探险并传教，后病死于赞比亚。利文斯通曾一度与外界失联长达6年，《纽约先驱报》于1869年派记者、探险家亨利·莫顿·斯坦利前往寻找；1871年，两人在坦噶尼喀湖畔相遇，斯坦利的招呼"利文斯通医生，我猜？"由此广为流传。

3. 洛佩·德·维加（Lope de Vega, 1562—1635），西班牙剧作家、诗人，巴洛克文学黄金时代的代表人物，在西班牙的声望仅次于塞万提斯，代表作《羊泉村》。贝尼托·佩雷斯·加尔多斯（Benito Pérez Galdós, 1843—1920），19世纪西班牙文坛领军人物，现实主义作家，同样有评论家认为其成就仅次于塞万提斯，但作品较少翻译流传于其他国家和地区。

4. 蓝衫十字军，即西班牙法西斯阵营中的长枪党及其后备民兵组织，长枪党着重争取工人阶层的支持，着蓝色制服，支持弗朗哥政府。

然，前提是我能在米苏拉重新得到一份工作。我猜我已经被划为赤色分子了，重点标识，永不取消，名列黑名单。可你永远不知道未来会怎样，你永远说不好。他们没有证据证明你做过什么，事实上，就算你告诉他们，他们也绝不相信，何况，在他们发布限制条例之前，我的护照还是能进西班牙的[1]。

"一九三七年秋天才是回去的时候。我一九三六年夏天离开，一年内不必回去，可以待到来年秋季开学。从现在到秋季开学还有很多时间。如果你愿意，也可以说，从现在到后天还有很多时间。不。我看没必要操心大学的事。只要秋天能回去，就没问题。只要努力回到那里。

"可现在要过的是一长段奇怪的生活，不怪才见鬼了。西班牙是你的事业，是你的工作，所以待在西班牙是自然的，合理的。你花了许多个夏天做工程项目，在林务局、在公园里修路，学习使用炸药，所以，搞爆破也是顺理成章的工作。总有点儿匆忙，但很正常。

"一旦你把爆破当成麻烦，它就永远只是麻烦。但总有那么多不好的事情掺杂在里面，尽管上帝知道，你完全可以轻松处理好。总有人把爆破跟成功暗杀的先决条件绑在一起。唱唱高调就能让它变得更情有可原吗？就能让杀人变得愉快美好吗？要是问我的话，你接受得有点儿太轻易了，"他告诉自己。"等你不再为共和国工作时，你会是怎样，或者更确切地说，你会适合什么工作？要我说，"他想，"非常值得怀疑。""可我猜，你能通过写作摆脱这一切，"他说。只要写下来，事情就过去了。如果能写下来，那会是一本好书。比其他书都好得多。

"可同时，你拥有的全部生活，未来的生活，就是今天，今晚，明天，今天，今晚，明天，一再一再重复（但愿），"他想，"所以，你最好把握眼前，心怀无比的感激。如果桥的情况不妙的话。现在看来

---

1. 20世纪30年代，美国国内反战情绪高涨，西班牙内战爆发后，英法等二十余国签署"不干涉协定"，对西班牙禁运武器和战略物资，美国宣布"中立"，虽然国际纵队中有以美国力量为主的"林肯大队"，但政府层面对于共和派一方持消极态度。

174

并不妙。"

"可玛利亚很妙，难道不是吗？噢，她难道不是吗，"他想，"也许，这就是此刻生活要给我的。也许这就是我的生活，不是七十年，而是四十八个小时，或者不多不少，刚巧七十或七十二个小时。一天二十四小时，三整天就是七十二小时。"

"我猜，或许七十个小时就能过完七十年的一生——姑且假定七十个小时开启时，你的生活已经丰富充实，假定你已经到了合适的年纪。"

"什么乱七八糟的，"他想，"你自己在瞎琢磨些什么破烂，这才真是胡扯，也可能不是胡扯。嗯，走着瞧吧。我最后一次和女孩睡觉是在马德里。不，不是，是在埃斯科里亚尔，只可惜，我半夜醒来，以为是另一个人，立刻兴奋起来，直到意识到那究竟是谁，整个过程只是行尸走肉——不过也很舒服。那之前，是在马德里，要不是我全程都在编织谎言欺骗自己，情形也就一样，或许更差一些。喏，我不是西班牙女人的浪漫歌颂者，也从未想过任何地方的某段露水情缘与别的露水情缘有多大差别。可和玛利亚在一起时，我爱她，爱到感觉死也愿意，毫不夸张。我从不相信这样的事，也从没想过它可能发生。"

"所以，如果要用七十年的人生交换七十个小时，我现在也值了。能明白这一点儿，我很幸运。要是根本就没有'漫长的一生''你的余生''从今往后'之类的东西，只有现在，那现在不就是应当赞叹欣赏的吗？我很高兴能拥有现在。'现在'，西班牙人说'ahora'，法国人说'maintenant'，德国人说'heute'。现在，'now'，等于整个世界，你的一生，这听起来很滑稽。'今晚'，西班牙人说'Estanoche'，法国人说'cesoir'，德国人说'heuteabend'。'生活'和'妻子'，法国人说'Vie'和'Mari'，不，这个不对，法国人把它变成了'丈夫'，是'现在'和'frau'。可那也不能证明任何东西。再看看'死人'，法国人说'mort'，西班牙人说'muerto'，德国人说'todt'。'todt'是死得最彻底的。'战争'，'guerre'，'Guerra'，还有德国人的'krieg'。'krieg'是最像战争的，不是吗？还是说，只是因为他对德语最不精通？'心爱的'，法国人说'chérie'，西班牙人说'prenda'，德国人说'schatz'。他情愿把它们统统换成'玛利亚'。一个名字。

"是啊，他们所有人都会上，从现在算起，也没多久了。形势无疑是越来越不好。这本来就是那种不能在大早上干的事。你要在不可能的情况下挺住，挺到夜里再逃走。你努力坚持，直到夜晚重回大地。你会没事，也许，如果你能坚持到天黑，然后躲进夜色里。那么，要是从白天就开始坚持，又会怎样呢？你觉得会怎样？那可怜的该死的"聋子"放弃了他的洋泾浜西班牙语，那样仔细地向他解释一切。好像他就从来没考虑过那些，从第一次听戈尔茨提出这计划，就从来没有过任何特别糟糕的设想一样。好像他从没忍受过内心的不安，从昨晚的昨晚的昨晚到现在，他的胃里就没有好似被无法消化的生面团堵住一样。

"这算什么事。你走过整个人生，它们看上去似乎意味着什么，可到头来总是什么意味都没有，从来没有。你觉得，那就是你永远不能拥有的东西。结果呢，在一场差劲的表演中，就像这样，带着两支没胆子的蹩脚游击队，要靠他们在不可能的情况下帮你炸掉一座桥，阻止一场或许已经开始的反攻；你遇到了一个女孩，玛利亚这样的女孩。是的。那就是你要做的。你与她相见太晚，仅此而已。

"就这样，一个像那个皮拉尔那样的女人，事实上，是她把这姑娘推进了你的睡袋，发生了什么？是啊，发生了什么？发生了什么？请你告诉我，发生了什么。是啊，那刚好是所发生的，那就是所发生的。

"对于皮拉尔把她推进你的睡袋这回事，别对自己撒谎，别假装若无其事，也别假装那有多污秽。第一眼看到她，你就沦陷了。她第一次张嘴对你说话，一切就注定了。你知道。你从未想过自己会有这一天，可你有了这么一天，既然如此，就没理由再诋毁它，既然你知道那是什么，你知道，当她端着铁盘子，弯腰钻出洞口，你第一眼看到她，它就降临了。

"它击中了你，你心知肚明，那又何必再为它撒谎？每一次，当你看到她，每一次，当她看向你，你的五脏六腑都变得奇怪起来。所以，

176

你为什么不承认它？好吧，我会承认。至于皮拉尔把她推给你，皮拉尔的所作所为，都是一个智慧的女人该做的。她把这姑娘照料得很好，她看出了，姑娘端着餐盘回到山洞里的那一刻，是什么在到来。

"所以，她只是让事情变得简单些。她让事情简单了，才有了昨天的夜晚和这个下午。她那该死的眼光见识比你高明得多，她知道，时间到底意味着什么。是的，他告诉自己，我看我们可以承认，她对时间的价值有清楚的认识。她受了打击，纯粹是因为，她不希望别人再丢失她已经失去的东西，而承认失去，这个念头太沉重，太难下咽。所以，在山上时，她出拳反击了，我猜我们没能让她感觉好过点儿。

"哦，所以，那就是发生的，已经发生的，你最好还是承认吧，现在，你再也没有两个完整的夜晚可以和她共度了。

没有一生的时间，没有共度的生活，没有人们往往会设想拥有的一切，全都没有。一个夜晚已经过去，一个下午春风一度，一个夜晚即将到来——也许吧。不，先生。

"没有时间，没有欢愉，没有乐趣，没有孩子，没有房子，没有浴室，没有成套的干净睡衣，没有清晨的报纸，没有一起醒来，没有醒过来时知道，她在身旁，你不是孤单一人。没有。统统没有。可为什么，当这些就是你这一生希冀的一切，当你找到了它，为什么连区区一个夜晚，躺在铺着床单的床上的夜晚，都没有？

"你在要求不可能的事，你在要求绝不可能的事。所以，如果你真像你说的那样深爱这姑娘，那最好的，就是好好爱她，用尽全力，用浓烈填补这段关系中必将缺乏的长度与跨度。你听到了？过去，人们用一生的时间来做这件事。而现在，当你找到它，你得到两个夜晚，你会惊诧，这所有的幸运究竟从何而来。两晚，两晚去爱，去尊敬，去珍视。无论好还是坏，无论疾病还是死亡。不，不是这么说的。无论疾病还是健康，直到死亡将我们分开[1]。只有两晚时间，很可能只有两晚，很有可能。所以，现在，停下这些胡思乱想吧。你现在

---

1. 此处套用基督教的婚礼誓词。

就可以停下了。那对你没好处。没错，就是这样。

"这就是戈尔茨谈到的。他在这里待得越久，戈尔茨就显得越英明。所以，这就是他追求的，非常规工作的报偿。戈尔茨也有过这样的经历吗？是危机、环境和紧张的时间造就了它吗？每个身在类似环境下的人都会遇到这样的事吗？他觉得它特别，是不是只因为事情刚好发生在他身上？戈尔茨在军队里指挥非常规骑兵队时，是否也曾与人匆匆厮混？是不是环境加上其他，才让姑娘们看上去都像玛利亚一样？

"也许戈尔茨完全清楚这一切，想说的正是这样的观点：你必须在仅有的两晚里完成你的整个人生；在我们这样的生活里，你必须将所有希望得到的，浓缩成短短时间内能够得到的。

"这是个不错的信仰体系。但他不相信玛利亚只是环境的产物。当然，除非她是她本身境遇的投射，而这个境遇刚好和他的一模一样。她的境遇并不那么好，不，没那么好。

"如果这就是它的本来面目，那这就是它。可没有法律规定，他一定要说喜欢它。我不知道我还能体会这样的感受，也不知道这会发生在我身上。我愿意用一生来换它。你会的，心底另一个声音说，你会的。现在你有了它，那就是你的整个人生，就是现在。除了现在，别无他物。没有昨天，当然，也没有什么明天。你得等到多少岁，才能懂得这一切？只有现在。如果现在只有两天，那么两天就是你的一生，一生中的所有都相应压缩进两天里。这就是你在两天里过完一生的方式。如果停止抱怨，开始追求你未曾拥有的，你就会得到好的一生。好的一生，无需《圣经》衡量。

"所以，现在，别担心了，把握你有的，做你该做的，你将拥有漫长而非常愉快的一生。难道先前不愉快吗？你还在抱怨什么？这种工作就是这样，"他告诉自己，非常高兴自己能这么想。"它跟你学过什么本事无关，跟你遇到什么人有关。"他很高兴，自己在开玩笑了，于是回到姑娘身上。

"我爱你，兔子。"他对姑娘说，"你刚才说什么？"

"我在说，"她告诉他，"你一定不要担心你的任务，因为我不会打扰或妨碍你。如果有什么我能做的，你要告诉我。"

"没什么要做的。"他说，"那真的非常简单。"

"我会去跟皮拉尔学怎么好好照顾男人，我什么都能做，"玛利亚说，"而且，学习时我会自己发现一些东西，其他的，你可以告诉我。"

"没什么要做的。"

"什么话，男人，没有事做！你的睡袋，今天早上就该抖开来吹吹风，挂起来晒一晒。然后，赶在露水下来之前，收进洞里去。"

"接着说，兔子。"

"你的袜子该洗好晾干。我要看到你有两双袜子，这才对。"

"还有什么？"

"如果你愿意演示给我看，我可以帮你清理手枪，为它上油。"

"吻我。"罗伯特·乔丹说。

"不，这很严肃。你会把手枪给我吗？皮拉尔有抹布和机油。洞里有根通条，应该用得上。"

"当然。我会给你。"

"那么，"玛利亚说，"如果你能教我打枪的话，我们就可以开枪打死对方和他自己，或她自己——要是有一个受了伤，必须这样来避免被抓住的话。"

"很有意思。"罗伯特·乔丹说，"你有很多这样的主意吗？"

"不多。"玛利亚说，"但这主意不错。皮拉尔给了我这个，告诉我怎么用。"她打开胸前的衬衫口袋，拿出一个短皮套子，像是装小梳子的。她解开绑住两头的粗橡皮筋，拿出一片杰姆牌单面剃须刀片。"我总带着它。"她解释道，"皮拉尔说，一定要从这里切下去，就在耳根这里，然后往这里拉。"她用手指比划一下。"她说这里有条大动脉，用刀片从这里拉过去一定能割到。她还说，一点儿都不疼，只要用力从耳根压下去，往下拉，就行了。她说那没什么，只要划过去，他们就没办法了。"

"对。"罗伯特·乔丹说，"那是颈动脉。"

所以，她的生活中始终伴随着这些，他想，她理所当然地接受它，把它当成一种正常、明确的可能性。

"不过我宁愿你开枪打死我。"玛利亚说，"答应我，如果有必要，你会开枪打死我。"

"好。"罗伯特·乔丹说，"我答应你。"

"太感谢你了。"玛利亚对他说，"我知道那不容易。"

"还好吧。"罗伯特·乔丹说。

"你把这些都忘了，"他想，"你太专心在工作上，忘记内战的妙处了。你忘记了。好吧，人们希望你忘记。哈什金没能忘记，于是它就损害了他的工作。或者，你猜那老伙计会不会是有了预感？这很奇怪，因为他亲手开枪杀死哈什金，心里却没有一丝波澜。"他猜想，早晚有一天，他也许会不安。但到目前为止，一丝也没有。

"不过，我还可以为你做别的事。"玛利亚一边走，一边对他说。她紧贴在他身边，非常认真，非常有女人味。

"除了开枪打我？"

"是啊。等你那些带嘴的香烟抽完之后，我可以为你卷烟卷。皮拉尔教过我怎么把它们卷得非常好，又紧，又整齐，一点儿都不漏。"

"好极了。"罗伯特·乔丹说，"你自己舔卷烟纸吗？"

"是的。"姑娘说，"你要是受伤了，我会照顾你，帮你包扎伤口，给你洗澡，喂你吃东西……"

"说不定我不会受伤。"罗伯特·乔丹说。

"那就等你生病的时候，我来照顾你，为你做汤，帮你洗澡，什么都帮你做。我还可以读书给你听。"

"说不定我也不会生病。"

"那我就在你早上醒来时给你端咖啡……"

"说不定我不喜欢咖啡。"罗伯特·乔丹对她说。

"不，你喜欢。"姑娘开心地说，"今天早上你喝了两杯呢。"

"万一我喝腻了咖啡，不必被开枪打死，不受伤，不生病，戒了烟，只有一双袜子，还会自己晒睡袋。那怎么办呢，小兔子？"他轻轻拍着她的后背。"那怎么办？"

"那，"玛利亚说，"我就问皮拉尔借剪刀来，帮你剪头发。"

"我不喜欢剪头发。"

"我也不喜欢。"玛利亚说，"我喜欢你头发现在的样子。要是没有事可以为你做，我就坐在你身边，看着你，等天黑了，我们就做爱。"

"很好。"罗伯特·乔丹说，"最后一项听起来非常不错。"

"我也这么觉得。"玛利亚笑着。"噢，英国人。"她说。

"我的名字是罗伯托。"

"不要。我要和皮拉尔一样，叫你英国人。"

"可我的名字还是罗伯托啊。"

"不。"她告诉他，"现在，这一整天里，它是英国人。英国人，你的任务里有什么我能帮忙的吗？"

"不用了。我现在要做的，只能自己一个人来，而且脑子得非常冷静。"

"好吧。"她说，"那什么时候能完成呢？"

"今晚，运气好的话。"

"好。"她说。他们脚下就是抵达营地前的最后一片树林了。

"那是谁？"罗伯特·乔丹伸手一指，问。

"皮拉尔。"姑娘顺着他指的方向看去，说，"肯定是皮拉尔。"

在草甸的低处尽头，第一排树长出的地方，那女人坐在那里，头枕着胳膊。从他们站的地方看去，她只是乌蒙蒙的一大团，黑黑的，背后是褐色的树干。

"快。"罗伯特·乔丹说，蹚着齐膝深的石楠向她跑去。石楠很密，很难跑，他跑了一小段就停下来，放慢速度朝前走。他能看到，那女人双臂交叠，头搁在上面，背后的树干衬得她又黑又大。他走到她跟前，说："皮拉尔！"声音很尖锐。

女人抬起头，看向他。

"噢，"她说，"你们已经完事儿了？"

"你病了吗？"他俯身下去，问道。

"才没有。"她说，"我在睡觉。"

"皮拉尔，"玛利亚也赶了上来，在她身边跪下，说，"你怎么样？还好吗？"

"我好得很。"皮拉尔说，可她没有起身。她看看他们俩。"噢，英国人，"她说，"你那些男人招数又玩了一次啦？"

"你还好吗？"罗伯特·乔丹问，没理会那些字眼。

"怎么不好？我睡了一觉。你们呢？"

"不。"

"嗯，"皮拉尔对姑娘说，"看来是合了你的心意了。"

玛利亚脸红了，没吭声。

"别逗她。"罗伯特·乔丹说。

"没人跟你说话。"皮拉尔对他说。"玛利亚。"她说，声音很严厉。姑娘没抬头。

"玛利亚，"女人又说，"我说，看来是合了你的心意了。"

"噢，别逗她了。"罗伯特·乔丹又说。

"闭嘴，你。"皮拉尔说，没看他。"听着，玛利亚，挑一件事告诉我。"

"不。"玛利亚说，摇着头。

"玛利亚，"皮拉尔说着，板起脸，沉下声音，一丝亲切的神情都看不到。"挑一件事告诉我，你自己说。"

女孩摇着头。

罗伯特·乔丹心想，要不是非得跟这个女人和她的醉鬼男人，还有她那帮没胆子的蹩脚货合作，我非照着脸狠狠扇她不可……

"来啊，告诉我。"皮拉尔对姑娘说。

"不。"玛利亚说，"不。"

"别逗她。"罗伯特·乔丹说，声音听起来都不像他自己的了。"无论如何，我要扇她，去他的。"他想。

皮拉尔压根不理他。那不像是蛇诱惑鸟，或猫逗弄鸟的样子。没

182

有隐含任何猎食的意味，也没有任何邪恶的扭曲。那是一种伸展，虽说还挺像眼镜蛇撑展开的脖颈。他能感觉到，他能感觉到那伸展的压迫。可那伸展是一种支配，无关邪恶，却是为了探查。"真希望我没明白过来。"罗伯特·乔丹想。可这不是扇不扇人的问题。

"玛利亚，"皮拉尔说，"我不碰你。现在，你自己告诉我。"

"照你的心意来。"这句是西班牙语。

姑娘摇着她的头。

"玛利亚，"皮拉尔说，"现在，照你的心意说。听到我的话了？说什么都行。"

"不。"姑娘软软地说，"不不。"

"现在，你要说给我听。"皮拉尔对她说，"任何事都行。试试看，现在说给我听。"

"地球动了。"玛利亚说，没看女人，"真的。这事我没办法对你说。"

"这样。"皮拉尔说，声音温暖、亲切，完全没有压迫感。可罗伯特·乔丹注意到，她的额头和唇都挂上了细小的汗珠。"所以，就是这样。所以，就是它了。"

"是真的。"玛利亚说，咬着嘴唇。

"当然是真的。"皮拉尔温和地说，"但别对你身边的人说，因为他们绝对不会相信你。你没有卡利人[1]血统吧，英国人？"

她站起来，罗伯特·乔丹扶了她一把。

"没有。"他说，"就我所知，没有。"

"照玛利亚说的，她也没有。"皮拉尔说，"嗯，这很难得，非常稀奇。"

"可那真的发生了，皮拉尔。"玛利亚说。

"你说什么呢，孩子？"皮拉尔说，"为什么不呢，孩子？我年轻时，地球也动过，那种感觉，就像人到了太空里，只担心身子下面的地

1.应为南美印第安人，西班牙殖民者殖民期间与之有接触。

球会飞走。天天晚上都这样。"

"你骗人。"玛利亚说。

"是。"皮拉尔说,"我骗人。每个人一辈子最多有三次,是真的动了?"

"是的。"女孩说,"真的。"

"你觉得呢,英国人?"皮拉尔看着罗伯特·乔丹。"别说谎。"

"是。"他说,"真的。"

"很好。"皮拉尔说,"很好。那就对了。"

"你说三次是什么意思?"玛利亚问,"为什么这么说?"

"三次。"皮拉尔说,"现在你已经有了一次。"

"只有三次?"

"大多数人一次都没有。"皮拉尔告诉她,"你肯定是动了?"

"就像人会掉下去那样。"玛利亚说。

"那我看就是动了。"皮拉尔说,"那么,来吧,我们回营地去。"

"这什么三次的废话是怎么回事?"他们一起朝松林走去,路上,罗伯特·乔丹对大块头女人说。

"废话?"她冷冷地看着他,"别跟我说什么废话,英国人。"

"是像手相那一类的神奇戏法?"

"不,在吉普赛人里,这是常识,已经证实了的。"

"可我们不是吉普赛人。"

"没错。但你们有点儿小运气。就算不是吉普赛人,有时候也会有点儿小运气。"

"你说三次,是认真的?"

她又看看他,模样很古怪。"走开点儿,英国人。"她说,"别来烦我。你太年轻,我没法跟你说。"

"可是,皮拉尔……"玛利亚说。

"闭嘴。"皮拉尔对她说,"你已经有一次了,这辈子还剩下两次机会。"

"那你呢?"罗伯特·乔丹问她。

“两次。”皮拉尔说，伸出两根手指，“两次。再也不会有第三次了。”

“为什么不会？”玛利亚问。

“噢，闭嘴吧。”皮拉尔说，“闭嘴。你们这个年纪的事叫我心烦。”

“为什么没有第三次？”罗伯特·乔丹问。

“噢，闭嘴吧，行吗？”皮拉尔说，“闭嘴！”

“行，”罗伯特·乔丹暗自说，“可我不会上你的当。我认识很多吉普赛人，他们都够怪。不过我们也一样，区别只在于我们必须过诚实的生活。没人知道我们来自哪个部落，不知道我们的部族传承是什么，也不知道我们所来自的那片丛林里，有着什么神秘的东西。我们唯一知道的，就是我们不知道。我们不知道夜里会发生什么。可那些事若是发生在白天，就不同了。无论发生过什么，都已经发生了，而现在，这个女人不但让那不情愿的姑娘开口说出来，还接管它，把它变成了她的。她不得不把它归入吉普赛的范畴。我认为她在山上受了打击，可眼下，她显然已经夺回了控制权。如果那是出于邪恶的意图，她就该被一枪打死才对。然而那并不邪恶，那只是想让她能继续把握生活。透过玛利亚，把握生活。”

“等你经历过这场战争，也许就可以开始研究女人了，”他暗想。“可以从皮拉尔开始。要我说的话，她度过了相当不容易的一天。她之前从来不提吉普赛人的东西，除了手相，”他想，“没错，当然，除了手相，我不认为她在手相的事情上是装腔作势。当然，她不会告诉我她看到了什么。无论看到了什么，她自己是相信的。可那说明不了任何的问题。”

“听着，皮拉尔。”他对女人说。

皮拉尔看向他，微笑着。

“什么？”她问。

“别搞得那么神秘。”罗伯特·乔丹说，“这些神神秘秘的东西让我烦透了。”

"所以？"皮拉尔说。

"我不相信巨怪、预言家、算命人，或是什么下三滥的吉普赛巫术把戏。"

"哦。"皮拉尔说。

"不信。还有，你可以放过那姑娘了。"

"我会放过那姑娘的。"

"丢掉那些神神叨叨的东西。"罗伯特·乔丹说，"我们要做的工作和事情够多的了，犯不着再用乱七八糟的东西来弄得更复杂。少玩点儿玄虚，多干点儿活。"

"明白了。"皮拉尔说，赞同地点点头。"听我说，英国人，"她冲着他笑，说，"地球动了吗？"

"动了，你这该死的。它动了。"皮拉尔大笑起来，站在那里，笑个不停，看着罗伯特·乔丹笑。

"噢，英国人，英国人，"她笑着说，"你太好玩了。你这会儿再想一本正经地绷着，一定得费不少劲儿吧。"

见你的鬼去吧，罗伯特·乔丹心想。可他忍住了没张嘴。就在他们聊天时，太阳被云遮住了，他回头望瞭望群山，天空已经昏暗低沉。

"没错，"皮拉尔看看天空，对他说，"要下雪了。"

"现在？差不多六月了？"

"为什么不呢？这些山可不知道月份。我们现在是在阴历五月里。"

"可不能下雪。"他说，"不能下雪。"

"都一样，英国人。"她对他说，"马上就要下了。"

罗伯特·乔丹抬头望着黑沉沉的天，太阳变得昏黄，他眼睁睁看着它消失，乌云连成一片，看起来又软又沉。现在，山峰也都渐渐被遮住了。

"是。"他说，"我猜你是对的。"

第十四章

　　他们抵达营地时，雪已经开始下了，雪花在松林间穿梭下坠。它们斜斜掠过松树，起初很稀疏，兜着圈飘落，随着冷风自山头袭来，雪花打起了旋，密集起来。罗伯特·乔丹站在洞口前，恼火地看着。

　　"有大雪喽。"巴勃罗说。他声音粗嘎，眼睛迷蒙发红。

　　"吉普赛人回来了吗？"罗伯特·乔丹问他。

　　"没有。"巴勃罗说，"他没回来，老家伙也没回来。"

　　"你能和我一起到公路边的岗哨去吗？上面那个。"

　　"不。"巴勃罗说，"我不掺和这事儿。"

　　"那我自己去。"

　　"这种风雪，你多半找不到。"巴勃罗说，"要是我，就不会这个时候去。"

　　"只要下山到公路边，然后顺着路走就是了。"

　　"就算你能找到好了。可你那两个侦察兵这会儿多半已经往回走了，下着雪呢，你可能跟他们错过。"

　　"老家伙在等我。"

　　"不会。下雪了，他会回来。"

　　巴勃罗看着洞口的雪花，现在风更急了，说："你不喜欢这场雪吧，英国人？"

　　罗伯特·乔丹低咒一句。

　　巴勃罗用他迷蒙的眼睛看着他，大笑起来。

　　"这样，你的行动就没了，英国人。"他说，"进洞里来，你的人自己会回来的。"

洞里，玛利亚在火边忙着，皮拉尔在厨房桌子边。炉膛里冒着烟，那姑娘就是在忙活这事，塞进去一根柴火，再拿张对折的报纸扇一扇，炉膛里噗地喷起一蓬烟，紧跟着，火苗一蹿，柴火燃了，气流从屋顶的通风孔钻出去，拽出明亮的轨迹。

"这场雪，"罗伯特·乔丹说，"你觉得会下大吗？"

"很大。"巴勃罗心满意足地说着，冲皮拉尔喊道，"女人，你也不喜欢，对吧？现在你说了算，你不喜欢这场雪？"

"关我什么事？"皮拉尔回过头，说，"下雪就下雪呗。"

"喝点葡萄酒，英国人。"巴勃罗说，"我一整天都在喝着酒等这场雪。"

"给我一杯。"罗伯特·乔丹说。

"敬下雪。"巴勃罗说，抬手跟他碰杯。罗伯特·乔丹盯着他的眼睛，"叮"地碰了一下杯子。"你这红眼睛的凶手，"他暗想，"我倒宁愿用这杯子敲你的牙。"沉住气，他告诉自己，沉住气。

"这雪真漂亮。"巴勃罗说，"下雪了，你不会想还睡外面吧。"

"这么说，你脑子里还琢磨着这个？"罗伯特·乔丹想，"你有很多麻烦，不是吗，巴勃罗？"

"不行？"他说，很客气。

"不行。很冷。"巴勃罗说，"会很湿。"

"你不知道这些老鸭绒为什么值六十五美金，"罗伯特·乔丹想，"这种大雪天，在这东西里睡一次我都能收上一美金。"

"那我是应该到这里面来睡？"他客气地问。

"没错。"

"谢谢。"罗伯特·乔丹说，"我还是睡外面。"

"在雪地里？"

"是。"（去你的通红充血的猪眼睛，去你的长满猪毛的猪下巴。）

"在雪地里。"（在十足该死的、要命的、意想不到的、肮脏的、捣乱的、狗娘养的雪里。）

他走到玛利亚旁边，她刚又塞了一块松木到火里。

"很美，这场雪。"他对姑娘说。

"可这对任务不好，对吗？"她问他，"你不担心吗？"

"一点儿也不。"他说，"担心没好处。晚饭什么时候好？"

"我就知道你会有胃口。"皮拉尔说，"想先吃块奶酪吗？"

"谢谢。"他说。她取下挂在天花板下的网兜，拿出一大块奶酪，从切过的一头切下厚厚一整片，递给他。他就站在一边吃。膻味有点儿重，说不上太好吃。

"玛利亚。"巴勃罗坐在桌边喊。

"什么？"姑娘问。

"把桌子擦干净，玛利亚。"巴勃罗说，一边冲着罗伯特·乔丹咧开嘴笑。

"你弄的你自己擦。"皮拉尔对他说，"先擦下巴和衬衫，再擦桌子。"

"玛利亚。"巴勃罗喊。

"别理他，他醉了。"皮拉尔说。

"玛利亚，"巴勃罗喊，"还在下雪，雪很漂亮。"

"他根本不知道那个睡袋，"罗伯特·乔丹想，"这双漂亮的老猪眼睛看不透我为什么要花六十五美金从伍兹兄弟手里买下那个睡袋。不过我还是希望吉普赛人能回来。吉普赛人一回来，我就去找老家伙。我该现在就去，可实在太有可能跟他们错过。我不知道他在哪里侦察。"

"想来团雪球吗？"他对巴勃罗说，"想打雪仗吗？"

"什么？"巴勃罗问，"你想干吗？"

"没什么。"罗伯特·乔丹说，"你的马具都盖好了？"

"盖好了。"

接下来，罗伯特·乔丹用英语说："那些马，是要去喂，还是拴在外面让它们自己翻草吃？"

"什么？"

"没什么。那是你的事，老伙计。我要出去了，走路去。"

"你干吗说英语？"巴勃罗问。

"我不知道。"罗伯特·乔丹说，"有时候，特别累，或者心情特别不好的时候，我就会说英语。被难住时也说。要是遇到大难题，我说英语就是为了听听那个声调。那声调让人安心。你偶尔也该试试。"

"你在说什么，英国人？"皮拉尔说，"听起来很有意思，但我不明白。"

"没什么。"罗伯特·乔丹说，"我说的，就是英语的'没什么'。"

"那就说西班牙语。"皮拉尔说，"西班牙语简单些，也短些。"

"当然。"罗伯特·乔丹说。"可是，噢伙计，"他想，"噢巴勃罗，噢皮拉尔，噢玛利亚，噢角落里我忘记了名字但一定能想起来的你们俩兄弟，只不过我有时候会腻味。腻味西班牙语，腻味你们，腻味我，腻味这场战争，唉，究竟是为什么一定要现在来下这场雪？这太他妈见鬼了。不，不是。没什么太他妈见鬼的。你要做的只是接受它，解决它，现在，别再怨天尤人，接受下雪这个事实，就像你刚才做的那样，接下来，就是要跟你的吉普赛人碰头，接回你的老家伙。可是下雪！现在，这种季节里。""停，"他对自己说，"停，接受它。是因为那一杯，你知道的。那一杯后来怎么样了？[1] 他要么得加强记忆力了，要么就别想再引用任何东西，因为只要想不起，那东西就会一直在你脑子里打转，就像一个名字，你忘了，却始终无法摆脱它的纠缠。那一杯，后来怎么了？"

"请给我一杯酒。"他用西班牙语说。"大雪？嗯？"然后他对巴勃罗说，"大雪。"

喝醉酒的男人看着他，咧嘴笑着。他点点头，又咧开嘴。

"没有进攻了，没有飞机了，没有桥了，只有雪。"巴勃罗说。

---

1. 应为双关指代《圣经·路加福音》第22章中耶稣祈求天父撤去的"这杯"苦酒，此时耶稣已预见到自己将被钉死在十字架上，于是在橄榄山上祷告时说："父啊，你若愿意，就把这杯撤去。然而，不要成就我的意思，只要成就你的意思。"

"你指望它会下很久？"罗伯特·乔丹在他身边坐下。"你觉得我们这整个夏天都会困在雪里？巴勃罗，老男孩？"

"整个夏天，不会。"巴勃罗说，"今晚跟明天，没错。"

"你为什么这么想？"

"有两种风雪。"巴勃罗说，说得很慢，却很肯定。"一种从比利牛斯山来，那种会非常冷，这个季节不会是那种。"

"很好。"罗伯特·乔丹说，"太好了。"

"这一种从坎塔布连[1]来。"巴勃罗说，"从海上来。这个方向的风刮起来的话，就是大风大雪。"

"你从哪儿学的这些，老人家？"罗伯特·乔丹问。

现在，他的怒火已经消了，这场风雪让他兴奋起来，一切风暴都会让他兴奋。暴风雪、狂风、突发线飑、热带风暴、夏天山里的雷阵雨，都会让他兴奋，这是其他东西所无法给予的。有点儿像作战的兴奋，但干净得多。战斗中也有风吹过，但那是热风，又热又干，跟你的嘴一样；而且吹得很吃力，热哄哄，脏兮兮；起还是停，全看那天的运气。他很了解那种风。

暴风雪恰恰相反。在暴风雪里靠近野生动物，它们都不会害怕。它们穿过山野，不知道自己在哪里，鹿有时候就站在屋子的背风处。在暴风雪里，你可以骑上一头驼鹿，它会把你的马错认成另一头驼鹿，朝你跑过来。在暴风雪里，好像永远——这段时间里的永远——不存在敌人。在暴风雪里，可能刮起一阵狂风，吹起一片纯白，空中全是狂卷的白雪，所有东西都变了模样，等到风停，天地便沉静下来。

这是一场大风雪，他最好还是好好享受它。它毁了一切，可你最好还是好好享受它。

"我做过很多年的赶车人。"巴勃罗说，"我们赶着马车翻山送货，直到有了卡车。我们从这个营生里学会了看天气。"

"那你是怎么加入运动的？"

1.坎塔布连，位于西班牙北海岸、法国西南海岸的大西洋近岸海域。

"我一直就是左派。"巴勃罗说,"我们和阿斯图里亚斯的人联系很多,他们那里的政治环境成熟得多。我一直是支持共和国的。"

"运动前你在做什么呢?"

"那时候我为萨拉戈萨的一个马商干活。他给斗牛场供马,也负责帮军队补充战马。就是那时候,我遇到了皮拉尔,她么,就像她告诉你的,和那个巴伦西亚来的斗牛士菲尼托在一起。"

说起这个,他骄傲得不得了。

"他也不算多了不起的斗牛士。"桌边的两兄弟之一说,眼睛看着皮拉尔的背影,她站在火炉前。

"不算?"皮拉尔说,转身盯着那人。"他不算多了不起的斗牛士?"

此刻,站在山洞里,傍着做饭的炉火,她还能看见他,矮个子,棕黑皮肤,面容沉静,长着一对哀伤的眼睛,脸颊凹陷,黑色头发汗湿了,卷在前额上,那里有一道红痕,别人都不会注意到,那是剑刺手的帽子压出来的。她看见他站在那里,就是现在,面对着一头五岁的公牛,面对那将马高高挑起的角,那粗壮的脖子,把马挑高,挑高,骑手正把镖扎进它的脖子;挑高,再挑高,直到马被"轰"的一声掀翻在地,骑手撞上木头护栏,那公牛使劲蹬着地往前冲,粗壮的脖子摇晃着,牛角左右摆动,一心要赶上去,夺走马的性命。她看见他了,菲尼托,那个"不算多了不起"的斗牛士,他站在公牛面前,身子一侧,面对公牛。现在,她看清他了,他正把沉甸甸的法兰绒红布往木棍上绕,那法兰绒红布上吸透了血,有扫过公牛的头和肩颈时沾上的,它隆起的肩峰上鲜血淋漓,闪着光;也有向下掠过牛背时染上的,那时公牛正仰头向天,标枪哗啦作响。她看见菲尼托侧身站在牛头前五步,左肩朝前,公牛稳稳站着,一动不动,他慢慢抽出剑,举到齐肩高,剑尖对准他现在还看不到的那一点儿,因为牛头比他的眼睛高。他会舞动左胳膊上那湿漉漉、沉甸甸的红布,引它低头。不过,现在他先微微后仰,重心落在脚跟,剑尖对准,侧身站立,左肩正对那微微开裂的牛角。公牛胸膛起伏,眼睛盯着红布。

现在，她清清楚楚地看到了他，听到了他轻细、清亮的声音。他转过头来，看向斗牛场红色护栏后第一排的人，说："咱们瞧瞧，这一下，能不能干掉它！"

她听到他的声音。

看到他起步前冲时膝盖的第一下弯曲，看到他冲向已然魔法般低下的牛角，那是公牛的口鼻正在追逐下划的红布，他纤细的棕黑手腕转动，红布引低牛角，掠过它，剑锋刺进沾灰的高耸肩隆。

她看见剑锋的闪亮一点点儿下沉，像是公牛的冲刺把它拽出男人的手，吸进自己的身体，她看着它移动，直到那棕黑的指关节抵上紧绷的牛皮。小个子、黑皮肤男人双眼一刻也不曾离开剑刺入的地方，此时，他收紧的肚腹一闪，晃过牛角，干净利落地让过那动物，站定，木棍上的红布收进左手，高举起右手，注视着公牛死去。

她看见他站在那里，目注公牛，看那公牛试图站住脚，看它摇晃着，像倒下前的树，看它奋力挣扎，想立在地面之上。那小个子男人的手高举着，比出标准的胜利手势。她看见他站在那里，满头汗水，满心结束后的空落落的宽慰，他感受着公牛死去的宽慰，感受着闪身后再也没有冲撞、没有牛角掠过的宽慰。终于，他还站着，公牛却再也无法支撑，轰然倒地，翻过身，四脚朝天，死去。她能看见，那小个子、黑皮肤的男人走向护栏，疲惫，严肃。

她知道，就算体力没问题，他也不能跑过斗牛场。她看着他慢慢走向护栏，用一条毛巾擦了擦嘴，抬头看她一眼，摇摇头，又用那条毛巾擦擦脸，开始他的胜利绕场。

她看见他慢慢移动，拖着步子绕场，微笑，鞠躬，微笑，他的助手跟在后面，不断弯腰，捡起雪茄和扔下场的帽子。他绕场而行，眼神悲伤，微笑着，在她面前站定。她望下去，看见他坐在木头护栏的台阶上，嘴上捂着毛巾。

皮拉尔站在炉火边，看见这一切，她说："所以，他不算个好斗牛士？如今我的日子都耗在什么样的人身上啊！"

"他是个好斗牛士。"巴勃罗说，"只是有缺陷，个头太矮。"

"而且很明显，他有肺痨。"普里米蒂沃说。

"肺痨？"皮拉尔说，"遭受过那样的虐待以后，谁能不得肺痨呢？在这个国家，除非是胡安·马奇[1]那种罪犯，或者斗牛士，或者歌剧男高音，难道穷人还能指望赚到钱吗？他怎么能没有肺痨？在这么一个国家，资产阶级胡吃海塞吃坏了他们的胃，搞到离了小苏打就活不下去，可穷人从出生到死的那天都在挨饿，他怎么能没有肺痨？如果是你，还是个男孩的时候曾经钻在三等车厢的座位下旅行，就为了省下车票，能追着比赛学习斗牛，如果你曾躺在那些泥灰尘土上，土里还杂着刚吐出的痰和干掉的痰，如果你的胸膛曾经被牛角刺穿，你难道不会生肺痨？"

"当然。"普里米蒂沃说，"我只是说他有肺痨。"

"他当然有肺痨。"皮拉尔站在那里，手握木头大搅勺。"他个子矮，声音细，还很害怕公牛。我从没见过有谁在斗牛前比他更害怕，也从没见过有谁在场上比他更勇敢。你，"她冲着巴勃罗说，"你现在怕死了。你觉得这很不得了。菲尼托从来都怕死，可他在场上就像一头雄狮。"

"他的勇敢是出了名的，非常勇敢。"两兄弟中的另一个说。

"我从来不知道有谁会那样害怕，"皮拉尔说，"他的房子里甚至连一个牛头都不能有。一次，在巴利亚多利德的斗牛节上，他干掉了一头巴勃罗·罗梅罗[2]的公牛，干得非常漂亮……"

"我记得。"头一个兄弟说，"那一场我在。肥皂颜色的牛，额头上生着卷毛，角竖得非常高。那头公牛起码有三十阿罗瓦[3]。那是他在

---

1. 胡安·马奇（Juan March, 1880—1962），西班牙企业家，时为西班牙首富，在内战中支持法西斯阵营。

2. 罗梅罗家族是西班牙著名的斗牛士家族，尤以佩德罗·罗梅罗·马丁内斯（Pedro Romero Martínez, 1754—1839）为传奇，他被公认为化斗牛表演为展示勇气之艺术的人。这里只是借用"罗梅罗"之名。

3. 阿罗瓦（arroba），西班牙和葡萄牙的民间计量单位，在西班牙，1阿罗瓦约等于11.5千克，而一葡萄牙阿罗瓦约为14.7千克。

巴利亚多利德干掉的最后一头牛。"

　　"一点儿不错。"皮拉尔说，"表演结束后，他的铁杆追随者在科隆咖啡馆举办了一场小型宴会，做了个牛头标本，打算送给他。他们平时就在科隆咖啡馆聚会，还有一个俱乐部，用菲尼托的名字命名的。整顿饭，他们都把牛头挂在墙上，不过蒙了一块布。我也在场，还有其他人，帕斯托拉[1]——她比我长得还丑——梳子女孩，另外有几个吉普赛人，还有几个算是妓女的。那是场盛宴，规模不大，但非常热闹，还差一点儿打起来，就因为帕斯托拉和一个最打眼的妓女争论得体不得体的问题。我自己嘛，也开心得不得了。我坐在菲尼托身边，注意到他怎么也不肯看那个牛头。牛头上蒙着一块紫色的布，就像从前，在主的受难周[2]里，我们蒙住教堂里的圣徒像那样。

　　"菲尼托没怎么吃，因为他受过伤，头一年在萨拉戈萨的最后一场表演，他准备干掉那头牛时，被横扫过来的牛角撞了一下，晕了好一阵子。就算过了这么久，他的胃里还是没办法装得下多少东西。整场宴会，他时不时用手帕捂住嘴，把血吐在手帕里。我是要跟你们说什么来着？"

　　"牛头。"普里米蒂沃说，"那个牛头标本。"

　　"对。"皮拉尔说，"对。不过我得先说一些细节，这样你们才能明白。你们知道，菲尼托从来不会特别高兴。他骨子里就很严肃，我们在一起时，我就没见他为什么哈哈大笑过，就算是非常滑稽的东西。他对待任何事都极度认真。差不多和费尔南多一样认真。可这是为他办的宴会，是一群铁杆拥护者操办的，他们还聚在一起成立了'菲尼托俱乐部'，他必须表现得兴高采烈，要很友善，很欢喜。所以，整

---

1. 帕斯托拉，20世纪西班牙最重要的弗拉明戈女歌手之一，全名帕斯托拉·帕翁·克鲁兹（Pastora Pavón Cruz, 1890—1969），8岁初次登台，在马德里的咖啡馆驻唱期间得到"梳子女孩（La Niña de los Peines）"的外号，源于她常唱的曲子，其中一句歌词大意为"用我的梳子梳头，我的梳子是肉桂木的"。

2. 受难周，复活节前一周，从耶稣受难日开始计算，全称为"我们的主的受难周"。

场饭，他都在微笑，说些和善的话，只有我注意到他用手帕做了什么。他带了三块手帕，三块都用完了。然后他很小声地对我说：'皮拉尔，我撑不住了，我觉得我必须走了。'

"'那我们就走。'我说。我看得出来，他很难受。可那时候宴会正好到了高潮，闹腾极了。

"'不行。我不能走。'菲尼托对我说，'不管怎么说，这是为我成立的俱乐部，我有责任。'

"'你不舒服的话，我们还是走吧。'我说。

"'不。'他说，'我要留下来。给我倒点曼赞尼亚[1]。'

"我不认为他这时候喝酒是明智之举，因为他什么都没吃，而且胃还是那样一个状况。可很明显，再不喝点儿什么，他就撑不住这些高兴、狂欢和吵闹了。所以我就看着他几乎喝掉了一整瓶曼赞尼亚，喝得非常急。手帕没了，他就拿餐巾当手帕用。

"这时候，宴会真正达到了狂热的程度，妓女中最轻的一个踩上那些俱乐部成员的肩膀，绕着桌子走。帕斯托拉被鼓动着开始唱歌，小里卡多[2]弹起吉他。那是真正快乐的场面，洋溢着最了不起的友爱，非常感人。我从没见过比那更热情的宴会，那是真正的弗拉明戈热情，不过，我们还是没能坚持到牛头揭幕，那原本是这场庆祝宴的理由。

"我自己玩得太高兴，一心跟着里卡多的弹奏拍手，忙着带大家一起为梳子女孩的演唱打拍子，没注意到菲尼托的餐巾都吐满了血，他已经把我的也拿去用了。那时候，他又喝下了更多曼扎尼亚，眼睛非常亮，非常高兴地冲着每个人点头。他不怎么能多说话，因为无论什么时候，只要开口，他可能就不得不用上他的餐巾。可他一直做出很高兴、很享受的样子，毕竟，这就是他留在那里的目的。

---

1. 曼赞尼亚，一种西班牙干型雪莉酒，略苦。

2. 小里卡多（Niño Ricardo, 1904—1972），本名曼努埃尔·塞拉比（Manuel Serrapí），是当时最高明的弗拉明戈演奏家，在弗拉明戈吉他的发展演变中扮演着举足轻重的角色。

"宴会一直继续。坐在我旁边的是'雄鸡'拉斐尔[1]之前的经理人，他正在给我讲故事，结尾是，'于是，拉斐尔朝我走过来，说："你是我在这世上最好、最高尚的朋友。我爱你，就像爱我的兄弟，我想送给你一份礼物。"他递给我一个漂亮的钻石领带夹，在我左右脸颊上各吻了一下，我们两个都非常感动。然后，'雄鸡'拉斐尔，在递给我钻石领带夹以后，就走出了咖啡馆。雷塔那坐在桌子旁，我跟他说"这个下流的吉普赛人刚刚签了别的经理人了"。'

　　"'你这是什么意思？'雷塔那问。

　　"'我给他当了十年的经理人，他从来没给我送过礼物。''雄鸡'的经理人说，'这事只有这么一个解释。'这肯定是真的，'雄鸡'就是这么跟他拆伙的。

　　"可就在这时，帕斯托拉插了进来，多半倒不是为了维护拉斐尔的名声，因为再没有谁骂拉斐尔比她骂得更狠的了，而是因为那经理人刚才用了'下流的吉普赛人'这种字眼来诋毁吉普赛人。她插进来得那么强硬，说话那么激烈，经理人只好闭嘴。我插嘴想安抚帕斯托拉，另一个吉普赛女人又搅进来安抚我，吵得一塌糊涂，只听到有人大吼'婊子'，比别的声音都高，除了这个，没人能再听清任何字眼，直到最后安静下来，我们三个搅进去的人都坐下来，低头看着我们的杯子。那之后，我才注意到，菲尼托正盯着牛头，满脸惊恐，那牛头上还盖着紫色的布。

　　"就在这时，俱乐部主席开始发表揭幕前的演说，整个演说中，大家不断高喊'乌拉'，用力拍桌子，我看着菲尼托，他一直拿着他的餐巾——不，是我的——在用，整个人都在椅子里陷下去了一截，惊恐地盯着墙上正对他的牛头，却怎么也转不开眼睛。

---

1. 拉斐尔，即西班牙斗牛士拉斐尔·戈麦斯·奥尔特加（Rafael Gómez Ortega, 1882—1960），出身斗牛世家，弟弟小何塞也是著名的天才斗牛士。拉斐尔风格滑稽逗趣，曾七次退役又复出，据说他在最后一战中宣布"赦免"一头公牛，理由是"它对我眨眼了"，为维护家族荣誉，小何塞入场杀死了公牛。

"演说快结束时，菲尼托开始摇头，一直往椅子里缩。

　　"'你怎么样，小家伙？'我对他说，他看着我，却认不出来，只是摇着他的头，说：'不，不，不。'

　　"就这么，俱乐部主席完成了演说，然后，在所有人的欢呼声中，他站上一把椅子，伸出手，解开绑住那块紫布的绳子，慢慢把它拉下来，露出牛头，布在一只牛角上挂住了，他拎着布往上一提，从又尖又亮的牛角上拉下来，那是一头黄色大公牛的头，黑色的牛角弯向两边，角尖正对前面，白色尖头尖利得像豪猪的刚毛，牛头看上去还活生生的，额上的鬃毛卷曲着，跟活着的时候一样，它鼻孔张开，眼睛发亮，直瞪着菲尼托。

　　"每个人都在吼，在喝彩，菲尼托却越发往椅子里缩下去。慢慢地，大家都安静下来，看着他，他望着牛，说着'不，不'，继续往下滑。然后，他大叫一声：'不！'喷出一大口血，甚至没有用餐巾挡一下。血沿着他的下巴往下淌，他还是死死盯着牛头，说：'整个赛季，好。赚钱，好。吃，好。可我不能吃。听到了？我的胃坏了。现在赛季完了！不！不！不！'他环顾桌子，又望向牛头，再说了一次'不'，然后低下头，抬手把餐巾按在嘴上。他就那么坐着，什么也不说。宴会开始那么好，简直可以宣告狂欢和交际的新纪元，结果还是不成功。"

　　"那他过了多久死的？"普里米蒂沃问。

　　"就那个冬天。"皮拉尔说，"自从在萨拉戈萨最后那次被牛角撞伤，他就再也没能恢复过来。那比刺伤还糟糕，因为伤在里面，好不了。几乎每次杀死牛的最后，他都会挨上一下，这也就是为什么他没能更成功。他个子小，很难完全闪开牛角。他几乎总会被牛角横着撞到。不过，当然，很多时候都只是擦一下。"

　　"要是这么矮，他就不该指望当剑刺手。"普里米蒂沃说。

　　皮拉尔看看罗伯特·乔丹，摇着头。转身朝大铁锅弯下腰去，一直摇着头。这都是些什么人啊，她想。

　　西班牙都是什么人啊。有人说："要是这么矮，他就不该指望当剑刺手。"我听到这话，什么也没说。我不生气，所以我沉默。什么都不知道的话，人会多蠢啊。多蠢啊！什么都不知道，一个就能说，"他也不算多了不起的斗牛士"。什么都不知道，另一个就能说，"他有肺痨"。等有知情人解释过了，又有人能说，"要是这么矮，他就不该指望当剑刺手。"

现在，弯腰对着炉火，她又看到那赤裸的棕黑身体，躺在床上，两条大腿上全是累累的疤，一道很深的伤口结了痂，盘旋在右胸侧面的肋下，长长的白印子沿着体侧一直拉到腋窝下。她看到那紧闭的双眼，庄重的棕黑脸庞，额前的黑色鬈发此刻被推到后面，她坐在床边，挨着他，为他按摩腿，搓热小腿上僵硬的肌肉，揉捏它们，放松它们，然后，两手合掌，轻轻敲击，让纠结的肌肉松开。

"怎么样？"她对他说，"腿怎么样，小家伙？"

"很好，皮拉尔。"他会闭着眼，这样说。

"想要我按摩一下胸吗？"

"不，皮拉尔，拜托别碰它。"

"大腿呢？"

"不，大腿很疼。"

"可要是让我按摩一下，搽点药剂，腿会暖起来，感觉会好些的。"

"不了，皮拉尔，谢谢你，我宁愿不管它们。"

"我给你涂点酒精。"

"好，轻一点儿。"

"最后那头牛，你简直绝了。"她会对他说。然后他会说："是啊，那头牛，我干得很漂亮。"

涂过酒精，给他盖上一条被单后，她会上床，挨着他躺下，他会伸出一只棕黑的手，碰碰她，说："你真是个好女人，皮拉尔。"那就是他最大限度的说笑了。然后，通常，斗牛之后，他会睡一觉，她就躺在那里，双手拢着他的手，听着他的呼吸。

他睡着后常常被惊吓，她会感到他捏紧拳头，看到他的额头渗出汗珠，如果他醒过来，她就说："没事。"然后他就会重新睡着。她这么陪伴了他五年，从没背弃他，基本上没有。葬礼结束后，她开始和巴勃罗交往。巴勃罗负责为长矛手牵马上场，他自己就像头公牛，像菲尼托耗费了一辈子杀掉的那些公牛。可无论是公牛的力气还是公牛的勇气，都没能坚持下来，她现在知道了。"那么，有什么坚持下来了？我坚持下了，"她想，"是的，我一直坚持着。可为了什么？"

"玛利亚，"她说，"用点儿心在你的事情上。那火是要煮饭的，不是要烧掉城市。"

就在这时，吉普赛人进门了。他浑身是雪，站在门口，拿着他的卡宾枪，跺脚抖落鞋子上的雪。

罗伯特·乔丹起身朝门边走去。"怎么样？"他对吉普赛人说。

"六小时一班，大桥上一次两个人。"吉普赛人说，"修路工的屋子里有八个人和一个下士。你的表。"

"锯木场那边呢？"

"老家伙在那里，他可以同时监视那里和公路。"

"公路上怎么样？"罗伯特·乔丹问。

"跟平时一样。"吉普赛人说，"没什么特别的。过了好几辆汽车。"

吉普赛人看起来冻坏了，黝黑的脸冻得发僵，两手通红。他站在洞口，脱下外套抖了抖。

"我守在那里，等他们换了岗才回来。"他说，"中午换过一次，六点又一次。是个长时班。真高兴我不是他们的人。"

"我们去找老家伙。"罗伯特·乔丹套上他的皮外套，说。

"我不去。"吉普赛人说，"现在我要去烤烤火，喝碗热汤。你们找个人，我告诉他位置，让他带你去。嘿，懒汉们，"他朝桌边的人喊，"谁想带这个英国人去老家伙守公路的地方？"

"我去吧。"费尔南多站起来。"把地方告诉我。"

"听好了，"吉普赛人说，"是在这……"他把老家伙安塞尔莫的侦察位置告诉他。

第十五章

安塞尔莫缩在一棵大树背后避风，雪从两边飞过。他紧贴树干，双手拢在外套袖子里，一只手插进另一只的袖子，头拼命往下缩进外套里。再多在这里待一会儿，我就要冻僵了，他想，这可一点儿也不值得。那个英国人让我一直等到有人来叫，可他不知道会有这场暴风雪。公路上没什么不正常的动静，我知道对面锯木场那个岗哨的布置和规律。我该现在就回营地去。只要有点儿脑子的人，都会等我自己回营地。"我再等一小会儿，"他想，"然后就回去。"这些命令有问题，太死板，完全不考虑情况可能变化。他摩擦两脚，把手从袖子里抽出来，弯下腰去，搓搓腿，拍拍双脚，保持血液流通。树背后没有风，没那么冷，不过撑不了多久，他得开始走动才行。

就在他缩在树后，摩挲双脚时，他听到一辆汽车从路上开来。车轮上了防滑链，一截链子叮当作响。他抬起头，看见车顺着铺满雪的公路开过来，车身漆成绿色和褐色，有几块掉了漆，车窗刷成蓝色，看不到里面，只留出道弧形空隙，方便车里的人往外看。那是一辆出厂两年的劳斯莱斯，总参谋部的，伪装成普通汽车。可安塞尔莫不知道。他看不到车里有三个裹着斗篷的军官，两个在后座，一个坐在折凳上。车开过来，折凳上的那个透过蓝色窗户上留出的小缝往外看，可安塞尔莫不知道。他们谁也没看见谁。

汽车穿过漫天飞雪，从他正下方开过。安塞尔莫看到了司机，红脸膛，头戴钢盔，身裹大斗篷，脸和钢盔露在外面。他看到司机副座上传令兵手里的来复枪枪尖。汽车沿着公路往上开去。安塞尔莫伸手进外套，从衬衫口袋掏出两张纸，罗伯特·乔丹的笔记本上撕下的那两张，在汽车图形后面做了个记号。这是这天里第十辆上去的汽车，六辆下来了，四辆还在上面。对于这条公路，这个数字不算特别。不过安塞尔莫分不清，哪些是关口和山区防线驻军师部的福特、菲亚特、欧宝、雷诺、雪铁龙，哪些是总参谋部的劳斯莱斯、蓝旗亚、梅赛德斯、伊索塔[1]。这是罗伯特·乔丹能分辨的东西，如果是他在这里，不是这个老人的话，他就会领会到，这些上山的车究竟意味着什么。可他不在，老人只是给每辆上山的车画下个记号，记在那张笔记本纸上。

现在，安塞尔莫太冷了，于是打定主意，还是赶在天黑前回营地的好。他不担心迷路，只是觉得再待下去也没什么意义了，况且风越来越冷，雪也没有要变小的样子。可当他站起身，跺着脚，透过飞舞的雪花看向公路时，却没有上山，反倒靠在了松树背风的一侧。

"英国人说了要我等着，"他想，"说不定他现在就在来的路上了，我要是走了，他就得冒着雪到处找我，搞不好会迷路。这场战争里，我们一直吃亏，都是因为没有纪律，总违背命令，我还是再多等那英国人一会儿吧。不过他要是不能快点儿来，我就一定要走了，管他什么命令，因为我还有个报告要打，这几天还有很多事要做，冻死在这里也太过分了，完全没派上用场。"

公路对面，烟从锯木场的烟囱冒出来，穿过雪幕，飘向安塞尔莫，他能闻到那味道。"那些法西斯分子暖和着呢，"他想，"他们很舒服，不过明天晚上我们就要干掉他们了。这事儿很奇怪，我不喜欢想到这个。我盯了他们一整天，他们都是和我们一样的人。我相信，我可以就这么走过去，敲敲锯木场的门，我会受到欢迎的，只不

---

1. 伊索塔，全称为伊索塔·弗拉斯契尼（Isotta Fraschini），为意大利汽车品牌，创立于20世纪伊始，1902年生产出第一辆汽车，后渐致力于高档奢华轿车领域，并在第一次世界大战及战后投入生产火车、卡车、水上飞机等。原公司于1999年宣布破产，次年以伊索塔·弗拉斯契尼·米兰（Isotta Fraschini Milano）为名重建。

过他们有命令，要盘问所有经过的人，查看他们的证件。隔在我们中间的，只不过是那些命令而已。那些人不是法西斯。我这么叫他们，但他们不是。他们都是穷人，和我们一样。他们绝不该跟我们打仗，我不愿意去想杀人的事儿。

"哨所里这些家伙是加利西亚人。我知道，我下午听到他们说话了。他们不能当逃兵，要是这么干了，他们的家人就会被枪毙。加利西亚人要不是聪明绝顶，就是又呆又残暴得要命。两种我都见过。利斯特就是加利西亚人，跟弗朗哥[1]一个镇子里出来的。我倒想知道，这些加利西亚人怎么看这场雪，在一年的这个时候下雪。他们那里没这么高的山，老是下雨，到处都绿油油的。"

锯木场的窗户里透出灯光，安塞尔莫发着抖，想："该死的英国人！这些加利西亚人在我们的地盘上，暖暖和和，住在房子里，可我呢，躲在一棵树背后，快冻死了，我们住在山上的石头洞里，像野兽一样。""不过，明天，"他想着，"野兽就要出洞了，这些现在舒舒服服的家伙就要暖暖和和地死在他们的毯子里了。""就像我们进攻奥特罗那晚死的那些人一样。"他想。他不愿回想奥特罗。

在奥特罗，那个夜晚，是他第一次杀人。他希望这一次，拔除这些哨所时，不必杀人。奥特罗那次，巴勃罗捅死了那个哨兵，当时，安塞尔莫用毯子蒙住那哨兵的头，哨兵抓住了安塞尔莫的脚，抓得紧紧的，自己却几乎被毯子闷死，他在毯子下喊叫，安塞尔莫不得不把手伸进毯子里，拿刀捅他，直到他松手，安静下来。他跪下一条腿，压住那人的喉头，好让他安静下来，把刀捅进毯子卷里，那时巴勃罗正把炸弹从窗户扔进屋子里，那个哨所的人都在里面睡觉。火光一闪，仿佛整个世界都喷发出红色和黄色的光，就在你的眼前炸开。又有两个炸弹准备好要丢进去了。巴勃罗拉掉保险栓，飞快地把它们从

---

1. 弗朗哥，即弗朗西斯科·弗朗哥（Francisco Franco，1892—1975），弗朗哥政府的领导者，西班牙内战中的法西斯阵营一方，内战结束后建立起军事独裁统治（1939—1975），该时期被称为弗朗哥时期。

窗户扔了进去，就算刚才还有人没被炸死在床上，还能爬得起来，也逃不过第二轮的爆炸。那是巴勃罗最厉害的时候，他就像个鞑靼人，纵横整个地区，没有哪个法西斯哨所能安稳过夜。

现在嘛，他完了，像一头被阉掉的公猪，不行了，安塞尔莫想，阉割完毕，尖叫声停止，你扔掉那两颗蛋，那头公猪——已经算不上公猪了——凑上去闻一闻，把它们拱起来，吃掉。不，他没那么糟糕，安塞尔莫咧开嘴，不该把人想得这么坏，就算那是巴勃罗。不过他实在是够可恶，变得太厉害了。

"太冷了，"他想，"英国人该到了。我应该不必在这个哨所里杀人吧。这四个加利西亚人和他们的下士，就留给那些喜欢杀人的家伙吧。英国人说了的。如果是我的任务，我会动手，不过英国人说了，我要和他一起上桥去，这里留给其他人。桥上也会有一场战斗，要是我扛得下那场战斗，那作为一个老家伙，在这场战争里能做的，我就都做到了。不过，英国人还是快点儿来吧，我很冷，再看到锯木场里的灯光，知道那些加利西亚人正暖和着，我就更冷了。真希望我是在自家房子里，战争已经结束。""不过你现在没家了，"他想，"我们必须赢得这场战争，然后，你才能回到自己的家。"

锯木场里，一个士兵坐在床边给他的靴子上油。另一个躺在自己床上，睡着了。第三个在做饭，下士在看报纸。墙上钉了钉子，上面挂着他们的头盔，木板墙边倚着他们的来复枪。

"这是什么鬼地方啊，快六月了还下雪？"坐在床上的士兵说。

"这不常见。"下士说。

"现在是阴历五月，"做饭的士兵说，"阴历五月还没过完呢。"

"这是什么地方啊，五月还下雪？"床上的士兵固执地说。

"这些山区里，五月下雪不算稀奇。"下士说，"我在马德里时，五月比其他时候都冷。"

"也更热。"做饭的士兵说。

"五月温差特别大。"下士说，"在这里，在卡斯蒂利亚，五月热得很，也可以冷得很。"

"还下雨。"床上的士兵说，"刚过掉的这个五月，几乎天天都在下雨。"

"哪有。"做饭的士兵说，"再说了，过掉的这个五月是阴历四月。"

"你和你那些阴历什么的能把人弄疯。"下士说，"把阴历什么的扔到一边去吧。"

"海边和山上的人都用阴历，不用公历。"做饭的士兵说，"打个比方吧，我们现在刚进入阴历五月，但日历牌上是六月。"

"那我们怎么没有一直落在季节后头呢？"下士说，"这套东西弄得我头疼。"

"你是城里人。"做饭的士兵说，"你是卢戈来的，怎么会知道海边和山上的事呢？"

"城里人学的东西比你们这些海边啊山上的文盲多。"

"这个月的头等大事，就是沙丁鱼来了。"做饭的士兵说，"这个月，沙丁鱼船要大丰收了。鲭鱼要往北去了。"

"你要是诺阿人的话，为什么不去海军？"下士问。

"因为我登记的不是诺阿，是尼格雷亚，我的出生地。尼格雷亚在坦布雷河上游，他们在尼格雷亚就把人收进陆军了。"

"运气挺糟。"下士说。

"别以为海军就没危险。"坐在床铺上的士兵说，"就算没仗可打，冬天的海岸也危险得很。"

"没什么比陆军更糟。"

"你是下士，"在做饭的士兵说，"怎么能这样说话？"

"不是，"下士说，"我说的是危险性。我是说，是要承受空袭，冲锋陷阵，还要躲进掩体逃生。"

"我们这里基本上没有。"床铺上的士兵说。

"多亏天主保佑。"下士说，"可谁知道什么时候又会被调去那些地方呢？我们不可能再找到比这里更轻松的地方了，肯定的。"

"你看我们还能在这个小地方待多久？"

"不知道。"下士说，"不过我希望能一直待到战争结束。"

"六小时一岗太久了。"做饭的士兵说。

"暴风雪期间我们三小时一岗。"下士说，"这是应该的。"

"这些指挥部的车是来干吗的？"床铺上的士兵问，"我不喜欢这些车的样子。"

"我也不喜欢。"下士说，"这类东西全都不是好兆头。"

"还有飞机。"做饭的士兵说，"飞机也不是好兆头。"

"可我们的空军很强。"下士说，"红军没有我们这样的空军。今天早上那些飞机，谁拿着都高兴。"

"我见过红军的飞机，那会儿看起来也挺厉害。"床铺上的士兵说，"我见过那些双引擎的轰炸机，很吓人，可不是好换的。"

"是。不过不像我们的那么强。"下士说，"我们的空军是无敌的。"

当安塞尔莫守在雪地里，看着公路和锯木场窗户里透出的灯光时，这就是他们在锯木场里的对话。

"但愿不用我去杀人，"安塞尔莫正在想，"我看，等到战争结束，一定要有个大忏悔，来赎杀人的罪。要是打完仗，我们没有信仰了，那我看一定会有某种世俗的忏悔方式，来洗干净杀人的罪过，要不然，我们的生活就再也没有诚实和人性的根基了。杀人是免不了的，我知道，但对一个人来说，干这样的事还是很坏。我想，等所有这些都结束，我们赢了战争，一定会有某种形式的忏悔，可以洗清我们所有人的罪孽。"

安塞尔莫是个非常好的人，只要一个人待得久一点儿——他常常一个人——这个关于杀人的问题就会纠缠住他。

"我对那个英国人很好奇，"他想，"他跟我说，他不在乎这事儿。可他看起来又敏感又善良。也许年轻人就是这样吧，这事儿对他们不重要。也可能外国人就是这样，或者那些没有我们这种信仰的人都这样，态度不一样。不过我觉得，只要干过这种事，早晚都是要遭报应的；我觉得，就算免不了，这还是大罪，以后我们必须做很多事来

206

赎罪。”

天已经黑了，他看着公路对面的灯光，两只胳膊摩挲着胸口取暖。现在，他想，他一定要动身回营地了——可有什么把他留在了公路上方的这棵树旁。雪下得更大了，安塞尔莫想，要是今晚去炸桥就好了。这种晚上，不管拿下哨所还是炸桥，都不算什么，事情都能顺顺当当完成。在这种夜晚，你可以做任何事。

他就这么站在那里，靠着树，轻轻跺脚，不再想桥的事。黑夜的降临总让他感到孤独，今晚尤其孤独，以至于他心里仿佛饥饿般发空。过去，他用念祷告词来对付这种孤独，那常常是在打猎回家的路上，他会把同一篇祷告词翻来覆去念很多遍，这能让他感觉好一点儿。可自从运动开始，他就再没做过祷告。他想念祷告的滋味，却觉得再这么做不公平，太虚伪，大家得到的待遇都一样，他不想祈求任何特殊福利。“不，”他心想，“我很孤独。可所有士兵，所有士兵的妻子，所有那些失去了家庭或父母的人，都一样。我没有妻子，我很庆幸，她在运动开始前就死了。她不会明白这个的。我没有孩子，永远都不会有了。白天，没工作时，我很孤独，但当夜晚来临，便是无比的孤独。不过，有一样是我拥有的，无论什么人，无论什么神明天主，都抢不走，那就是，我为共和国工作，干得很好。我努力工作，为了将来我们大家都能得到的好处。打从运动一开始，我就尽心尽力工作，从没做过任何让自己羞愧的事。

“我唯一抱歉的是，杀人。但过后肯定会有那么个机会赎罪的，毕竟那么多人都背负着这种罪过，当然要找出救赎的办法。我倒是很想跟英国人聊聊这个，不过，他还是个年轻人，多半不会明白。他之前提到过杀人。还是我提到过？他肯定杀过不少人，不过没露出喜欢这种事的迹象。喜欢这事的那种人，总会有招人讨厌的地方。”

“那肯定是大罪，真的，”他想着。“因为照我知道的，那当然是我们没有权利做的事，哪怕不得不做。可在西班牙，它太不被当回事了，很多时候不是真有必要，胡乱杀人的事情太多了，这是以后补不回来的。真希望我没想这么多，”他心想，“对于这事，我希望有一种救赎方法，现在就能做的，因为，这辈子唯一会让我一个人时感觉糟糕的，就是这事儿。其他所有事，都是可以被原谅，或者有机会赎清的，只要做好事，或者采取某种体面的方法，就行。可要我说，杀人肯定是特别大的罪，我很想弥补。以后，总有一天，会有人负责处理这种事，做些力所能及的事来解决它。也许是类似教会时代人们做的奉献之类的事。教会对于罪恶处理得很好。"这想法叫他高兴，罗伯特·乔丹走到跟前时，他正在黑暗中微笑。罗伯特·乔丹来得无声无息，一直到了跟前，老头儿才看到他。

"你好，老伙计。"罗伯特·乔丹悄声说，拍拍他的背，"老伙计，怎么样？"

"很冷啊。"安塞尔莫说。费尔南多站得稍远，背对着风雪。

"来吧，"罗伯特·乔丹悄声说，"回营地去暖和暖和。把你丢在这里这么久，真是犯罪。"

"那是他们的灯光。"安塞尔莫指了指。

"哨兵在哪里？"

"从这里看不到，在那个弯那里。"

"见他们的鬼去吧。"罗伯特·乔丹说，"到营地再说。来，我们走。"

"我指给你看。"安塞尔莫说。

"我明天早上再来看。"罗伯特·乔丹说，"来，喝一口。"

他把酒壶递给老人。安塞尔莫举起来，喝了一口。

"哎呀，"他抹抹嘴，说，"火辣辣的。"

"来吧，"罗伯特·乔丹在黑暗里说，"我们走。"

这会儿太黑了，只看得到飞过眼前的雪花和松树黑黢黢的影子。费尔南多站在不远处的山坡上。瞧瞧这尊雪茄店的印第安人偶，罗伯特·乔丹想，看来我还得给他喝一口。

"嘿，费尔南多，"他上前，说，"来一口？"

"不。"费尔南多说，"谢谢你。"

谢谢你，说真的，罗伯特·乔丹心想。真高兴雪茄店的印第安人木头人不喝酒。酒不多了。小子，我真高兴见到这个老人，罗伯特·乔丹想着。他看看安塞尔莫，又拍了拍他的背，迈步往山上走去。

"真高兴看到你，老伙计。"他对安塞尔莫说，"就算本来心情郁闷，只要看到你，我就会高兴起来。来吧，我们上去。"

他们冒雪往山上走。

"回巴勃罗的宫殿去。"罗伯特·乔丹对安塞尔莫说。这句话用西班牙语说真好听。

"胆小的宫殿。"安塞尔莫说，"胆小的宫殿。"

"没了蛋的山洞。"罗伯特·乔丹找到一句更狠的，很开心。"没了蛋的山洞。"

"什么蛋？"费尔南多问。

"开玩笑的。"罗伯特·乔丹说，"就是个玩笑。没什么蛋，我说，是别的东西。"

"可为什么没了？"费尔南多问。

"我不知道。"罗伯特·乔丹说，"找本书看看。问问皮拉尔。"他伸手搂住安塞尔莫的肩膀，搂得紧紧的，一边走，一边摇晃他。"听我说，"他说，"我很高兴看到你，听到了吗？你不知道，在这个国家里，发现有人一直待在他该在的地方，那意味着什么。"

肯说出冒犯这个国家的话，说明他对安塞尔莫有多信赖，多亲近。

"我也很高兴看到你。"安塞尔莫说，"不过我那会儿差一点儿就走了。"

"你才不会呢，"罗伯特·乔丹快活地说，"除非你冻僵了。"

"上面怎么样？"安塞尔莫问。

"很好。"罗伯特·乔丹说，"都很好。"

他高兴极了，喜悦来得那么突然，太难得，任何指挥革命军队的人都会明白——这是发现还有一支侧翼部队在坚守的喜悦。"如果两侧都在，我恐怕是太奢望了，"他想。"我不知道有谁能准备好消受这份福气。如果你沿着一侧拉开战线，不管哪一侧，结果必定是孤军作战。没错，一个人，孤军作战。"

这不是他想要的箴言。"可这一个是好汉子，是个好人。我们战斗时，你就会是那个坚守的侧翼援军，"他想。"我还是先不告诉你的好。那会是一场很小的战斗，"他想。"但会非常出色。是啊，我一直想自己打一仗。从阿金库尔战役[1]到如今，任何人指挥的战役，我都知道哪里有问题。我一定要把这场仗打得漂漂亮亮。规模会很小，但很漂亮。只要照我设想的做，肯定会是非常漂亮的战斗。"

"听着，"他对安塞尔莫说，"看到你我太高兴了。"

"我也是。"老人说。

他们摸黑往山上走，风从背后吹来，雪飞过他们身边。爬山时，安塞尔莫不觉得孤单。从英国人拍了他的肩膀以后，他就不孤单了。英国人很高兴，快活得很，他们还一起开玩笑。英国人说一切都好，他就不担心了。酒在他肚子里，让他暖了过来，这会儿爬着山，脚也暖和了。

"公路上车不多。"他对英国人说。

"很好。"英国人对他说，"到了以后再给我看。"

安塞尔莫现在很快活，他非常高兴自己留了下来，守在那个哨所的观察点。

他自己回营地也没问题。这种情况下，那也算明智之举，不算错，罗伯特·乔丹想着。可他听从命令，守在那里，罗伯特·乔丹想。在西班牙，这是最难得的事。坚守在暴风雪里，某种程度上，抵得过其他很多事。德国人管进攻叫"风暴"[2]，不是没道理的。我当然可以再多找两三个这样的人。那就再好不过了。不知道费尔南多会不会守在风雪里。只是有可能。不管怎样，他是刚才主动说要出来的

---

1. 阿金库尔战役，英法百年战争中英军以少胜多的重要战役，1415年10月25日爆发于法国加莱以南约40公里处的阿库尔让。当年，英军在谈判破裂后重启战端，却遭遇疾病困扰，退回英占加莱时意外遭到法国大部队拦截，英格兰国王亨利五世亲自率军增援，首次大量使用长弓，最终获胜。

2. 风暴和暴风雪是同一单词，德语中有进攻、猛攻之意。

人。你觉得他会不会留在那里？不会那么好吗？他算是够坚定的了。我得问问看，不知道这个雪茄店的老印第安人在想什么。

"在想什么，费尔南多？"罗伯特·乔丹问。

"怎么这么问？"

"好奇。"罗伯特·乔丹说，"我是个很好奇的人。"

"我在想晚饭。"费尔南多说。

"你喜欢吃东西？"

"是，很喜欢。"

"皮拉尔的手艺怎么样？"

"一般。"费尔南多回答。

又是一个柯立芝[1]，罗伯特·乔丹想。不过，你知道，我有预感，他会守住岗位。

顶着风雪，他们三个吃力地往山上走。

---

1. 柯立芝，即美国第30任总统卡尔文·柯立芝（Calvin Coolidge，1872—1933），性情严肃，有"沉默的卡尔"之称。传说他很不喜欢华盛顿的时尚社交生活，却依然常常出席各种晚宴，被问及原因时，他的回答是"找个地方吃晚餐"。

第十六章

"'聋子'来过了。"皮拉尔对罗伯特·乔丹说。他们已经钻进烟雾腾腾的温暖山洞,躲开了风雪。女人冲罗伯特·乔丹点点头,示意他过去。"他去找马了。"

"好,有话留给我吗?"

"只说他去找马了。"

"我们这里呢?"

"我不知道。"她说,"瞧瞧他。"

罗伯特·乔丹进来就看到巴勃罗了,那人冲着他咧嘴直笑。这时再看过去,巴勃罗还是坐在吃饭的桌子边,咧开嘴,冲着他挥手。

"英国人。"巴勃罗喊道,"还在下,英国人。"

罗伯特·乔丹对他点点头。

"把你的鞋子给我,我来烤烤干。"玛利亚说,"我就把它们挂在这里,烟熏得到的地方。"

"小心别烧了。"罗伯特·乔丹对她说,"我可不想在这里光着脚到处走。怎么回事?"他转向皮拉尔,"是要开会吗?外面有人放哨吗?"

"这种风雪天?得了吧。"

桌边坐着六个人,都靠着墙。安塞尔莫和费尔南多还在门口,抖外套上的雪,拍打裤子,在墙上磕磕脚。

"外套给我吧。"玛利亚说,"别让雪化进去了。"

罗伯特·乔丹轻巧地脱下外套,拍拍裤子上的雪,脱下鞋子。

"你在这里衣服会全部湿掉的。"皮拉尔说。

"是你叫我过来的。"

"没人拦着不让你回门口去拍拍衣服啊。"

"抱歉，"罗伯特·乔丹光脚站在泥巴地上，说，"给我找双袜子吧，玛利亚。"

"一家之主啊。"皮拉尔说着，往火里塞了一块木头。

"你得抓紧时间。"罗伯特·乔丹对她说，"你得抢在时间前面。"

"锁上了。"玛利亚说。

"钥匙在这里。"他把钥匙扔过去。

"不是这个包的。"

"是另外一个。锁在上面，还有边上。"

姑娘找到袜子，扣好背包，锁好，拿着袜子和钥匙走回来。

"坐下来，穿上袜子，把你的脚搓热。"她说。罗伯特·乔丹咧开嘴对她笑笑。

"不能用你的头发把它们擦干吗？"他说，因为皮拉尔在听。

"这是什么人啊。"她说，"一开始，他是庄园主。现在，干脆就是我们从前的主了。拿柴火打他，玛利亚。"

"不。"罗伯特·乔丹对她说，"我开玩笑呢，因为我很高兴。"

"你很高兴？"

"是的。"他说，"我觉得一切都很顺利。"

"罗伯托，"玛利亚说，"去坐下来，把你的脚擦干，我去给你拿点喝的，暖和一下。"

"你弄得好像这男人从没湿过脚，"皮拉尔说，"也没冒过雪似的。"

玛利亚给他拿来一张羊皮，铺在山洞的泥地上。

"给。"她说，"踩着这个，等你的鞋子干。"

羊皮是刚风干的，还没鞣过，罗伯特·乔丹穿着长袜，踩在上面，还能感觉到它窸窸窣窣地响，像羊皮纸一样。

炉子里冒起烟来，皮拉尔叫玛利亚。"扇扇火，没用的丫头。这可不是熏肉作坊。"

"你自己扇一下吧。"玛利亚说，"我在找'聋子'留下的酒。"

"在他的包后面。"皮拉尔告诉她,"你非得把他当成奶娃娃照顾吗?"

"不,"玛利亚说,"是当成一个又湿又冷的男人来照顾。一个刚回到家的男人。找到了。"她拿起酒瓶向罗伯特·乔丹走去。"就是中午那瓶。这瓶子可以做盏漂亮的灯。等我们重新用上电了,我们能用这瓶子做个多漂亮的灯啊。"她赞叹地看着那个凹壁瓶。"你要怎么喝,罗伯托?"

"我以为我是英国人。"罗伯特·乔丹冲着她说。

"当着别人的面,我要叫你罗伯托。"她低声说着,红了脸。"你想怎么喝,罗伯托?"

"罗伯托,"巴勃罗冲罗伯特·乔丹点着头,粗着嗓门说,"你想怎么喝,罗伯托先生?"

"你要喝点吗?"罗伯特·乔丹问他。

巴勃罗摇着头。"我要用葡萄酒把我灌醉。"他骄傲地说。

"跟巴克斯[1]做伴。"

"谁是巴克斯?"巴勃罗问。

"你的同志。"罗伯特·乔丹说。

"从来没听说过。"巴勃罗强调,"在这片山区里从没听过。"

"给安塞尔莫倒杯酒。"罗伯特·乔丹对玛利亚说,"他才是挨了冻的人。"他换上干袜子,威士忌倒进杯子,兑了水,喝起来很清冽,微微透出几丝暖意。"只是不像苦艾酒那样,在你身体里到处蹿,"他想。"没什么能像苦艾酒那样。"

"谁能想到,在这山上还有威士忌喝呢,"他想。"不过在西班牙,你要是想喝了,拉格兰哈的确是最有可能找到威士忌的地方。想想吧,"聋子"为来访的爆破手弄了一瓶威士忌,还记得把酒带过来,留给他。这已经不只是他们的待客之道了。待客之道是,拿出一瓶酒,一本正经地喝上一杯。法国人就是这么干的,然后,他们就把酒收起来,

---

1. 巴克斯,罗马神话中的酒神,在希腊神话中叫狄俄尼索斯。

留着下一次待客再用。不，真正的体贴周到，是知道客人会喜欢，于是带过来，方便客人随时享用，哪怕你自己正忙着，一心扑在自己手头的工作上，完全有理由顾及不到其他人或事——这是西班牙人的待客之道。一部分西班牙人，"他想。"记得带上威士忌，就是你爱这些人的原因之一。别把他们浪漫化了，"他想。"有很多种西班牙人，就像有很多种美国人一样。但是，把威士忌带来，这事儿还是很漂亮。"

"你喜欢吗？"他问安塞尔莫。

老人坐在火边，脸上挂着笑，大手捧着杯子。他摇了摇头。

"不喜欢？"罗伯特·乔丹问他。

"那孩子往里加水了。"安塞尔莫说。

"罗伯托就是这么喝的啊。"玛利亚说，"你不一样？"

"不，"安塞尔莫告诉她，"其实没什么不一样。只是我喜欢它一路烧下去的感觉。"

"那个给我。"罗伯特·乔丹对姑娘说，"给他倒些能烧起来的。"

他把老头的酒折进自己杯子里，空杯子递给姑娘，她小心地拿起瓶子，倒了些酒进去。

"啊。"安塞尔莫接过杯子，头一仰，让酒顺着喉咙滑下去。玛利亚拿着酒瓶站在一边，他看向她，冲她眨了眨眼，两眼渗出泪花。"就是这样。"他说，"就是这样。"他舔了舔嘴唇。"这才能杀死我们身上的可怜虫。"

"罗伯托，"玛利亚朝他走去，一边说，手里还抓着酒瓶。"你要吃饭吗？"

"做好了？"

"你想吃就有。"

"其他人吃了吗？"

"都吃了，除了你、安塞尔莫和费尔南多。"

"那我们就吃吧。"他对她说，"你呢？"

"晚一点儿，和皮拉尔一起吃。"

"现在就吃吧，和我们一起。"

"不，那不好。"

"来吧，来一起吃。在我的国家，男人不会比他的女人先吃。"

"那是你的国家。在这里，还是晚点吃的好。"

"跟他一起吃。"巴勃罗说，坐在桌边抬头望过来。"跟他一起吃，跟他一起喝，跟他一起睡，跟他一起死，照他们国家的习惯来。"

"你醉了？"罗伯特·乔丹说，起身站到巴勃罗面前。那个脏兮兮、胡子拉碴的男人乐呵呵地看着他。

"是啊。"巴勃罗说，"你的国家在哪里，英国人，那里的女人和男人一起吃饭？"

"在美国，蒙大拿州。"

"就是那个男人跟女人一样穿裙子的地方？"

"不，那是苏格兰。"

"听我说，"巴勃罗说，"你像那样穿裙子的时候，英国人……"

"我不穿裙子。"罗伯特·乔丹说。

"你穿那些裙子的时候，"巴勃罗继续说，"里面穿什么？"

"我不知道苏格兰人穿什么。"罗伯特·乔丹说，"我也想知道。"

"不是苏格兰人，"巴勃罗说，"谁要管苏格兰人？谁管名字那么古怪的地方？我不管。我不关心，英国人。是你，在你的国家里，你在裙子下面穿什么？"

"我跟你说过两次了，我们不穿裙子。"罗伯特·乔丹说，"喝醉了不穿，开玩笑时也不穿。"

"是你们的裙子里面。"巴勃罗坚持说，"因为人人都知道你们穿裙子，就连士兵都是。我看过照片，还在普莱斯马戏场里见过。你们在裙子下面穿什么，英国人？"

"穿对蛋。"罗伯特·乔丹说。

安塞尔莫大笑，其他人在一边听着，也笑起来——所有人，除了费尔南多。这个字眼，特别是在女人面前说这么粗鲁的字眼，冒犯了他。

"哦，那是自然。"巴勃罗说，"不过要我说，要是不缺蛋的话，就不会穿裙子了。"

"不要让他再说了，英国人。"扁平脸、断鼻梁的那个普里米蒂沃说，"他醉了。跟我说说，你们国家都养些什么，种些什么？"

"牛和羊。"罗伯特·乔丹说，"多半种粮食，还有些豆子，还有很多榨糖的甜菜。"

现在，他们三个在桌边坐下，其他人挤在一处，只有巴勃罗除外，他独个儿坐着，面前放着一盆葡萄酒。炖肉跟前晚一样，罗伯特·乔丹狼吞虎咽地吃着。

"你的家乡有大山吧？叫这个名字，肯定有大山。[1]"普里米蒂沃礼貌地寻找话题。巴勃罗醉成这样，让他很尴尬。

"很多山，而且非常高。"

"有好牧场吗？"

"非常好，夏天是高山牧场，在林子里，归政府管。到秋天，牛就被赶到低一些的地方。"

"土地归农民所有吗？"

"大部分土地都是种田人自己的。原本都是国家的，但只要你住在那里，并且保证会好好开发土地，就可以得到一百五十公顷土地。"

"跟我说说，这是怎么实施的。"奥古斯丁问，"这是土地改革啊，很有意义。"

罗伯特·乔丹解释了一下土地私有化的过程。在此之前，他从没把它看作是一种土地改革。

"真是了不起。"普里米蒂沃说，"所以你们国家是共产主义咯？"

"不，那是在共和制下完成的。"

"要我说，"奥古斯丁说，"共和制下什么都能干成。我看其他政府形式都没必要存在。"

"你们有大资本家吗？"安德雷斯问。

"很多。"

"那一定会有弊端吧。"

---

1. "蒙大拿（Montana）"来自西班牙语的Montaña，意思是高山、山区。

"当然，很多弊端。"

"但你们会消除它们的吧？"

"我们在努力，越来越努力。不过还是有很多弊端。"

"但没有那种必须被消灭的大地主吧？"

"有，不过他们相信靠税收就能消灭。"

"怎么做？"

罗伯特·乔丹一边拿面包擦炖肉碗，一边解释所得税和遗产税如何运作。"不过还是有大地主。土地也要征税。"

"可大地主和富人一定会搞运动反对这些税吧。这样的税收制度，在我看来就是革命。看到自己受到威胁，他们就会反抗政府，这里的法西斯分子就是这么干的。"普里米蒂沃说。

"有可能。"

"那你就要在自己国家战斗了，就跟我们在这里战斗一个样。"

"是的，我们可能不得不战斗。"

"不过你的国家里没多少法西斯分子吧？"

"有很多，不过他们不知道自己是法西斯，要到时候才会发现。"

"可是除非他们叛乱，你们就不能消灭他们，对吗？"

"不能。"罗伯特·乔丹说，"我们不能消灭他们。不过我们可以教育人民，这样他们就会警惕法西斯主义，在它刚冒出苗头时就认出来，并且对抗它。"

"你知道哪里没有法西斯分子吗？"安德雷斯问。

"哪里？"

"巴勃罗的村子里。"安德雷斯咧嘴笑着说。

"你知道那个村子的事吗？"普里米蒂沃问罗伯特·乔丹。

"知道，我听过那个故事了。"

"听皮拉尔说的？"

"是的。"

"你不可能从那女人嘴里听到完整的故事。"巴勃罗粗声说，"因为她没看到最后，她在窗外，从椅子上摔下去了。"

"那你可以自己告诉他发生了什么。"皮拉尔说,"既然我不知道,你就说啊。"

"不。"巴勃罗说,"我绝对不说。"

"是,"皮拉尔说,"你不说。现在你只巴望那根本没发生过。"

"不。"巴勃罗说,"不是。要是人人都像我一样干掉法西斯分子,那我们就不用打这场战争了。只不过我宁愿事情不是那样发生的。"

"你干吗这么说?"普里米蒂沃问他,"你改变政治信仰了?"

"没有,只不过那太野蛮了。"巴勃罗说,"那时候我太野蛮了。"

"结果,现在你就成了醉鬼。"皮拉尔说。

"是。"巴勃罗说,"承蒙你恩准。"

"我倒更喜欢你野蛮的时候。"女人说,"醉鬼是所有男人里最不像样的。贼不偷东西的时候跟平常人没两样,诈骗犯不会在家里敲诈勒索,杀人凶手回到家也会把手洗干净。可醉鬼呢,在自己床上呕吐,臭气熏天,整个人都烂在酒精里。"

"你是女人,你不懂。"巴勃罗冷静地说,"我喝葡萄酒喝到醉,就能忘掉被我杀死的那些人,就开心了。他们全都围着我,苦兮兮的。"他伤心地摇着头。

"给他倒点'聋子'带来的那个。"皮拉尔说,"给他点儿能让他打起精神的东西。他快要伤心得不行了。"

"要是能让他们活过来,我会的。"巴勃罗说。

"去你的。"奥古斯丁对他说,"这算什么立场啊?"

"我会让他们全都活过来。"巴勃罗伤心地说,"每个人。"

"你妈的。"奥古斯丁冲他大叫,"闭嘴,别说这些,要不就滚出去。你杀的都是法西斯。"

"你听到我说的了,"巴勃罗说,"我会让他们统统活过来。"

"然后你还能在水面上行走了。[1]"皮拉尔说,"我这辈子就没见过这种男人。到昨天为止,你多少还算是个人。今天呢,连人都算不

1.《圣经·马太福音》第14章记载,耶稣在海面行走,并令门徒彼得也在海面行走。

上，你就是个病猫。你喝得烂醉，还高兴得很。"

"我们要不就统统杀掉，要不就一个都不杀。"巴勃罗点着他的头。"要么全部，要么不杀。"

"喂，英国人。"奥古斯丁说，"你是怎么跑到西班牙来的？别管巴勃罗，他醉了。"

"我第一次来是十二年前，来研究这个国家和西班牙语。"罗伯特·乔丹说，"我在大学里教西班牙语。"

"你看着一点儿都不像大学教授！"普里米蒂沃说。

"他没有胡子。"巴勃罗说，"看他呀，他没有胡子。"

"你真是大学教授？"

"是讲师。"

"可你要教书？"

"是的。"

"可为什么是西班牙语？"安德雷斯问，"既然你是英国人，教英语不是更容易？"

"他的西班牙说得跟我们一样。"安塞尔莫说，"为什么不能教西班牙语？"

"是。可这多少有点儿狂啊，一个外国人教西班牙语。"费尔南多说，"我无意冒犯你，罗伯托先生。"

"他是个冒牌教授。"巴勃罗说，独自兴高采烈，"他没有胡子。"

"你的英语肯定更好。"费尔南多说，"教英语不是更好，更容易，更清楚吗？"

"他教的不是西班牙人……"皮拉尔插了进来。

"我就说不该是。"费尔南多说。

"我来说吧，你这头犟驴，"皮拉尔对他说，"他教美国人西班牙语。北美人。"

"他们不会说西班牙语吗？"费尔南多问，"南美人会说。[1]"

1.南美洲多西班牙殖民地，因此西班牙语为通行语言。

"犟驴，"皮拉尔说，"他教北美人西班牙语，他们说英语。"

"不管怎么说，我就觉得，既然他是讲英语的，还是教英语容易些。"费尔南多说。

"你没听过他说西班牙语啊？"皮拉尔无可奈何地冲罗伯特·乔丹摇了摇头。

"听过，不过有口音。"

"哪里的口音？"罗伯特·乔丹问。

"埃什特雷马杜拉的。"费尔南多一本正经地说。

"噢，我的妈呀，"皮拉尔说，"这是什么人哪！"

"有可能。"罗伯特·乔丹说，"我是从那儿来的。"

"他就是知道才这么说的。"皮拉尔说。"你这老处女，"她转向费尔南多说，"你吃饱了没？"

"饭菜有多的话，我还能吃点儿。"费尔南多对她说，"别觉得我在针对你，罗伯托先生……"

"去！"奥古斯丁直接说，"我去！我们闹革命难道就是为了管一个同志叫罗伯托先生吗？"

"对我来说，革命就是为了让所有人都能管所有人叫先生。"费尔南多说，"共和国里就应该这样。"

"去！"奥古斯丁说，"去他妈的！"

"我还是觉得罗伯托先生去教英语会更容易，也更好。"

"罗伯托先生没胡子。"巴勃罗说，"他是个冒牌教授。"

"你什么意思，我没胡子？"罗伯特·乔丹说，"这是什么？"他摸着下巴和腮帮子，三天没刮了，胡茬子都冒出来了。

"不是胡子。"巴勃罗说，还摇着头。"那不是胡子。"他几乎是快活起来了，"他是个冒牌教授。"

"我去他妈的这一切。"奥古斯丁说，"这简直就是个疯人院。"

"你该喝点儿酒。"巴勃罗对他说，"我看着都挺正常，除了罗伯托先生没胡子。"

玛利亚伸出手摸摸罗伯特·乔丹的脸。

"他有胡子。"她告诉巴勃罗。

"你是该知道的。"巴勃罗说。罗伯特·乔丹看着他。

我不觉得他有这么醉，罗伯特·乔丹想。不，没那么醉。我看我最好小心些。

"你，"他冲巴勃罗说，"你觉得这雪还会下吗？"

"你觉得呢？"

"我问你啊。"

"问别人去吧。"巴勃罗对他说，"我不是你的情报站。你有情报站的文件嘛，问那个女人，她说了算。"

"我在问你。"

"去你们的。"巴勃罗冲他道，"你和那女人和那姑娘。"

"他醉了。"普里米蒂沃说，"别理他，英国人。"

"我不觉得他醉到了这个地步。"罗伯特·乔丹说。

玛利亚站在他身后。罗伯特·乔丹看见巴勃罗越过他的肩膀盯着她。那对小眼睛，猪猡似的，盯得都快从胡子拉碴的圆盘脸上掉出来了。罗伯特·乔丹却在想：我在这场战争中见过很多杀人的人，以前也有一些，他们全都不一样，没什么共同的相貌或性情特征，没有罪犯脸之类的东西——可巴勃罗显然不英俊。

"我不信你会酗酒，"他对巴勃罗说，"也不信你醉了。"

"我醉了。"巴勃罗庄重地说，"酗酒没什么，喝醉才是重点，我醉得厉害着呢。"

"我很怀疑。"罗伯特·乔丹对他说，"要说你胆小，那倒是。"

突然间，洞里那么安静，他甚至能听到皮拉尔做饭的灶台里，柴火嘶啦啦燃烧的声音。能听到，站起身时，羊皮在他脚下窸窣作响的声音。他觉得，就连外面雪花飘落的声音都能听得到。其实听不到，但他能听到它落下时的寂静。

我真想杀了他，免得过后出麻烦，罗伯特·乔丹想。我不知道他会干出什么事，但肯定没好事。后天就要炸桥了，这个男人很坏，他是妨碍全盘行动成功的危险因子。来啊，咱们现在就做个了结。

巴勃罗冲他咧嘴笑着，竖起一根手指，比着脖子一划。他轻轻摇头，脑袋在他又短又粗的脖子上微微转动。

"不，英国人。"他说，"别想惹我发火。"他看看皮拉尔，对她说："这么着可甩不掉我。"

"猪猡。"罗伯特·乔丹冲他说，打定了主意要干掉他，"胆小鬼。"

"很可能。"巴勃罗说，"不过我不会生气的。喝点东西，英国人，告诉那女人，没成功。"

"闭上你的嘴。"罗伯特·乔丹说，"是我自己要来找你。"

"犯不着这么麻烦。"巴勃罗对他说，"我不会生气。"

"你真是个怪胎。"罗伯特·乔丹说，不想就这么放过去，不想这第二次尝试再失败，说话时，他知道这场面以前发生过，他有一种感觉，他在扮演记忆中的某个角色，可能读到过，也许是梦到过，感觉上，这一切都在绕着个圆圈打转。

"非常少见，没错。"巴勃罗说，"少见得很，醉得很。祝你健康，英国人。"

他从葡萄酒盆里舀起一杯酒，举起来。"敬健康和蛋。"

他这种人真是少见，是啊，罗伯特·乔丹想，还很聪明，很有心计。他听不到火燃烧的声音了，取而代之的，是他自己的呼吸声。

"敬你。"罗伯特·乔丹说，舀了一杯葡萄酒。"没有这些祝酒，背叛就什么都不是，"他想。伸手举起杯子。"健康。"他说，"健康，还是健康。""祝你健康，"他想。"祝健康，祝你健康。"

"敬罗伯托先生。"巴勃罗粗声说。

"敬巴勃罗先生。"罗伯特·乔丹说。

"你不是教授。"巴勃罗说，"因为你没有胡子。而且，为了摆脱我，你只能搞暗杀，可这事儿，你可没种干。"

他盯着罗伯特·乔丹，嘴巴紧闭，双唇抿成了一条直线。真像鱼嘴，罗伯特·乔丹想。顶着这么个脑袋，真像被抓住的刺鲀，鼓着气，胀得像个球。

"祝你健康，巴勃罗。"罗伯特·乔丹说，举起杯子，喝了一口，

"我从你身上学到很多。"

"我在教教授啦。"巴勃罗点点他的头，"来，罗伯托先生，我们会成为朋友的。"

"我们已经是朋友了。"罗伯特·乔丹说。

"可现在我们会成为好朋友。"

"我们已经是好朋友了。"

"我要出去，"奥古斯丁说，"说真的，都说我们一辈子得吞下去一吨假话，可就这么会儿工夫，我每只耳朵里都灌了二十五磅了。"

"怎么了，黑鬼？"巴勃罗对他说。

"你不愿意看到罗伯托先生和我之间结下友谊吗？"

"管好你的嘴，不要叫我黑鬼。"奥古斯丁走上前去，在巴勃罗面前站定，两手垂在身侧，握紧拳头。

"都这么叫你的啊。"巴勃罗说。

"你不行。"

"哦，那就，白人佬……"

"也不行。"

"那你是什么，红人？"

"是的，红人。身佩红星军章，热爱共和国。还有，我的名字是奥古斯丁。"

"好一个爱国分子啊。"巴勃罗说，"瞧，英国人，好一个爱国典范。"

奥古斯丁扬起左手，反手一个响亮的巴掌抽上去。巴勃罗坐在那里，嘴角上还挂着酒渍，脸色一点儿没变，不过罗伯特·乔丹观察到他的瞳孔缩窄了，就像猫的瞳孔在强光下缩成一条竖线。

"这也不行。"巴勃罗说，"别打主意了，女人。"他转头对着皮拉尔，"我不会生气。"

奥古斯丁又给了他一下。这次，是握紧的拳头直接砸在嘴上。罗伯特·乔丹的手在桌下握住了手枪。他拨开保险，左手推开玛利亚。

她挪了一点儿，他又用力推了下她的腰，让她真的走开。这次，她走开了，他的眼角余光留意着她，看她贴着洞壁走到灶台跟前，这才专心看着巴勃罗的脸。

这个圆脑袋男人坐在那里，扁平的小眼睛盯着奥古斯丁。瞳孔更小了。他舔一舔嘴唇，抬起手，用手背擦了擦嘴，垂下眼睛，看了眼手上的血迹。又伸出舌头舔了一圈嘴唇，啐出一口痰。

"这不行。"他说，"我不傻，我不生气。"

"杂种。"奥古斯丁说。

"你该知道，"巴勃罗说，"你知道那个女人。"

奥古斯丁对准他的嘴又狠狠来了一记，巴勃罗冲着他哈哈大笑起来，露出红色牙肉上满口发黄的烂牙。

"算了吧，"巴勃罗一边说，一边拿起杯子从盆里舀酒。"这里就没人有种杀我，玩这些把戏，真蠢。"

"杂种。"奥古斯丁说。

"骂也没用。"巴勃罗说，酒在嘴里呼噜噜漱了漱，吐在地上。"我早过了怕挨骂的时候了。"

奥古斯丁站在那里，低头看着他，咒骂他，说得又慢，又清楚，又恶毒，满是轻蔑和诅咒，不急不忙的，就像在施肥，拿着粪叉，从板车上铲起粪肥，高高扬起，往地里撒去。

"这些都没用。"巴勃罗说，"算了吧，奥古斯丁。也不要再打我了，回头再弄伤了你的手。"

奥古斯丁转身背对他，朝门口走去。

"别出去啊，"巴勃罗说，"外面下着雪呢，就舒舒服服待在这里吧。"

"噢，你！你！"奥古斯丁走到门口，转过身来冲他说，把他全部的轻蔑都放进了这个字眼儿。"你。"

"是，是我。"巴勃罗说，"等你死了我还活着呢。"

他又舀了一杯酒，冲罗伯特·乔丹举了举。"敬教授。"他说，然后转向皮拉尔。"敬指挥官女士。"把酒一饮而尽。"敬所有幻想家。"

奥古斯丁大步走到他跟前，手横着一挥，打掉他手上的杯子。

"真是浪费。"巴勃罗说，"太蠢了。"

奥古斯丁冲他骂了几句脏话。

"不。"巴勃罗说，再舀了一杯酒，"我醉了，你明白吗？不醉我就不会说话。你们都没听过我说太多话吧。只不过，聪明人有时候不得不把自己灌醉，好熬过跟笨蛋在一起的时间。"

"去你的，我操你个胆小鬼。"皮拉尔对他说，"我太知道你了，你个胆小鬼。"

"这个女人怎么说话哪，"巴勃罗说，"我要出去看看马去。"

"去吧，去找它们去。"奥古斯丁说，"这可不就是你的例行公事吗？"

"不。"巴勃罗摇头道。他从墙上取下他的大毛毡斗篷，转头看着奥古斯丁。"你啊。"他说，"你太粗暴了。"

"你要去马那里干什么？"奥古斯丁说。

"去看看。"巴勃罗说。

"去找它们。"奥古斯丁说，"马之恋。"

"我很爱它们。"巴勃罗说。"哪怕只从背后看，它们都帅得很，而且比这些人更有脑子。打起精神，"他说着，咧开嘴。"跟他们说说炸桥的事，英国人。说说他们在那次袭击中的职责，告诉他们要怎么撤退。炸完桥以后，英国人，你要把他们带到哪里去？你要把你的爱国者们带到哪里去？今天我喝着酒琢磨了一整天。"

"你都琢磨什么了？"奥古斯丁问。

"我琢磨什么了？"巴勃罗说，舌头顶着嘴唇内侧转了一圈。"我琢磨什么，关你什么事。"

"说啊。"奥古斯丁对他说。

"多着呢。"巴勃罗说。他披上斗篷，黄乎乎的毛毡裹在身上，圆脑袋露在外面。"我琢磨得多了。"

"是什么？"奥古斯丁说，"是什么？"

"我琢磨着，你们就是一群幻想家。"巴勃罗说，"领头的是个脑子夹在大腿里的女人，还有个专门跑来毁掉你们的外国人。"

"出去。"皮拉尔对他大吼，"出去，滚到你的雪地里去。带上你废掉的家伙滚，你这个被马掏空了的娘娘腔。"

"说得好。"奥古斯丁佩服地说，却有点儿心不在焉。他在担心了。

"我走。"巴勃罗说，"不过我很快就回来。"他掀起洞口的毯子，走了出去，在洞口喊了一句："还下着呢，英国人。"

第十七章

此刻，洞里唯一的声响，就是炉膛里的嘶嘶声，那是雪从顶上的洞飘进来，落到燃烧的炭上。

"皮拉尔，"费尔南多说，"还有炖肉吗？"

"噢，闭嘴。"女人说。玛利亚拿起费尔南多的碗，回到炉子边，从放在火边的大锅里盛出一碗。她把碗端到桌边，放下，看费尔南多低头就吃，便拍了拍他的肩。她在费尔南多身边站了会儿，手搭在他的肩头。可费尔南多没抬头，一门心思扑在炖肉上。

奥古斯丁站在火边，其他人都坐着。皮拉尔也在桌边，坐在罗伯特·乔丹正对面。

"这下子，英国人，"她说，"你看到他是什么样子了。"

"他接下来会做什么？"罗伯特·乔丹问。

"任何事。"女人垂眼看着桌面，"任何事。他什么都做得出来。"

"自动步枪在哪儿？"罗伯特·乔丹问。

"那边角落里，毯子里面。"普里米蒂沃说，"你要吗？"

"等会儿。"罗伯特·乔丹说，"我就是想知道它在哪里。"

"在那边。"普里米蒂沃说，"我拿进来的，包在我的毯子里，免得受潮。子弹在袋子里。"

"他不会动那个的。"皮拉尔说，"他不会拿那机器玩意儿去做什么。"

"我以为你说他什么都干得出来。"

"有可能。"她说，"不过他没用过那机器。他宁愿去丢个炸弹，那更像他干的事。"

"没干掉他太傻了，是个纰漏。"吉普赛人说。他整晚都没开过口。"昨晚罗伯托就该干掉他。"

"干掉他。"皮拉尔说。她阴着一张大脸，看起来很疲惫。"现在我赞成了。"

"我本来是反对的。"奥古斯丁说。他站在炉火前，长胳膊垂在身体两侧，满脸络腮胡，在火光中显得暗沉沉的。"现在赞成了。"他说，"他没救了，他想眼看着我们统统完蛋。"

"大家都说说吧。"皮拉尔说，声音很疲惫。"你怎么说，安德雷斯？"

"干掉。"两兄弟中黑头发盖过额头的那个点点头，说。

"埃拉迪奥？"

"一样。"两兄弟中的另一个说，"要我说，他现在看着就是个大危险，再说他什么都干不了了。"

"普里米蒂沃？"

"一样。"

"费尔南多？"

"我们不能把他关起来，像关犯人那样？"费尔南多问。

"谁来看着他？"普里米蒂沃说，"看守一个犯人要两个人。再说，到头来我们又该拿他怎么办呢？"

"我们可以把他交给法西斯。"吉普赛人说。

"绝对不行。"奥古斯丁说，"绝对不能做这么卑鄙的事。"

"就是个想法而已，"拉斐尔，那个吉普赛人，说，"要我说，法西斯肯定很高兴能抓到他。"

"丢掉这个想法。"奥古斯丁说，"那太卑鄙。"

"不会比巴勃罗更卑鄙。"吉普赛人为自己辩护。

"卑鄙不能裁决卑鄙。"奥古斯丁说，"好，都说了。就差老家伙和英国人了。"

"他们不参与这件事。"皮拉尔说，"他不是他们的头儿。"

"等一下。"费尔南多说，"我还没说完。"

"说吧。"皮拉尔说，"说到他回来为止。说到他从毯子下面扔个手榴弹进来，把这里统统炸飞。统统，包括炸药。"

"我觉得你太夸张了，皮拉尔。"费尔南多说，"我不觉得他有任何这样的念头。"

"我也不觉得。"奥古斯丁说，"因为那会把葡萄酒也炸飞，他一会儿就要回来喝酒了。"

"干吗不把他交给'聋子'，再让'聋子'把他交给法西斯？"拉斐尔提议，"你们可以弄瞎他的眼睛，然后就很好控制了。"

"闭嘴。"皮拉尔说，"你一说话，我就觉得你也很该杀。"

"再说了，法西斯可不会为他给我们任何好处。"普里米蒂沃说，"有人干过，他们什么也不给。还会开枪打死你。"

"我认为只要弄瞎他的眼睛，总能拿他换点儿什么。"拉斐尔说。

"闭嘴。"皮拉尔说，"再说一次弄瞎不弄瞎的，你就跟那个人做伴去吧。"

"可是，他还不是把抓到的警卫军弄瞎了，巴勃罗自己。"吉普赛人坚持道，"你忘了？"

"闭上你的嘴。"皮拉尔对他说。在罗伯特·乔丹面前谈什么瞎不瞎的，她觉得很尴尬。

"你们还没让我把话说完呢。"费尔南多打断他们。

"说吧。"皮拉尔对他说。

"继续，说完它。"

"既然把巴勃罗关起来不现实，"费尔南多开口道，"出卖他……"

"快点说完，"皮拉尔说，"看在上帝的份上，快点说完。"

"——又不像话，"费尔南多平静地接着说，"为了最大程度地确保行动计划成功，我赞成，把他淘汰掉或许是最好的办法。"

皮拉尔看着这个小个子男人，摇着头，咬着嘴唇，没说话。

"这就是我的意见。"费尔南多说，"我相信，我们有理由认为他对共和国已经构成威胁……"

"圣母啊！"皮拉尔说，"这人连在这里都要打官腔。"

"原因在于他自己说的话和他最近的行为。"费尔南多继续说，"尽管他在运动早期的作为应当得到感激，但及至最近一段时间……"

皮拉尔去了一趟火炉边，现在回到桌边。

"费尔南多，"皮拉尔平静地说，递给他一个碗。"吃掉这些炖肉，记得要遵守礼仪，用这个塞上你的嘴，别再说了。我们知道你的意见了。"

"可是，要怎么……"普里米蒂沃只问了半句，就停下来，没再继续说完。

"我准备好了。"罗伯特·乔丹说，"我做好动手的准备了。既然你们都决定这么干，我可以效劳。"

怎么回事？他心想。听费尔南多说了这么一通，我也开始像他一样讲话了。

这种语言一定会传染。法语，外交语言；西班牙语，官僚语言。

"不。"玛利亚说，"不。"

"这里面没你的事。"皮拉尔对那姑娘说，"闭上你的嘴。"

"今天夜里我就动手。"罗伯特·乔丹说。

他看到皮拉尔在看他，手指压在嘴唇上。她朝门口望去。

挂在洞口的毯子被掀起来，巴勃罗的脑袋探了进来。他咧开嘴冲他们所有人笑，从毯子下面钻进来，回头把它重新系好。然后，他转过身，从头上拽下毛毡斗篷，抖落上面的雪。

"你们在说我？"他对所有人说，"我妨碍你们了？"

没人答话。他把斗篷挂在墙上的一颗钉子上，朝桌边走过来。

"怎么啦？"他问，伸手拿起桌上他的空杯子，伸进酒盆。"酒没了。"他对玛利亚说，"去，从袋子里倒点过来。"

玛利亚端起酒盆，走到墙边倒挂的大酒囊边，酒囊上积满了灰，胀鼓鼓的，黑得发亮。她拧开一条腿上的塞子，只要拧松一点儿，酒能从塞子缝流到酒盆里，就可以了。巴勃罗看着她跪下来，托起那个大盆，看着淡红色的酒液哗啦啦流进去，快得盆里的酒都打起了旋儿。

"小心了，"他对她说，"酒到胸下面了。"

没人说话。

"今天我从肚脐眼喝到了胸口。"巴勃罗说，"就是一天的事儿。你们都怎么了？舌头都没了？"

没人说话，一个字都没有。

"关上吧，玛利亚。"巴勃罗说，"不要满出来了。"

"酒还多得很。"奥古斯丁说，"够你喝醉的了。"

"这一个找到舌头了。"巴勃罗说，对奥古斯丁点点头。"恭喜你[1]。我还以为你们都被吓哑巴了。"

"有什么好吓的？"奥古斯丁问。

"因为我进来了啊。"

"你以为你进来有什么大不了的？"

"他在准备自己动手了，也许，"罗伯特·乔丹想。"也许奥古斯丁这就要动手了。他当然够恨他。我不恨他，"他想。"不，我不恨他。他很讨厌，但我不恨他。就算把人弄瞎那种事足以证明他不是正常人。但这终究是他们的战争。可在接下来的两天里，他显然派不上用场。我得置身事外，"他想。

今晚，在他的事情上，我犯了个傻，竟然真心想动手了结他。

"不过我不会先挑衅他。而且这洞里有火药，也不能玩什么开枪胡闹的把戏。巴勃罗想到了，当然想到了。你想到了吗？"他扪心自问。"没有，你没想到，奥古斯丁也没有。要是出了什么事，你就是自作自受，"他想。

"奥古斯丁。"他说。

"什么？"奥古斯丁不高兴地抬起眼睛，偏过头，不再盯着巴勃罗。

"我有话跟你说。"罗伯特·乔丹说。

"等会儿。"

"现在。"罗伯特·乔丹说，"拜托。"

---

1. 此处原文为法文。

罗伯特·乔丹抬脚朝洞口走，巴勃罗的目光跟着他。

奥古斯丁，这个凹脸颊的高个子，站起身来，跟在他背后。他满心轻蔑，走得不情不愿。

"你忘记背包里是什么了？"罗伯特·乔丹对他说，声音低得几乎听不见。

"天！"奥古斯丁说，"习惯了，就忘记了。"

"我也是，忘了。"

"去！"奥古斯丁说，"我去！我们是有多傻。"他大摇大摆地回到桌边，坐下来。"喝酒，巴勃罗，老伙计。"他说，"马怎么样？"

"非常好。"巴勃罗说，"雪也小了。"

"你觉得会停吗？"

"会。"巴勃罗说，"现在已经小了，都是小雪籽。风再刮一刮，雪就停了。风已经变了。"

"你觉得明天会晴吗？"罗伯特·乔丹问他。

"会。"巴勃罗说，"我看会冷，是个晴天。风向在变。"

"瞧瞧他啊，"罗伯特·乔丹心想。"现在他和气得很。他跟风一样，变了。无论看脸还是看人，他都像头猪，可我知道他无数次充当过杀人凶手，而且对形势还很敏感。没错，"他想，"猪也是非常聪明的动物。巴勃罗对我们有敌意，或者，也许只是对我们的行动有敌意，他会放任他的敌意，肆意辱骂，却刚刚好卡在你打算干掉他的那个点上，只要发现到了这个临界点，他就把一切清零，从头再来。"

"我们行动时会有个好天气的，英国人。"巴勃罗对罗伯特·乔丹说。

"我们，"皮拉尔说，"我们？"

"是的，我们。"巴勃罗对她咧嘴微笑，喝了口酒。"为什么不呢？我在外面时好好想过了。我们干吗不一起干呢？"

"干什么？"女人问，"你是说干什么？"

"一切。"巴勃罗对她说，"比如炸桥。我现在跟你们一边了。"

"你现在跟我们一边了？"奥古斯丁冲他说，"在你说过那些话以后？"

"是啊。"巴勃罗告诉他，"天气变了，我就跟你们一边了。"

奥古斯丁摇着头。"天气，"他说着，又摇了摇头。"在我揍了你的脸以后？"

"是的。"巴勃罗冲他咧开嘴，手指摸了摸自己的嘴唇。"在那以后。"

罗伯特·乔丹看着皮拉尔。她看着巴勃罗，像看什么稀罕动物。她的脸还阴着，从提到弄瞎人那档子事起，她就这样了。她甩甩头，像要甩掉阴沉的脸色，然后转回头来。"听着。"她对巴勃罗说。

"是，女士。"

"你怎么回事？"

"没怎么。"巴勃罗说，"我改主意了。就是这样。"

"你一直在门口听。"她对他说。

"是。"他说，"不过什么都听不到。"

"你怕我们会杀了你。"

"不。"他对她说，视线掠过酒杯上方，飞向她，"我不怕那个。你知道的。"

"好吧，那你是怎么了？"奥古斯丁说，"前一秒你还醉了，张嘴对着我们所有人乱骂，说是不参加眼下的行动，那么惹人讨厌地谈论我们的死亡，无礼地对待女士，反对该做的事……"

"我醉了。"巴勃罗对他说。

"那现在……"

"现在不醉了。"巴勃罗说，"还改主意了。"

"说服他们。我是不信。"奥古斯丁说。

"信不信都好。"巴勃罗说，"但这里没人能像我一样，把你们带到格雷多斯去。"

"格雷多斯？"

"桥一炸，我们能去的就只有那里了。"

罗伯特·乔丹看着皮拉尔，抬起远离巴勃罗的那只手，怀疑地轻轻敲了敲右耳。

女人点点头。接着又点了一次。她对玛利亚说了点儿什么，那姑娘走到罗伯特·乔丹身边。

"她说，'他肯定听到了'。"玛利亚对着罗伯特·乔丹的耳朵说。

"那么，巴勃罗，"费尔南多摆出法官的腔调，说，"你现在跟我们一起了，赞成炸桥了？"

"是的，先生。"巴勃罗说。

他坦荡荡地看着费尔南多的眼睛，点头。

"当真？"普里米蒂沃问。

"当真。"巴勃罗对他说。

"你也觉得行动能成功？"费尔南多问，"你现在有信心了？"

"为什么不呢？"巴勃罗说，"你难道没信心？"

"我有。"费尔南多说，"但我是一直都有。"

"我要出去。"奥古斯丁说。

"外面很冷。"巴勃罗和气地对他说。

"也许吧。"奥古斯丁说，"但这个疯人院我是待不下去了。"

"别把这个山洞叫做疯人院。"费尔南多说。

"罪犯神经病的疯人院。"奥古斯丁说，"趁我还没疯，我得赶紧出去。"

第十八章

"这就像旋转木马。"罗伯特·乔丹想。不是缅因大道[1]上那种，转得飞快，有笛风琴配乐，小孩子骑在牛身上，牛角镀着金，还可以玩套环，天色一暗，街上的蓝色气灯就亮起来，旁边的摊子上卖着烤鱼，幸运轮盘[2]转动起来，皮瓣儿噼噼啪啪刷过数字格子外的小立柱，成包的方糖堆成金字塔模样，那是奖品。不，不是那种旋转木马，虽然大家都在等，就像那些戴帽子的男人和穿羊毛衫的女人，女人不戴帽子，光着脑袋站在煤气灯下，头发闪闪发亮，他们站在幸运转轮前，看着它转。是的，人是一样的。不过是另外一种转轮，像个大轮子，从下往上转。

"它已经转过两圈了，是个巨大的转轮，斜着，每次转一整圈，然后回到起点。一边比另一边高些，上升时托着你的背，然后回到开始的地方。这种还没有奖品，"他想，"没人会选择坐这种转轮。你每次上去，还没打算清楚，就转回来了。它是一种轨迹——大的，椭圆的，先上再下，然后你就回到了原点。现在，我们又回来了，"他想，"还是什么都没解决。"

山洞里很暖和，风被挡在外面。这会儿，他坐在桌边，面前摊着笔记本，正在梳理炸桥的技术部分。他画了三张草图，描述他的方案，两张展示炸桥的操作，画得很清楚，连幼儿园小孩都能看懂，

---

1. 缅因大道，巴黎蒙帕纳斯区的一条著名街道。

2. 幸运轮盘，轮盘赌的道具，是一个分成若干格的圆盘，通常格中标有数字或字，转动后视指针所停位置定输赢。

万一他在这场破坏行动中出了意外，安塞尔莫还能接手，完成任务。他画完了，正仔细检查。

玛利亚坐在他旁边，越过他的肩头，看他工作。他知道巴勃罗坐在桌子对面，知道其他人在聊天、玩牌，他闻得到山洞里的气味已经变了，不是做菜吃饭时的那些味道，变成了火里飘出的烟味和人的味道，香烟味、红酒味、刺鼻的酸腐的身体味道。玛利亚见他画完了，便把手放在桌上，他左手抓起她的手，拉到脸上，闻到了劣质肥皂味和清新的水汽，那是洗碗留下的。他没看她，放下她的手，又继续工作了，因此没能看到她红了脸。她一直把手放在那里，就在他旁边，但他再没抓起来过。

现在，他完成了整个破坏行动的方案，重新翻开一页，开始写行动指令。他思路清楚，想得也周全，写下的东西让他很满意。他在笔记本上写了两页纸，仔细地从头到尾读了一遍。

我看，就是这么多了，他告诉自己。这非常清楚，我不认为还有什么漏洞。根据戈尔茨的命令，两个哨所要拔除，桥要炸掉，我的任务就是这些。至于巴勃罗，这整件事都不该我来操心，总会解决的，不是这样就是那样。要么还有巴勃罗，要么再也没有巴勃罗。不管是哪样，我都不在乎。只是我可不能再上那个转轮了。我上去了两次，两次都转了一圈又回到起点，我再也不上去了。

他合上笔记本，抬头看玛利亚。"你好，漂亮姑娘。"他对她说，"看出什么来了吗？"

"没有，罗伯托。"姑娘说，抬起手，放在他还握着铅笔的手上。"你忙完了吗？"

"是，已经都写好了，安排好了。"

"你刚才在忙什么，英国人？"巴勃罗隔着桌子问，他的眼睛又迷蒙了。

罗伯特·乔丹仔细看他。别上去，他告诉自己，不要踏上那个转轮，我看它又要开始转了。

"忙桥的事。"他客气地说。

"怎么样了？"巴勃罗问。

"很好。"罗伯特·乔丹说，"都很好。"

"我在想撤退的事。"巴勃罗说，罗伯特·乔丹看着他醉酒的猪眼睛，又看看酒盆。酒盆差不多空了。

远离那个转轮，他告诉自己。他又在喝酒了。没错。但你这次不会再上那个转轮。不是都说格兰特[1]在南北战争中常常喝得大醉，是个传奇吗？当然，他是。我敢打赌，要是能见到巴勃罗，知道两人被相提并论，格兰特一定会勃然大怒。格兰特也爱抽雪茄。是啊，他说不定得考虑给巴勃罗弄支雪茄。那才配他这张脸，才齐全，一根抽了半截的雪茄。他能到哪里去给巴勃罗弄支雪茄来？

"情况怎么样？"罗伯特·乔丹礼貌地问。

"很好。"巴勃罗说，重重点着头，很肯定。"非常好。"

"你想出东西来了？"奥古斯丁问，他们在玩牌。

"是。"巴勃罗说，"很多东西。"

"你从哪里找出来的？酒碗里？"奥古斯丁穷追不舍。

"也许吧。"巴勃罗说，"谁知道呢？玛利亚，再倒一盆子酒来，行吗，拜托？"

"酒囊里面应该会有些好点子。"奥古斯丁转头回去打牌。"你干吗不爬进去找找？"

"不。"巴勃罗平静地说，"我在盆子里找。"

他也不在转轮上，罗伯特·乔丹想。它肯定是自己在转。我猜没人能在那轮子上待太久。那很可能是个要命的轮子。我们都下来了，我很高兴。两次在上面时，我都被弄得晕头转向。不过这种东西，就是醉汉和那些真正卑鄙或野蛮的人会上去的，他们会在上面一直待到死。它转着圈往上走，幅度从来不会完全一样，又转着圈下来。让它转去吧，他想。他们再也不可能把我弄上去了。不，先生，格兰特将军，我从轮子上下来了。

---

1. 格兰特（Ulysses S. Grant, 1822—1885），美国第18任总统，曾任美军总司令，南北战争中出任林肯总统麾下的全军统帅。此前，格兰特曾因酗酒问题在入伍11年时被要求退役，1816年南北战争爆发后被部队召回。

皮拉尔坐在火炉边，椅子转过来，面对牌局里两个人的后背，这样她就可以越过他们的肩头看。她在看他们打牌。

　　"从不死不休到正常的家庭生活，没有比这转变更奇怪的了，"罗伯特·乔丹想。"这就是那该死的轮子转下来，准备接人的时候。不过我从轮子上下来了，"他想。"没人能再把我弄上去。"

　　"两天前，我根本不知道皮拉尔、巴勃罗或其他人的存在，"他想。"世上也没有玛利亚这回事。那当然是个简单得多的世界。我从戈尔茨那里接到指令，命令非常清楚，看起来也非常有希望成功，虽说其中必定包含困难和相伴的后果。我设想过炸桥之后的事，可能回到前线，也可能不回去，如果回去，我要请个假去一趟马德里。这场战争里没人休假，不过我肯定可以在马德里待上两三天。"

　　"等到了马德里，我要去买些书，再到佛罗里达酒店要个房间，洗个热水澡，"他想。"我要叫门房路易斯去给我买一瓶苦艾酒，如果他能在莱昂食品店或格兰大道旁的任何地方找到的话。洗完澡以后，我要躺在床上，读读书，喝上两杯苦艾酒，然后打个电话去盖洛兹餐厅，看看能不能去吃顿饭。"

　　他不想在格兰大道一带吃饭，因为东西实在不好吃，就这样，还得赶早去，不然就什么都没了。而且，那里有太多记者出没，许多他都认识，他可不想强迫自己一直闭上嘴。他想喝点苦艾酒，找到点儿聊天的感觉，然后动身去盖洛兹，跟哈尔科夫一起吃饭，他们能在那儿吃到好菜，喝到正宗的啤酒，谈谈这场战争究竟是个什么情形。

　　第一次去的时候，他并不喜欢盖洛兹，这家马德里饭店被俄国人接了手，就一座陷于战火中的城市而言，未免显得太豪华，食物太好，关于战争的讨论又太玩世不恭。"不过我很容易就被腐化了，"他想。"当你完成了这样一桩事情后，有什么理由不尽可能吃点儿好的呢？至于那些谈论，他本以为是玩世不恭，结果却全都变成了现实。等这事结束，"他想，"在盖洛兹就有东西可说了。没错，等这事结束。"

　　你要带玛利亚去盖洛兹吗？不。不行。不过你可以把她留在酒店里，她可以洗个热水澡，待在那里，等你从盖洛兹回来。没错，你可以这么做，等你跟哈尔科夫提过她以后，回头就可以带她去了，因为他们会好奇，想看看她。

也许你根本就不去盖洛兹。你可以早一点儿到格兰大道去吃饭，然后快一点儿回佛罗里达。但你知道你会去盖洛兹，因为在这事以后，你会想再看看那里的一切，你想再吃一次那里的食物，你想感受它的一切安逸与奢华。之后，你就回到佛罗里达，玛利亚在那里。当然，这事结束后，她会在那里。等战争结束以后，是的，等这些结束以后。如果能漂漂亮亮干完这件事，那就值得到盖洛兹吃一顿。

盖洛兹是那种地方，你会遇到著名的西班牙农民和工人领袖，战争刚一开始，他们就跳出来，从普通人变成了军人，之前没有接受过任何军事训练。你会发现，他们许多人都说俄语。回到几个月前，这就是他遭遇的第一次大幻灭，为这个，他都开始玩世不恭了。不过等明白了究竟是怎么回事以后，就没问题了。他们都是农民和工人，都参加了一九三四年的革命，革命失败后，被迫流亡国外。在俄国，他们进了军事学院和共产国际的列宁研究院进修，接受军事指挥的必要培训，为下一次革命做准备。

共产国际在那里完成了对他们的培训。在革命当下，你不会让外人来指导你，也不会接受任何比你预想的懂得更多的人。他已经学会了这一点儿。如果一件事从根本上说是正确的，谎言便被看作无关紧要。可谎言很多。一开始，他不喜欢谎言，他讨厌它。可后来，他却喜欢上了。这是成为"自己人"的一部分，但这是非常堕落的事。

正是在盖洛兹，你知道了，绰号"ElCampesino"——或者说，"农民"——的瓦伦汀·冈萨雷斯从来就不是农民，他从前是西班牙外籍军团里的一名军士，结果开了小差，跑去跟着阿卜杜勒·克里姆打游击。[1] 这也没问题。他怎么就不能是农民领袖呢？在这类战争中，你总

---

1. 瓦伦汀·冈萨雷斯（Valentin Gonzalez, 1904—1983），绰号"农民"，西班牙内战时期著名共和军将领，陆军中校，作为第10混合旅指挥官，参与了许多重要战役。阿卜杜勒·克里姆（Abd el-Krim, 1882? —1963），摩洛哥政治家、军事领袖，建立里夫共和国，率领里夫人在山区打游击，反抗法国和西班牙的殖民统治。

得迅速培养起这些农民领袖，而真正农民出身的领导者，多半都有点儿太像巴勃罗了。你不能等待真正的农民领袖到来，就算来了，他也可能有太多农民性情。所以，你必须造一个。说到这里，第一次见到"农民"时，看到他的黑胡子、他黑人似的厚嘴唇和狂热得发亮的眼睛，罗伯特·乔丹总觉得他大概会制造很多麻烦，就像真正农民出身的领袖一样。最近一次看到，他似乎已经相信了自己的公开形象，认为自己就是个农民。那是个勇敢、坚强的人——全世界都找不出更勇敢的了。可上帝啊，他的话也太多了。只要兴奋起来，他就什么都说，完全不管那样的口无遮拦会带来什么后果。已经有很多后果了。他是个很棒的旅长，就算是在看似穷途末路时也一样。他从不知道什么叫穷途末路，就算真是那样，他也会打出一条路来。

还是在盖洛兹，你遇到了朴实的石匠，加利西亚来的恩里克·利斯特，如今指挥着一个师，他也说俄语。你还遇到了木匠，安达卢西亚来的胡安·莫戴斯度，他刚接掌了一个军团。[1] 他从来没在圣玛利亚港学过俄语，要是那里有间伯利兹学校[2]可以让木工念书的话，他倒可能去上。在年轻军人中，他是最得俄国人信任的，因为他是真正的共产党人，"百分之一百"，他们这么说，骄傲地用上了美国腔。他比利斯特或"农民"都聪明得多。

"当然，要完善你的教育，盖洛兹正是地方。正是在那里，你知道了事情的真实面目，而不是人们以为的面目。他的教育才刚刚开始呢，"他想。他不知道自己能不能坚持下去。盖洛兹很好，环境很健康，正是他需要的。一开始，在他还相信那些废话时，它对他是个冲击。可现在，他知道得够多，已经能接受欺骗的必要性，在盖洛兹学到

---

1. 两人均为西班牙共产党员，内战时期共和军将官，内战失败后均流亡苏联，并以红军身份参与二战。恩里克·利斯特（Enrique Líster Forján，1907—1994），少年时期曾在古巴当石匠谋生。胡安·莫戴斯度（Juan Modesto，1906—1969），出生于加的斯的圣玛利亚港，参军前在锯木场工作。

2. 圣玛利亚港位于西班牙安达卢西亚。伯利兹学校是著名的语言教育培训机构，1878年创建于美国罗德岛的普罗维登斯，现总部位于新泽西州普林斯顿市。

的一切只会让他更坚定，更加坚持自己认为正确的东西。他更愿意知道事实的真相，而不是它被粉饰的模样。战争中总有许多谎言。但真相，关于利斯特、莫戴斯度和"农民"的，比谎言和传奇好得多。好吧，总有一天，他们会把真相公之于众，而在那之前，他很高兴有个盖洛兹饭店，可以让他完成自己的学习。

是的，那就是他到马德里后要去的地方，等他买好书，泡过热水澡，喝上两杯，再读一会儿书以后。不过，这是之前的计划，那时还没有玛利亚。没问题。他们可以开两个房间，他去盖洛兹时，她可以做她想做的事，然后，他会回来找她。这么长时间以来，她一直等在山上。在佛罗里达酒店再等一会儿也没什么。他们在马德里有三天时间，三天是很长的时间。他会带她去剧院看马克斯兄弟[1]。戏已经上演三个月了，再演三个月当然也完全没有问题。"她会喜欢在剧院看马克斯兄弟的，"他想。"她会非常喜欢。"

不过，从盖洛兹到这个山洞路途遥远。不，那不远。遥远的是从这个山洞到盖洛兹。哈什金先到了那里，但他不喜欢。哈什金说过，他应该去见见哈尔科夫，因为哈尔科夫想了解美国人，还因为哈尔科夫是这个世界上最大的洛佩·德·维加迷，认为《羊泉村》是有史以来最伟大的戏剧。也许这正是它本来的目标，但他，罗伯特·乔丹，并不这么认为。

他喜欢哈尔科夫，但不喜欢那个地方。在他见过的人里，哈尔科夫是最聪明的。黑色马靴，灰色马裤，灰色束腰外衣，小手小脚，虚胖的脸盘和身体，说起话来，口水从一口烂牙里直往外喷，罗伯特·乔丹第一次见到他时，他的模样很逗乐。可他比他认识的任何人都更有头脑，内心更有尊严，外表却更傲慢、更滑稽。

盖洛兹本身看上去俗丽腐朽。可作为统治着全世界六分之一人口的力量的代表，为什么不能稍稍讲究些舒适呢？是啊，他们讲究了。罗伯

---

1. 马克斯兄弟，美国著名家庭喜剧表演团体（1905—1949），兼顾舞台表演和电影拍摄，在美国电影学会列出的百部最佳喜剧中，其作品占有13席。

特·乔丹起初非常反感这整套东西，后来接受了，开始享受它。哈什金表现得像个混蛋，哈尔科夫一开始端着客气的架子，后来，当罗伯特·乔丹不再扮演英雄，而是讲起一个自己真正有趣却着实丢脸的故事时，哈尔科夫立刻从客气变成了安心的粗鲁，再变到粗野，他们成了朋友。

在那里，哈什金只是被勉强容忍的人。他显然有什么事不对劲，是到西班牙来解决问题的。他们不会告诉他究竟是怎么回事，但既然人都死了，也许现在他们肯说了。总之，他和哈尔科夫成了朋友，和哈尔科夫的妻子也成了朋友，那是一个瘦得惊人的女人，形容憔悴，肤色暗沉，细心，神经质，没念过什么书，却性情温和，身体疏于照顾，皮包骨头，一头斑白的头发剪得很短，她在坦克部队当翻译。他还是哈尔科夫的情妇的朋友，她有一双猫似的眼睛，一头金红色头发（有时候红一些，有时候金一些，取决于理发师），一具懒洋洋的性感身体（天生要与别的身体相拥），一张生就用来接吻的嘴，一个愚蠢、热切、极度忠诚的头脑。这位情妇钟爱蜚短流长，享受定期的有节制的乱交——那似乎只是愉悦了哈尔科夫。大家都认为，除了坦克部队那位，哈尔科夫在某个地方还有个妻子，也许还有两个，但没人能确定。对于他认识的这一位妻子，以及情妇，罗伯特·乔丹都喜欢。他觉得，如果自己认识另外那个妻子，如果真的有这么个人，他多半也会喜欢。哈尔科夫对女人的品位很好。

盖洛兹楼下的马车出入口外有卫兵站岗，背着上了刺刀的枪。今晚，整个被困的马德里城里，那会是最惬意、最舒服的地方。虽然这里也不错，现在他们把转轮停了，雪也停了。

他想让哈尔科夫看看他的玛利亚，不过要先打个招呼，看看这趟差事之后大家对他的态度怎样，然后再带她去。这一场打完，戈尔茨肯定会去那里，如果他干成了，大家就能从戈尔茨嘴里听到这件事。戈尔茨一定会拿玛利亚取笑他。毕竟他刚说过没有女朋友。

他伸手到巴勃罗面前的酒盆里舀了一杯葡萄酒。"请允许。"他说。

巴勃罗点点头。"我看他是在忙他的军事研究呢，"罗伯特·乔丹想。不在加农炮口前寻求肥皂泡般的荣耀，却在那边的大碗里寻找问题的解决方案。不过你清楚，只要愿意，这混蛋完全有本事把这支队伍带好。看着巴勃罗，他很好奇，"如果在美国南北战争中，这男人会是哪一种游击队长。"他想，"一定有许多种，只是我们几乎对他们一无所知。不是库安特瑞尔，不是莫斯比，也不是他自己的祖父，而是那些小人物，游击队员。[1] 再说到喝酒。你以为格兰特真是个酒鬼吗？他祖父一向肯定地说，他是。他总是不到下午四点就开始有醉意，维克斯堡之前的那段时间里，围城战期间，他有时醉得非常厉害，一醉就是两三天。不过祖父也说，不管怎么醉，他总能正常履行职责，只是有时候很难叫得醒他。但只要你叫醒他，他就能正常工作。"

到目前为止，这场战争中，无论哪一方，并没有出现一位格兰特，或谢尔曼，或"石墙"杰克逊。没有。也没有什么杰布·斯图尔特。没有谢里登。倒是麦克莱伦泛滥成灾。法西斯那边有的是麦克莱伦，我们也至少有三个[2]。

在这场战争中，他还没看到过军事天才。一个都没有。连像天才

---

1. 两者均为美国南北战争期间南方邦联将领、游击队长，当时南方军旗下的游击队多维护奴隶制度，负责剿灭反对力量，追捕逃奴等。

威廉·库安特瑞尔（William Quantrill, 1837—1865），他最为人所知的是1863年在堪萨斯州发生的"劳伦斯大屠杀"事件，起因是几名游击队员的女性亲属所在的临时监狱倒塌，造成人员死伤，从而引发其报复。

约翰·莫斯比（John Mosby, 1833—1916），骑兵营统领，活跃于弗吉尼亚中北部，当时该区域有"莫斯比联邦"之称，战后他成为共和党人，转而支持自己的老对手格兰特将军竞选总统。

2. 均为美国南北战争时期名将。

谢尔曼将军（William Tecumseh Sherman, 1820—1891）和菲利普·谢里登（Philip Sheridan, 1831—1888）为北方军将领。前者以出众的军事谋略和指挥能力闻名，同时以对敌的残暴手段而备受诟病；后者与格兰特将军合作密切，在战争后期多有建树。

"石墙"杰克逊和杰布·斯图尔特同为南方军统帅罗伯特·李将军的左膀右臂。前者本名托马斯·杰克逊（Thomas Jonathan "Stonewall" Jackson, 1824—1863），或认为其地位仅次于李，曾参加美墨战争，因勇气和坚韧得到"石墙"的绰号。后者的"杰布"（James Ewell Brown "Jeb" Stuart, 1833—1864）为昵称，来自其名字的首字母缩写。

麦克莱伦（George Brinton McClellan, 1826—1885）为北方军将领，有"小拿破仑"之称，但过于保守，屡屡不肯冒险扩大胜局，引致林肯总统不满，后被撤去指挥官职务。

的都没有。国际纵队的克虏伯、卢卡斯和汉斯，在马德里保卫战中都把自己那份活儿干得不错。[1] 然后就是那个秃顶、戴眼镜、自以为是、聪明脸孔笨肚肠、言谈无知，牛一样勇敢又沉闷，满口唱高调的守城人，老米亚哈[2]。他太嫉妒克虏伯的声望，于是千方百计逼迫俄国人解除了克虏伯的指挥权，还把他派去了巴伦西亚。克虏伯是个好战士，但有局限性，而且他太喜欢夸耀自己的成绩了。戈尔茨是个好将军，也是个好战士，只可惜他们只肯把他放在次要位置上，从不让他放开手脚。这次进攻就是他迄今得到的最大表现机会，但目前听到的种种情况，罗伯特·乔丹都不是太喜欢。再来就是高尔了，那个匈牙利人，如果你在盖洛兹听到的事有一半可信，那他就该被枪毙。有十分之一可信就该枪毙了，罗伯特·乔丹想。

他希望自己在瓜达拉哈拉那边的高原上看过他们打意大利人。可那时候，他却下到了埃什特雷马杜拉。两周前的一个晚上，在盖洛兹，汉斯对他谈起了那场战斗，让他如临其境。有一刻，意大利人攻破了他们在特里胡埃克附近的防线，看上去就要输了，如果托里哈到布里韦加的公路被切断，十二纵队就完了。"但既然知道他们是意大利人，"汉斯说，"我们就尝试了一个和别的队伍打时绝对不合理的战术。成功了。"

汉斯拿出他的作战地图，详详细细地展示给他看——无论什么时候，汉斯都随身带着他的地图——似乎还为那一场的奇迹感到惊讶和高兴。汉斯是个好战士，是个好伙伴。利斯特、莫戴斯度和"农民"的西班牙部队在那场战斗中打得都不错。汉斯都告诉他了，还实事求是

---

1. 克虏伯本名曼弗雷德·斯坦恩（Manfred Stern, 1896—1954），实际身份为苏联驻美情报人员，西班牙内战期间出任国际纵队领导者，以"克虏伯将军"之名闻名。
汉斯·卡勒（Hans Kahle, 1899—1947），德国记者、反法西斯者，起初在巴黎的国际纵队组建委员会工作，1936年10月赴西班牙，国际纵队的著名领导者之一。

2. 何塞·米亚哈（José Miaja Menant, 1878—1958），西班牙第二共和国军官，内战开始即驻守马德里，任战争部长；1936年11月，政府撤离时，任命其为"马德里防御委员会"指挥官。

地分析了各位将领的功劳和他们执行的纪律。只是利斯特、"农民"和莫戴斯度在军事调度上都还常常得靠他们的俄国军事顾问指点。就像试飞的飞行学员，机上有两套控制系统，万一他们犯错，飞行导师随时都能接手。那么，就看这一年来他们学到了多少，学得有多好。不久后，就没有双控制系统了。以后，我们就能看到，他们独立指挥战斗师和军团的本事怎么样。

他们都是共产党员，都受过训。他们施行的纪律能打造出优秀的队伍。利斯特在纪律方面很严苛，他是个地道的狂热信徒，对于生命有一种彻头彻尾的西班牙式的不尊重。他会因为微不足道的原因处决部下，自鞑靼人第一次进犯西方以来，这样干的队伍已经不多了。可他知道怎样把一支队伍锻造成善战之师。守住阵地是一回事，进攻和占领阵地是另一回事，在实战中调兵遣将又是完全不同的一回事，罗伯特·乔丹坐在桌边，想着。"就我对他的了解，我很好奇，一旦双控制系统没了，利斯特会怎么样？不过，也许那套系统不会取消，"他想。"我怀疑，它真的会取消？还是会更强化？我想知道，俄国人在这整件事中的立场究竟是什么？盖洛兹正是地方，"他想。"我现在想知道的许多东西，只有在盖洛兹才能找到答案。"

过去，他曾觉得盖洛兹对他没好处。那根本就是委拉斯开兹路六十三号的反义词，后者原本是马德里的皇宫，如今成了国际纵队在首都的指挥部，洋溢着清教徒式的、修道院一般的共产主义风格。在委拉斯开兹路六十三号，人们就像宗教团体的成员。第五军团拆分成旅并入新队伍之前，你到过它的团部，那是你所感受到的。和在盖洛兹完全不同。

这两个地方，都会让你觉得，你参与的是一场神圣战争。这是唯一准确的说法，尽管这个说法已经被用滥了，臭名昭著，不复它真正的含义。尽管有官僚主义、效率低下和派系争斗等种种问题，你还是能感觉到什么，就像是第一次参加圣餐仪式时，那种渴望但却还没轮到的感觉。那是一种要为全世界受压迫者而奉献的神圣感，很难说得出口，但很真实，就像听到巴赫，站在沙特尔大教堂或莱昂的大教堂里看到光透过大窗照进来，或是在普拉多美术馆里看到曼特尼亚、格列柯和老布勒哲尔时的感觉[1]。它让你投入某种能够从心底里完全信服的东西，身在其中，你能感到，你与其他同样投身其中的人之间有着不容置疑的兄弟情。那是你以前从不知道的东西，可现在，你感受到了，你觉得它和它的宗旨如此重要，以至于自己的死活都无足轻重了——就算要避免死亡，也只出于一个理由：那会妨碍你继续奉献。而最大的好处在于，你可以为了这种感觉、这种需要行动起来。你可以战斗。

"所以你战斗了，"他想。在战斗中，要不了多久，幸存者就再也感受不到纯洁神圣，开始变得长于此道。要不了六个月。

守卫一个阵地、一座城市，都是战争的一部分，在其中，你能体会到头一种感觉。瓜达拉马山区的战斗就是那样。他们怀着真正的革命同志情战斗。在那里，第一次需要执行纪律时，我是认可的，能够理解。枪炮之下，人们变成懦夫，当了逃兵。他看着他们被枪毙，尸体就扔在路边，肿胀腐烂，除了搜去子弹和值钱的东西外，没人再费心多做什么。拿走他们的子弹、靴子和皮夹克是对的。拿走值钱东西只是出于现实考虑，只是免得它们落在无政府主义者手里。

逃兵被枪毙，似乎是正义、正确，而且必需的。法西斯进攻，我们在半山坡上拦截，那是瓜达拉马的山腰，到处都是灰色石头，长满了短叶松和金雀花。顶着飞机的轰炸，我们坚持守在公路一侧，后来他们的大炮也上来了，炮火连天，那天到最后，剩下的人发起反击，把他们打了回去。后来，他们试图从左边攻上来，借着岩石和树的掩护，我们守在疗养院里，守在窗户边和屋顶上开火，虽说他们两面包

---

1. 沙特尔大教堂位于法国沙特尔市。普拉多美术馆位于马德里。曼特尼亚（Andrea Mantegna，约1431—1506），意大利文艺复兴时期画家、教堂壁画家，就透视进行了诸多尝试，喜欢表现人物的英雄气概。格列柯（Doménikos Theotokópoulos, El Greco, 1541—1614），西班牙文艺复兴时期画家、雕塑家和建筑师，擅长宗教画，"格列柯"是绰号，意思是"希腊人"，因其出生于希腊克里特岛。老布勒哲尔（Pieter Bruegel【Brueghel】the Elder，约1525/1530—1569），尼德兰文艺复兴时期最重要的画家，擅长风景画和乡村风俗画。

抄过来，让我们尝到了被包围的滋味，但我们还是守住了，直到反攻开始，把他们重新赶回公路那一侧。

那些让你唇焦口燥的恐惧，炮火呼啸下墙体坍塌时突如其来的恐慌与飞扬的墙皮灰土，你扒出机枪，拖出人，他们原本是机枪手，现在脸朝下趴在地上，身上堆满碎石；你的脑袋藏在掩体后面，枪卡住了，你排除故障，重新捋顺子弹带；现在，你趴在掩体后面，机枪重新扫描着路边——身处这一切之中，你做了该做的事，心里知道，你是对的。你懂得了战斗中荡涤身心的狂喜，它会让人嘴巴发干，恐惧尽消。那个夏天和那个秋天，你为全世界的贫苦人战斗，反抗一切暴政，为你相信的一切，为你被教导说应当进入的新世界，而战。"那个秋天，"他想，"你学会了如何忍耐，如何忽略痛苦，长时间待在寒冷里，湿漉漉的，遍地泥泞，不停掘地筑墙。夏天和秋天的感觉都被深深埋藏在疲惫、瞌睡、紧张和不安之下。但它们还在，你经受的一切，都只是为了证明它们在。正是在那些日子里，"他想，"你拥有了深厚、健康、无私的自豪感——那会让你变成盖洛兹里最讨厌的人，"他突然想到。

不，你在盖洛兹本来也没那么吃香，他想。你太天真了。你只是有些体面罢了。不过那时候的盖洛兹也许不像今天这样。不，事实上，它不是，他告诉自己。完全不是这个样子。那时候还没有什么盖洛兹。

哈尔科夫跟他说起过那些日子的事，说起那时住在皇宫酒店的都是什么样的俄国人。罗伯特·乔丹一个都不认识。那是第一批游击队组建以前，他还不认识哈什金或其他任何人。哈什金在北部的伊伦和圣塞巴斯蒂安待过，参加过那场失败的维多利亚攻城战。他一月才抵达马德里，参加了马德里卡拉班切尔区和乌塞拉区的战斗，战斗打了三天，挡住了法西斯在马德里右翼的进攻，他们挨家挨户地搜，把摩尔人和国民警卫军都找出来，赶走，肃清满目疮痍的城郊，郊区绕着灰白的、阳光暴晒的高原边缘。他们沿高处建起防线，守护城市的那一角。那时候，哈尔科夫就在马德里了。

提起那段时间，哈尔科夫并不愤世嫉俗。那是他们所有人都经历过的日子，似乎失去了一切。如今人人都知道了，当看似失去一切时，应该怎么做。事实比任何吹嘘粉饰都好。政府抛弃了这座城市，把所有作战部门的机动车都装上飞机运走了，老米亚哈不得不骑着辆自行车巡视他的防线。这个罗伯特·乔丹不信。就算发挥他最大的想象力和爱国心，他也想不出米亚哈骑自行车的模样。可哈尔科夫说那是真的。话说回来，他还给俄国报纸写过这个故事，也许，他觉得写下来就能让自己相信。

不过还有个故事是哈尔科夫没写的。他曾在皇宫酒店保护过三个受伤的俄国人——两名坦克驾驶员，一名飞行员，他们伤得太重，不能移动，而那时，最重要的是不能留下俄国干预战争的证据，否则，在公开调停中，法西斯就会以此为借口，为自己辩护。这就是哈尔科夫的任务，为免城市被当作弃子，绝不能让伤员落到法西斯手里。

万一城市被抛弃，哈尔科夫就要在离开皇宫酒店前毒死他们，销毁一切有关他们身份的证据。只留下三具带伤的尸体：一具肚子上中了三枪；一具下巴被掀掉了，声带露在外面；一具大腿骨被子弹打得粉碎，手和脸严重烧伤，满脸燎泡，没有睫毛，没有眉毛，没有头发。没人能证明他们是俄国人。从他留在皇宫酒店床上的这些伤员尸体，没人能说他们一定是俄国人。没人能证明，一具赤条条的死尸是俄国人。一旦死去，你的国籍和政治主张就都成了秘密。

罗伯特·乔丹问过哈尔科夫，对于必须扮演这样一个角色，他是什么感受。哈尔科夫说，他从没想过会有这么一天。"那你是怎么打算的？"罗伯特·乔丹问他，又补了一句，"你知道，突然间要去给人下毒，不是那么简单的事。"哈尔科夫说："噢，是的。不过那种时候，你总会为自己准备些毒药，随身带着。"他打开香烟盒，给罗伯特·乔丹看他在盒子一侧藏的东西。

"可你要是被抓了，他们首先就会拿走你的香烟盒。"罗伯特·乔丹反驳道，"他们会让你把手举起来。"

"我还在这里藏了些。"哈尔科夫咧嘴一笑，翻开他的外套领角。"你只要把这个领角放进嘴里，就像这样，然后咬上一口，吞下去，就行了。"

"这个好。"罗伯特·乔丹当时说，"告诉我，这玩意儿是不是跟侦探小说里写的一样，闻起来有股苦杏仁味？"

"我不知道。"哈尔科夫乐呵呵地说，"我从没闻过。要不，打开一小颗闻闻看？"

"还是留着吧。"

"没错。"哈尔科夫说，把香烟盒拿开。"我不是个失败主义者，你知道，可那种严峻的时期总有可能再来一次，你逃不掉。你看过科尔瓦多前线传回来的公报吗？真是漂亮。它是我现在最喜欢的公报。"

"说什么了？"罗伯特·乔丹就是从科尔瓦多前线到马德里来的，他刚才猛地僵了一下，就像听到有人拿某件事开玩笑时的反应，前提是，你自己原本也可能开同样的玩笑，却没那么做。"跟我说说？"

"我们光荣的队伍持续挺进，寸土未失。"哈尔科夫用他怪腔怪调的西班牙语说。

"不会真这么说的吧。"罗伯特·乔丹怀疑。

"我们光荣的队伍持续挺进，寸土未失。"哈尔科夫用英语重复了一遍，"就是公报里的。我找给你看。"

你还记得在波索夫兰科附近的战斗中死去的伙伴，可在盖洛兹，它只是个玩笑。

所以，那就是如今在盖洛兹的处世之道。然而，盖洛兹并不是一开始就在的，早期的情形孕育出盖洛兹这样的地方，让它脱颖而出，如果现在还是那种情形，他会很愿意去盖洛兹看看，多了解一点儿的。"你已经远离在山区、在卡拉班切尔和乌塞拉的感受了，"他想。"你堕落得太轻易了，"他想。不过，那究竟是堕落，还是仅仅失去了你最初的天真？在某种程度上，它们会是一回事吗？还有谁能保有对工作的最初的忠贞呢？年轻医生、年轻教士和年轻士兵刚投入工作时往往抱有的那种忠贞？教士当然还有，否则就干不下去了。"我猜纳粹有，"他想，"还有足够自律的共产主义者。可看看哈尔科夫吧。"

琢磨起哈尔科夫来，他从不会厌。他最近一次在盖洛兹时，哈尔科夫正对一位长期待在西班牙的英国经济学家赞叹不已。罗伯特·乔丹多年来一直读到这个人的著作，虽然不了解他本人，却一直对他抱有敬意。他不太喜欢这个人关于西班牙的文章，太浅薄，太简单，许多数据都是一厢情愿生造的。可他觉得，如果你真正了解一个国家，一定很难喜欢关于它的媒体报道，可这人本意是好的，所以他尊重他。

后来，他终于见到了这个人，就在进攻卡拉班切尔的那天下午。他们坐在斗牛场的掩体背后，两条街外有枪声作响，人人都很紧张，等待着发起进攻的时刻。他们答应调辆坦克过来，可一直没来。蒙特罗坐在一旁，头埋在双手里，说："坦克不会来了，坦克不会来了。"

那天很冷，风一直把黄土往街上吹。蒙特罗的左胳膊中了枪，已经僵了。"没坦克不行。"他说，"一定要等坦克来，可我们等不到了。"他受了伤，听上去很暴躁。

蒙特罗说，他觉得坦克说不定就停在电车轨道拐角的那栋公寓楼背后，罗伯特·乔丹便回头去找。的确在，但不是坦克。那时候，西班牙人管什么都叫坦克。那是一辆老式装甲车。驾驶员不肯开出公寓楼的那个角落到斗牛场去。他站在车后面，背靠车身钢板，双臂交叠，枕在脑后，头上戴一顶皮头盔。罗伯特·乔丹跟他说话时，他就这么摇着头，后脑勺一直压在胳膊上。然后，他甚至没看罗伯特·乔丹一眼，就转过头去。

"我没接到去那里的命令。"他没精打采地说。

罗伯特·乔丹拔出手枪，枪口顶上装甲车驾驶员的皮夹克。

"这就是命令。"他对那人说。那人摇头，顶着他那顶活像橄榄球运动员的头盔，说："机关枪没子弹。"

"我们有，在斗牛场。"罗伯特·乔丹告诉他，"快，我们走，到那里去装弹，快。"

"没人开枪。"驾驶员说。

"他人呢？你搭档呢？"

"死了。"驾驶员说，"在里面。"

"把他弄出来。"罗伯特·乔丹说,"把他从里面弄出来。"

"我不想碰他。"驾驶员说,"他卡在枪和方向盘中间,我过不去。"

"来吧,"罗伯特·乔丹说,"我们一起把他弄出来。"

钻进装甲车时,他"嘭"的一声撞到头,眉骨上破了个小伤口,血一直流到脸上。尸首很重,已经硬了,扳不动。那人脸朝下,卡在他的座位和方向盘之间,罗伯特·乔丹只能猛敲他的头,好让他从卡住的地方退出来。最后,他用膝盖把尸首的头顶了起来。头松开了,他抱住腰把尸首往后拽,一边拽,一边往车门退。

"搭把手。"他对驾驶员说。

"我不想碰他。"驾驶员说。罗伯特·乔丹看到他在哭。眼泪从他的鼻子两侧流出,顺着满是尘土的脸颊径直滚落,他还抽着鼻子。

罗伯特·乔丹站在车门边,摇晃着死尸,把它拖了出来。死人跌落在电车轨道旁的人行道上,仍然一副弯腰驼背、几乎对折起来的姿势。他躺在那里,身下是水泥人行道,脸色蜡一般灰白,手弯在身下,和在车里时一样。

"上车,该死的。"罗伯特·乔丹说,手枪对准了驾驶员。"上车,现在。"

就是这时,他看到了那个人。他从公寓楼背后走出来,穿一件长外套,没戴帽子,头发灰白,颧骨高耸,眼窝深陷,两眼靠得很近。他手里拿着一盒切斯特菲尔德香烟,抽出一支,递给罗伯特·乔丹,后者正举着手枪催驾驶员上车。

"就一分钟,同志。"他用西班牙语对罗伯特·乔丹说,"关于这场战斗,你能跟我说说吗?"

罗伯特·乔丹接过香烟,放进他蓝色机工外套的前胸口袋里。他见过这位同志的照片,这时已经认出来了,就是那位英国经济学家。

"去你的。"他用英语说完,转头换成西班牙语对装甲车驾驶员说,"开下去,到斗牛场,明白吗?"他重重地一拉侧门,"嘭"的一声关上,落锁。他们坐在车里,沿着长长的坡道开下去。子弹开始落在车身上，听起来像砸在铁锅炉上的小石子。接着，机关枪出马，变成了尖锐的锤子敲击声。他们开进斗牛场的掩体里，售票窗口边还贴着十月份的海报，弹药箱被砸开了，同志们都拿好了来复枪，手榴弹挂在腰上，塞在口袋里，守在隐蔽处等着。蒙特罗说："好，有坦克了，这下我们可以进攻了。"

那天夜里晚些时候，他们拿下了山上最后的房屋。他舒舒服服地躺在一堵砖墙后面，墙上掏了个洞当枪眼，透过洞眼望出去，前方铺展开的，是美丽平坦的原野，刚才他们就在那里交火，更远处，是法西斯败退的山岭。他享受着那堪称奢侈的安逸，想着山顶那栋别墅，掩护左翼进攻时，那房子被打成了一片废墟。他躺在稻草堆上，衣服都汗透了，裹着条毯子，等衣服慢慢干。躺着躺着，他想起那个经济学家，大笑起来，过后又觉得有些抱歉，他太粗鲁了。可那人手一伸，递给他一支香烟，活像是为里打听消息付的小费，那一刻，他身上爆发出的是战斗人员对非战斗人员的愤恨。

现在，他记起了，在盖洛兹，哈尔科夫也提到过这个人。"原来你就是在那里遇到他的。"哈尔科夫说，"那天我自己只到了托莱多桥就没再往前了。他朝交火点走了很远。我看啊，他的勇敢都在那天用完了。第二天他就离开马德里了。托莱多是他最像勇士的地方，我想是的。在托莱多时，他很厉害。他是我们拿下阿尔卡萨城堡的设计师之一，你应该在托莱多见过他。我相信，我们能够取胜，很大程度上是靠了他的努力和建议。这个问题很傻，不过跟我说说，美国人怎么看他？"

"在美国，"罗伯特·乔丹说，"人们认为他跟莫斯科关系很密切。"

"他没有。"哈尔科夫说，"他长得好，脸和言谈举止都非常好。靠我这张脸，什么都干不成。我拥有的那么一点点儿成绩，都和我的脸无关，它既不能鼓舞人，让没法打动人，让别人爱我或信赖我。可这个米切尔，他有一张能成就他的脸。那是共谋者的脸。无论是谁，只要在书里读到过共谋者，就会立刻信任他。而且他还有一种真正的共谋者的风度。任何看到他走进房间的人，立刻就会意识到，面前站着个第一流的共谋者。你那些有钱的同胞，好心想为苏联提供帮助的，不管是出于信仰，还是只想为自己留条后路，以备这个党有一天真的取胜时还能有份保障，从他的脸和言谈举止就能立刻知道，他不是别的，正是一名深受共产国际信任的中间人。"

"他和莫斯科没有联系？"

"完全没有，听着，乔丹同志。你知道这世上有两种傻瓜吗？"

"普通的和该死的？"

"不，是我们俄国的两种傻瓜。"哈尔科夫咧嘴一笑，开始解释，"第一种是冬天的傻瓜。冬天的傻瓜跑到你家门口，用力敲门。你打开门，看到他，发现以前从来没见过他。他是那种一见就不会忘记的人，个头非常大，穿着高筒靴和皮毛外套，戴一顶翻毛帽子，全身都是雪。首先，他跺跺脚，把靴子上的雪跺下来。接着，他脱掉他的皮毛外套，抖下来更多雪。再然后，摘掉他的翻毛帽子，在门上敲一敲，翻毛帽子上的雪也掉下来了。然后又跺跺脚，抬腿走进屋子里。这时候，你看着他，发现他是个傻瓜。那是冬天的傻瓜。"

"等到了夏天，你看到一个傻瓜从街上走过来，摇晃着他的胳膊，脑袋一抽一抽地左右转来转去，人人都离他起码两百码远，你就知道，他是个傻瓜。那是夏天的傻瓜。这个经济学家是个冬天的傻瓜。"

"那为什么这里的人都相信他呢？"罗伯特·乔丹问。

"因为他的脸啊。"哈尔科夫说。"他的漂亮的共谋者的脸。当然，还有他那手了不起的把戏，摆出一副腔调，好像刚从什么地方来，在那个地方他很有分量，很受信赖。当然，"他微微一笑说，"要玩这套把戏，他一定得经常跑来跑去。你知道的，西班牙人非常奇怪。"哈尔科夫接着说："这个政府很有钱，有很多黄金，但他们对朋友一毛不拔。你是个朋友，很好。你会免费帮忙，不该要求回报。可对于代表某个重要集团或国家的人，不那么友好，但很有影响力的人，对于这样的人，他们大方得很。仔细想想，这非常有趣。"

"我不喜欢这样。再说了，那些钱是属于西班牙劳动人民的。"

"你没必要喜欢这些事，只要去理解。"哈尔科夫告诉他，"每次见面我都告诉你一点儿，这样，最后你就能完成学习。一个接受教育的教授，这事儿很有意思。"

"我都不知道回去后还当不当得成教授。他们说不定会把我当成赤色分子赶出去。"

"噢，那你也许可以到苏联去，在那里继续你的研究。对你来说，那也许是最好的选择。"

"可我的专业是西班牙语。"

"说西班牙语的国家很多。"哈尔科夫说，"它们不可能全都像西班牙这么麻烦。而且，你一定要记得，你如今已经差不多九个月没干教授的活儿了。九个月，你可能已经学会了一门新营生。你读过多少唯物辩证法的书？"

"读过埃米尔·伯恩斯编的《马克思主义手册》。就这本。"

"要是读完了的话，那也不少了。有一千五百页呢，每一页都要花些功夫。不过还有一些你该读一读。"

"现在没时间读书。"

"我知道。"哈尔科夫说，"我是说以后。有很多书可读，能帮你理解现在发生的一些事。不过还应该有本书说说这场战争，把该说明白的东西都说明白，那非常有必要。也许我会写。我希望是我来写这本书。"

"我想不出还有人能比你写得更好了。"

"别恭维我。"哈尔科夫说，"我是个记者。不过跟所有记者一样，我想写文学作品。眼下，我正忙着研究卡尔沃·索特罗[1]。他是个非常好的法西斯主义者，一个真正的西班牙法西斯主义者。弗朗哥和其他人都不是。我已经研究了索特罗所有的著作和演说。他非常有头脑，就是太有头脑了，才会被杀。"

---

1. 卡尔沃·索特罗（José Calvo Sotelo，1893—1936），曾出任西班牙复辟时期独裁者米盖尔·普里莫·德·里韦拉的财政大臣，在内战中宣称"独裁胜于混乱"，并宣布自己是法西斯主义者，后遭暗杀身亡。

"我以为你不赞成政治暗杀。"

"这种事很常见。"哈尔科夫说，"非常，非常常见。"

"可是……"

"我们不赞成个人的恐怖行动。"哈尔科夫微笑着说，"当然，也不赞成罪恶的恐怖组织和反革命组织。我们非常讨厌布哈林之类惹是生非的凶残鬣狗，他们满口谎言，坏事做尽，还有像季诺维也夫、加米涅夫、里科夫和他们的追随者那样的人渣。我们憎恨、反感这些名副其实的恶棍。"他又微微一笑。"但我还是相信，政治暗杀可以说是非常常见的。"

"你的意思是……"

"我没什么意思。但不可否认，我们处死、消灭这种名副其实的恶棍、人渣、背信弃义的奸诈将领和不忠于职守的叛乱舰长。消灭的是这些人。这不叫暗杀。你明白其中的区别吗？"

"我明白。"罗伯特·乔丹说。

"还有，虽然我有时候会开玩笑——你知道开玩笑的危险吧？哪怕只是闹着玩。好——虽然我有时候会开玩笑，但别以为西班牙人现在没把那些甚至还在发号司令的将军毙了，以后就都不会后悔。我不喜欢舞刀弄枪，你知道的。"

"我不在乎他们。"罗伯特·乔丹说，"我不喜欢他们，但也不在乎他们。"

"我知道。"哈尔科夫说，"我听说过了。"

"那重要吗？"罗伯特·乔丹说，"我只是想诚实一点儿。"

"抱歉。"哈尔科夫说，"不过这也是能赢得人们信任的一种方法，要得到这样的评价，通常要花多得多的时间。"

"我算是可信的吗？"

"在工作中，大家觉得你是非常可信的。改天我一定要跟你聊一聊，看看你脑子里的自己是什么样的。我们还没真聊过，这是个遗憾。"

"我的脑子不管用了，除非我们能赢下这场战争。"罗伯特·乔丹说道。

"那你可以有好一阵子用不上它了。不过还是该注意多锻炼锻炼。"

"我看《工人世界》[1]。"我对哈尔科夫说。而他说："不错，好。我也是开得起玩笑的。不过《工人世界》上有一些文章非常有见地。关于这场战争的好东西都在上面了。"

"是的。"罗伯特·乔丹说，"我同意你的说法。不过要想看到当前局势的全景图，你就不能只读党刊。"

"是的。"哈尔科夫说，"可就算看二十份报纸，你也找不到那种所谓的全景图。就算找到了，我也不知道你要拿它做什么。我几乎一直都有这样的全景图，但我做的是，努力忘记它。"

"你觉得局势有这么糟糕？"

"现在比之前好些了，我们去除了一些最糟的，不过还是很不好。我们眼下正在组建一支庞大的军队，其中一些骨干队伍是可靠的，比如莫戴斯度的、'农民'的、利斯特的和杜兰[2]的。他们不只是可靠，他们非常了不起。你会明白的。而且我们还有国际纵队，虽然他们的角色一直在变。但好坏掺杂的军队是没有办法赢得战争的。所有队伍都必须达到一定的政治水平——所有人都必须知道他们为什么而战，这很重要。所有人都必须对他们要打的战争满怀信心，而且都必须遵守纪律。我们征兵建立一支庞大的军队，却没有时间把纪律灌输给他们，这是新建部队必须做的，能确保他们面对枪炮能知道该怎么做。我们说这是一支人民的军队，可它却没有真正的人民军队的长处，它没有征兵军队应有的钢铁纪律。你会看到的，这非常危险。"

"你今天情绪不高啊。"

"是啊。"哈尔科夫说，"我刚从巴伦西亚回来，在那里见了很多人。没人从巴伦西亚回来还能情绪高的。在马德里，你感觉很好，一切

1.《工人世界》，西班牙共产党期刊，创刊于1931年。

2. 古斯塔夫·杜兰（Gustavo Durán，1906—1969），西班牙内战期间为共和军军官，战败后经英国流亡美国，取得美国国籍后，经老友海明威推荐，入职美国驻哈瓦那大使馆，官至助理国务卿后离职加入联合国工作，同时也是一名作曲家。

都很顺利，除了赢得战争就没有第二种可能。巴伦西亚是另一回事，从马德里逃跑的懦夫们还掌管着那里。他们高高兴兴地安顿下来，懒洋洋地施行统治，浑身官僚气。他们瞧不起马德里的人，如今他们操心的是如何削弱军需部。还有巴塞罗那，你真该去看看巴塞罗那。"

"那里怎么样？"

"整个城市还是像个滑稽剧场。一开始，它是狂想家和革命空想家的天堂，现在是冒牌战士的天堂。这种军人，喜欢穿制服，喜欢大摇大摆、趾高气扬地走路，戴红黑相间的领带。他们喜欢战争的一切，除了战斗。巴伦西亚让人难受，巴塞罗那让人发笑。"

"马克思主义统一工人党[1] 的起义怎么样了？"

"马统工党从来就不成气候。那是妄想家和极端分子的异端邪说，其实就是个巨婴。里面有一些靠得住的人，但是走错了路。有一个相当好的军师，还有一点儿法西斯的钱。不多。可怜的马统工党，都是些非常愚蠢的人。"

"可很多人都在起义时死了？"

"比不上事后被枪毙和即将枪毙的人多。马统工党，P.O.U.M。像个什么名字，不成气候。他们应该叫M.U.M.P.S（流行性腮腺炎）或M.E.A.S.L.E.S（麻疹）才对。哦不，麻疹还要危险得多，光凭看和听就能传染。不过你知道，他们有个计划，要杀死你，杀死沃尔特，杀死莫戴斯度，杀死普列托。你知道他们有多糊涂？跟我们一点儿都不一样。可怜的马统工党，他们一个人都没杀过，不管在前线还是在其他地方。是了，在巴塞罗那杀了几个。"

"你当时在那里？"

"是的。我打电报发了篇报道，讲那个臭名昭著的托洛茨基杀人犯组织的邪恶，还有他们所有那些卑鄙到极点的法西斯阴谋诡计。不

---

1. 马克思主义统一工人党（西班牙语：Partido Obrero de Unificación Marxista），简称马统工党（P.O.U.M），创建于第二共和国的西班牙共产主义政党，活跃于内战时期，政治主张极左。

过，咱们私下说说，那都不算严重，那个马统工党。尼恩[1]是他们中唯一算得上个人物的，我们逮到过他，可他又从我们手中溜走了。"

"他现在在哪里？"

"巴黎，我们说他在巴黎。他是个很讨人喜欢的家伙，可惜政治上脱轨得太厉害。"

"可他们还是跟法西斯有联系，不是吗？"

"谁没有呢？"

"我们就没有。"

"谁知道？希望我们没有吧。你经常要去敌后。"他咧嘴笑道，"不过共和国驻巴黎大使馆一名官员的兄弟上星期刚出了个差，到圣让德吕兹去见布尔戈斯来的人。"

"我更喜欢待在前线。"罗伯特·乔丹说，"越靠近前线的人越好。"

"你觉得法西斯敌后情况怎么样？"

"很好，我们在那里的人很不错。"

"所以，你看，他们在我们后方肯定也一样有些很好的人手。我们找出他们，枪毙掉，他们也会找出我们的人，枪毙他们。你在他们地盘上时，一定要时刻记着，他们必定也派了很多人到我们这边来。"

"我想过这些。"

"很好。"哈尔科夫说，"你今天想的事情大概已经够多了，把罐子里的啤酒都喝了，然后就走吧。我得上楼去看看别人了。'上层人'。回头再来看我吧，早些来。"

是的，罗伯特·乔丹想。你在盖洛兹学会了很多东西。哈尔科夫读过他的书，那也是他唯一一出版的著作。那本书不算成功，只有两百页，他怀疑有没有两百人读过。他把自己游历西班牙十年的见闻都写进了这本书里，徒步的，坐三等车厢的，搭公交车的，骑在马背或骡子

---

1. 尼恩，全名安德雷斯·尼恩·佩雷兹（Andrés Nin Pérez，1892—1937），1936年巴塞罗那劳动节起义时的领导人，一个月后政府宣布马统工党非法，尼恩被捕，遭受刑讯折磨后，去向及死因成谜。

背的，窝在卡车里的。他非常了解巴斯克地区、纳瓦拉、阿拉贡、加利西亚，两个卡斯蒂利亚[1]和埃什特雷马杜拉。关于这些，博罗、福特和其他人已经写过太多好书了，没多少可以留给他补充的[2]。不过哈尔科夫说那是一本好书。

"那就是我会为你操心的原因。"他说，"我认为你写得绝对真实，这非常难得。所以我想让你了解一些东西。"

没问题。等打完这场仗，他会再写一本书。但只写他知道的事，真正了解的，只写他知道的。"不过，要把握好它们，我得当个比现在好得多的写作者才行，"他想。他在这场战争中了解到的东西，没那么简单。

---

1. 即旧卡斯蒂利亚和新卡斯蒂利亚，前者包括今卡斯蒂利亚-莱昂自治区、坎塔布里亚自治区、拉里奥自治区等的部分区域，后者大体为今马德里和卡斯蒂利亚-拉曼查自治区范围。这里提到的多为西班牙古王国名，沿用至今，演变为大区名或文化历史地域名。只有巴斯克地区，为欧洲土著民族巴斯克人分布地区，通行巴斯克语，大致位于比利牛斯山西端、比斯开湾沿岸，包括西班牙中北部和法国西南部部分地区。

2. 乔治·博罗（George Henry Borrow，1803—1881），英国作家，基于自身在欧洲的旅行经历写过许多游记小说，代表作《圣经在西班牙》（*The Bible in Spain*，1843），讲述其本人于1835年至1838年间在西班牙游历并销售《圣经》的故事。
理查德·福特（Richard Ford，1796—1858），英国旅行作家，以西班牙题材的作品著称，著有《西班牙旅行指南》（*A Handbook for Travellers in Spain*，1845），被奉为旅行文学的杰作之一。

第十九章

"你坐在这里干什么呢？"玛利亚问他。她站在他身边，贴得很近，他转过头，对她微微一笑。

"没什么。"他说，"我在想事情。"

"想什么？桥？"

"不是，桥已经想好了。想你，想马德里的一家酒店，我在那里认识一些俄国人。还有，想我打算写的一本书。"

"马德里有很多俄国人吗？"

"不，很少。"

"可法西斯的杂志上说那里有成千上万的俄国人。"

"他们胡说的，非常少。"

"你喜欢俄国人吗？上次来的那个就是俄国人。"

"你喜欢他吗？"

"喜欢。那时候我生病了，可我觉得他很好看，很勇敢。"

"什么胡话，好看？"皮拉尔说，"他鼻子塌得跟我的手掌一样，颧骨宽得像绵羊屁股。"

"他是我的好朋友、好同志。"罗伯特·乔丹对玛利亚说，"我非常喜欢他。"

"是啊。"皮拉尔说，"可你开枪把他打死了。"

这话一出口，桌边玩牌的几个都抬起头来，巴勃罗也定定地看着罗伯特·乔丹。没人说话，直到吉普赛人拉斐尔问："真的吗，罗伯托？"

"是。"罗伯特·乔丹说。他真希望皮拉尔没提起这茬，希望自己没在"聋子"那里说起过这回事。"他要求的，他伤得很重。"

"真是古怪。"吉普赛人说，"跟我们在一起时，他整天都在念叨这种可能。我都不知道答应过他多少次，说到时候会帮他。真是古怪。"他又说了一遍，摇着头。

"他是个非常不一般的人。"普里米蒂沃说，"非常少见。"

"瞧，"安德雷斯，那两兄弟中的一个，说，"你怎么说都是教授，你相信有人能预见到将来会发生在自己身上的事吗？"

"我认为他不是预见到了。"罗伯特·乔丹说。巴勃罗好奇地盯着他，皮拉尔也看着他，面无表情。"就这位俄国同志的事来说，他在前线待得太久，太紧张了。之前他在伊伦，那里的情况，你们知道，很糟，非常糟。后来他到了北方继续战斗。从我们刚开始有组织在敌后战斗以来，他就在这些地方工作，埃什特雷马杜拉、安达卢西亚，都有。我想他就是太累了，太紧张，才会设想最糟糕的情况。"

"他的确见过很多不幸的事。"费尔南多说。

"人人都一样。"安德雷斯说，"不过听我说，英国人。你认为有没有这样的事，就是有人能提前知道自己的命运？"

"没有。"罗伯特·乔丹说，"那是愚昧迷信。"

"接着说，"皮拉尔说，"让我们听听教授的看法。"她的口气像在哄早熟的孩子。

"我相信恐惧会制造出可怕的幻象。"罗伯特·乔丹说，"让人看到凶兆……"

"就像今天的飞机。"普里米蒂沃说。

"就像你的到来。"巴勃罗轻声说，罗伯特·乔丹隔着桌子看看他，发现那不是挑衅，只是不小心说出了心里话，于是接着说，"看到凶兆，心怀恐惧的人就会想象自己的死亡，有了这样的想象，人就会觉得那是预感。"罗伯特·乔丹总结道，"我相信就是这么回事。我不相信吃人的妖怪，不相信算命者，不相信超自然的东西。"

"但这个怪名字的人完全预见到了他的命运。"吉普赛人说，"那又是怎么回事？"

"他不是预见到的。"罗伯特·乔丹说，"他害怕这种可能性，结果这就成了他的心结。没人能证明他预见到了任何东西。"

"我也不行？"皮拉尔问他，一边从火边捡起一点儿炭灰，搁在掌心，吹掉，"我也不能向你证明？"

"不能。不管是什么魔法，还是吉普赛人的东西，所有这些，你都不能向我证明这一点儿。"

"那是因为你聋得出奇。"皮拉尔说，烛光下，她的大脸显得严厉又粗野，"并不是说你就是个蠢蛋，你只是聋，耳聋的人听不到音乐，也听不了收音机。所以他可以说，从来没听过，这些东西都不存在。得了吧，英国人。我在那个怪名字的家伙脸上看到了他的结局，清楚得就像烙铁烙上去的一样。"

"你没有。"罗伯特·乔丹坚持，"你看到的是恐惧和担忧。恐惧是他的经历造成的，担忧是因为他想象的那些不幸。"

"得了吧。"皮拉尔说，"我看到了死神，清清楚楚，几乎就坐在他的肩膀上。而且，他身上还散发着死亡的气味。"

"他散发着死亡的气味？"罗伯特·乔丹揶揄道，"也许是恐惧，恐惧的气味。"

"是死亡。"皮拉尔说，"听着，布兰奎特是有史以来最了不起的花镖手，那时他为格拉内罗工作，他告诉我，马诺拉·格拉内罗[1]死的那天，在去斗牛场的半路上，他们顺道去了一趟教堂，当时马诺拉身上的死亡气味浓到布兰奎特差一点儿就吐了。他一直和马诺拉在一起，出发前一起在酒店洗澡、换衣服。坐车去斗牛场时，他们挤在一辆车里，当时都没有那股气味。在教堂里时，除了胡安·路

---

1. 马诺罗（Manolo）是曼努埃尔（Manuel）的变体。即曼努埃尔·格拉内罗（Manuel Graneroy Valls，1902—1922），西班牙斗牛士，出生于巴伦西亚的皮拉尔地区，死于马德里的一场斗牛表演。胡安·路易斯·德·拉·罗萨（Juan Luis de la Rosa，1901—1938）和马西亚尔·拉兰达（Marcial Lalanda，1903—1990）都是当时与他同场表演的西班牙斗牛士。奇库埃洛是他首次登场的见证人，本名曼努埃尔·吉梅内斯·莫雷诺（Manuel Jiménez Moreno，Chicuelo，1902—1967），也是斗牛士。

易斯·德·拉·罗萨，其他人也都没察觉。他们四个排成一列出场时，马西亚尔没闻到，奇库埃洛也没闻到。但布兰奎特告诉我，胡安·路易斯一脸惨白。布兰奎特说过，他当时说，'你也是？'

"'我都快喘不上气了。'胡安·路易斯对他说，'是你的剑刺手身上的。'

"'无论如何，'布兰奎特说，'我们什么也做不了。只能希望是我们弄错了。'

"'其他人呢？'胡安·路易斯问布兰奎特。

"'完全没有。'布兰奎特说，'完全没有。不过这比何塞在塔拉韦拉那次还难闻。[1]'

"就是那天下午，维拉古阿养牛场来的那头叫波卡贝纳的公牛，在马德里斗牛场里把马诺罗·格拉内罗顶死了，就顶在二区看台前的护栏板上。我在现场，和菲尼托一起，我亲眼看见的。牛角刺穿了他的颅骨，马诺罗被甩在护栏边的地上，头卡在横栏下面。"

"你闻到什么了吗？"费尔南多问。

"没有。"皮拉尔说，"我离得太远了。我们在三区看台的第七排。像这样，刚好是个斜角，所以我能看到整个过程。当天晚上，在福尔诺斯饭店里，布兰奎特跟菲尼托说起这件事——小何塞死的那天，布兰奎特刚好也是他的助手。菲尼托问了胡安·路易斯·德·拉·罗萨，他什么都不肯说，但还是点了点头，表示那是真的。当时我就在场。所以说，英国人，也许你在某些事情上是聋的，和奇库埃洛、马尔西亚·拉兰达，他们所有的花镖手和长矛手，还有胡安·路易斯和马诺罗·格拉内罗的人一样，在那天的那件事情上都是聋的。但胡安·路易斯和布兰奎特不聋。我在这种事情上也不聋。"

"明明是鼻子的事，你为什么要说聋？"费尔南多问。

---

1. 即小何塞（Joselito，全名José Gómez Ortega，1895—1920），西班牙著名天才斗牛士，出身斗牛世家，17岁即获剑刺手称号，是赢得该称号年龄最小的斗牛士。1920年在塔拉韦拉的一场斗牛赛中被公牛刺伤身亡。

"滚蛋！"皮拉尔说，"其实英国人不是教授，你才是，对吧。但我可以告诉你一些别的事，英国人，不要只因为你看不到或者听不到，就去怀疑。你听不到狗能听到的声音，也闻不到狗能闻到的味道。但你总也有过一些经历，可以明白究竟有什么能发生在人身上。"

玛利亚抬起手，搁在罗伯特·乔丹的肩膀上，没再动弹。他突然闪过一个念头，我们还是结束这些废话，好好利用我们的时间吧。不过现在还太早了。我们不得不先消磨掉晚上的这一段时间。于是，他对巴勃罗说："嘿，你，你相信这些神奇魔法吗？"

"我不知道。"巴勃罗说，"我更赞成你的观点。我从来没遇到过超自然的事。至于恐惧，当然有过，很多，但我相信皮拉尔能看手相预测事情。如果她没瞎说，那也许就是真的闻到过这种事情的味道。"

"我会瞎说才有鬼了。"皮拉尔说，"这可不是我编出来的。那个布兰奎特是最正经的，而且还非常虔诚。他不是吉普赛，是个从巴伦西亚来的布尔乔亚。你难道没见过他？"

"见过。"罗伯特·乔丹说，"我见过他很多次。是个小个子，脸色灰白，没人能比他用斗篷用得更好了。他跑起来就像一只兔子。"

"一点儿不错。"皮拉尔说，"他脸色发灰，是因为有心脏病，吉普赛人说死神一直伴随着他，可他总能用斗篷把它赶开，就像你掸去桌子上的灰一样。他不是吉普赛人，可小何塞出战塔拉韦拉那天，他还是闻到了他身上死亡的味道。虽然我没亲眼看到，他是怎么从曼赞尼亚的酒味中分辨出那种味道的。布兰奎特后来说起这事，自己都很吃不准，那些听他说话的人也都说那是幻觉，说他闻到的是何塞腋窝下的汗味，毕竟他过的就是那种日子。可结果呢，后来又出了马诺罗·格拉内罗这档子事，这次还多了个胡安·路易斯·德·拉·罗萨。当然，胡安·路易斯名声不好，但他在自己的活计上相当敏锐，对女人也很有一手。可是布兰奎特很正经，话很少，而且完全不知道怎么编瞎话。我告诉你，那时候，我在你那位同事身上闻到了死亡的气味。"

"我不信。"罗伯特·乔丹说，"你也说了，布兰奎特只是在入场式之前才闻到味道的，就在斗牛开始以前。那么好，那次行动是成功的，你们和哈什金炸火车那次，他没死在行动里，那你怎么会闻到呢？"

"跟这个没有关系。"皮拉尔解释道，"伊格纳西奥·桑切斯·梅亚斯[1]的最后一个赛季时，他身上的死亡气味重到很多人在咖啡馆都不愿和他坐在一起。所有吉普赛人都知道这事儿。"

"人死之后，这类故事就都冒出来了。"罗伯特·乔丹争辩说，"人人都知道，桑切斯·梅亚斯早晚会被顶死，因为他太久没训练了，因为他风格激烈、危险度高，还因为他的体力、腿脚灵活度和反应都大不如从前了。"

"当然。"皮拉尔对他说，"这些都是对的。但所有吉普赛人也都知道，他身上有死亡的味道，当他走进罗萨别墅饭店时，你会看到，像里卡多和菲利普·冈萨雷斯这些人都会从吧台后面的小门溜走。"

"也许他们欠他钱。"罗伯特·乔丹说。

"有可能。"皮拉尔说，"很有可能。不过他们也都闻到那味道了，人人都知道。"

"她说的是真的，英国人。"吉普赛人拉斐尔说，"在我们圈子里，这事很出名。"

"我一个字都不信。"罗伯特·乔丹说。

"听着，英国人，"安塞尔莫开了口，"我反对所有这类神神道道。但要说起预见这类事情，这位皮拉尔是鼎鼎有名的。"

"可那味道究竟是什么样的？"费尔南多问，"那是什么气味？如果说有这么一种气味，那肯定说得出。"

"你想知道，费尔南迪诺？"皮拉尔对他露出一个微笑，"你觉得你能闻到？"

"如果真的有，为什么我就闻不到？别的味道我都能闻到。"

---

1. 伊格纳西奥·桑切斯·梅亚斯（Ignacio Sanchez Mejias, 1891—1934），西班牙最受欢迎的斗牛士之一，一度投身文学艺术领域，与众多作家、诗人和艺术家交好，本人也写过几部在当时受到好评并翻译成多国语言的戏剧。1934年，其重返斗牛场后意外身亡，众多诗人为此作诗悼念。

"为什么不呢？"皮拉尔的大手环着膝盖，取笑他，"你坐过船吗，费尔南多？"

"没有，我也不想坐。"

"那你恐怕是闻不出来了。因为那气味有一部分就和船上的一样，当你在船上，遇到暴风雨，舷窗紧闭。你把脑袋凑到舷窗上紧锁的黄铜把手上，脚下的船左摇右晃，晃得你头晕，胃里难受，这时候，你就知道这一部分气味是什么样的了。"

"那我不可能知道了，因为我绝对不会踏上任何一艘船。"费尔南多说。

"我坐过几次船。"皮拉尔说，"去墨西哥和委内瑞拉都是坐船。"

"剩下的那部分气味是什么样的？"罗伯特·乔丹问。皮拉尔正自豪地回味她的旅行，闻言嘲弄地看了他一眼。

"好吧，英国人，学着些。就是这样，学着些。好吧，知道了船上的气味以后，你必须到马德里，一大早下山，往托莱多桥的方向走，去屠宰场，曼萨纳雷斯河上起了雾，你就站在湿漉漉的地上，等一个老妇人，她天不亮就赶去喝刚宰杀的牲口的血。当这样一个老妇人从屠宰场里走出来，裹着她的围巾，脸色灰白，眼窝凹陷，因为上了年纪，下巴和脸颊上还长出了毛须，就从蜡白的脸上钻出来，像豆子里发出的芽须，不是粗硬的胡子，是软软的芽须，从她死人般的脸上长出来。这时候，你要上前紧紧抱住她，英国人，把她搂进怀里，吻她的嘴，你就会知道余下的气味是什么了。"

"这可倒了我的胃口了。"吉普赛人说，"芽须什么的太恶心了。"

"你还想听吗？"皮拉尔问罗伯特·乔丹。

"当然。"他说，"如果有必要学习，那我们就学。"

"那什么老女人脸上的芽须恶心到我了。"吉普赛人说，"为什么老女人会有那个，皮拉尔？我们都不这样。"

"不。"皮拉尔嘲弄地说，"老女人和我们一样，年轻时苗条得很，当然，除了永远隆起的地方，那是她丈夫爱她的标记，每个吉普赛人见到她就激动……"

"别这么说，"拉斐尔说，"这太恶毒了。"

"噢，你不舒服了。"皮拉尔说，"你见过那样的吉普赛女人吗，不是在怀孕，就是刚生下孩子，从来没有停过？"

"你啊。"

"算了吧。"皮拉尔说，"没有人能永远刀枪不入。我要说的是，年龄会把它本来的丑陋带给每一个人。没必要说那么细。但如果英国人一定要学会分辨那种他一心想知道的气味，就一定要在大清早到屠宰场去。"

"我会去的。"罗伯特·乔丹说，"但我不会吻，只要她们经过我就会知道了。我也害怕芽须，跟拉斐尔一样。"

"吻一个。"皮拉尔说，"去吻一个，英国人，看在要长见识的份上，然后，带着鼻孔里的这份味道，走回城去，当你看到个垃圾桶，里面有枯死的花，就把你的鼻子伸进桶里，深吸一口气，让留在你鼻子里的味道和这些味道混在一起。"

"好，我这么做了。"罗伯特·乔丹说，"那是什么花？"

"菊花。"

"继续。"罗伯特·乔丹说，"我闻了。"

"然后，"皮拉尔接着说，"重要的是，那天应该是秋天，下着雨，最少也要有些雾，初冬也行。现在，你应该继续走，穿过城市，沿着健康路走，遇到什么闻什么。在那里，妓院应该正在打扫卫生，往排水沟里倒便桶，这种爱的体力劳动残留的味道混着讨人喜欢的肥皂水和香烟屁股味道，淡淡地飘进你的鼻孔。你应该继续走到植物园，天一黑，没法在屋子里干活儿的姑娘都会到那里去，靠在人行道边的公园铁门和尖头铁栅栏上。就在铁栅栏边，树下的阴影里，她们会满足男人的一切期望——从十分钱的最简单的要求，到一个比塞塔[1]的能让

---

1. 比塞塔（peseta），2002年欧元流通前西班牙和安道尔的货币单位，1比塞塔等于100分（céntimo），但由于通货膨胀，分币在1983年退出流通。欧元取代比塞塔时，1欧元约合166.386比塞塔。

我们来到这个世界的大服务。那里的花坛里都是死花，还没来得及拔掉种上新的，刚好可以当垫子，比马路边软和得多。你可以在那里找到一个被人丢掉的麻袋，带着湿土、死花和夜里那些事的味道。那条麻袋里集中了所有气味的精华，无论是死去的土还是死去的花茎，还是它烂掉的花，那种气味兼具了人类的死亡与出生。你要把那条麻袋套在头上，呼吸。"

"不。"

"是的。"皮拉尔说，"你要把这条麻袋套在你的头上，努力呼吸。然后，如果之前那些气味还在，你深深地吸一口气，就会闻到我们说的那种，死亡即将降临的气味。"

"好吧。"罗伯特·乔丹说，"你是说，哈什金在这里那会儿闻起来就是这样？"

"是。"

"噢，"罗伯特·乔丹一本正经地说，"要真是那样，我开枪打死他倒是好事了。"

"精彩。"吉普赛人说。其他人大笑起来。

"好极了。"普里米蒂沃赞同，"这可要把她难住一阵子了。"

"可是，皮拉尔，"费尔南多说，"你肯定不能指望像罗伯托先生这样有学问的人去做这么脏的事情。"

"不能。"皮拉尔同意。

"那全部都是最恶心的事。"

"是。"皮拉尔同意。

"你不可能指望他真去做那些有失身份的事吧？"

"不。"皮拉尔说，"睡觉去吧，你，行吗？"

"可是，皮拉尔……"费尔南多还想说。

"闭嘴，行吗？"皮拉尔突然恶狠狠地对他说，"别像个傻瓜一样，我是不会犯傻去跟个连话都听不明白的家伙说话的。"

"我承认我没听明白。"费尔南多开口道。

"不要承认，也不要想弄明白。"皮拉尔说，"外面还在下雪吗？"

罗伯特·乔丹走到洞口，掀起毯子往外看了看。外面夜色明朗，很冷，雪停了。他望着对面的树干，树根下是白的；往上，树梢上方的天空干干净净。空气随着呼吸钻进他的肺里，又冷又利。

"'聋子'今晚去偷马的话，会留下很多脚印，"他想着。

他放下毯子，回到热气腾腾的山洞。"天晴了。"他说，"风雪停了。"

第二十章

　　此刻，他躺在夜空下，等待姑娘到来。现在没有风，松树寂静无声。白雪覆盖了整片土地，树干兀立雪中。他躺在睡袋里，感受着身下的软和，那是他刚做好的床。他伸长了双腿，让睡袋的温暖包裹自己。空气冷冽，围绕着他的头，随着呼吸钻进他的鼻孔。他侧身躺着，脑袋下枕着鼓囊囊的长裤和外套，他用它们包住鞋子做成枕头，身下贴着冰凉的金属壳，是他的大自动手枪，脱衣服时他把枪从套子里拿了出来，系在右手腕上。他把枪拨到一边，又往睡袋深处钻了钻，眼睛望着雪地对面，岩石之间黑洞洞的地方是山洞口。天空很晴朗，雪地的反光够亮，足以看清山洞那边林立的树干和岩石的轮廓。

　　晚上早些时候，他带着斧头，走出山洞，穿过新铺了一地的雪，到空地边缘砍下一棵小杉树。他拽着树干，摸黑拖到石头山壁下的背风地里。在岩石边，把小树立起来，一手扶稳树干，一手握在斧头柄根部，砍掉所有枝桠，直到他有了一大堆树枝。然后，留下这堆枝桠，他把光溜溜的木杆放倒在雪地里，走进洞，拿出一块木板，他早看好了，木板就靠在墙边。用这块木板，他沿着石壁扫出一片空地，捡起他的树枝，抖干净枝上的雪，一根根排好，就像一层层叠起的羽毛，直到他有了一张床。他把光木杆横在树枝床的床尾，固定好树枝，又从木板边上劈下两片楔片，钉好，卡牢木杆。

　　然后才拿起木板和斧头回山洞去，他猫腰从毯子下钻进去，把两样东西都放在墙边。

　　"你在外面干什么？"皮拉尔问。

“我做了个床。”

“不要把我的新搁板劈了做你的床。”

“抱歉。”

“没什么要紧。”她说，“锯木场里还有。你做的哪种床？”

“我家乡那种。”

“那祝你睡得好。”她说。罗伯特·乔丹打开两个背包中的一个，拽出睡袋，把其他东西都收拾好，放回包里。他带着睡袋往外走，又一次弯下腰，从毯子下钻过去，把睡袋铺在树枝床上，封口的一头靠着横钉在床脚的木杆。开口的一头则有悬崖岩壁的保护。铺好后，他回洞里拿背包，可皮拉尔说：“它们可以放在我旁边，跟昨晚一样。”

“你们安排人放哨了吗？”他问，“今晚亮堂得很，风雪停了。”

“费尔南多会去。”皮拉尔说。

玛利亚在山洞最里面，罗伯特·乔丹看不到她。

“大家晚安。”他说，“我要去睡了。”

至于其他人，都在忙活，有的推开木板桌和皮凳，好腾出地方睡觉，有的把毯子和铺盖卷铺在炉灶前的地上。普里米蒂沃和安德雷斯抬头看着他，说：“晚安。”

安塞尔莫已经在角落里睡着了，裹着他的毯子和斗篷，连鼻子都没露出来。巴勃罗睡在他的椅子里。

“你要拿张羊皮去铺床吗？”皮拉尔轻声问罗伯特·乔丹。

“不用了，”他说，“谢谢你。我用不着。”

“睡个好觉。”她说，“我会负责照看好你的东西。”

费尔南多和罗伯特·乔丹一起出来，在他铺睡袋的地方站了站。

“你喜欢睡在外面，这真是古怪，罗伯托先生。”他站在黑暗中，蒙着他的毛毡斗篷，卡宾枪斜挎在肩上。

“我习惯了。晚安。”

“习惯了就好。”

“你什么时候换班？”

"四点。"

"这段时间可冷得很。"

"我习惯了。"费尔南多说。

"既然习惯了，那就好……"罗伯特·乔丹客气地说。

"是的。"费尔南多同意，"我这就得过去了。晚安，罗伯托先生。"

"晚安，费尔南多。"

然后，他就用脱下来的衣服做了个枕头，钻进睡袋，躺下等待，感受着轻盈蓬松的温暖睡袋和身下树枝床的弹性，盯着雪地那头的洞口，一边等，一边只觉得心怦怦直跳。

夜色很亮，他的头脑跟空气一样清楚又冷静，嗅着身下松枝的味道、芽头被碾碎的松香、枝桠断口上更浓烈的树脂气味。"皮拉尔，"他想着。"皮拉尔和死亡的气味，这才是我爱的味道。这个，刚割下的苜蓿，你坐着的牛车碾碎了鼠尾草，还有秋天里木头的烟和燃烧的树叶——那一定是乡愁的味道；秋天，米苏拉街头一堆落叶点燃时冒出的烟的味道。你喜欢哪种味道？是印第安人加在篮子里的茅香，烟熏的皮革，春天里雨后泥土的气息，在加利西亚的海岬上穿行金雀花丛时海的味道，还是黑暗中将要抵达古巴时陆上吹来的风？那是仙人掌花、含羞草和海葡萄灌木丛的味道。又或者，你更愿意在饥饿的清晨闻到煎培根的香味，早晨的咖啡，一口咬下去的乔纳森苹果[1]，还是正在榨的苹果汁、新鲜出炉的面包？你肯定是饿了，"他想。他侧身躺着，借着雪地映出的星光，注视着山洞入口。

有人从毯子下面钻出来了，他看不清是谁，只看到那人站在岩石间黑乎乎的洞口边。他听到雪地里传来一阵窸窣声，那人急忙弯下腰，又钻了回去。

"我看，不等他们睡着，她是不会来了，"他想。这是浪费时间。夜都过了一半了。噢，玛利亚，现在就来吧；玛利亚，没时间了。他听到枝头的雪跌落到雪地上的轻柔声响。

---

1. 一种美国产的红皮晚秋苹果。

起微风了，他的脸上有感觉。突然，想到她有可能不来，他心里一阵恐慌。风已经起了，提醒他，很快就要天亮了。更多雪从树枝上落下，现在，他能听到，风摇动着松树的枝梢。

"快来，玛利亚。请快来，就现在，到这里来，"他想。"噢，现在就来吧。不要等。别等到他们都睡着，那一点儿都不重要。"

就在这时，他看到她了，从遮住洞口的毯子下钻出来。她站了会儿。他知道是她，但看不见她在做什么。他轻轻吹了声口哨，她还是站在洞口的岩石阴影里，忙着什么。接着，她跑过来了，手里抓着什么。他看见她大步跑过雪地。下一刻，她跪在了睡袋边，头用力贴着他，拍了拍脚板上的雪。她吻吻他，递给他一包东西。

"把这个放在你的枕头旁边。"她说，"我在那边就脱掉了，节省时间。"

"你光着脚从雪地上跑过来的？"

"是的。"她说，"只穿着我的婚礼衬衫。"

他紧紧搂住她，拉进怀里。她用头摩挲着他的下巴。

"别碰我的脚。"她说，"很冰，罗伯托。"

"把脚靠过来，暖和一下。"

"不。"她说，"很快就暖和了。不过，现在快说你爱我。"

"我爱你。"

"好，好，好。"

"我爱你，小兔子。"

"你爱我的婚礼衬衫吗？"

"就是之前那件吧。"

"是的，跟昨晚一样，这是我的婚礼衬衫。"

"把你的脚放过来。"

"不，那太不像样了。它们自己会暖和起来的，我觉得挺暖和。只不过刚踩过雪，会冰到你。再说一次。"

"我爱你，我的小兔子。"

"我也爱你，我是你的妻子了。"

"他们睡了？"

"没有。"她说，"可我等不了了。这要紧吗？"

"一点儿也不。"他说，感觉她紧贴着他，苗条，纤长，温暖迷人，"别的东西都不重要。"

"抱着我的头。"她说，"让我看看，我能不能吻到你。"

"这样好吗？"她问。

"好。"他说，"脱掉你的婚礼衬衫。"

"你觉得我该脱掉吗？"

"是的，不冷的话。"

"什么话！冷，我都着火了。"

"我也是，可晚些时候你不会冷吗？"

"不会。一会儿我们就会像林子里的动物一样，没有人能分得清我们谁是谁，谁又是另一个。你没觉得我的心就是你的心吗？"

"是的，完全没有差别。"

"现在，感觉一下。我就是你，你就是我，我们完全变成了彼此。我爱你，噢，我是那么爱你。你是真的吗？你感觉得到吗？"

"是的。"他说，"是真的。"

"那感觉一下。你的心没有了，换成了我的。"

"腿也没有了，脚也没有了，整个身体都没有了。"

"可我们不一样。"她说，"我会让我们俩变得一模一样的。"

"你不是当真的。"

"是的，我是，我是，这就是我要告诉你的。"

"你不是当真的。"

"也许我不是。"她轻声说，嘴唇贴着他的肩头，"可我想这么说。既然我们不一样，那我很高兴，你是罗伯托，我是玛利亚。可要是你希望我改变，我就会高高兴兴地改变，无论什么时候。我会变成你，因为我是那么爱你。"

"我不希望你改变。做自己更好，人人都该做自己。"

"可我们现在就要变成一整个人了，再也不会分开。"这时，她说，"你不在的时候，我就是你。噢，我是那么爱你，我一定要好好照顾你。"

"玛利亚。"

"在。"

"玛利亚。"

"在。"

"玛利亚。"

"噢，我在。拜托。"

"你不冷？"

"噢，不冷。把睡袋拉好，盖住你的肩膀。"

"玛利亚。"

"我说不出话了。"

"噢，玛利亚，玛利亚，玛利亚。"

伴着深夜的寒冷，他们躺在温暖的长睡袋里。她的头挨着他的脸颊，紧紧挨着，她安静地躺着，满心欢喜，贴着他，温柔地说："你呢？"

"一样。"他说。

"是啊。"她说，"不过跟今天下午不一样。"

"不错。"

"不过我更爱这个，不用死过去。"

"希望不会。"他说，"我希望不会。"

"我不是那个意思。"

"我知道，我知道你的意思，我们说的是一回事。"

"那你为什么要换个说法来说我的意思？"

"对于男人来说，这是不同的。"

"那么，我很高兴我们是不同的了。"

"我也是。"他说，"可我知道死亡是怎么回事。我这么说只是出于习惯，身为男人的习惯，我跟你的感觉是一样的。"

"不管你什么样，不管你说什么，都是我希望的样子。"

"我爱你，我爱你的名字，玛利亚。"

"就是个普通名字。"

"不。"他说，"不普通。"

"我们该睡了吗？"她说，"我很容易就能睡着。"

"睡吧。"他说，他感到那修长轻盈的身体暖暖地贴着他，舒服地靠着他，让他的孤单无影无踪，魔法一般，只是腰贴着腰，肩靠着肩，脚碰着脚，便同他结成了对抗死亡的同盟。他说："好好睡吧，小长兔子。"

她说："我已经睡着了。"

然而，半夜里，他醒过来，紧紧抱着她，仿佛她就是生命本身，而他的生命却正一点点儿被带走。他抱着她，觉得她就是生活本身，真的。可她睡得很好，很香，没醒过。于是，他侧过身子，把睡袋拉过她的头顶，躲在睡袋里，吻了一下她的颈项，解开手枪系带，把枪放在睡袋里伸手就能拿到的地方。就这样，躺在夜色中，思考着。

第二十一章

暖风随黎明到来，他能听到树上的雪在融化，沉甸甸地滴落。这是暮春的清晨。吸一口气，他就知道，这雪只是山区的一场反常风暴，不到中午就会化掉。这时，他听到有马靠近，骑手在策马小跑，马蹄重重踏在湿润的雪地上，发出沉闷的声响。他听到卡宾枪套松松地拍打，皮鞍吱嘎作响。

"玛利亚。"他说，推推姑娘的肩膀，把她摇醒，"躲在睡袋里，别出来。"他一手扣上衬衫，另一手大拇指拨开了自动手枪的保险栓。他看着姑娘毛刺刺的脑袋缩进睡袋里，下一刻，就看到，有人骑着马穿林而来。他蜷伏在睡袋里，双手握枪，对准迎面奔来的骑手。他从没见过这个人。

现在，骑手几乎就在面前了。他骑着一匹高大的灰色骟马，头戴卡其色贝雷帽，身披一件雨披模样的毛毡斗篷，脚踏大黑靴子。枪套挂在马鞍右侧，自动短步枪的枪柄和椭圆长条弹夹露在外面。他长着一张年轻、冷酷的脸，就在这时，他看到了罗伯特·乔丹。

他伸手探向枪套，弯下腰，侧过身，手搭在枪套上，用力一拉。罗伯特·乔丹看到了他卡其色斗篷左胸上佩戴的大红色标准徽章。

罗伯特·乔丹瞄准他胸膛正中，比徽章略低的地方，开了枪。

枪声回荡在披雪的林间。

马像是挨了一鞭似的，猛地往前急冲。年轻人滑了下去，手还抓着枪套，右脚挂在马镫上。马拖着他在林中乱窜，他颠簸着，脸朝下。罗伯特·乔丹站起来，一手举着手枪。

大灰马在松树间飞奔。雪地上被那人拖出一道明显的痕迹，一侧是猩红的颜色。洞里的人都钻了出来。罗伯特·乔丹伸手解开他的枕头包，抽出裤子，往身上套。

"穿衣服。"他对玛利亚说。

他听到头顶上有动静，是一架飞得很高的飞机。隔着树林，他看到灰马停止奔跑，站着不动，它的骑士还是脸朝下挂在马镫上。

"去拉住那匹马。"他对跑过来的普里米蒂沃喊。又问："谁在山顶放哨？"

"拉斐尔。"皮拉尔回答。她站在洞口，头发还扎成两根辫子，垂在背后。

"骑兵出动了。"罗伯特·乔丹说，"拿上你该死的枪上去。"

他听到皮拉尔冲着洞里喊，"奥古斯丁"。接着，她走进洞去，两个男人跑出来，一个提着自动步枪，肩上扛着机枪脚架，一个拎着一袋弹夹。

"跟他们一起去。"罗伯特·乔丹对安塞尔莫说，"你趴在机枪旁边，扶稳脚架。"他说。

三个人顺着小路跑过树林。

太阳还没爬上山头，罗伯特·乔丹站直了身子，扣上裤子，系紧皮带，大手枪吊在他的手腕上。他把枪放进皮带上的枪套里，拉下系带上的活结，把绳圈套在脖子上。

"早晚会有人用这个勒死你，"他想。好了，这次还是派上用场了。他从枪套里抽出手枪，退出弹匣，从枪套边的弹夹里拿出一颗子弹，填进弹匣，再从枪托底把弹匣推回去。

他望向树林那头，普里米蒂沃已经拉住了缰绳，正把骑兵的脚从马镫上解下来。尸体趴在雪地里，他看见普里米蒂沃打算翻尸体的口袋。

"快。"他喊道，"把马牵过来。"

跪下来穿帆布鞋时，罗伯特·乔丹能感觉到玛利亚正在睡袋里努力穿衣服，就贴着他的膝盖。这一刻，她不在他的考虑中了。

"那个骑兵完全没有心理准备，"他想。"他不是在追踪马蹄印，连起码的警惕都没有，更别说警戒了。他甚至都没注意到通往山上放哨点的足迹。一定有支巡逻队进了这片山区，他只是其中一个。不过等巡逻队发现他不见了，就会顺着他的马蹄印找过来。除非雪先化掉，"他想。"除非巡逻队遇到什么事。"

"你最好到下面去。"他对巴勃罗说。

现在，所有人都跑出来了，站在山洞外，拿着卡宾枪，腰带上挂着手榴弹。皮拉尔抱着一皮袋手榴弹走向罗伯特·乔丹，他拿了三个，放在口袋里。然后钻进洞里，找到他的两个背包，打开装着冲锋枪的那个，取出枪管和枪托，拼装好，拿出弹匣，一个上进枪里，三个放进口袋。他锁上背包，往门口走去。"我已经装备好满满两口袋的硬货，"他想。但愿口袋还撑得住。他走出山洞，对巴勃罗说："我准备上去。奥古斯丁会用那把枪吗？"

"会。"巴勃罗说。眼睛盯着牵马过来的普里米蒂沃。

"看那马啊，"他说，"看，多好的一匹马啊。"

大灰马浑身是汗，微微发抖，罗伯特·乔丹拍拍它的肩隆。

"我带它去和其他马一起。"巴勃罗说。

"不行。"罗伯特·乔丹说，"有它来的蹄印，一定得有出去的才行。"

"对。"巴勃罗同意，"我骑它出去，然后把它藏起来，等雪化了再回来。你今天很有脑子，英国人。"

"找个人下山去。"罗伯特·乔丹说，"我们上去。"

"没必要。"巴勃罗说，"骑兵没法从那条路过来。但我们可以撤出去，走那边，还有另外两个地方。如果有飞机来的话，最好不要留下脚印。把那袋酒给我，皮拉尔。"

"想走开去喝个大醉是吧。"皮拉尔说，"喏，拿这些。"他拿起两个手榴弹，塞进衣袋。

"什么话，喝醉。"巴勃罗说，"现在情况很严重。酒袋给我，干这事的时候我可不想只有水喝。"

他抬手接过缰绳，翻身上马。咧嘴一笑，拍拍有些紧张的马。罗伯特·乔丹看见，他的双腿亲昵地摩挲着马肚子。

"多好看的马啊。"他说，又拍一拍大灰马，"多漂亮的马，来吧，越快离开越好。"

他探手下去，从枪套里抽出轻机枪，打量着，枪管上有散热片，是支可以配9毫米口径手枪子弹的冲锋枪。"瞧瞧他们的武器，"他说，"瞧瞧这些现代骑兵。"

"现代骑兵在那边趴着呢。"罗伯特·乔丹说，"我们走。"

"安德雷斯，你能去把马备好吗？要是听到开火，就把它们带到峡谷后面的林子里去。然后带上你的武器过来，让女人看着马。费尔南多，记得把我的背包也带上。最重要的是，我那两个包一定要小心拿。你也要负责看好我的包。"他对皮拉尔说，"你要确保它们和马在一起。我们走吧，"他说，"我们走。"

"玛利亚和我会做好所有撤离的准备。"皮拉尔说。又对罗伯特·乔丹说："看他。"一边冲着灰马上的巴勃罗点点头，他坐在马背上，像个大腿粗壮的牧马人。巴勃罗在给自动步枪换弹夹，马的鼻孔张得大大的。"看看，有了马他就变样了。"

"那我该有两匹马才对。"罗伯特·乔丹饶有兴趣地说。

"危险就在于你的马。"

"那就给我头骡子。"罗伯特·乔丹咧嘴笑笑。

"帮我去搜搜那个，"他对皮拉尔说，头朝趴在雪地里的人一偏，"把东西全部拿走，所有信件、文件，放在我背包的外袋里。所有东西，明白吗？"

"明白。"

"我们走。"他说。

巴勃罗一马当先，另两人跟在后面，排成一条线，免得留下多的脚印。罗伯特·乔丹背着冲锋枪，枪口朝下，握把朝前，手抓在握把上。"要是能通用那支骑兵机枪的子弹就好了，"他想。可惜不行。这是德国枪，是老哈什金的枪。

现在，太阳已经爬上山顶。温暖的风吹过来，雪开始化了。这是个美好的暮春早晨。

罗伯特·乔丹回头，看见玛利亚站在皮拉尔身边。下一刻，她踩着马蹄印跑上前来。罗伯特·乔丹让过普里米蒂沃，落在后面，等她过来说话。

"你，"她说，"我能和你一起吗？"

"不，去帮皮拉尔。"

她跟在他后面走，一手搭在他的胳膊上。

"我马上就来。"

"不。"

她仍然紧跟在他身后。

"我可以扶机枪腿，就像你跟安塞尔莫说的那样。"

"你什么腿都不用扶，不管是枪的还是什么的，都不用。"

她跟在他身边，手往前伸，插进他的口袋里。

"不用。"他说，"不过要照看好你的婚礼衬衫。"

"吻我。"她说，"如果你要走的话。"

"你真是不害臊啊。"他说。

"是。"她说，"一点儿也不。"

"赶快回去吧。还有很多事要做。要是他们跟着脚印找过来的话，我们就要开战了。"

"你，"她说，"你看到他胸口戴的什么了？"

"是的，怎么会没有？"

"是圣心[1]。"

"是，纳瓦拉人都戴。"

"你是对着那个开枪的？"

"不是，下面一点儿，快回去。"

"你啊。"她说，"我都看见了。"

"你什么都没看见。只是一个人，一个骑马的人而已。快走，回去。"

"说你爱我。"

"不，现在不行。"

"现在不爱我？"

---

1. 图案为环绕荆棘头冠的红色心脏，上有伤痕和火焰，代表耶稣的心，引申为耶稣对世人的大爱。是罗马天主教、圣公会等广泛应用的基督信仰敬礼标志。

"行了，你回去吧。人没办法同时又开枪打仗，又爱这爱那。"

"我想去扶机枪腿，同时一直对你说我爱你。"

"你疯了，现在就回去。"

"我疯了。"她说，"我爱你。"

"那就回去。"

"好，我走。就算你不爱我，我对你的爱也够我们俩用了。"

他看着她，打从心底里微笑起来。

"听到开火以后，"他说，"你就陪着马。帮皮拉尔看好我的背包。也可能什么都不会发生。但愿如此。"

"我走了。"她说，"看巴勃罗骑的马呀。"

大灰马领头顺着小路往前跑。

"是，快走吧。"

"我走了。"

她的手在他口袋里，握紧了拳头，用力敲了他的大腿一下。他看看她，看到她的眼眶里蓄起了泪水。她把拳头从口袋里抽出来，伸出双臂，抱紧他的脖子，亲吻他。

"我走了。"他说，"我走了。我走了。"

他回过头，看到她站在那里，清晨的第一道阳光照在她棕黑的脸庞和短短的、黄褐色的、灼烧过一般的金发上。她冲他举起拳头，转身顺着马蹄印往回走去，垂着头。

普里米蒂沃兜回来，看着她的背影。

"要是头发不剪得这么短，她会是个漂亮的姑娘。"他说。

"是啊。"罗伯特·乔丹说。脑子里想着其他事。

"她在床上怎么样？"普里米蒂沃问。

"什么？"

"在床上。"

"管好你的嘴。"

"这不该生气呀，要是……"

"别说了。"罗伯特·乔丹说。他在考虑眼下的情形。

第二十二章

"帮我砍些松枝来。"罗伯特·乔丹对普里米蒂沃说，"快一点儿拿过来。"

"我觉得枪架那里不行。"又对奥古斯丁说。

"为什么？"

"放那边。"罗伯特·乔丹指了指，"一会儿告诉你。"

"这里，这样，我来帮你，这里。"他一边说，一边蹲下身子。

他从狭窄的长缝往外看了看，观察两侧石头的高度。

"要再远一点儿，"他说，"再出去一点儿。好，就这里，放稳当就行了。那里，放几块石头过去。这里一块，那边再放一块，留点空间给枪口转动。这边的石头要再过去点。安塞尔莫，下去洞里给我拿把斧头来，快。"

"你们从来没给这枪找到个合适的定位点吗？"他对奥古斯丁说。

"我们一直就放这里的。"

"哈什金没告诉过你们该放哪儿？"

"没有，他走以后这枪才到。"

"送枪来的人不会用吗？"

"不会，是脚夫带来的。"

"都怎么做事的。"罗伯特·乔丹说，"就只把东西送来，不教你们用？"

"是的，就当个礼物。一支给我们，一支给'聋子'。四个人送来的，安塞尔莫带的路。"

"这倒是奇迹，四个人穿过火线，毫发无伤。"

"我也这么想。"奥古斯丁说，"我猜派他们来的人本来预计会有人员损失。但安塞尔莫带路带得很好。"

"你知道怎么开枪吗？"

"知道，我试过了，我会用。巴勃罗会，普里米蒂沃会，费尔南多也会。我们学过怎么拆装这枪，在洞里的桌子上试的。头一次拆开，足足有两天我们都没能把它复原。那以后就再没拆开过了。"

"它现在还能用吗？"

"可以，不过我们不让吉普赛人和其他人碰它。"

"看到了吗？架在那里，它就完全没用。"他说，"看，这些石头本来应该是保护你的，却刚好挡住了攻击你的人。用这种枪，一定要找一块平坦的地方，方便开火。还有，你一定要把两边都照顾到。明白吗？看这里，这样，前面就都在你的控制下了。"

"我明白了。"奥古斯丁说，"不过我们还从来没打过防守战，除了我们镇子被占的那次。炸火车那次，有当兵的在，他们有机关枪。"

"那我们就一起学。"罗伯特·乔丹说，"有几样东西要注意观察。吉普赛人呢？他应该在这里的。"

"我不知道。"

"他可能去哪里？"

"我不知道。"

巴勃罗骑着马奔出了山口，又掉转头，在山顶的平地上兜了个圈，那里正是机枪的火力覆盖范围。接着，罗伯特·乔丹就见他骑着马，沿着之前留下的马蹄印下了山，往左一转，不见了。

希望他不会刚好迎面碰上骑兵，罗伯特·乔丹想。恐怕他就在这一带，在我们的火力范围内。

普里米蒂沃带着松枝回来了，罗伯特·乔丹把它们插进土里，雪盖在地上，但土还没冻硬，机枪两边都插上，当作掩护。

"再弄点来。"他说，"还要把打枪的两个人都遮住才行。这不算好，但在斧头到以前，还勉强能用。听着，"他说，"如果听到飞机的声音，你们要立刻躲进石头的阴影里，就地卧倒。我在这里守着枪。"

太阳渐渐升高，暖风吹来，这侧山壁向阳，很舒服。四匹马，罗伯特·乔丹想。两个女人、我、安塞尔莫、普里米蒂沃、费尔南多、奥古斯丁，两兄弟的那一个叫什么该死的名字来着？这就是八个人，还没算吉普赛人，九个。加上巴勃罗骑走了一匹马，十个。安德雷斯，是这个名字，两兄弟的另外一个。还有一个，埃拉迪奥，十个，一人还分不到半匹马。这里留三个人守着，四个可以先走，加巴勃罗五个，还多两个。加埃拉迪奥，三个。他该死的人在哪里？

要是他们发现了雪地里的马蹄印，天晓得"聋子"会遇到什么。情况很不利——雪就那么停了。今天化掉以后会好一点儿。但对"聋子"没用。我只怕，对"聋子"来说，情况好转得太迟了。

只要能撑过今天，不打起来，我们就能把整场战斗，还有所有装备，都留到明天。我知道我们可以。不那么顺当，也许。不会像原本计划的那么顺利，不像我们本来以为的——但只要人人出力，我们就能拖到明天。只要我们不必今天就打。如果非得今天开战不可，上帝保佑我们吧。

眼下，我最熟悉的地方就只有这里了。就算转移，也不过是留下一堆踪迹给人追罢了。这地方不错，再好不过了，如果最坏的情况发生，还有三条路可以撤退。等天黑以后，不管在这片山区的什么地方，我都能找到路，做好天亮炸桥的准备。真不知道之前在担心什么。这会儿看来，事情简单得很。就这一次，我只盼他们的飞机能准时起飞。我当然希望这样。明天会是在路上奔波的一天，风尘仆仆。

嗯，今天要么很有趣，要么很无聊。感谢上帝，我们找到了那个骑兵的马，并且送走了。我看，就算他们直接冲这里来，也不见得会跟着现在那些马蹄印走。他们会以为他停下来，兜了几圈，于是，他们会跟着巴勃罗的马蹄印追下去。我很好奇，那个老下流坏会往哪里走。他也许会留下一些痕迹，看着就像一头受惊的老雄麋鹿仓皇跑上山去。然后，等雪化了再绕回山下。那匹马对他来说显然不一般。当然，他也可能只是骑着马随便转转。嗯，他应该能照顾好自己。他干这个很长时间了。可就算这样，我还是不相信他，就像不信有人能搬得动珠穆朗玛峰一样。

我估计，直接用这些岩石来做掩护更明智，比造个正儿八经的掩体强。否则，你还在挖着呢，他们或他们的飞机就来了，你连裤子都来不及提好，就得被逮个正着。她应付得来的，用她的方式，只要有用就行，不管怎么说，我不能停止战斗。我只能跟那些人一起撤出这里，我要带上安塞尔莫。如果我们不得不在这里开战的话，撤退时谁能留下来掩护？

就在这时，他正扫视着眼前的整片山野，吉普赛人出现了。他在左边的岩石间往上走，一副吊儿郎当、大摇大摆的模样，屁股撅着，卡宾枪挂在背后，褐色的面孔上咧开一脸笑，手里拎着两只大野兔，一手一只。他提着兔子腿，兔子头晃荡着。

"哈罗，罗伯托。"他高兴地大声招呼。

罗伯特·乔丹把手比在嘴前，吉普赛人像是吓了一跳，一下子蹿过来，躲进罗伯特·乔丹蹲着的石头背后，旁边就是树枝掩护着的自动步枪。他蹲下身，把兔子放在雪地里。罗伯特·乔丹抬眼看着他。

"你这狗娘养的！"他轻声说，"你他妈的跑哪去了？"

"我追兔子去了。"吉普赛人说，"两只都逮住了。它们正在雪地里做爱。"

"你放的哨呢？"

"那没多久。"吉普赛人悄声说，"有什么过去了？有警报？"

"骑兵来了。"

"老天！"吉普赛人说，"你看到他们了？"

"营地那边现在就有一个。"罗伯特·乔丹说，"他来吃早餐。"

"我是觉得听到了一声枪响还是类似什么声音。"吉普赛人说，"我操他妈的！他从这里过去的？"

"就这里，你的岗哨。"

"啊，我的妈呀！"吉普赛人说，"我真是个不幸的可怜人。"

"你要不是吉普赛人的话，我就一枪崩了你。"

"不，罗伯托。别这么说，我很抱歉。都怪那些兔子，天还没亮，我就听到雄兔子在雪地里折腾得乒零乒啷响，你都想不到它们有多放肆。我循着声音找过去，可它们跑了。我就跟着雪地里的脚印追，一直追到上面，发现它们在一起，就把两只都杀了。你摸摸看，这个季节，这两只多肥啊。想想皮拉尔会用它们俩做什么菜。我很遗憾，罗伯托，非常遗憾，跟你一样。骑兵被干掉了？"

"是。"

"你干的？"

"是。"

"好小子！"吉普赛人说，大拍马屁，"你是个货真价实的天才。"

"去你妈的！"罗伯特·乔丹说，忍不住对吉普赛人咧嘴笑起来，"拿着你的兔子到营地去，给我们带点早餐上来。"

他伸手摸了摸兔子。它们躺在雪上，无力，修长，沉甸甸的，厚厚的毛，大大的脚，长长的耳朵，眼睛睁着，又黑又圆。

"是很肥。"他说。

"肥！"吉普赛人说，"一只就能炼出一桶油来。我这辈子就没想过还能抓到这样的兔子。"

"那就去吧。"罗伯特·乔丹说，"快点把早餐带来，还有那个卡洛斯分子[1]的文件也带给我。问皮拉尔要。"

"你没生我的气吧，罗伯托？"

"没生气，只是不喜欢你擅离职守。想想，要是来的是一队骑兵呢？"

"老天啊，"吉普赛人说，"你说得真有道理。"

"听我说。你不能再这样离开岗位了，再也不要。开枪那句话，

---

1. 即支持卡洛斯登基的所谓"正统"保皇派，军事力量主要集中在以纳瓦拉山区为主的巴斯克地区。保皇派与以弗朗哥为核心的国民军、长枪党等同一阵营，对抗共和政府和人民阵线左翼联盟。

我不是随便说说的。"

"当然不会。再说了，也绝对不会再有这两只兔子这种机会。人一辈子不可能碰到两次。"

"快滚！"罗伯特·乔丹说，"然后快点回来。"

吉普赛人捡起两只野兔，顺着岩石间溜了下去。罗伯特·乔丹盯着林间空地和脚下的山坡。两只乌鸦在头顶盘旋，落在了低处的一棵松树上。另一只也加入进去，罗伯特·乔丹看着它们，想，它们是我的哨兵。只要它们安静待着，就说明没有人从林子过来。

"吉普赛人，"他想，"那就是个地地道道的废物。毫无政治觉悟，一点儿纪律也不讲，你什么事都不能指望他。不过明天我还是需要他。我明天要他有用。在战争里看到吉普赛人，真是古怪。他们应该被豁免，就像那些因为信仰或道德拒绝参军的人一样。或者，像那些身体或心理不合格的人一样，他们没用。不过，在这场战争里，拒绝参军的人也没法豁免，谁都不行，它对所有人一视同仁。好了，它来了，降临到这帮懒散家伙头上了。这下，他们逃不掉了。"

奥古斯丁和普里米蒂沃带着树枝过来了。罗伯特·乔丹为自动步枪造了个不错的掩护，有了它，从空中什么也看不到，从树林那边望过来也显得很自然。他告诉他们，右边高处的岩石间哪里可以藏人，用来观察下面的整个地区，还是右边，又有哪个地方可以监控从左边山壁爬上来的唯一通道。

"如果看到有人从那边上来，不要开枪。"罗伯特·乔丹说，"滚块石头下来当警告，小石头。同时用你的来复枪给我们个信号，像这样。"他举起来复枪，举过头顶，就像要挡住脑袋一样。"这样表示人数。"他举着枪，一上，一下。"他们要是掉下去了，就把枪口朝地，这样。不要在那边开枪，除非你们听到机关枪开火了。从上往下开枪时，要瞄准人的膝盖。如果听到我吹两次这个哨子，你们就下来，到机关枪这边的石堆里来，路上找好掩护。"

普里米蒂沃举了举来复枪。

"我知道了。"他说，"这很简单。"

"首先丢块小石头当警告，然后示意方向和人数，注意别被发现。"

"好的。"普里米蒂沃说，"我能丢手榴弹吗？"

"除非机关枪开火，否则不要。有可能是来找同伴的骑兵，还没想到要进攻。他们有可能跟着巴勃罗留下的脚印走。能不打，我们就尽量不打，我们的第一选择是避免开火。现在上去吧。"

"我去了。"普里米蒂沃说，背着他的卡宾枪，爬上高高的山岩。

"你嘛，奥古斯丁，"罗伯特·乔丹说，"你对机枪知道多少？"

奥古斯丁蹲在那里，高大，黝黑，下巴上胡子拉碴，眼窝深陷，嘴唇很薄，一双大手上满是老茧。

"我嘛，会装弹，会瞄准，会开枪，就这么多。"

"一定要等到他们进入五十米范围内，而且你能确定他们要进到山洞去的山口了，只有这个时候，才能开枪。"罗伯特·乔丹说。

"好，五十米是多远？"

"那块石头那里。"

"如果有军官带队，首先打他，然后转动枪口打其他人。要转得非常慢，只要动一点儿就行。我会教费尔南多怎么用。枪要抓紧，这样它就不会弹起来，小心观察，如果控制得住的话，一次不要超过六发子弹。因为枪会往上跳。一次开火瞄准一个人，然后再转到下一个。要是骑马的人，就打他肚子。"

"好的。"

"应该有个人稳住三脚架，免得枪跳起来。像这样，他可以帮你装弹。"

"你去哪里？"

"我就在左边，上面，从那里我可以看到所有地方，同时用这挺小机关枪掩护你的左侧。这边。如果他们真的来了，那就可能是一场血战。但只要他们没到这么近，你就千万不能开火。"

"我相信我们能把他们杀个血流成河，杀个痛快！"

"可我希望他们别来。"

"要不是为了你的桥，我们就可以在这里杀个痛快，然后撤走。"

"那没有意义，那没好处。炸桥是计划的一部分，为的是赢得战争。这个什么都不为，只是一场意外事件，没意义。"

"什么话，没意义。每死一个法西斯，就是对法西斯的削弱。"

"是。不过，炸了桥我们就能拿下塞哥维亚，整个省的首府。想想那个，那是我们的头等大事。"

"你真信？信我们能拿下塞哥维亚？"

"是，只要在合适的时候炸掉桥，就有可能。"

"我很乐意在这里杀个痛快，炸桥时也行。"

"你胃口真大。"罗伯特·乔丹对他说。

从头到尾，他一直留意着乌鸦。这时，他看见一只在盯着什么。那鸟呱呱叫着，飞了起来。但其他乌鸦还停在树上。罗伯特·乔丹抬头看岩石上普里米蒂沃的位置。看见他正盯着下面，但没有打信号。罗伯特·乔丹向前探出身去，拨弄一下自动步枪的保险栓，看了看弹膛里的子弹盘，拉下保险栓。乌鸦依旧停在树上。另一只在雪地上空绕了个大圈，又落下来。阳光暖风下，雪从沉甸甸的松枝上跌落。

"明天上午，我让你杀个痛快。"罗伯特·乔丹说，"锯木场的哨所必须彻底拔掉。"

"我准备好了。"奥古斯丁说，"我准备好了。"

"桥往下那个修路站的哨所也是。"

"这个那个都行。"奥古斯丁说，"要么两个都上。"

"不能两个都上，得同时拔掉。"罗伯特·乔丹说。

"那就随便哪个。"奥古斯丁说，"我早就盼着能在这场战争中行动了。巴勃罗拖着我们耗在这里，人都快窝烂了。"

安塞尔莫带着斧头上来了。

"你还要树枝吗？"他问，"我觉得已经藏得很好了。"

"不要树枝。"罗伯特·乔丹说，"要两棵小树，我们可以在这里和那里都种一棵，会显得更自然些。这里树太少了，看起来不够自然。"

"我去砍。"

"贴着地面砍，这样就看不到树桩。"

罗伯特·乔丹听着身后树林里传来斧头的动静。他抬头看看高处山岩上的普里米蒂沃，又低头看看空地对面的松林。还有一只乌鸦在。这时，他听到空中传来隐隐的轰鸣，第一架飞机来了。仰起头，他看见它了，飞得很高，看着很小，在太阳下闪着银光，像是悬在高空中，没有移动似的。

"他们看不到我们。"他对奥古斯丁说，"不过最好还是趴下来。这是今天第二架侦察机了。"

"昨天那些呢？"奥古斯丁问。

"现在想来就像一场噩梦。"罗伯特·乔丹说。

"它们肯定在塞哥维亚。噩梦就在那里，等着变成现实。"

飞机飞过山头，看不到了，但还听得到马达声。

罗伯特·乔丹望出去，发现乌鸦飞起来了。

它们直飞过树林，没有叫。

第二十三章

"低一点儿。"罗伯特·乔丹悄声对奥古斯丁说，一边转过头，冲安塞尔莫轻轻挥手，比划趴下，趴下。安塞尔莫正穿过山口走来，肩上扛着一棵松树，像圣诞树一样。眼看老人把松树往石头背后一扔，人也迅速消失在岩石间。罗伯特·乔丹转回头，注视着前方一直延伸到林边的空地。他什么也没看到，什么也没听到，但还是能感觉到心怦怦直跳，这时，他听到石头撞在石头上的"嘭啪"声，还有小石块掉落时弹起又落下的"嗒嗒"声。他向右转头，看到普里米蒂沃的来复枪平举着上下了四次。眼前，只有一条蜿蜒的白色小径，印着兜圈的马蹄印，外加远处的树林，除此之外，什么也看不到。

"骑兵。"他轻声对奥古斯丁说。

奥古斯丁看着他，咧嘴一笑，黝黑、凹陷的脸颊跟着横拉开去。罗伯特·乔丹注意到他在出汗。他伸手搭上他的肩膀。不等收回手，他们就看见四人四骑从林子里穿出来。他能感觉到，手掌下，奥古斯丁背上的肌肉开始抽搐。

他们一个跑在前头，三个跟在后面。领头的一路追着马蹄印，他骑在马上，低着头。另外三个紧随着他，扇形排开，穿过树林。四个人都警惕地不断张望。罗伯特·乔丹俯下身子，胳膊肘趴开，感到心脏撞击着雪地，眼睛盯着自动步枪的瞄准镜，瞄着他们。

领头的顺着蹄印到了巴勃罗兜圈的地方，勒马停下，其他人聚集上前来。

顺着自动步枪泛蓝的钢枪管，罗伯特·乔丹把他们看得清清楚楚。

他看到那些人的脸，悬挂的军刀，马匹汗湿发暗的侧腹，卡其布斗篷松果般斜披下来，卡其贝雷帽像纳瓦拉人一样斜戴着。领头人拨转马头，径直冲向岩石间的开阔地，机枪就在那里，罗伯特·乔丹看着他风吹日晒的黝黑年轻脸庞，靠得很近的双眼、鹰钩鼻和楔子般的长下巴。

他坐在马上，马的胸膛正对罗伯特·乔丹，马头高昂，轻机枪的枪柄从马鞍右侧的枪套里露出来，领头人指向了机枪所在的平地。

罗伯特·乔丹将胳膊压向地面，顺着枪管，看着那四个骑兵停在雪地里。三个已经掏出了轻机枪，两个把枪架在鞍桥上，另一个骑在马上，枪口朝外，覆盖右侧，枪托抵在髋部。

"你很难有机会在这样的射程范围内去看他们，"他想。"不会借着这样一根枪管，像这样看着他们。通常，后瞄准器都要升起来，他们看上去就像一个个小人模型，你很难从那么远打中他们。要么就是他们正向你跑来，卧倒，再跑，你朝一片山坡开火，正在火力封锁某条街道，或是隔着窗户往外扫射。要么就是离得很远，你看到他们在公路上行军。只有炸火车时，你这样看见过他们。只有那时候，他们看起来和现在一样，至于这四个，你能把他们打得四散奔逃。透过瞄准镜，在这样的距离上，他们看起来有真人两倍大。"

你啊，他想——盯着准星的楔形头，它准准地套在后瞄准器的槽口里，楔形顶端正对领头人的胸膛中心，稍偏右是一枚猩红的胸章，在清晨的阳光下，衬在卡其色的斗篷上，闪着光。可是，他想——这次换成用西班牙语想，松开了手指，向前抵在扳机护圈上，远离那将送出自动步枪迅速、惊人、呼啸而去的冲击的地方。

"你啊，"他又想，"你还年轻，就要死了。你啊，"他想，"你啊，你啊。可是，不要发生吧，不要让它发生。"

他感觉到身边的奥古斯丁想咳嗽，感觉到他忍住了，噎了一下，咽下去。再一次，他顺着油亮泛蓝的枪管，透过松枝，望向空地，手指依然向前靠在扳机护圈上，他看见，那领头人拨转马身，指向了一片树林，巴勃罗的马蹄印通往那里。四人打马小跑进树林，奥古斯丁低声说："狗娘养的！"

罗伯特·乔丹回头去看安塞尔莫先前扔下松树的地方。

吉普赛人拉斐尔穿过岩石向他们走来，带着一对布鞍囊，来复枪挂在背后。罗伯特·乔丹挥手让他趴下，吉普赛人一蹲，消失了。

"我们可以把四个都干掉的。"奥古斯丁悄声说。

他浑身都汗湿了。

"是。"罗伯特·乔丹低声说，"可一旦开火，谁知道会发生什么？"

就在这时，他听到一阵石头滚落的声音，飞快转过头去。可吉普赛人和安塞尔莫都不见踪影。他看看手表，再抬头，看见普里米蒂沃正急促地反复举起、放下他的来复枪，似乎举了无数次。

巴勃罗已经走了四十五分钟了，罗伯特·乔丹算了算，紧接着，就听到一群骑兵在靠近。

"别担心。"他悄声对奥古斯丁说，"不要担心。他们会过去的，和那几个一样。"

他们小跑着出现在树林边，有两队，二十人，骑着马，带着武器，穿着制服，和刚才几个一样，军刀晃荡着，卡宾枪插在枪套里，接着，像前几个一样，跑进林子去了。

"你看！"罗伯特·乔丹对奥古斯丁说，"看到了？"

"很多啊。"奥古斯丁说。

"要是我们刚才打了那几个，接着就得对付这些了。"罗伯特·乔丹说，声音非常轻。此刻，他的心跳得很快，胸前的衬衣被融化的雪浸湿了。胸中有一种空空的感觉。

阳光在雪地上闪亮，雪化得更快了。他能看到，机枪前方的树枝上，雪一点点儿凹陷下去。就在他眼前，太阳的热力融化了最上层的雪，积雪表面潮湿起来，勾出脆弱的花边，土地的热气暖暖地蒸腾上来，烘着覆盖它的雪。

罗伯特·乔丹抬头望望普里米蒂沃的岗哨，看见他交叉双手，掌心向下，打出了"没事"的手势。

安塞尔莫的脑袋从石头后面冒出来，罗伯特·乔丹示意他起身。老人在岩石间闪身穿行，爬上来，趴在机枪边。

"很多。"他说，"很多！"

"不用树了。"罗伯特·乔丹对他说，"没必要再弄得更像树林了。"

安塞尔莫和奥古斯丁都咧开嘴笑起来。

"这一棵已经经受住了考验，现在再来多插一棵，很危险，因为那些人总会回来，他们多半也不傻。"

他感觉有必要开口说话，对他来说，这意味着刚刚经历的情形很危险。他总能根据事后讲话欲望的强弱判断之前情形的糟糕程度。

"这是个好掩护，嗯？"他说。

"很好。"奥古斯丁说，"把所有法西斯都好好操了一把。我们可以把那四个都干掉的。你看到了吗？"他对安塞尔莫说。

"我看到了。"

"你，"罗伯特·乔丹对安塞尔莫说，"你必须去一趟昨天的侦察点，或者选个更好的地方，看着公路，像昨天一样，把所有动静都记录下来。我们已经晚了。在那里待到天黑，然后回来，我们会另外派个人过去。"

"可我要是留下脚印怎么办？"

"雪一化掉就从下面过去。下过雪，路上会都是烂泥。留意是不是有很多卡车往来，泥地上有没有坦克车辙印。在你就位完成侦察以前，我们能说的就这么多了。"

"我能说一句吗？"老人问。

"当然。"

"可以的话，我是不是去一趟拉格兰哈，打听一下昨晚有什么动静，再找个人，像你教我的那样，侦察今天的情况，这样是不是更好？这个人可以今晚来汇报，或者，更好的办法是，我再跑一趟拉格兰哈，去取报告。"

"你不怕遇到骑兵吗？"

"雪化了就不怕。"

"拉格兰哈有人能干这活儿吗？"

"有。干这活儿的，有，是个女人，拉格兰哈有很多可以信赖的女人。"

"这个我信。"奥古斯丁说，"更确切地说，我知道这个，而且还认识好几个可以派其他用场的人。你不想让我去吗？"

"让老家伙去吧。你会用这杆枪，今天还没结束呢。"

"雪化了我就去。"安塞尔莫说，"雪化得很快。"

"照你看，他们有多大可能抓到巴勃罗？"罗伯特·乔丹问奥古斯丁。

"巴勃罗很聪明。"奥古斯丁说，"没有猎狗，人能逮到聪明的牡鹿吗？"

"有时候能。"罗伯特·乔丹说。

"不会是巴勃罗。"奥古斯丁说，"当然，比起从前来，现在他就是个垃圾。但这不妨碍他活下来，舒舒服服地待在这些山里，还能把自己灌个半死，要知道，其他很多人都已经死在某堵墙跟前了。"

"他真有他们说的那么聪明吗？"

"更聪明。"

"他看着不像很有能耐的样子。"

"怎么没有？要不是够能耐，他昨天晚上就已经死了。要我说，英国人，你不懂政治，也不懂游击战。从政治和这另一项东西来说，最要紧的就是活下去。瞧瞧他昨晚是怎么活下来的吧，瞧瞧他吞下了多少我和你扔出去的粪团。"

既然巴勃罗已经回归了团队行动，罗伯特·乔丹不想再说他的坏话，话刚出口，他就后悔了，不该讨论他的能力，他心里知道巴勃罗有多聪明。是巴勃罗，一眼看出炸桥的命令大错特错。他说这些话，不过是出于反感，说完他就知道错了。这也是紧张过后话太多的后果。于是，他扔下这个话题，对安塞尔莫说："大白天进拉格兰哈城去？"

"那也不坏。"老人说，"我会混在一个军乐团里进去。"

"他脖子上也没有挂着铃铛，"奥古斯丁说道，"身上也没有贴着标语。"

"你怎么走？"

"翻山穿过森林。"

"万一遇到他们呢？"

"我有证件。"

"所以，除了你，我们所有人都要赶快把不对的证件吃掉。"

安塞尔莫摇着头，轻轻拍了拍胸前的罩衫口袋。

"有多少次我都做好准备了啊。"他说，"虽说我从来不想吞纸。"

"我还想过，应该带点儿芥末配它们。"罗伯特·乔丹说，"我左胸口袋里是我们的证件，右边是法西斯的证件。这样，紧急时就不会忙中出错了。"

当第一队骑兵巡逻队的头儿指向山口时，情况一定是非常糟糕。因为他们全都说了很多话。太多了，罗伯特·乔丹想。

"可你看，罗伯托，"奥古斯丁说，"他们说政府每天都在越来越右倾。说在共和国，他们不喊'同志'了，改叫'阁下'和'女士'。你的口袋也能跟着变吗？"

"要是右倾到了一定程度，我就把它们放到屁股口袋里去。"罗伯特·乔丹说，"再从当中缝起来。"

"那它们还是待在你的衬衫口袋里吧。"奥古斯丁说，"我们会不会赢了这场战争，却输掉了革命？"

"不会。"罗伯特·乔丹说，"但如果我们赢不了这场战争，就谈不上什么革命，什么共和国，也没有什么你啊我啊诸如此类的了，那才是天大的狗屁呢。"

"我也这么说。"安塞尔莫说，"我们要赢了这场战争。"

"那之后，就把无政府主义者、共产党，所有这些混蛋猪猡都枪毙，除了好的共和党人。"奥古斯丁说。

"我们要赢了这场战争，但谁都不枪毙。"安塞尔莫说，"我们应该公正地实施统治，所有人都应该参与进来，根据他们的努力分配福利。至于那些跟我们打仗的人，应该接受教育，让他们认识到错误。"

"到时候一定非枪毙很多人不可。"奥古斯丁说，"很多，很多，很多。"

他右手握拳，重重砸在左手掌心。

"我们谁都不该枪毙。哪怕是那些领头的人，他们应该去劳动，接受改造。"

"我知道我要让他们去干什么活。"奥古斯丁说，他抓起一把雪，放进嘴里。

"是什么，不好的活？"罗伯特·乔丹问。

"两种最了不起的营生。"

"那是？"

奥古斯丁眼睛盯着骑兵出现过的空地，又抓了些雪塞进嘴里。等雪化成水，再吐到地上。"好啊，多好的早餐啊。"他说，"那个吉普赛下流坯在哪里？"

"什么营生？"罗伯特·乔丹问他，"说啊，你这臭嘴。"

"不戴降落伞跳飞机。"奥古斯丁说，眼睛闪闪发亮，"这个给那些我们喜欢的家伙。剩下的钉在马上要推倒的篱笆桩子顶上。"

"这样说话不光彩。"安塞尔莫说，"这样我们就永远不会有共和国了。"

"我会很乐意把他们的卵蛋都割下来熬成汤，再在里面游上十个来回。"奥古斯丁说，"看到那四个家伙，想着我们可以把他们统统干掉，那时，我就像匹在马厩里等种马的母马。"

"可是，你知道我们为什么不干掉他们的，对吧？"罗伯特·乔丹静静地说。

"是。"奥古斯丁说，"是。可我需要这个，就像发情的母马。你要是没感受过的话，是不会明白的。"

"你流了很多汗。"罗伯特·乔丹说，"我还以为是害怕。"

"害怕，是的。"奥古斯丁说，"害怕和那个。这辈子，就没什么能比那个更厉害。"

是啊，罗伯特·乔丹想。我们冷漠地做事，可他们不，从来不冷漠。那是他们独有的神圣之处。他们的古老传承，是在地中海遥远那头的新信仰[1]传来之前就有的东西，他们从未舍弃，只是隐藏压抑，当面对战争和宗教裁判庭时，便再次拿出来。他们是AutodeFé，行火刑[2]的民族。杀戮是一个人必须做的事，可我们和他们不同。"你呢，"他想，"你完全没受到它的影响吗？你在瓜达拉马时从没被它左右吗？在乌塞拉呢？在埃什特雷马杜拉呢？从头到尾都没有？从来没有？得了吧，他对自己说。每次炸火车都有。"

别再含糊其词说什么柏柏尔人和古老的伊比利亚人了[3]，承认吧，你和所有有路可选的士兵一样，有时候也喜欢杀人，不管他们是不是否认这一点儿。安塞尔莫不喜欢杀人，因为他是个猎人，不是士兵，也别把他理想化了。猎人杀动物，士兵杀人。"别自欺欺人了，"他想。"也不要粉饰，你早就沾染上了，也不要觉得安塞尔莫不好，他是个基督徒。在天主教国家里，这很难得。"

"至于奥古斯丁，"他想，"我本来以为是害怕，那种行动前本能的害怕。所以，也是另外那个。当然，也可能是他这会儿在吹牛。那时其实怕得要命，我感觉到了手掌下的害怕。噢，是时候闭嘴了。"

"看看吉普赛人带没带吃的上来。"他对安塞尔莫说，"别让他上来了，他是个笨蛋。你自己拿上来。还有，不管他拿了多少，叫他回去再拿一些来，我饿了。"

---

1. 即天主教，又称罗马正教，与东正教、新教同为基督教的分支。我国常说的基督教多为新教。

2. Auto de Fé本特指西班牙、葡萄牙和墨西哥的宗教裁判所对异教徒和叛教者实行公开审判和行刑的仪式。最重刑法为火刑，由于其独特代表性，该说法也渐渐用于指代火刑。

3. 柏柏尔人为主要生活在北非的民族，多信仰伊斯兰教，少部分信仰基督教和传统多神教。公元8世纪，非洲人入侵西班牙和葡萄牙所在的伊比利亚半岛，军队和移民中的穆斯林多为柏柏尔人。
伊比利亚人的说法出自古希腊和古罗马，特指先于古罗马时代生活在伊比利亚半岛的本地种族，可说是西班牙人最初的祖先。

第二十四章

这是五月末的早晨，天高云淡，风暖暖地吹在罗伯特·乔丹肩头。雪化得很快，他们吃着早餐。每人有两个夹了肉和山羊奶酪的大三明治，罗伯特·乔丹用他的折叠刀切了三大片洋葱，在肉、奶酪和厚厚实实的面包片之间各塞进去一片。

"你嘴里那味儿，隔着林子都能把法西斯招来。"奥古斯丁说，他自己嘴里也塞得满满的。

"酒囊给我，我漱漱口。"罗伯特·乔丹说，他的嘴里塞满了肉、奶酪、洋葱和嚼碎的面包。

他从没这么饿过，接过皮囊，灌了一大口酒，几乎没尝到味道就吞下去了。他又喝了一大口，举起酒囊，让酒柱直接冲进口腔底部。他抬起手，酒囊碰到了自动机枪上方遮掩的松枝，松针戳着袋子，仰头吞下酒时，他的头就靠在松枝上。

"这块三明治你还吃吗？"奥古斯丁问他，越过枪管把三明治递了过来。

"不了，谢谢，你吃吧。"

"我吃不下了，我早上吃不了多少东西。"

"你真不想吃？"

"不吃，拿去吧。"

罗伯特·乔丹接过来，放在膝盖上，伸手从夹克的侧边口袋里掏出洋葱——手榴弹也在那个口袋里——打开小刀，开始切片。先削掉在口袋里弄脏了的表面薄薄一层，然后切下厚厚一片。外面的洋葱瓣掉下来，他捡起来，卷一卷，夹进三明治里。

"你早餐都要吃洋葱吗？"奥古斯丁问。

"有的话。"

"你们国家都这样？"

"不。"罗伯特·乔丹说，"那里的人觉得这不好。"

"真高兴是这样。"奥古斯丁说，"我总觉得美国是个文明国家。"

"是什么让你这么讨厌洋葱？"

"气味，没别的。除了这个，它和玫瑰也差不多。"

罗伯特·乔丹冲他咧嘴一笑，嘴里塞得满满的。

"和玫瑰差不多。"他说，"很像玫瑰。玫瑰就是玫瑰就是洋葱[1]。"

"你的洋葱要把你脑子熏坏了。"奥古斯丁说，"当心。"

"洋葱就是洋葱就是洋葱。"罗伯特·乔丹快活地说，他心想，石头就是石头就是岩石就是大圆石就是卵石。

"喝点酒漱漱口。"奥古斯丁说，"你还真少见，英国人，你和之前跟我们一起干活的爆破手真是大不一样。"

"是有一点儿大不一样。"

"说来听听。"

"我活着，他死了。"罗伯特·乔丹说。说完又想，你怎么回事？话是这样说的吗？是有得吃就让你乐得忘乎所以了？你怎么了，吃洋葱吃醉了？对你来说，眼下就意味着一切了？这从来不意味着什么，他认真地告诉自己。你努力让它有点儿什么意义，可从来没有。接下来的日子里，没必要在这上面撒谎。

---

1. 此处化用美国女诗人格特鲁德·斯坦因（Gertrude Stein, 1874—1946）在诗歌《Sacred Emily》（圣洁的爱米莉）中的诗句，Rose is a rose is a rose is a rose（玫瑰就是玫瑰就是玫瑰就是玫瑰），用以表示事物就是它本来的面目，无关任何附加。下文的"石头就是石头"中，第二个石头原文Stein，双关"斯坦因"和德语的"石头"。

格特鲁德·斯坦因被海明威视为自己文学生涯的领路人，两人在巴黎过从甚密，格特鲁德曾对海明威说，"你们都是迷惘的一代"，这句话被后者引为《太阳照常升起》的卷首语，文学史上"迷惘的一代"之说也来源于此。

"不。"他说，认真起来了，"区别在于，他是经历过很大痛苦的人。"

"那你呢？你没经历过痛苦？"

"没有。"罗伯特·乔丹说，"我是那种没吃过什么苦的人。"

"我也是。"奥古斯丁对他说，"有种人受过苦，有种人没有。我几乎没受过苦。"

"不坏。"罗伯特·乔丹又一次提起酒囊，"有了这个，就更不坏。"

"我为别人难受。"

"所有好人都该这样。"

"但为自己，很少。"

"你有妻子吗？"

"没有。"

"我也没有。"

"但你现在有玛利亚了。"

"是的。"

"这事很古怪。"奥古斯丁说，"自从炸火车那次她加入我们以后，皮拉尔就把她看得紧紧的，严防死守，好像她进的是个加尔默罗会的女修道院一样[1]。你都想象不到，她把她看得有多紧。你一来，她就把她当成个礼物交给你。你怎么看这事儿？"

"不是这样。"

"那是怎样？"

"她把她交给我照顾。"

"你的照顾就是整夜跟她鬼混？"

"那是我的幸运。"

"多好的照顾法啊。"

"你不知道可以这样照顾人？"

"知道。可这种照顾我们随便谁都行。"

---

1. 加尔默罗会，全称加尔默罗山圣母玛利亚兄弟修会，俗称圣衣会，是天主教托钵修会之一，戒律严格，修行方式为隐修、持斋、苦行、缄默等。

"咱们还是别再说这个了。"罗伯特·乔丹说,"我喜欢她,认真的。"

"认真的?"

"在这世上,没有比这更认真的了。"

"那以后呢?炸完桥以后?"

"她跟我走。"

"那么,"奥古斯丁说,"谁都不能多说什么了,祝你们俩好运。"他举起皮酒囊,喝了长长一口,递给罗伯特·乔丹。

"还有一件事,英国人。"他说。

"只管说。"

"我也很喜欢她。"

罗伯特·乔丹伸手搭着他的肩膀。

"非常,"奥古斯丁说,"非常喜欢。比任何人能想到的还喜欢。"

"我能想象。"

"她深深印在我脑子里,赶都赶不走。"

"我能想象。"

"喏,我跟你说这些,完全是认真的。"

"说吧。"

"我从来没碰过她,没跟她一起做过任何事,可我喜欢她,喜欢得要命。英国人,不要看轻她。她虽然跟你睡了,可她不是娼妇。"

"我会照顾好她的。"

"我相信你,但不够。你根本不明白,如果没有革命的话,这样一个姑娘会怎样。你责任很重。这一个,说真的,受了很多苦。她和我们不一样。"

"我会娶她。"

"不,不是那个。在革命中,没必要讲究那个。不过……"他点点头,"那总好些。"

"我会娶她。"罗伯特·乔丹说,开口就感到喉头发哽,"我很爱她。"

"晚一些。"奥古斯丁说，"等方便的时候。重要的是有这个想法。"

"我有。"

"听着。"奥古斯丁说，"这事我没权利干涉，我说这话是有点儿过头，不过，你在这个国家认识很多姑娘吗？"

"有几个。"

"妓女？"

"有的不是。"

"多少个？"

"有几个。"

"你和她们睡了？"

"没有。"

"你明白了？"

"是的。"

"我要说的是，这个玛利亚不是随便做这种事的人。"

"我也不是。"

"要是我觉得你是的话，昨天夜里你跟她睡那会儿，我就开枪打死你了。因为这个，我们杀掉了这里不少人。"

"听着，老伙计，"罗伯特·乔丹说，"是没时间的缘故，所以不太正式。我们缺的就是时间。明天就必须战斗了。对我来说，那没什么。可对玛利亚和我两个人来说，那意味着，这种时候，我们的生命一点儿都不能浪费。"

"一天一夜也没多少时间啊。"奥古斯丁说。

"是。可昨天也有一天一夜，接下来还有最后一夜。"

"你瞧，"奥古斯丁说，"如果有什么我能帮得上忙的……"

"不用了。我们很好。"

"如果有什么我能帮得上你和那个小刺儿头……"

"不必了。"

"的确，很少有能帮得上别人的事。"

"不，有很多。"

"什么？"

"不管今天和明天的战斗中发生什么，对我有信心，听从命令，就算命令看起来不对也一样。"

"我对你有信心。从那个骑兵和送走那匹马开始，就有了。"

"那没什么。你知道的，我们都在为同一件事努力，赢得战争。除非我们赢，否则一切都没用。我们明天要干的事非常重要，真正地重要。我们还有仗要打，打仗一定要有纪律。因为很多事都不是表面看来的那样，纪律一定是源于信赖和信心。"

奥古斯丁往地上唾了一口。

"玛利亚和这些是两码事。"他说，"你和玛利亚在一起时，要像两个平常人。如果有我能帮得上忙的，随时说。至于明天的事，我会无条件服从你。如果一定要有个人为明天的事去死，那也是高高兴兴、轻轻松松地去。"

"这也是我所想的。"罗伯特·乔丹说，"不过听到你这么说，我很高兴。"

"还有，"奥古斯丁说，"上面那个，"他指指普里米蒂沃的方向，"很靠得住。皮拉尔比你想的还要厉害得多得多。老家伙安塞尔莫，也一样。安德雷斯也是，埃拉迪奥也是，话很少，但靠得住。还有费尔南多，我不知道你有多欣赏他。他比水银还闷，这是真的。他满肚子都是乏味，比公路上拉车的阉牛还闷。但说到战斗，听他的就对了。那很是条汉子！你瞧着吧。"

"我们很幸运。"

"不，我们有两个弱点，吉普赛人和巴勃罗。不过'聋子'那队人比我们强得多，就像我们比其他废物强得多一样。"

"那就都没问题了。"

"是。"奥古斯丁说，"不过我倒希望今天就开干。"

"我也是，真想快点干完，可惜不行。"

"你有没有想过，结果可能不好？"

"有可能。"

"可你现在高兴得很哪，英国人。"

"是的。"

"我也是，虽说还有玛利亚和所有这些事。"

"你知道为什么吗？"

"不知道。"

"我也不知道，说不定是因为天气，天气很好。"

"谁知道呢？说不定是因为我们就要行动了。"

"我看是这个。"罗伯特·乔丹说，"不过不是今天。恰恰相反，今天最重要的是，一定要避免战斗。"

正说着，他听到了些动静。动静很远，压过了暖风在林子里吹动的声音。他不能肯定，于是张着嘴，侧耳细听，一边抬头望向普里米蒂沃。他觉得听到了，可这会儿又没了。风吹过松林，罗伯特·乔丹整个人都紧张起来，努力听着。他听到了，声音很轻，藏在风声里。

"我没遇到过什么不幸。"他听到奥古斯丁说，"我永远得不到玛利亚，这没什么。我有妓女，跟从前一样。"

"闭嘴。"他说，没再听下去，而是靠着他趴下，头转向一边。奥古斯丁意外地打量着他。

"怎么了？"他问。

罗伯特·乔丹伸手在嘴上比出嘘声的手势，继续听着。又来了。很轻，很模糊，干巴巴的，很远。但不会错了，是自动步枪开火的声音，很明显，噼噼啪啪，一轮一轮的。听着像是有人在远处放小鞭炮，放了一挂又一挂。

罗伯特·乔丹抬头看普里米蒂沃，他探出头来，朝他们张望，手圈在耳边。接着，他看到普里米蒂沃指着山上最高的地方。

"他们在攻击'聋子'的地方。"罗伯特·乔丹说。

"那我们去帮他们。"奥古斯丁说，"叫上人，这就走。"

"不。"罗伯特·乔丹说，"我们留在这里。"

第二十五章

罗伯特·乔丹抬头看向普里米蒂沃的放哨点，那人现在站起来了，举着来复枪，指点着。他点点头，可那人还是指着，手放在耳边，坚持指着不动，好像他不可能这就明白了一样。

"你能不能留在这里，守着这把枪，除非很确定，很确定，很确定，他们是真的来了，否则绝不开枪。还有，在他们到灌木丛之前也不开。"罗伯特·乔丹指了指灌木丛，"明白吗？"

"明白。可是……"

"没有可是，我晚一点儿再给你解释，我去找普里米蒂沃。"

安塞尔莫在他旁边，他对老人说：

"老伙计，跟奥古斯丁一起守着枪。"他放慢语速，不急不忙地说，"除非骑兵真的打进来了，否则绝对不要让他开枪。如果他们只是出现，一定要像我们之前那样，就让他们待着。如果他必须开火，帮他牢牢把住三脚架的脚，弹匣一空就给他递子弹。"

"好。"老人说，"拉格兰哈呢？"

"晚点儿再说。"

罗伯特·乔丹往上爬去，翻过或绕过那些灰色的大圆石头，攀爬时，手掌下的石头表面都是湿的。太阳飞快地晒化了石头上的雪。石头顶上都开始干了。他一边爬，一边扫视整片山野，看着松林、长长的林间空地和远处高山前的凹陷。然后，他站在了普里米蒂沃身边，那是两块大圆石头中间的凹陷。那个黝黑脸庞的矮个子男人对他说：

"他们在打'聋子'，我们怎么办？"

"什么都不做。"罗伯特·乔丹说。

在这里，开火声听得清清楚楚，他放眼望去，看见远处的山谷对面，山地再次突兀升起，一支骑兵队伍在林子外面，正朝着开火的方向穿过雪坡往上爬。他看见，雪地上两队黑压压的人马拉出椭圆队形，那是因为山坡的坡度。他看着两队人马翻过山脊，进入更远处的林子。

"我们必须去帮他们。"普里米蒂沃说。他的声音又干又平。

"那不可能。"罗伯特·乔丹对他说，"我一早上都在想这个。"

"怎么说？"

"他们昨晚去偷马了。雪一停，他们就被追踪到了。"

"可我们必须去帮他们。"普里米蒂沃说，"我们不能就看着他们自己应付这个。那都是我们的同志。"

罗伯特·乔丹伸出一只手，按在另一个男人肩上。

"我们什么都不能做。"他说，"如果可以，我会做的。"

"从上面有条路可以过去。我们可以骑马走那条路，带上那两支枪。下面那支和你的那支。这样我们就可以去帮他们。"

"听着……"罗伯特·乔丹说。

"那就是我听到的。"普里米蒂沃说。

枪声一重叠着一重。接着，在一片自动步枪的开火声中，他们听到了手榴弹沉沉的闷响。

"他们完了。"罗伯特·乔丹说，"雪一停他们就完了。我们去的话，我们也会完的。绝对不能分散我们的力量。"

普里米蒂沃的下巴、嘴唇和脖子上都冒出了灰色的胡茬。脸上其他地方都是黯淡的棕黑色，还有一副断掉的塌鼻子和深陷的灰色眼睛。罗伯特·乔丹看着他，发现他嘴角和脖子青筋上的胡茬都在抽动。

"听听吧，"他说，"那就是一场屠杀。"

"如果他们包围了那片低谷，那就是屠杀。"罗伯特·乔丹说，"可能有人已经跑出来了。"

"现在过去，我们可以从背后接应他们。"普里米蒂沃说，"我们四个去，带着马。"

"然后呢？从背后接应他们之后呢？"

"跟'聋子'会合。"

"去死在那里？看看太阳，白天还长得很。"

天很高，一丝云也没有，太阳火辣辣地烤着他们的背。他们脚下，林间空地的南坡上已经露出了大块的土地，松树上的雪全掉下去了。下方的大石头被化掉的雪浸湿，正在火热的太阳下冒出淡淡的水汽。

"你不得不忍受这个。"罗伯特·乔丹说，"你不得不忍着，战争中就是会有这种事。"

"可我们就什么都做不了了？当真？"普里米蒂沃看着他，罗伯特·乔丹知道他信任自己，"你不能让我和别的谁带上那挺小机枪过去？"

"没用的。"罗伯特·乔丹说。

他觉得看到了什么，一个劲儿盯着，结果是只鹰，切着风往下飞，不一会儿，出现在最远处松林勾出的天际线上方。"我们都去也没用。"他说。

就在这时，枪声比之前密集了一倍，夹杂着手榴弹爆炸的沉重轰响。

"噢，操他们的。"普里米蒂沃说，嘴里吐出绝对真心的渎神诅咒，泪水盈在眼眶，双颊抽动，"噢，上帝啊，圣母玛利亚啊，操他们的，肮脏下流的东西。"

"冷静。"罗伯特·乔丹说，"你很快就能跟他们痛快干一仗了。那女人来了。"

皮拉尔正朝他们爬上来，费力地在大石头间走着。

普里米蒂沃还在念叨。"操他们。噢，上帝和圣母玛利亚，干了他们。"风每送来一轮枪声，他就说一次。罗伯特·乔丹下去接皮拉尔。

"你好啊，女人。"他说，拉住她两只手腕，用力把她拽上最后一块大石头。

"你的望远镜。"她从脖子上摘下带子，说，"所以，这是轮到'聋子'了？"

"是。"

"可怜的家伙。"她同情地说，"可怜的'聋子'。"

她刚爬上来，还喘着粗气，一手抓着罗伯特·乔丹的手，攥得紧紧的，一边望向那个地方。

"听起来打得怎么样？"

"不好，很不好。"

"他完了？"

"我想是的。"

"可怜的家伙。"她说，"肯定是因为偷马。"

"可能。"

"可怜的家伙。"皮拉尔说。过了会儿，"拉斐尔跟我说了骑兵的事，说得简直就是部狗屁小说。究竟怎么回事？"

"就是一支巡逻队和一群骑兵中队的人马。"

"到了什么位置？"

罗伯特·乔丹伸手指指巡逻队先前停下来的地方，又指给她看枪藏在哪里。从他们站的地方，刚好可以看到掩体后面冒出奥古斯丁的一只靴子。

"吉普赛人说他们跑到跟前了，头马胸膛都差点儿顶上你们的枪口。"皮拉尔说，"什么人啊！你的望远镜还在洞里呢。"

"你都收拾好了？"

"能带走的都收拾好了。有巴勃罗的消息吗？"

"他比骑兵早四十分钟出发。他们追着他的马蹄印走的。"

皮拉尔对他咧嘴一笑。她一直抓着他的手，现在才放开。"他们找不到他。"她说，"再说说'聋子'那边。有什么我们能做的吗？"

"没有。"

"可怜的家伙。"她说，"我喜欢'聋子'。你能肯定，肯定他已经完蛋了？"

"是的，我看到了很多骑兵。"

"比在这边的还多？"

"还有一整个骑兵连在往那边赶。"

"听听。"皮拉尔说，"可怜的家伙，可怜的'聋子'。"

他们听着交火声。

"普里米蒂沃想赶过去。"罗伯特·乔丹说。

"你疯了？"皮拉尔对那板着脸的男人说，"我们这儿都养出了些什么疯子啊？"

"我想去支援他们。"

"得了吧。"皮拉尔说，"又一个空想家。信不信，就算不跑这些没用的冤枉路，你也会死得够快的了。"

罗伯特·乔丹看着她，看着那高耸着印第安颧骨的黝黑大脸庞，那远远分开的黑色眼睛，可笑的嘴和肥厚、愤恨的上唇。

"你得像个男人。"她对普里米蒂沃说，"一个成熟男人。你，你的灰头发，所有一切。"

"别跟我开玩笑。"普里米蒂沃闷闷地说，"一个人只要还有一点儿心肝，有一点儿脑子……"

"他就该学着控制它们。"皮拉尔说，"跟我们在一起就已经没多少命好活了，犯不着再去跟陌生人找死。至于你那脑子，吉普赛人不缺脑子，瞧他跟我编了多大一部小说。"

"你要亲眼看到的话，就不会说那是小说了。"普里米蒂沃说，"有一会儿的确非常紧张。"

"得了吧。"皮拉尔说，"几个骑兵来了，又走了，你们就个个都拿自己当英雄了。我们安稳得太久了，才让你们都这样。"

"那'聋子'的事不严重？"普里米蒂沃说，口气变得轻蔑了。看得出，每一阵枪声随风飘来，都让他非常痛苦，他想去参加战斗，要不就让皮拉尔走开，好一个人静静。

"所以？"皮拉尔说，"该来的总会来，不要为别人的不幸丢掉你自己的命根子。"

"操你自己的。"普里米蒂沃说，"有些女人又蠢又毒，真让人受不了。"

"那也是为了支持和帮助那些没东西生孩子的男人。"皮拉尔说，"要是没什么要看的，我就走了。"

就在这时，罗伯特·乔丹听到头顶上传来飞机声。他抬头望去，高空中有一架侦察机，看上去就是清早他看到的那架。它从前线返航了，现在正朝着"聋子"遭到攻击的高地飞去。

"厄运鸟来了。"皮拉尔说，"那上面看得到那边的情形吗？"

"当然。"罗伯特·乔丹说，"只要他们不瞎。"

他们注视着那飞机，在阳光下飞得又高又稳，银光闪亮。它从左侧飞来，两架螺旋桨划出发亮的圆形轨迹，清晰可见。

"趴下。"罗伯特·乔丹说。

跟着，飞机飞到了他们正上方，影子掠过开阔的空地，发动机发出最严正的警告轰响。下一刻，它过去了，朝着山谷的头上飞去。他们看着它径直飞走，消失不见。不一会儿又出现，兜着大圈儿俯冲，绕着高地兜了两圈儿。然后，消失在前往塞哥维亚的方向。

罗伯特·乔丹看着皮拉尔。她额上挂着汗珠，摇着头，咬着下唇。

"任何人都有吃不消的东西。"她说，"我就吃不消这些。"

"不是被我的胆小传染的吧？"普里米蒂沃讥嘲地说。

"不。"她伸手按住他的肩膀，"你没什么胆小可传染，我知道。很抱歉我那么草率地对你开玩笑，我们都是在一口锅里吃饭的人。"接着，她对罗伯特·乔丹说，"我会叫人送吃的和酒上来，你还要什么吗？"

"现在不要，其他人呢？"

"你的后备队都在马那儿，一个不少。"她咧嘴笑着，"都藏得严严实实的，准备好了随时可以出发，玛利亚守着你的东西。"

"万一遇到空袭，让她就待在洞里。"

"是，我的英国阁下。"皮拉尔说，"你那个吉普赛人（我把他交给你了），我让他去采蘑菇了，一会儿把兔子烧了。现在蘑菇很多，要我说，还是把兔子吃掉比较好，虽说等到明天或后天会更好吃。"

"我觉得最好吃掉。"罗伯特·乔丹说。皮拉尔伸出大手，拍拍他斜挎着轻机枪背带的肩头，又抬手揉乱他的头发。"好一个英国人。"皮拉尔说，"等炖好了，我就让玛利亚送上来。"

遥远高地上的枪声几乎停了，只偶尔零星响起一声。

"你看那是结束了吗？"皮拉尔问。

"不。"罗伯特·乔丹说，"听声音，应该是他们发起进攻，又被打退了。现在我得说，他们被包围了。进攻的人暂时躲起来，在等飞机。"

皮拉尔对普里米蒂沃说："你，知道我没想冒犯你吧？"

"我知道。"普里米蒂沃说，"更糟的话我都听过了。你有一条毒舌头。不过还是管好你的嘴吧，女人。'聋子'是我的好同志。"

"就不是我的吗？"皮拉尔问他，"听着，大饼脸，战争中很难理解别人的感受。不说'聋子'，我们自己的麻烦就够多的了。"

普里米蒂沃还是闷闷不乐。

"你该吃点儿药。"皮拉尔对他说，"现在我要去做饭了。"

"你没把那个卡洛斯骑兵的文件带来？"罗伯特·乔丹问她。

"看我有多蠢。"她说，"我忘了，一会儿让玛利亚送上来。"

第二十六章

　　飞机是下午三点来的。中午雪就化光了，这会儿石头全被晒得滚烫，空中没有一丝云。罗伯特·乔丹坐在石头上，脱了衬衣，光着膀子背对太阳，读那个死去的骑兵包里找到的信。他不时停下来，抬头看看山坡空地对面的林子边，望望远处的高地，然后再低下头，继续读信。骑兵没再出现。每隔一阵子，"聋子"的营地方向会传来一声枪响，但都零零星星的。

　　检查过骑兵的军事证件，他现在知道，那男孩从纳瓦拉的塔法里亚来，二十一岁，还没结婚，是个铁匠的儿子。他隶属N骑兵团，这让罗伯特·乔丹吃了一惊，他一直以为这支部队在北部。这男孩是个卡洛斯派，战争刚开始就在伊伦受过伤。

　　说不定我还在潘普洛纳奔牛节上看到过他在街头奔跑[1]，罗伯特·乔丹想。在战争中，你杀的永远不是想杀的人，他暗自琢磨。好吧，多半不是，他改口，继续读信。

　　第一封信非常中规中矩，写得很认真，谈的几乎全都是当地情况，是他的姐姐写的。从信里，罗伯特·乔丹知道，塔法里亚一切都好，父亲很好，母亲和以往一样，只是总抱怨她回家的事；知道她希

望他好好的，别遇到太大危险；她很高兴他干掉了红军，把西班牙从马克思主义者的手里解放出来。然后就是一连串儿塔法里亚男孩的名字，截至她写信时，不是被杀了，就是受了重伤。她提到有十个人被杀，对于塔法里亚这样的小镇来说，很多了，罗伯特·乔丹想。

信里弥漫着宗教气息，她向圣安东尼祈祷，向圣柱圣母和其他圣母祈祷[1]，祈祷他们保佑他，她要他永远不要忘记，他还有耶稣圣心的保护，她相信他随时都把它佩戴在自己心脏前，无数事实证明——这里下面着重画了线——它能挡住子弹。她始终是他亲爱的姐姐，孔查。

这封信边缘有点儿脏了。罗伯特·乔丹小心地把它放回军事文件里，展开另一封笔迹不那么认真的信。是这男孩的女朋友——未婚妻——写的。整封信都在担心他的安危，含含糊糊，一本正经，通篇臆想。罗伯特·乔丹从头到尾读了一遍，然后把所有信，连同文件，一起塞进后裤袋里，他不想再读其他信了。

我猜我今天日行一善的任务已经完成了，他告诉自己。我猜你干得还不错，他重复道。

"你在看什么？"普里米蒂沃问他。

"早上打死的那个卡洛斯分子的文件和信，你要看吗？"

"我不识字。"普里米蒂沃说，"有什么有意思的吗？"

"没有。"罗伯特·乔丹告诉他，"都是些私人信件。"

"他家乡的情况怎么样？你能从信里看出来吗？"

"看起来都还不错。"罗伯特·乔丹说，"他的镇子里死了很多人。"他低头看看自动步枪的掩体——雪化掉以后他又修补了一下，改了一点儿，看起来很自然——再抬眼望望原野。

"他从哪个镇子来的？"普里米蒂沃问。

---

1. 基督教中有多名圣徒称圣安东尼。圣柱圣母（Blessed Virgin of Pilar），也称皮拉尔圣母，是西班牙萨拉戈萨地区对耶稣之母"圣母玛利亚"的特定称谓，源于传说中公元40年大雅各在当地埃布罗河畔祈祷时圣母显圣的传说，其形象为立于柱子（Pilar）顶端的圣母像。基于"显圣"地点和形象特征的不同，圣母玛利亚有各种别称，即这里说的"其他圣母"。

"塔法里亚。"罗伯特·乔丹告诉他。

好了,他告诉自己。我很抱歉,如果这有用的话。

没用,他对自己说。

那就得了,忘了吧,他告诉自己。

好了,忘掉了。

可没那么容易忘掉。这是你第多少次杀人了?他问自己。我不知道。你觉得你有权杀死任何人吗?没有。可我不得不杀。你杀掉的人里,有多少是真正的法西斯?几乎没有。可他们都是敌人,是我们不得不反抗的势力。可比起西班牙其他地方来,你更喜欢纳瓦拉人。是啊。而你杀了他们。是啊。如果不信,就下去到营地看看吧。

你难道不知道杀人不对吗?知道。可是还是做了?是。你还坚信你的事业是正确的?是。

那是正确的,他告诉自己,不是自我安慰,而是满怀骄傲。我相信人民,相信他们有权按照自己的意愿管理自己。可你一定不相信杀戮,他对自己说。你必须这么做,就当是必要的事,可你不信奉它。如果信奉它,事情就完全错了。

可你估计你杀过多少人了?我不知道,因为我不数。但你知道?是的。多少?你不能确定数字。炸火车会死很多人,非常多,但你不确定具体多少。那你确定的呢?二十多个。其中有多少是真正的法西斯呢?我能确定的,两个。因为在乌塞拉俘虏他们时,我不得不开枪打死他们。你不介意这个?不介意。你也不喜欢?不喜欢。我下决心绝不再做这样的事,我避免去做,我再也没杀过没武器的人。

听着,他告诉自己。你最好停下。这对你,对你的事业都很不好。可这个自己却反驳他,你给我听着,知道吗,就因为你做了非常严重的事,我才不得不看看你是不是一直清醒,我不得不确保你头脑清醒。如果你的头脑不是绝对清醒,就没有权利做你做的这些事,因为那都是犯罪,没人有权利夺走别人的性命,除非那是为了防止发生更坏的事,危害到其他人。所以,想清楚,别对自己撒谎。

可我不想记住我杀了多少人,无论是把那当成战绩,还是某种讨厌的东西，就像枪膛里的划痕，他对自己说。我有权不计数，我有权忘掉他们。

不，他自己说。你无权忘掉任何事，你无权对其中任何一个闭上眼睛，也无权忘掉任何一个，无权淡化，无权改变。

闭嘴，他对自己说。你越来越自以为是了。

也永远无权在这方面欺骗自己，他自己继续说。

好吧，他告诉自己。多谢你这些金玉良言，那我能爱玛利亚吗？

行，这个自己说。

就算纯粹的唯物主义社会观里不认为有爱情这类东西存在，也行？

你从什么时候开始有这种想法的？他自己问。从来没有，你也绝不可能有。你不是真正的马克思主义者，你清楚这一点儿。你相信"自由、平等、博爱"，你相信"生命、自由和对幸福的追求"[1]。永远不要用太多的辩证法来跟自己开玩笑，它们适合一些人，但不是你。你必须知道这些，只是为了不上当受骗。你把太多东西建立在赢得战争的基础上了。如果输了，所有那些也就都没了。

不过，往后你可以扔掉那些你不相信的东西。你不相信的东西很多，相信的也很多。

还有一件事，永远别拿爱上某个人来跟自己开玩笑，只是大多数人都没那份幸运去拥有它而已。你以前从没有过，现在有了。你和玛利亚之间所拥有的，是生而为人能遇到的最了不起的事，不管它是只限于今天和明天的一段时间，还是能够延续漫长的一生。总有人会说它不存在，只因为他们得不到。可我告诉你，那是真实的，你拥有它，哪怕明天就死，你也是幸运的。

停，别说这些死不死的，他对自己说。我们不该这么聊天，那是我们那些无政府主义者朋友说话的方式。只要事情真的变糟了，他们就会想放把火，就会想去死。他们的想法非常古怪，非常古怪。好了，我们熬过今天了，老伙计，他对自己说。现在快三点了，吃的差

---

1. 前者出自法国大革命，后者出自美国《独立宣言》。

不多就要送来了。他们还在打"聋子"的地盘，那就是说，他们把他包围了，正在等待援兵，也许。不过他们一定要在天黑前动手。

我想知道"聋子"那边怎么样了。我们都会遇到这种事，早晚的事。我猜"聋子"那边情绪不会很高。我们让"聋子"去找马，就肯定会让他陷入大麻烦。这话西班牙人是怎么说的？死路一条，死路一条。我猜我能好好干完这件事，只要做一次，很快就结束了。可被包围时，如果能投降，却非要战斗，是不是太浪费了？我们被包围了，我们被包围了，那是战争中最让人惊慌的喊叫。接下来的事，就是你注定吃枪子儿，够幸运的话，之前就没什么坏事了。"聋子"没有这种幸运。时候一到，他们也不会再有。

三点了。

这时，远处传来引擎的轰鸣声，他抬眼望去，看到飞机来了。

第二十七章

　　"聋子"在山顶作战。他不喜欢这座山，第一眼看到，就觉得活像个梅毒疮。可除了这座山，他别无选择，这是他能看到的最远的地方，只好向它冲去，自动步枪沉甸甸地挂在他背后，马拼命跑，马背在他的双腿间起伏，手榴弹袋在一侧摇晃，自动步枪的弹药袋在另一侧"砰砰"地拍着马肚子，华金和伊格纳西奥不时停下，开几枪，又停下，开几枪，为他争取时间架机枪。

　　地上还有雪，就是这雪害了他们。马中弹了，呼哧呼哧喘着粗气，抽搐着、蹒跚着爬过登山山顶的最后一段路，鲜血喷出来，洒在雪地上，亮晶晶的。"聋子"拉住马嚼子，缰绳挽在肩上，拽着它往上爬。他扛着两个沉重的袋子，奋力向上，子弹打在岩石上，四下飞溅。到地方后，他抓着马鬃，飞快给了它一枪，又熟练，又温柔，马就这么倒下，头卡在两块岩石间的空隙里。他把枪架在马背上，开火，打了两盘子弹，枪"嗒嗒"作响，子弹扎进雪里，发烫的枪口下，毛皮散发出烧焦的味道，他对着往山上冲的人开火，逼迫他们散开寻找掩护，可却不知是什么，在他身后，始终让他后心发寒。最后五个人一登上山顶，他背后的寒意也就消失了，他省下剩余的子弹，留着需要时再用。

　　还有两匹马死在了半山坡，三匹死在山顶上。

　　昨晚他只成功偷出三匹马，第一枪打响时，他们在马栏里打算直接骑上光马背，结果跑了一匹。

　　五个人登上山顶，伤了三个。"聋子"小腿受了伤，左臂也伤了两处。他很渴，伤口肌肉僵硬，左胳膊的一处伤口痛得厉害。头也痛得厉害，躺在地上等飞机来的时候，他想起一句西班牙笑话。"Hayqueto marlamuertecomosifueraaspirina"，意思是，"你须吞下死亡，如吞阿司匹林"。但他没把这笑话说出来。每当他挪动胳膊，转头去看自己尚存的队伍，他就会头痛恶心，于是，他只是暗自对它们咧开嘴笑。

五个人分散开，像五角星。都用手和膝盖挖土，把土和石块堆在面前，遮挡头肩。利用这种掩护，他们将各自的土石堆连成了一片。华金刚十八岁，他有个钢盔可以用来挖土，再把土装在里面传出去。

头盔是炸火车那次得来的。上面有个弹孔，他却坚持留下它，为这个，所有人都取笑过他。可他磨光了毛糙的弹孔，塞进一个木塞，截掉多余部分，连头盔内侧的金属边也打磨得光溜溜的。

枪声刚响，他就把钢盔往头上扣，结果太用力，"嘭"地砸下来，好像一头撞上铁锅。在最后一段坡上，他的马被打死了，子弹呼啸着炸响，四下横飞，他往上跑，肺部作痛，双腿死沉，嘴里发干，头盔似乎也变得无比沉重，钢圈几乎要把额头勒爆，可他还是戴着它。现在，他不顾一切地用它挖土，一下又一下，好像机器一样。他是没受伤的人。

"这东西总算派上用场了。""聋子"对他说，声音低沉嘶哑。

"Resistiryfortificaresvencer."华金说，恐惧让他满口发干，比战斗中常见的口渴更厉害。那是共产党的一句口号，意思是，"坚持，守住就是胜利"。

"聋子"转过头，望向一块大圆石头，那背后躲着个骑兵，不时放个冷枪。他很喜欢这个男孩，但眼下没心情喊口号。

"你说什么？"

有人从正忙活着的工事前转过头。他整个人趴在地上，正小心翼翼地双手举着一块石头往工事上放，保持下巴紧贴在地面。

华金用他干涩的少年嗓音重复了一遍那口号，一刻也没停止挖掘。

"最后一个词是什么？"那人问，下巴贴地。

"Vencer."男孩说，"胜利。"

"狗屁。"那人下巴贴着地，说。

"还有一句，很适合现在。"华金说着，背了出来，仿佛那是护身符一般，"'热情之花'[1]说了，'站着死胜于跪着生'。"

"也是狗屁。"那人说。另一个人转头说，"我们趴着呢，没跪着"。

"你啊，你这个共产党。你知道你的'热情之花'有个跟你一样大的儿子，运动刚开始就送去俄国了吗？"

"胡说。"华金说。

"得了吧，胡说。"另一个说，"那个怪名字的爆破手告诉我的，他也是你们党的人，他干吗要扯谎？"

"那是假的。"华金说，"把儿子藏在俄国逃避战争，她才不会干这种事。"

"但愿我是在俄国。"又一个"聋子"的人说，"共产党，你的'热情之花'会不会现在来把我带走，送去俄国？"

"既然你这么相信'热情之花'，那让她现在就把我们都从这个山头上弄走啊。"一个大腿上打着绷带的人说。

"法西斯会把我们弄走的。"下巴贴着泥地的人说。

"别这么说。"华金对他说。

"你嘴巴上还挂着妈妈的奶，擦擦吧，再给我一帽子土。"下巴贴地的人说，"我们谁都看不到今天的太阳落山。"

"聋子"在想，"这真像个梅毒疮。或者年轻姑娘的乳房，但没乳头。或者火山山头，你从没见过火山，"他想，"永远没机会见了。至于这座山头，就像个梅毒疮。让火山一边待着去吧，现在来想火山，太晚了。"

他小心翼翼地缩在死马的肩隆后，查看四周，一阵急促的枪声响

---

1. 即西班牙共产党领袖、共和国女英雄多洛雷斯·伊巴露丽（Isidora Dolores Ibárruri Gómez, 1895—1989），她是贫苦矿工的女人，曾流亡莫斯科，在当地与恩里克·利斯特将军和胡安·莫戴斯度准将等结识，政治态度激烈，擅长发表演说鼓舞人心，在当时声望很高，"热情之花"是其笔名。她育有五女一子，儿子鲁本（Rubén Ruiz Ibárruri, 1920—1942）是苏联英雄，死于斯大林格勒战役。

起，来自坡下一块大石头背后，他听到轻机枪的子弹打在马身上。他贴着马尸匍匐移动，透过马后腿和岩石间的夹角空隙往外望。正下方的山坡上躺着三具尸体，是之前法西斯冲击山顶时留下的，他们有自动步枪和轻机枪，可以发起火力掩护，可他和其他人扔出或贴着地面滚下手榴弹，打退了他们的进攻。其他方向的山坡上还有一些尸体，他看不到。这里没有死角留给进攻者，他们没法逼近山顶，"聋子"知道，只要他的子弹和手榴弹还没用完，只要还有四个伙计在，他们就没法把他逼出这里，除非他们弄来一门迫击炮。他不知道他们有没有到拉格兰哈去调迫击炮。大概没有，毕竟，飞机肯定很快就会到了。从侦察机飞过他们头顶到现在，已经四个小时了。

这山头实在像个梅毒疮，"聋子"想，我们就是疮上的脓。不过，趁着他们犯蠢，我们杀了很多人。他们怎么会觉得这样就能逮住我们？他们有那么先进的装备，太自大，昏了头了。他一颗手榴弹就干掉了领头进攻的年轻军官，趁着他们往上冲时，手榴弹一路蹦着滚下山坡，拦腰把他们截断。黄色的闪光和"嘭"一声腾起的灰色烟尘中，他看到那军官一头栽倒在地，现在还躺在那里，像捆破布，标志着那次进攻抵达的最远端。"聋子"看看那具尸体，又依次望向山坡上的其他几具。

"这都是勇敢的蠢人，"他想。不过如今他们明白了，飞机来以前，不要再向我们发起进攻。当然，除非他们有门迫击炮，有炮就容易了。迫击炮很常见，他知道，炮一到，他们就得死，可一想到飞机就快来了，他就觉得整个人是赤条条地待在这山顶上，所有衣服，甚至皮肤，都被剥掉了。"再没有比我现在的感觉更赤条条的了，"他想。相比之下，就连剥了皮的兔子都好像披着厚皮毛的熊。可他们为什么就该派飞机来呢？只要一门迫击炮，他们就能轻轻松松地把我们轰出去。不过他们很得意有那些飞机，也可能会派来。就是因为太得意自动武器了，他们才会干蠢事。可毫无疑问，他们肯定还会弄一门迫击炮来的。

他这边有人开了一枪，然后一拉枪栓，飞快地又开起枪来。

"省着些子弹。""聋子"说。

"有个大婊子养的兔崽子想跑到那块石头那里去。"那人指了指。

"你打中了吗?""聋子"问,费劲地转过头去。

"没。"那人说,"那狗杂种缩回去了。"

"要说婊子,最大的一个就是皮拉尔。"下巴搁在地上的那人说,"那婊子知道我们会死在这里。"

"她帮不上忙。""聋子"说。那人在他好的那只耳朵边说话,他不用转头就能听到,"她能做什么呢?"

"从背后包抄这些母狗。"

"胡扯。""聋子"说,"他们围着整个山腰散开的,她怎么包抄?他们有一百五十号人,说不定现在更多。"

"可要是我们能坚持到天黑呢?"华金说。

"要是基督在复活节复活。"下巴搁在地上的人说。

"要是你阿姨有蛋,她就是你叔叔了。"另一个对他说,"去找你的'热情之花',她一个人出马就能救我们。"

"我不信她儿子的事。"华金说,"要么就是他在那里受训,准备当个飞行员之类的。"

"他躲在那里求安全。"那人对他说。

"他在学辩证法,你的'热情之花'以前也在那里。所以才有利斯特、莫戴斯度和其他人。那个古怪名字的家伙告诉我的。"

"他们应该是去学习,然后回来帮我们。"华金说。

"那他们现在就该来帮我们了。"另一个说,"所有他妈的俄国垃圾骗子现在都该来帮我们。"他开了一枪,说,"操他们的,我又打偏了。"

"省点子弹,少废话,你会渴死的。""聋子"说,"山上没水。"

"给。"那人说着,翻身滚过来,把斜挎在肩上的酒囊从头上拿下来,递给"聋子","润润喉咙,老伙计。你受了伤,肯定口干得很。"

"都喝点儿。""聋子"说。

"那我要先喝。"酒囊主人说着,手一捏,挤出长长一注酒,落进嘴里，然后才把这皮酒囊传出去。

"'聋子'，你觉得飞机什么时候会来？"下巴搁在地上那个问。

"随时。""聋子"说，"早该到了。"

"你觉得这些臭婊子养的会再进攻吗？"

"除非飞机不来了。"

他觉得没必要提迫击炮的事。要是真来了，他们马上就会知道。

"天主知道，照我们昨天看到的，他们的飞机可真不少。"

"太多了。""聋子"说。

他头痛得厉害，一只胳膊发僵，一动就痛得受不了。用完好的那只胳膊提起皮酒囊时，他仰起头，望着这初夏的天空，明亮、高远、湛蓝。他五十二岁了，心里清楚，这是最后一次看到这样的天空了。

他一点儿都不怕死，只是恼火要死在这样一座山上，困在这么个地方，别无选择。"要是我们脑子清楚点，"他想着。要是能把他们引进峡谷，或者能在公路那头甩掉他们，就没问题了。可偏偏是这么座梅毒疮的山。我们一定要尽可能好好利用它，到目前为止，我们干得不错。

就算知道历史上有多少人曾经据守山顶，最后死在山上，他也不会更高兴一点儿。这一刻，他闪过一个念头：对于相似情形下曾发生在别人身上的事，人不会太往心里去，就像新寡的妇人，不会因为听说别人家的好丈夫死了就感到安慰。无论怕不怕，死亡总是很难接受的。"聋子"已经接受了，只是就算到了五十二岁，受了三处伤，还身陷包围之中，这也不是愉快的事。

他在心里拿这事开玩笑，可看着天空和远山，咽着葡萄酒，他依旧不想接受。"如果必须死，"他想，"如果确定了必须死，那我可以死。可我讨厌去死。"

死什么都不是，他对它毫无概念，也不害怕。

但活着，是山坡上风吹过的麦田。活着是天空中的鹰。活着是装满清水的陶罐，放在尘土飞扬的打谷场上，糠皮扬起老高。活着是你两腿间的马、大腿下的卡宾枪，是山，是河谷，是岸边长满树的溪流，是山谷的另一侧和远处的山丘。

"聋子"把酒袋递回去，点头致谢。他俯身向前，轻轻拍一拍死马的肩头，那里的皮毛已经被自动步枪的枪口烤焦了，还闻得到马毛烧焦的味道。他想着他是怎么把马拽上来的，发着抖，子弹在身边乱飞，呼啸着，炸响着，飞过头顶，绕过身边，密得像帘子一样，他仔细地找到它双眼和耳朵连线的交叉点，对准，开了一枪。当马倒下，他趴在它还温热的、汗津津的马背后面，躲开飞上山顶的子弹。

"Erasmuchocaballo。"他说，意思是，"真是匹好马"。

现在，"聋子"侧躺着看天，没受伤的半边身子压在地上。身下全是空弹壳，脑袋藏在石头后面，身子横在马后。他的伤口发僵得厉害，很痛，他只觉得太累了，不想动。

"你在想什么，老家伙？"旁边的人问。

"什么都没想，我只是稍微休息一下。"

"睡会儿。"另一个说，"他们上来的话，会吵醒我们的。"

就在这时，山坡下有人开始喊话了。

"听着，土匪们！"声音从最近一挺自动步枪架着的石头后面传来，"现在，投降吧，趁飞机还没把你们炸烂。"

"他说什么？""聋子"问。

华金告诉了他。"聋子"翻身滚过去，支起身子，重新伏在枪后。

"说不定飞机不来了。"他说，"别理他们，也不要开枪，说不定能引他们再攻一次。"

"也许可以稍微挑衅他们一下？"有人问，是跟华金说"热情之花"的儿子在俄国的那家伙。

"不。""聋子"说，"把你的大手枪给我。谁有大手枪？"

"这儿。"

"给我。"他双膝着地，伏下身子，接过9毫米口径的大手枪。瞄准，对着死马旁的地面开了一枪，等了会儿，又毫无规律地陆续开了四枪。再停下来，数到六十，开了最后一枪，近距离打在马身上。他咧嘴一笑，把枪递回去。

"装满子弹。"他低声说,"所有人都闭上嘴,不要开枪。"

"土匪!"下面的石头后面叫着。

山上没人吱声。

"土匪!立刻投降,趁我们还没把你们炸碎。"

"咬钩了。""聋子"快活地悄声说。

他抬眼望去,一个人刚好从石头后面伸出头来。山顶上没有子弹飞下来,脑袋又缩下去了。"聋子"等着,看着,但没有动静。他转头看看其他人,每个人都盯着自己负责的山坡。见他看过来,其他人都摇摇头。

"都不要动。"他悄声说。

"臭婊子养的。"山下的石头后面又冒出一声。

"红皮猪猡,操你妈的通奸犯,舔你爹的龟儿子。"

"聋子"咧嘴笑着。

他偏过头,用好的一只耳朵也只能听到嗡嗡的辱骂。"这比阿司匹林管用啊,"他想着。"我们能干掉几个?他们会那么蠢吗?"

叫骂声又停了,三分钟过去,他们什么也没听到,什么动静也没看到。然后,山坡下一百码外的大石头背后,狙击手探出身子,开火了。子弹打在石头上,又弹开,尖利地呜咽着。"聋子"看到,一个人深深弯下腰,借着自动步枪边石头的掩护,穿过空地,跑向狙击手藏身的大圆石头。他几乎是一头扎进了那石头背后。

"聋子"转头看看身边。他们向他示意,其他坡上没动静。"聋子"高兴地咧开嘴笑着,摇晃着脑袋。这比阿司匹林管用十倍,他想着,等待着,满心快活,只有猎人才会这样快活。

山坡下,刚才从石头堆跑到大圆石头背后的人正在跟狙击手说话。

"你信吗?"

"我不知道。"狙击手说。

"那很合理。"那人说,他是指挥官,"他们被包围了,没指望了,只能等死。"

狙击手没说话。

"你在想什么？"军官问。

"没什么。"狙击手说。

"那几声枪声过后，你看到什么动静了吗？"

"完全没有。"

军官看看他的手表，还有十分钟就到三点了。

"飞机一个钟头之前就该来了。"他说。这时，另一个军官也蹿进了岩石后面。狙击手挪了挪，给他腾出位置。

"嗨，帕科。"头一个军官说，"你怎么看？"

第二个军官刚从架着自动步枪的地方全力冲过山坡，还喘着粗气。

"要我说，那是个陷阱。"他说。

"要不是呢？我们干等在这里，围着一群死人，简直是天大的笑话。"

"我们已经干过比笑话更糟的事了。"第二个军官说，"看看坡上吧。"

他抬眼看看山坡，尸首横七竖八地倒在接近山顶的地方。从这里，他能看到山顶的轮廓，散乱的岩石、马肚子、伸直的腿、支棱的马蹄，蹄上钉着铁掌，那是"聋子"的马，还有刚挖出来的新鲜泥土。

"迫击炮怎么说？"第二个军官问。

"还要一个钟头，最迟一个钟头。"

"那就等到了再说，我们干的蠢事已经够多了。"

"土匪！"头一个军官突然大喊，一边站起身，把头伸出岩石上方，站直以后，山顶看起来也近了很多，"红皮猪猡！胆小鬼！"

第二个军官看向狙击手，摇着头。狙击手偏开头去，可双唇却抿得紧紧的。

头一个军官站在那里，头完全暴露在岩石外，手握着手枪柄。他冲着山顶诅咒辱骂，可没有反应。于是，他从石头后面走出来，站在那里，盯着山上。

"开枪啊，胆小鬼，还有气儿就开枪啊。"他喊话道，"朝这个不怕任何臭婊子肚子里钻出来的赤色分子的人开枪啊。"

最后一句实在太长，喊完时，军官的脸都憋红了，一口气差点没喘上来。

第二个军官又摇了摇头。他是个瘦子，皮肤晒得黝黑，眼睛沉静，嘴宽唇薄，凹陷的脸颊上满是胡茬。就是喊话的军官下令发起的第一次进攻。死在山坡上的年轻中尉是这个中尉最好的朋友，这个中尉名叫帕科·贝伦多，他听着上尉的叫喊，那一个显然已经得意忘形了。

"那些就是打死我姐妹和妈妈的猪猡。"上尉说。他长着一张红脸膛，蓄着英国式的金色胡须，眼睛看起来有什么地方不对劲。眼珠是浅蓝色的，睫毛颜色也很浅。留意看的话，它们似乎要花很长时间才能对上焦。接着，"赤匪。"他大喊，"懦夫！"又一轮咒骂开始了。

现在，他整个人都暴露出去了。他小心地瞄准，冲着山顶上唯一看得到的目标——"聋子"那匹死去的马——扣下手枪扳机。子弹飞过去，落在马身下面十五码外的土堆上。

上尉又开了一枪，子弹打在石头上，"嗖"的一声，弹开了。上尉站在原地，看着山顶。贝伦多中尉看着另一位中尉的尸体，它距离峰顶就一步之遥。狙击手看着眼皮下的地面，又抬眼看了看上尉。

"上面没活人了。"上尉说。"你，"他对狙击手说，"上去看看。"

狙击手垂下眼皮，没说话。

"没听到我的话吗？"上尉冲他大吼。

"听到了，长官。"狙击手说，没看他。

"那就站起来，去。"上尉的枪还抓在手里，"听到没有？"

"是，长官。"

"那怎么不去？"

"我不想去，长官。"

"你不想去？"上尉抬枪抵上他的后腰，"你不想去？"

"我害怕，长官。"士兵郑重地说。

贝伦多中尉留意看了看上尉的脸和他古怪的眼睛，觉得他要开枪打死那士兵了。

"莫拉上尉。"他说。

"贝伦多中尉？"

"这士兵也许是对的。"

"他说他害怕是对的？他说他不想服从命令是对的了？"

"不。他认为那是个陷阱，这是对的。"

"他们都死了。"上尉说，"你没听到我的话吗？他们都死了。"

"你是说山坡上我们那些同伴？"贝伦多问他，"我同意。"

"帕科，"上尉说，"别犯傻了。你以为就你一个人在乎朱利安？我告诉你，赤色分子都死了。看！"

他站起身，双手按在大石头顶上，往上一撑，笨拙地跪上岩石，再站起来。

"开枪啊。"他高喊道，站在灰色花岗岩大石头上，挥舞着双臂，"朝我开枪啊！打死我啊！"

山顶上，"聋子"躺在死马身后，咧嘴笑着。

"这么个家伙，"他想着。努力忍住不要大笑，免得身子一抖，胳膊又要疼。

"红皮猪。"叫喊声从下面传来，"赤色暴民，开枪打我啊！打死我啊！"

"聋子"笑得胸膛直震，只能勉强从马屁股的缝隙里窥到那上尉站在石头顶上挥舞双手的样子。另一个军官站在石头边，狙击手站在另一边。"聋子"盯着他们，快活地摇晃脑袋。

"开枪打我啊。"他轻声自言自语，"打死我啊！"他的肩膀又抖动起来。这一笑，他的胳膊又疼了，每次笑，他都觉得头像要炸开似的。可他还是忍不住笑得直抖，像抽筋一样。

莫拉上尉跳下大石头。

"这下信了吧，帕科？"他质问贝伦多中尉。

"不。"贝伦多中尉说。

"卵蛋！"上尉说，"这里除了蠢蛋就是胆小鬼。"

狙击手已经又小心地躲回到石头后面，贝伦多中尉跟他蹲在一起。

上尉还站在石头边，无遮无挡，冲着山顶大骂污言秽语。再没有比西班牙语更脏的语言了。英语里有的脏话它全有，另外还有一些字眼和说法，只有在这种渎神与厉行宗教并行的国家里才会用到。贝伦多中尉是个非常虔诚的天主教徒，狙击手也是，他们都来自纳瓦拉，是卡洛斯派，火气上来时，他们都会大爆粗口，诅咒谩骂，可平常忏悔时，又认为这是一种罪过。

此刻，他们缩在石头后面，看着上尉，听着他的喊叫，都只想跟他和他的话撇清关系。凭良心说，在这种可能丢命的日子里，他们不想说这种话。这种话不会带来好运，狙击手想。这样说起圣母，会带来厄运。这家伙说话比赤色分子还糟。

朱利安死了，贝伦多中尉想。死在这个山坡上，在这样一个日子里。可这张臭嘴还站在那里，用他渎神的脏话招来更多厄运。

这时，上尉停止叫骂，转向贝伦多中尉。他的眼睛看起来比任何时候都奇怪。

"帕科，"他说，兴高采烈，"你和我一起上去。"

"我不去。"

"什么？"上尉又把他的手枪掏出来了。

我讨厌这些有事没事就挥舞手枪的家伙，贝伦多想。不拿着把枪乱晃，他们就没法下命令。说不定连去厕所他们都要掏出枪来，命令那些玩意儿排出来。

"如果你下命令，我去。但不是出于自愿。"贝伦多中尉对上尉说。

"那我就一个人去。"上尉说，"这里尽是懦夫的臭气，太臭了。"

右手抓着枪，他毫不犹豫地大步朝山坡上走。贝伦多和狙击手都看着他。他没有任何要找掩护的意思，双眼直视前方，望着山坡顶上的岩石堆、死马和新挖出的泥土。

"聋子"躺在死马身后的岩石一角，盯着上尉，看他迈着大步往山上走。

"就一个，"他想。"我们只钓到一个。不过听他说话的腔调，这个应该是大家伙。瞧他走路的样子呀，瞧这个畜生啊，瞧他就这么大步往前走。这家伙是我的，这家伙，我要让他陪我走这一段路。这家伙现在上来，要陪我一起走。来吧，旅行家同志。大步上来，就这样，上来。不要停，不要东张西望。对。连头都不要回。继续上，眼睛望着前面。瞧呀，他有胡子。你觉得怎么样？他留着胡子，这位旅行家同志。他是个上尉，瞧他的袖子。我就说了，他是个大家伙。他长了张英国人的脸。瞧呀，红脸，金发，蓝眼睛。没戴帽子，胡子是黄的。一双蓝眼睛，浅蓝色的眼睛，有点儿什么不大对劲的浅蓝色眼睛，聚不了焦的蓝眼睛。够近了，太近了。没错，旅行家同志。拿下他，旅行家同志。"

他扣下自动步枪的扳机，枪身往后退了三次，撞在他的肩膀上，配三脚架的自动武器都会这样往后退滑。

上尉脸朝下，趴在山坡上。左胳膊压在身下，右手抓着手枪，伸在脑袋前面。山坡下，所有人再次冲着山顶开了火。

贝伦多中尉蹲在大圆石头后面，正想着，只能趁着火力掩护冲过那片空地了，就听到山顶上传来"聋子"嘶哑的声音。

"土匪！"那声音传来，"土匪！开枪打我啊！打死我啊！"

山顶上，"聋子"趴在自动步枪后面大笑，笑得胸口发痛，笑到以为头要炸开了。

"土匪。"他快活地大声重复，"打死我啊，土匪！"他快活得脑袋直晃。"我们这一路上有很多伴儿了，"他想。

等另一个军官离开大石头的掩护时，他会再努力拉上他，他迟早要出来的。"聋子"知道，他绝对没办法待在那里指挥，他觉得，很有机会拉上他。

就在这时，山上的其他人听到了飞机到来的第一声轰响。

"聋子"没听到，他正用自动步枪瞄着坡下那块大石头的边缘，琢磨着，等我看到他，他就已经在跑了，不仔细一点儿的话，就会放过他了。这一整段路，我都能追着他打。我要跟着他转动枪口，抢在他前面。要不就让他先跑，然后追上他，抢在前面。我要试试，能不能在大石头边逮住他，瞄准他前方一点点儿。这时，他感到肩膀被碰了一下，转过头，眼前是华金灰白的脸，恐惧抽走了这男孩所有的血色，他顺着男孩的手指望去，看到三架飞机正飞过来。

抓住这一瞬，贝伦多中尉从圆石后冲出来，勾着头，拼命迈动双腿，穿过山坡，冲进岩石堆的掩护中，架着自动步枪的地方。

"聋子"在看飞机，没发现他跑了。

"帮我把这个抽出来。"他对华金说，男孩从马和岩石间抽出自动步枪。

飞机来得不紧不慢，排成梯队，每一秒都更大，声音更响。

"仰面躺下来，对准它们开火。""聋子"说，"等它们飞过来，朝机头开枪。"

他目不转睛地盯着它们。"王八蛋! 婊子养的!"他不住口地说。

"伊格纳西奥!"他说，"把枪架在那小子肩上。你!"这是对华金，"坐在那里，不要动。蹲下去，再低点儿，不，再低。"

他仰面躺下，透过自动步枪瞄着缓缓靠近的飞机。

"你，伊格纳西奥，帮我扶住脚架的三条腿。"它们摇摇晃晃地支在男孩背上，华金低头蹲着，听着飞机越来越近的嗡嗡轰鸣，止不住地发抖，他一抖，枪口就晃个不停。

伊格纳西奥趴在地上，抬起头，看到飞机靠近了，便伸出手去，双手抓住脚架的三条腿，扶稳。

"低头，别抬起来。"他对华金说，"面对前方。"

"'热情之花'说，'站着死胜过……'"当轰鸣声越来越近，华金开始自言自语。突然间，变成了"万福玛利亚，你充满圣宠，主与你同在。你在妇女中受赞颂，你的亲子耶稣同受赞颂。天主圣母玛利亚，求你现在和我们临终时，为我们罪人祈求天主。阿门。天主圣母玛丽亚"，他刚开了个头，轰鸣声就已经大到让人受不了，他突然想起，开始插进一段痛悔短祷，"我的天主，我犯罪违背了你，很觉惭愧痛悔，今特为爱天主在万有之上……"[1]

---

1. 前一段为罗马天主教的《圣母经》祷词，教徒自认罪人，念诵悼词，以请求圣母玛利亚代为向天主祈祷，起自中世纪。后一段出自《上等痛悔经》，用以忏悔严重罪过，但这里内容有疏漏拼接，以表现人物的恐慌和生疏。

紧接着，"哒哒"的枪声在他耳边炸响，肩上的枪管开始发烫。跟着又是一轮，他的耳朵被枪口风冲击得几乎聋了。伊格纳西奥用力向下拽三脚架，枪管炙着他的背。现在，枪声变成了咆哮，他已经记不起痛悔祷词了。

唯一记得的就是：我们临终时。阿门。我们临终时。阿门。临终时。临终时。阿门。其他人都在开枪。现在和我们临终时。阿门。

这时，一阵呼啸穿透"哒哒"的机枪声而来，撕裂了空气，下一刻，咆哮染上红黑的色彩，他双膝下的土地翻滚着，浪一般涌起，扑上他的脸，接着，泥块和碎石劈头盖脸落下，伊格纳西奥趴倒在他身上，枪也压在他身上。可他还没死，因为呼啸声又来了，土地在他身下咆哮着翻滚。接着又是一次，他肚子下的地面突然塌陷，半边山峰飞上半空，又缓缓落下，盖在他们身上。

山顶上没人知道，飞机来回轰炸了三次，又架起机关枪扫射了一通，然后才离开。当它们最后一次开着机关枪向山头俯冲时，头机拉高，做了个摆荡，跟着，每一架都做出同样的动作，队形从梯形变成V形，飞上高空，往塞哥维亚去了。

在持续密集的火力压制下，贝伦多中尉领着一支突击小队冲上一个弹坑，从那里，他们可以把手榴弹投到山顶。他不敢冒险去赌上面是否还有活人，不管有没有人趁乱等着他们。他往死马、碎石和炸弹掀开的黄土堆里扔了四个手榴弹，然后才爬出弹坑，上前查探。

山上没有活人，除了男孩华金，不省人事，身上趴着伊格纳西奥的尸体。华金的鼻孔和耳朵里都流出血来，他无知无觉，有颗炸弹落得太近，他刚好在爆炸中心，一下子闭过气，晕了过去。贝伦多中尉画了个十字，对准他后脑勺开了一枪，迅速、温柔——如果这样突兀的举动也能够温柔的话——跟"聋子"打死受伤的马一样。

贝伦多中尉站在山顶，望着脚下山坡上死去的伙伴，又抬眼看向他们曾打马飞驰的来路，那还是在"聋子"掉头困守这里之前的事。他留意着队伍的一切部署，然后，下令把阵亡者的马都带来，尸体绑在马鞍上，一起带回拉格兰哈去。

"这一个也带上。"他说，"手放在自动步枪上的这个。这应该是'聋子'。他最老，负责自动步枪的就是他。不，把头砍下来吧，拿个斗篷裹上。"他想了想，"所有人头都带上吧，包括山坡上的，还有我们一开始找到他们的那地方的。把步枪和手枪都搜集起来，这架自动步枪绑到马背上去。"

　　说完，他走下山坡，来到在第一次进攻中死去的中尉身边。低头看着他，但没碰他。

　　"Qué cosa más mala es la guerra，"他自言自语道，意思是，"战争真是坏东西"。

　　他又画了个十字。下山时，他念了五遍《天主经》、五遍《圣母经》，为他死去的同伴祈求灵魂安息。他不想留在那里，亲眼看自己的命令得到执行。

第二十八章

飞机离开后，罗伯特·乔丹和普里米蒂沃听到枪声再次响起，他的心仿佛也随之跳动起来。高地上，一团烟云从他目力所及的最远处山脊腾起，三架飞机在天空中渐渐变小。

也许它们见鬼地炸了他们自己的骑兵，压根儿没碰着"聋子"和他的人，罗伯特·乔丹自言自语。那些该死的飞机把你吓个半死，可根本杀不死你。

"还在打。"普里米蒂沃侧耳听着密集的枪声说道。之前，每一声爆炸传来，他的脸就一皱，现在却舔着他发干的嘴唇。

"为什么不呢？"罗伯特·乔丹说，"那种东西从来杀不死人。"

之后，枪声彻底停了，他再没听到一声枪响。贝伦多中尉的手枪声传不了这么远。

枪声刚停时，他还没什么感觉。随着安静持续，空荡荡的感觉从他胸中升起。然后，他听到了手榴弹的爆炸声，一时间，心都提了起来。之后，一切复归安静。安静一直持续。他知道，结束了。

玛利亚从营地上来了，带着一个锡桶，里面是浸在浓浓肉汁里的蘑菇炖兔肉，还有一袋面包、一囊酒、四个锡盘子、两个杯子和四把勺子。她在自动步枪那里停了停，给奥古斯丁和埃拉迪奥——他接替安塞尔莫，来扶枪架——舀出两盘兔肉，拿出面包递给他们，拧开酒囊塞子，倒了两杯葡萄酒。

罗伯特·乔丹温柔地注视着她，继续往他的哨位爬，袋子搭在肩上，一手提着锡桶，短头发在阳光下闪亮。他下去，接过锡桶，帮她翻上最后一块大石头。

"那些飞机是干什么的？"她问，眼里闪着惊惶。

"去炸'聋子'。"

他掀开锡桶盖，把炖肉舀到盘子里。

"他们还在打吗？"

"没有。打完了。"

"噢。"她说，咬着嘴唇，望向高地那头。

"我没胃口。"普里米蒂沃说。

"无论如何，吃一点儿。"罗伯特·乔丹对他说。

"我吃不下。"

"那就喝点儿这个，伙计。"罗伯特·乔丹说，把酒囊递给他，"然后再吃。"

"'聋子'的事让我没胃口。"普里米蒂沃说，"你吃吧。我没胃口。"

玛利亚走到他身边，伸出胳膊，搂住他的脖子，亲吻他。

"吃吧，老伙计。"她说，"每个人都应该保持体力。"

普里米蒂沃避开她。捡起酒囊，仰起头，手一捏，酒柱射进他的喉咙，他连吞了好几口。然后，走到锡桶边，盛满他的盘子，吃起来。

罗伯特·乔丹看着玛利亚，摇摇头。她贴着他坐下，胳膊搭在他肩上。他们都明白对方的感受。罗伯特·乔丹吃着炖肉，慢条斯理地享受蘑菇的鲜美，喝着葡萄酒。两人都没说话。

"你可以待在这里，好姑娘，如果你愿意的话。"吃光所有东西，又停了会儿之后，他说。

"不行。"她说，"我得去找皮拉尔。"

"待在这里没问题，我看不会再有什么事了。"

"不行，我得去找皮拉尔，她要给我上课。"

"给你什么？"

"上课。"她冲着他微笑，吻了吻他，"你没听说过宗教课吗？"她脸一红，"就是差不多这种东西。"又红了红，"但不一样。"

"去上你的课吧。"他说，拍拍她的脑袋。她又对他微微一笑，然后对普里米蒂沃说，"你有什么要拿上来的吗？"

"没有，小丫头。"他说。他们都看得出，他还没缓过劲儿来。

"保重啊，老大哥。"她对他说。

"听我说，"普里米蒂沃说，"我不怕死，可就这么看着他们……"他的声音哽咽了。

"我们没有选择。"罗伯特·乔丹对他说。

"我知道。可都一样。"

"我们没有选择。"罗伯特·乔丹重复道，"现在，最好还是别再说了。"

"是。只是就这么扔下他们，不去帮忙……"

"最好还是别再说了。"罗伯特·乔丹说，"至于你，好姑娘，去上你的课吧。"他看着她穿过石堆下山。然后坐下来，久久思索着，望着那片高地。

普里米蒂沃跟他说话，他没搭腔。太阳底下很热，可他坐在那里，望着山坡和一片片长条形的松林，松林一直延伸到最高处的山坡上。一个小时过去，太阳远远地跑到了左边，他看到他们往山顶上来，伸手捡起瞭望远镜。

刚有两个人出现在高山那长长的绿坡上，看得出，都骑着马，马显得很小。接着，开阔的山坡上又出现四个骑兵，散开了往下走。再之后，透过望远镜，一队排成双列的人马清清楚楚闯进他的视野。看着他们，他感到汗水从腋窝下冒出来，顺着身体两侧往下淌。一个人打头，骑在队伍最前方。然后是一些骑兵。之后是没人骑的马，鞍上绑着东西。后面跟着两名骑兵。再往后，是骑马的伤员，旁边有人跟着走。最后，队伍里殿后的，是更多的骑兵。

罗伯特·乔丹看着他们骑马往山下走去，消失在树林里。隔了这么远，他看不到，有一匹马的背上横着个长条卷筒，用斗篷裹的，两头打结，隔一段扎一圈，绑得一节节隆起，像豆荚一样。它横在马鞍上，两头系在马镫皮带上。

"聋子"之前用的自动步枪和它并排架着，威风凛凛。

贝伦多中尉一马当先，两侧有护卫并行，前方有人开路，却并不觉得得意。他只感到战斗后的空虚。心想，把这些头都砍下来，真是野蛮。可证据和身份证明是必要的。这次的事情已经够麻烦了，谁知道呢？这些脑袋说不定能叫他们高兴，总有些人喜欢这种东西，说不定他们会把这些都送到布尔戈斯去。真是野蛮。飞机真多，很多，很多。可只要有一门迫击炮，我们就能拿下来，本来可以没什么伤亡的。两头骡子驮炮弹，一头驮炮，驮鞍两边一边一个。那我们会是支怎样的队伍啊！配齐这些自动武器的话。再来一头骡子，不，两头，驮弹药。别想了，他告诉自己，那就不是骑兵了。别想，你在自己创造军队了，再接下去，你就会想要山炮了。

下一刻，他想到了朱利安，死在山上，已经死了，绑在马背上，在最前面的队伍里。当队伍走进山下的黑松林，将阳光抛在身后的山上，策马行进在森林静谧的黑暗中时，他再次开始为他祷告。

"万福母后！仁慈的母亲，"他从头开始，"我们的生命，我们的甘饴，我们的希望。厄娃子孙，在此尘世，向妳哀呼。在这涕泣之谷，向妳叹息哭求……"

他反复念诵，马蹄轻轻踏在满地松针上，光透过枝干斑驳洒落，仿佛穿行在教堂柱子间。他一边祷告，一边目视前方，看着侧翼护卫在林间穿行。

他走出森林，踏上通往拉格兰哈的土黄公路，马蹄踏起飞尘，围着他们飞舞。脸朝下绑在马鞍上的尸体和伤员的身上都沾满了尘土，随马步行的人更是被淹没在飞灰里。

就在这时，安塞尔莫看到了卷着滚滚尘土经过的他们。他数了数伤亡人数，认出了"聋子"的自动步枪。这时，他还不知道，头一匹马背上，绑在马镫皮带上晃荡的斗篷卷是什么，可回营地的途中，他摸黑上了"聋子"之前战斗的山头，立刻就明白了那长长的斗篷卷里裹着的是什么了。天黑了，他看不出山上都有谁。可他数了数躺在地上的尸首，便逃也似的翻越山岭，朝巴勃罗的营地去了。

独自走在黑暗中，恐惧冻结了他的心，那是看到弹坑时油然而生的恐惧。想着那些弹坑，想着在山顶看到的，明天的事被他彻底抛在脑后。他只是尽可能快地向前走，要把消息带回去。一边走，他一边为"聋子"和他的整队人祈祷。运动开始以来，这是他第一次祈祷。

"最宽厚的、最甘饴的、最仁慈的圣母玛利亚。"他祈祷着。

可到头来，他还是忍不住要去想明天的事。"就这样，"他想，"我会严格执行英国人的命令，他怎么说，我就怎么做。可天主啊，让我跟在他身边吧，让他给我准确的指示吧，因为我不认为我能在飞机的轰炸下控制自己。保佑我，主啊，让我明天像个男人一样度过生死时刻。保佑我，主啊，让我能清楚知道明天要做什么。保佑我，主啊，让我管住我的腿，不要在最坏的时刻来临时逃跑。保佑我，主啊，让我明天像个男人一样战斗。我为此请求您的帮助，请准允我，要知道，若不是情况太严重，我不会开口请求，我不会再向您祈求更多。"

独自行走在黑暗中，祈祷让他感觉好多了，现在，他很确定，他会干得很不错。从高地往下走时，他又开始为"聋子"的人祈祷，很快，他到了上面的哨位，费尔南多出声查问。

"是我，"他回答，"安塞尔莫。"

"好。"费尔南多说。

"知道'聋子'的事了吗，老伙计？"安塞尔莫问费尔南多，两人摸黑站在大石头之间的路口。

"怎么不知道？"费尔南多说，"巴勃罗跟我们说了。"

"他上去过了？"

"怎么没有？"费尔南多冷冷地说，"骑兵一走他就去了。"

"他跟你说了……"

"跟我们所有人都说了。"费尔南多说，"那些法西斯真是野蛮人！我们一定要把西班牙土地上的这种野蛮人统统干掉。"他顿了顿，又愤恨地说，"他们完全不知道什么叫尊严。"

安塞尔莫在黑暗中咧开嘴，笑了。一个小时前，他无法想象自己还能够微笑。"真是奇迹啊，这个费尔南多，"他想。

"是。"他对费尔南多说，"我们一定要教训他们。一定要把他们的飞机、他们的自动武器、他们的坦克和大炮统统拿走，教教他们什么叫尊严。"

"一点儿不错。"费尔南多说。

"我很高兴你也这么想。"安塞尔莫继续下山，往山洞走去，留下他，独自与他的尊严站在一起。

第二十九章

安塞尔莫一眼看到罗伯特·乔丹，他坐在洞里的板条桌旁，巴勃罗在他对面。两人中间的桌面上放着一个满满的酒盆，一人面前一杯酒。罗伯特·乔丹的笔记本摊开着，手里拿着一支铅笔。皮拉尔和玛利亚在山洞深处，看不到。安塞尔莫无从知道，那女人把姑娘留在后面，是不是不想让她听到他们的谈话。他想，皮拉尔不在桌子边，这真是少见。

安塞尔莫掀起洞口挂着的毯子进来时，罗伯特·乔丹抬头看了一眼。巴勃罗两眼发直，望着桌面，目光落在酒盆上，却没有看它。

"我从上面下来。"安塞尔莫对罗伯特·乔丹说。

"巴勃罗跟我们说了。"罗伯特·乔丹说。

"山上死了六个人，头都被带走了。"安塞尔莫说，"天黑以后我才去的。"

罗伯特·乔丹点点头。巴勃罗坐在那里，望着酒盆，一言不发。他面无表情，小小的猪眼睛盯着酒盆，像是从没见到过这种东西。

"坐。"罗伯特·乔丹对安塞尔莫说。

老人在桌边的一张兽皮凳子上坐下，罗伯特·乔丹从桌子下拿出那瓶凹壁威士忌，这还是"聋子"的礼物。瓶子里还有差不多一半。罗伯特·乔丹从桌下拿出个杯子，倒出一份威士忌的量，顺着桌面推给安塞尔莫。

"喝这个，老伙计。"他说。

安塞尔莫喝酒时，巴勃罗的目光从酒盆移到他脸上，又回到酒盆。

安塞尔莫咽下威士忌，感觉鼻子、眼睛和嘴里都烧了起来，随后，一股舒适愉快的暖意落进胃里，他抬起手背擦擦嘴。

再抬眼看着罗伯特·乔丹，说："能再来一杯吗？"

"为什么不？"罗伯特·乔丹说，又拿起瓶子倒了一份，这一次，没有推过去，而是递给他。

这杯吞下去时，没有燃烧的感觉，却加倍温暖舒适。对他的情绪来说，这是好东西，就像为大出血病人挂上的盐水。

老人再次看向酒瓶。

"剩下的明天再喝。"罗伯特·乔丹说，"公路上情况怎么样，老伙计？"

"情况很多。"安塞尔莫说，"我都照你说的记下来了。我找了个人帮我看着，留意动静。晚一点儿我就去问她拿报告。"

"看到反坦克炮了吗？那种有橡胶车轮，炮筒很长的。"

"有。"安塞尔莫说，"过了四辆重型卡车。每辆上面都有一门炮，用松树枝遮着炮筒。卡车上，每门炮有六个人。"

"你是说，四门炮？"罗伯特·乔丹问他。

"四门。"安塞尔莫说。他没看记录的纸。

"跟我说说，公路上还过了什么。"

安塞尔莫一边说公路上的动静，他一边记录。不识字的人记性总是很好，凭着这份好记性，他从头一一数来，有条有理。其间，巴勃罗从酒盆里添了两次酒。

"还有在高地跟'聋子'打过仗以后回拉格兰哈的那队骑兵。"安塞尔莫接着说。

跟着，他报出自己看到的伤兵和马鞍上的死尸数量。

"有一个马鞍上横着个长条包袱卷，我当时没看明白，"他说，"可现在我知道了，是头。"他没停，一口气说下去，"那是一支骑兵中队。只剩一个军官，不是早上你在机枪边那会儿来的那个，那个肯定死了。从袖章看，有两具尸体是军官的。他们都绑在马鞍上，脸冲下，胳膊吊着。他们还把'聋子'的机枪也绑在马鞍上，就挨着那

343

些头，枪管都弯了。就这些。"他说完了。

"已经很多了。"罗伯特·乔丹说，把杯子伸进酒盆里，"除了你，还有谁穿越前线去过共和国那边？"

"安德雷斯和埃拉迪奥。"

"谁更好？"

"安德雷斯。"

"从这里到纳瓦塞拉达，他要多长时间？"

"不背东西，一路小心些，运气好的话要不了三个小时。运东西我们就走另外一条路，远一点儿，但更安全。"

"他肯定能行？"

"这不好说，这种事没个准儿。"

"你也不行？"

"不行。"

这是关键，罗伯特·乔丹暗想。他要是说他一定行，我肯定就会让他去。

"走这一趟的话，安德雷斯能做得跟你一样？"

"一样，或者更好。他更年轻。"

"可这个务必送到，要确定。"

"不出意外，他就能送到。有意外的话，谁去都一样。"

"我会写封急件，让他送过去。"罗伯特·乔丹说，"我会告诉他，到哪里去找将军。将军在师参谋部。"

"他搞不懂这些师部啊什么的。"安塞尔莫说，"我都经常弄混。他得知道将军的名字，还有到哪里找他。"

"就是到师参谋部去找。"

"那不是个地方？"

"当然是个地方，老伙计。"罗伯特·乔丹耐心解释，"但这个地方是要将军来定的。他把作战指挥部设在哪里，哪里就是。"

"那是哪里呢？"安塞尔莫累了，脑子也迟钝了。旅、师、军团，这些字眼把他搅得糊里糊涂。首先是大队，然后是团，然后是旅。现

344

在又是旅和师，两个一起冒出来。

他弄不明白，一个地方就是一个地方嘛。

"慢慢来，老伙计。"罗伯特·乔丹说。他知道，要是不能让安塞尔莫明白，他就绝不可能让安德雷斯明白。"师参谋部是将军要选出来指挥他的军队的地方。他指挥一个师，这个师由两个旅组成。我不知道师部具体在哪里，是因为地点选定的时候我不在。也许是个山洞或防空洞，一个安全的地方，有电话线连过去。安德雷斯一定要同时打听将军和师参谋部的位置，他一定要把信交给将军本人，或他的参谋长，或是另一个人，我会把他们的名字写下来。就算要出去视察作战准备，他们中肯定有一个留在那里。现在明白了吗？"

"明白了。"

"那就去找安德雷斯来，我现在就写信，然后盖上这个章，封好。"他给他看一个木头柄的圆形小橡胶图章，上面刻着"S.I.M."三个字母，锡盖的圆形印泥盒不比一枚五十分的硬币大。这两样东西他都随身装在口袋里。"有这个章，他们就会重视。现在去叫安德雷斯，我来交待他。他得赶紧出发，不过首先要弄清楚情况。"

"我能懂他就能懂，不过你一定要说得非常清楚，这些参谋部啊师啊的，对我来说就是个谜。我以前去过的地方都是确切的地点，像一栋房子之类的。像纳瓦塞拉达，指挥的地方就在一个老旅馆里。瓜达拉马，就是栋带花园的房子。"

"这个将军的话，"罗伯特·乔丹说，"会是在很靠近前线的某个地方。为了防备空袭，多半在地下。只要安德雷斯知道该怎么打听，问一问就能找到。他只要把我的信拿出来就行了。不过，现在快去找他，这事儿得快。"

安塞尔莫起身往外走，弯腰钻出门口的挂毯。罗伯特·乔丹开始在笔记本上写信。

"听着，英国人。"巴勃罗说，依旧盯着酒盆。

"我在写信。"罗伯特·乔丹头也不抬地说。

"听着，英国人，"巴勃罗对着酒盆说，"没必要丧气。没有

'聋子'，我们还有的是人，可以拿下哨所，炸掉你的桥。"

"很好。"罗伯特·乔丹说，没有停笔。

"有的是。"巴勃罗说，"我很佩服你今天的判断，英国人。"巴勃罗对酒盆说，"我认为你很有头脑，你比我聪明，我对你有信心。"

罗伯特忙着专心琢磨给戈尔茨的报告，几乎没怎么听。报告要尽可能简短，同时要有绝对的说服力，尽量写清楚，说服他们取消进攻，彻底取消。同时，还要让他们相信，他之所以建议取消进攻，绝不是因为害怕自己在执行任务时遇到危险，只是希望他们能全面了解情况。

"英国人。"巴勃罗说。

"我在写信。"罗伯特·乔丹对他说，没抬头。

"也许我应该送两个副本，"他想。"不过，这样的话，我们就没有足够的人手去炸桥了，如果我还是必须炸掉它的话。为什么要发起这次进攻，我知道什么？也许这只是一次牵制性的进攻，也许他们想把那些军队从其他地方调开，有可能只是想把那些飞机调离北部，说不定就是这么回事，可能没人指望能打赢。关于它，我知道什么？这是我给戈尔茨的报告。进攻打响之前，我不会动手炸桥。我接到的命令很明确，如果进攻取消，我就什么也不炸。可我还是得准备好最低限度的人手，以备执行命令之需。"

"你说什么？"他问巴勃罗。

"说我有信心，英国人。"巴勃罗依旧死盯着酒盆。

伙计，我希望我也有，罗伯特·乔丹想。他继续写信。

第三十章

那么，这个晚上该做的事都做了，命令都发出去了，每个人都清楚自己早上该做什么。安德雷斯出发已经三个小时了。要在天亮时发起进攻的话，现在就该行动了，要么就不会进攻。我相信还是会的，罗伯特·乔丹想，他正往高处的哨位走，要去跟普里米蒂沃交待一下。

戈尔茨策划了进攻，可他无权取消。取消许可要马德里下达。他们在那边很可能连个人都叫不醒，就算叫醒了，那些人也多半困得没法思考。我该尽早向戈尔茨报告的，说他们做好了防备进攻的准备，可在事情真的发生之前，又怎么能这样汇报呢？他们只在晚上调动兵力，不想被飞机发现公路上的任何动静。

可他们那些飞机呢？那些法西斯的飞机？

我们的人看到飞机，肯定已经有了警觉。不过，也许法西斯伪装成要过瓜达拉哈拉去打另一场仗的样子。有人说意大利军队在往索里亚调集，打算在北部那些军事行动之外，再到西古恩萨发动一场战斗。虽说他们根本没有足够的兵力和武器来同时发动两处大规模战役。那不可能，所以肯定只是虚张声势。

不过，我们知道，意大利人上个月和再上个月一共有多少兵力在加的斯登陆。他们随时可能再次尝试进攻瓜达拉哈拉，但不像以前那么蠢，而是兵分三路，拉长战线，沿着铁路线向高原西部扩张。这是可以做到的，汉斯跟他分析过。他们第一次犯了许多错。整个设想都不对。他们在阿尔甘达进攻马德里到巴伦西亚的公路，整场战斗里，没有动用到打瓜达拉哈拉时的任何军队。那次他们为什么不双线同时作战？为什么？为什么？我们什么时候才能知道为什么？

然而，我们两次都用同一批军队打退了他们。如果他们双线开战，我们怎么也不可能抵挡得住。别担心，他对自己说，看看从前那些奇迹吧。明天上午，你可能还得炸桥，也可能不必。但别哄自己说就是不必炸了。总有一天你还是要动手的，最多是炸别的桥。不是这座，就是另一座。该做什么不是你决定的，你得服从命令，跟着命令走，别多想。

这次的命令非常清楚，太清楚了。可你一定不能担忧，也一定不要害怕。害怕是正常的，可如果你放任自己的害怕，它就会影响到与你共同行动的人。

可砍头这件事还是太过分了，他自言自语道。那老伙计一个人跑到山顶，发现了这个。你要怎样才会愿意看到这种事啊？那震惊你了，不是吗？是的，那震惊到你了，乔丹。今天你不止一次被震惊。不过你应付得不错。到目前为止，你干得不错。

作为蒙大拿州的一名大学西班牙语老师，你干得相当不错，他自哂道。这事儿你干得不错，不过别以为你就是什么了不得的人物了，这件事还算不得什么大出息。想想杜兰吧，运动开始前，他只是个写曲子的城里少年，没受过任何军事训练，如今成了个厉害得要命的将军，指挥着一支部队。对杜兰来说，学习这些并融会贯通，是非常轻松的事，就像象棋天才下国际象棋一样。你从小就听祖父说南北战争的事，也一直研究战争艺术。只是祖父一直管那个叫"叛乱战争"。可跟杜兰一比，你就像普通棋手遇上天才少年。老杜兰，再见见杜兰应该不错，等事情结束后，他可以在盖洛兹见到他。是的，等事情结束以后。瞧瞧，他干得多漂亮！

我会在盖洛兹见到他，他又对自己说了一遍，等事情结束以后。别自欺欺人了，他说。你做得完全没问题，很冷静，没有自欺欺人。你再也不会见到杜兰了，那一点儿都不重要。也别这样，他告诉自己。别放任任何情绪。

也别随便玩自我牺牲的英雄把戏。我们不需要这些山里的任何公民当自我牺牲的英雄。你祖父打了四年我们自己的内战，你在这里才刚刚一年。你还有很多日子要过，你很适合这份工作。而且，你现在还有了玛利亚。嘿，你什么都有了，你不该担心的。一次游击队和骑兵中队的小小交锋又怎么样？那什么都算不上。他们砍走了脑袋又怎么样？有区别吗？完全没有。

祖父战后在卡尼要塞，那时印第安人还剥头皮。还记得父亲办公室里那个展示柜吗，架子上摆满箭头，墙上挂着带老鹰翎羽的战帽，羽毛斜插着？记得绑腿和衬衣上的烟熏鹿皮味，镶珠子的鹿皮软鞋摸上去的感觉吗？还记得靠在柜角那把巨大的野牛骨弓，两个箭袋里装满了打猎和打仗用的箭，你伸手握住箭杆时的感觉吗？

想想这些，想想这些实在、实际的东西，想想祖父的佩剑，锃亮的，上好了油，插在带划痕的剑鞘里，祖父指着剑锋告诉你，经过无数次磨刀石的砥砺，它有多锋利。想想祖父的史密斯威森手枪，单发的，点32口径，专门配发给军官，没有扳机护圈。扣动那个扳机，是你有过的最温柔、最舒服的感觉。虽说漆都掉光了，暗色的金属裸露在外，旋转弹仓被皮枪套磨得光溜溜的，它也总是上好了油，枪膛干干净净。手枪装在枪套里——皮套盖上印着"美国"的缩写"U.S."——和它的清洁工具，还有两百发子弹，一起放在柜子里。装子弹的纸盒上缠着蜡线，绑得整整齐齐。

你可以把手枪从抽屉里拿出来，比划一下。"怎么舒服怎么拿。"这是祖父的话。但你不能拿着它嬉闹，因为它是"严肃的武器"。

有一次，你问祖父，他有没有用它杀过人，他说："杀过。"

你说："什么时候，爷爷？"

他说："叛乱战争中，之后也有。"

你说："能讲给我听吗，爷爷？"

他说："我不喜欢说这个，罗伯特。"

后来，你父亲用这把手枪自杀了，你从学校回家，参加葬礼。勘验过后，验尸官把它还给你，说："鲍勃[1]，我猜你会想留着这把枪。本

---

1. 鲍勃（Bob）为罗伯特（Robert）的昵称。

来应该由我保管，但我知道你父亲很珍惜它，这是他的父亲在战争中的配枪，一直跟着他父亲，除了刚离开这里加入骑兵队的时候，再说了，这终究是把了不起的好枪。今天下午我带出去试了一下，它射速不快，但打得准。"

他把枪放回原来的橱柜抽屉里，可第二天又拿出来，和查布一起，骑马爬上雷德洛奇的山顶，那片高山原野俯瞰着雷德洛奇，他们修了一条到库克市的路，穿过山口和熊牙高地。山上没什么风，峰顶积雪终年不化。他们一直骑到湖边才停下。湖水是深绿色的，据说有八百英尺深。查布牵着两匹马，他爬上一块大石头，探出身子，看自己的脸映在宁静的水面，看见自己拿着枪，他拎着枪口，把枪扔了下去，注视着它渐渐下沉，气泡冉冉上升，直到变成表链挂饰般大小，消失。然后，他返身爬下岩石。翻身上马时，他用马刺狠狠地敲了老贝丝一下，踢得它猛然跳起，活像旧了的摇摆木马。马沿着湖岸狂奔乱跳，他死死粘在马背上。它一恢复正常，他们就顺着小路，原路返回。

"我知道你为什么那样处理老手枪，鲍勃。"查布说。

"很好，那就不必再说这个了。"他说。

他们再也没有谈起过这个话题，那就是祖父随身武器的结局。还有一样还在，是佩剑。那把剑现在还在他米苏拉家中的皮箱里，和其他东西收在一起。

"不知道祖父会怎么看现在的情形，"他想。祖父是个了不起的士兵，人人都这么说。他们说，要是那天是他和卡斯特[1]一起，一定不会让卡斯特就那么死掉。他怎么可能看不到那一路上，小大角河边谷地里那些棚子上冒出的烟和扬起的尘？除非那个早晨有浓雾。可是没有。

真希望是祖父在这里，而不是我。噢，也许明晚之前我们就能团聚

---

1. 乔治·阿姆斯特朗·卡斯特（George Armstrong Custe, 1839—1876），美国著名骑兵将领，曾就读西点军校，在南北战争中赢得了很高的声望，战后授中校衔，统领第七骑兵团，在西进运动中，受命率部打击西部美洲原住民，在小大角战役中身陷苏族包围而身亡。

了。"如果真有来世这种愚蠢的鬼东西——不过肯定没有，"他想——"我当然很乐意跟他聊聊，有许多事我都想知道。现在，我可以问他那些事了，因为我自己也做了一样的事。"我想，"现在他不会再介意我问了。以前我不能问。我明白，他不告诉我，是因为他不了解我。可现在，我想我们能聊到一起了。真希望现在能跟他聊聊，听听他的建议。见鬼，就算没有建议，我也想跟他聊聊。我们这种人之间竟隔着时间这样的障碍，真是不应该。"

　　想到这里，他突然意识到，如果真有重逢这回事，他和祖父都会因为父亲在场而分外尴尬。"谁都有权利那样，"他想。可那不是好事。我能理解，但不赞同。所谓"怯懦"，就是那样。你真的理解？当然，我理解，可是。是的，可是。得多自私才会做出这样的事啊。

　　"噢，见鬼，真希望祖父在这里，"他想。哪怕就一个钟头。我身上仅有的那么点儿东西大概都是他传下来的，通过那个滥用手枪的人。也许这就是我们唯一的联系。可是，见鬼。真见鬼，可我真希望我们没差那么大岁数，那样我就能跟他学些另一个人从没教过我的东西了。不过，想想在那四年和后来的印第安战争中的恐惧吧——当然，后者多半没那么严重——他必须经历它，战胜它，直到最终时刻才能摆脱，或许正是这些让另一个人变成了懦夫，就像斗牛士家族的第二代里常见的那种情形？如果是那样呢？也许只有经过那个人的过滤，好东西才能重新变回好东西传下来呢？

　　我永远忘不了，第一次发现父亲是个"cobarde"时的难受感觉。说啊，用英语说出来，"懦夫"。说出来会好些，用外国话骂"婊子养的"永远不会有用。虽说他不是什么婊子养的，他只是个懦夫，而且倒透了霉。他要不是个懦夫，就该能顶得住那女人，不受她欺负。我好奇的是，如果他娶了另一个女人，我会变成什么样？这种事你永远都不会知道，他想着，咧嘴笑了。也许她的霸道刚好补足了另一个人的缺陷。还有你，放松点儿吧，等明天过了再想这些"好东西"之类的吧。别这么快就狂妄起来，永远不要狂妄。

　　我们等着，看明天你能拿出什么好东西。

可他的脑子又转到祖父身上去了。

"乔治·卡斯特不是个明智的骑兵头儿，罗伯特。"祖父说过，"他甚至算不上个聪明人。"

他还记得，听到祖父这话时心中的愤慨——竟有人诋毁这样一个人物。那个安海斯布希啤酒的老海报上的人物，就挂在雷德洛奇的弹子房墙壁上，穿着鹿皮衫，黄色鬈发被风吹起，手拿一支左轮手枪，站在山顶，四面是重重合围的苏族人。

"他只是特别擅长在困境里闯进闯出。"祖父接着说，"至于小大角，他进去了，可惜没能出来。"

"菲尔·谢里登就是个聪明人，杰布·斯图尔特也是，可约翰·莫斯比才是有史以来最棒的骑兵将领。"

在他留在米苏拉的皮箱里，有一封菲尔·谢里登将军写给"骑兵杀手"基尔帕特里克[1]的信，信里说，作为非正规骑兵领袖，他的祖父比约翰·莫斯比更出色。

"我该跟戈尔茨谈谈祖父的，"他想。虽说他可能从没听说过他。甚至可能都没听说过约翰·莫斯比。不过英国人都知道，他们都要研究我们的南北战争，比欧洲大陆的人了解得都多。哈尔科夫说，等这里的事结束，我要愿意的话，可以去莫斯科的列宁学院。他说，如果愿意的话，我可以进红军的军事学院。我想知道，祖父会怎么看这事儿。祖父，这个老人，除非不知情，一辈子都没和民主党人同桌过。

好吧，我并不想当军人，他想。我很清楚，所以那不是问题，我只希望我们赢下这场战争。我猜，真正的好军人很少还能擅长其他事，他想。这显然不对。看看拿破仑和威灵顿吧。你今晚可够蠢的，他想。

通常，他的脑子都是非常好的伙伴，今晚想到祖父时也是。想到

---

1. 基尔帕特里克（Hugh Judson Kilpatrick，1836—1881），南北战争中北方军将领，诨名"骑兵杀手"，源自其善于在战斗中使用谋略，同时毫不顾及手下骑兵性命安危，以其胜利备受赞誉，同时由于对南方城镇的破坏而饱受诉病。

父亲就不对了。

他理解父亲，原谅他的一切，怜悯他，但还是为他感到羞耻。

你还是什么都别想了的好，他告诉自己。很快你就要和玛利亚在一起了，没必要再思考。事情都安排好了，这才是最好的办法。只要努力专注在什么事上，你就停不下来，你的脑子就转得像失控的飞轮。还是别想的好。

"但也就是设想一下而已，"他想。只是设想一下，飞机投下炮弹，炸掉那些反坦克炮，把那些该死的阵地夷为平地，老坦克在随便哪座山上打滚，让它们一次滚个痛快，老戈尔茨把那一大堆醉鬼、流浪汉、乞丐、狂热分子和英雄主义者组成的十四纵队赶去冲锋陷阵——我知道杜兰的人有多出色，他们都在戈尔茨手下的另一个纵队里——等到明天夜里，我们就在塞哥维亚了。

是的。只是设想一下，他告诉自己。拉格兰哈也是可以接受的，他告诉自己。可你还是不得不炸掉那座桥，突然间，他完全确定了，什么都不会取消。因为，在发布命令的那些人眼里，你刚刚那一分钟的设想，正是这场进攻可能的结果。是的，你将不得不去炸桥，他很肯定。无论安德雷斯这一路怎么样，都无关紧要。

摸黑走在小路上，这感觉很不错。接下来还有四个小时，该做的都做好了；重新专注在具体事物上，信心也回来了；明白了自己肯定要去炸桥，几乎让他感到安慰。

从派出安德雷斯给戈尔茨送情报开始，不确定感就一直纠缠着他，不断放大，就像一个弄错了聚会日期的人，不知道客人究竟会不会来。现在，这些都被他扔到一边了。现在，他很清楚，节日大餐不会取消。"确定比不确定好得多，"他想。"确定总是好得多。"

第三十一章

那么，现在，他们又一起躺在睡袋里了，这是最后一夜，很晚了。玛利亚紧贴着他，他感觉着她修长光滑的大腿靠着他的大腿，她的胸脯像两座小山，隆起在长长的平原上，平原上有一口井，小山另一头，远处的原野上有处山谷，是她的喉，他的唇就在那里。他静静躺着，不说，不想，她轻抚着他的头。

"罗伯托，"玛利亚说，非常温柔，亲吻着他，"我很羞愧。我不想让你失望，可我浑身酸痛，疼得厉害。我想我对你没什么用了。"

"酸痛和疼痛总是难免的。"他说，"不，兔子，那没什么，我们不做会疼的事。"

"不是那样的。这就是说，我没法好好接受你，不像我希望的那样。"

"那不重要，这种事很快就会过去。我们躺在一起，就是在一起了。"

"是，可我很羞愧。我想那是因为我以前遇到的事，不是因为我们俩。"

"别说这个。"

"我不想这样。我是说，今晚叫你失望，我受不了，所以才拼命找借口。"

"听着，兔子，"他说，"这种事都会过去，然后就没问题了。"可他心里想的是：最后一夜，这可不是好兆头。

想过他就羞愧了，说："靠我近点儿，兔子。我爱你，不管是这样躺在黑暗中，感受你靠在我身边，还是做爱，都一样是爱。"

"我非常羞愧，我还以为今晚会像高地上那次一样，我们从'聋子'那里下来那次。"

"傻话。"他对她说，"不会每天都那样的，这种和那种我都喜欢。"他说谎了，把失望放在一边。"我们就这么安安静静地躺在一起，然后睡一觉。咱们聊聊吧。你的事，我几乎都不是跟你聊天知道的。"

"要不我们聊聊明天和你的工作？我想聪明点儿，多知道些你的工作。"

"不。"他说，在睡袋里舒服地伸长了胳膊腿儿，静静躺着，脸贴着她的肩头，左胳膊垫在她的头下。"最聪明的做法，就是不说明天，也不说今天的事。在这里，我们不讨论失去了什么，或明天要做什么。你不怕吧？"

"一点儿也不。"她说，"我总会害怕。可现在我一心只为你担心，顾不上想自己了。"

"千万别担心，小兔子。我干过很多次了，比这次更不利的也有。"他说谎了。

下一刻，有什么突然抓住了他，他渐渐沉溺在不真实感里，说："我们说说马德里吧，说说我俩到马德里以后的事。"

"好啊。"她说。转头又说，"噢，罗伯托，我叫你失望了，真对不起，就没有别的什么是我能为你做的吗？"

他抚摸她的头，亲吻她，躺在她身边，紧贴着她，浑身放松，聆听黑夜的静谧。

"你可以跟我说说马德里。"他说着，心想，我要为明天养精蓄锐。这些明天全都用得着。这里这些松针可不像我明天那样需要它们。《圣经》里是说谁把他的种子遗在地上？俄南[1]。俄南后来怎么样了？

---

1. 出自《圣经·创世记》38:8-10，俄南是犹大（并非出卖耶稣的犹大，而是以色列人祖先雅各的儿子）的次子，在兄长被耶和华处死后，依惯例应当娶嫂，但"俄南知道生子不归自己，所以同房的时候便遗在地，免得给他哥哥留后"，因此被耶和华视为罪恶，遭处死。

他想着，我不记得听过任何关于俄南的其他事了。他在黑暗中微笑。

他又一次放弃抵抗，任自己滑下去，体味沉溺于非现实的感官之乐，就像黑夜里不明所以的肉体之乐，接纳某种东西，不明白，只是快乐地接纳。

"我心爱的，"他说，亲吻她，"听我说。有天晚上，我想着马德里，想我要怎样去到那里，怎样把你留在酒店里，自己去俄国人的饭店会朋友。可那是错的，我不会把你扔在任何酒店里。"

"为什么不？"

"因为我要照顾你，我永远不会离开你。我要和你一起去民事局领结婚证，然后我们一起去买需要的衣服。"

"没什么衣服，而且我可以自己去买。"

"不，要买很多，我们一起去，买好的，你穿上会很漂亮。"

"我宁愿我们就待在酒店房间里，叫人去买。那个酒店在哪里？"

"在卡亚俄广场，我们有很多时间可以待在酒店房间里。那里的床很大，铺着干净床单，浴缸里可以放上热水，房里有两个衣柜，我用一个，你用一个。窗户可以打开，外面的街上有喷泉。我还知道些吃饭的好地方，偷偷营业的，但东西很好吃。我知道哪些商店里还能买到葡萄酒和威士忌。我们把东西带回酒店房间，饿了就吃，还有威士忌，留着想喝时再喝。我再给你买点儿曼赞尼亚。"

"我想试试威士忌。"

"可那个很难弄到，你愿意的话，还是曼赞尼亚好。"

"那就把威士忌留给你，罗伯托。"她说，"噢，我太爱你了。你和你那些我喝不到的威士忌。你真是个贪吃鬼。"

"不，你该尝尝。只不过它对女人不好。"

"我只要对女人好的东西。"玛利亚说，"那在床上我还要穿我的婚礼衬衫吗？"

"不用。我会给你买各种各样的睡裙和睡衣，如果你喜欢的话。"

"我要买七件婚礼衬衫。"她说，"每天换一件，一周轮一次。我还要给你也买一件干净的婚礼衬衫。你洗衬衫吗？"

"有时候洗。"

"我会让所有东西都干干净净，我要为你倒威士忌，再兑上水，像在'聋子'那里那样。我会弄到橄榄、腌鳕鱼和榛子，给你下酒。我们要在房间里待上一个月，不出去。如果我能伺候你的话。"说着说着，她突然声音低落了起来。

"那没什么。"罗伯特·乔丹对她说，"真的没什么。也许是你那里以前被伤到了，留了个疤，才会现在还疼。这种情况有可能发生，所有这类情况都会好的。再说了，就算真有什么，马德里也有很多高明的医生。"

"可之前都没问题。"她哀求一般地说。

"那就能肯定，不会有问题。"

"那我们再来说马德里吧。"她屈起双腿，夹在他的两腿间，头顶蹭了蹭他的肩，"我到时候不会还顶着这头短发这么丑了吧？你会因为我蒙羞的。"

"不会。你很迷人，你有迷人的脸蛋和漂亮的身材，修长，轻盈，皮肤光滑，透着金红的光泽，人人都会想把你从我身边抢走。"

"什么话，把我从你身边抢走，"她说，"我到死都不会让其他人再碰我。把我从你身边抢走！什么话。"

"可很多人都会尝试，你等着瞧吧。"

"他们会看到我很爱你，然后就会知道，想碰我有多危险，和把手伸进装着铅水的锅里一样危险。可你呢？要是遇到一个漂亮女人，跟你一样有学问呢？不会觉得我丢人吗？"

"绝不会，我会跟你结婚。"

"你喜欢就好。"她说，"可我们连教堂都没了，不过我也不觉得这有什么要紧。"

"我想和你结婚。"

"你喜欢就好。不过，听我说，如果我们是在另外一个还有教堂的国家，也许可以在里面结婚。"

"在我的国家，他们还有教堂。"他告诉她，"如果这对你来说很重要的话，我们可以去那里结婚。我没结过婚，不会有问题的。”

"真高兴你从来没结过婚。"她说，"不过我很高兴你能知道刚刚说的这些事，这说明你有过很多女人，皮拉尔跟我说，只有这种男人才有可能当丈夫。不过你现在不会再和别的女人鬼混了吧？那会杀了我的。"

"我从来没和多少女人鬼混过。"他说，很真诚，"遇到你之前，我从来不认为自己会深深地爱上某个人。"

她抚摸着他的脸，伸手抱紧他的头。"你一定认识特别多女人。"

"但不爱她们。"

"听我说。皮拉尔跟我说了一些事……"

"说说看。"

"不，还是别说的好。我们再来说说马德里吧。"

"你刚才想说什么？"

"我不想说。"

"如果很重要的话，也许还是说出来的好。"

"你觉得很重要？"

"是的。"

"可你都不知道是什么，怎么知道重不重要？"

"因为你的样子。"

"那我就不瞒着你了。皮拉尔告诉我，我们明天都会死，而且你和她一样清楚这个，可你一点儿都没放在心上。她说，这话不是批评，而是赞赏。"

"她这么说？"他说。这个疯婊子，他心想，然后说，"多半是她那些没用的吉普赛垃圾。市场里的老妇人和咖啡馆里的胆小鬼就是这么说话的，都是破烂垃圾。"他感到汗水从腋窝下钻出来，顺着他的身体和胳膊之间往下淌。他暗想，所以，你是害怕了，嗯？于是大声道："她是个满嘴喷粪的迷信的婊子。我们还是说说马德里吧。"

"那你是不知道这个？"

"当然不，别说这些屁话了。"他说，用了个强烈的粗鲁字眼。

可这次再说起马德里，他却没能沉入那幻境。这一次，他只是在哄骗他的姑娘，哄骗自己，好度过战斗前的这一夜，他知道。他喜欢这样，可所有奢侈的信心都消失了。不过，他还是开了口。

"我考虑过你的头发。"他说，"想过我们能怎么办。你看，现在已经都长出来了，全都一样长，像动物皮毛一样，摸上去很可爱，我很喜欢，很漂亮。而且我的手一撸，它们就倒下去，又竖起来，像风中的麦田。"

"你撸一撸。"

他照做了，手停在她的头上，继续贴着她的喉咙说话，感到自己的喉头开始发胀。"不过，我想过，到马德里以后，我们可以去美发店，他们能帮你把两边和后面修剪整齐，就像我的头发一样。那样，等头发长出来，城里人就会觉得更好看一点儿。"

"那我看起来就像你了。"她说，抱紧他，"然后我就再也不想换发型了。"

"不会的。头发随时都在长，这只是为了在留长之前先修好形状。长长要多久？"

"很长吗？"

"不，我是说到你肩膀，我想要你留成这样。"

"像电影里的嘉宝那样？"

"是。"他说，声音嘶哑。

现在，那身临其境的幻觉猛地冲了回来，他要敞开胸怀迎接它。它抓到他了，再一次，他放弃抵抗，沉沦下去。"那样，它们就会笔直垂下来，到你的肩，发尾打点儿卷，像起伏的海浪，它会变成成熟麦穗的颜色，你的脸透着金红的光泽，还有你的眼睛，唯一能配得上你的头发和皮肤的，是金色眼睛，黑色的瞳仁，我会让你仰起头，看进你的眼睛里，紧紧把你抱在怀里……"

"在哪里？"

"任何地方，我们在的任何地方。你的头发要多久才能长长？"

"我不知道，以前我从没剪成这样过。可我觉得，六个月应该就能盖过耳朵了，一年可以到你想要的那样。不过你知道首先会发生什么吗？"

"告诉我。"

"我们要待在我们棒极了的酒店里你棒极了的房间里的干净大床上，我们要一起坐在棒极了的大床上，看着大衣柜上的镜子，玻璃里面有你也有我，然后，我会转向你，像这样抱住你，再像这样亲你。"

说完，他们静静躺着，在黑夜中紧紧依偎，火热得发痛，发僵，紧紧依偎。罗伯特·乔丹抱着她，知道那些事永远不会发生，却依然紧紧抱着它们，他小心翼翼地继续，说："小兔子，我们不会一直住在酒店里。"

"为什么不？"

"我们可以在马德里找一套公寓，就在丽池公园边的街上。我认识一个美国女人，运动开始前，她专干装修公寓出租的营生。我知道怎么找到这种公寓，只用出运动前的价就行。有些公寓就对着公园，你从窗户能看到整个公园：铁栏杆、花园、石子小路、路边绿色的草坪、阴凉的树，还有很多喷泉。现在栗子树该开花了。等到了马德里，我们可以去公园散步，要是湖里又有水了的话，还可以划船。"

"水怎么会没了的？"

"他们抽干的，十一月的时候，因为飞机来轰炸时会拿它当地标参照物。可我想，现在应该又把水灌进去了。我不能肯定。不过，就算没有水，我们还有整座公园可以散步，有一块地方像森林一样，长着很多来自世界各地的树，树干上挂着它们的名字，附了说明卡，上面写着它们叫什么，从哪里来。"

"我宁愿去电影院。"玛利亚说，"不过那些树听上去很有意思。要都能记住的话，我还可以和你一起学着把它们都认出来。"

"它们不在博物馆里，"罗伯特·乔丹说，"而是自然生长。公园里还有些小山，里面有一片地方像丛林一样。那下面就是书市，在步行小道边，有好几百个旧书摊子。现在，自从运动开始之后，那里有很多书，都是从被炸掉的房子或法西斯分子的家里抢来的。抢劫的人把它们带到书市上。运动开始前，我可以整天整天地待在这些书市摊子上，只要在马德里，又有时间的话。"

"你去书市时我可以在公寓里收拾。"玛利亚说，"我们有钱请佣人吗？"

"当然。我可以请佩特拉，她在酒店干活，前提是你喜欢她。她饭做得不错，人也清爽。我和一些做新闻的人一起吃过她做的东西。他们屋子里有电炉。"

"你喜欢就行。"玛利亚说，"不然的话，我也可以去找个人。不过，你会要经常出去工作吗？他们不会让我跟着你去做这种工作的吧。"

"也许我可以在马德里工作。现在这种工作我已经做了很久了，从运动一开始就在战斗。也许他们可以给我在马德里安排一份工作，这是有可能的。我从没要求过。之前我一直在前线工作，就像这次一样。"

"知道吗？遇到你之前，我从没开口提过任何要求，从没有什么想要的，也从没考虑过运动和赢得战争之外的事。真的，我的理想非常纯粹。我努力工作，可现在，我爱上你了，"所有不会发生的，此刻全都出现在他的话语里，"我爱你，就像爱我们为之战斗的一切。我爱你，就像爱自由和尊严，爱人人都应享有的权利，有工作可做，不必忍饥挨饿。我爱你，就像爱我们保卫的马德里，就像爱我所有死去的同志。许多人都死了，许多，许多，你想象不到有多少。可我爱你，就像爱这世上我最珍爱的，比那更多。我非常爱你，兔子，比我告诉你的还要爱。我现在说出来的，只是一丁点儿。我从来没有过妻子，可现在，我有你做我的妻子了，我很幸福。"

"我会为了你，尽全力当个好妻子的。"玛利亚说，"当然，我没好好学过，但我会努力弥补。如果我们住马德里，很好。如果必须生活在其他地方，很好。如果我们居无定所，我可以跟着你，更好。如果我们要去你的国家，我会学着说英语，说得像那里的大多数英国人一样好。我会学习他们所有的风俗礼仪，像他们一样生活。"

"你会变得很滑稽。"

"肯定。我会犯错，但你会告诉我，我就再也不会犯第二次，最多两次。在你的国家，要是你想吃我们的菜了，我就给你做。我还可以去上学，学习当妻子，如果有这种学校的话。"

"有这种学校，但你用不着去上。"

"皮拉尔跟我说过，她觉得你们国家一定有这种学校，她在杂志上看到过。她还跟我说，我必须学会说英语，要说得很好，这样你就永远不会因为我而蒙羞了。"

"她什么时候跟你说这些的？"

"今天，我们打包的时候。她一直在跟我说，应该怎么当好你的妻子。"

我看她也打算去马德里，罗伯特·乔丹想，一边说："她还说什么了？"

"她说我一定要照顾好自己的身体，保持身材，就当自己是斗牛士那样。她说这一点儿特别重要。"

"是的。"罗伯特·乔丹说，"不过你还有很多年才需要担心这个。"

"不是的。她说我们这个种族的人要一直很小心，因为很可能一下子就发胖了。她跟我说，她以前跟我一样苗条，可这种时候，女人没法坚持健身。她跟我说了，我该做什么运动，还说一定不能吃太多。她说了哪些东西不能吃。不过我已经忘了，回头得再问问她。"

"土豆。"他说。

"对。"她接着说，"土豆，还有炸的东西。而且我跟她说疼这件事时，她说，我一定不能告诉你，一定要忍住，不让你知道。可我告诉你了，因为我永远不想对你说谎，也害怕你会觉得我们再也不能一起享受快乐了，觉得其他的，就像高地上那次，其实都没有发生过。"

"告诉我是对的。"

"真的？我很羞愧，我会做任何你想要的事。皮拉尔跟我说过一些可以为丈夫做的事。"

"什么都不用做。我们在一起，这就是我们拥有的，我们会一直拥有它，守护它。我爱就这样躺在你身边，摸得到你，知道你是真的在，等你恢复了，我们要做什么都行。"

"可你没有什么需求是我能照料的吗？她跟我讲过的。"

"不，我们会一起解决我们俩的需求，我没有你以外的需求。"

"这样我感觉好多了。不过要知道，你想要什么我都会做。但是你一定要告诉我，因为我什么都不懂，她说的很多东西我都不大明白。我又不好意思问，她那么聪明，什么都知道。"

"小兔子，"他说，"你非常好。"

"胡说。"她说，"不过我会努力学的，总有一天会成为好妻子，到时候我们就用不着整天扎营拔营，一场接一场地打仗，住在荒郊野外。那会是很稀罕的事。如果我犯了大错，你一定要告诉我，因为我爱你。我可能把事情记错，她教给我的许多事情都很复杂。"

"她还跟你说什么了？"

"唔，好多我都不记得了。她说，要是我又开始想起以前的事了，可以把我的遭遇告诉你，因为你是个好人，已经完全明白这些东西了。但最好是永远都不要提，除非像之前一样，它又像个恶魔一样影响我了，那就要告诉你，也许你能把我救出来。"

"它现在还压着你吗？"

"没有。从我们第一次在一起之后，它就像从来没有发生过一样了。我爸妈的事，总归是叫人伤心的。一直都会这样。不过既然我当了你的妻子，就要尊重你，把你应该知道的都告诉你。我从来没有向任何人屈服。我总是反抗，他们总是得有两个人才能那样伤害我。一个坐在我头上，抓着我。我告诉你这个，是因为尊重你。"

"我尊重的是你。别说这个了。"

"不，我说尊重你，是当你的妻子该做的。还有一件事，我父亲是个镇长，是个可敬的人。我母亲是个体面女人，是个很好的天主教徒，他们把她和我父亲一起枪毙了，因为政治原因，我父亲是个共和党人。我看着他俩被枪毙，我父亲站在我们镇子屠宰场的墙跟前，说，'共和国万岁！'然后就被打死了。

"我母亲也站在那堵墙跟前，说，'我的丈夫，本镇镇长，万岁！'我希望他们把我也杀了，我会说，'共和国万岁，我父母万岁！'可他们没杀我，却干了那些事。

"听我说。我要告诉你一件事，因为它跟我们有关系。在屠宰场枪决以后，他们把我们这些亲眼看着亲人被杀，自己却没死的人，带回镇中心的主广场，那是在很陡的山上。几乎所有人都在哭，也有一些看过以后就傻了，连眼泪都流不出来。我自己就哭不出来。我不知道发生了什么，眼前只有父亲和母亲被杀死的那一幕，母亲说'我的丈夫，本镇镇长，万岁'。那画面在我的脑海里，像放电影一样，一直一直重复个不停。我母亲不是共和党人，她不会说'共和国万岁'，只会为她的丈夫喊'万岁'，他就趴在那里，在她的脚边。

"不过她那些话，喊得很大声，像在尖叫一样，接着他们就开枪，她倒了下去。我拼命挣扎，想挣脱队伍去她那里，可我们都被绑着。开枪的是国民警卫军，他们还等着继续开枪，可长枪党赶着我们离开，往山上走，丢下他们在那里，挂着他们的来复枪，丢下墙跟前所有的尸首。我们被绑着手腕，排成一长条，都是姑娘和女人，他们赶着我们往山上爬，走过街道，到了广场，走进广场后，他们在理发店门口停下来，理发店对面就是镇公所。

"两个男人看着我们，一个说，'那是镇长的女儿'；另一个说，'从她开始'。

"然后，他们就把我两只手腕上的绳子都剪断了。'剩下的都绑好了'，这两个就抓着我的胳膊，把我拖进理发店，抬起来，放在一张理发椅上，把我按在上面。

"我在理发店的镜子里看到我的脸，抓着我的人的脸，还有三张脸在我头上，我一个都不认识，我看着玻璃里的我自己和他们，可他们都只盯着我。就像有人坐在牙医椅子上，旁边围着许多牙医，个个都是精神病。我几乎认不出自己的脸，因为悲痛让它变了样，不过看到我就知道，那是我。可我太伤心太痛苦了，除了这个，我不知道害怕，也没有其他任何感觉。

"那时我梳着两条辫子，我看到镜子里，有个人拎起我一条辫子，用力一拽，拽得非常疼，一下子就打破了我的悲痛。然后，他拿把剃刀，贴着头皮把辫子剃断了。我看着我自己，一条辫子还在，另一条变成了癞痢疤。然后，他把另一条也剪了，这条没拽起来，剃刀把我耳朵割了个小口子，我看到血流出来。你摸摸，能摸到那个疤吗？"

"能。不过最好还是别再说了吧？"

"这个没事，我不会说坏的那些的。就这样，他用剃刀把我两条辫子都剃掉了，贴着头皮剃的。其他人都在笑。我甚至感觉不到耳朵上的伤口。然后，他站在我面前，用辫子抽我的脸，另外两个人抓着我，他说，'我们就是这么造红色修女的。告诉你怎么跟你的无产阶级兄弟打成一片。红色基督的新娘子！'

"他用我的辫子抽我的脸，一下又一下，然后，他把两条辫子都塞进我嘴里，紧紧缠住我的脖子，从后面打上结，做成一个口塞，那两个抓着我的人哈哈大笑。

"看的人都在笑，我在镜子里看到他们笑，哭了起来，在那之前，因为看了枪决，我整个人都好像被冰冻了，哭不出来。

"然后，那个塞住我嘴的人拿起一把推子，把我的头发给推了：先是从额头一直推到脖子后面，然后横着推过头顶，然后是整个脑袋，还有耳朵后面，他们一直抓着我，这样我就能从理发师的镜子玻璃里看到他们这么做的整个过程。我不能相信这事就这么发生了，我一直哭一直哭，可我没办法避开这可怕的事不看，我的脸上，嘴张着，辫子塞在里面，我的头在剃刀下变成了秃头。

"等那个拿推子的人弄完，他从理发师的架子上拿下一瓶碘酒（他们把理发师也打死了，因为他属于一个企业联合组织，他就躺在店门口，带我进来时，他们是把我举起来从他身上过去的），用碘酒瓶里的玻璃棒涂了下我耳朵上的伤口，轻微的刺痛穿透我的悲痛和恐惧，传递过来。

"然后，他站在我面前，用碘酒在我额头上写下U.H.P.[1]，写得很

---

1. 即"联合无产阶级兄弟（Uníos Hermanos Proletarios）"，是1934年阿斯图里亚斯无产阶级联盟、西班牙总工会和阿斯图里亚斯、里昂、巴伦西亚地区劳工联盟喊出的口号。

慢、很仔细，好像他是个艺术家一样，我看着这一切在镜子里上演，我不哭了，因为我的心已经被父亲和母亲的事冻住了，现在发生在我身上的算不了什么了。我知道。

"写完以后，那个长枪党退后一步，打量着我，检查他的成果，然后放下碘酒瓶，拿起推子，说，'下一个！'他们就一边一个，使劲抓着我的胳膊，把我拖出理发店，我被理发师绊了一下，他还躺在门口，灰白的脸仰面朝天。我们还差点撞到了康塞普西翁·格拉茜亚，我最好的朋友。另外两个人带她进来，第一眼，她都没认出我，接着就认出来了，她尖叫起来，我一直听到她的尖叫，从他们推着我穿过广场，走进镇公所大门，上楼，进了我父亲的办公室，在那里，他们把我推倒在沙发上。坏事就是那时候发生的。"

"我的兔子。"罗伯特·乔丹说，搂住她，尽量抱紧，尽量温柔。可同任何人一样，他心中充满仇恨。"别再说了。什么都别再说，因为我已经忍不住我的仇恨了。"

她在他怀中，浑身僵硬冰凉，说："不说了。我再也不说了。可他们都是坏人，我很愿意和你一起去杀掉几个，如果可以的话。不过我跟你说这个，纯粹是出于尊重你，我要当你妻子的话，就得这样。这样你就会明白。"

"我很高兴你告诉我了。"他说，"到明天，运气好的话，我们就能干掉很多。"

"可我们会杀长枪党吗？干那些事的是他们。"

"他们不战斗。"他阴沉地说，"他们在后方杀人。战斗中跟我们打仗的不是他们。"

"可我们不能有什么办法杀掉他们吗？我很想杀掉一些。"

"我杀过。"他说，"我们还会再杀。炸火车时我们杀掉过很多这种人。"

"我想跟你去炸火车。"玛利亚说，"上次炸火车，皮拉尔把我带回来那次，那时候我有点儿疯了。她跟你说过我是什么样子吗？"

"说过。别再说了。"

"我脑子坏掉了，木了，只知道哭。不过还有件事我得告诉你，这个一定要说。说完，也许你就不会娶我了。可是，罗伯托，如果你不想娶我了，那，我们能不能还一直在一起？"

"我要娶你。"

"不。我把这个忘掉了。也许你不该娶我。我可能永远都不能为你生下一儿半女，因为皮拉尔说，要是我能生的话，那些事的时候就该怀孕了。我一定要跟你说这个。噢，我不知道怎么会把这个忘了。"

"这不重要，小兔子。"他说，"首先，这未必是真的，这话得医生来说。其次，我并不想把儿子或女儿带到这样一个世界上。再有，我所有的爱都给你了。"

"我想为你生个儿子或女儿。"她对他说，"要是没有我们的孩子跟法西斯战斗的话，这个世界怎么会变好呢？"

"你啊，"他说，"我爱你，听到了吗？不过现在我们得睡觉了，小兔子。因为我得赶在天亮前很早就起床，这个季节，天亮得很早。"

"那我最后说的事没问题吗？我们还是会结婚？"

"我们结婚了，就现在，我现在就娶了你，你是我的妻子。不过，睡吧，我的兔子，没时间了。"

"我们真的会结婚？不是说说而已？"

"真的。"

"那我就睡了，等醒来再想。"

"我也是。"

"晚安，我的丈夫。"

"晚安。"他说，"晚安，妻子。"

他听着她的呼吸渐渐平稳、规律，知道她睡着了。他清醒地躺着，一动不动，不想惊醒她。他想着所有她没说出来的部分，躺在那里，满心愤恨，很高兴天亮以后能杀人。"可我一定不能亲自动手，"他想。

可我怎么能忍得住？我知道，我们的人也对他们做过可怕的事。可那是因为我们的人没受过教育，不知道什么更好。他们却是故意的。那些做这种事的人，是他们的教育造就的最后一批佼佼者。是西班牙骑士精神开出的花。他们是个怎样的民族啊。从科尔特斯、皮萨罗、梅内德斯·德·阿维拉一直到恩里克·利斯特，到巴勃罗，都是些什么婊子养的啊。[1] 真是绝妙的民族。他们是世上最好也最坏的民族，最仁慈也最残忍。谁能弄懂他们？我不行，要是我行的话，就会宽恕他们了。理解等于宽恕。那不对，说宽恕太夸张了，宽恕是新教的概念，西班牙从来就不是个新教国家，它的教会里有自己独特的偶像崇拜，多拜一个处女。我猜，这就是为什么他们一定要毁掉敌人中的处女。显然，同人民比起来，这跟教会，跟西班牙的宗教狂热关联更深。人民渐渐抛弃教会，因为教会是属于政府的，政府总会腐败。这是唯一没有被宗教改革波及的国家。如今，他们正在为宗教裁判所付出代价，就是这样。

嗯，这个值得琢磨，可以让你不再为任务担忧。这比假装好。上帝啊，今晚他装得够多的了。皮拉尔一整天都在装。没错。要是大家明天都被杀死了怎么办？只要办好炸桥的事儿，那又有什么要紧？明天要做的，就只有炸桥。

不对。干这些事，你不能含糊其词。可总不会长生不死。我这辈子的事大概在这三天里都做完了。可最后的夜晚从来就没什么好。无论什么，最后的都没什么好。是，有点儿临终遗言还不错。"我的丈夫，本镇镇长，万岁"，这句就很好。

他知道这句好，因为这让他身体掠过一阵兴奋的刺痛。他俯身亲吻玛利亚，她没有醒。他用英语非常小声地说："我要跟你结婚，兔子。我为你的家庭感到无比骄傲。"

---

1. 埃尔南·科尔特斯（Hernán Cortés, 1485—1574），直接导致了今墨西哥一带阿兹特克王国的灭亡。弗兰西斯科·皮萨罗（Francisco Pizarro, 约1471—1571），毁灭并占领印加帝国。梅内德斯·德·阿维拉（Pedro Menéndez de Avilés, 1519—1574），西班牙海军上将、探险家，佛罗里达首任殖民总督。三人均是西班牙在美洲大陆的著名殖民者。

第三十二章

同一晚，马德里的盖洛兹酒店里人很多。一辆汽车穿过酒店的车马入口开进来，车头灯上涂着蓝色涂料，一个小个子男人走下车，他脚踩黑色马靴，身穿灰色马裤和灰色短夹克，扣子扣得很高，一边推开门，一边回应两个卫兵的敬礼，又对坐在礼宾台的秘密警察点点头，迈步走进电梯。门内的大理石门厅里坐着两个守卫，一边一个，小个子男人经过他们身边，走向电梯门时，他们只抬头瞟了一眼。他们的工作，是留意所有不认识的人，看来人的腰侧、腋窝下和屁股兜里有没有枪，如果有，就要交给礼宾处盘查。不过他们很熟悉这个穿马靴的小个子男人，他经过时，他们常常连头都不抬一下。

他在盖洛兹有间套房，进门时，里面已经挤满了人。人们或站或坐，四散聊天，就像任何一间休息室里那样，男人女人们端着小玻璃杯，从大罐子里倒出伏特加、威士忌苏打和啤酒。男人中，有四个身穿制服，其他的都套着防风夹克和皮夹克。女人一共有四个，三个穿着平常出门的衣服，第四个干瘪黑瘦，穿某种裁剪朴素的女民兵制服，里面套着衬衫，脚踩高筒马靴。

一进房间，哈尔科夫立刻走到穿制服的女人跟前，弯腰鞠躬，和她握手。她是他的妻子，他用俄语对她说了什么，其他人都听不见，这一刻，他进门时的傲慢眼神消失了。当他看到另一个女孩时，眼中的傲慢又重新亮起。那女孩身材苗条，头发染成红褐色，脸蛋漂亮慵懒，是他的情妇。他迈着精确的步子穿过房间，走到她面前，鞠躬，握手，那模样，没人能说不是在模仿向他妻子致意的那一套。他走向房间另一侧时，他妻子没有看他。她正和一个英俊高挑的西班牙军官站在一起，用俄语交谈。

"你这大美人胖了点儿啊，"哈尔科夫对女孩说，"快第二年了，我们的英雄全都开始发胖了。"说话时，他没有看她。

"你这丑东西，连蛤蟆都会被你妒忌。"女孩高高兴兴地对他说。她讲德语。"明天的进攻，我能跟你一起去吗？"

"不。再说也没什么进攻。"

"人人都知道啦。"女孩说，"别这么神秘。多洛雷斯打算去。我要么跟她一起，要么跟卡门一起。很多人都打算去。"

"谁乐意带你，你就跟谁去好了。"哈尔科夫说，"我不去。"

接着，他转头面对女孩，严肃地问："这是谁告诉你的？我要确切答案。"

"理查德。"她同样严肃地说。

哈尔科夫耸耸肩，丢下她独自站在那里。

"哈尔科夫，"一个中等个儿、面色灰暗、满脸赘肉、眼袋松弛、下唇耷拉着的人招呼他，声音有气无力，"你听说好消息了吗？"

哈尔科夫走过去。那人说："我刚刚听说的，不到十分钟以前，真是好极了，法西斯今天一天都在塞哥维亚附近自己打自己，他们不得不动用自动步枪和机关枪来镇压骚乱。今天下午，他们出动飞机炸了自己的队伍。"

"真的？"哈尔科夫问。

"是真的。"水泡眼男人说，"多洛雷斯本人带来的消息。她刚才就在这里，带来了这个消息，兴奋得整个人都在发光，我从没见过她那样。看她脸上的光彩，就知道消息是真的。那张伟大的脸……"

"那张伟大的脸。"哈尔科夫说，声音里没有一丝起伏。

"你要是能亲耳听到就好了。"水泡眼男人说，"那消息自己从她身体里往外发光，这世上从没有过这样的光。只听声音，你就知道她说的都是真的。我打算写篇报道发给《消息报》[1]。要我说，听到这个消息的时刻，就是这场战争中最伟大的时刻之一，宣布消息的是那样伟大的声音，交织着怜悯、同情和真诚。她身上散发出善良与真诚的光芒，就像人群中的圣徒。她被称为'热情之花'不是没有道理的。"

"不是没有道理。"哈尔科夫平板地说，"你最好现在就去给《消息报》写稿，趁你还没忘掉刚才那句漂亮的开头。"

"这个女人是不可以拿来开玩笑的，就算是你这样愤世嫉俗的人，也不可以。"水泡眼男人说，"你要是在这里，听到她说话，看到她的脸，就知道了。"

"伟大的声音。"哈尔科夫说，"伟大的脸。写下来。"他说，"不用跟我说。不要在我身上浪费你的文采。去吧，现在就写。"

"现在不行。"

"我看你还是去的好。"哈尔科夫说，只看他一眼，便挪开了视线。水泡眼男人又站了两三分钟，抓着他的伏特加，眼袋还是一样松弛浮肿，却沉醉在刚才看到、听到的美妙里，然后便离开房间，去写报道了。

哈尔科夫向另一个四十八岁上下的男人走去，他矮胖敦实，浅蓝色的眼睛看着总是乐呵呵的，金发稀疏，硬饯饯的黄色胡子下长着一张高兴的嘴。这人穿着制服，他是一名师级指挥官，匈牙利人。

"多洛雷斯来的那会儿你在吗？"哈尔科夫问这人。

"在。"

"都说了什么？"

"什么法西斯内讧了之类的，要是真的就漂亮了。"

"听到很多人在说明天的事了吧。"

"太可耻了。所有新闻记者和这屋子里的大多数人都该拉去枪毙，那个妖言惑众的德国混球理查德更是不能放过。不管是谁，把一个旅

1.《消息报》（*Izvestia*）是苏联最高苏维埃机关报，影响力很大，1917年创刊，1991年随苏联解体而结束。

交给这个只会纸上谈兵的花花公子，都该挨枪子儿。说不定你和我也该挨枪子儿。这是有可能的。"这位将军大笑道，"不过别提这事。"

"这是我绝不乐意谈论的。"哈尔科夫说，"那个美国人就在那边，就是有时会来这里的那个。你认识的，乔丹。他跟那边的敌后游击队在一起。就是他们说会有事发生的那个地方，他在那里。"

"哦，那他今晚就该送份报告过来。"将军说，"他们不想让我下去，不然我就去了，为你把答案找出来。他跟戈尔茨一起忙活这事儿，是吧？你明天就能见到戈尔茨了。"

"明天一早。"

"除非事情进展顺利，否则别去打扰他。"将军说，"他讨厌你们这些杂种，不比我差。只不过他脾气好得多。"

"可关于这个……"

"有可能是法西斯在耍花招。"将军咧嘴笑道，"好了，我们会看到的，看戈尔茨能不能多少蒙住他们。就让戈尔茨试一次吧，我们在瓜达拉哈拉就蒙了他们。"

"我听说你也要出发了。"哈尔科夫说，微微一笑，露出了他的烂牙。将军突然发怒了。

"我也要，现在说到我头上来了。一直对我们说长道短个没完，这些肮脏下流的长舌妇。只要有信心，一个管得住嘴的人就能拯救国家。"

"你的朋友普列托管得住他的嘴。"

"可他不相信他能赢。不相信人民，又怎么能赢？"

"你说了算。"哈尔科夫说，"我要去睡会儿了。"

他离开这充斥着流言蜚语的、烟雾腾腾的房间，走进里间的卧室，坐在床边，脱下靴子。他还能听到他们聊天的声音，于是关上门，打开窗户。他没再费事脱衣服，因为两点就要出发，开车穿过科尔梅纳尔、塞尔塞达、纳瓦塞拉达，一直到前线。早晨，戈尔茨会在那里发起进攻。

第三十三章

皮拉尔叫醒他时，是凌晨两点。她伸手碰碰他，一开始，他还以为是玛利亚，他朝她翻过身去，说："兔子。"接着，女人的大手推了推他的肩膀，一瞬间，他完全、彻底清醒了，手立刻握住枪柄——手枪就在他赤裸的右腿边——整个人都绷紧了，蓄势待发，就像打开了保险栓的手枪一样。

黑暗中，他认出皮拉尔，看了看手表，两根指针发着荧光，呈锐角指向表盘上方。看到才两点，他说："出什么事了，女人？"

"巴勃罗走了。"大块头女人对他说。

罗伯特·乔丹套上裤子和鞋。玛利亚没醒。

"什么时候？"他问。

"肯定有一个小时了。"

"然后？"

"他拿走了你的一些东西。"女人难受地说。

"这样，是什么？"

"我不知道。"她对他说，"来看看。"

他们摸黑朝山洞口走去，弯腰从毯子下钻进去。罗伯特·乔丹跟在她身后，洞里弥漫着熄灭的炭灰味、浑浊的空气和人睡着后散发出的气味。他打开手电筒照亮，免得踩到谁，他们全都横七竖八睡在地上。安塞尔莫醒了，问："到时间了？"

"没有。"罗伯特·乔丹悄声说，"睡吧，老伙计。"

皮拉尔的床边挂着一张毯子，跟洞里其他区域隔开。两个背包靠在她的床头。罗伯特·乔丹跪在床上，打开手电筒，检查背包，闻到床铺散发出酸腐味，混合着汗酸和恶心的甜香，跟印第安人的床一样。两个包上都有一条长口子，从顶拉到底。罗伯特·乔丹左手拿着电筒，右手伸进第一个包里摸索。这是他装睡袋的包，应该不会太满。的确不满。线卷还在，可装起爆器的木头方盒不见了。雪茄盒和里面包好、填塞妥当的雷管也不见了，装引线和火帽的旋盖马口铁罐子也不见了。

罗伯特·乔丹摸了摸另一个背包。炸药都在，满满的。也许少了一包。

他直起身，转身面对那女人。心中升起一股没着没落的空虚感，人要是太早被吵醒，往往会有这样的感觉，仿佛灾祸临头一般，现在，他的感觉更强烈千倍。

"这就是你所谓的帮别人看着东西。"他说。

"我睡觉时头一直靠着它们，一只胳膊还搭在上面。"皮拉尔对他说道。

"你睡得很好。"

"听着。"女人说，"他夜里起身，我说，'你要去哪里，巴勃罗？''去尿尿，女人。'他跟我说，我就又睡着了。再醒来时，我不知道过了多久，他不在，可我以为他跟平常一样，下去看他的马了。后来，"她难过地说完，"他一直没回来，我开始担心，就摸了摸背包，想确保它们没问题，结果发现两个划口，我就去找你了。"

"来。"罗伯特·乔丹说。

他们站在外面，此刻差不多才刚过了半夜，你感觉不到黎明即将来临。

"骑马的话，除了哨位那边，还有其他路可走吗？"

"有两条。"

"谁在上面？"

"埃拉迪奥。"

一直到拴马放牧的草甸，罗伯特·乔丹都没再说话。草甸里有三匹马在吃草，枣红大马和灰褐色那匹不见了。

"你估计他走了多久了？"

"肯定有一个小时了。"

"那只能这样了。"罗伯特·乔丹说，"我去拿背包里剩下的东西，然后回去睡觉。"

"我会看着它们的。"

"算了吧，你会看着它们，你已经看过一次了。"

"英国人，"女人说，"我在乎这个，不比你差。只要能找回你的东西，我没什么不能做。你没必要伤害我，我们两个都被巴勃罗背叛了。"

她说这话时，罗伯特·乔丹意识到，他承担不起刻薄的代价，不能和这个女人吵架。他还要和这个女人合作，就在这天，这一天已经过了两个小时，还有更多个小时要过。

他伸手搭着她的肩。"这没什么，皮拉尔。"他告诉她，"丢的东西不重要。我们可以临时做出替代品，一样好用。"

"可他拿走的是什么？"

"没什么，女人。一些个人的奢侈玩意儿。"

"是你的爆炸装置的部件吗？"

"是的，但还有其他办法可以爆破。告诉我，巴勃罗不会没有火帽和引线吧？他们肯定会给他这些装备的吧？"

"他拿走了。"她难过地说，"我当时就查看过了，也都不见了。"

他们穿过树林，走回山洞口。

"睡会儿。"他说，"巴勃罗走了更好。"

"我去找埃拉迪奥。"

"他会走另一条路的。"

"不管怎么样，我要去看看。我太笨了，辜负了你。"

"不。"他说，"睡会儿，女人。我们四点就得动身了。"

他跟着她，走进山洞，拿出两个背包，双手将它们合抱在一起，这样就不会有东西从破口掉出来。

"我来把它们缝好。"

"我们出发前再缝。"他柔声说，"我拿走它们，不是针对你，只是这样我才睡得着。"

"我得提前拿到它们，好缝补一下。"

"你会提前拿到的。"他对她说，"去睡会儿，女人。"

"不。"她说，"我辜负了你，辜负了共和国。"

"去睡会儿，女人。"他温柔地对她说，"去睡会儿。"

第三十四章

　　这一带的山顶都被法西斯占领了。有条山谷里没人驻扎，法西斯只加固了一个附带外屋和谷仓的农场，在里面设了个哨所。安德雷斯正在赶路，要把罗伯特·乔丹的信送给戈尔茨。他摸黑兜了个大圈，绕过这个岗哨。他知道哪里有拉发线，碰到就会拉动扳机，让上了膛的枪开火。他在黑暗中分辨出它，跨过去，沿着小河走，河边长满了白杨，叶子随夜风摆荡。走在河边时，已经是法西斯哨所的农场里，一只公鸡打起了鸣，他回过头，穿过白杨树干之间的空隙，看到农场下排的一扇窗户里亮起了灯。夜宁静清朗，安德雷斯离开小河，横穿过草甸。

　　自从去年七月战斗打响以来，这草甸上就立着四个干草堆，没人来把干草搬走。四个季节过去了，草堆塌了，干草都没用了。

　　真是浪费，安德雷斯一边跨过一条拉发线，一边想。"这根线就横在两个草堆中间。不过，共和党人不得不把草运上瓜达拉马的陡坡，那些山坡从草甸上拔地而起，法西斯却压根儿用不着，我猜。"他想着。

　　他们有的是干草和粮食，他们有很多，他想。可明天早上，我们就要狠狠教训他们。明天早上，我们会给他们个教训，为"聋子"讨还公道。他们都是些什么野蛮人啊！不过等到早上，公路上就有得热闹了。

　　他想快点把信送到，赶回去参加早上对哨所的进攻。不过，他真的想赶回去吗，还是假装想回去？他知道，当英国人说要他来送信时，他有种仿佛缓期行刑的感觉。他已经冷静正视过早上将发生的事，那就是要做的。他为之投过票，也会参与其中。"聋子"的全军覆没深深震动了他。可毕竟，那是"聋子"，不是他们。该做的，他们还要做。

但当英国人告诉他这个消息时，他的感觉，就像还是小男孩时，住在村子里，庆典当天一大早醒来，听到雨下得很大，你就知道，地太湿，广场的斗牛活动要取消了。

小时候他很爱斗牛活动，总盼着它，到那天，他来到广场，顶着大太阳，四周尘土飞扬，马车将广场团团围住，只留下一个出口，这样，广场就成了个封闭的场地，等人们拉开运牛箱的后厢板，公牛滑出木箱，四脚踏稳地面后，就要从那个入口进场。他站在广场上，兴奋地期待着那一刻，兴高采烈，紧张得直冒汗。他先是听到牛角撞击运输箱木板的声音，然后就看到它了，来了，滑出来，冲进广场，站定，头昂着，鼻孔宽大，耳朵颤动，灰尘落在它光泽闪亮的黑色背脊上，干土斑斑点点沾在它的身体两侧，他看着它。公牛双眼分得很开，一眨不眨，上面是同样分开在脑袋两侧的牛角，光滑、坚硬，像被沙子打磨抛光的浮木，角尖锐利，向上竖起。只这么看着，就让你心潮澎湃。

他整年都在盼着这一刻，到那天，公牛出现，走进广场，你盯着它的眼睛，它在挑选广场上的人，准备发起进攻，突然，牛头一低，角往前顶，发起一个猫科动物般的疾冲。冲刺启动的那一刻，你的心都会停跳。孩提时，他整年都在盼望这一刻——可英国人跟他说送信时，那感觉，就像你醒过来，听到雨水打在石板屋顶和石墙上，落进村中泥路上的小水坑里，一模一样。

他在那些村子里的业余斗牛赛中总是非常勇敢地面对公牛，无论本村还是邻村，没人比他更勇敢，无论如何，无论哪年，他都不会错过，只是也不去别的村子。他可以静静站着，看着公牛冲过来，最后一刻才往旁边跳开。要是公牛撞倒了某个人，他就在它鼻子下挥舞麻袋，把它引开。许多次，公牛把别人撞倒在地，他抓住牛角用力拉，死命往一边拽，对着它的脸又抽又踢，直到它放弃目标，转头攻击其他人。

他曾经拽住牛尾巴，用力拉紧，连拖带扭，把它从倒地的人身边拖开。有一次，他一只手拉着牛尾巴，绕到公牛侧面，另一只手伸长了去够牛角，当公牛转过头来顶他，他就往后跑，绕着牛转圈，一手抓着尾巴，一手抓着角，直到人群蜂拥而上，把刀插进公牛身体里。尘土、热浪、吼叫，牛与人与葡萄酒的气味，他身在其中，在冲向公牛的人群最前头。他知道公牛在身下左摇右晃、跳跃掀动的感觉。他趴在牛肩隆上，一只胳膊绕过牛角根部，锁紧，手紧紧抓住另一只角，身体被掀起，猛烈地甩来甩去，手指却紧锁不放，身下是滚热的、沾满尘土的、刚毛直立的、滚动的肌肉，他觉得左胳膊快要脱臼了，他紧锁牙关，咬住牛耳朵，一次，一次，又一次地将刀插进牛脖颈处耸动的隆起，他全身重量都压在牛肩隆高耸的侧面，热乎乎的血喷在他的拳头上，他一刀刀捅进牛颈，砰然有声。

第一次这样咬住牛耳朵不放，他的脖子和下巴都被抖得僵硬了，过后他们都拿这个取笑他。可玩笑归玩笑，他们还是很敬佩他。自那以后，他年年都这么干。他们管他叫比利亚科内霍斯的斗牛犬，笑话他吃生牛肉。可村里人人都想看他这一手。每一年，他都很清楚，首先是公牛出场，然后是冲顶和刺挑，再然后，当他们吼叫着涌上去杀牛时，他会鼓足劲，冲上前去，越过其他进攻者，一跃而起，伸手抓住牛角。当一切结束，公牛被杀牛人压倒在地，最终死去时，他会站起来走开，因为咬耳朵而感到羞愧，也为像个男人而骄傲。他会穿过马车屏障，到石头喷泉边洗手，人们会拍拍他的背，递上酒囊，说，"为你叫好，斗牛犬。祝你母亲长命百岁！"

或者，他们会说，"够种的就该这样！年年都一样！"

安德雷斯会感到羞愧、空虚、骄傲又快活，他会闪开所有人，去洗手，洗他的右胳膊，洗干净他的刀，之后才接过一个酒囊，漱掉这一年的耳朵味道。他把酒吐在广场石板地上，再高高举起酒囊，让酒柱冲进喉头。

没错，他是比利亚科内霍斯的斗牛犬，无论什么都不能叫他放弃这个，每年都是，在村里。可他知道，再没有比听到雨声更好的感觉了，你会知道，自己不必非做不可。

可我必须回去，他告诉自己。毫无疑问，我必须回去，参加进攻哨所和炸桥的行动。我兄弟埃拉迪奥在那里，他是我的骨肉兄弟。还有安塞尔莫、普里米蒂沃、费尔南多、奥古斯丁、拉斐尔……虽说他显然不大正经——两个女人，巴勃罗和英国人——英国人不算，他是外国人，是奉命来的。他们都在。送信是意外，拿它当借口逃避这场考验，这不可能。我得快些把信送到，然后全力赶回去，赶上对哨所的进攻。要我为送个信就不参加这次行动，太不光彩，这一点儿不可能更清楚了。而且，就像人会突然想起，在婚姻中，除了让他头疼的种种麻烦，还有快乐，他告诉自己，他也会享受杀掉几个法西斯的快乐，他已经太久没干掉过法西斯了。明天会是个可以名正言顺大干一场的日子，明天会是实实在在有行动的日子，明天会是个有价值的日子，明天就要来了，我得在那里。

他踩着齐膝深的金雀花，往陡峭的山坡上爬，上面就是共和国的防线了。就在这时，一只松鸡突然从他脚下飞起，拍着翅膀，发出一阵"扑啦啦"的声响，他吓得屏住了呼吸。"太突然了，"他想。它们怎么可以把翅膀扑扇得那么快？这母鸟一定是在附近筑了巢孵蛋，我大概太靠近鸟蛋了。要不是这场战争，我会在灌木上拴条手帕，等白天再回来，找到巢，我可以拿走蛋，放到抱窝的母鸡身下，等小松鸡孵出来，我们可以把它们养在鸡栏里，我会看着它们长大，等它们长大了，我就用它们招来别的松鸡。我不会弄瞎它们，因为它们会很听话。不过你想没想过它们可能飞走？有可能。那我还是得弄瞎它们。

可我亲手养大了它们，不会想那么干。我可以修剪它们的翅膀，或者拴住它们的一只脚，然后再放出去诱鸟。要不是战争，我和埃拉迪奥就会一起去法西斯哨所背后的小河里捞小龙虾。有一次，我们一天就从那条河里捞到了四打。这次炸完桥，要是转移到格雷多斯的话，那里倒是有很好的河，也可以抓鳟鱼和小龙虾。我希望我们去格雷多斯，他想。在格雷多斯，我们夏天和秋天可以过得很好，当然冬天会冷得要死。不过，也许等不到冬天，我们就能赢下这场战争了。

　　要是我们的父亲不是共和党人，埃拉迪奥和我现在就会是士兵，和那些法西斯一起。当上了他们那边的兵的话，就什么问题都没了。你只要服从命令，可能活下去，可能死掉，到头来，该怎样就怎样。在体制下生活总比对抗它来得容易。

　　但这种非常规战斗是更有担当的事。如果你是个多虑的人，就有很多东西可担心。埃拉迪奥比我想得多。他老是担心。我真心相信这份事业，我不担心。可这是更有担当的生活。

　　我想我们生在一个艰难的时代，他琢磨着。我想任何其他时代大概都能轻松点儿。我们生来就是受苦的，所以不觉得有多苦。那些觉得苦的，都不适合这种环境。但这是个没有选择的时代。法西斯攻击我们，帮我们做了选择。我们为生存而战。可我宁愿有选择，那样，我就可以在灌木上系条手帕，白天回去，找到蛋，放到母鸡肚子下面，就能看小松鸡在我自己的院子里跑。我喜欢这样的日常小事。

　　"可你那个不是房子的地方没房子也没院子，"他想。你没有家，只有个兄弟，明天要去打仗，你自己什么都没有，只有风、太阳和空空的肚子。"风很小，"他想，"还没太阳。你兜里有四个手榴弹，但只有投出去才管用。你背后背着一把卡宾枪，但只有送出子弹才管用。你还有封信要送，你还有满肚子屎可以送给土地。他在黑暗中咧开嘴笑，你还可以撒泡尿给它上个光。你有的一切都是要送出去的。你是个哲学奇才，是个不幸的男人，"他对自己说，又咧嘴笑起来。

　　不过，就算有高贵思想在前，他心底还是有缓刑的感觉，在村子里时，节日的早晨，伴随雨声而来的感觉。此刻，在他面前，山脊顶上是政府的岗哨，他知道，在那里，他会被盘查。

第三十五章

罗伯特·乔丹躺在睡袋里，身旁是姑娘玛利亚，她还睡着。他侧过身子，背对姑娘，感到她修长的身躯贴着他的背，到如今，这感觉就是讽刺。你啊，你，他对自己发脾气。是的，就是你。第一次见到他，你就告诫自己，若是他变得友好，那就是背叛的时候。你这该死的笨蛋。你这个蠢到了家了的该死的笨蛋。别这样。这不是现在该做的事。

他把东西藏起来或丢掉的概率有多大？不乐观。再说了，天黑着，你不可能找得到。他肯定已经藏好了。他还拿走了一些炸药。噢，那个肮脏、卑鄙、奸诈的下流坯，那个腐烂发臭的恶心渣滓。他干吗不就自己滚开，干吗要拿走起爆器和雷管？我怎么会是这么个蠢得该死的笨蛋，会把东西留给那个该死的女人？那个狡猾、奸诈、丑恶的王八蛋，那个肮脏的王八蛋。

停，放松，他告诉自己。你只能碰运气了，这是眼下最好的办法。你失控了，他对自己说。你彻底失控了，飞得比风筝还高。保持你那该死的脑子清醒，消除愤怒，停止这好像该死的哭墙[1]一样不值钱的哀怨。东西丢了。你这该死的，东西丢了。哦，让那该死的肮脏猪猡下地狱去吧。你可以闯过去的。你必须做到，你知道，如果不得不站

---

1. 犹太教圣地之一，位于耶路撒冷老城内，又称"西墙"，为犹太教"第二圣殿"仅余的部分，因犹太人常到该处悼念失去的圣殿而得名。据《希伯来圣经》记载，公元前10世纪，以色列联合王国的第三位国王所罗门在锡安山上修建了犹太教第一座圣殿所罗门圣殿，又称"第一圣殿"，后被巴比伦人摧毁。约公元前6世纪，犹太人重建圣殿，称"第二圣殿"，至公元70年被罗马军团摧毁。这里借以指代安慰物。

在那里，你就必须炸掉它——这个也别想。干吗不问问你的祖父呢？

噢，去他的我的祖父，去他的这整个奸诈丑陋的肮脏的国家，还有两边的每一个肮脏的西班牙人，都下地狱去吧。去他们的，下地狱去吧，拉尔戈、普列托、阿森西奥、米亚哈、罗霍，统统都去。去他们的，每一个都死到地狱里去。去他的这整个充满背叛的国家。去他们的自负自私，自私自负，他们的狂妄与背叛。去他们的，都下地狱去，永世不得超生。去他们的，那些比我们早死的人。去他们的，那些死在我们后面的人。去他们的，去死吧，下地狱去。特别要去他的巴勃罗。巴勃罗等于他们所有人。上帝怜悯西班牙人吧。不管他们选出什么样的领袖，到头来都会干掉他们。有个好人，巴勃罗·伊格拉西亚斯[1]，两千年来就出了这么一个，其他人都在干掉他们。我们怎么知道，这场战争他会站在哪一边？我以前还以为拉尔戈可以的，杜鲁提也不错，却在法国人桥被自己人开枪打死。[2] 开枪的理由是，他想让他们出击。凭着漂亮的无纪律训练，开枪打死他。胆小的猪猡。哦，让他们统统滚蛋，下地狱去吧，死去吧。那个巴勃罗，刚拿走我的起爆器和雷管盒的那一个。哦，送他下十八层地狱去。不对，不是。他先拿我们当替死鬼了，他们总拿你当替死鬼，从科尔特斯、梅内德斯·德·阿维拉，一直到米亚哈，都一样。瞧瞧米亚哈对克虏伯干的事儿吧。那个秃顶的、傲慢的猪猡。那愚蠢的、鸡蛋脑袋的王八蛋。去他的所有神经不正常的、傲慢自大的、奸猾狡诈的猪猡，过去就是他们一直掌管着西班牙和它的军队。去他的所有人，除了人民，然

---

1. 巴勃罗·伊格拉西亚斯（Pablo Iglesias, 本名Paulino Iglesias Posse, 1850—1925），被尊为西班牙共产主义之父，先后创建西班牙社会工人党（PSOE）和西班牙总工会（UGT）。本书时间背景是1937年，当时他已去世。

2. 弗朗西斯科·拉尔戈·卡瓦列罗（Francisco Largo Caballero, 1869—1946），西班牙政治家，曾担任社会工人党和总工会领袖，1936年至1937年内战期间出任第二共和国首相。
布维那文图拉·杜鲁提（Buenaventura Durruti, 1896—1936），西班牙起义者，无政府主义工团激进分子，被视为无政府主义运动的英雄，在马德里战役中中弹身亡，对于他究竟死于敌手还是战友误伤，史学界有争议。

后，要非常小心地观察，看看拥有力量后，他们变成了什么模样。

他越骂越离谱，鄙视和嘲弄扩展得如此广，如此不公正，愤怒开始变得淡薄。真是这样的话，你现在在这里是为了什么？这不是真的，你很清楚。看看那些好人。看看那些优秀的人。他不能忍受自己变得不公。他憎恨不公，一如憎恨残暴，他深陷愤怒，被蒙蔽了头脑，直到怒气渐渐消退，血红暗黑的、引人迷失的、致命的愤怒都消失了。现在，他的头脑很平静，空阔、安宁，能够冷眼旁观，敏锐思考，就像个刚跟不爱的女人做过爱的男人。

"还有你呀，你这可怜的小兔子。"他俯身过去，对玛利亚说话，她正在睡梦中露出微笑，动了动，贴近他，"刚才你要是开口说话的话，我真会打你的。愤怒的男人真是禽兽。"

现在，他紧贴着姑娘，躺着，一手搂着她，下巴搁在她肩头，躺着琢磨，一点点儿盘算，还有哪些事要做，该怎样做。

这也不坏，他想。真的，根本没那么糟糕。我不知道以前有没有过这种情况。但从现在开始，早晚还会有人陷入类似的困境，要做同样的事。如果我们完成了，如果他们听说了。如果他们听说了，没错。如果他们不只是惊叹一下我们是如何做到的。我们人手太少，但不必担心。凭着我们有的，我会把桥炸掉。上帝啊，真高兴我能跨越愤怒的坎儿。那活像被卷进了风暴，不能呼吸。愤怒是另一种奢侈，你消受不起。

"都计划好了，美人儿。"他抵在玛利亚肩头，温柔地说，"你一点儿没受影响。你压根不儿知道。我们都会被杀死，可我们会炸掉那桥。你不用担心。那不算什么好的结婚礼物。可不是说，一夜安眠就是无价之宝吗？你有了一夜安眠。瞧瞧你能不能像戴戒指一样，把它戴在手指上。睡吧，美人儿。好好睡，我心爱的，我不会吵醒你。此刻，这就是我唯一能为你做的。"

他躺在那里，抱着她，非常轻柔，感受着她的呼吸、她的心跳，注视着手表，看时间流逝。

第三十六章

安德雷斯在政府的岗哨受到了盘查。事实是，他来到三重铁丝网下方的陡壁下，趴在地上，冲着岩石上的护墙后面大声招呼。这里的防线并不连贯，他可以很容易地趁着天黑越过岗哨，不等遭遇到盘查他的人，就直入政府区腹地。

不过，从这里老实过关似乎更安全，也更简单。

"你好！"他喊道，"你们好，民兵！"

他听到枪栓一碰，像是向后拉开了。接着，从较远处的护墙后面，一支来复枪开了火。枪声骤然一响，一道黄光划破黑暗，坠落下来。咔嗒声一起，安德雷斯就整个人都趴了下来，头拼命贴着地面。

"别开枪，同志。"安德雷斯大喊，"别开枪！我要过去。"

"你们有多少人？"有人在护墙后面喊话。

"一个，我自己，一个人。"

"你是谁？"

"安德雷斯·洛佩兹，比利亚科内霍斯来的。巴勃罗游击队的人，我来送信。"

"你带枪和装备了吗？"

"带了，伙计。"

"不带枪和武器的，一个都不让过。"那声音说，"人数超过三个也不行。"

"我是一个人。"安德雷斯喊道，"事情很重要。让我过去。"

他能听到他们在护墙后说话，但听不清说的什么。过了会儿，那声音又喊道:"你们有几个人?"

"一个,就我,一个人,看在主的份上。"

他们又在护墙后说话。然后,那声音来了:"听着,法西斯。"

"我不是法西斯。"安德雷斯喊道,"我是巴勃罗那边来的游击队员。我带来一封信,要送到总参谋部。"

"他疯了。"他听到有个人说,"扔个炸弹给他。"

"听着。"安德雷斯说,"我是一个人来的,从头到尾就我一个。我操他妈的耶稣基督,我就一个人。让我过去。"

"他说话像个基督徒。"他听到有人大笑着说。

接着,另一个人说话了:"最好的办法就是扔个炸弹到他头上。"

"不。"安德雷斯喊,"那会是天大的错误,这事儿很重要,让我过去。"

就为这,他从来没法享受往返穿越火线的旅程。有时候会稍微强一点儿,但从来不好。

"你一个人?"那声音又对着下面喊道。

"我操他妈的,"安德雷斯喊,"我要跟你说多少次?我就是一个人。"

"那你要是一个人的话,站起来,把枪举过头顶。"

安德雷斯站起来,两手横握卡宾枪,举过头顶。

"现在过铁丝网吧。我们的机关枪瞄着你。"那声音喊。

安德雷斯开始穿越第一道之字形的铁丝网。"过铁丝网得要手帮忙。"他大吼。

"举着。"那声音命令道。

"我被网子钩住了。"安德雷斯大喊。

"丢个炸弹过去更省事。"一个声音说。

"让他把枪背在背后吧。"另一个声音说,"举着手他没法过来,讲讲理。"

"这些法西斯都一个样。"另一个声音说,"他们最擅长的就是得寸进尺。"

"听着，"安德雷斯大吼道"我不是法西斯，是个游击队员，属于巴勃罗的队伍。我们干掉的法西斯比伤寒症干掉的还多。"

"我从来没听说过什么巴勃罗的队伍。"那个明显是岗哨头儿的人说，"也没什么彼得啊保罗啊或者其他圣徒使徒的，也没听过有他们的队伍。把你的枪背到背后，用你的手，钻过铁丝网来吧。"

"趁我们还没拿机关枪扫你。"另一个吼道。

"你们还真够不客气的。"安德雷斯说，"你们还真够不客气的。"

他忙着穿过铁丝网。

"客气。"有人冲他大吼，"我们在打仗，老兄。"

"这会儿倒像那么回事了。"安德雷斯说。

"他说什么？"

安德雷斯听到枪栓又是一响。

"没什么。"他大吼，"我什么都没说。不要开枪，等我穿过这狗娘养的铁丝网。"

"不要乱说我们的铁丝网。"有人大吼，"不然我们就扔个炸弹到你头上。"

"我是说，真是好网啊。"安德雷斯大吼，"多漂亮的网。让上帝见鬼去吧。多迷人的网。我马上就要到你们身边了，兄弟们。"

"丢个炸弹给他。"他听到其中一个声音说，"我跟你们说，这才是对付整件事最好的办法。"

"兄弟们，"安德雷斯说，他浑身都汗湿了，他知道，那个煽动丢炸弹的家伙随时可能真的丢一颗手榴弹过来，"我无关紧要。"

"这个我信。"炸弹分子说。

"你是对的。"安德雷斯说。他正在小心翼翼地穿过第三道铁丝网，已经离护墙很近了，"我完全无关紧要。可这事很紧要。非常，非常重要。"

"没什么比自由更重要。"炸弹分子大吼，"你认为有什么比自由更重要吗？"他挑衅地问。

"没有，老兄。"安德雷斯说，松了口气。他现在知道，他遇上一群狂热分子了——戴红黑领巾的那拨人[1]。"自由万岁！"

"伊比利亚无政府主义联盟万岁！全国劳工联盟万岁！"他们在护墙后大吼着回应他，"无政府工团主义和自由万岁。"

"我们万岁。"安德雷斯大喊，"我们都万岁。"

"他是我们这边的，"炸弹分子说，"我差点就用这个干掉他了。"

他看看手里的手榴弹，又看着安德雷斯翻过护墙，大受感动。炸弹分子伸出胳膊拥抱他，手榴弹还抓在手里，刚好顶在安德雷斯的肩胛骨上，他亲吻了他的双颊。

"真高兴你没出事，兄弟。"他说，"我非常高兴。"

"你们长官在哪里？"安德雷斯问。

"这里我指挥。"一个男人说，"给我看看你的证件。"

他把东西拿进战壕，就着烛光查看。里面有一张折起来的方形丝绸，共和国旗帜的颜色，正中心盖着"S.I.M."字样的章，那是军事情报服务部的章。还有通行证，或者叫，安全通行许可，上面有他的名字、年龄、身高、出生地和任务，是罗伯特·乔丹开的，从他的笔记本上撕下的一张纸，同样盖上了"S.I.M."的橡皮图章。另外还有四张折在一起的纸，是给戈尔茨的急件，用绳子扎着，封了火漆，漆上印有"S.I.M."的钢印——那钢印就装在橡胶图章的木柄头上。

"这个我见过。"指挥岗哨那人说，把丝绸递回去，"你们都有，我知道。不过要没有这个的话，它证明不了什么，上面什么都没写。"他扬了扬通行证，又仔细读了一遍，"你在哪里出生的？"

"比利亚科内霍斯。"安德雷斯说。

"他们在那里种什么？"

"瓜。"安德雷斯说，"全世界都知道。"

"那里有谁是你认识的？"

"怎么？你也是从那儿来的？"

"不，不过我在那里待过，我是阿兰胡埃斯人。"

---

1. 即无政府主义者。

"随便问我个人。"

"说说何塞·林孔。"

"经营酒窖那个？"

"当然。"

"秃头，大肚子，一只眼斜视。"

"那就没错了。"那人说着，把文件还给他，"不过你们在他们那边做什么？"

"运动还没开始时，我们父亲把家安在了比利亚卡斯廷。"安德雷斯说，"就在山那边的平原上。运动刚开始时我们就在那里，都大吃一惊。从那以后我就加入巴勃罗的队伍战斗了。不过我很着急，伙计，要把信送到。"

"法西斯那边情况怎么样？"指挥的人问。他一点儿也不急。

"今天我们大干了一场。"安德雷斯自豪地说，"今天一整天公路上都尘土飞扬。今天，他们把'聋子'的队伍全部干掉了。"

"'聋子'是谁？"另一个人不以为然地问。

"山里最好的队伍的头儿。"

"你们应该全部到共和国来，加入军队。"那军官说，"关于这种蠢蛋游击队的废话太多了，没完没了。你们应该统统过来，服从我们自由主义者的指派。那样，等我们想派游击队出去的时候，就可以根据需要，让他们出去。"

安德雷斯这人几乎拥有超凡的耐心，他冷静地面对了穿过铁丝网的事，这套盘问一点儿也没让他发慌。他觉得很正常，这人大概完全不了解他们，也不明白他们做的事，他们指望他说起话来像个白痴，还指望一切都能慢悠悠地来。可现在，他想离开了。

"听我说，兄弟。"他说，"你说的多半都对。不过我有命令在身，要把这封急件送给指挥三十五师的将军，这个师天亮就要发起一场进攻，现在已经深夜了，我得走了。"

"什么进攻？关于进攻你知道什么？"

"不，我什么都不知道。但我必须马上赶到纳瓦塞拉达，到了那里还得继续往下走。能带我去见你们的指挥官，请他派交通工具送我赶紧过去吗？现在就叫个人，带我去向他汇报，一点儿也不能耽搁了。"

"我严重怀疑这一切。"他说，"也许在你靠近铁丝网时就给你一枪更好。"

"你已经看过我的文件了，同志，我也解释过了我的任务。"安德雷斯耐心地对他说。

"文件可以造假。"那军官说，"任何法西斯都可以编造这么一个任务。我要亲自带你去见指挥官。"

"好。"安德雷斯说，"你应该来。不过我们得走快点儿了。"

"你，桑切斯。你来负责我的位置，"军官说，"你清楚职责，不比我差。我带这个所谓的同志去见指挥官。"

他们开始顺着山峰背后浅浅的战壕往下走，黑暗中，安德雷斯闻到这些守卫者在山顶上留下的屎尿臭气，整片山坡，整片欧洲蕨地里都是。他不喜欢这些人，他们就像危险的孩子，肮脏邋遢，不守规矩，不讲纪律，和气可爱，愚蠢无知，可偏偏拿着武器，所以总是很危险。他，安德雷斯，不懂政治，只知道他支持共和国。他听过这些人谈话，很多次，觉得他们总是说得很漂亮、很好听，可他不喜欢他们。"连自己拉的屎尿都不埋，那不叫自由，"他想。"没什么动物比猫更自由，可它们会埋掉屎尿。猫是最好的无政府主义者。除非他们跟猫学学，否则我是没法尊重他们的。"

走在他前面的军官突然停下。

"你还带着你的卡宾枪。"他说。

"是。"安德雷斯说，"干吗不带？"

"给我。"军官说，"拿着它，你就可以在背后冲我开黑枪。"

"什么？"安德雷斯问他，"我干吗要从背后开你的黑枪？"

"这谁知道。"军官说，"我谁都不信。把枪给我。"

安德雷斯解下枪，递给他。

"你愿意的话，就拿着吧。"他说。

"这就好些了。"军官说，"这样我们都安全些。"

他们继续摸黑朝山下走去。

第三十七章

此刻，罗伯特·乔丹躺在姑娘身边，看着时间在手腕上流逝。它走得很慢，几乎察觉不到，因为这是一块小手表，他看不到秒针。可盯着分针时，他发现，一旦集中精神，也能大概看出它的移动。姑娘的头贴在他的下巴下，他转头看表时，能感到她毛茸茸的脑袋擦过脸颊，柔软，起伏间生气勃勃，丝绸一般柔滑，犹如貂毛随你的手掌轻抚而起伏，那是松开捕兽夹的时候，你拎出一只貂，抱着它，轻抚它的皮毛。当脸颊擦过玛利亚的头发，他喉头哽咽了；当伸出双臂环抱她，空虚的刺痛从他喉头升起，传遍全身。他垂着头，闭着眼，不看手表，不看那表盘上长矛所指、微光细闪、缓缓向左的挪移。

现在，他能看到它清楚而坚定地转动。

现在，他抱紧玛利亚，试图让它慢下脚步。

他不想吵醒她，可在这最后的时间里，他不能就这么让她独自度过。他把嘴唇贴到她耳后，沿着她的颈项挪动，感受光滑的皮肤和汗毛碰到唇上的轻柔触感。他能看到表针走动，于是将她抱得更紧，伸出舌尖，顺着她的面颊来到耳垂，顺着迷人的回旋来到甜美、坚实的耳廓顶端，他的舌尖在颤抖。他感到这颤抖随着空虚的刺痛流遍全身，他看到分针与顶上的时针形成了尖锐的夹角，还在往上爬。她还睡着，他拨转她的头，双唇贴上她的唇。它们停留在那里，只是轻触那睡梦中紧闭的嘴，他温柔地左右碾磨，感受轻轻刷过舌尖的触感。他翻身面对她，感到她修长、轻盈、可爱的身躯在颤抖。她轻叹一声，还睡着；反搂住他，依然睡着；然后，醒了，她的唇迎上了他的，热切、有力、坚实。

他说："可你会疼。"

她说："不，不疼。"

"兔子。"

"不，别说话。"

"我的小兔子。"

"别说话，别说话。"

于是，他们交融了。表针还在走，可现在，他看不到了。

他们知道，没什么是独属于一个人而另一个却无所知觉的，没什么比这更强烈。

他们知道，这就是一切，一直都是。

过去是，现在是，将来的一切都是。

这个，他们未曾奢求，却正拥有。他们现在有，从前有，一直有，就是现在，现在，现在。噢，现在，现在，现在，只有现在，最重要的是现在，现在没有别人，现在唯有你，现在，你是你的使者[1]。现在，永远的现在。来吧现在，现在，除了现在，再无现在。是的，现在。现在，请吧现在，只有现在，现在除了这个，再无其他，你在哪里，我在哪里，还有人在哪里，别问为什么，永远别问为什么，现在只有这个——继续下去，一直下去，就请一直停留在现在吧，一直是现在，因为现在永远只有一个——一个，只有一个，除了这个现在，没有别的，一个，延续的现在，升腾的现在，扬帆破浪的现在，渐渐离开的现在，车轮滚滚的现在，翱翔的现在，远去的现在，一路相伴的现在，所有一路相伴的现在——一加一是一，是一，是一，是一，还是一，还是一，是下沉的一，是温柔的一，是渴望的一，是仁慈的一，是快乐的一，是善良的一，是珍爱的一，是现在这个一，胳膊肘顶到了身下砍断的松枝，嗅到了松枝与夜的味道，现在，终于回到地面，白天的清晨就要到来。他开口道——其他话都在他的脑海里，一个字也没有说出来——"噢，玛利亚，我爱你，因为这个，我要感谢你。"

玛利亚说:"别说话,咱们都别说话,这样更好。"

"我必须告诉你,因为这是了不起的事。"

"不。"

"兔子……"

可她紧紧搂住他,头偏到一边。他柔声问:"疼吗,兔子?"

"不疼。"她说,"我又在光里了,这也是我要感激的。"

之后,他们静静躺着,并排,脚踝碰着脚踝,大腿贴着大腿,臀挨着臀,肩并着肩。罗伯特·乔丹留意着手表,现在他又看得见了。玛利亚说:"我们真是太幸运了。"

"是啊。"他说,"我们是幸运儿。"

"没时间睡觉了?"

"没了。"他说,"很快就要出发了。"

"必须起床的话,那我们去弄点吃的吧。"

"好。"

"你啊,你不担心吗?"

"不。"

"真的?"

"不担心,现在不担心。"

"那就是之前担心咯?"

"有一阵子。"

"有什么我能帮忙的吗?"

"不用了。"他说,"你帮得够多的了。"

"那个?那是为我自己。"

"那是为我们俩。"他说,"那不是一个人的事。来吧,兔子,我们把衣服穿上。"

可他的脑子——那是他最忠实的伙伴——还在想着"光"。她说"光",那不是英国人的"光彩",也不是法国人写或说的"荣光"。那是

"深沉之歌"和"赞歌"里的东西。[1] 是格列柯和圣十字若望[2] 所有的，当然，其他人也有。

我不是神秘主义者，可否认它是愚蠢的，就像否认电话的存在，否认地球围绕太阳转动，否认除此之外还有别的星球。

未知那么多，我们知道的那么少。我希望能长长久久活下去，而不是今天就死，因为，这四天让我学到了许多关于生命的东西——甚至，我想，超过了其他任何时候。我希望能活到老的那一天，真正了解生命。我想知道，如果一直学下去会怎样，还是说，每个人都只能学会一定数量的东西。我想，我明白了许多不曾知晓的东西。我希望能再多有些时间。

"你教了我很多东西，好姑娘。"他用英语说。

"你说什么？"

"我从你身上学到许多。"

"什么话，"她说，"你才是有学问的那个人。"

有学问，他想。我的学习才刚刚起步，微不足道的起步，非常小的起步。如果我今天死了，那就太可惜了，因为我刚刚知道了点儿东西。我想知道，人是不是只有在这种时候才能学会，因为时间不够了，你才变得特别敏锐？可是，哪有什么"时间不够"这种事。你早该有足够的脑子明白这一点儿。如果从来到这里算起，将

---

1. 均为弗拉明戈的音乐形式。"深沉之歌"是歌唱形式，完整保留了安达卢西亚民间音乐的形式，表达严肃、深沉的情绪，与"一般之歌""轻松之歌"对应；"赞歌"是宗教歌曲，如赞美诗，情绪强烈，多在大型公众场合演出。原文中玛利亚说的是"La Gloria"，除常规的"荣耀、光彩"之意以外，还特指基督教传统的仪式诗歌《光荣颂》，又称《大三一颂》。

2. 埃尔·格列柯（El Greco, 1541—1614），西班牙文艺复兴时期的画家、雕塑家与建筑家，出生于希腊克里特岛，作品多宗教题材，本名多米尼克·提托克波洛斯（Doménikos Theotokópoulos），此为外号，意思是"希腊人"。
圣十字若望（San Juan de la Cruz, 1542—1591），西班牙神秘学家，罗马天主教圣徒之一，公教改革的主要人物，其诗作和关于灵魂成长的研究著作被认为是西班牙神秘主义文学的顶峰和西班牙文学的巅峰之一。

山中的日子当作我的一生。安塞尔莫是我最老的朋友，我了解他，甚于了解查尔斯，了解查布、盖伊、麦克，虽然他们我都很了解。奥古斯丁，有一张臭嘴，是我的兄弟。我从没有过兄弟。玛利亚是我的真爱，我的妻子。我从没有过真爱，也从没有过妻子。她也是我的姐妹，我从没有过姐妹。是我的女儿，我永远不会有女儿了。我痛恨离开这么美好的一切。他系好了绳底帆布鞋。

"我发现生命很有意思。"他对玛利亚说。她在他身边，坐在睡袋上，双手抱着她的脚踝。有人掀了一下洞口的挂毯，他们都看到了光亮。现在还是夜晚，没有黎明将至的迹象，只是当他抬起头，却透过松枝间的空隙，看到，星星已经垂得很低了。这个季节里，黎明总是来得很快。

"罗伯托。"玛利亚说。

"在，好姑娘。"

"今天的事，我们会在一起，是吗？"

"开头不在一起，之后，是的。"

"开头不在一起？"

"不，你要和马待在一起。"

"我不能和你一起？"

"不行，我有任务，只有我能做，你在我会分心。"

"那你完成以后会很快过来？"

"非常快。"他说，在黑暗中咧嘴一笑，"来，好姑娘，我们去吃东西。"

"你的睡袋呢？"

"卷起来，如果你高兴的话。"

"我很高兴。"她说。

"我来帮你。"

"不，我自己来。"

她跪下来，摊开睡袋，刚卷好，又改了主意，站起身，一抖，重新展开。又跪下去，整理平整，再卷起来。罗伯特·乔丹捧起两个背包，小心翼翼地抱紧，免得东西从破口掉出来。他穿过松林，往洞口走去，洞口挂着那面烟熏火燎的毯子。他用胳膊肘推开毯子，走进山洞，顺便看了一眼手表，差十分三点。

第三十八章

人都在洞里，男人站在炉火前，玛利亚在扇火。皮拉尔已经煮好了一壶咖啡。从叫醒罗伯特·乔丹以后，她就压根儿没再回到床上，现在，洞里烟雾腾腾，她坐在凳子上，缝补乔丹的一个背包，另一个已经缝好了。火光照亮了她的脸。

"多吃点炖肉。"她对费尔南多说，"把肚子吃饱点又有什么关系？反正，就算被刺破肚皮，也没医生来动手术。"

"别说这种话，女人。"奥古斯丁说，"你还真是条臭婊子舌头。"

他挂着自动步枪，支架收着，紧贴在布满磨痕的枪管上，他的口袋里塞满了手榴弹，一边肩头挂着一包子弹盘，另一边挂着满满一条子弹带。他叼着一根香烟，一手端着碗咖啡，举碗就喝，烟喷在咖啡表面。

"你真是个行走的军火库。"皮拉尔对他说，"带着这些，你走不出一百码。"

"得了吧，女人。"奥古斯丁说，"都是下坡路。"

"去哨所要爬一段。"费尔南多说，"在开始下坡之前。"

"我会爬上去，像头山羊一样。"奥古斯丁说。

"你兄弟呢？"他问埃拉迪奥，"你那大名鼎鼎的兄弟溜掉了？"

埃拉迪奥靠墙站着。

"闭嘴。"他说。

他很紧张，也知道他们都清楚，行动前他总免不了紧张暴躁。他离开墙边，走到桌子跟前，伸手从倚在桌子腿上的驮篮里拿出手榴弹，塞进口袋，篮子上盖着生牛皮，现在敞开了口。

罗伯特·乔丹挨着他在驮篮旁蹲下。他伸手从篮子里捡出四个手榴弹，三个是椭圆形的米尔斯手雷[1]，铁壳，表面有齿轮，弹簧握片被保险销扣在原位，销上连着拉环。

"这些是哪儿来的？"他问埃拉迪奥。

"那些？共和国那边。老家伙带来的。"

"用着怎么样？"

"重，但是值得，很管用。"埃拉迪奥说，"个个都是宝贝。"

"那些是我带来的。"安塞尔莫说，"一包，有六十个，九十磅重，英国人。"

"你们用过吗？"罗伯特·乔丹问皮拉尔。

"什么话，我们用过吗？"女人说，"巴勃罗就是用这些干掉奥特罗的哨所的。"

她一提起巴勃罗，奥古斯丁就开始骂娘。罗伯特·乔丹眼看着火光映出皮拉尔脸上的神情。

"别说了。"她厉声对奥古斯丁说，"说这些没用。"

"它们都能炸吗？"罗伯特·乔丹握住一个上了灰漆的手雷，拇指指甲拨弄着保险销的弯头。

"都能。"埃拉迪奥说，"我们用过那么多，还没碰到过哑的。"

"多快炸？"

"落地就炸，很快，够快。"

"这些呢？"

他拿起一个汤罐头模样的手雷，上面用胶带缠着一个线圈。

"那是废物。"埃拉迪奥告诉他，"它们能炸，没错。可只有闪光，没有碎片。"

---

1. 广泛应用于一战期间，主要为英军装备，得名于其设计者、英国工程师威廉·米尔斯（William Mills, 1856—1932），该系列为第一代破片式手榴弹，靠弹射碎片伤人，呈椭圆形，又称蛋形或卵形手榴弹。

"那它们都能炸吗？"

　　"得了吧，还都能炸。"皮拉尔说，"没什么是个个都能炸的，不管我们的还是他们的。"

　　"可你说那种都能炸。"

　　"不是我说的。"皮拉尔对他说，"你问的别人，不是我。这些东西，不管哪种，我还没见过都能炸的。"

　　"它们都能炸。"埃拉迪奥坚持，"女人，说实话。"

　　"你怎么知道都能炸？"皮拉尔问他，"丢炸弹的是巴勃罗。你在奥特罗一个都没干掉。"

　　"那个臭婊子养的。"奥古斯丁又来了。

　　"别管那个了。"皮拉尔厉声道。回头继续说，"这些都差不多，英国人。不过有瓦楞的那种用起来更简单。"

　　我还是每样拿一个的好，罗伯特·乔丹想。不过带齿的那种更好扔，也更安全。

　　"你打算扔炸弹吗，英国人？"奥古斯丁问。

　　"干吗不呢？"罗伯特·乔丹说。

　　可他蹲在那里，挑拣着手榴弹，想的却是：那不可能，我怎么可以在这件事上自欺欺人，真不明白。他们打"聋子"时，我们就已经完了。就像雪一停，"聋子"就完了，一个样。只不过你不肯接受而已。你不得不继续，制定一个你明知道不可能实施的计划。你做好了计划，现在却知道，它一无是处。一无是处，现在，在清晨里看来。你可以凭着手头的资源拿下随便哪个哨所，绝对没问题。可没法把两个都拿下，我是说，你没法保证都能拿下。别骗自己，天就要亮了，别在这时候骗自己。

　　想把它们一起拿下，那是不可能的，巴勃罗从头到尾都明白这一点儿。我猜他一直都想溜，可"聋子"一被打，他就知道，我们成了砧板上的肉了。你不能把行动建立在假想上，假想奇迹会出现。要是拿不出比现在更好的方案，你会把他们统统害死，就连桥也炸不掉。你会害死皮拉尔、安塞尔莫、奥古斯丁、普里米蒂沃以及这个神经紧张的埃拉迪奥、没用的吉普赛人，还有老费尔南多，你还没法炸掉你的桥。你是不是还期望奇迹发生，期望戈尔茨接到了安德雷斯送的信，停止行动？要是奇迹没来，你这些命令会把他们统统害死。玛利亚也一样，你这些命令也会害死她。你就不能让她置身事外吗？该死的该下地狱的巴勃罗，他想。

不，别生气，生气和害怕一样糟。可这一夜，你该骑着马和那女人一起跑遍这整片山区，挖出足够的人手来实施行动，而不是和你的姑娘睡觉。没错，他想。可万一我出了事，就没法在这里准备炸桥了。没错，就是这个，这就是你不出去的原因。而且你也不能派人出去，无论是谁，因为你不能冒损失他们的风险，一个人都少不起了。你必须保护好手头的资源，利用它们，做个计划。

可你的计划烂透了，烂透了，我跟你说。那是个夜里的计划，现在是早上。夜里的计划在早上看来就是一无是处，你夜里的思路在早上就是一无是处。所以，现在你知道了，它一无是处。

约翰·莫斯比曾经侥幸做到的事又怎么样呢，不也和这个一样不可能？没错，他做到过，比这还要困难得多。记住，不要低估突袭的作用，记住这个。记住，如果你能撑下去，那不是笨。可这不是你设想的方式，你得完成任务，不能只是可能，必须肯定。可看看你失去的那些吧。好吧，一开始就错了，这种事就像在湿雪里滚雪球，只会让灾难越来越大。

他蹲在桌边，抬起头，看见玛利亚在对他微笑。他咧咧嘴，扯动脸皮回了个笑，又拣出四颗手榴弹，放进口袋里。"我可以把雷管拆出来，就用它们，"他想。"不过我不觉得碎片会碍事。炸药爆炸就是一瞬间的事，来不及把它们送出去。至少，我觉得不会，我肯定不会。有点儿信心，他告诉自己。昨天夜里，你不是还想着你和你祖父有多厉害，你父亲是个懦夫。现在，拿出点信心来吧。"

他又咧嘴冲玛利亚笑笑，可那笑还是没能深入皮肤下，他感觉得到，自己的颧骨和嘴都绷得紧紧的。

"她认为你很棒，"他想。"我认为你烂透了。那个光，还有你所有的那些废话。你有绝妙的主意，是吗？这个世界尽在你的掌握，是吗？统统见鬼去吧。”

放松，他告诉自己。

不要发怒。那也不过是一种发泄罢了，总有办法发泄的。你已经快要开始咬指甲了。没必要因为你快失控了，就否定现有的一切。不要像有些该死的蛇，脊梁一断就咬死自己——再说了，你的脊梁还没断呢，你这猎狗。

等着，不到受伤不要哭。等着，不到打仗不要发怒。打起仗来，有的是时间发怒。打仗时，这倒是能帮上你的忙。

皮拉尔拿着背包，向他走来。

“现在结实了。”她说，“这些手榴弹都非常好，英国人。你可以对它们有信心。”

“你感觉怎么样，女人？”

她看着他，摇摇头，微笑着。他很好奇，她脸上的笑究竟有多深，看起来很深。

“很好。”她说，“还算踏实。”

她挨着他蹲下，说：“这下真要开始了，你感觉怎么样？”

“我们人手很少。”

“我看也是。”她说，“太少了。”

接着，她自顾自地继续对他说：“玛利亚可以一个人看住马，用不着我。我们会把马都拴好，它们是战马，不会被枪炮声惊着。我去下面的哨所，负责巴勃罗那一摊。这样我们就多一个人了。”

“好。”他说，“我想过，你可能会考虑这么做。”

“不，英国人。”皮拉尔紧紧盯着他，说，“别担心，一切都会好的。记住，他们没想过会有这样的事。”

“是的。”罗伯特·乔丹说。

“还有一件事，英国人，”皮拉尔用她那粗哑嗓子以最轻柔的声音说，“关于手相的事……”

“什么手相的事？”他恼火地说。

"不，听我说。别生气，小伙子。关于手相那事儿，那全都是吉普赛人的胡说八道，我只是用它来假装自己很了不起。没那种事。"

"随它去吧。"他冷冷地说。

"不。"她说，声音嘶哑，却亲切和气，"那只是我编出来的胡话，我不希望你在战斗当天还要担心。"

"我没担心。"罗伯特·乔丹说。

"你有，英国人。"她说，"你非常担心，这是理所当然的。但都会好的，英国人。我们天生就是干这个的。"

"我不需要政委。"罗伯特·乔丹对她说。

她又对他展开一个微笑，唇很难看，嘴很宽，却笑得温柔、真诚。她说："我非常喜欢你，英国人。"

"我现在不想说这个。"他说，"不要你，也不要上帝。"

"好的。"皮拉尔嘶哑着声音，悄声说，"我知道。我只是想告诉你，别担心，我们会干得很漂亮。"

"为什么不呢？"罗伯特·乔丹说，牵动最最薄的一层面皮，笑了笑，"我们当然会，都会顺利的。"

"我们什么时候出发？"皮拉尔问。

罗伯特·乔丹看看表。

"随时。"他说。

他拎起一个背包，递给安塞尔莫。

"你怎么样，老伙计？"他问。

老人照着罗伯特·乔丹给的模型削了一堆楔子，手上是最后一个，马上就削好了。这些是额外多做的，留着备用。

"还好。"老人点点头，说，"到目前为止，非常好。"他伸出一只手。"看。"他笑着说。手非常稳。

"不错，那又怎样？"罗伯特·乔丹对他说，"我整只手也总是稳的。伸一个指头看看。"

安塞尔莫伸出一根手指，手指在发抖。他看向罗伯特·乔丹，摇摇头。

"我的也一样。"罗伯特·乔丹比给他看，"都这样。这很正常。"

"我不是。"费尔南多说。他伸出右手食指，给他们看，接着又换左手食指。

"你吐得出口水吗？"奥古斯丁问他，一边冲罗伯特·乔丹眨眨眼。

费尔南多清了清喉咙，骄傲地朝山洞地上唾了一口痰，然后伸脚擦掉。

"你这下流杂种，"皮拉尔对他说，"非要逼英雄的话，也吐到火里啊。"

"要不是我们马上就走了，我才不会吐在地上呢，皮拉尔。"费尔南多一本正经地说。

"那你今天吐痰可要小心了，"皮拉尔对他说，"说不定哪个地方就是你走不掉的。"

"这人说话活像个黑女巫。"奥古斯丁说。他太紧张，非得拿别人开开玩笑不可，虽说人人都这么想。

"我开玩笑的。"皮拉尔说。

"我也是。"奥古斯丁说，"可我真操他妈的，不过等行动开始我就痛快了。"

"吉普赛人在哪儿？"罗伯特·乔丹问埃拉迪奥。

"马那儿。"埃拉迪奥说，"你站在洞口就能看到他。"

"他怎么样？"

埃拉迪奥咧开嘴笑了。"怕得要死。"他说。说说别人有多害怕，也能让他安心。

"听着，英国人……"皮拉尔开了个头。罗伯特·乔丹看着她，就在这时，他看到她张大了嘴，脸上露出不可置信的表情，他飞快转身去看洞口，一边伸手拔枪。有人站在那里，一只手撩开毯子，肩头露出上了消焰器的自动短步枪枪口，是巴勃罗，又矮又壮，满脸胡茬，红着眼圈的小眼睛望过来，却谁也没看。

"你……"皮拉尔不可置信地对他说，"你。"

"是我。"巴勃罗平静地说，走进洞来。

"你好，英国人。"他说，"我从伊莱亚斯和亚列翰德罗那里带来了五个人，都有马。"

"起爆器和雷管呢？"罗伯特·乔丹说，"还有其他东西？"

"我扔进峡谷下面的河里了。"巴勃罗说，还是谁也不看，"不过我想过了，可以用手榴弹引爆。"

"我也想过了。"罗伯特·乔丹说。

"你有什么喝的吗？"巴勃罗疲惫地说。

罗伯特·乔丹把随身的酒壶递给他，他猛地灌几口，然后用手背一抹嘴。

"你怎么回事？"皮拉尔问。

"没什么。"巴勃罗说，又抹了下嘴，"没什么。我回来了。"

"可怎么回事？"

"没什么，我一时软弱了，就跑了，可我回来了。"

他转向罗伯特·乔丹。"我到底不是个懦夫。"他说，"我到底不是个懦夫。"

可你很是些其他玩意儿，罗伯特·乔丹想。你要不是才有鬼了。可我很高兴看到你，你这婊子养的。

"我从伊莱亚斯和亚列翰德罗那里能找来的就五个，再没有了。"巴勃罗说，"我离开这里后，一直骑着马跑。你们九个，怎么也不可能完成计划，绝对不行。昨晚上英国人说的时候我就知道了，绝对不行。光下面的哨所里就有七个人和一个下士，要是有警报装置呢，或者他们顽抗起来呢？"

现在，他直视着罗伯特·乔丹。"我走的时候想，你知道任务没可能完成，应该就会放弃了。可把东西丢掉以后，我换了个思路看这事。"

"我很高兴见到你。"罗伯特·乔丹说着，向他走过去，"用手榴弹没问题，能行，其他东西都不要紧。"

"不。"巴勃罗说，"我做的一切都不是为了你。你是带来厄运的人，这一切都是跟着你来的，'聋子'的事也是。可丢掉东西以后，我发现自己太孤单了。"

"你他妈的……"皮拉尔说。

"所以我去找其他人，让事情有点儿成功的可能。我能找到的都带来了，都是最棒的。我把他们留在上面，先来跟你们交待一下。他们以为我是头儿。"

"你是。"皮拉尔说，"只要你愿意。"

巴勃罗看着她，没说话。接着，他平静、直白地说："'聋子'那事过后，我想了很多。我相信，如果非得死，那我们就该死在一起。可你，英国人，这都是你带来的，我恨你。"

"可巴勃罗……"费尔南多开口了，他口袋里塞满了手榴弹，满满一条子弹带斜挎在肩头，现在还在拿面包擦盘子里的肉汁，"你不相信行动能成功吗？昨天晚上你还说你有信心。"

"再给他添点炖肉。"皮拉尔狠狠地对玛利亚说。转向巴勃罗后，目光立刻柔和了，"所以，你回来了，嗯？"

"是，女人。"巴勃罗说。

"很好，欢迎你。"皮拉尔对他说，"我一直觉得，你没有像表面上那样，真的废物到那个地步。"

"做过这种事之后的孤独感，叫人受不了。"巴勃罗平静地对她说道。

"受不了。"她模仿着他的口气，挖苦道，"你连十五分钟都受不了。"

"别挖苦我，女人。我已经回来了。"

"你也受到欢迎了。"她说，"我第一次说的时候你没听到吗？喝杯咖啡，然后我们就出发。老是像演戏一样，我厌了。"

"那是咖啡吗？"巴勃罗问。

"当然。"费尔南多说。

"给我倒点儿，玛利亚。"巴勃罗说，"你还好吗？"

他没有看她。

"很好。"玛利亚对他说，给他端来一碗咖啡，"要吃点炖肉吗？"巴勃罗摇摇头。

"我不想一个人。"巴勃罗接着对皮拉尔解释，就像其他人都不在似的，"我不喜欢一个人。明白吗？昨天一整天，我一个人待着，为大家忙活，我不觉得孤单。可昨天夜里。唉！那真是太糟了！"

"你的前辈，那个加略人犹大[1]，上吊了。"皮拉尔说。

"别这么对我说话，女人。"巴勃罗说，"你看不到吗？我回来了。别说什么犹大或这个那个的，我回来了。"

"你带来的那些人怎么样？"皮拉尔问他，"有没有带来些值得的？"

"都是好样的。"巴勃罗说。他趁机正眼看了看皮拉尔，很快又把视线转开了。

"好样的，而且没脑子。好汉子，还是笨蛋。准备好了送命什么的。合你的胃口，合你的胃口，你就喜欢这种。"巴勃罗又转眼看着皮拉尔，这次没再移开。他用那对小小的、红眼圈的猪眼睛，光明正大地一直看着她。

"你啊，"她说，粗哑的声音又变温柔了，"你啊。我想，一个人有过的东西，永远都会在。"

"聪明。"巴勃罗说，现在是毫不掩饰、光明正大地看着她了，"无论今天怎样，我准备好了。"

"我相信你是真的回来了。"皮拉尔对他说，"我相信。可是，天哪，你走过多大一段弯路啊。"

"你的酒再借我喝一口。"巴勃罗对罗伯特·乔丹说，"然后，我们就出发吧。"

---

1. 传说出卖耶稣者，本是耶稣十二门徒之一，"犹大"因此成为叛徒的代名词，但《圣经》中不止一个犹大，因此通常加上诨名"加略人"予以限定。该诨名可能源自其出生地，但并无定论。

第三十九章

他们摸黑穿过树林，向山顶的狭窄隘口爬去。

每个人都背着沉重的装备，爬得很慢。

马也驮着东西，鞍上堆得满满的。

"必要时，我们可以卸掉这些东西。"皮拉尔说了，"不过如果能带着，有了它们，我们就能再建一个营地。"

"剩下的弹药呢？"打包行李时，罗伯特·乔丹问过。

"在鞍袋里。"

罗伯特·乔丹感受着背包沉甸甸的分量，外套口袋里塞满了手榴弹，坠着他的脖子，手枪的分量压在他的大腿上，后裤袋里塞着冲锋枪弹夹，鼓鼓囊囊的。

他嘴里还留着咖啡的味道，右手提着冲锋枪，左手往上拽着夹克领子，免得背包带勒得太厉害。

"英国人。"黑暗中，巴勃罗靠上前来，走在他旁边，说。

"什么事，伙计？"

"我带来的这些人觉得，因为是我带队，所以事情一定能成。"巴勃罗说，"别说任何会让他们幻灭的话。"

"好。"罗伯特·乔丹说，"那我们就来把事干成吧。"

"他们有五匹马，你懂吗？"巴勃罗小心地说。

"很好。"罗伯特·乔丹说，"我们把马都归到一起。"

"好。"巴勃罗说，没再多说话。

我不认为你曾在去往大数[1]的路上有过什么充分的交谈，老巴勃罗，罗伯特·乔丹想。不，你能回来已经是奇迹了。我看，要封你为圣徒都完全没有问题。

"我带这五个人对付下面的哨所，就照之前'聋子'的计划。"巴勃罗说，"我会切断电线，然后按我们商量的，撤回桥上集合。"

十分钟前我们刚把这些过了一遍，罗伯特·乔丹想。真不知道现在干嘛要说这个……

"去格雷多斯应该是可行的。"巴勃罗说，"真的，我都考虑过了。"

我敢肯定，就在刚刚那几分钟里，你脑子里闪过的是其他东西，罗伯特·乔丹暗想。你又得到新启示了，但你不会来说服我，被诱惑的我。不，巴勃罗，别要求我相信太多。

从巴勃罗走进山洞，说他带来五个人开始，罗伯特·乔丹的感觉就越来越好。再次见到巴勃罗，这打破了自下雪以来就笼罩着任务的阴云，巴勃罗的归来并没让他觉得转了运，因为他不相信运气，但整件事确实在向好的方向转变，现在，有可能完成任务了。他不再认为失败是注定的，感到信心开始渐渐滋长，就像有个小打气筒，慢慢往轮胎里打进空气。一开始没什么不同，但毕竟开始了，打气筒刚开始工作时，轮胎的橡胶皮只是微微蠕动，可现在，就像涨潮，或树根向上输送汁液一样，源源不绝，直到之前被否认的恐惧重新出现，可这恐惧常常在行动前变成真正的喜悦。

这是他最大的天分，是令他得以适应战争的才能，是藐视却不忽视一切坏结果的能力。这种品质之前被摧毁了，因为替他人承担了太多责任，因为必须接受糟糕的计划或错误的设想。这种情况造成的坏结果，这种失败，是不能被忽视的。这不是只危及本人那么简单，那种是可以忽视的。他知道自己算不了什么，他知道死亡算不了

---

1. 今译塔尔苏斯，位于今土耳其，是圣保罗的出生地。圣保罗（扫罗）原是迫害耶稣信徒的人，后路遇耶稣显圣，与之交谈，转而信奉基督。但据《圣经·新约·使徒行传》记载，显圣发生在他前往大马士革途中，之后，他因传道遭迫害，才返回大数。

什么。他真切地知道这一点儿，就如真切地知道其他任何事一样。最近几天里，他学到了，自己，加上另一个人，可以等于一切。但心底里，他知道，这是例外。"我们拥有的这个，"他想。"在这件事上，我是最幸运的人。也许，我能得到，就是因为从未要求。这是夺不走也丢不掉的。但已经结束了，完成了，现在是早上，现在该做的，是我们的工作。"

还有你，他告诉自己，真高兴看到你把之前丢干净的，又找回来了一些。可那会儿你真是糟糕啊。有一阵子，我真为你感到羞耻。不过我就是你。我也没有任何立场来评判你。我们都很糟糕，你和我，我们俩。来吧。别像个精神分裂症患者似的。一次一个人，从现在开始。现在你恢复正常了。可听着，这一整天，你都绝不能想那姑娘。现在，除了让她置身事外，你没别的办法保护她，而这正是你在做的。如果你相信那些暗示的话，显然，马是够了。你能为她做的最好的事，就是利落、漂亮地完成工作，然后撤走，想她只会妨碍你。

所以，绝不要再想她。

想明白这点，他便停下来等玛利亚，等到她和皮拉尔、拉斐尔还有马一起跟上来。

"嗨，好姑娘。"他在黑暗中对她说，"你怎么样？"

"我很好，罗伯托。"她说。

"什么都不要担心。"他对她说，把枪换到左手，空出一只手，按着她的肩膀。

"我不担心。"她说。

"一切都计划得很周全。"他对她说，"拉斐尔会和你一起，负责看马。"

"我更想和你一起。"

"不，看好马就是你最大的贡献。"

"好吧。"她说，"那我就去。"

就在这时，一匹马嘶叫起来，小路下面的开阔地里有马在回应，声音透过岩石堆传来，马嘶声越来越高，变成了急促刺耳的咴咴颤叫。

眼看新来的马都往黑暗中冲去，罗伯特·乔丹赶紧奋力上前，和巴勃罗一起追上它们。前面有人，就站在他们的马旁。

"你好。"罗伯特·乔丹说。

"你好。"他们在黑暗中回答。他看不见他们的脸。

"这就是跟我们一起行动的英国人。"巴勃罗说，"爆破手。"

没人出声，也许他们在黑暗中点头了吧。

"出发吧，巴勃罗。"一个人说，"一会儿太阳就要照到我们身上了。"

"你带多的手榴弹了吗？"另一个人问。

"多的是。"巴勃罗说，"离开那些牲口时再分给你们。"

"那就走吧。"又一个说，"我们在这里等了半个晚上了。"

"你好，皮拉尔。"另一个对跟过来的女人说。

"这要不是佩佩的话，就杀了我好了。"皮拉尔嘎声说，"你怎么样，牧羊人？"

"很好。"那人说，"稳当得很。"

"你骑的什么马？"皮拉尔问他。

"巴勃罗的灰马。"那人说，"真是匹好马。"

"快点，"另一个人说，"走吧。在这里闲聊可没好处。"

"你怎么样，埃利西奥？"皮拉尔对他说，他正翻身上马。

"我能怎么样？"他粗鲁地说，"快点，女人，我们有活儿要干。"

巴勃罗骑上枣红大马。

"都闭嘴，跟我走。"他说，"我带你们去放马的地方。"

第四十章

在罗伯特·乔丹睡着时，在他制定炸桥计划时，在他和玛利亚一起时，安德雷斯的进展很慢。抵达共和国防线之前，他迅速穿过山野，越过法西斯防线，任何同样体魄强健、熟悉地形的乡下人在夜里赶路，都不会比他走得更快。可自从进入共和国防线，进展就很慢了。

理论上，他只要出示罗伯特·乔丹给他的安全通行证和急件——上面都盖着军事情报服务部的章——就会以最快速度被直接送到目的地。

可他先是在第一关碰到个小队指挥官，自以为聪明，对整个任务大加怀疑。

他跟着这个小队指挥官到营部，在那里，营长听了他的解释，非常热情。这位营部指挥官——他名叫戈麦斯，运动开始前是个理发师——大骂小队指挥官愚蠢，拍拍安德雷斯的背，递给他一杯难喝的白兰地，对他说，他本人，原理发师，一直想成为一名游击队员。随后，他叫醒副官，交待他坐镇营部，又让勤务兵去叫醒他的摩托车驾驶兵，通知他过来。戈麦斯没有打发安德雷斯跟着驾驶兵去旅部，而是决定亲自送他，以确保事情迅速推进。他们一路咆哮，在布满弹坑的山路上颠簸着冲向山下，安德雷斯紧紧抓着面前的座椅。两行大树夹道而行，摩托车前灯照亮了刷白的树干底部，白色部分和树皮上满是伤痕，那是在运动的第一个夏天里，被子弹和弹片划破或撕裂的。他们转进一个屋顶残破的山间疗养所，旅部就在里面。戈麦斯像个泥地赛车手似的一踩刹车，把摩托靠在墙上，那里有个哨兵，睡着了，直到戈麦斯从他身边挤进大房间时才醒过来。房间墙上挂满了地图，一名军官坐在办公桌前，桌上放着一盏台灯、两部电话和一份《工人世界》。那军官戴着副绿色护目镜，昏昏欲睡。

军官抬头看看戈麦斯，说："你来这里做什么？没听说过有种东西叫电话吗？"

"我必须见中校。"戈麦斯说。

"他在睡觉。"军官说，"隔着一英里，我就看到你的摩托车灯一路晃下来。你是想挨一炮吗？"

"打电话给中校。"戈麦斯说，"这件事极其严重。"

"他在睡觉，我跟你说过了。"军官说，"跟你一起来的是什么恶棍土匪？"他冲安德雷斯扬一扬下巴。

"他是从那一边来的游击队员，有极其重要的急件要送给戈尔茨将军，他负责指挥拂晓时在纳瓦塞拉达的进攻。"戈麦斯兴奋地说，很认真，"看在上帝份上，把中校叫起来。"

军官抬起他绿色赛璐珞镜片下那双无精打采的眼睛，看看他。

"你们都疯了吧。"他说，"我不知道什么戈尔茨将军，也不知道什么进攻。带上这个冒险家回你的营部去。"

"我说，把中校叫起来。"戈麦斯说。安德雷斯看到，他的嘴抿得死紧。

"操你的吧。"军官懒洋洋地对他说，转过身去。

戈麦斯从枪套里拔出他那柄沉甸甸的9毫米星式手枪，猛地顶上军官肩膀。

"叫醒他，你这法西斯混蛋。"他说，"叫醒他，要不我就杀了你。"

"冷静点。"军官说，"你们这些野蛮人全都那么冲动。"

台灯照在戈麦斯脸上，安德雷斯看见上面写满了憎恨。可他只是说："叫醒他。"

"勤务兵。"军官喊，声调轻蔑。

一个士兵进门，敬个礼，又出去了。

"他和他未婚妻在一起，"军官说，继续读报纸，"他肯定会很高兴见你。"

"就是你这种人在妨碍我们赢得这场战争。"戈麦斯对这位参谋说道。

军官没理他。读了会儿，他自言自语似的发表评论："这还真是份古怪杂志！"

"那你干嘛不去读《辩论报》？那才是你要看的报纸。"戈麦斯对他说，那是运动前最主要的天主教保守派机关报，就在马德里发行。

"别忘了我是你的长官，我要是打份报告的话，还是有分量的。"军官眼皮也不抬地说，"我从来不看《辩论报》，别乱泼脏水。"

"是啊，你看《阿贝赛报》[1]嘛。"戈麦斯说，"军队就是被你这种人搞腐败的，就是你这种专业人士。但不会永远这样。我们夹在愚昧无知和冷嘲热讽的人中间，可我们会教育第一种人，消灭第二种人。"

"你说的那个词叫'清洗'。"军官说，依旧没有抬眼，"这报纸上说，你那些大名鼎鼎的俄国人在大肆清洗。这年头，他们清洗得比泄盐还厉害。"

"什么词都行。"戈麦斯激昂地说，"什么词都行，总之就是把你这种人清算掉。"

"清算，"军官高傲地说，自言自语一般，"又是一个新词，一点儿卡斯蒂利亚[2]味儿都没有。"

"那就说'枪毙'。"戈麦斯说，"这是卡斯蒂利亚词，听得懂了？"

"懂，伙计，不过别这么大声嚷嚷。除了中校，营部里还有其他人在睡觉呢，我已经厌倦你的激情了。这就是我总是自己刮胡子的原因。我从来不喜欢这种聊天。"

---

1. 即《ABC》报，为西班牙历史最悠久的日报之一，1903年于马德里创刊。1936年内战爆发后，马德里的报社被人民阵线占领，报纸转而改变政治主张，支持第二共和国。同时，塞维利亚分社仍坚持原有主张，支持国民军。

2. 卡斯蒂利亚语即现在的标准西班牙语。

戈麦斯看着安德雷斯，摇摇头。他的眼睛闪亮，有点儿湿，也许是因为愤怒和憎恨。可他摇摇头，什么也没说，像是都先攒着，等待某个时刻到来。这一年半来，他攒了很多，也晋升到了瓜达拉马山区的营长。这时，中校穿着睡衣走进房间，他把自己拽直，立定，敬礼。

米兰达中校是个面色灰白的矮个子，一辈子都待在军队，在摩洛哥得了胃病，同时失去了马德里的妻子的爱，当发现自己没法与妻子离婚（恢复消化能力从来就不是问题）后，他变成了共和党人，以中校军衔投身内战。他只有一个志向，那就是在同样的军衔下结束战争。他把瓜达拉马山区守得滴水不漏，一心只想待在这里，打退一切来犯之敌。他觉得战争大大改善了自己的健康，也许是因为不得不大量减少肉食，他囤了大堆小苏打，晚上喝威士忌，去年七月，其他姑娘几乎都跑去当民兵时，他二十三岁的情人有了孩子。此刻，他走进房间，点头回应戈麦斯的敬礼，伸出一只手。

"你怎么来了，戈麦斯？"他问，接着转向办公桌前的军官，那是他的首席作战指挥员，"请给我根雪茄，佩佩。"

戈麦斯向他出示安德雷斯的证件和急件。中校飞快地扫了一眼通行证，看向安德雷斯，点头笑一下，又匆匆看了看急件。他伸出食指摸摸火漆印，便把安全通行证和急件都还给了安德雷斯。

"山里过得很苦吧？"他问。

"不，我的中校。"安德雷斯说。

"他们告诉你哪里离戈尔茨将军的指挥部最近吗？"

"纳瓦塞拉达，我的中校。"安德雷斯说，"那个英国人说，应该在纳瓦塞拉达附近，就在战线后面。"

"什么英国人？"中校冷静地问。

"跟我们一起的英国人，是个爆破手。"

中校点点头。不过是这场战争中的又一桩稀罕事罢了，突然冒出来，反正也说不清楚。"跟我们一起的英国人，是个爆破手。"

"最好还是你带他去，戈麦斯，骑摩托去。"中校说，"给他们开一份师部通行证，高等级的，我来签字。用打字机打，佩佩。详

414

细信息在这儿。"他示意安德雷斯把安全通行证递过去，"盖两个章。"他转向戈麦斯，"今晚你会需要非常有力的东西。这是对的，准备进攻时要特别小心。我尽可能给你最管用的。"接着又转向安德雷斯，非常和气地说，"需要什么吗？吃的或者喝的？"

"不用了，我的中校。"安德雷斯说，"我不饿。在前一个指挥部里时，他们给了我一杯白兰地，再喝我就要头晕了。"

"你过来的时候，有没有在我的防线对面看到什么行动或动静？"中校客气地问安德雷斯。

"和平时一样，我的中校。很平静，很平静。"

"我三个月前是不是在塞尔塞迪利亚见过你？"中校问。

"是的，我的中校。"

"我想就是。"中校拍拍他的肩，"你和老家伙安塞尔莫在一起。他怎么样？"

"他很好，我的中校。"安德雷斯告诉他。

"很好，真高兴听到这个。"中校说。军官把打好的文件送过来，他通读一遍，签上名字。"你们现在就得动身了，赶紧。"他对戈麦斯和安德雷斯说。"骑车小心。"他对戈麦斯说，"打亮车灯，一辆摩托不会有什么麻烦，千万小心。代我问候戈尔茨将军同志，我们上次碰面还是在佩格里诺斯那场仗之后。"他跟两人握了握手。

"把文件收好，放在衬衫里面。"他说，"骑摩托车风很大。"

他们离开后，他走到柜子前，拿出一个玻璃杯和一瓶酒，为自己倒了些威士忌，又从墙边放在地上的陶罐里倒了些水，兑进酒里。然后，端着酒杯，站在墙上的大地图前，慢慢地啜着威士忌，研究在纳瓦塞拉达以北乡间发动进攻的可能性。

"真高兴是戈尔茨负责，不是我。"最后，他对坐在办公桌前的军官说。军官没答话。中校从地图上转开目光，看向军官，发现他已经睡着了，头埋在胳膊上。中校走到办公桌边，把两部电话往中间一推，夹住军官的头，一边一部。然后，他走到酒柜边，再为自己倒了一杯威士忌，兑上水，回到地图前。

戈麦斯驾着摩托狂飙，安德雷斯紧紧抓住座椅，埋着头，避开迎面吹来的风。摩托车大声轰响，跟随车灯向前，灯光劈开黑暗，照亮乡间道路，两旁，白杨树高大的黑影勾勒出前方的道路轮廓。此时，路钻进了旁边河床上升起的雾气中，灯光变得暗淡昏黄，随着道路攀升，才艰难地一点点儿清晰起来。前面就是交叉路口了，车头灯照出大块大块的灰影，那是山上下来的空卡车。

　　黑暗中，巴勃罗勒住缰绳，翻身下马。他们全都下了马，罗伯特·乔丹听到嘎吱嘎吱的声响和粗重的呼吸声，一匹马甩了一下头，辔头叮当作响。他闻到马的味道、新加入的那群人身上隔夜的汗酸味、山洞这群人身上的柴火烟熏味和尿臊味。巴勃罗就站在他旁边，他闻到糟烂的葡萄酒味，带着铜腥气，就像铜币放进嘴里的感觉。他点燃香烟，一只手环成杯状，挡住烟头的火光，深深吸了一口。这时，他听到巴勃罗非常小声地说："皮拉尔，等我们拴马时，你把那袋手榴弹拿着。"

　　"奥古斯丁，"罗伯特·乔丹压低了声音，说，"现在，你和安塞尔莫跟我去桥那里，那袋机枪子弹盘在你那里吗？"

　　"在。"奥古斯丁说，"怎么会不在？"

　　罗伯特·乔丹走到皮拉尔身边，她正在普里米蒂沃的帮助下卸马。

　　"听着，女人。"他柔声说。

　　"怎么？"她哑着嗓子低声说，从马肚子下抽出一个系带钩。

　　"除非听到手雷落地，否则不能对哨所发起攻击，你明白吧？"

　　"这话你跟我说过多少次了？"皮拉尔说，"你越来越像个老女人了，英国人。"

　　"只是再确认一下，"罗伯特·乔丹说，"干掉哨所后，你们回到桥上，负责掩护公路上段和我的左翼。"

　　"你第一次说我就明白了，一直都很明白。"皮拉尔悄声对他说，"忙你的事去吧。"

"听到轰炸声之前，谁也不能行动，不能开枪，不能丢手榴弹。"罗伯特·乔丹柔声说。

"别再烦我了。"皮拉尔恼火地低声说，"在'聋子'那里我就知道了。"

罗伯特·乔丹走向巴勃罗，他正在拴马。"只是防备它们可能受惊。"巴勃罗说，"这样拴，一拉就开了，看到了？"

"很好。"

"我会教那姑娘和吉普赛人怎么拴马。"巴勃罗说。新来的人自己聚在一边，倚着他们的卡宾枪。

"大家都明白了？"罗伯特·乔丹问。

"有什么不明白的？"巴勃罗说，"端掉哨所，割断电话线，回桥上。掩护桥，等你炸掉它。"

"轰炸开始之前，什么都不要做。"

"就是这样。"

"那好，祝好运。"

巴勃罗嘟哝了一声，然后说："我们撤回时，你会用那挺机枪和你的小机枪掩护好我们吧，嗯，英国人？"

"从一开始。"罗伯特·乔丹说，"直到最后。"

"那么，"巴勃罗说，"就没什么了。不过到时候你一定要非常小心，英国人。要不是非常小心的话，这事儿不容易。"

"我会亲自负责机枪。"罗伯特·乔丹对他说。

"你很有经验吧？我可不想挨奥古斯丁的枪子儿，他可是满肚子好心哪。"

"我很有经验，真的。要是奥古斯丁负责另外一挺机枪的话，我会看着他，不让他打到你。让他往高处打，往上，往上。"

"那就没什么了。"巴勃罗说。接着，他压低了声音，像说悄悄话一样，"马还是不够。"

这狗娘养的，罗伯特·乔丹想，要不就是他觉得我没听懂他头一次说的话。

"我走路。"他说，"马是你们的。"

"不是，能空出一匹马给你的，英国人。"巴勃罗悄声说，"我们都会有马骑。"

"那是你的问题。"罗伯特·乔丹说，"不用算上我。你的新机枪弹药够吗？"

"够。"巴勃罗说，"那个骑兵身上的都拿上了。我只打了四发子弹，试试枪。昨天在高山上试的。"

"我们这就走了。"罗伯特·乔丹说，"我们必须早点就位，埋伏好。"

"我们也就走了。"巴勃罗说，"好运，英国人。"

真好奇这王八蛋在谋划些什么，罗伯特·乔丹心里说。不过我很肯定我猜到了。好了，那是他的事，不是我的。感谢上帝，我不认识这些新来的人。

他伸出手，说："好运，巴勃罗。"两只手在黑暗中握了握。

伸手时，罗伯特·乔丹做好了准备，也许会像抓到某种爬虫，或是摸到麻风病人的手。他不知道巴勃罗的手摸起来是什么感觉。可黑暗中，巴勃罗的手有力地握住他的，坦率，利落，他回握住他的。黑暗中，巴勃罗的手很好，握着它，让罗伯特·乔丹心生异样，那是他在这个早晨里最奇特的感受。"我们现在必须是盟友了，"他想。盟友之间总是有那么多手要握。别说什么装模作样，亲吻两边脸颊的事。真高兴我们用不着这么做。我猜所有盟友都一样。事实上，他们都是彼此憎恨的。可这个巴勃罗是个怪人。

"好运，巴勃罗。"他用力握了握这个奇怪、坚定、有决心的手，说，"我会掩护好你，别担心。"

"我很抱歉拿走了你的东西。"巴勃罗说，"你懂我说的什么。"

"可你带来了我们需要的。"

"我没有因为这座桥的事怪你，"巴勃罗说，"我看事情能成。"

"你们两个在干什么？成同性恋了？"皮拉尔突然从黑暗中冒出来，站在他们旁边说，"你就缺这个了。"她对巴勃罗说："走啦，英国人，趁这家伙还没偷走你剩下的炸药，快点结束你们的道别。"

"你不懂我，女人。"巴勃罗说，"英国人和我互相都懂。"

"没人懂你。上帝不懂，你妈也不懂。"皮拉尔说，"我也不懂。走了，英国人。跟你的黄毛丫头道个别就走吧。操你大爷，我开始怀疑你是事到临头开始心虚了。"

"你他妈的。"罗伯特·乔丹说。

"你就没有妈。"皮拉尔乐呵呵地低声说，"现在，走吧，我等不及要开始行动了，赶快干完，带上你的人走。"她对巴勃罗说："谁知道他们的决心能坚持多久呢？你那里面有两个家伙，我可不想为他们赔上你。带上他们走。"

罗伯特·乔丹背上背包，走到马群边找玛利亚。

"再见了，好姑娘。"他说，"咱们很快就见面了。"对于眼前的一切，他有一种不真实的感觉，仿佛这些话他之前都说过，又仿佛眼前是一列即将启程的火车，尤其像火车，他就站在站台上。

"再见，罗伯托。"她说，"千万小心。"

"当然。"他说。他低下头吻她，背包从后背滑向他的头，推着他的额头，狠狠撞上了她的。这时候，他知道，同样的事情曾经发生过。

"别哭。"他说，手足无措，不光因为背后的重量。

"我没哭。"她说，"快点回来。"

"听到开火时，别担心。交火应该会很激烈。"

"不担心，只是你要快些回来。"

"再见了，好姑娘。"他笨拙地说。

"保重，罗伯托。"

罗伯特·乔丹第一次坐火车是去上学，在雷德洛奇上车，坐到比灵斯，再转车到学校。从那以后，他再也没有过这样青涩的感觉。那时，他害怕离开，却不想让任何人知道，他站在站台上，即将踩着踏脚箱登上硬座车厢的台阶，列车员很快就要收起踏脚箱了，父亲亲吻他，同他道别，说："在我们分离期间，愿上帝保佑你我。"他父亲是个非常虔诚的信徒，这话说得恳切、真挚。可他动了情，胡子潮乎乎的，眼睛也湿了。罗伯特·乔丹被祈祷者那湿乎乎的虔诚声调和父亲的吻别弄得分外尴尬，以至于，突然觉得自己比父亲年长很多，正为他感到难过，因为他几乎无法承受离别。

火车开动后，平稳的"哐哧哐哧"声带着他渐渐走远。他站在车尾平台上，看着车站和水塔越来越小，铁轨被一个个"结"系得越来越紧，向着远处的顶点收缩，车站和水塔就是顶点，只剩下小小的轮廓。

司闸员说："看来你父亲很舍不得你走啊，鲍勃。"

"是的。"他说，看着三齿蒿从道基两侧掠过，它们生长在电线杆之间，电线杆横穿过河边尘土飞扬、曲曲折折的道路。

他在找雌艾草松鸡。

"你不介意去那么远上学？"

"不。"他说。那是真的。

之前，不是真的。那一刻，是的。现在也是，只有此刻，这个环节，他感到如当年火车开动前一般的青涩。此刻，他只觉得非常青涩，手足无措，他的道别，就像校园男孩向年轻女孩道别一样，站在走廊上，不知道该不该亲吻女孩。很快，他明白了，让他手足无措的不是道别，而是接下来的交锋。他对接下来的交锋感到无措，道别只是其中一部分。

你又来了，他对自己说。不过，我猜，没人不觉得他太年轻了，没法完成这件事。他不想分辨那是什么。得了，他告诉自己。得了，你的第二童年[1]还早着呢。

"再见，好姑娘。"他说，"再见，兔子。"

"再见，我的罗伯托。"她说。他朝安塞尔莫和奥古斯丁站着的地方走去，说，"我们走。"

安塞尔莫把他沉甸甸的背包甩上肩。奥古斯丁从山洞出来就是全负荷，这会儿正靠在树上，自动步枪横在他的背包顶上。

---

1. 亦指年迈昏聩。

"好。"他说，"我们走。"

他们三个迈步朝山下走去。

"祝你好运，罗伯托先生。"三人排成一列穿过树林，经过费尔南多身边时，他说。费尔南多蜷坐在地上，离他们经过的地方还有一点儿距离，但他说得非常真诚。

"你也好运，费尔南多。"罗伯特·乔丹说。

"你什么事都好运。"奥古斯丁说。

"谢谢你，罗伯托先生。"费尔南多说，没搭理奥古斯丁的打岔。

"那家伙是个天才，英国人。"奥古斯丁低声说。

"我相信。"罗伯特·乔丹说，"我能帮你吗？你背得快赶上一匹马了。"

"我没事。"奥古斯丁说，"伙计，我只是很高兴，我们开始了。"

"小点声。"安塞尔莫说，"从现在开始，要少说话，声音要轻。"

他们小心翼翼地往山下走，安塞尔莫打头，奥古斯丁排第二。罗伯特·乔丹小心地落脚，免得滑倒。他感觉着帆布鞋底下枯死的松针，中途一脚绊在树根上，一只手向前伸出，摸到自动步枪枪管上冰冷的金属头和折起的三角支架。后来，他侧过身子往下走，脚下一滑，犁过森林地面，左手伸出，摸到了树干上粗糙的树皮，他努力撑住身子，手掌碰到一块光溜的地方，掌根沾上黏糊糊的松脂，有人曾在那里刻下标记。他们顺着长满树木的陡坡下山，走向桥的上方，是罗伯特·乔丹和安塞尔莫第一天侦察的地方。

现在，安塞尔莫在一棵松树旁停下，黑暗中，他捏了捏罗伯特·乔丹的手腕，悄声说，声音低得乔丹几乎听不见："看，火盆里有火。"

脚下有一点儿光亮，罗伯特·乔丹知道，那是桥和公路相交的地方。

"这就是我们侦察的地方。"安塞尔莫说。他拉着罗伯特·乔丹的手，按到树干低处，摸到一个新鲜的小标记。"这是我的记号，在你侦察那会儿做的。往右是你打算架机枪的地方。"

"我们就架在那里。"

"好。"

他们卸下背包，放在树干背后，两人跟着安塞尔莫往侧面走，那里长着一丛幼松。

"是这里了。"安塞尔莫说，"就是这里。"

"天亮以后，从这里，"罗伯特·乔丹蹲在小树丛后，悄声对奥古斯丁说，"你会看到这边的桥头和一小段公路。还有整座桥和另一头的一小段公路，之后公路就绕到岩石后面去了。"

奥古斯丁没吭声。

"我们去做爆破准备时，你就趴在这里，不管上面还是下面有动静，立刻开枪。"

"那个火光是什么地方？"奥古斯丁问。

"这边桥头的岗亭。"罗伯特·乔丹悄声说。

"谁来对付哨兵？"

"老家伙和我，就像我跟你说过的那样。不过，要是我们对付不了他们，你就得开枪打死岗亭里的人，把看得到的统统干掉。"

"是，这个你说过。"

"爆炸之后，巴勃罗的人会从那边过来，要是有人追击他们，你一定要放过他们，开枪打后面的人。看到他们以后，你一定要对着他们头顶上方开枪，无论如何，不能让其他人过来。明白了吗？"

"怎么不明白？你昨天夜里就说过了。"

"还有什么问题吗？"

"没有。我有两个麻袋，我可以去上面挖土，不会被看到，装满再搬到这里来。"

"只要不在这里挖就行。你一定要藏好，像我们在山顶那样。"

"不会，我趁着天黑就把土都带下来了。你瞧着吧，我会弄好的，一点儿都看不出来。"

"你离得非常近，知道吧？天一亮，下面能把这个树丛看得清清楚楚。"

"别担心，英国人。你去哪儿？"

"我就在下面，很近，带着我自己的轻机枪。老家伙现在就要穿过峡谷，准备对付那头的岗亭，它对着另一头。"

"那就没什么了。"奥古斯丁说，"好运，英国人。你有烟吗？"

"不能抽烟，太近了。"

"不抽，只叼在嘴里，回头再抽。"

罗伯特·乔丹把烟盒递给他，奥古斯丁抽出三支，插进他那顶牧人鸭舌帽的帽舌里。他展开三角支架的腿，把枪口藏在小松树间，然后开始摸索着拆包，把东西都放在顺手的位置上。

"没问题了。"他说，"好了，没问题了。"

安塞尔莫和罗伯特·乔丹留下他，回到放背包的地方。

"这两个包放哪里最稳当？"罗伯特·乔丹悄声说。

"我觉得就这里。不过你只有轻机枪，从这里对付岗哨，有把握吗？"

"这里肯定就是我们那天待的地方？"

"就是这棵树。"安塞尔莫说，声音低得乔丹几乎听不见，他知道他光出声，没动嘴，第一天他也是这么说话的，"我用刀刻了个记号。"

罗伯特·乔丹又有那种感觉了，所有这些都曾经发生过，只是这一次，这感觉来自他自己的重复提问和安塞尔莫的回答。跟奥古斯丁也是这样，那人问了个关于哨兵的问题，他明明知道答案。

"够近啦，其实有点儿太近了。"他悄声说，"不过太阳从我们背后照过来，在这里没问题。"

"那我现在就过峡谷，到那一头就位了。"安塞尔莫说。然后，他说，"再跟我说一遍，英国人，好确保不出错，免得我犯傻。"

"什么？"他轻轻吐气。

"只是重复一遍，确保我能严格执行任务。"

"我开枪，你就开枪。干掉你那边的人以后，过桥来找我。我会把背包拿下去，你就照我说的，把炸药放好，我会一步一步告诉你。

如果我出了任何事，你就照我给你演示过的，自己干完它。不要急，把事情做好，都用木头楔子楔紧，把手榴弹捆紧。"

"我都清楚了。"安塞尔莫说，"都记住了，我这就走了。天亮以后，英国人，要藏好。"

"开枪的时候，"罗伯特·乔丹说，"找个支撑点，要打得非常准。别把他们当成人，就当成靶子，没问题吧？别看整个人，就盯着一点儿打。打肚子正中——要是他面对你的话。要是转过身去，就打后背中段。听着，老伙计。我开火的时候，要是对方坐着，不管跑还是蹲下，他都得先站起来。就抓住那个时候开枪。要是他一直坐着，就直接开枪。不要等，但要瞄准，距离要在五十码以内。你是猎人，没问题的。"

"我会执行你的命令。"安塞尔莫说。

"是的，这就是我的命令。"罗伯特·乔丹说。

"真高兴我还记得说这是命令，"他想。"这能帮他解脱一点儿，减轻一点儿负罪感。不管怎么说，我希望有用，多少有点儿用。第一天他就跟我说过关于杀人的问题，是我忘了。"

"这就是我的命令。"他说，"现在，去吧。"

"我走了。"安塞尔莫说，"回头见，英国人。"

"回头见，老伙计。"罗伯特·乔丹说。

他想起父亲，在火车站那湿漉漉的告别，他没有说保重、再见、好运，或任何诸如此类的话。

"枪膛里的油都擦掉了吧，老伙计？"他悄声说，"这样才不会打飞。"

"在洞里时，"安塞尔莫说，"我拿通条把它们都清理过了。"

"那么，回头见。"罗伯特·乔丹说。老人转身离开，绳底帆布鞋下悄无声息，飞快地在树林间穿梭。

罗伯特·乔丹躺在铺满松针的森林地面上，侧耳细听风来时松枝的第一声摇晃，风总是随着黎明到来。他退出轻机枪的弹夹，试着前后推拉保险栓。然后，调转机枪，就这么开着保险栓，摸黑把枪口凑到唇边，冲着枪管里吹了吹，舌头碰到了枪膛边缘，那金属感觉油腻腻的。他把枪横在小臂上，这么做，是为了确保没有松针或杂物掉进去。他用大拇指把弹夹里的子弹一颗一颗退出来，放在面前摊开的手帕上。在黑暗中摩挲过每一颗子弹，拈在指间转一转，再一颗一颗揿回弹夹里。现在，手中的弹夹又有了分量。他重新把它推进轻机枪里。罗伯特·乔丹趴在松树背后，枪横在他的左前臂上，眼睛盯着下面的一星火光。有时，火光会消失不见，他就知道，岗亭里的人转到火盆前面了。罗伯特·乔丹趴在地上，等待天亮。

第四十二章

当巴勃罗骑着马从山里返回山洞，当队伍下山到达下马步行的地点时，安德雷斯还在拼命往戈尔茨的指挥部赶。他们转上通往纳瓦塞拉达的主干道，下山返程的卡车也都是走这条路，路口有个检查站。戈麦斯掏出米兰达中校开的安全通行证，出示给检查站的卫兵，卫兵打开手电筒，照着看了看，又亮给身边另一个卫兵看，然后递回来，敬了个礼。

"过吧。"他说，"继续。不过别打灯。"

摩托车重新咆哮起来。安德雷斯抓紧前座，他们沿着公路向前，戈麦斯小心地在来往车辆中穿梭。卡车都没亮灯，排成长长一列，一路向下开去。也有满载的卡车往上走。每辆车都卷起尘土，黑暗中，安德雷斯什么都看不见，只能感觉到，尘土好像云团般迎面扑来，牙齿间都是沙沙的土。

他们贴近一辆卡车的后挡板，摩托车发出阵阵轰响，戈麦斯加速，超过它，再超一辆，再一辆，又一辆，其他卡车在他们左侧，隆隆向下开去。他们后面来了一辆汽车，在卡车的隆隆声和飞扬的尘土中拼命鸣笛，电喇叭响了又响。接着，车灯突然亮起，照出沉甸甸黄色云团般的飞尘，在换挡的尖声抱怨和喇叭的命令、威逼、恐吓声中，滚滚涌过他们身边。

这时，前面的卡车都慢慢停了下来。他们继续前进，一路越过医疗车、军官轿车、一辆装甲车，接着又一辆，第三辆，所有车都停着，像笨重的金属海龟，枪口支棱着，趴在热腾腾却已渐渐止歇的飞尘中。他们看到了另一个检查站，那里出了车祸。一辆卡车减速时，跟在后面的车没反应过来，一头撞上了它的车尾，装着轻型武器弹药的箱子在公路上散了一地，一个箱子摔破了。当戈麦斯和安德雷斯停下来，推车穿过停下的车辆，上前出示安全通行证时，安德雷斯几乎是踩着满地成千上万的黄铜子弹走过去的。第二辆车的散热片完全撞碎了。第三辆车顶住了它的后挡板。再往后，被堵住的车足有一百多辆。一个穿高筒靴的军官正顺着公路往后跑，冲着司机大喊倒车，好腾出位置，让他们把撞坏的卡车弄到路边去。

卡车太多了，根本没法倒车，车队还在不断加长，除非军官跑到队尾，拦住后来的车。安德雷斯看着他往后跑，跌跌撞撞，拿着手电筒，叫喊着，咒骂着。黑暗中，卡车还在源源而来。

检查站的人没把安全通行证还给他们。那里有两个人，背上挎着来复枪，手里拿着电筒，也在大声喊叫。拿着他们通行证的那个横穿过马路，拦住一辆下山的卡车，交待司机，到下一个检查站时，告诉他们，拦住所有卡车，等这里疏通了再放行。卡车司机听完，开走了。检查站的巡查兵走了回来，仍然抓着安全通行证，冲东西掉了满地的卡车司机大喊。

"别管它了，看在上帝的份上，往前开，让我们把路通了！"他对司机大叫。

"我的传动器撞坏了。"司机说，他在车尾，正弯着腰查看。

"去他妈的传动器。我说，走。"

"差速器坏了就走不了。"司机对他说，又弯下腰去。

"那就自己拖，开走，这样我们才能把那辆该死的车从路上弄开。"

检查站的人拿着手电筒照了照被撞碎的卡车尾部，司机闷闷地看着他。

"往前走，往前走。"那人叫道，手里还抓着安全通行证。

"我的证件。"戈麦斯对他说，"我的安全通行证。我们很急。"

"拿着你的安全通行证见鬼去吧。"那人说，把证件递给他，又赶紧跑过马路，去拦住一辆往下开的卡车。

"到路口掉头，开到前面，去将这辆破车拖开。"他对司机说。

"我的命令是……"

"去他妈的你的命令，照我说的做。"

司机一挂挡，径直沿着公路开下去，消失在滚滚烟尘里。

戈麦斯发动摩托车，越过撞坏的卡车，开到公路右手边，现在，那一侧是通畅的。安德雷斯再次抓紧了座位。这时，他看到检查站的卫兵拦下另一辆卡车，司机从驾驶座里探身出来，正听他说话。

他们飞驰在公路上，公路平稳地向高山上攀爬。所有上山的车都被堵在检查站了，只有下山的卡车从他们左侧掠过，掠过，掠过。摩托车保持着飞快的车速，一路往上，直到赶上前一拨上山的车队——它们在车祸前就过了检查站。

他们又超过了四辆装甲车，仍然没开车灯，然后是一长列卡车，满载着士兵。士兵们在黑暗中沉默着，一开始，安德雷斯只是经过时能感觉到，他们就在自己头顶上方，隔着漫天尘土，只是一团团的影子。后来，另一辆指挥部的军官车从后面赶上来，按着喇叭，车灯一闪一闪，每次车灯亮起，安德雷斯就能看到那些士兵，头戴钢盔，来复枪竖着，机枪指向漆黑的天空，灯一灭，这一切便立刻消失在夜色中。有一次，他离一辆运送士兵的卡车很近，灯光闪过时，他看见他们脸上还挂着悲伤，被突然出现的灯光照得僵住了。

他们头戴钢盔，坐在黑夜的卡车上，赶去执行某项只知道是"攻击"的任务，黑暗中，每个人的问题都写在他们的脸上，灯光暴露了他们，那是白天看不到的，他们羞于向彼此展露，直到枪炮炸响，攻击开始，到那时，就没人顾得上他们的脸了。

安德雷斯从他们身边经过，一辆卡车，又一辆卡车，戈麦斯仍然成功保持在后面那辆轿车前头，丝毫没有想过他们的脸这种问题。他想的只是，"多好的军队，多好的装备，多么机械化。上啊伙计们！瞧瞧这些人，我们这儿有共和国的军队。瞧瞧他们，一辆重卡接一辆重卡。穿上制服，看着全都那么整齐，头上全都戴着钢盔。瞧瞧竖在卡车上的那些自动武器，那是对付飞机的。瞧瞧这支军队，建得多好！"

摩托车沿着公路不断向上爬，经过满载士兵的高大灰色卡车，有高大的方形驾驶舱和丑陋的方形散热器的灰色卡车，顶着漫天飞尘和后面军官轿车上一明一灭的车灯，车灯扫过卡车后挡板，照到灰扑扑的卡车车身侧面，照亮了军队的红星标志。他们越过一辆辆卡车，一直向上爬，气温越来越冷，道路开始出现转弯和之字弯，卡车发出超负荷的刺耳声响，灯光闪过时，有车上冒出了蒸汽，摩托车也疲惫了，这一路爬上来，安德雷斯一直牢牢抓着前面的座椅，他想，这一段摩托之旅真是够了，够了。他以前从没坐过摩托车，现在，他们却夹在调集的军队中爬山，这支军队即将发起一场进攻。这一路爬上来，他知道了，想及时赶回去，参加对哨所的攻击，是不可能的了。在这样一场军事调动和混乱状态中，他明晚能回得去就算是好运气。他从没见过一场进攻，没见过任何进攻前的准备，这一路上，他都在为这支共和国军队的规模和武力而惊叹。

现在，他们来到一段长长的坡道，公路笔直爬上陡峭的山坡，坡非常陡，临近坡顶时，戈麦斯叫他下车，两人一起推着摩托车攀上了最后一段陡坡。刚翻过坡顶，左侧便出现了一条环道，汽车可以在这里掉头。一座高大的石头房子矗立在夜空下，投下拉长的巨大黑影，门前灯光闪烁。

"我们去问问司令部在哪儿。"戈麦斯对安德雷斯说。大石头房子的门关着，门口站着两名卫兵，他们骑上摩托车，驶到门前。戈麦斯刚把摩托车靠在墙边，门开了，灯光从屋里透出来，一个身穿皮衣的摩托车手走出来，肩上背着个急件包，屁股上挂着一把木柄毛瑟手枪，套着枪套，直晃荡。灯光消失后，他摸黑在门边找到了他的摩托车，推出来，"噗噗"地发动起来后，轰鸣着消失在公路上。

戈麦斯在门边跟一名卫兵说话。"戈麦斯上尉，六十五旅的。"他说，"能告诉我在哪里能找到戈尔茨将军的指挥部吗？他指挥三十五师。"

"不是这里。"卫兵说。

"这里是哪里？"

"指挥部。"

"什么指挥部？"

"哎，就是指挥部。"

"什么的指挥部？"

"你是什么人，问这么多？"黑暗中，卫兵对戈麦斯说。在这山口之巅，星光把夜空照得格外明亮，没有了飞扬的尘土，哪怕在黑暗中，安德雷斯也能看得清清楚楚。他们脚下，公路向右转去的地方，他清楚地看到卡车和汽车驶过天际线的轮廓。

"我是六十五旅第一营的罗赫略·戈麦斯上尉，我问的是，戈尔茨将军的指挥部在哪里。"戈麦斯说。

卫兵把门推开一点儿。"叫卫兵班长来。"他对里面喊道。

就在这时，一辆指挥部的大轿车爬上了公路弯道，转过弯，朝这座大石头房子开过来。安德雷斯和戈麦斯站在门边等卫兵班长。轿车径直对着他们开到门口，停下。

车后座下来了一个大块头男人，上了年纪，身体沉重，戴一顶超大号贝雷帽，法国军队里轻步兵戴的那种，他身穿大衣，手拿一个地图匣子，大衣外面系着一把手枪。和他一起下车的，还有两个穿国际纵队制服的男人。

他用法语——安德雷斯听不懂，戈麦斯以前是理发师，也只知道几个单词——对司机说，让他把车从开走，停进车房。

同两名军官一起进门时，灯光照亮了他的脸，戈麦斯认出来了。他在政治集会上见过他，还常常读他发表在《工人世界》上的文章，都是从法语翻译过来的。他认出了他浓密的眉毛、水汪汪的灰色眼睛、他的下巴和垂下的第二重下巴，他知道他是一个伟大的法国当代革命家，曾领导法国海军在黑海发动兵变。戈麦斯知道，这个人在国际纵队里有很高的政治地位，他知道，这个人一定清楚戈尔茨的指挥部在那里，能直接送他过去。可他不知道，这人被时光改造成了什么模样，无论家庭还是政治上，都饱尝失望痛苦，抱负早已被消磨，向他提问，对任何人来说，都是最危险的事。戈麦斯对此一无所知，他走上前，拦住这人的去路，握紧拳头向他敬礼，说："马蒂同志，我们是送信人，有急件要送给戈尔茨将军。你能告诉我们他的指挥部在哪里吗？事情很紧急。"

高个子的胖老人脑袋往前伸出，看向戈麦斯，用那双水汪汪的眼睛仔细打量他。即便在这里，光秃秃的电灯泡灯光下，在干爽的夜晚，刚刚坐着一辆敞篷车到来，他灰白的脸依然透着腐朽的神气。这张脸，看上去活像是个模型，原料来自从老掉牙的狮子爪下掏出的废品。

"你有什么，同志？"他问戈麦斯，说的是西班牙语，带着浓重的加泰罗尼亚口音。转头瞥了一眼旁边的安德雷斯，滑过他，转回戈麦斯身上。

"一封给戈尔茨将军的急件，要送到他的指挥部去，马蒂同志。"

"哪里发来的，同志？"

"法西斯的后方。"戈麦斯说。

安德烈·马蒂伸出手，索要急件和其他文件。只扫过一眼，就都塞进了自己口袋里。

"逮捕他们两个。"他对卫兵班长说，"搜他们的身，等我派人来叫就送过来。"

带着口袋里的急件，他大步走进石头房子里。

警卫室外，卫兵在搜戈麦斯和安德雷斯的身。

"那人怎么回事？"戈麦斯对一个卫兵说。

"他是个疯子。"卫兵说，"他疯了。"

"不，他是个非常重要的政治家。"戈麦斯说，"他是国际纵队的总政委。"

"就算这样，他还是个疯子。"卫兵班长说，"都一样，疯了。你们在法西斯后方做什么？"

"这位同志是那里来的游击队员。"戈麦斯对他说，那人正在搜他的身。"他带来了一封给戈尔茨将军的急件。麻烦把我的证件收好，小心钱和系着绳子的那颗子弹。那是我第一次在瓜达拉马受伤时从伤口里取出来的。"

"别担心。"那位班长说，"所有东西都放在这个抽屉里。你干吗不来问我戈尔茨在哪里？"

"我们试过了。我问那个卫兵，他就叫了你。"

"可接着你就跑去找那个疯子问路。无论是谁，无论什么事，都不该问他，他是个疯子。你的戈尔茨就在上面，沿着公路再走三公里，在右边森林里的石洞里。"

"你现在不能放我们去找他吗？"

"不行，我会掉脑袋的。我必须把你们送到疯子那里去。再说，他还拿着你的急件呢。"

"能找谁说说吗？"

"可以。"班长说，"只要看到有权限的人，我就立刻告诉他。所有人都知道他疯了。"

"我一直以为他是个伟大的人物。"戈麦斯说，"是法兰西的荣光之一。"

"他也许是荣光或者其他什么的。"那班长说着，伸手按上安德雷斯的肩膀，"可他疯得像只臭虫。他热爱枪毙人。"

"真的枪毙？"

"如你所闻。"班长说，"那老家伙比黑死病杀死的人还多，比黑死病杀死的还多。可他不像我们，他不杀法西斯，根本不杀。不开玩笑，他专杀少数派，专杀少数派，托洛茨基派，异见分子，任何一种珍稀动物。"

安德雷斯完全听不懂这段话。

"在埃斯科里亚尔时，因为他，我们不知道枪毙了多少人。"班长说，"我们总在往外派行刑队。国际纵队不肯杀他们自己的人。特别是法国人。为了避免麻烦，总是我们来干这事。我们枪毙法国人，枪毙比利时人，枪毙其他各个国籍的人，各种各样。他热爱枪毙人，总是因为政治上的事。他疯了，清洗起来比洒尔佛散[1]还厉害。他清

---

1. 最早的治疗梅毒的特效药，也是第一种现代化疗药物。

洗得比洒尔佛散还厉害。"

"那你会把急件的事告诉某个人吧？"

"是的，伙计，肯定。这两个旅的人我都认识，人人都要经过这里。我连高层的俄国人都认识，虽说他们没几个能说西班牙语。我们不会让这个疯子杀西班牙人的。"

"可要紧的是急件。"

"急件也一样，别担心，同志。我们知道怎么对付这个疯子，他只会危害他自己的人，我们现在吃透他了。"

"把两个犯人带进来。"安德烈·马蒂的声音传来。

"想喝点东西吗？"班长问，"想喝一口吗？"

"干吗不？"

班长从壁橱里拿出一瓶茴香酒，戈麦斯和安德雷斯都喝了。班长也喝了，他伸手一抹嘴。

"走吧。"他说。

他们走出警卫室，肚子里的茴香酒在燃烧，温暖着他们的嘴、他们的肚子和他们的心。他们走过门厅，走进房间，马蒂坐在一张长桌后面，面前摊着他的地图，手里拿着他的红蓝铅笔，他就靠这个扮演将军。对安德雷斯来说，这只是又一次罢了。今晚已经有太多次了，总是有这么多。如果你的证件没问题，你的心脏没问题，那就没危险。最后，他们会放了你，你会继续上路。可英国人说过，要快。现在，他知道，他绝不可能赶回去炸桥了，可他们还有一份急件要送，坐在桌子边的这个老家伙，却把急件揣到了自己口袋里。

"站在那里。"马蒂说，眼皮也没抬。

"听着，马蒂同志。"戈麦斯爆发了，茴香酒催化了他的愤怒，"今晚，我们被一个无政府主义者的无知阻拦过，又被一个官僚法西斯的懒惰耽误过。现在呢，又来了个共产党的过度多疑。"

"闭上你的嘴。"马蒂说，眼皮也没抬，"这不是开会。"

"马蒂同志，这是极端紧急的事。"戈麦斯说，"重要性极高。"

陪同他们进来的班长和士兵津津有味地看着这一幕，仿佛眼前正在上演一幕戏，他们看过许多遍，可高潮总能令他们陶醉。

"样样事都紧急。"马蒂说，"所有事都重要。"这次，他抬头看他们了，手里拿着铅笔。"你怎么知道戈尔茨在这里？在进攻前夕，跑来单单点名找一个将军，你知道是多严重的事吗？你怎么知道有这么个将军在这里？"

"你来，跟他说。"戈麦斯对安德雷斯说。

"将军同志，"安德雷斯开口道——军衔错了，安德烈·马蒂没有纠正他——"我是在战线那一边接下的信……"

"战线那一边？"马蒂说，"没错，我听他说了，你是从法西斯那边过来的。"

"信是一个叫罗伯托的英国人交给我的，将军同志，他是爆破手，来跟我们一起准备为这场进攻炸桥。明白了？"

"继续你的故事。"马蒂对安德雷斯说——用了"故事"这个词，就像说，你在说谎、编假话或捏造事实。

"好吧，将军同志，英国人叫我以最快速度把信送到戈尔茨将军手上。他今天要在这一带山区发动进攻，我们唯一要求的，只是立刻把信送到他手上，如果你愿意的话，将军同志。"

马蒂又摇起他的头来。他望向安德雷斯，却没有看他。

戈尔茨，他想着，交织着恐惧与兴奋，就像听到商业对手死于一场特别恶性的车祸，或某个你憎恨却从未怀疑过他正直人品的人突然被判了挪用公款罪。那个戈尔茨也该是他们中的一个。那个戈尔茨，竟这么明目张胆地和法西斯有联系。那个他认识将近二十年的戈尔茨；那年冬天在西伯利亚和鲁卡茨一起劫黄金火车的戈尔茨；抗击高尔察克的戈尔茨，在波兰作战，在高加索作战，在中国作战。从运动后的第一个十月以来，在这里作战。可他和图哈切夫斯基走得很近，跟伏罗希洛夫，也是。可跟图哈切夫斯基，还有谁？在这里，跟哈尔科夫，当然，还有鲁卡茨。不过所有匈牙利人向来都是阴谋家。他恨高尔，戈尔茨恨高尔。记住这个。拿笔记下来。戈尔茨一直都恨高尔，不过他喜欢普茨。记住这个，杜瓦尔是他的参谋长。瞧瞧那都酿

435

成了什么后果，你听过他说科皮克是个傻瓜。那是决定性的，那是事实存在。现在，又有了这个，从法西斯那边来的急件。只有把这些腐枝烂叶都剪掉，树才能保持健康生长。腐败一定会表现出来，因为那是要被摧毁的。

可偏偏是戈尔茨，那个戈尔茨竟是个叛徒。他就知道，任何人都不能相信，任何人，绝不。你的妻子不行，你的兄弟不行，你的老同志不行，谁都不行，绝对不行。

"把他带走。"他对卫兵说，"小心看管。"班长看看士兵。就马蒂的表现而言，这是相当温和了。

"马蒂同志，"戈麦斯说，"别发疯。听我说，我是忠诚的军官和同志。这封急件必须立刻送出去，这位同志带着它穿过了法西斯的防线，来送给戈尔茨将军同志。"

"带他们出去。"马蒂对卫兵说，很和气。如果有必要清洗掉他们，身为一个人，他为他们感到遗憾。可让他心情沉重的，是戈尔茨的悲剧。竟然是戈尔茨，他想。他要立刻把这桩通法西斯事件告诉瓦尔洛夫。不，还是亲自把信送到戈尔茨本人手里，看看他的反应，这样更好。就这么干。如果戈尔茨是其中一员，他怎么能肯定瓦尔洛夫就不是？不行，这事得非常小心。

安德雷斯转向戈麦斯，"你是说，他不把急件送出去？"他问，一副不可置信的样子。

"你看不出来？"戈麦斯说。

"我操你妈！"安德雷斯说，"你个疯子。"

"没错。"戈麦斯说，"他疯了。你这个疯子！听啊！疯子！"他冲着马蒂大叫，后者已经弯下腰，抓着他的红蓝铅笔，又开始研究地图了。"听我说啊，你这个疯子杀人犯！"

"带他们出去。"马蒂对卫兵说，"他们罪过太大，自己脑子都错乱了。"

班长记得这句话，他听过。

"你这个疯子杀人犯！"戈麦斯咆哮道。

"臭婊子养的！"安德雷斯对他说，"疯子。"

这个人的愚蠢激怒了他。既然是个疯子，就该像疯子一样被干掉。从他口袋里把急件掏出来。该死的，让这个疯子下地狱去吧。西班牙人的暴烈怒火冲破了他一贯的冷静与好脾气，爆发出来。有短短一瞬，他失去了理智。

卫兵带走了戈麦斯和安德雷斯，马蒂一直盯着他的地图，悲哀地摇着头。卫兵很开心听到他挨骂，可总的说来，他们对这场表演很失望。他们欣赏过精彩得多的表演。安德烈·马蒂不介意人们骂他。结果就是，太多人都骂过他。站在"人"的立场，他总是真心为他们感到遗憾。他总这么告诉自己，这是他最后的真情实感，属于他自己的真情实感已经不多了，这算其中之一。

他坐在那里，胡髭和眼睛都聚焦在地图上，聚焦在他从没真正看懂过的地图上，在棕色的等高线轮廓上，等高线画得很清晰，同心扩散，像蛛网一样。从等高线上，他能分辨出高地和山谷，却从来没能真正明白，为什么要是这个高地、那个山谷。只不过，在总参谋部里，凭着政治委员制度，他可以以国际纵队政治首脑的身份指手画脚。他会伸出手指，随手点一个棕色细线环住的、带编号的地方，那地方周围都是绿色，代表丛林，有公路线穿过，公路跟曲曲折折的河流平行，每一道河弯都绝非随意形成。他会说，"这里。这里是薄弱点。"

高尔和科皮克，都是有抱负、有政治觉悟的人，他们会表示赞同。于是，接下来，那些从没见过这张地图的人就要出发，只知道个山头编号，便离开待命点，在指定地点挖掘壕沟，爬上山坡，踏上他们的死路，也可能被架在橄榄园里的机枪拖住，一步也爬不上去。换个阵地，他们或许能轻松些，但结果没什么不同。不过，要是马蒂在戈尔茨的参谋部里伸出手指指点地图，那位头上有疤、脸色苍白的将军就会绷紧了下颌，心想："我真该一枪崩了你，安德烈·马蒂，赶在你那根腐烂的灰色指头点在我的等高线图上之前。你真他妈该下地狱，狗屁不通，偏还要指手画脚，害死了那么多人。那天真他妈是个该死的日子，他们用你的名字给拖拉机厂、村子、合作社命名，搞得

437

你还成了个我碰不得的标志。滚蛋吧，到其他地方去猜疑，去忠告，去干涉，去声讨，去屠杀，别来我的参谋部捣乱。"

可戈尔茨不能这么说，他只能往后一仰，跟那具向前倾的庞大身躯、那伸出的手指、水汪汪的灰色眼睛、花白的胡髭和臭烘烘的呼吸拉开距离，说："是的，马蒂同志。我看到了。不管怎么说，那地方不好打，我不同意。你大可以试试看，对我进行思想审查，只要你乐意。是。你可以把它变成个党派事件，就像你说的。不过，我不同意。"

所以，现在，安德烈·马蒂就坐在他的地图跟前忙碌，光秃秃的电灯悬在他头顶，直接照在光秃秃的桌面上，超大号贝雷帽被往前压了压，遮在眼睛上方，他拿着进攻命令的油印副本，吃力地对照着地图，一点点儿试图把它们弄明白，就像参谋学院里正在完成功课的年轻军官。他参与战争了。在他心目中，指挥军队的人，是他——他有权干预，他相信，这就是参与指挥了。所以他坐在这里，口袋里揣着罗伯特·乔丹给戈尔茨的急件，戈麦斯和安德雷斯等在警卫室里，罗伯特·乔丹趴在桥上的林子里。

如果安德雷斯和戈麦斯没有被安德烈·马蒂阻挠，能够顺利推进，也很难说，这份任务会有什么不同的结果。前线上，没人有足够的权限取消进攻。为了它，机器已经开动太久，没法在这时突然停下。所有军事行动，无论规模大小，想要启动，都得克服巨大的静止惯性。可一旦启动，开始运转，要阻止它就几乎和启动一样困难。

而这个夜晚，这老人顶着他压低的贝雷帽，静静坐在桌前，对着他的地图。门开了，哈尔科夫——那位俄国记者——走了进来，身边还有两个平民打扮的俄国人，身穿皮外套，头戴帽子。在他们身后，卫兵班长不情不愿地关上房门。

在说得上话的人里，哈尔科夫是他能最快找到的。

"马蒂同志[1]。"哈尔科夫说，语调一贯地客气、傲慢、含混不清，微笑着，露出一口坏牙。

---

1. 原文为俄语。

马蒂站起身。他不喜欢哈尔科夫，可这位来自《真理报》[1] 的哈尔科夫可以直接与斯大林对话，是眼下西班牙境内最有分量的三个人之一。

"哈尔科夫同志。"他说。

"你在规划进攻？"哈尔科夫傲慢地说，冲着地图点了点头。

"我在研究。"马蒂回答。

"是你负责进攻？还是戈尔茨？"哈尔科夫心平气和地问。

"我只是个人民委员，你知道的。"马蒂对他说。

"不。"哈尔科夫说，"你太谦虚了，你其实是个将军，你有你的地图和望远镜。啊，你不是当过舰队指挥官吗，马蒂同志？"

"我是枪炮军士长。"马蒂说。这是谎话。在那场兵变中，他只是个首席文书。可如今，他却认为，一直认为，自己是枪炮军士长。

"啊，我还以为你是一级文书呢。"哈尔科夫说，"我老是把事情弄错，这是记者的毛病。"

另外两个俄国人没有参与对话。他们正越过马蒂的肩膀，看着地图，不时用他们自己的语言发表一下意见。除了刚开始的问候，马蒂和哈尔科夫一直在说法语。

"最好别在《真理报》上把事情弄错了。"马蒂说。他这话说得莽撞粗暴，为的是让自己重新鼓起劲来。哈尔科夫总能戳破他。用法语来说，叫"dégonfler"，泄气。马蒂忧心忡忡，被他弄得满心疑虑。哈尔科夫一开口，他就很难再记得，他，安德烈·马蒂，来自法国共产党中央委员会，是多么重要的大人物。也很难记得，他是不可触犯的。哈尔科夫似乎总能轻易触犯他，随时随地。现在，哈尔科夫就在说："发稿给《真理报》之前，我通常都会核实。在《真理报》上，我总是很精确的。告诉我，马蒂同志，你有没有听说过一封信，给戈尔茨的，来自我们在塞哥维亚方向活动的一支敌后游击队？那里有位美国同志，名叫乔丹，我们应该都听说过。有报告说，那边的法西

1.《真理报》（*Pravda*），苏联共产党党报，1912年正式创刊，是当时其国内影响力最大的报纸，苏联解体后，经转售成为私营报纸。

斯防线内发生了交火冲突。他应该已经送信出来给戈尔茨了。"

"美国人？"马蒂问。安德雷斯说的是英国人。所以，事情原来是这样。所以，他弄错了。话说回来，这些笨蛋为什么会找上他啊？

"是的。"哈尔科夫轻蔑地看着他，"一个年轻美国人，政治觉悟不高，但很会跟西班牙人打交道，在敌后游击队干得不错。急件给我，马蒂同志。已经耽误得够久了。"

"什么急件？"马蒂问。

这么说太蠢了，他知道。可他没办法这么快就承认自己错了，说上这么一句，多少也能拖延片刻，晚些蒙受羞辱。

"你口袋里的急件，乔丹小伙儿给戈尔茨的。"哈尔科夫咬着他那一口烂牙，说。

安德烈·马蒂伸手到口袋里，掏出急件放在桌上。他死死盯着哈尔科夫的眼睛。很好。他错了，对此无能为力，可他不接受任何羞辱。"还有安全通行证。"哈尔科夫轻声说。

马蒂把它放在急件旁边。

"班长同志。"哈尔科夫用西班牙语喊。

班长推门进来。他飞快瞄一眼安德烈·马蒂，后者瞪着他，像一头被猎犬赶入绝路的老野猪。马蒂的脸上没有害怕，也没有羞耻。他只感到愤怒，他只是一时受困。他知道，这些狗终究拿他没办法。

"把这些交给警卫室那两位同志，告诉他们戈尔茨将军的指挥部怎么走。"哈尔科夫说，"已经耽误得太久了。"

班长走出门去，马蒂盯着他的背影，然后转头看哈尔科夫。

"马蒂同志，"哈尔科夫说，"我会看看，你究竟是怎么个碰不得。"

马蒂直瞪着他，一言不发。

"也别想着要整治那个班长。"哈尔科夫接着说，"不是班长说的。我在警卫室碰到了那两个人，他们告诉我的（这是谎话）。我希望人人都能来跟我说说（这是真的，虽说刚才开口的是班长）。"可哈尔科夫相信，自己平易近人一些总是有好处的，好心帮忙能让他显得富有人情味。这是他永远不会大加嘲讽的事。

"你知道，我还在苏联的时候，就算阿塞拜疆的村子里发生了不公平的事，人们也会往《真理报》给我写信。你知道这个吧？他们说，'哈尔科夫会帮助我们的'。"

安德烈·马蒂看着他，除了愤怒和厌恶，脸上没有任何表情。现在，他的脑海中只有一个念头：哈尔科夫跟他作对了。好，哈尔科夫，就算你有权有势，给我小心了。

"这是另一回事。"哈尔科夫接着说，"不过原则是一样的。我会看看，你究竟是怎么个碰不得，马蒂同志。我倒想知道，究竟有没有可能把拖拉机厂的名字改掉。"

安德烈·马蒂转开视线，回到地图上。

"乔丹小伙儿说了什么？"哈尔科夫问他。

"我没看。"安德烈·马蒂说，"现在，让我安静会儿，哈尔科夫同志。"

"好。"哈尔科夫说，"我就不打扰你忙军事行动了。"

他跨出房间，走向警卫室。安德雷斯和戈麦斯已经走了，他站了会儿，仰头望着公路和山峰，山峰背后已经透出第一道灰白的光。我们一定要赶上啊，他想。就快到时间了，现在。

安德雷斯和戈麦斯骑着摩托车，重新回到公路上，天开始亮了。此刻，山口上漫下灰蒙蒙的薄雾，摩托车在雾气中转过一个又一个之字弯，安德雷斯再一次紧紧抓住面前的椅背，感受着身下摩托车的速度，然后，车刹住，停下，他们扶着摩托车，站在一段长长的下坡路前，左边的林子里，是盖着松枝的坦克。这整片林子里都是军队。安德雷斯看到，有人扛着长长的担架杆走来走去。公路右边停着三辆军官轿车，藏在树下，树枝挡在车身两侧，车顶上另外盖着松枝。

戈麦斯推着摩托车，走向其中一辆，把车靠在松树上，开口向司机打听，那人就坐在轿车旁，背靠一棵树。

"我带你们去找他。"司机说，"把你的摩托藏好，用这些盖一下。"他指砍下的松枝堆。

太阳正从最高的松树树梢后探出头来，戈麦斯和安德雷斯跟着那司机——他名叫维森特——穿过公路对面的松林，上坡来到一个防空洞入口，洞顶上，信号线横七竖八，一直穿过树木丛生的山坡。司机进去了，他们站在外面。安德雷斯对防空洞的结构赞叹不已，从山坡上看，那就是一个洞口，周围一点儿杂土都没有，可当他站在洞口，却看到里面又高又深，人在粗大的原木洞顶下走来走去，连头都不用低。

维森特，那个司机，出来了。

"他到上面去了，他们在那里部署进攻。"他说，"我交给他的参谋长了，他签收了。喏。"

他把签收的信封递给戈麦斯。戈麦斯交给安德雷斯，后者看了看，收进衬衣内袋里。

"签字的人叫什么名字？"他问。

"杜瓦尔。"维森特说。

"好。"安德雷斯说，"他是我可以交付的三个人之一。"

"我们要等回信吗？"戈麦斯问安德雷斯。

"最好等一下。虽说等他们炸完桥以后，天晓得我该到哪里去找英国人和其他人。"

"来跟我一起等吧。"维森特说，"等将军回来，我给你们弄些咖啡，你们肯定饿了。"

"跟这些坦克一样饿。"戈麦斯对他说。

他们走过盖着松枝、抹了泥巴的坦克，每辆背后的松针地上都有两条深深的履带印，告诉你，它们是从哪里拐下公路开进来的。它们的45毫米炮口在松枝下向前伸出。驾驶员和炮手都穿着皮外套，头戴脊状头盔，有人背靠树干坐着，有人就地躺下睡觉。

"这都是后备人员。"维森特说，"这里的部队也都是后备力量。执行进攻的都在上面。"

"很多啊。"安德雷斯说。

"是的。"维森特说，"整整一个师。"

防空洞内，杜瓦尔在打电话，左手捏着罗伯特·乔丹那封拆开的急件，扫了眼同一只手上的腕表，第四遍读这封急件，每读一遍，他都能感到汗水从腋窝下渗出来，顺着两肋往下流。他正对着电话里说："那就给我接塞哥维亚阵地。他走了？给我接阿维拉阵地。"

他不断拨打电话。可没有任何用。他已经跟两个旅都通过话了。戈尔茨上前线去监督进攻部署了，正在前往一个观察哨的路上。他打给观察哨，他不在。

"接飞行一队。"杜瓦尔说，一瞬间，打算独自担起所有责任。他会承担叫停进攻的所有责任。叫停是最好的选择。你不能把他们派出去，执行一场敌人正翘首以待的"奇袭"。你不能那么做，那就是谋杀。你不能，你不可以。不管怎么说，要是他们愿意，那就枪毙他好了。他要直接打给机场，取消轰炸。可如果这只是场牵制性助攻呢？如果万一他们就指望着我们拖住那些物资和兵力呢？万一这才是真相呢？你执行行动时，他们从来不会告诉你，这是牵制性的助攻。

"取消飞行一队的电话。"他对通讯兵说，"给我接六十九旅观察哨。"

第一声飞机轰鸣传来时，他还在往那里打电话。

就在这时，观察哨接通了。

"是我。"戈尔茨沉稳地说。

他坐在地上，背靠沙袋，脚蹬在石头上，一支香烟挂在下唇，一边说话，一边抬起头，回头望去。他在看渐渐变大的楔形机队，三架一组，在天空中闪着银光，轰响着，正飞越太阳刚刚照到的天边第一道山脊。他注视着它们到来，身披阳光，闪亮，美丽。它们飞过来了，他看到阳光照在螺旋桨上，留下一对光圈。

"是我。"他对着话筒说，用的是法语，因为对面是杜瓦尔，"我们搞砸了。是的，永远是这样。是的，糟透了。是的，知道得太晚了，真是耻辱。"

他注视着渐渐飞近的飞机，眼中满是骄傲。现在，他看到机翼上的红色标志了，他看着它们稳稳地、威风凛凛地轰鸣着向前，就该这样。这些是我们的飞机，它们来了，装在箱子里，乘着船，从黑海出发，穿过马尔马拉海峡[1]，穿过达达尼尔海峡，横跨地中海，来到这里，在阿利坎特被小心翼翼地卸下，巧妙地组装好，试飞，调试到最佳状态，现在，它们以千锤百炼的优美精准度飞来，V字队形紧凑、利落。现在，它们高飞在清晨的阳光下，银光闪亮，前去轰炸那一头的山脊，高声咆哮着，去摧毁他们，好让我们能穿越火线。

戈尔茨知道，一旦它们飞过头顶，再往前，炮弹就会落下，翻滚着，像空中的海豚。下一刻，这些山头上就会腾起团团浓云，沙石飞溅，响声隆隆，最后，消失在一团巨大的蘑菇云里。然后，坦克就会咣啷啷响着轧过地面，爬上两处山坡，跟在后面的，会是他的两个旅。如果这是一场奇袭，他们就能一路前进，下坡，翻越山脊，突破防线，停下来，扫荡战场，处理一切，事情很多，有坦克帮忙，很多事都能处理得聪明漂亮。然后，一部分坦克掉头回来，提供火力掩护，其他的带着进攻部队继续，上山，顺顺当当地推进，翻越山脊，突破防线，突进远处的谷地。本该是这样的，要是没有叛徒，要是一切都达到预期。

有两道山脊，有坦克在前头开路，有他两个旅的精兵强将随时待命，准备离开树林，现在，飞机也来了。所有该他做的，都完成得妥妥当当。

可此刻，眼看飞机就要飞到他的头顶，他胃里却一阵难受，因为他在电话里听到了乔丹的急件，他知道，两道山脊上一个人都不会有。他们下撤了一小段，藏在狭窄的壕沟里躲避弹片飞石，要不就是躲在树林里，等轰炸机飞过，他们再重新爬上山头，带着他们的机枪、他们的自动武器，和反坦克炮。乔丹说了，在公路上看到它们被运上山。这会是又一场大名鼎鼎的混乱战役。可现在，飞机已经来了，照着计划，震耳欲聋。戈尔茨注视着它们，仰头望着，对电话里说："不，什么都做不了了，任何事，别想了，必须接受。"

戈尔茨望着飞机，眼神难过而骄傲。他知道，事情本该怎样，最

---

1. 即博斯普鲁斯海峡，连接黑海与马尔马拉海。

终又将怎样。他为他们原本能做到的骄傲，相信那就是他们原本能做到的，即便永远不能实现。他说，"好。我们就尽力而为吧。"然后挂断了电话。

可杜瓦尔没听到他的话。他坐在桌前，手握听筒，满耳都是飞机轰鸣。他想，现在，也许这一次，听这动静，也许这些轰炸机能把他们统统炸飞，也许我们能交上好运，也许他能获得他申请的增援，也许就是这样，也许就是这次。去吧，来吧，去吧。轰鸣声那么大，他都听不见自己心里的话了。

第四十三章

　　罗伯特·乔丹趴在一棵松树后面，看着天色亮起，坡下就是公路和桥。他一直很喜欢这个时刻，此刻，他注视着它，感到它在身体里亮起灰白的光，仿佛他也是这太阳升起前渐渐光亮起来的一部分——实体变暗，虚空变亮，光照进黑夜，黑夜变得昏黄，随着白天到来，渐渐淡去。在他下方，松树枝干渐渐清晰分明，树干壮实，是棕褐色的，公路蒙上了薄薄的水汽，闪着光。露珠打湿了他的身体，林间地面松软，他能感觉到胳膊肘下褐色松针的弹性。往下，透过河床上浮起的薄雾，他看见钢铁的桥身，笔直、刚硬地跨在峡谷上，一头一个木头岗亭。

　　可在他眼里，这座高悬河上的雾中铁桥，依然有着蛛网般的结构，纤细，精巧。

　　现在，他看到哨兵了，在岗亭里，站了起来，披着毛毡斗篷，头戴钢盔，正俯身就着汽油桶打洞做成的火盆烤手。罗伯特·乔丹听到河水在远远的谷底拍打岩石，看到岗亭里升起淡淡的轻烟。

　　他看看表，想着，不知道安德雷斯有没有顺利找到戈尔茨？如果我们要炸桥，我得放慢呼吸，非常慢，把时间也拖慢，好好体会。你看他达成任务了吗？安德雷斯？达成的话，他们会叫停吗？他们来得及叫停吗？好了，别担心，他们要么叫停，要么不叫停。没有更多选择，一会儿你就知道了。假使进攻成功了呢，戈尔茨说过，是有可能的，可能性是存在的。我们有坦克，顺着公路开下来，部队从右面穿越，下山，经过拉格兰哈，将山区左侧整个转为攻击前线。为什么你从来不想想，也许我们能赢呢？你处在防守状态太久了，想不到这个。没错。可是，除非是在那些人员物资从公路运上来之前，除非是那些飞机到来之前。别那么天真了。不过，要记住，只要我们能把他们拖在这里，就是拴住了法西斯的手脚。除非消灭我们，否则，他们就无法攻击其他地方，可他们永远没法消灭我们。只要法国人肯多少出点力，只要他们保持边境开放，只要我们能从美国人手里得到飞机，他们就永远没法消灭我们，永远不能。只要我们能得到任何一点儿援助，只要他们装备妥当，这些人就会永远战斗下去。

不，你绝不能指望在这里获胜，也许好几年里都不可能。这只是一场牵制战，你一定不能在这时想入非非。如果我们今天取得突破呢？这是我们的第一次大规模进攻。保持你的判断力。可如果我们做到了呢？别兴奋，他告诉自己。记住，都有什么从公路上经过。能做的你都做了。不过，我们真该配一套便携式短波通讯装置。我们会有的，到时候。可现在还没有，你现在只能看着，做你该做的。

今天只是无数日子里的一天，日子还会继续。可未来所有日子会发生什么，或许就取决于你今天做什么。这一年都是这么过来的，已经有过太多次了，这整场战争都是这样。你这个清晨真是变得太浮夸了，他告诉自己。现在，看看会发生什么吧。

他看见两个人转过公路转角，朝桥上走去，他们披着毛毡斗篷，戴着钢盔，来复枪斜挎在肩上。一个在桥那头停下，消失在岗亭里。另一个继续过桥，走得很慢，步伐沉重。他在桥上站定，朝峡谷里唾了一口，再接着慢慢走向桥的这一头。这边有个哨兵对他说了什么，说完便迈动脚步，反方向过桥去了。下岗的哨兵走得比另一个快（因为要赶着去喝咖啡吧，罗伯特·乔丹想），不过他也往峡谷里唾了一口。

我想知道，那是不是某种迷信？罗伯特·乔丹想。回头我也得往峡谷里唾一口。如果那会儿我还唾得出来的话。不，那不可能是什么厉害的魔法，那不可能有用。上桥之前，我一定得证明，那没用。

新来的哨兵走进岗亭，坐下来。他那上了刺刀的来复枪就靠在墙上。罗伯特·乔丹从衬衣口袋里掏出他的望远镜，转动目镜，直到桥头轮廓分明，上了灰漆的钢铁清晰可见。接着，他把镜头转向岗亭。

那哨兵靠着墙，头盔挂在钉子上，面孔清清楚楚。罗伯特·乔丹认出来了，就是两天前，他们下午来侦察时见到的那个。他还戴着那顶毛线帽，没刮胡子；脸颊凹陷，颧骨高耸；眉毛很浓，在眉心连了起来。他看上去还没清醒，就在罗伯特·乔丹的眼皮底下，打了个呵欠。然后，他拿出一个烟草袋和一包纸，为自己卷了支烟。他打了几下打火机，最后还是放回口袋里，起身到火盆边，弯下腰，伸手拈起一块木炭，一手小心地拿住，对着炭吹了吹，点燃香烟，把炭扔回火盆里。

透过蔡司的八倍镜头，罗伯特·乔丹注视着他的脸，他靠在岗亭墙上，抽着烟。罗伯特·乔丹放下望远镜，折起，收进口袋里。

我不会再看他了，他告诉自己。

他趴在那里，望着公路，试着什么都不想。一只松鼠在他下方的松树上吱吱喳喳，罗伯特·乔丹看着它顺着树干往下蹿，中途停下来，转头看看这个盯着它的男人。他看到松鼠的眼睛又小又亮，看到它的尾巴兴奋得抽动个不停。然后，松鼠挥着小爪子，甩着大尾巴，蹦蹦跳跳地横蹿过地面，爬上另一棵树。它扒在那棵树上，回头看了眼罗伯特·乔丹，围着树干绕个圈，不见了。很快，罗伯特·乔丹就听到那棵树的高枝上传来松鼠的吱喳声，他看到它了，平趴在树枝上，尾巴抽动着。

隔着松林，罗伯特·乔丹又望瞭望下面的岗亭。他真希望那松鼠能在自己衣服口袋里，陪着他。他希望有些可以触摸得到的东西，什么都行。他挪动胳膊肘，在松针地上蹭了蹭，那不一样。没人知道，你做这事的时候有多孤独。但是，我，我知道。我希望小兔子能远离这一切，好好地。停。是的，没错。可我能希望一下，我就希望一下。希望我能顺利炸掉桥，希望她好好地置身事外。好的，没错，就是这样，这就是我现在想要的一切。

现在，他趴在那里，把视线从公路和岗亭转开，投向远处的高山。什么都不要想，他告诉自己。他静静趴着，看着清晨到来。这是个晴朗的初夏清晨，在五月底的日子里，来得非常快。有一次，一个摩托车手过桥上了公路，他穿着皮衣，戴着全皮的头盔，左腿边的枪套里插着一支自动步枪。还有一次，一辆医疗车过了桥，从他下面开过，转上公路。就这些了。他闻着松树的味道，听见河水流淌，桥已经看得很清楚了，在清晨的光线下，很漂亮。他趴在松树后面，轻型机关枪横在左前臂上，他没再看岗亭，直到突然听到密集的炮弹声"嘭嘭"炸响。他等了那么久，久到仿佛它永远不会到来，仿佛在这样美好的五月末的清晨里，什么事都不会发生。

当炸弹声响起，第一声爆炸传来，不等回声从山间隆隆回转，罗伯特·乔丹就深吸了长长一口气，端起轻机枪。他的胳膊被枪压得发僵，手指因为不情愿而变得沉重。

岗亭里的人听到爆炸声，站起身来。罗伯特·乔丹看见他伸手去拿来复枪，走出亭子，侧耳细听。他站在公路上，阳光照在他身上。当他抬起头，望向天空中飞机投下炸弹的方向，毛线帽歪在他脑袋的一边，阳光照亮了他没刮胡子的脸。

现在，公路上没有雾了，罗伯特·乔丹看着他，清楚，轮廓分明，站在公路上，望着天空。阳光穿过树林，亮晃晃地照在他身上。罗伯特·乔丹感到呼吸抽紧了，就像有绳子勒住了胸膛，他稳住胳膊，手指紧握前握把，感受着抵在指面的纹路，准星落在后瞄准器的缺口里，他将准星的长方块对准那人的胸膛中央，轻轻扣动扳机。

他感到抵在肩头的枪飞快地轻轻一抖，抽搐一般。公路上，那人看上去又吃惊，又痛苦，身子一滑，跪倒在地，前额垂下来，磕在路面上。他的来复枪掉在一旁，一根手指还扣在扳机护环上，手腕向前弯折着。来复枪躺在公路上，刺刀指向前方。罗伯特·乔丹移开视线，不看那个倒在那里、身子弯折、额头紧贴公路的人。他望向桥和另一头的岗亭，看不见另一个哨兵。视线转向右下方的山坡，他知道，奥古斯丁藏在那里。这时，他听到安塞尔莫开枪了，枪声在峡谷里激起一声回响。接着，他听到他又开了一枪。

伴随第二声枪响，桥下方的转角处传来手榴弹爆炸的轰响。接着，是左侧公路上段的手榴弹声。再往后，在手榴弹的爆炸声中，他听到公路上段的来复枪声和下段巴勃罗那支骑兵自动步枪的"叭叭叭叭"声。他看到安塞尔莫连跑带滑，冲下陡峭的山坡，直奔那一端的桥头，他把轻机枪往肩上一挎，从树后拎起两个沉重的背包，一手一个，跌跌冲冲地奔下陡坡，往公路跑去。背包坠着胳膊，他只觉得肩头的肌腱都快被拽断了。

奔跑中，他听到奥古斯丁在大吼："打得漂亮，英国人，打得漂亮！"他心想："打得漂亮，活见鬼，打得漂亮。"就在这时，他听到安塞尔莫在桥那头开了枪，子弹打在钢梁上，"当"的一声响。他经过哨兵趴着的地方，跑上桥，背包摇晃着。

老人迎面向他跑来，一手抓着卡宾枪。"没有问题。"他喊着，"没有问题，我结果他了，我结果他了。"

罗伯特·乔丹跪在桥中央，打开背包把东西拿出来，一眼瞥见眼泪滑下安塞尔莫的脸颊，淌过花白的胡茬。

"我也杀了一个。"他对安塞尔莫说，"我也杀了一个。"头一摆，示意桥头外公路上，蜷成一团倒在地上的哨兵。

"是的，伙计，是的。"安塞尔莫说，"我们不得不杀死他们，我们杀了他们。"

罗伯特·乔丹爬下桥面，钻进钢架内。手掌下的钢梁又湿又冷，布满了露水，他小心翼翼地爬着，感觉太阳照在背上。他在一根桥桁架上安置好自己，听着脚下水花翻卷的喧闹声，听着公路上段哨所传来的交火声，交火太多了。这会儿，他出汗出得厉害，可桥下很阴凉。他一只胳膊上套着线卷，一边手腕上套着皮圈，皮圈下吊着一把老虎钳。

"把炸药包递下来给我，一次一包，老伙计。"他对安塞尔莫喊道。老人从桥边尽力探出身子，递下一个个长方形的炸药包。罗伯特·乔丹伸长胳膊接住，把它们塞进他选中的地方，塞紧，绑牢，"楔子，老伙计！给我楔子！"刚削好的楔子散发着木头清香，他闻着这味道，轻轻把它们敲进钢梁间，卡牢炸药。

现在，他忙碌着，安放炸药、塞稳、楔牢、用电线绑紧，只考虑破坏，做得又快又精巧，像外科医生一样。他听到公路下段传来一连串"嗒嗒嗒"的枪声。跟着是一声手榴弹的爆炸声。接着又是一声，穿透湍急的水流声传来，隆隆作响。接着，那个方向安静了。

"该死，"他想，"我想知道，他们遇到什么了？"

公路上段，高处的哨所那头还有枪声作响。交火太他妈多了。他正把两枚手榴弹并排绑在固定好的炸药包上，把电线绕在它们瓦楞状表面的凹槽里，这样就能贴紧、放稳，绑得牢牢的，最后再用老虎钳拧紧结头。他摸索着把整个装置检查了一遍，又加固了一下，在手榴弹上方敲进一个木楔，确保炸药包整个压在钢梁上，紧紧压住。

"去那边，老伙计。"他大声对安塞尔莫说，一边攀爬着穿过梁架，像个钢铁丛林里的见鬼的人猿泰山，他想。当他钻出桥下的黑暗，听着脚下河流翻卷的声响，探头往上望时，他看到了安塞尔莫的脸，老家伙正在往下递炸药包。真他妈是张好脸啊，他想。现在没哭了，这真是太好了。一边已经好了，现在是这边，我们就完成了。这会把它炸掉的，就像每一次一样。好了，别激动，干活。最后一点儿，要干净利落，别笨手笨脚的。别慌，照你的速度来，别太匆忙。现在，你不能失败。现在，没人能阻止你炸掉至少一边。就照你该做的来，这是个阴凉地儿。上帝啊，这简直跟酒窖一样冷，还没有屎。要是在石头桥下干活的话，多半满地都是屎。这是叫人梦寐以求的好桥，危险的是上面的老家伙。别勉强求快，照你的速度来。希望上面的枪声能停下来。"给我几个楔子，老伙计。"枪声还在响，我不喜欢。皮拉尔那里遇到麻烦了，哨所一定有人在外头。本来就在外头，现在回来了，要么就是在锯木场后面。他们还在开枪，也就是说，锯木场里还有人。那些该死的锯木屑，那些大堆大堆的锯木屑。锯木屑，年深日久，堆成了堆，打起来时，那就是现成的漂亮掩护。他们肯定还有不少人。巴勃罗那下面倒是安静了。不知道第二次冲突是怎么回事，一定是辆车，或者摩托车。上帝保佑，千万不要有任何装甲车或坦克开上来。继续。尽你所能，快些安装好，楔紧了，快点绑好。你在发抖，像个该死的女人。你到底是怎么了？你太急于求成了。

我打赌，上面那个该死的女人可没在发抖，那个皮拉尔。说不定也在抖，听起来她是遇到大麻烦了。要是麻烦太大，她会发抖的，就像该死的其他任何人一样。

他探出身子，探进阳光里，伸手往上去接安塞尔莫递给他的东西，头终于钻出了水声的覆盖，公路上段的交火声陡然大起来，接着，又是手榴弹的声响，然后是更多手榴弹。

"看来，他们是在强攻锯木场了。"

真幸运，我的炸弹是块状的，他想着，不是一支支的。什么话。只是整齐点罢了。虽说一帆布袋的胶质炸药起效更快。两袋，不，一袋就行，哪怕我们就只有雷管和那台老式起爆器呢，那狗娘养的把我的起爆器丢进河里去了。那个老盒子啊，那些它到过的地方啊。结果呢，就在这条河里，他把它扔了，那个王八蛋巴勃罗。眼下，他就在下面，给他们好看。"再给我几个，老伙计。"

老人做得非常好。他在那上面，位置站得刚刚好。他讨厌开枪打那个哨兵。我也是，不过我不去想，现在也不想。你不得不这么做。可那会儿安塞尔莫只想打残他，我知道残废是怎么回事。我想，用自动武器把人杀死倒还容易些。我是说，对于开枪的人来说，你只是开始时碰一下，接下来的事，都是武器做的，不是你。留着这个问题，换个时间再想吧。你和你的脑袋，你有颗很有思想的脑袋，老乔丹。横突啊乔丹，横突！[1] 橄榄球场上，你一带球他们就这么叫。你知道那了不起的约旦河其实不比下面这条小河大多少吧。源头，你是说，任何东西的源头都一样。桥下就是这样一个地方，家园外的家园。嘿乔

---

1. 原文为"Roll Jordan, Roll！"此处借用单词的多重含义，"roll"表示"奔流"，同时也是橄榄球赛术语"横移突破"；"Jordan"为"约旦"，也是主人公的名字"乔丹"。
它也是曾广泛流传于美国南方黑人中的灵歌《奔流吧约旦河，奔流！》的英文原名，为18世纪英国传教士查尔斯·卫斯理（Charles Wesley, 1707—1788）所作，歌词蕴含浓郁的宗教意味，借以表达黑人对自由、幸福的向往与哀伤。《圣经》所载，摩西带领以色列人离开他们的家乡埃及，前往耶和华许给他们作为新家园的迦南，但因途中对神谕有违背，摩西无法带诸人渡过约旦河，只能遥望应许之地而不可及。

丹，集中精神。很危急了乔丹，你不明白吗？很危急，从来没这么危急过，看看那一头吧。所以呢？不管她怎么样，我很好。失缅因则失全国。[1] 失约旦则失该死的以色列人。我是说，这座桥。失乔丹则失这座该死的桥，另一种形式的，真的。

"那个再给我几个，安塞尔莫老朋友。"他说。老人点点头。"差不多好了。"罗伯特·乔丹说。老人再点点头。

最后固定手榴弹时，他没再听到公路上方的交火声。突然间，只剩下水流声陪伴他工作。他低头望去，只见脚下，河流穿行在卵石之间，翻卷起白色的浪花，然后，跌入一片石子铺底的清澈水潭，他先前失手掉下去几块木楔子，其中一块正在潭面上随着水流打转。他看见一条鳟鱼跃出水面捕飞虫，又贴近翻转的小木块绕了个圈。他用老虎钳扭紧线圈，将两枚手榴弹固定就位，透过钢铁桥架，看见阳光照在绿色的山坡上。"三天前那还是褐色的，"他想。

从桥下阴凉的暗影里探出身子，他钻进阳光下，对安塞尔莫低头望着他的脸说："把大线卷给我。"

老人递下线卷。

看在上帝的份上，千万别掉了。得用它们来做拉线，但愿你能把它们穿好。不过，有你手头这卷铜线就行了，罗伯特·乔丹想着，摸了摸保险销，上面连着拉环，只要一拉，就能弹开手榴弹的保险握片。他检查了一下手榴弹，拦腰扎好，留出空间，确保保险销被拉掉时，保险握片能弹得开（线是从握片下面穿过去的）。接着，他把绝缘线系在靠外的手榴弹拉环上，再拿出铜线，穿过另一个拉环，系到绝缘线上，从大线卷上放出一段绝缘线，绕过一根钢架，把线卷送上去，递给安塞尔莫。"小心点儿拿。"他说。

他爬上桥面，从老人手中接过线卷，一边放线，一边倒退着往公路上哨兵倒下的地方走，尽量迅速，走路时，身子探在桥外，一点点

1. 一度流行于美国政坛的话，表示缅因州在美国大选中的风向标作用，这一地位约始自19世纪40年代。

儿从线卷上放出线来。

"拿上包。"他边退边对安塞尔莫喊。中途停下来，弯腰捡起轻机枪，挎回到肩上。

这时候，他从手中正放着的拉线上抬起头，看到公路上出现了几个人，刚从高处的哨所撤下来。

看清楚了，是四个，可他得赶紧回头，盯住他的拉线，确保它一路顺畅，不会被桥身外侧的任何突起挂住。埃拉迪奥不在他们中。

罗伯特·乔丹一路干净利落地把线牵到桥头，在最后一根支柱上绕了个圈，然后继续沿着公路走，一直退到一块路碑旁。他剪断绝缘线，把线头递到安塞尔莫手里。

"拿着这个，老伙计。"他说，"现在和我一起回桥上去，边走边收线。不，我来收吧。"

回到桥上，他松开之前绕住的地方，现在，拉线经过桥外侧，直接连到手榴弹拉环上，一路干干净净，没有任何阻碍。

他把线递给安塞尔莫。

"拿着这个，回那块高石头去。"他说，"松松地拿，但要拿稳了，一点儿也不要用力。等该拉的时候再用力，用力一拉，桥就炸了。明白了？"

"明白。"

"轻轻地，但别让它松掉，要不线会打结。轻轻抓牢，但不要拉，等你打算拉的时候再用力。明白了？"

"是的。"

"该拉再拉，手别抖。"

说话时，罗伯特·乔丹一直望着公路上，皮拉尔那一队里剩下的人都在。他们走近了，他看到普里米蒂沃和拉斐尔架着费尔南多。后者像是被打中了腹股沟，因为他自己的双手一直捂在那里，全靠男人和男孩一边一个架着他走。他的右腿拖在地上，鞋帮一路刮过路面。皮拉尔带着三支来复枪爬上路边的山坡，钻进林子去了。罗伯特·乔丹看不清她的脸，只看到她仰着头，拼命往上爬。

"怎么样了？"普里米蒂沃喊道。

"还好，就快好了。"罗伯特·乔丹大声回答。

没必要问他们的情况。他转开头，三个男人也到了路边。他们俩想努力把他拖上山坡，可费尔南多摇了摇头。

"就在这里吧，给我一把来复枪。"罗伯特·乔丹听到他说，声音有气无力。

"不，兄弟，我们带你到马那边去。"

"我要马来做什么？"费尔南多说，"我在这里很好。"

罗伯特·乔丹没听到后面的话，他在跟安塞尔莫说话。

"坦克一来就引爆。"他说，"但一定要等到他们上了桥。装甲车来也炸，只要他们上桥。其他的巴勃罗会负责拦下来。"

"你在下面的话，我是不会引爆的。"

"别管我，该炸就炸。我接好另一根拉线就回来，然后我们一起炸掉它。"

他转身跑向桥中央。

安塞尔莫看着罗伯特·乔丹跑上桥，胳膊上挂着线卷，一只手腕上吊着老虎钳，背后挎着轻机枪。他看着他翻过桥面，消失在栏杆下。安塞尔莫手里抓着拉线，抓在右手里，蹲在石头路碑后，盯着公路和桥面。在他和桥中间，那个哨兵如今离地面更近了，他的身子塌了下去，贴着平坦的公路，阳光重重压在他的背上。他的来复枪躺在地上，上好了刺刀，指着安塞尔莫。老人的目光越过他，掠过划下斑驳栏杆影子的桥面，投向对面的公路，在那里，公路顺着峡谷向左拐了个弯，消失在一壁岩石背后。他望向远处的岗亭，阳光照在上面。忽然意识到手中还有拉线。他转过头，看到费尔南多正在对普里米蒂沃和吉普赛人说话。

"让我待在这里。"费尔南多说，"这伤很重，里面在大出血。一动我就能感觉到。"

"我们扶你到坡上去吧。"普里米蒂沃说，"你搭住我们肩膀，我们来抬你的腿。"

"没用的。"费尔南多说，"就这里，找块石头把我放在后面就行。我在这里跟在上面一样，都能派上用场。"

"可走的时候怎么办？"普里米蒂沃说。

"让我待在这里。"费尔南多说，"我这伤，不可能跟你们走了。正好可以空出一匹马。我在这里很好，他们肯定马上就要到了。"

"我们可以把你带上山去。"吉普赛人说，"很容易。"

他自然是恨不得马上离开，普里米蒂沃也一样，可他们已经带着他走了这么远。

"不。"费尔南多说，"我在这里就很好，埃拉迪奥怎么了？"

吉普赛人伸出手指比了一下脑袋，表示他中弹的位置。

"这里。"他说，"在你之后，我们突击的时候。"

"让我待着吧。"费尔南多说。安塞尔莫看得出，他很痛苦。他两只手都按在腹股沟上，头往后仰，靠着山坡，两腿向前伸直。他脸色灰白，汗淋淋的。

"别管我了，拜托，行行好。"他说。他痛得闭上了眼睛，嘴唇颤抖，"待在这里，我感觉非常好。"

"枪和子弹在这儿。"普里米蒂沃说。

"是我那把？"费尔南多闭着眼问。

"不是，你的在皮拉尔那儿。"普里米蒂沃说，"这是我的。"

"我喜欢我那把。"费尔南多说，"我用惯那把了。"

"我去拿给你。"吉普赛人哄他，"先拿这把顶一顶。"

"我这个位置好得很。"费尔南多说，"路上来的和桥上来的都打得到。"他睁开眼，转头看看桥，又痛得闭紧了眼睛。

吉普赛人拍拍他的头，伸出大拇指，向普里米蒂沃示意，他们该走了。

"那我们回头再来接你。"普里米蒂沃说着，跟在吉普赛人身后开始上坡，吉普赛人爬得很快。

费尔南多仰面靠在山坡上。面前是一块刷成白色的石头，这些白石头一块块连起来，标出公路的边界。他头上很阴凉，包扎好的伤口和虚按在伤口上的双手暴露在太阳下，腿和脚也在太阳下。来复枪就在他身边，旁边，三个弹夹在阳光下闪闪发亮。一只苍蝇在他手上爬来爬去，可这细微的瘙痒完全无法突破疼痛的包围，令他察觉。

"费尔南多！"安塞尔莫蹲在自己的位置上，大声叫他，手里握着拉线。他在拉线头上系了个扣，拧紧，方便握在拳头里。

"费尔南多！"他又叫了一声。

费尔南多睁开眼睛，看向他。

"怎么样？"费尔南多问。

"非常好。"安塞尔莫说，"我们马上就要炸了。"

"真高兴。要帮忙就叫我。"费尔南多说，又闭上眼睛，疼痛一阵阵袭来。

安塞尔莫转开视线，望向桥上。

他在等，等着看线卷被送到桥面上，等着英国人那晒黑的脑袋和面孔跟着出现，从侧面拽着栏杆爬上来。同时，他还盯着桥那头，留意远处的弯道上是否有动静。现在，他不觉得害怕，这一天他都不害怕。"太快了，太平常，"他想。"我痛恨开枪打那个哨兵，那让我情绪激动，可已经过去了。英国人怎么能说杀人跟杀动物一样？每次打猎，我都高高兴兴的，不觉得不对头。可开枪打人，那感觉就像长大后跑去打自己的亲兄弟。开了好几枪才杀死他。不，别想那个。那害得你太情绪化，你在那座桥上哭哭啼啼，像个娘儿们一样。"

那都过去了，他告诉自己，你可以努力赎罪，像赎其他罪过一样。至于现在，你昨晚翻山回营地时祈求的，都实现了。你在打仗，你没做错。就算今天上午就死掉，也没问题。

他看到费尔南多，躺在山坡上，手捂着腹股沟，嘴唇发青，眼睛紧闭，呼吸又重又慢。他想，如果我要死，就让我死得快一点儿。不，我说过，如果我需要的今天都得到了，那就再也不祈求别的。所以我不祈求了。明白吗？我什么都不要。无论什么，无论如何。只要我祈求的，其他的，我可以自己判断。

他听见远远传来山口上交战的声音，他告诉自己，真的，这是个伟大的日子。我该认识到，该知道，这是怎样伟大的日子。

但他心中没有一丝雀跃或兴奋。所有感情都消失了，只剩下平静。而现在，他蜷在路碑石后面，手里握着绝缘线圈，还在手腕上绕了一个圈，膝盖下是路边的碎石子，他不孤独，也完全不觉得孤独。他是手握拉线的人，是要炸桥的人，是帮英国人安放炸药的人。他是与依旧在桥下忙碌的英国人同在的人，是与整场战斗、与共和国同在的人。

可他不兴奋。此刻只有平静，他蜷伏着，太阳燎着他的脖子和肩膀，他抬头望一望无云的辽远天空，山坡自河对岸拔起，他不高兴，可也不孤独，不害怕。

山坡上，皮拉尔趴在树后，盯着从山口一路往下的公路。她手边放着三把装满子弹的来复枪，看到普里米蒂沃走过来蹲下，便递过去一支。

"到那边去。"她说，"那棵树后面。你，吉普赛人，那边。"她指指下面的另一棵树。"他死了？"

"没有，还没有。"普里米蒂沃说。

"不走运。"皮拉尔说，"再有两个人，就不会发生这种事了。他应该爬到那堆锯木屑后面去的，他待的那地方还好吗？"

普里米蒂沃摇摇头。

"英国人炸桥时，碎片会不会飞到这边来？"吉普赛人趴在他的树后，问。

"我不知道。"皮拉尔说，"不过奥古斯丁和他的机关枪离得比你还近。要是太近，英国人不会让他待在那里的。"

"可我记得炸火车那次，车头灯直接从我头上飞过去，钢片像燕子似的满天飞。"

"你还真有诗意。"皮拉尔说，"像燕子似的。操！我看像煮衣服的桶。听着，吉普赛人，你今天表现不错。到现在了，别让害怕逮住你。"

"好了，我只是问问它会不会飞这么远，可以提前在树后面藏好一点儿。"吉普赛人说。

"这样就行。"皮拉尔对他说，"我们干掉了几个？"

"嗯，我们自己的话，上面五个，这里两个，你没看到桥那头还有一个吗？往桥那头看，看到岗亭了？看吧！看到了？"他指点着，"那就是下面还有八个归巴勃罗。我帮英国人侦察过那个哨所。"

皮拉尔嘟哝了一声，突然暴怒起来，大骂："那个英国人在干什么？他他妈的在桥底下操什么。去他妈的！他是在造桥还是要炸桥？"

她支起上半身，看向下面蹲在石头路碑后的安塞尔莫。

"嘿，老家伙！"她大叫道，"你的英国下流坏在搞什么？"

"耐心点，女人。"安塞尔莫对坡上喊，手里握着拉线，又轻柔又稳当，"他在收尾了。"

"看在老婊子的份上，他干什么呢，要这么久？"

"他很认真。"安塞尔莫喊道，"这是细活儿。"

"我去他妈的细活。"皮拉尔冲吉普赛人发脾气，"让那个猥琐脸的下流坏快点完事儿。玛利亚！"她粗着嗓门朝山上大叫，"你的英国人……"后面是一连串脏话，咒骂她想象中英国人在桥下干的脏事儿。

"冷静点，女人。"安塞尔莫在公路边喊，"他做的事很危险。他就快好了。"

"那就他妈的快点。"皮拉尔骂道，"管用的是速度。"

就在这时，他们听到公路下段传来交火声，来自巴勃罗拿下的哨所，他正守在那里。皮拉尔不再咒骂，侧耳细听。"啊。"她说，"啊呀，啊呀，来啦。"

罗伯特·乔丹听到动静时，正伸手把线圈甩上桥面，接着，自己也翻身上桥。膝盖刚跪上桥的钢边，手还按在桥面上，他就听到下方转弯处传来了机枪声，和巴勃罗的自动步枪声音不一样。他站起来，弯着腰，理顺线圈，开始一边倒退，一边贴着桥外侧放线。

他听着交火声往后退，感觉那声音像是直接在心口上炸响，撞到横膈膜上，激荡出回声。他还在走，枪声越来越近，他回头看了眼公路弯角。那儿还是空的，没有车，没有坦克，没有人。他走到离桥头还有一半距离时，路上还是空的。走过四分之三，还是空的。他的线放得干净利落，没有绊住。绕过岗亭，还是空的，他得爬过去，抓线的手伸在桥外，免得线被铁构件钩住。他踏上公路，下面的转弯处依然空空荡荡。这边是公路低的一侧，路边有条雨水冲出的小沟，他沿着小沟快步后退，就像外野手[1]倒退着去接高飞球，小心地保持拉线松紧适度。现在，他差不多在安塞尔莫对面了，桥那头还是空的。

这时，公路上传来卡车的声音，他回头看去，那辆车刚刚从长坡顶上露出来。罗伯特·乔丹手腕往线上一绕，对安塞尔莫大喊："炸了它！"他脚跟一蹬，身子后仰，用力扯动手腕，拽紧缠在腕上的绝缘线，卡车声从背后逼近，面前是躺着哨兵尸体的公路、长长的桥和下方的公路转弯，全都依旧空空荡荡，下一刻，爆炸声响起，桥的中段飞上半空，仿佛浪头在最高点破碎，飞溅开来。他刚伸出双手紧紧抱住头，把脸埋进铺满卵石的小沟，就感到爆炸的冲击波扑了过来。他的脸贴着石子儿，飞起的桥身跌落下去，熟悉的黄色炸药气味随着辛辣发苦的烟雾卷来，钢铁碎片雨点般落下。

碎片雨停了，他还活着。他抬头看桥，桥的中段已经消失了。桥身上露出锯齿般参差的缺口，新撕开的尖利碎片闪着光，铺满整段公路。卡车停在公路上方一百码外，驾驶员和另两个人正朝一个涵洞跑去。

费尔南多依旧背靠山坡躺着，还有呼吸。胳膊伸直在身体两侧，手松开了。

安塞尔莫趴在白色路碑石后，脸朝下；左胳膊折在脑后，右胳膊直着向外伸出，线圈还绕在他的右拳上。罗伯特·乔丹站起来，穿过马路，在他身边跪下，确认了，他死了。他没有把他翻过来，去看铁片究竟做了什么。他死了，就是这样。

他死了，看着真小啊，罗伯特·乔丹想。他看起来很瘦小，头发花白，罗伯特·乔丹想，要是他的个头本来就这么小，我真想知道，他是怎么背得动那么重的东西的。他看看那灰色的牧羊人紧身马裤下大腿和小腿的轮廓，看看磨旧的绳底鞋，捡起安塞尔莫的卡宾枪和两个背包——其实都空了——走到费尔南多身边，捡起他的来复枪。罗

---

1. 棒球或垒球比赛中负责防守外野区（外场区）的球员，也称"外场手"。

伯特·乔丹一脚踢开公路上一片锋利的铁片。把两把来复枪都甩上肩膀，握着枪口，上坡往林子里走去。他没有回头，甚至没有看一眼桥那头的公路。他们还在弯角处交火，可他不在乎了。

三硝基甲苯[1]的烟呛得他直咳嗽，他觉得自己从头到脚都麻木了。

皮拉尔趴在树后，他把一把来复枪放在她身边。她瞟了一眼，现在，她又有三把枪了。

"你这个位置太高了。"他说，"公路上面有一辆卡车，从这里你看不到。他们以为是空袭。你最好再下去点。我去奥古斯丁那边，掩护巴勃罗。"

"老家伙呢？"她问，看着他的脸。

"死了。"

他又咳起来，咳得撕心裂肺，朝地上吐出一口痰。

"桥炸掉了，英国人。"皮拉尔看着他，"别忘了这个。"

"我什么都没忘。"他说。"你嗓门很大。"他对皮拉尔说，"我在下面都听见了。跟玛利亚喊个话吧，告诉她，我没事。"

"我们在锯木场损失了两个人。"皮拉尔说，想让他明白。

"我看到了。"罗伯特·乔丹说，"你们干什么蠢事了吗？"

"滚蛋，去你妈的，英国人。"皮拉尔说，"费尔南多和埃拉迪奥都是好汉子。"

"你干吗不上去守着马？"罗伯特·乔丹说，"我在这里看着，比你强。"

"你要去掩护巴勃罗。"

"该死的巴勃罗，让他自己用狗屎掩护去吧。"

"不，英国人。你回来了，他在下面拼命，你听不到吗？他在战斗，在打坏东西，你没听到吗？"

"我会掩护他的，可去你妈的，你和巴勃罗两个。"

"英国人，"皮拉尔说，"冷静点。我一直都支持你，没人能像我

---

1. 即TNT炸药。

这样。巴勃罗对你做了错事，可他回头了。"

"要是有起爆器，老家伙就不会死，我可以在这里引爆。"

"要是，要是，要是……"皮拉尔说。

当桥塌下，他从缩紧身体趴下的地方抬起头，看到安塞尔莫死了时，心中升起的愤怒、空虚和仇恨至今仍充满了他的身体。其中还夹杂着绝望，那是因为悲伤，战士会把它变成仇恨，这样才能继续当战士。现在，都结束了，他孤寂、隔绝、索然，憎恨眼前的每一个人。

"要是没下雪……"皮拉尔说。一瞬间，他接受了，放开仇恨，不是突然的，像身体突然放松（要是那女人伸出胳膊揽住他）那样，而是从头脑里慢慢滋生出来。是的，那场雪，是雪坏了事。它曾那样害了别人，你曾一再看到它那样害了别人，你曾置身事外，战争中，你总是那样置身事外。那里没有自己，那里只会让你迷失。这时，在迷失之中，他听到皮拉尔说："'聋子'……"

"什么？"他说。

"'聋子'……"

"是。"罗伯特·乔丹说。他对她咧开嘴角，一个破碎、僵硬、脸部肌肉绷得死紧的咧嘴。"别往心里去，我错了，我很抱歉，女人。我们一起，好好干完它。就像你说的，桥炸掉了。"

"是的，你得就事论事。"

"那我这就去奥古斯丁那边了，让你的吉普赛人再下去点，这样才能看清楚公路上的动静。把这些枪给普里米蒂沃，拿上这把机枪，我教你用。"

"机枪你留着。"皮拉尔说，"我们随时可能离开。巴勃罗该来了，很快我们就可以走了。"

"拉斐尔，"罗伯特·乔丹说，"下来，到我这里来，这里，很好。看到涵洞里跑出来的那几个了吧，那里，卡车那边，看到了？正在往卡车跑的？给我打掉一个。坐下，放松。"

吉普赛人仔细瞄准，开枪，他刚扣下扳机，子弹一飞出去，罗伯特·乔丹就说："高了，你打到上面的石头上了，看到石头上的烟了？

低一点儿，两英尺左右。现在，注意，他们在跑，好，继续打。"

"我干掉一个了。"吉普赛人说。那人倒在了涵洞和卡车之间的半路上，另两个没有停下来拉他，他们掉头跑回涵洞，躲了进去。

"不要对着人打，"罗伯特·乔丹说，"打卡车前轮胎的上半部。这样，就算偏了，也能打到发动机。好。"他举起望远镜看看，"低了点，好，你打得棒极了，很好！很好！给我打散热器顶上，打到散热器就行。你是个神枪手，看，别让任何东西通过那个位置。明白吗？"

"看我把卡车的挡风玻璃打碎。"吉普赛人快活地说。

"不用，那车已经废了。"罗伯特·乔丹说，"省点子弹，等有车从路上下来再打，等它到了涵洞对面再开枪。尽量打驾驶员，那才是你该打的。那么，"皮拉尔下坡到了普里米蒂沃身边，他对她说，"你这个位置好极了，陡坡把你两侧保护得多好，看见了？"

"你该去奥古斯丁那儿了，忙你的去。"皮拉尔说，"停止你的演讲吧，我自己会看地形。"

"让普里米蒂沃上去一点儿。"罗伯特·乔丹说，"那里。看到了，伙计？陡坡的这一边。"

"走吧。"皮拉尔说，"走开，英国人，你和你的完美主义。这里没有问题。"

就在这时，他们听到了飞机声。

玛利亚已经和马待了很久了，可它们没法给她带来任何安慰，她也没法安抚他们。从她待着的森林里，看不到公路，也看不到桥。当枪声响起，她伸出胳膊，搂住那匹白脸枣色大公马的脖子，她曾许多次到营地下那片林子里的马栏，抚摸它，给它带去好东西。可她太紧张，让大公马也紧张起来，枪声和炸弹声一响，它就甩着头，张大了鼻孔。玛利亚坐不住，她来回走个不停，对马又拍又摸，弄得它们越发紧张焦躁。

她努力不把交火想成一桩可怕的事，不去想它正在发生，而是告诉自己，下面有巴勃罗和他带来的人，上面有皮拉尔和其他人，所以她一定不要担心，不能发慌，一定要对罗伯托有信心。可她做不到，所有这些桥上方和下方的交火声，远处山口上如遥远风暴般滚滚而下的战斗声，一阵阵夹杂其间的干巴巴的"嘎啦嘎啦"声，还有不时响起的炸弹爆炸声，这根本就是一桩可怕的事，让她几乎没法呼吸。

后来，她听到皮拉尔的大嗓门从下面的山坡边传来，冲她喊一些难听的脏话，她听不懂，心想，噢，天哪不，不，不。不要这样说他，他还在危险中啊。不要冒犯任何人，不要冒不必要的险，不要挑衅。

于是，她下意识地开始为罗伯托祈祷，如同在学校时做的那样，尽可能快地念诵祷告词，左手计数，把两段祷词都来回念诵了好几十遍。然后，桥炸了，爆炸声传来时，一匹马猛地人立起来，甩头挣脱缰绳，跑进树林里不见了。玛利亚最后还是找到它，带了回来。它发着抖，哆哆嗦嗦，汗水浸湿前胸，暗了一片，马鞍吊在一边。穿过林子往回走时，她听到了下面的枪声。她想，我再也受不了了。再像这样什么都不知道，我就活不下去了。我不能呼吸了，嘴巴干得这么厉害。我害怕，我很没用，我吓着这些马了，能找回这一匹完全是运气，幸亏它在树上撞脱了马鞍，钩住了马镫。现在我要把马鞍放好，噢，上帝啊，我不知道，我受不了了。噢，请让他平安无事吧，我整颗心、整个人都在桥上。共和国是一回事，我们必须赢是另一回事。可是，噢，仁慈的圣母啊，把他从桥上带回我身边吧，从此以后，你叫我做什么都行。因为我已不在这里了，我不在了，我只能与他同在。请为我保佑他吧，这样我才能活，我会为你做任何事，他不会介意。那也不会违背共和国。噢，请原谅我，我脑子很乱，我现在太乱了。可如果你能保佑他，我可以做任何事，只要那是对的。我会遵从他的话，也遵从你的。我会遵从，两个我都会。可现在这样什么都不知道，我受不了。

马已经重新拴好，马鞍上好，座毯抚平，肚带抽紧，这时，她听到下面林子里传来低沉的大喊："玛利亚！玛利亚！你的英国人没事。听到了吗？没事。平安无事。"

玛利亚两手抓住马鞍，毛刺刺的头狠狠抵在上面，哭了。她听到那低沉的声音又喊了一遍，于是从马鞍上转过头，哽咽着，喊道，

"听到了！谢谢你！"接着，依然哽咽着，"谢谢你！太谢谢你了！"

听到飞机声时，他们抬头望去。飞机来自塞哥维亚方向，飞得很高，在空中闪着银光，引擎声盖过了其他一切声响。

"那些！"皮拉尔说，"就差那些了！"

罗伯特·乔丹看着它们，一手揽住她的肩膀。"不，女人，"他说，"那些不是冲我们来的，它们没空管我们，冷静点。"

"我恨它们。"

"我也是。可现在，我得去找奥古斯丁了。"

他绕过山坡，穿过松林，飞机一直轰响着，飞过公路下方的断桥，绕过断断续续响起重机枪声的公路转弯。

罗伯特·乔丹下到奥古斯丁身旁。他趴在一丛短叶松间，面前架着自动步枪。飞机越来越多。

"下面怎么样？"奥古斯丁说，"巴勃罗在做什么？他不知道桥已经炸掉了吗？"

"也许他走不掉。"

"那我们就走吧，随他见鬼去。"

"走得掉的话，他差不多就该过来了。"罗伯特·乔丹说，"我们得掩护他。"

"我没听到他的动静。"奥古斯丁说，"五分钟没动静了。不，那里！听！他在那里，是他。"

一阵骑兵冲锋枪的"叭叭叭"声突然响了起来，然后又是一阵，再一阵。

"是那个混蛋。"罗伯特·乔丹说。

他看着万里无云的蓝天，飞机还在增加，看到奥古斯丁抬头望着它们的脸。他收回目光，看向断桥和桥那头的公路，那里依旧空空荡荡。他咳了一下，吐出一口痰，听到弯角背后再次响起重机枪的声音。听上去，还是之前的位置。

"那是什么？"奥古斯丁问，"那是什么鬼东西？"

"这动静，我炸桥之前就有了。"罗伯特·乔丹说。他朝桥下望去，现在，透过断桥的缺口能直接看到河，半截桥体悬在中间，像弯折的铁围裙。他听到，第一架飞过头顶的飞机在山口投下了炸弹，更多炸弹声接连响起。引擎轰鸣充斥整片高空，他抬头望去，看见一架驱逐机，在它们上方高高盘旋、环绕，小得像个黑点。

"我看，那天早上它们根本就没过火线。"普里米蒂沃说，"肯定是往西面兜了一圈就回来了。要是看到这些家伙，他们不可能还会发起进攻。"

"这些大部分都是新的。"罗伯特·乔丹说。

他有种感觉，有什么原本平常的事，如今却带来了重大、巨大、伟大的影响。就像是你扔出一块石头，石头激起涟漪，涟漪却带来排山倒海般呼啸而来的巨浪。或者，像是你发出一声喊叫，回声却如滚雷般隆隆而来，那种毁天灭地的滚雷。又或者，像是你打了一个人，他倒下了，可只要你目力所及之处，人们全都愤然而起，全副武装。他很高兴，自己不是和戈尔茨一起待在山口上。

他趴在这里，挨着奥古斯丁，看着飞机飞过，留意着背后的枪声，守着下面的公路，他知道迟早会有什么出现，但不知道是什么。他仍然陷在惊讶怔忡里——他竟然没死在桥上。他完全做好了接受死亡的准备，结果，眼前的一切显得那么不真实。甩掉这个念头，他告诉自己。摆脱它。今天的事还多着呢，多着呢，多着呢。可那感觉挥之不去，他很清醒，却觉得一切都像个梦。

"你吸了太多烟了。"他告诉自己。可他知道，不是这样的。他能感觉到，切切实实地感觉到，在绝对的真实之下，这一切有多不真实。他垂头看桥，又转过视线，看向趴在公路上的哨兵，看向安塞尔莫躺着的地方，看向靠在路边坡脚的费尔南多。然后，继续沿着平整的棕黄色公路，看向熄火的卡车，可仍然觉得不真实。

"你最好快点把该你做的事做完。"他告诉自己，"你就像场上的斗鸡，没人知道你受了伤，那伤口看不出来，可它正在让你的身体渐渐变冷。"

"胡扯。"他对自己说，"你不过是有点儿恍惚罢了，任务完成了，你的劲儿也懈了，就是这样。放松点。"

就在这时，奥古斯丁一把抓住他的胳膊，指着峡谷对面，他抬眼望去，看到了巴勃罗。

他们看着巴勃罗在公路上狂奔，绕过弯道，跑到挡住公路的峭壁旁。他们看到他停下来，靠在石头上回身开枪。罗伯特·乔丹看着巴勃罗，他又矮又壮，帽子不见了，就那么靠在石壁上，端着骑兵的冲锋枪开火，他看到黄铜弹壳瀑布般跌落，阳光照在上面，闪着光。他们看着巴勃罗伏下身，又打了一梭子。然后，他没再回头，径直低头冲着桥飞跑过来。矮个头，罗圈腿。

罗伯特·乔丹一把推开奥古斯丁，将大自动步枪的枪托抵在肩头，瞄准了弯道处。他自己的轻机枪放在左手边。这个距离，它打不准。

巴勃罗还在向他们跑来，罗伯特·乔丹盯着弯道，但没有东西出现。巴勃罗到了桥边，回头看了一眼，又瞟一眼桥，便向左一转，滑下峡谷，看不见了。罗伯特·乔丹还盯着弯道，什么也没出现。奥古斯丁单膝跪起，他看到巴勃罗了，那人像山羊一样，正爬下山谷。自从巴勃罗出现，后面便再也没有枪声响起。

"你看见上面有什么吗？岩石上面？"罗伯特·乔丹问。

"没有。"

罗伯特·乔丹盯着公路拐弯，他知道，石壁正下方太陡，没人能上下，可再往下去就缓了，也许有人会从那上面绕过去。

如果说，这一切在刚才还显得不真实，此刻就突然无比真实起来。犹如照相机的镜头突然对上了焦。就在这时，他看到，明亮的阳光下，一个绿、灰、棕夹杂的迷彩色回转炮塔转出了弯角，矮墩墩的、扁扁的、顶部抬起，上面架着一挺机关枪。他对准它开了火，听到子弹砸上钢板的声音。这辆轻型小坦克缩回了石壁背后。罗伯特·乔丹盯着转角，看见车鼻子又出现了，然后是炮塔边缘，塔台转动，将枪口对准了公路。

"看着真像老鼠出洞。"奥古斯丁说，"看呀，英国人。"

"它吃不太准情况。"罗伯特·乔丹说。

"巴勃罗打的就是这个大虫子啊。"奥古斯丁说,"再打它,英国人。"

"不行,我伤不了它,我可不想被它找出位置盯上。"

坦克开始对着公路开火。子弹打在路面上,哑然无声,接着又叮叮当当地落在铁桥上。就是刚才他们听到的,在下面开火的那挺机枪。

"王八蛋!"奥古斯丁说,"这就是大名鼎鼎的坦克吗,英国人?"

"这是小型的。"

"王八蛋。我要是有一小瓶汽油的话,就爬上去,放把火烧了它。它打算干吗,英国人?"

"等会儿它就会再探头出来瞄一眼。"

"人们怕的就是这些家伙。"奥古斯丁说,"看,英国人!它在杀那些死哨兵了。"

"因为它没有其他目标。"罗伯特·乔丹说,"不能怪它。"

可他想的是,没错,嘲笑它吧。不过,如果是你,要经过这里回自己家,却被人开枪拦在了大马路上。桥也断了。难道你不会认为前面有地雷或陷阱吗?当然会。他的做法没问题。他在等援军跟上来。他在同敌人交战。这里只有我们,可他不知道。瞧瞧那个小个子混蛋吧。

那辆小坦克又从拐角里探出了一点儿。

就在这时,奥古斯丁看见巴勃罗出现在峡谷边,手脚并用地往路面上翻,胡子拉碴的脸上满是汗水。

"那婊子养的来了。"他说。

"谁?"

"巴勃罗。"

罗伯特·乔丹扫了一眼,看到巴勃罗后,立刻对准坦克炮塔开了火,上面有伪装,可他知道,那里应该就是机关枪上方的缝隙。小坦克飞快退了回去,匆匆消失,罗伯特·乔丹拎起自动步枪,收起三脚支架,脚架紧贴在枪筒上。他把枪甩到肩上,顾不得枪口还在发烫。太烫了,烫到了他的肩膀,他挪了挪枪托,移开枪口。

"拿上子弹袋和我的轻机枪。"他吼道,"跑。"

罗伯特·乔丹穿过松林，朝山上跑去。奥古斯丁紧跟着他，背后，巴勃罗也追上来了。

"皮拉尔！"乔丹朝着山那边大喊，"跟上，女人！"

三人以最快速度奔上陡峭的山坡。

他们没法跑得更快，坡实在太陡，巴勃罗已经追上了他们俩，除了一把骑兵冲锋枪，他什么负重也没有。

"你的人呢？"奥古斯丁口干舌燥，问巴勃罗。

"都死了。"巴勃罗说，他也几乎喘不上气了。

奥古斯丁转头看看他。

"现在马够用了，英国人。"巴勃罗喘着说。

"好。"罗伯特·乔丹说。这杀人的王八蛋，他心想。"你们遇到什么了？"

"什么都遇到了。"巴勃罗说。他大口吸着气。"皮拉尔怎么样？"

"她损失了费尔南多和那两兄弟里的……"

"埃拉迪奥。"奥古斯丁说。

"你呢？"巴勃罗问。

"我损失了安塞尔莫。"

"马够了。"巴勃罗说，"驮行李都够了。"

奥古斯丁咬着嘴唇，看向罗伯特·乔丹，摇摇头。脚下，林子那头，他们听见坦克又开始扫射公路和桥面。

罗伯特·乔丹头一偏。"那头是怎么回事？"他对巴勃罗说。他不想看巴勃罗，不想闻到他的味道，但想听他说。

"我脱不了身。"巴勃罗说，"我们被困在哨所下面的弯道了。最后，它退回去找什么东西，我就跑出来了。"

"在弯道那里，你开枪打的什么？"奥古斯丁直接问。

巴勃罗看着他，咧开嘴，想了想，什么也没说。

"你把他们都打死了？"奥古斯丁问。罗伯特·乔丹心想，闭嘴。眼下，这不关你的事。你能期望的，他们都做到了，甚至更多。这是部落之争，不要做道德判断。你能指望一个凶手怎么样？你在和一个凶手合作。闭上你的嘴，你这肮脏的、腐烂发臭的王八蛋。

狂奔过后，爬山爬得他胸口撕裂般地痛，透过前方的树林，他看到马群了。

"说啊。"奥古斯丁还在说，"怎么不说你开枪把他们打死了？"

"闭嘴。"巴勃罗说，"我今天打了一场硬仗，打得很漂亮。问问英国人吧。"

"那就带我们熬过今天吧。"罗伯特·乔丹说，"接下来是你负责的事了。"

"我有个好计划。"巴勃罗说，"只要一点点儿运气，我们就能全都平平安安。"

他缓过点气来了。

"你不会要干掉我们中间的哪个吧，啊？"奥古斯丁说，"那我现在就要杀了你。"

"闭嘴。"巴勃罗说，"我必须照顾你和队伍的利益。这是战争，不能由着性子来。"

"王八蛋。"奥古斯丁说，"好处都给你捞走了。"

"告诉我，你在下面遇到了什么。"罗伯特·乔丹对巴勃罗说。

"什么都遇上了。"巴勃罗重复道。他满头满脸的汗，肩头和胸前都湿透了，喘起气来胸口仍然撕裂般地痛，但总算能连贯地说话了。他小心地看了看罗伯特·乔丹，想知道他是不是真的这么友好，然后，咧开嘴笑了。"什么都遇上了。"他又说了一遍，"一开始，我们攻下了哨所。然后来了一个骑摩托车的，接着又是一个。后来又来了辆医疗车，然后是军用卡车。最后是坦克，就在你炸桥之前。"

"然后呢……"

"坦克打不到我们，可我们也走不掉，它把路给封了。后来它走了，我就过来了。"

"那你的人呢？"奥古斯丁插进来，死咬不放。

"闭嘴。"巴勃罗瞪着他，那是一张不等麻烦出现就利落解决的脸。"他们不是我们的人。"

现在，他们看到，马都拴在树上，阳光透过松枝，洒落在它们身上，它们甩着头，踢着腿，驱赶马蝇的骚扰。罗伯特·乔丹看见玛利亚了，下一刻，他已经紧紧搂住她，紧紧地，自动步枪支在侧面，消焰器顶着他的肋骨，玛利亚在说话。"是你，罗伯托。噢，是你。"

"是的，兔子。我亲爱的，亲爱的兔子。我们这就走吧。"

"你真的在这里吗？"

"是的，是的，真的。噢，你啊！"

他从没想过，哪怕在战场上，也可以知道，有个女人在等你；你的任何一寸肌肤都不知道，不曾有所准备；你不知道，会有这样一个女人，乳房小巧、圆润、坚挺，隔着衬衣，紧贴着你；它们——那对乳房——也不知道，它们会来到战场。"可这是真的。"他想，"真好。这真好，我简直无法相信。"他再一次用力，用力抱紧她，却不看她。片刻后，他拍拍她——拍在他从未拍过的地方——说："上马，上马，跨上马鞍，好姑娘。"

他们解开缰绳，罗伯特·乔丹把自动步枪还给奥古斯丁，自己的轻机枪挎在身后，手榴弹都从衣袋里掏出来，放进鞍囊，一个空背包塞进另一个里，拴在鞍后。皮拉尔上来了，因为爬山，喘得说不出话，只能打手势比划。

巴勃罗刚把手中的三副马腿束套塞进鞍囊，站起身来，说："还好吧，女人？"她只是点点头。然后，所有人都上了马。

罗伯特·乔丹骑的，是头天清晨他最先在雪地里看到的大灰马，透过双腿间、双手下，他能感觉到它有多健壮。他穿着绳底鞋，马镫稍微短了点。轻机枪斜挎在肩上，口袋里塞满了弹夹。他坐在马背上，换下空弹夹，缰绳夹在一只胳膊下，夹得很紧，眼睛看着皮拉尔，她爬上了一个奇怪的位子，那是一个大筒包，绑在鹿皮马鞍上。

"看在天主份上，把那玩意儿解下来。"普里米蒂沃说，"你会摔下来的，马也背不动。"

"闭嘴。"皮拉尔说，"我们要靠这个重新安家的。"

"你这样骑行吗，女人？"巴勃罗坐在枣红大马上问她，屁股下是国民警卫军的马鞍。

"牛奶贩子都这么骑。"皮拉尔对他说,"你打算怎么走,老家伙?"

"对直下山。横穿公路。爬上那头的山坡,进林子,那里有条小路。"

"横穿公路?"奥古斯丁在他身边打转,脚上的软底帆布鞋磕着硬邦邦、毫无反应的马腹,这一匹是巴勃罗夜里找来的马。

"是的,伙计。这是唯一的办法。"巴勃罗说。他递给他一根牵马绳。普里米蒂沃和吉普赛人牵着其他马。

"没意见的话,你走最后,英国人。"巴勃罗说,"我们从上面过公路,机枪打不到。不过得分开过,跑上一大段路,然后再在上面的小路会合。"

"很好。"罗伯特·乔丹说。

他们骑着马,穿过树林下坡,走向公路边。罗伯特·乔丹就在玛利亚背后,因为在林子里,他没法跟她并排。他用大腿摩挲着安抚了一下灰马,稳稳地驾着它,轻巧地在松林中迅速穿行,用大腿代替马刺指引它。平地靠马刺,下山靠大腿。

"你,"他对玛利亚说,"待会儿第二个过公路。第一个看着不好,其实没那么糟。第二个很好,他们通常都盯着后面的。"

"可你……"

"我会趁他们不注意跑过去,不会有问题,排在中间是最不好的。"

他看着巴勃罗那颗乱糟糟的圆脑袋,一上马就缩在肩膀上,自动步枪斜挎在肩头。又看看皮拉尔,她没戴帽子,肩膀宽阔,脚跟蹬在包袱卷上,膝盖比大腿还高。她回头看了他一眼,摇了摇头。

"赶在皮拉尔前面过公路。"罗伯特·乔丹对玛利亚说。

这时,树林稀疏起来,他看见了下面黑色的柏油公路和公路对面的绿色山坡。我们在涵洞上面了,他很清楚,公路在这里爬了个坡,之后就是那一长段下坡,一直通到桥边。我们在桥上方八百码[1]左

---

1. 约731米。

472

右。要是那辆小坦克开到桥头的话，这里就还在它那架菲亚特机枪的射程内。

"玛利亚，"他说，"到公路之前就超到皮拉尔前面去，绕大圈上山坡。"

她回头看着他，没说话。他没看她，只在最后抬起头来，想确认她听明白了。

"明白了吗？"他问她。

她点点头。

"上前去吧。"他说。

她摇摇头。

"去！"

"不。"她对他说，转过身去，摇着头，"我照我的顺序走。"

就在这时，巴勃罗用力把他的两根马刺往枣红大马身上一磕，冲下最后一片铺满松针的山坡，穿过公路，马蹄重重敲在地面，敲出了火花，其他人跟在他身后。罗伯特·乔丹看着他们穿过公路，冲上对面山坡，耳边响起了桥头传来的机枪声。接着，他听到一阵声响，嗖——啪——嘭！"嘭"是尖锐的爆炸声，穿透噼啪声，扩散开来，他看到，山脚下掀起一股泥土碎石的喷泉，伴随着一蓬灰烟。嗖——啪——嘭！又来了，那"嗖"的一声好似火箭发射，更远的山坡边，又一片土石和灰烟腾起。

前方，吉普赛人在路边停了下来，躲在最靠边的树后。他望望前方的山坡，然后回头看着罗伯特·乔丹。

"走，拉斐尔！"罗伯特·乔丹说，"冲过去，伙计！"

吉普赛人手里还握着牵马绳，驮马跟在他身后，偏着头，把绳子绷得死紧。

"放开驮马，冲！"罗伯特·乔丹说。

他看见吉普赛人的手向后伸出，越抬越高，像是永远也不会放开这绳子似的。他脚跟往马身上一敲，马向前冲去，绳子绷紧了，被放开了，他穿过了公路。驮马受了惊，倒退着撞过来，罗伯特·乔丹用膝盖顶开它，听着吉普赛人跑过硬邦邦的黑色公路，听到他冲上山坡，马蹄"嘚嘚"作响。

嗖——噼——啪！炮弹贴着地面飞来。他看见吉普赛人猛地转了个弯，像奔跑的野猪，避开了跟前突然喷出的小股黑灰色喷泉。他看着他策马疾冲，渐渐慢下来，上了一段长长的绿色山坡，子弹从他身前身后飞过，他躲进山岩下，同其他人会合了。

我不能带着那该死的驮马跑，罗伯特·乔丹想。虽说我希望能有这狗娘养的在一旁挡着。我倒宁愿它能挡在我和那架47毫米口径的大家伙中间。他们在发射炮弹了。上帝保佑，不管怎么样，我要试试，带它一起过去。

他驱动身下的马，拦住驮马，抓住它的笼头，然后抓住绳子，驮马小跑着跟在他身后。他们又穿过林子，往上走了五十码。靠近树林边缘时，他顺着公路往下望去。越过那辆卡车，他能看到，桥上有人在走动，桥那头的公路上像是堵车了。罗伯特·乔丹左右看了看，终于找到了他需要的，于是打马上前，伸手从松树上折下一根枯枝。他放开驮马的笼头，把它赶上通往公路的斜坡，然后用树枝狠狠一抽马屁股。"快跑，你这狗娘养的。"他说。等驮马穿过公路，开始上坡时，他把枯枝朝它扔去。树枝打中了它，驮马的奔跑变成了冲刺。

罗伯特·乔丹又往公路上方走了三十码——再往上就太陡了。枪炮一直在响，伴着火箭般的"嗖嗖"声、"噼啪"声和土石迸射的"嘭"响。"来吧，你这灰色的法西斯大杂种！"罗伯特·乔丹对马说，拨转马头，对直冲下斜坡。转眼，他就在树林外了，左右一片开阔，对于马蹄来说，公路路面太硬了，他只觉得震动一路向上，传递到他的肩膀、脖颈、牙齿。踏上缓坡了，马蹄自己找到了它，冲上它，重重踏着它，落下、蹬地、跃起。他转头越过山坡，看向下方的桥，这是个全新的角度，他从没见过。现在，桥身横向舒展开，不像正面看那样会缩短，中间是被炸断的地方，背后的公路上停着那辆小坦克，小坦克背后是一辆大坦克，炮口黄光一闪，像镜子一样，尖啸声随即撕破了空气，几乎是直接越过了他面前那伸长的灰色马颈，他回过头，山脚下正腾起一蓬土。驮马跑在前面，向右跑得太远了，正慢慢停下来。罗伯特·乔丹打马猛冲，头微微转向桥的方向，看到了堵在公路拐弯后的卡车长龙，看不太清，他跑得太高了。他看见黄光一闪，这意味着"嗖嗖"声和"嘭"的爆炸声转瞬即至。这一炮打得太近，可他还是能听到，尘土飞扬处传来了金属迸射的声响。

他看见他们了，所有人，都在林子边望着他。他说："马儿快跑！快，马儿！"坡越来越陡，他感到身下大马的胸膛在剧烈起伏，看到灰色的脖颈向前伸出，灰色的耳朵向前扇动，他探身下去，轻轻拍了拍湿漉漉的马脖子，又转头看桥，看见公路上那辆笨重、敦实、泥浆色的坦克上闪出一道明亮的光，他没听到任何"嗖嗖"声，只有一声铿然炸响，伴随着辛辣的火药味传来，像是锅炉爆炸一样。他被压在了灰马身下，灰马踢蹬着腿。他努力尝试，想把自己从重压下拽出来。

他还能动，没问题。可以往右挪动。可当他尝试往右挪时，左腿还是整个压在马身下，一动不动。就像大腿里多了一个关节，不是髋关节，而是另一个，门窗合页一般，可以左右摇摆。这下子，他知道是怎么回事了。恰好，灰马也跪起身来。罗伯特·乔丹早就甩动右脚，踢开了马镫，这时，右腿滑下马鞍，落在一边。左腿还摊在地面上，他伸出双手摸索左大腿，两手都感觉到了尖利的断骨，就顶在皮肤下。

灰马几乎就罩在他头顶上，他能看到它的肋骨在翕动。他坐在地上，草是绿的，中间杂着些野花。他顺着山坡向下望去，目光掠过公路、桥、峡谷和公路，看见坦克，等待着下一道闪光。几乎立刻就来了，还是没有"嗖嗖"声，爆炸之间，烈性炸药的气味飘散开来，土块四下飞溅，弹片呼啸飞舞，他看见大灰马静静跪坐在他身边，像马戏团的马一样。看着坐倒在地的马，他听到了它发出的声音。

下一刻，普里米蒂沃和奥古斯丁架着他的胳膊，把他拖上了最后一段山坡，腿里的新关节放任他的腿拖在地上左摇右晃。有一次，一枚炮弹呼啸着擦过他们头顶，两人把他一扔，扑倒在地上，可只有土块纷纷落在他们身上，弹片飒飒响着飞远，他们重新架起他。很快，他们带着他躲进了树林里一道狭长的干涸水道，马在，玛利亚、皮拉尔和巴勃罗都在，站在他身旁。

玛利亚贴着他跪下，说："罗伯托，你怎么样？"

他出汗出得厉害，说："左腿断了，好姑娘。"

"我们会包扎好的。"皮拉尔说，"你可以骑那匹。"她指着一匹驮行李的马，"把东西卸掉就行。"

罗伯特·乔丹看见巴勃罗在摇头，他对他点点头。

"你们走吧。"他说。接着又说："嘿，巴勃罗，过来一下。"

那张满是汗迹的、胡子拉碴的脸凑到他面前，罗伯特·乔丹的鼻子里充斥着巴勃罗的臭味。

"让我们聊几句。"他对皮拉尔和玛利亚说，"我有话得跟巴勃罗说。"

"痛得厉害吗？"巴勃罗弯下腰，凑近罗伯特·乔丹，问。

"不，我猜神经断了。听我说，你们继续走。我不行了，明白吗？我会跟那姑娘聊几句。我说带她走时，就把她带走。她会想留下来。我只跟她说几句。"

"明白，没多少时间了。"巴勃罗说。

"明白。"

"我想你们还是去共和国好些。"罗伯特·乔丹说。

"不，我打算去格雷多斯。"

"用用脑子。"

"先跟她说吧。"巴勃罗说，"没时间了。很难过你遇到这事，英国人。"

"既然已经这样——"罗伯特·乔丹说，"就别管它了。但用用你的脑子，你很有脑子，多用用。"

"我怎么会不用？"巴勃罗说，"赶紧，快些说，英国人，没时间了。"

巴勃罗走到最近一棵树边，望向坡下，视线越过山坡，沿着公路，穿过峡谷。看着山坡上的灰马，巴勃罗脸上露出真切的惋惜。皮拉尔和玛利亚同罗伯特·乔丹在一起，他背靠树干坐着。

"帮我把裤子剪开，行吗？"他对皮拉尔说。玛利亚蹲在他身边，没说话。太阳照在她的头发上，她的脸皱着，像快哭的孩子一样。可她没哭。

皮拉尔掏出小刀，从左裤袋下划开他的裤腿。罗伯特·乔丹伸手拨开布片，看了看大腿。髋关节往下大约十英寸的地方，有个带尖头的瘀青肿块，像个小小的尖顶帐篷。他伸出手指摸了一下，能感觉到大腿骨折断的茬口顶在皮肤下，整条腿折成一个古怪的角度。他抬头看看皮拉尔，她的表情和玛利亚一样。

"去吧。"他对她说，"走开一下。"

她垂头走开，没说话，也没回头。罗伯特·乔丹看到她的肩膀在颤抖。

"好姑娘，"他对玛利亚说，双手抱住她，"听我说，我们不去马德里了……"

她哭了起来。

"不，好姑娘，别。"他说，"听我说。我们这次不去马德里，但无论你去哪儿，我都和你在一起，明白吗？"

她一言不发，头贴上他的脸颊，双手紧紧搂住他。

"现在，听好了，兔子。"他说。他知道时间紧迫，自己还一直拼命出汗，可这个必须说，必须让她明白，"你现在要继续走，兔子。可我会陪着你，只要我们有一个人在，我们俩就都在，你懂吗？"

"不，我留下来陪你。"

"不，兔子。我现在要做的事，只能一个人来。有你在，我没法做好。只要你走了，我就也走了。你明白这是怎么回事吗？无论我们俩谁在，就是两个人都在。"

"我要留下来陪你。"

"不，兔子。听着。有种事，人不能一起做，每个人都得自己完成。可只要你走了，那就是我跟着你一起走了。这就是我和你一起的方式。你会走的，我知道。因为你那么好，那么善良。你会为了我们俩走的。"

"可留下来陪你的话，我更好受些。"她说，"我觉得这样更好。"

"是的，所以，你走就是帮我。去吧，为了我，因为这就是你能为我做的。"

"可你不明白，罗伯托。我怎么办？扔下你，我会很难熬。"

"的确。"他说，"这对你来说很难。可现在，我就是你了。"

她不说话。

他看着她，汗水淋漓，此刻，他拼尽全力说下去，比这一生做过的任何努力都更艰难。

"现在，你要为了我们俩走下去。"他说，"你绝不可以自私，兔子。现在，你必须承担起你的职责了。"

她摇头。

"现在你就是我。"他说，"你一定感觉到了，兔子。"

"兔子，听着。"他说，"真的，这样我也就一起走了。我向你发誓。"

她不说话。

"你懂了。"他说，"我看得很清楚。现在，你会继续走。很好。这就走吧。你已经说了，我会走。"

她没说话。

"现在，我要为此感谢你。你会好好走下去，走得又快，又远，你的身体里有我们两个。来，把你的手放在这里。来，头放在这里。不，下来，对了。现在，我把我的手放在这里。好。你是那么好。好了，别多想。你在做你该做的事。现在，你在服从。不是服从我，是我们两个。你里面的我。现在，你要为我们两个走下去。真的。现在，我们俩都跟着你走下去了，我向你保证过这一点儿。你肯走，真好，真善良。"

他朝巴勃罗一偏头，那人就站在树边，一直用眼角余光瞄着他。巴勃罗迈步走过来。他伸出拇指，朝皮拉尔比划了一下。

"我们下次再去马德里，兔子。"他说，"真的。现在站起来，走吧，我们一起走。站起来，明白吗？"

"不。"她死死搂着他的脖子，说。

他的话仍然冷静、理智，此刻却无比威严。

"站起来。"他说，"现在你就是我了，你完全代表了未来的我，站起来。"

她慢慢站起来，流着泪，低着头。突然扑倒在他身旁，又挣扎着，慢慢站起来，因为他说了："站起来，好姑娘。"

皮拉尔拉着她的胳膊，她站着不动。

"走吧。"皮拉尔说，"你还需要什么吗，英国人？"她看着他，摇着头。

"没了。"他说。接着对玛利亚说话。

"不用告别，好姑娘，因为我们没有分开。格雷多斯很好。现在去吧，好好走。不，"皮拉尔拉着姑娘往前走，他继续冷静、理智地说，"别回头。把脚放进马镫，是的，你的脚，踩进去。帮她上马。"他对皮拉尔说，"扶她坐上马鞍。现在，跨上去。"

他大汗淋漓，扭头望瞭望山坡下，又转回来，姑娘坐在马鞍上了，皮拉尔在她身旁，巴勃罗紧跟在后。"现在走吧，"他说，"走。"

她想回头。"别回头。"罗伯特·乔丹说，"走。"巴勃罗抡起一根马腿束套，在马屁股上抽了一下，玛利亚似乎挣扎着想下马，可皮拉尔和巴勃罗驱马紧贴住她，皮拉尔一直抓着她，三匹马沿着干溪沟往上跑去。

"罗伯托。"玛利亚扭转身体，大喊，"让我留下来！让我留下来！"

"我和你在一起。"罗伯特·乔丹喊道，"我现在就和你在一起，我们都在。走！"很快，他们转过一个弯角，看不见了。他浑身浸透了汗水，两眼空洞。

奥古斯丁站在一旁。

"要我开枪打你吗，英国人？"他俯下身子，问，"要吗？没有关系。"

"用不着。"罗伯特·乔丹说，"走吧，我在这里很好。"

"我操他妈的蛋！"奥古斯丁说。他在哭，看不清罗伯特·乔丹的模样。"保重，英国人。"

"保重，老伙计。"罗伯特·乔丹说。他望着山坡下。"好好照顾短发丫头，好吗？"

"没问题。"奥古斯丁说，"你要的东西都有了？"

"这把机枪子弹不多了，我留着。"罗伯特·乔丹说，"你们这会儿也弄不到子弹。另外那把，还有巴勃罗那把，都弄得到。"

"我把枪管通干净了。"奥古斯丁说，"你摔马时枪口插到地上了。"

"那匹驮马怎么样了？"

"吉普赛人抓住了。"

奥古斯丁坐上了马背，可他不想离开。他朝罗伯特·乔丹靠着的树深深弯下腰去。

"走吧，老伙计。"罗伯特·乔丹对他说，"战争中这种事很多。"

"战争就是个操蛋玩意儿。"奥古斯丁说，"战争就是个臭婊子。"

"是的，兄弟，是的。不过你还得走。"

"保重，英国人。"奥古斯丁说，右手捏紧了拳。

"保重。"罗伯特·乔丹说，"快走吧，兄弟。"

奥古斯丁拨转马头，右拳往下一甩，像是用这动作再一次咒骂战争，便顺着溪沟向上走去。其他人都早就看不见了。在溪沟弯进树林的转角上，他回过头，挥了挥拳头。罗伯特·乔丹也挥挥手，然后，奥古斯丁的身影也消失了……顺着绿色的山坡，罗伯特·乔丹望向下面的公路和桥。我就这样挺好，不比别的差，他想。还犯不着这就冒险翻身去趴着，没那么快，比不上那东西戳破皮肉那么快。再说了，这样我看得更清楚。

经历了这一切，他们也离开了，他只觉得整个人都掏空了，精疲力竭，嘴里泛着胆汁的味道。现在，到了最后，终于没问题了。无论发生了什么，无论此刻还将发生什么，对他来说，都不是问题。

他们已经全部离开，剩下他，独自一个，背靠着一棵树。他望着脚下绿色的山坡，看见灰马倒在奥古斯丁开枪打它的地方，再往下是公路，公路那边是树林覆盖的山野。然后，他看到桥，越过桥，看到桥上和公路上的动静。现在，他看得见卡车了，全都沿着公路下段一溜排开。卡车的灰色透过树林露出来。他收回目光，看了看翻过山头的上半段公路。他们快到了，他想。

皮拉尔会好好照顾她的，比谁都照顾得好。你知道。巴勃罗肯定有个可靠的计划，否则他不会出手。你不必担心巴勃罗，想玛利亚也没好处。试着相信你对她说的，那样最好。谁说那就不是真的呢？反正不是你。你没说，最多，你会把发生的事说成没有发生。事到如今，继续相信吧，不要愤世嫉俗。时间太短，你才刚刚把她送走。每个人都要尽自己所能。你没法为自己做什么了，可也许还能为别人做点事。很好，我们有过四天的好运。不是四天。我是下午到这里的，现在还不到中午，一共不到三天三夜。要精确，他告诉自己，要很精确。

"我看你最好还是趴下来，"他想。"你最好还是换个有用点的姿势，别像个流浪汉似的摊在树下。比这糟糕的事多了，人人都逃不过这种事，早一天晚一天罢了。从知道逃不过了开始，你就不害怕了，不是吗？不怕，他说，真的。不过，幸亏神经断了。从断处往下，我什么都感觉不到。"他摸了摸下半截腿，那好像不是他的身体了。

他又望瞭望山坡下，想，我恨自己要离开这个世界，仅此而已。我很不想离开它，但愿我还是在这世上做了点好事的。我努力过了，尽我所能。你的意思是，做了。没错，做了。

这一年来，我为我的信仰战斗。如果我们在这里能赢，在其他地方就也能赢。这世界是个好地方，值得为之战斗，我恨自己要离开，非常恨。可你够幸运了，他告诉自己，有过这样一段美好人生。你的人生和祖父的一样好，虽说没那么长。有了最后这几天，没人能比你的人生更美好。你是这么幸运，压根不想抱怨。只是，真希望能把我学到的传递出去啊。基督啊，我最后这段时间学得多快。我想和哈尔科夫聊聊，在马德里。只要翻过这些山，穿过平原。下山，走出灰色的石堆、松林、石楠和金雀花丛，穿过黄色的高原，你就会看到它，拔地而起，洁白、美丽。这一段路，和皮拉尔说的在屠宰场喝血的老妇人一样真实。没什么比这更真实的了，绝对真实。飞机这个样子真漂亮，无论我们的还是他们的。漂亮得要命，他想。

现在，放松点，他说。趁还有时间，现在就翻身吧。对了，有件事，你还记得吧？皮拉尔和手相？你相信那些胡扯吗？不，他说。事情都发生了，还不信？不，我不相信。今天清早，行动开始之前，那时候她是好心。她怕我会信，可我不信，她信。他们察觉了什么，或者感觉到了什么，就像捕鸟犬，有超感知能力又怎样？满嘴脏话又怎样？他说。"她不说再见，"他想，"是因为她知道，如果说了，玛利亚就再也不肯走了。那个皮拉尔。翻个身，乔丹。"可他不想动。

他想起屁股口袋里还有一小壶酒，我先好好喝上一口这强力止痛剂，然后再来试。他伸手去摸，可酒壶不见了。他越发觉得孤单了，因为他知道，就连这个也没了。我猜，我本来还指望着它呢，他说。

你说，会不会是巴勃罗拿走的？别傻了。肯定是在桥上弄丢的。"好了，来吧，乔丹。"他说，"翻个身。"

他双手捧住左腿，吃力地向脚尖方向抻，身体贴着背后的树干往下溜。一点点儿躺平，用力抻住大腿，这样，断骨就不会戳穿大腿支出来，他屁股抵着地面，慢慢放平后背，直到头顶对准山下。现在，他的断腿对着山上，用两只手捧住，右脚鞋底蹬在左脚脚面上，用力往外蹬，一边扭转上半身，大汗淋漓，脸和胸膛先侧过来。然后，支起胳膊肘，两手扶稳左腿往后拉，保持平直，右脚继续向外蹬，又是一身大汗。就位了。他伸出手指，检查了一下左腿，没问题。断骨没有刺穿皮肤，好好地缩回肌肉下面去了。

"那该死的马摔倒时肯定彻底压断了我的大神经，"他想，"真的一点儿也不痛，除了翻身的那一下，那是骨头碰到其他地方了。你看？他说。你看多幸运？你根本用不着什么强力止痛剂。"

他伸手拿过轻机枪，从弹仓里取出子弹夹，又从口袋里摸出备用弹夹，把枪筒一折，拆开，往枪管里瞄了瞄，重新把弹夹推进弹仓，直到听到"咔"的一声响，才转头看向山坡下。"也许半个小时，"他想。"现在，放松些。"

他望向山脚，望向松林，试着什么都不想。

他望向河流，想起在桥下阴凉的黑影里时它的模样。"我希望他们来，"他想。"可别他们还没来就昏迷了或怎么的。"

你猜，这时候谁会更好受些？有宗教信仰的人，还是就这么直接面对它的人？他们能得到许多安慰，而我们知道没什么可怕。只有失踪是坏事。只有拖得又长又痛苦，让你尊严尽失时，死亡才是坏事。所以，你很幸运，明白吗？你一个都没遇上。

他们走了，太好了。他们走了，我就什么都不在乎了。这就是我说的那种情况，这样真是好极了。想想吧，要是他们全都倒在大灰马的那片山坡上，情况会有多不一样。或者，要是我们全都困在这里等死呢。不，他们走了，他们脱身了。现在，只盼进攻能赢了。你想要什么？什么都要。我什么都想要，给我的我都要。就算这次进攻不行，还有下次。我没注意飞机是什么时候回来的。上帝啊，能把她劝走，真是太幸运了。

我想跟祖父聊聊这一次。我敢打赌，他从来没有穿越火线，到敌后去找自己人，唱这样一出好戏。你怎么知道？说不定他干过五十次。不，他说。现实点吧，没人能干五十次这样的事，五次都不行，说不定连一次能比得上这个的都没有。当然有，他们肯定干过，我希望他们马上来，他说。

我希望他们现在就来，因为腿开始痛了，一定是肿了。

我们一直干得好极了，结果遇上了那东西。唯一幸运的是，我在桥下的时候它没来。一步出错，结局就早已注定。他们给戈尔茨下那些命令时你就完蛋了。这个你知道，也许皮拉尔感觉到的也是这个。不过，以后我们就能把这些事安排得好得多了。我们应该配上便携式短波发报机。是啊，我们该配的东西多着呢，我还该多带一条备用的腿呢。

想到这里，他咧开嘴笑了。他浑身汗淋淋的，那条腿的大神经在摔马时挫伤了，现在疼得厉害。噢，让他们来吧，他说。我不想做父亲做的事。我终究会做的，可我更宁愿不必那么做。我反对那个。别想，一点儿都别想。我希望那些王八蛋们快来，他说，我盼他们来。

现在，他的腿痛得非常厉害。就在他翻过身以后，腿肿起来，突然间就开始痛了。他说，也许我该现在就做。我猜我不太擅长应付疼痛。听我说，要是我现在做了，你会理解我的，对吗？你在跟谁说话？没人，他说。祖父，也许。不，没人。噢，见鬼，我希望他们快点来。

听着，我大概非那么做不可了，要是昏过去，或诸如此类的，我完全不懂得应付，要是他们抓到我，他们会问我很多问题，会做很多事，各种各样的事，那不好。最好还是别让他们有机会做那些事。所以，现在就动手，然后整件事就结束了，有什么不好呢？因为，噢，听着，是的，听着，让他们现在就来吧。

你不擅长这个，乔丹，他说，不那么擅长。谁会那么擅长这个？我不知道，现在我也不关心。可你不行，没错，你根本不行。噢，完全不行，完全。我看，现在那么做没问题，你说呢？

不，不对。因为你还可以再做些事。只要你心里清楚，就得做。只要你还记得，你是为了什么一定要等下去。来吧，让他们来吧，让他们来，让他们来！

想想他们正在离开，他说。想想他们正穿越森林；想想他们正跨过小溪；想想他们正骑马穿过石楠丛；想想他们正爬上山坡；想想他们能平平安安度过今夜；想想他们在赶路，整夜不停；想想他们明天就能藏好；想想他们，该死，想想他们。对于他们，我就只能想到这么多了，他说。

想想蒙大拿，不行。想想马德里，不行。想想喝上一杯清凉的水，好，就像那样，像喝一杯清凉的水。你这个骗子，不会有事的。只会像那样，没事的。那么，动手吧。现在就动手，现在动手是对的。来，现在就做。不，你一定要等。等什么？你知道的，那就等吧。

我再也等不下去了，他说。再等下去，我就要晕过去了。我知道，因为已经三次出现这种感觉了，我都撑过去了。可我不知道再来一次会怎样。我猜，大概你是有内出血了，就在腿骨断掉的那一块。特别是还翻了个身，结果就肿起来了，让你越来越虚弱，害得你开始晕了。现在动手吧，没问题。真的，我告诉你，那没问题。

可如果你能等得到，拖住他们，哪怕就一小会儿，或者干掉领头的军官，事情就完全不一样了。只要能好好做到任何一样，就能……

好，他说。他趴着，非常安静，努力坚持着，他能感觉到，有什么正从自己身体里溜走，就像你能感觉到山坡上的雪什么时候开始消融。他说，现在，安静，让我撑到他们来。

罗伯特·乔丹的运气非常好，就在这时，他看到骑兵小队走出林子，穿过公路。他看着他们走近，开始爬坡。他看着一个骑兵在灰马边停下，对军官大声说话，军官朝他跑去。他看着他们俩低头打量灰马。他们当然能认出来，它和它的骑手从头一天清晨就失踪了。

罗伯特·乔丹看见他们上了山坡，现在，离他很近了。往下望去，他看见公路、桥和桥那头长长的车队。他现在气定神闲，深深地一一看过眼前的一切。然后，他抬头望向天空。空中飘浮着大朵大朵洁白的云。他摊开手掌，按了按身边的满地松针，伸出手，摸了摸面前掩护着他的松树树皮。

然后，他调整好姿势，尽量舒服，双肘撑在松针上，枪口紧贴住松树树干。

军官跟着游击队踩出的马蹄印快步上来了，现在，他会从罗伯特·乔丹下方二十码的地方经过。这个距离，完全没有问题。那名军官是贝伦多中尉，他从拉格兰哈来，下方哨所被袭的报告一到，他们就接到命令，出发了。他们辛辛苦苦赶来，却因为桥被炸断，不得不兜回去绕个大圈，从高处横穿峡谷，再从林子里绕出来。他们的马都汗湿了，喘着大气，不得不一再催逼，才能小跑起来。

贝伦多中尉紧盯着马蹄印，渐渐靠近，他面容瘦削，神色肃穆。他的轻机枪横在马鞍上，倚在左臂弯里。罗伯特·乔丹趴在树后，小心翼翼地控制自己，稳住双手。他在等，等军官走到阳光下，松林在那里与绿色的草坡相会。他能感觉到，他的心跳撞击着森林里铺满松针的土地。

[全书完]

作者

厄尼斯特·海明威

ErnestHemingway，1899—1961

美国"迷惘的一代"标杆人物。他开创的"冰山理论"和极简文风，深深影响了马尔克斯、塞林格等文学家的创作理念。他站立写作，迫使自己保持紧张状态，用最简短的文字表达思想。《丧钟为谁而鸣》为其篇幅最大的一篇小说。他是文坛硬汉，更是反法西斯斗士。二战中，他在加勒比海上搜索德国潜艇，并与妻子来到中国报道日本侵华战争。1961年7月12日，他用猎枪结束了自己传奇的一生。

经典作品：

1926年《太阳照常升起》

1929年《永别了，武器》

1936年《乞力马扎罗的雪》

1940年《丧钟为谁而鸣》

1952年《老人与海》

1964年《流动的盛宴》

译者

杨蔚

南京大学中文系。自由撰稿人、译者。

热爱旅行，"孤独星球（Lonely Planet）"特邀作者及译者。

已出版作品：《自卑与超越》《101中国美食之旅》《带孩子旅行》《史上最佳摄影指南》《广东》《东非》《法国》《墨西哥》等。